Knaur.

Knaur.

Über den Autor:
Sven Koch, geboren 1969, arbeitet als Journalist mit dem Schwerpunkt Nachrichten und Kultur bei der Lippischen Landes-Zeitung Detmold. Aber auch als Fotograf und Musiker hat er sich einen Namen gemacht. Seit vielen Jahren rockt er mit diversen Punkrock- und Rockabilly-Bands durch die Lande.
Weitere Informationen unter: www.sven-koch.de

Sven Koch

PURPUR DRACHE

Thriller

Knaur Taschenbuch Verlag

Besuchen Sie uns im Internet:
www.knaur.de

Originalausgabe Januar 2011
Knaur Taschenbuch.
Ein Unternehmen der Droemerschen
Verlagsanstalt Th. Knaur Nachf. GmbH & Co. KG, München.
Copyright © 2011 by Sven Koch
Copyright © 2011 bei Knaur Taschenbuch.
Ein Unternehmen der Droemerschen Verlagsanstalt
Th. Knaur Nachf. GmbH & Co. KG, München
Alle Rechte vorbehalten. Das Werk darf – auch teilweise –
nur mit Genehmigung des Verlags wiedergegeben werden.
Redaktion: Regine Weisbrod
Umschlaggestaltung: ZERO Werbeagentur, München
Umschlagabbildung: FinePic®, München
Satz: Daniela Schulz, Stockdorf
Druck und Bindung: CPI – Clausen & Bosse, Leck
Printed in Germany
ISBN 978-3-426-50662-2

2 4 5 3 1

The killer in me is the killer in you.
Billy Courgan, *The Smashing Pumpkins*

Vielleicht sind alle Drachen unseres Lebens Prinzessinnen, die nur darauf warten, uns einmal stark und mutig zu sehen.

Rainer Maria Rilke
(aus einem Brief an Franz Xaver Kappus)

1.

Es herrschte Chaos, und nichts Geringeres hatte dieser heiße Vormittag verdient. Lediglich direkt an der Absperrung vor dem Flachdachgebäude des Kindergartens war es still, nachdem die Hubschrauber gelandet waren. Jetzt standen sie drüben auf dem geräumten Parkplatz des Supermarkts und sahen aus wie dicke Fliegen, die es sich in der Sonne auf dem heißen Asphalt bequem gemacht hatten.

SEK, dachte er, presste sich das Handy ans Ohr und klemmte sich den Notizblock unter die Achsel, um die Hand für eine Zigarette frei zu haben.

»Marlon hier«, murmelte er, als sich Sandra aus der Redaktion meldete. Vor seinem geistigen Auge sah er sie im knappen Tanktop und den schwarzen Edel-Flipflops vor dem iMac schwitzen, weil die Klimaanlage vorgestern ausgefallen und immer noch kein Technikteam erschienen war. Die Netzwerk-Administratoren machten sich fast in die Hosen, weil der Serverraum zunehmend einem Backofen glich.

»Wie ist die Lage?«, fragte sie mit ihrer rauchigen und immer etwas gelangweilt klingenden Stimme.

Gute Frage. Blaulicht, so weit das Auge reichte. Krankenwagen und Sanitäter in leuchtend roten Overalls. Ein Ambulanzzelt im Aufbau. Überall liefen Polizisten in Uniform mit Funkgeräten und zivile Beamte mit Headsets oder Handys wie aufgeschreckte Ameisen durch die Gegend. Dazwischen die dunkelgrünen VW-Bullis vom Grenzschutz. Die Mitglieder der mobilen Einsatzgruppe sahen in ihren Kevlarrüstungen aus wie dunkelgrün lackierte »Star-Wars«-Sturmtruppen.

Sie tranken literweise Mineralwasser. Der Getränkemarkt hatte ein paar Kisten spendiert. Minütlich trafen neue Nachrichtenteams ein. Marlon sah Leute von der BILD und den Lokalradios. Natürlich auch die freiberuflichen Hyänen, die in ihren mit Polizeifunk-Scannern und GPS-Systemen ausgebauten 500er BMWs angerollt waren. Private TV-Teams fuchtelten mit Mikrofonen herum, auf denen die Logos von N-TV, RTL oder Pro7 standen. Mit Akkus bepackte Kameramänner suchten sich ihren Weg durch die Journalistentrauben, die sich rund um offizielle Interviewpartner, an der Absperrung zum Kindergarten und weiter hinten bei den Schaulustigen gebildet hatten. Die ebenfalls umlagerten Angehörigen glichen Figuren aus den Gemälden Edvard Munchs: verloren, benommen, fassungslos. In dem Gewirr aus Stimmen, Anordnungen, Kommentaren, Fragen und Flüchen war keinerlei Koordination und Struktur zu erkennen.

»Wie die Lage ist, kann ich dir verraten«, sagte Marlon zu Sandra und versuchte, das Handy fest genug zwischen Ohr und Schulter einzuklemmen, um sich die Marlboro anzuzünden. »Weltuntergang trifft es wohl am ehesten.« Das Nokia rutschte immer wieder weg. Verdammte Hitze. Kein Lufthauch regte sich. Die Julisonne brannte ihm heiß auf den Schädel mit dem kurzrasierten blonden Haar. Schweiß lief ihm in Bächen von der gebräunten Stirn herab, verfing sich in den verästelten Lachfalten seiner zu Schlitzen zusammengekniffenen Augen und glitzerte in kleinen Perlen zwischen den Bartstoppeln.

»Gibt es schon Tote? Irgendeine Entwicklung?«

»Nein«, antwortete Marlon und zog, als sie endlich brannte, tief an der Zigarette.

Auf dem Dach des Supermarkts blitzte für einen kurzen Moment etwas auf. Zwei Männer in Schwarz liefen geduckt von links nach rechts. Wahrscheinlich war es die Reflexion eines Zielfernrohrs gewesen.

»Der Typ ist ein Psycho. Schieb alles und halt mir in jedem Fall die halbe Titelseite offen. Vielleicht brauche ich noch Unterstützung, um ein paar Stimmen einzufangen, und eventuell muss Micha Klinken putzen gehen für Privatfotos. Er soll sich nichts anderes vornehmen.«

»Habt ihr schon Bilder? Weltwirtschaftsgipfel und Landtagswahlen müssen noch mit rein, du weißt ja, dass ...«, sagte Sandra, aber Marlon fiel ihr ins Wort.

»Keine Ahnung, besprich das mit Roloff, was weiß ich.« Er hatte andere Dinge im Kopf. Er war Polizeireporter. Außerdem war es gerade mal zehn nach elf. An diesem Tag konnte noch alles Mögliche passieren, das auf der Titelseite der *Neuen Westfalenpost* untergebracht werden musste. Tsunamis, Tornados, Attentate – die Welt war jeden Tag für Überraschungen gut. Aber das hier war besser als alle anderen Möglichkeiten, denn es passierte vor der Haustür und nicht im Kongo oder in einer amerikanischen Kleinstadt. Das hier war greifbar. Es war wie Kokain für Marlon, und es würde Opium fürs Volk sein. Er konnte es Sandra nicht verübeln, dass ihr das nicht klar war. Sie war noch jung und direkt von der Uni in die Nachrichtenredaktion gekommen. Sie hatte weder Staub gefressen noch Blut geleckt.

»In jedem Fall geht hier noch was«, fügte Marlon hinzu. »Eddie hat schon einen ganzen Chip voller Bilder. Ich melde mich.« Dann drückte er sie weg, steckte das Handy in die Gesäßtasche der Cargo-Hose und verscheuchte eine Wespe, die es sich auf seinem lachsfarbenen Poloshirt bequem gemacht hatte.

Eddie stand an den Flatterbändern, mit denen die Polizei den Kindergarten weiträumig abgesperrt hatte, und schwenkte das hellgraue Teleobjektiv. Sein Kopf war puterrot. Unter der Fotoweste musste er im eigenen Saft kochen. Ein paar Haarsträhnen hatten sich aus dem dunklen Pferdeschwanz gelöst und klebten auf seiner Nickelbrille.

»Meinst du, die gehen rein?«, fragte Eddie und schraubte das Tele ab, um es gegen ein Weitwinkelobjektiv auszutauschen. Er wollte ein paar Nahaufnahmen von den Angehörigen machen. Hier vorne gab es im Moment keine Action, und an sämtlichen Fenstern des Kindergartens waren zu Eddies Ärger die Jalousien heruntergelassen worden.

»Nie im Leben.« Marlon verzog das Gesicht. »Da sind knapp fünfzig Kinder drin – ein taktischer Alptraum. Schätze, die werden versuchen, den Typen zu beruhigen.«

»Stell dir bloß mal vor, da wäre dein Kind dabei!« Eddie schulterte ächzend seine überdimensionale Kameratasche und hielt die Canon mit angewinkeltem Arm auf die gleiche dekorative Art hoch wie die Cops in Action-Filmen ihre MPs.

»Gott sei Dank habe ich kein Kind«, zischte Marlon, dessen Gedanken in diesem Moment weniger mit Mitgefühl als mit Überschriften in 47 Punkt und seinen Namen in der Autorenzeile beschäftigt waren. Von diesem Kuchen musste er sich dringend ein ordentliches Stück abschneiden. Er schnippte die Marlboro über die Absperrung. »Aber wenn ich eines hätte, würde ich dem Kerl das Genick brechen.«

… und wie schön wäre es, einen Vater zu finden, der mir genau das in den Block diktiert. Mit vollem Namen und Foto …

»Na ja«, sagte Eddie, der Marlon um einen Kopf überragte. »Ich jedenfalls besorge mir jetzt mal ein paar Nahaufnahmen und Porträts.« Damit verschwand er.

Die Sache hatte gegen zehn begonnen, als Marlon mit der Aussicht auf einen langweiligen und heißen Tag in die Redaktion aufgebrochen war. Ihn erwarteten Telefonate über eine Hintergrundgeschichte zur letzten Puffrazzia. Vielleicht noch ein Vorbericht über einen Mordprozess und natürlich das gähnend langweilige Feature fürs Wochenende über Polizeichef Jonathan Schwartz, der in den Ruhestand gehen würde. Marlon schob diesen Bericht vor sich her wie ein Stück gammeliges Sushi. Mehr als einmal war er mit Schwartz aneinandergeraten.

Als Marlon gerade bei McDrive seinen allmorgendlichen Kaffee bezahlen wollte, klingelte das Handy. Marcus, Marlons alter Freund und Tippgeber aus der Polizeibehörde, legte ohne ein Wort der Begrüßung sofort los: »Schnall dich an. Geiselnahme im Kindergarten *Klabauterkiste*. Mehr hab ich noch nicht. Wir sehen uns.«

Die Worte »Geiselnahme« und »Kindergarten« in einem Satz wirkten auf Marlon wie eine Spritze Adrenalin direkt ins Herz. Mit Vollgas und quietschenden Reifen war er losgerast, ohne den Kaffee zu bezahlen. Der auf der Mittelkonsole abgestellte Becher flog wie ein Geschoss ins Heck des Audi TT und verteilte seinen kochend heißen Inhalt auf den Lederpolstern.

Die Fakten, soweit Marlon sie offiziell vom Polizeisprecher und inoffiziell von Marcus sowie einigen Augenzeugen in Erfahrung gebracht hatte, stellten sich so dar: Ein Mann spaziert mit zwei Sporttaschen in den Kindergarten. Er zieht eine Waffe und teilt den Erzieherinnen mit, dass es sich um eine Geiselnahme handele. Es werde nichts geschehen, wenn seine Forderungen erfüllt würden. Eine der Frauen ist gerade auf der Toilette. Sie verständigt die Polizei per Handy und sagt, dass der Mann bewaffnet ist. Zu der Frau hält die Polizei eine Standleitung, kappt aber den Kindergarten sofort vom Telefonnetz, weil es sonst nur eine Frage der Zeit wäre, bis Anrufe auf die *Klabauterkiste* einprasselten und den Entführer nervös machten. Der Mann verlangt ein Funkgerät und nennt seine Forderungen. Er lehnt einen Arzt ab, weil er glaubt, dass dieser ein verkleideter Polizist sein könnte. Mit Psychologen spricht er nicht. Wenn der Mann auch nicht ganz dicht ist, so war er dennoch nicht zu unterschätzen.

Das war nicht viel, aber wie gewöhnlich wusste Marlon mehr als die meisten anderen, denn die Polizei arbeitete eng mit der *Neuen Westfalenpost* zusammen. Zwangsläufig. In der Region gab es keine weitere Tageszeitung, damit war die Polizei auf Gedeih und Verderb dem Blatt ausgeliefert, das täglich mehr als siebenhunderttausend Menschen darüber aufklärte, ob die Ordnungshüter gute oder schlechte Arbeit leisteten. Überbringer dieser Urteile war Marlon Kraft. Sein Einfluss stand außer Frage, dabei war für ihn das uralte Prinzip des Gebens und Nehmens selbstverständlich, ein inoffizieller Vertrag zwischen Polizei und Journalisten, der besagte: »Gibst du mir eine Story, feiere ich deinen Ermittlungserfolg.« Allerdings floss in Marlons Adern Boulevardblut, und so kam gelegentlich die Zusatzklausel im Kleingedruckten zum Tragen: »… Es sei denn, ich kann meine Autorenzeile über eine Story schreiben, die sich um das Abkassieren von Strafgeldern ohne Quittung oder nächtliche Schwulensaunabesuche von Abteilungsleitern dreht. Dann bin ich John Wayne. Und du bist mein Steigbügel.«

Marlon setzte die Sonnenbrille auf und überlegte gerade, ob er Micha in der Redaktion bereits darauf ansetzen sollte, eine Namensliste der Kinder zu organisieren, als er den vertrauten Geruch von *Obsession* und Zigaretten wahrnahm.

Marcus trug über seinem dunkelblauen Polohemd eine schusssichere Weste. Die Adern an den ergrauten Schläfen pulsierten wie kleine Schläuche. »Können wir reden?«, fragte er mit seiner tiefen Bassstimme. Er wirkte angespannt. Als Marlon nickte, fasst er ihn am Arm. »Komm mit.«

Die Polizei hatte die Einsatzzentrale in einer Dorfbäckerei eingerichtet. Als Marlon seinem alten Freund in den Verkaufsraum folgte, schlug ihm der schwere Duft von frischem Brot und süßen Puddingteilchen entgegen. Wespen hatten es sich auf dem Zuckerkuchen und den Obstschnitten bequem gemacht. An der Wand hing eine blaulila strahlende Lampe und wartete darauf, die Insekten mit Elektroschocks zu brutzeln.

Marcus führte ihn durch einen Flur, an dessen Ende hinter einer wuchtigen Eichentür ein kleines Büro lag, das die Polizei in Beschlag genommen hatte. In dem völlig überfüllten Raum stand die Luft. Es roch nicht mehr nach frischen Backwaren, es roch nach Schweiß. Telefone und Laptops bedeckten den Schreibtisch. Ein Grundriss des Kindergartens hing an der Wand. Thermosflaschen und Kaffeebecher sowie Pappteller mit angebissenen Brötchen standen herum. Hinter dem Schreibtisch thronte in einem mit Breitcord bezogenen Sessel Jonathan Schwartz höchstpersönlich. Der Alte wollte sich den letzten großen Auftritt seiner Karriere natürlich nicht nehmen lassen. Er redete gerade mit einem schwarzgekleideten Mann in Kampfstiefeln, brach das Gespräch aber sofort ab, als Marcus und Marlon den Raum betraten. Das nervöse Kribbeln, das Marlon in Erwartung exklusiver Infos verspürt hatte, verflog, als Schwartz von den Papieren aufsah und Marlon aus grauen Augen gleichgültig anblickte. »Ah, unser Starreporter«, murmelte er und bedeutete Marcus, die Bürotür zu schließen.

Die übrigen Polizisten sahen ihn schweigend an. Einige hatten die Arme vor der Brust verschränkt. Schließlich durchbrach Schwartz die Stille: »Also machen wir es kurz: Was wollen Sie wissen?«

Verunsichert trat Marlon von einem Bein auf das andere. Hier stimmte etwas nicht. Absolut nicht. »Wird das eine exklusive Pressekonferenz?«

»Fast.« Schwartz verschränkte die Arme und lehnte sich in dem Sessel zurück.

»Sie nehmen mich auf den Arm!«

Der Polizeichef schüttelte gemächlich den Kopf.

»Okay«, sagte Marlon zögernd. Wenn das ein Spiel werden sollte, dann war der Zeitpunkt zwar schlecht gewählt, aber er würde so lange mitspielen, wie es ihm dienlich sein konnte. »Planen Sie einen Zugriff?«

Schwartz schüttelte erneut den Kopf.

»Gibt es Verletzte?«

Wieder verneinte der Polizeichef.

»Steht die Identität des Täters fest?«

Schwartz nickte.

»Wie ist sein Name? Wer ist er und was will er?«

»Das«, brach Schwartz sein Schweigen, »möchte er Ihnen persönlich sagen.«

Die Worte trafen Marlon wie ein Blitz. Pure Elektrizität. Ein Interview mit dem Kindergarten-Geiselnehmer. Hochoffiziell abgesichert. Ein Kracher. Das würde bundesweit laufen. Mindestens. Schwartz wippte auf dem Stuhl, zog einen Kugelschreiber aus der Hemdtasche, klickte die Mine rein und raus.

»Die Situation ist extrem heikel, Herr Kraft«, erklärte er. »Wir haben in einem vollbesetzten Kindergarten einen bewaffneten Geiselnehmer, der sich in einem Ausnahmezustand befinden dürfte. Zunächst hatten wir angenommen, in seinen Sporttaschen befände sich Sprengstoff. Sie waren aber randvoll mit Spielzeug.«

Der Geiselnehmer und der Teddy. Die Geschenke des Teufels. Was für ein Titel.

»Daraus schließen wir, dass er den Kindern vermutlich nichts tun will. Der Mann ist fünfunddreißig Jahre alt, heißt Joachim Roth, stammt aus dem Nachbarort und leidet unter paranoider Schizophrenie, die offenbar nur leidlich behandelt wurde. Er ist mehrfacher Backgammon-Meister seines Clubs und hat den halben Hof seines Vaters beim Glücksspiel verzockt. Roth gilt als intelligenter Einzelgänger. Sein Vater ist Jäger und Hobbyschütze. Unser Mann hat also Zugang zu Schusswaffen, und er hat im Kindergarten einer Erzieherin eine Waffe gezeigt. Sie hält sie für echt. Seit wir Kontakt über Funk haben, wissen wir, was er will. Die Stimmung ist noch friedlich. Bisher quengeln nur ein paar Kinder, weil sie nicht rausdürfen. Aber es geht auf Mittag zu. Sie werden sich fragen, warum ihre Eltern sie nicht abholen. Die Lage könnte unseren Geiselnehmer, die Erzieherinnen und die Kinder schnell überfordern und außer Kontrolle geraten. In dem Raum befinden sich über fünfzig Personen! Der Stressfaktor ist immens. Ein Zugriff scheidet aus, denn es ist nicht auszuschließen, dass er ein Kind als Schutzschild nimmt oder wahllos zu schießen beginnt. Die Scharfschützen haben keine Chance, weil Roth die Jalousien heruntergelassen hat. Wir können auch niemanden einschleusen, weil er das sofort durchschauen würde. Wir schließen aus, dass Roth mit Argumenten zur Aufgabe zu bewegen ist. Wir müssen also auf ihn eingehen. Und jetzt kommen Sie ins Spiel, Kraft.«

Marcus reichte Marlon eine Tasse Kaffee. Er trank einen kräftigen Schluck. Als Marcus eine Zigarette folgen ließ, war Marlon klar, dass das italienische Frühstück nicht als Aufmerksamkeit, sondern zur Beruhigung gedacht war.

»Unser Täter«, fuhr Schwartz fort, »kennt Sie. Er ist Krimi-Fan, wohl deswegen verfolgt er Ihre Tätigkeit und liest Ihre … Texte.«

Tätigkeit? TEXTE? Mistkerl.

»Jedenfalls hat er uns seine Forderungen genannt, und dazu gehört, dass er mit Ihnen sprechen will. Er hat ein Pamphlet verfasst, in dem es um staatliche Manipulation beim Lotto geht, die dazu dient, Spieler wie ihn abzuzocken, damit neue Kreisverkehre gebaut werden können.«

Einige Polizisten lachten kurz auf.

»Roth fordert, dass seine Erkenntnisse um zwölf Uhr in den Nachrichten gesendet werden. Wir haben also noch vierzig Minuten. Sobald er das in seinem Kofferradio gehört hat, will er sich stellen. Sie sollen sein Dokument verlesen, weil er Sie für einen neutralen und vertrauenswürdigen Journalisten hält. Er weiß es ja nicht besser …«

Wieder Gekicher.

»Das wird kein Sender mitmachen«, stellte Marlon fest.

»Doch«, antwortete Schwartz. »Radio 107,7. Der Lieblingssender unseres Täters. So etwas lässt sich doch keiner von euch entgehen, und ich bin mir sicher, dass Sie ebenfalls nicht widerstehen können. An Ihre moralische Verpflichtung zu appellieren halte ich ohnehin für zwecklos.«

»Und wenn ich ablehne?«, fragte Marlon. »Sie wissen, dass ich das nicht machen darf. Seit der Gladbecker Geiselnahme gibt es einen Zusatzpassus im Presserecht. Ich darf mich nicht aktiv in die Polizeiarbeit …«

»Ersparen Sie mir Ihre Belehrungen, Kraft. Und damit Sie beruhigt sind: Sie sind offiziell gedeckt. Ich stehe dafür ein«, unterbrach ihn Schwartz, dem der Hinweis sichtlich schwer über die Lippen kam.

»Und wenn ich es trotzdem nicht mache?«

»Dann muss ich ›bitte‹ sagen.«

Ein sarkastisches Lächeln umspielte Marlons Lippen. »So weit müssen wir es ja nicht kommen lassen.«

Die Pflaster ziepten an den Haaren von Marlons Oberkörper, als er die Bäckerei verließ. Marcus hatte ihn verkabelt und ihm kurz die Technik erläutert. Ein hochempfindliches Mikrofon klebe auf seiner Brust, über den Knopf in seinem Ohr werde die Leitstelle mit ihm Kontakt halten. In den Bügel des Hörers sei eine Mini-Kamera mit Restlichtverstärker integriert. Er brauche sich keine Sorge über die Reaktion des Geiselnehmers machen, der wisse, dass er mit ihnen verbunden sei.

Marlon schlug das Herz bis zum Hals. Die Story würde alles übertreffen. Das war der Stoff, der Preise gebiert. Und wenn es gutging, würde er am Ende als Held dastehen. *Neue-Westfalenpost-Reporter befreit Kinder aus Hand von irrem Geiselgangster*. Großartig. Natürlich musste es unbedingt einen Weg geben, das im Bild festzuhalten.

Während Marlon sich in Begleitung von Marcus und zwei weiteren Polizisten dem Eingang des Kindergartens näherte, ging ein Ruck durch die Journalisten. Kameras schwenkten auf die Gruppe, Reporter und Fotografen liefen auf sie zu, darunter auch Eddie, der aus der Wäsche guckte, als hätte er gerade Victoria Beckham an Marlons Seite entdeckt. Ein Polizeisprecher fing die Meute ab, um zu erläutern, was vor sich ging. Marlon genoss es, als er das entsetzte Gesicht des BILD-Reporters sah, der mit offenstehendem Mund zwischen Marlon und dem Polizisten hin und her blickte. Als sie die Absperrung passiert hatten, drängte sich Eddie an das Flatterband, ließ seine Kamera rattern und bedeutete Marlon mit einer Geste, dass er ihn für völlig durchgedreht hielt.

Marlon antwortete mit zwei Handzeichen, um Eddie zu vermitteln, dass er darauf achten solle, ob sich irgendwo etwas öffnen würde. Eddie nickte, sah zu den Fenstern mit den Jalousien und dann wieder zu Marlon, der ihm zuzwinkerte. Unauffällig setzte sich der Fotograf von den Reportern ab.

»Okay«, hörte Marlon Schwartz' Stimme blechern in seinem Ohrstecker, »er weiß jetzt, dass Sie kommen. Reizen Sie ihn nicht. Sie lesen den Text in das Funkgerät, wir zeichnen auf.«

Marlon nickte. Stimmen knarrten in der Ohrmuschel.

»Er geht rein …«

»… drei in Position …«

»… habe ihn …«

»… vier in Position …«

»… Team stand-by …«

Der Funkverkehr des SEK. Bei dem Gedanken, dass er sich im Fadenkreuz der Zielfernrohre einiger Scharfschützen befand, fröstelte Marlon. Marcus gab ihm einen Klaps auf die Schulter. »Die letzten Meter musst du alleine gehen. Wenn etwas schiefläuft, werden wir es sofort mitbekommen und handeln.«

»Aber nicht, bevor ich mein Interview habe. Heute Abend Tennis? Ich habe noch eine Rechnung mit dir offen«, antwortete Marlon betont locker.

Marcus schüttelte den Kopf. »Du bist unverbesserlich. Mach bloß keinen Mist.«

Hinter der Glastür des Kindergartens hörte Marlon aus dem spärlich erleuchteten Flur den gedämpften Klang lachender Kinder, Spielgeräusche und eine Gitarre. Garderobenhaken reihten sich an der Wand in Brusthöhe aneinander. Jeansjäckchen, Sweatshirts und Butterbrottaschen hingen daran. Darunter standen Bänke mit Schuhfächern, in denen kleine Turnschuhe und Sandalen steckten. Ein Regal war bis oben hin angefüllt mit Gummistiefeln. An den Wänden hingen bunte Bilder, die Bienen und Schmetterlinge zeigten. Dennoch hatte das Grauen Einzug gehalten. Der böse Butzemann war gekommen. Er würde nicht zögern, das eine oder andere Kind in seinem Sack mit ins Dunkelland zu nehmen, und draußen hielten sich Dutzende Notärzte in Bereitschaft, um verletzte kleine Körper zu behandeln. Scharfschützen lagen auf den Dächern, Maschinenpistolen waren entsichert und Gasgranatenwerfer geladen. Die martialische Maschinerie würde auf Knopfdruck mit aller Gewalt und Härte zuschlagen. Marlon schauderte.

Seine Sinne waren aufs äußerste geschärft. Jede Wahrnehmung, der leichte Duft nach Kakao, das Quietschen seiner Sohlen auf dem Linoleum – alles konnte wichtig sein. Ein Symbol, um den Lesern die Wahrheit hinter der Wirklichkeit zu verdeutlichen. *Ja, das ist das wahre Koks,* dachte er und zog die Nase hoch. Dumme Angewohnheit. Immer noch, obwohl er schon seit über einem Jahr clean war.

Von links hörte er ein Geräusch, zuckte zusammen und sah in dem verdunkelten Waschraum die Silhouette einer Frau.

»Frau Drawe«, hörte Marlon Schwartz über den Kopfhörer sagen, »die Erzieherin, die wir gebeten haben, den Kontakt zu uns aufrechtzuerhalten, damit wir wissen, was drinnen vor sich geht. Roth weiß nichts von ihr.«

»Okay«, flüsterte Marlon, wischte sich die Nase und schlich weiter. Er hatte vergessen, dass sie in der Einsatzleitung über die Mini-Kamera in verrauschten Videobildern all das sehen würden, was in seinen Blick geriet. Dann stand er vor der roten Tür, aus der das Kinderlachen, die Spielgeräusche und der Gitarrenklang drangen. Auf das Holz war ein großer Frosch geklebt, der überdimensionierte gelbe Augen hatte und aus dessen Fratze eine endlos lange Zunge schoss.

»Das ist die Tür«, sagte Schwartz. »Gehen Sie rein. Langsam. Unaufgeregt.«

»Sie haben gut reden.«

»Keine Angst. Solange Sie sich normal verhalten, wird nichts außer Kontrolle geraten.« Vorsichtig öffnete Marlon die Tür und musste sofort die Augen zusammenkneifen, als ihm das helle Licht der Deckenbeleuchtung in die Augen fiel.

»Restlicht runter«, hörte er, »haben kein Bild.«

»Restlicht ist runter«

»Bild steht.«

»Bestätigt.«

»Da ist ja die Ratte!«

Das Gewirr aus dem Funkverkehr und das laute Kreischen, Juchzen und Schreien der annähernd fünfzig Kinder irritierte Marlon für einen Moment. Jungen und Mädchen tobten ausgelassen durch den stickigen Raum, der nur für die Hälfte der Kinder ausgelegt war und aus allen Nähten zu platzen schien, bevölkerten die Puppenstube und die Leseecke, kneteten an den Tischen oder saßen auf dem Fußboden, der von Spielsachen übersät war. Die Schallkulisse war ebenso überwältigend wie das von Körperausdünstungen angereicherte feuchtwarme Klima. Mit schweißnassem Haar, roten Wangen und kalkweißem Gesicht saß eine der Erzieherinnen auf dem Sofa und spielte auf der Gitarre. Davor hockten einige Kinder auf einem Teppich, der mit Straßen und Verkehrszeichen bedruckt war. Aus weit aufgerissenen Augen sah sie Marlon an. Die beiden anderen Erzieherinnen spielten mit den Kindern, die ältere von beiden hielt ein Taschentuch in der Hand, mit dem sie sich immer wieder den rechten Augenwinkel rieb. Auch sie blickten zu Marlon, der nun nur noch Augen für den

Mann hatte, der inmitten des Raumes auf einem Kinderstuhl saß, Indianerschmuck trug und eine nackte Barbie in Händen hielt. Auf seinem Schoß lag ein Funkgerät.

Roth sah weder aus wie ein Ungeheuer noch wie ein Irrer. Er hatte eher etwas von einem Mathe- und Computerfreak. Ein Außenseiter. Die schwarzen Haare waren kurz geschnitten, und er trug einen schmalen Oberlippenbart. Das bedruckte schwarze Hemd hing aus seiner verwaschenen Jeans und schien ein paar Nummern zu groß zu sein. Er war hager, bleich, und an dem schmalen Handgelenk glänzte eine riesige Multifunktionsuhr mit zahlreichen Knöpfen.

Als Roth Marlon entdeckte, huschte ein Lächeln über seine Lippen. Er gab die Barbie einem kleinen Mädchen mit wuscheligem Lockenkopf, setzte den Federschmuck ab und stand auf. »Hallo, Herr Kraft«, rief er und winkte ihm zu. Er klang, als steckte er noch im Stimmbruch, und seine Hand lag kraftlos wie eine tote Schlange in Marlons. »Freut mich sehr«, fügte er hinzu, den Kinderlärm mit einiger Anstrengung übertönend. »Es ist gut, dass wir uns endlich kennenlernen. Ich bin mir sicher, dass Sie den Ernst der Lage begreifen, wenn Sie das hier gesehen haben.«

Begreifst DU den Ernst der Lage?

Roth lächelte, und jetzt wusste Marlon, was ihn an dem Mann irritierte. Seine Augen. Sie waren so leer wie sein Lächeln. Ohne jeden Ausdruck. Sie hätten aus Glas sein können. Roth griff mit der rechten Hand hinter sich, um etwas aus dem Hosenbund zu ziehen. Eine Geste, die nicht unbemerkt blieb und Marlon einen Schritt zurücktreten ließ.

»Achtung!«

»Vielleicht greift er nach einer Waffe.«

»Vorsicht, Kraft!«

»… haben immer noch keine Sicht …«

Die Stimmen im Kopfhörer überschlugen sich, um sofort wieder zu verschwinden, als Roth ein sorgfältig zusammengefaltetes Dokument aus der Hosentasche zog und Marlon reichte. Er lachte. »Haben *Sie* einen Schreck bekommen? Oder haben *die* einen Schreck bekommen?«

Marlon zuckte mit den Achseln und griff nach dem Zettel. Er wirkte wie feines Büttenpapier.

»Wundert mich nicht«, sagte Roth, dessen Dauergrinsen an Marlons Nerven zerrte. »Ich werde schon seit Jahren überwacht. Sie versuchen, meine Gedanken zu stören. Mikrowellen. UV-Strahlung. Ich wundere mich über nichts mehr. Aber Sie kennen die ja.« Er trat einen Schritt näher. »Sie kennen die. Sie haben keine Angst. Ich lese Ihre Artikel. Und ich lese auch alles zwischen den Zeilen, Herr Kraft. Sie sind sehr geschickt. Aber ich verstehe alles. Ihre Botschaften kommen an.«

»N-natürlich. D-danke«, stammelte Marlon und fragte sich, was um Gottes willen Roth da faselte. Aber er nahm an, dass es besser sein würde, auf ihn einzugehen. Dann überflog er den Zettel. Wirres Zeug über Manipulationen beim Lotto zur Finanzierung geheimdienstlicher Aktivitäten. Marlon sah auf die Uhr. Zwanzig vor zwölf. Es blieb nicht mehr viel Zeit.

»Verstehen Sie meine Theorie?«, fragte Roth und legte den Kopf schief.

Marlon nickte und log: »Natürlich. Wenn das stimmt, dann ist das eine Sensation.«

Roth strahlte ihn an. »Mit meinem eigenen Geld haben die es finanziert, mich zu überwachen.« Das Lächeln verschwand von seinen Lippen. »Mit meinem eigenen Geld!«, schrie er, schnaubte, und sein Kopf lief hochrot an. Einige Kinder sprangen zur Seite. Die Erzieherinnen zuckten zusammen. Konnte dieser Mann durchdrehen? War er unberechenbar? Mit Sicherheit.

Die Stimme in Marlons Ohr meldete sich. »Kraft, wenn alles okay ist, husten Sie.« Marlon hüstelte nervös. »Okay. Lesen Sie das vor und verschwinden Sie«, sagte Schwartz. Marlon hüstelte wieder. »Wenn es Ihnen gelingt, bringen Sie den Mann auf den Flur, raus aus der Gruppe. Dann haben wir eine Möglichkeit. Aber: keine Heldentaten.«

Das Spiel bekam eine neue Wendung, dachte Marlon. Nun wollte die Polizei ihn offenbar doch als Instrument benutzen. Ein kleines Mädchen zupfte an seiner Hose. »Bist du erkältet?«, lispelte sie. Marlon lächelte gequält und schüttelte den Kopf. Sie hatte Pippi-Langstrumpf-Zöpfe und eine niedliche Zahnlücke. Ja, er musste versuchen, Roth hier rauszubringen. Aber vorher war noch dafür zu sorgen, dass Eddie ein Foto machen konnte. *Reporter verhandelt mit dem Geiselnehmer.* Erst das Bild würde die Geschichte zum Überknaller machen. Und dazu musste die Jalousie geöffnet werden.

Roth hatte sich wieder beruhigt. »Hier, das Funkgerät. Bitte verlesen Sie mein Vermächtnis. Wenn es in den Nachrichten gesendet worden ist, gehen wir raus. Ich will keinem etwas tun – aber: Niemand hat je auf mich gehört, und diese fürchterlichen Dinge müssen aufhören. Sie wollen mein Gedächtnis löschen. Ihnen wird man glauben. Ich vertraue Ihnen.«

Marlon nickte und sah sich in dem Raum um. An dem Fenster, direkt neben dem Sofa, war ein Schaltrelais in die Wand eingelassen. Es hatte zwei Tasten. Das musste die Steuerung für die Jalousien sein.

»Was ist das für ein Aufdruck auf Ihrem Hemd?«, fragte Marlon. Es sah aus wie eine Kung-Fu-Zeichnung in tiefem, leuchtendem Rot mit viel Gold.

»Der Drache«, flüsterte Roth. »Es ist der Purpurdrache. So nennen sie mich im Backgammon-Club wegen meines Hemds.«

»*Das Vermächtnis des Purpurdrachen*«, leck mich am Arsch.
Roth kicherte. »Die haben natürlich keine Ahnung. Aber Sie wissen es, nicht wahr? Er ist Ihnen gleich aufgefallen. Sonst hätten Sie nicht gefragt, richtig? Sie kennen sein Geheimnis.«

»Sicher«, sagte Marlon und zermarterte sich den Kopf, wie er an den Schalter der Jalousie gelangen könnte. »Ich weiß Bescheid. Aber wir haben nicht mehr viel Zeit. Und hier drinnen ist es zu laut. Wir könnten zum Lesen auf den Flur gehen. Da haben wir genug …«

Roth lächelte und schüttelte den Kopf. »Das werden wir nicht, Herr Kraft. Dann würde die Polizei sofort eingreifen, das geht nicht. Nein, wir lesen hier drinnen. Und ich bin mir sicher, dass die Kinder einen Moment lang ruhig sein werden.«

»Ganz wie Sie wollen«, sagte Marlon.

»Mist«, krächzte es in seinem Ohr. »Abbruch!«

Wie es schien, hatten sich die Wahnsinnigen da draußen bereits auf den Weg gemacht. Marlon schluckte.

»Vielleicht«, schlug er Roth vor, »gehen wir rüber in die Leseecke …«

… zu dem Schalter, an den ich mich versehentlich anlehnen könnte …

Roth war einverstanden. Die Erzieherin mit der Gitarre brachte die Kinder weg von dem Straßenteppich. Marlon lehnte sich neben dem Sofa an und tat so, als überfliege er das Vermächtnis noch einmal. Tatsächlich drückte er den Rücken sanft an die Wand, bis er einen kantigen Widerstand an den Lendenwirbeln spürte. Das Steuerungsrelais. Roth schaltete das Funkgerät ein.

»Wir werden jetzt senden«, sprach er hinein.

»In Ordnung, wir zeichnen auf«, rauschte es zurück.

Roth reichte das Gerät Marlon und erhob seine Stimme.
»Alle Kinder sind jetzt leise ...«

Die Kinder tobten und kreischten weiter.

»Sorgen Sie für Ruhe, verdammt!«, schrie er die Erzieherinnen an, die zusammenzuckten. Roth griff in seinen Hosenbund und zog eine Pistole hervor, die er einmal kurz vorzeigte und dann in der rechten Hand baumeln ließ. Jetzt zuckte auch Marlon zusammen.

»Kraft?« Marlon hustete.

Die Erzieherinnen knieten sich hin, legten sich die Finger an die Lippen und machten »Pssst«. Wie es aussah, eine hundertfach erprobte Methode, um für Ruhe zu sorgen. Die Kinder setzten sich, legten ebenfalls die Finger an die Lippen und machten »Pssst«.

Marlon starrte auf die Pistole in Roths Händen. Irgendetwas stimmte damit nicht.

»Können wir?«, krächzte es aus dem Funkgerät.

»Wir können«, sagte Marlon. Roth schloss die Augen, um seinem Vermächtnis zu lauschen, und verschränkte die Hände vor dem Hemd, auf dem sich der purpurne Drache schlängelte.

»Dieses ist das Vermächtnis eines Verfolgten und von Radiation in seinem Gedächtnis Beschädigten. Der BND und der KGB planen unter dem *Code Casino* die Übernahme Mitteleuropas. Dazu sind verdeckte Gelder des CIA und der Al Qaida aus den Attentaten im Einsatz, es wird auch Geldbeschaffung zur Ausrüstung einer Armee unter unseren Augen betrieben ...«

Um Gottes willen, lese ich das wirklich vor?

»... in Anschlägen auf mein Leben sollte meine Methode zur Einsatzverteilung und Gewinnquotierung in sogenannten Glücksspielen und beim Lotto vernichtet werden, indem mittels Medikamenten, Strahleneinsatz und künstlichem Schlafentzug mein Gedächtnis gelöscht werden sollte. Weitere Anschläge wurden auf mein Vermögen verübt, indem die von mir entwickelte Methode sabotiert wurde, was den staatlichen Einfluss auf das angebliche Glücksspiel Lotto beweist.«

Jetzt wusste Marlon, was mit der Pistole nicht stimmte. Durch einen Spalt in der Jalousie fiel etwas Sonnenlicht auf die Waffe, und nun sah er es deutlich. Sie hatte oben und unten Klebegrate. Außerdem war sie verkratzt und an einigen Stellen nicht schwarz, sondern dunkelblau. Dann fiel ihm das große Schiebefach hinter der Zieleinrichtung auf. Es war eine angemalte Erbsenpistole. Ein Spielzeug.

Marlon war erleichtert. Hier würde nichts passieren. Nichts, außer einer guten Möglichkeit zum Fotografieren für Eddie. Und im Ernstfall würde er mit einem Spielzeugpistolen schwingenden Irren auch noch selbst fertigwerden. Marlon presste den Rücken an die Wand und spürte, wie sich die Druckknöpfe in seine Lende bohrten. Mit einem Ruck sprang der Motor an. Die Jalousie ging nach oben.

»Was ist das?«, fragte Roth.

»Was ist was?«, entgegnete Marlon verblüfft.

»Kraft, was geht da vor? Die Jalousie öffnet sich …«, funkte es in seinem Ohr.

»Was passiert da?«, kreischte Roth und stürzte zum Fenster. Gleißendes Sonnenlicht fiel in den Raum. Die Jalousie hatte sich bereits um ein gutes Drittel gehoben.

»Was machen Sie da?« Roth stürzte auf Marlon zu, der sich umdrehte und sagte: »Oh, Mist, ich habe mich wohl an den Knopf gelehnt …«

Mit einem kurzen Seitenblick prüfte Marlon, ob sich die Jalousie bereits weit genug geöffnet hatte. Er sah das rote Absperrband. Eddie kniete dahinter und hielt sich die Kamera vors Gesicht. Gut so. Das war's. Und dann stand Roth vor ihm und schleuderte Marlon gegen die Wand.

»Was tun Sie da?«, brüllte er.

Einige Kinder begannen zu weinen.

»Nur die Ruhe, ich bin zufällig an den Schalter gekommen …«

»Kraft, was passiert da?«, hörte Marlon es krächzen. »Team bereit.«

»Sind nicht mehr blind.«

»Zwo in Position!«

Um Himmels willen!

Dann riss Roth die Erbsenpistole hoch und ging auf Marlon los, der das Funkgerät fallen ließ, um den Angriff abzuwehren.

»Machen Sie das wieder runter!«, schrie Roth.

»Ziel hat Waffe«, hörte Marlon.

»Achtung, Zugriff!«

Sie tun es. Jetzt. Sie tun es wirklich.

»Es ist eine Erbsenpistole, Schwartz! Ein Spielzeug!«, brüllte Marlon aus Leibeskräften in das Mikro auf seiner Brust. Die Jalousie war fast oben. Lichtreflexe tanzten auf den Dächern. Polizisten zerrten Eddie zur Seite und warfen sich mit ihm auf den Boden.

Die Stimmen in Marlons Ohr überschlugen sich, während er mit Roth rang.

»Zwo keine Möglichkeit …«

»Wir hören Sie nicht, Kraft …«

»Sie kämpfen, es gerät außer Kontrolle.«

»Sechs hat Chance, siebzig Prozent.«

»Eins hat jetzt Chance, achtzig Prozent.«

Sie begriffen nicht. Sie verstanden nicht. Oder sie konnten ihn nicht verstehen. Das durfte nicht geschehen.

»Fünf hat neunzig Prozent.«

»Das reicht«, hörte Marlon die kalte Stimme von Schwartz, während ihm der heiße Atem von Roth ins Gesicht schlug.

»Runter!«, brüllte Marlon. »Alle runter!«

»Was ...«, sagte Roth tonlos und hielt in seiner Attacke inne.

Dann zerbarsten die Fensterscheiben. Kinder kreischten und schrien um ihr Leben. Rauschen und Pfeifen in seinem Ohr. Ein Teddy zerplatzte. Unter der Decke zerfetzten Lampen. Marlon sah einen Stuhl. Den Autoteppich. Einen Kung-Fu-Drachen. Und das Reh. Ja, das Reh. Seine toten Augen.

Dann wurde alles rot. Purpurrot.

2.

Drei Jahre später

Bang, bang, bang. Die Schüsse krachten durch den Raum. Alex zwang sich, durch den Mund zu atmen. Den Pulvergestank hatte sie von dem Moment an gehasst, als er ihr in der Ausbildung vor Jahren zum ersten Mal in die Nase gestiegen war. Dann legte sie die Pistole auf den Tisch, drückte auf den Knopf, und die Schießscheibe surrte heran. Helen grinste, verschränkte die Arme und sagte etwas. Alex nahm den klobigen Gehörschutz ab.

»Hä?«

»Verdammtes Miststück, habe ich gesagt. Stehst du auf Beschimpfungen, oder warum willst du das gleich doppelt?«

»Der Gehörschutz ...« Alex tippte mit den Fingernägeln auf die gelbe Plastikschale.

Helen lächelte immer noch. Sie war einen Kopf kleiner als Alex und nach ihrer Schwangerschaft ein wenig in die Breite gegangen. Die Schutzbrille, die sie jetzt hochgeschoben auf der Stirn unter dem wuscheligen blonden Haar trug, hatte tiefe Abdrücke rund um die Augen hinterlassen, an denen sich die ersten Fältchen bildeten. Sie nickte in Richtung Schießscheibe. Alex zog die Schutzbrille ab, strich sich eine tiefschwarze Strähne aus dem Gesicht und kniff die Augen zusammen.

»Mach das nicht, das gibt Falten«, lachte Helen. »Die gehören nicht in so ein hübsches Schneewittchengesicht.«

»Hast du eine Ahnung ...« Auch Alex lachte. *Schneewittchen.* So hatte Helen sie früher schon genannt. Weil Alex sie mit ihrem pechschwarzen Haar, der hellen Haut, den rehbraunen Augen und dem kirschroten Mund daran erinnerte. Helen liebte Spitznamen.

»Und warum Miststück?«, fuhr Alex fort. »Die Treffer sind doch alle plaziert?«

»Eben«, grinste Helen. »Und zwar alle im Gesicht.«

»Oh.« Jetzt erst fiel es auch Alex auf. Sie hatte auf der Mannscheibe tatsächlich sechs Treffer direkt im Gesicht der Zeichnung gelandet. »Tatsächlich.«

»Man könnte fast meinen, du seist Schütze statt Wassermann – eigentlich bist du auch viel zu zielgerichtet. Muss am Aszendenten liegen.«

»Du mit deinem Astro-Tick – du weißt doch, was ich davon halte.«

Helen nickte. »Na, dann hat das wohl mit Ihrem Job zu tun, Frau Doktor von und zu?«

Alex lachte. Andauernd machte sich irgendwer darüber lustig. Nun, sie konnte damit leben. Was den Namen anging, hatte es schon im Kindergarten begonnen. Alexandra Gräfin von Stietencron. Eine Steilvorlage für Kinder. Irgendwann in der Oberstufe hatte es aufgehört. Nach dem Abitur sowieso. Ihr Vater war damals ausgetickt, als Alex ihm mitgeteilt hatte, dass sie nicht Jura studieren würde. Noch heute hörte sie seine tiefe Stimme durch die Düsseldorfer Biedermeiervilla im schicken Oberkassel hallen. Sie, mit ihrem Einser-Abschluss. Lehrling wolle sie werden und Strafzettel verteilen – mit diesen Worten hatte er ihr Studium an der BKA-Akademie herabgewürdigt. Ein Jahr lang hatte er kein Wort mit ihr gewechselt. Als sie später das Medizinstudium aufgenommen hatte, war er zunächst versöhnt gewesen, um dann erneut in störrisches Schweigen zu verfallen, als sie auf Psychologie umsattelte, weil sie die Medizin nur als einen Trittstein auf ihrem Weg angesehen hatte.

Alex legte den Kopf schief und betrachtete die Schießscheibe. Sie war froh, dass sie das Ding nach der langen Zeit überhaupt getroffen hatte. Daran gemessen war das Ergebnis geradezu brillant. »Was gibt es denn auszusetzen?«

»Eigentlich nichts«, sagte Helen und schob ein neues Magazin in ihre Walther. »Nur: Psychologin, Kopf, Pistole, Kopftreffer – hallo?«

»Ah.« Alex nickte. »Verstehe. Tja, wer weiß: Die Schaltkreise da oben sind unergründlich.«

Helen lächelte und schob sich ihre Brille über die Augen. »Natüüüürlich. Aber du kommst zurecht, das stimmt. Ist wie Fahrradfahren, oder?«

»Mmh.« Es war tatsächlich wie Fahrradfahren. Alex hatte

es für eine gute Idee gehalten, sich wieder etwas fit zu machen, bei Helen angerufen und gefragt, ob ein paar Runden im Schießkino drin seien. Natürlich gehörte Alex längst nicht mehr dazu, zumindest offiziell nicht. Aber: einmal Polizist, immer Polizist. Helen hatte einen Weg gefunden, Alex einzuschleusen.

Die Töne von *Axel F.*, der einprägsamen Titelmelodie von *Beverly Hills Cop,* plärrten aus Alex' Handtasche.

»O nein«, stöhnte Helen. »Das ist ... Das kann doch wohl echt nicht wahr sein, Schätzchen: *Axel F.?*«

Alex zuckte mit den Schultern und zog das Handy aus der Tasche. »Ja, das war aber ein Zufall mit dem Klingelton, denn ...« Sie brach abrupt ab, als sie die Nummer im Display sah. »O Gott ...«

»Sag nicht«, sagte Helen und legte die Waffe beiseite, »sag nicht, *sie* sind es?«

»O Gott, o Gott!« Alex sprang von einem Bein auf das andere. Doch nicht hier. Ausgerechnet hier und jetzt. Das passte ü-b-e-r-h-a-u-p-t nicht.

Helen legte die Hand vor den Mund. »Sie sind es.«

Die Nummer im Display war die des LKA – genauer gesagt die Durchwahl von Dr. Johannes Stemmle aus der Operativen Fallanalyse. Die Abteilung hatte ihre Wurzeln im US-amerikanischen Profiling. Bei ungeklärten Tötungsdelikten berieten speziell ausgebildete Kriminalbeamte, unterstützt von Psychologen, die Sonder- und Ermittlungskommissionen. Ihr Job war es, anhand aller verfügbaren Daten Tathergang und Tatphasen akribisch zu rekonstruieren und Verhaltensaspekte abzuleiten, um Aufschluss über die Motive des Täters und dessen Verhaltenscharakteristik zu erhalten. Stemmle war der Koordinator für das landesweite Pilotprojekt, auf das sich Alex vor einigen Wochen beworben hatte. Mittelgroßen Behörden sollten in ausgewählten Städten Psychologen zugeordnet werden. »Ein Testballon«, hatte Stemmle erklärt, »der auch nur auf das Drängen eines Kollegen zustande gekommen ist, der unbedingt neue Wege beschreiten will.« Machte ja nichts – in neuen Wegen war sie gut, wenngleich Stemmle ihr als Berufsanfängerin keine allzu großen Hoffnungen gemacht hatte.

In dem Projekt ging es vorrangig um die Supervision der Einsatzkräfte, Personalentscheidungen, Gesprächsangebote. Außerdem sollte Betroffenen Beistand und bei Bedarf ermittlungstaktische Hilfe geleistet werden. Das Land hatte die Sache abgenickt, in der Hoffnung, dass Kapazitäten bei den überlasteten kriminalpsychologischen Abteilungen des LKA und BKA entlastet sowie Kosten bei der Beauftragung teurer freier Gutachter gespart werden konnten.

Alex sah den potenziellen Job als Sprungbrett. Vielleicht entwickelte sich aus dem Projekt eine feste Stelle, wenn sie ihre Sache gut machte, wozu sie finster entschlossen war. Ihr Lebenslauf übertraf die Anforderungen ohnehin bei weitem: kriminalpolizeiliche Ausbildung an der BKA-Akademie, ein paar Semester Medizin, »Summa cum laude«-Promotion in Psychologie, eine ganze Reihe einschlägiger Workshops in Forensischer Psychiatrie und Seminare in operativer Fallanalyse sowie ein einjähriges Praktikum im privaten kriminalpsychologischen Institut ihrer Mentorin, die Gutachten und Täterprofile für die Landeskriminalämter anfertigte. Zudem war Alex gerade mal zweiunddreißig Jahre alt sowie Bezirksmeisterin im Triathlon und die Tochter von Alexander Graf von Stietencron, der an der Düsseldorfer Kö einer angesehenen Kanzlei vorstand, seit Jahrzehnten erste Wahl in Wirtschaftsfragen. Die Referenzen waren vorzüglich. Nur nicht, und Stemmle war nicht müde geworden, es zu betonen, ihre mangelnde Berufserfahrung.

Alex atmete durch, schluckte schwer und nahm das Gespräch an. Eine Absage. Es stand so fest wie das Amen in der Kirche. Mit zusammengepressten Lippen und der freien Hand aufs Herz gedrückt, stand sie mit überkreuzten Beinen da, verfolgte konzentriert Stemmles Worten, nickte gelegentlich und ließ ein »Mmh« folgen. Helen gab keinen Mucks von sich. Schließlich verabschiedete sich Alex, klappte das Handy zusammen und sank mit einem »Puuuh« in sich zusammen.

»Sie haben dich nicht genommen.« Helen hielt sich die Hand vor den Mund. »Diese Idioten.«

»Der Dienststellenleiter habe gesagt, ich sei ja etwas jung.«

»Ja und? Spinner!« Sofort schoss die Farbe in Helens Gesicht, wie immer, wenn sie wütend wurde.

»Die Berufserfahrung sei ja auch nicht so doll …«, seufzte Alex.

»Und wie soll man Berufserfahrung bekommen, wenn nicht durch die Praxis? O Mann, wenn ich das schon wieder höre …«

»Ja.« Alex atmete schwer aus. »Das hat der Dienststellenleiter auch zu Stemmle gesagt.«

»Wie«, fragte Helen verwirrt, »was hat er gesagt? Das verstehe ich jetzt nicht.«

»Dass man Berufserfahrung nur durch Praxis erhält.« Ein breites Lächeln legte sich wie ein Sonnenstrahl auf Alex' Gesicht. »Ich habe den Job.«

»Aaaaah!« Helen riss die Hände hoch wie ein Boxer nach dem Sieg. »Du Miststück!«

Sie sprang auf Alex zu und nahm sie in die Arme. »Mensch, ich freue mich so für dich!«

Alex spürte, wie sich ihre Augen mit Tränen füllten und sich der Kloß in ihrer Brust löste. »Ja. Ist das nicht toll? Stemmle hat dann auch zugestimmt. Er hat es zwar an eine ganze Reihe von Auflagen geknüpft, aber was soll's. Und ich Idiotin fange an zu heulen.«

»Das macht doch nichts, Süße.«

Doch, dachte Alex, *tut es.* Sie zog die Nase hoch, wischte sich durch die Augenwinkel und hatte sich wieder gefangen. »Das habe ich alles dir zu verdanken, Helen. Wenn du mir nicht die Ausschreibung …«

»Papperlapapp.« Helen machte eine wegwerfende Handbewegung.

»Doch, es ist so. Du weißt ja nicht, was es für mich bedeutet …«

»Für mich bedeutet es jedenfalls, dass wir bald wieder Kolleginnen werden, und das finde ich großartig. Ich meine, ein paar Kilometer liegen ja dazwischen, das ist echt wilde Prärie da hinten. Aber für den Anfang bestimmt nicht schlecht, oder?«

»Ja, das glaube ich auch.«

»Und wann geht's los?«

Alex hob die Augenbrauen. Es fühlte sich fast so an, als verkünde sie den Geburtstermin eines Babys. »In drei Wochen.«

Helen grinste und schob die Schutzbrille wieder über die Augen. »Okay, Cowgirl. Dann sollten wir keine Zeit verlieren und noch ein wenig trainieren.«

»Ja«, lächelte Alex, »das sollten wir.«

3.

Die Erntesaison begann in Lemfeld für gewöhnlich Anfang August, wenn die Felder hoch standen und die mit reifen Körnern gefüllten Ähren sich in Richtung Boden neigten. Der Monat hatte ungewöhnlich kalt und feucht begonnen. Die Äcker waren verregnet, die Erde nass, die Gerste von Sturmböen niedergedrückt, und damit war an Arbeit im Korn noch nicht zu denken. Einige Spaßvögel hatten den Stillstand genutzt und Kreise in die Felder gezeichnet, die vielleicht vor einigen Jahren noch Aufsehen erregt hätten, jetzt der Lokalpresse aber nur noch eine müde Bildzeile mit der ironischen Überschrift »Grüße vom Sirius« wert waren. Nachdem sich der Spätsommer dann wieder zurückgemeldet hatte, herrschte Hochbetrieb auf den Äckern, und der Klang der Mähdrescher dröhnte über Lemfeld wie vor mehr als sechzig Jahren die Rotoren der amerikanischen Geschwader auf dem Rückweg von ihren Bombardierungen.

Reinhold Kröger drehte seit dem frühen Morgen seine Runden auf dem gewaltigen John Deere, genoss die kühle Brise aus der Klimaanlage sowie einige Butterbrote, die er sich mit Spiegelei belegt hatte. Für heute Mittag waren Gewitter angesagt. Er musste sich beeilen. Aber Eile war bei der Feldarbeit ein relativer Begriff. Der John Deere fraß sich wie eine dicke Heuschrecke Stunde um Stunde gemächlich durch das Korn – nur unterbrochen von gelegentlichen Stopps am Traktor zum Entleeren des Tanks. Das GPS wies Kröger den Weg, und das monotone Surren der Maschine und die sanfte klassische Musik aus dem Radio ließen ihn schließlich für einen Moment einnicken. Krögers Kopf kippte nach vorne, die grauen Haare fielen ihm in die wettergegerbte Stirn und schließlich das Butterbrot aus der Hand.

Lautes Krachen riss ihn in die Wirklichkeit zurück. Einen Augenblick lang war er benommen, und er starrte wie durch einen roten Nebel auf die großflächig plattgedrückte Gerste im Zentrum des Kornfeldkreises. Der John Deere ruckelte. Dem Krachen folgte ein Knirschen. Dann schaltete das Sicherungssystem die Maschine aus. Nur das Radio lief weiter und spielte eine Nocturne von Chopin. Kröger rieb sich mit den schwieligen Handballen über die Augen, aber der Nebel wollte nicht verschwinden. Schließlich durchfuhr es ihn wie eine Eisenfaust. Es war kein Nebel. Die komplette Windschutzscheibe war mit feinen rotbraunen Tropfen besprüht, die in zähen Schlieren an dem Plexiglas herabliefen. Blut.

Der Landwirt schoss aus dem Ledersessel und sprang aus dem Führerhaus. Irgendein dämliches Rehkitz, das sein Lager in dem Kornfeldkreis eingerichtet hatte, musste in das Schneidwerk geraten sein. Abgesehen davon, dass das eine Riesensauerei und unter Umständen einen teuren Schaden bedeutete, hieß das auch: Mach's gut, Gerste. Denn das Gewitter zog bereits auf. Die Luft war zum Schneiden. Klebrig, heiß und feucht. Ein schwüler Wind raschelte in den Ähren.

Kröger ballte die Fäuste und marschierte vorbei an den mannshohen Reifen des John Deere, um sich den Schaden zu besehen. Als er an der gewaltigen, fast fünf Meter breiten Einführungsschnecke angekommen war, stockte ihm der Atem. Das Metall war über und über mit Blut bezogen, und die komplette Front des Mähdreschers war damit besprüht. Nicht auszumalen, welche Schweinerei das Mistvieh hinter den Messern im Dreschwerk angerichtet haben würde. Aber es musste etwas weitaus Größeres gewesen sein als ein Rehkitz, dachte Kröger. Vielleicht war es auch Aas gewesen, vielleicht ...

Rechts außen an dem Schneidwerk hatte sich ein Fetzen Stoff verfangen, und als Kröger genauer hinsah, erkannte er einen orangefarbenen BH. Als er den abgetrennten Fuß entdeckte, an dem noch ein Flipflop steckte, löste sich ein heiserer Schrei aus seiner Kehle, und eine unverdaute Masse aus Eierbroten folgte.

Das Aas war ohne Zweifel weiblich.

4.

Menschen, die Geldautomaten blockieren und sich benehmen, als würden sie die Geräte neu programmieren. Rentnerinnen in Metzgereien, die sich jede Scheibe Wurst vorführen lassen, als handele es sich dabei um 69er Châteauneuf.« Marlon schürzte die Lippen und dachte nach. Der Typ im Parkhaus war ihm heute ebenfalls auf die Nerven gegangen. »Alte Säcke, die ihre Audis nicht unter acht Zügen einparken«, tippte er in das Laptop. Die Finger flogen über die Tastatur. Schließlich lehnte er sich in dem silbernen Stuhl auf der Terrasse des Cafés zurück, leerte den dampfenden Espresso in einem Zug und verschränkte die Arme hinter dem Kopf. So viel zu heute.

Viviane, seine Therapeutin, hatte ihm empfohlen, diese Listen täglich zu führen, um seine Aggressionen zu artikulieren.

Klappte ganz gut. Das Word-Dokument mit dem Titel »Bullshit« umfasste inzwischen fünfundachtzig Seiten. Bald könnte er nach einem Verlag suchen. Ein Lächeln huschte über Marlons Lippen. Die junge Mutter am Nachbartisch auf der Außenterrasse lächelte freundlich zurück. Missverständnis. Machte nichts. Lächeln ist Lächeln, und jedes Lächeln ist gut, wie er bei Viviane gelernt hatte.

Die Sonne versteckte sich hinter den Wolken. Die Luft in der Stadt war tropisch und stickig, und es war nur noch eine Frage der Zeit, bis sie sich in einem Gewitter entladen würde. Marlon mochte Gewitter, aber heute sorgte die drückende Luft für dumpfe Kopfschmerzen, die sich vom Nacken aus über die Hirnschale ausbreiteten. Außerdem pochte und juckte die Narbe an der Schläfe, wo ihn die Kugel gestreift hatte. Einen Zentimeter weiter rechts, und er wäre entweder nur noch ein sabbernder Lappen oder der kälteste Polizeireporter der Stadt gewesen.

Zwei Tage lang hatte er auf der Intensivstation gelegen. Nach den Schmerzen war der Wahnsinn gekommen. Als es nicht mehr zum Aushalten gewesen war, hatte Marlon Sandra um Vivianes Adresse gebeten. »Posttraumatische Belastungsstörung« lautete kurze Zeit später die Diagnose. Immer wieder die gleichen Alpträume. Schweißausbrüche. Panikattacken. Zugeschnürter Hals. Einmal hatte er in der Redaktion einen Weinkrampf bekommen, als er sich zwischen zwei Fotos nicht entscheiden konnte. Ein anderes Mal hatte er im Büro übernachtet, weil er sich im Dunkeln nicht mehr allein auf die Straße traute. »Höchste Zeit«, hatte Eddie am anderen Morgen gesagt und besorgt über die Brille gelinst, »dass du was tust.«

Schuld an allem war natürlich die Sache mit dem Kindergarten gewesen. Nächtelang, monatelang hatte Marlon sich deswegen zerfleischt, denn er fühlte sich für alles verantwortlich, was geschehen war und was hätte geschehen können. Seinetwegen war alles außer Kontrolle geraten. Seinetwegen hatten die Scharfschützen geschossen. Seinetwegen war der Kindergarten gestürmt worden. Ja, es war nur gerecht, dass es ihn erwischt hatte. Er hatte es verdient. Genau wie Roth, dem eine Kugel die Schulter zerfetzt hatte und der im Hochsicherheitstrakt der Forensischen Psychiatrie saß, den er frühestens in ein paar Jahren wieder verlassen würde.

Marlon hatte gezittert, geweint, sich tagelang in seiner Wohnung eingeschlossen. Immer und immer wieder hatte er die Schreie der Kinder gehört. Wie ein Echo. Er hatte dem Trägerverein des Kindergartens anonym zehntausend Euro gespendet und dem lieben Gott jeden Tag dafür gedankt, dass keinem Kind ein Haar gekrümmt worden war, obwohl er weder an Gott noch an sonst wen glaubte. In der Münsterkirche hatte er sogar fünfzig Kerzen gekauft und für die Heilige Jungfrau Maria angezündet.

Was in den kleinen Seelen der Kinder vorgegangen sein mochte, als bis an die Zähne bewaffnete Polizisten ihre Spielzeuge unter den schweren Stiefeln zertreten hatten, hatte er sich Hunderte Male ausgemalt und sich vor Wut darüber den Kopf an der Tür blutig geschlagen. Vielleicht würde ein Mädchen drogenabhängig werden. Vielleicht ein Junge zum Verbrecher. Alles seinetwegen. Alles seine Schuld.

Manchmal wurde es ihm auch jetzt noch zu viel, dann kam die Erinnerung an jene schrecklichen Momente zurück, in denen es schien, als schössen aus jeder seiner Poren die Nervenenden heraus, als kreiselte die Welt um ihn herum, bis er in ein grelles Loch stürzte, in dessen Zentrum sich nichts als Schwerelosigkeit befand. Ein Zentrum ohne Schmerz und Reue, in dem sich zu dem Paar rehbrauner Augen ein sich schlängelnder Drache gesellte, bevor alles schwarz wurde. In diesen Augenblicken schien er endgültig kurz vor dem Durchdrehen zu stehen.

Die Beteuerungen von Marcus, es habe sich um eine Art Unfall gehandelt, an dem Marlon keine Schuld trage, hatten ebenso wenig geholfen wie ein Gespräch mit Polizeichef Schwartz, der Marlon für den Einsatz gedankt und statt einer weiteren Scharfschützenkugel einen Präsentkorb geschickt hatte.

Dank. Nein, keinen Dank. Lieber Anklagen.

Marlon wollte die Schuld. Er wollte büßen. Erst Viviane, Ärztin für Neurologie und Psychiatrie sowie Psychotherapeutin, hatte ihn wieder auf die Spur gebracht. Als er seine Schwellenangst überwunden hatte und vor ihrer Praxis stand, war er nur noch ein Schatten seiner selbst: fünfzehn Kilo leichter, gefühlte fünfzig Jahre älter, schlaflos und gejagt von den Geistern, die er selbst heraufbeschworen hatte.

Die anfänglichen Gespräche waren fruchtlos. Mit aller Vorsicht versuchte Viviane, ihm zu verdeutlichen, dass er die zerstörerischen Kräfte herauslassen müsse, um nicht selbst daran zugrunde zu gehen. Ein erster Fortschritt war, als Marlon begriff, dass er krank war und es für seine Krankheit einen Namen gab. »So wie bei den Vietnam-Veteranen«, erklärte ihm Viviane. »Ein Trauma.«

Marlon schlug sich die Nächte im Internet um die Ohren und sog alles in sich auf, was er zu dem Thema finden konnte. Es half, der namenlosen Angst ein Gesicht zu geben, um wieder in das eigene schauen zu können. Und dann organisierte sie ihm besondere Medikamente. Ganz neu. Noch im Versuchsstadium. Viviane hatte ihre Kontakte spielen lassen und dafür gesorgt, dass Marlon in ein Testprogramm aufgenommen wurde. Irgendwann schlief er dann wieder die erste

Nacht durch. Und vergaß. Die Erinnerungen waren nur noch Bilder, an die keine Emotionen mehr geknüpft waren, und die Bilder verblassten wie ein Polaroid, das jemand auf der Fensterbank im grellen Sonnenlicht vergessen hat. Die Pillen radierten das Böse aus. »Und dabei«, hatte Viviane zu scherzen versucht, »sind da auch Betablocker drin, im Zweifel also auch gut für dein überlastetes Herz.«

Marlon schob die Sonnenbrille in die Haare, die er mittlerweile schulterlang trug, und steckte sich eine Zigarette an. In der Ferne hörte er Donnergrummeln. Menschen huschten über den Platz. Schülerinnen hockten auf dem Sims des Marktbrunnens und leckten an bunten Eiskugeln. Er steckte den Adapter ins Handy und schloss es an den Laptop an, um seine Privatpost zu checken, bevor er die Mittagspause beenden würde. Vier Mails waren eingetroffen. Zwei warben für Penisverlängerungen, die dritte für neue Jeans aus einem New Yorker Onlineshop. Die vierte hatte als Betreffzeile »Für Herrn Kraft« angegeben. Mit dem Absender konnte Marlon nichts anfangen: reaper@gmx.de. Die Mail bestand aus einem Satz. Marlon zuckte zusammen und schlug mit den Knien so heftig unter den Bistrotisch, dass die Espressotasse zu Boden fiel und auf dem Kopfsteinpflaster zerschellte. Wieder und wieder las er den Satz, und das Entsetzen kroch durch seine Adern.

»Ist alles in Ordnung?«, fragte die junge Mutter.

Marlon wollte nicken, brachte aber nicht mehr als ein weiteres ruckartiges Zucken zustande. Er sah das Mädchen neben der Frau. Ihre kleine Tochter. Bestimmt war sie schon im Kindergarten. Bestimmt war sie ... Ein helles Fiepen schoss durch Marlons Gehörgänge, und er verzog das Gesicht zu einer Grimasse. Dann wurden die Töne rhythmisch und bildeten eine kleine Melodie. Jetzt spürte Marlon auch die Vibration am Gürtel. Glücklicherweise also kein Tinnitus. Nur der Pieper. Mit zitternden Händen löste er den Clip und sah auf das Display.

»Leichenfund. Lemfeld. Ecke Waldstraße/Eichenweg.«

Marlon steckte den Pieper zurück an den Gürtel.

Wieder las er den Satz der E-Mail. War diese Gleichzeitigkeit ein Zufall? Mit schweißnassen Fingern schloss Marlon die Mail und klappte das Laptop zu. Nein. Das war kein Zufall. Es war der Anfang von etwas. Und jemand wollte, dass er es wusste. Die Botschaft in der Mail ließ keinen anderen Schluss zu. Sie lautete:

Der Drache ist erwacht.

5.

Der Tatort war ein Desaster, der Mähdrescher hatte alles verwüstet. Ein Alptraum für die Spurensicherung und zudem kein angenehmer Anblick so kurz vor dem Mittagessen. In der Kantine stand Schweinebraten auf dem Speiseplan, und Alex hatte sich deswegen schon am Morgen dafür entschieden, wieder zum Italiener zu gehen und Rucola mit Parmesan zu bestellen. So wie gestern, vorgestern, letzte Woche und die beiden davor – kurz: seit sie den Job angetreten hatte. Der Kellner Angelo grinste schon, wenn er sie erblickte. Wahrscheinlich würden sie den Salat bald nach ihr benennen: »Rucola di Alessandra«. Klang nicht schlecht. Immer noch besser als »Haxe mit Pampe à la Gräfin von Stietencron«. Aber wie es aussah, würde der Parmesan warten müssen.

Alex schob sich die Sonnenbrille in die langen schwarzen Haare, die sie zum Zopf zusammengebunden trug, kniete sich hin und zerrieb einige Ähren zwischen den Fingern. Sie rochen intensiv und waren dunkel verfärbt. Die Spurensicherung hatte das Feld mit dem Kornkreis weiträumig abgesperrt. Männer in weißen faserfreien Overalls vermaßen das Areal rund um den Mähdrescher. Jemand machte Fotos, und gerade rollte ein Leichenwagen über die schmale Straße an den vielen Polizei-Bullis und Kombis entlang, die links und rechts des Weges parkten. Neben dem schwarzen BMW, mit dem Alex und Marcus hierhergefahren waren, stand Marcus und unterhielt sich mit diesem unsympathischen Reineking, der das Büro neben ihr hatte. Er war mit seinem Wagen in den Graben gefahren und suchte nun nach jemandem, der ihn wieder rausziehen würde. Vermutlich wies Marcus ihn gerade energisch darauf hin, dass es im Moment andere Probleme gäbe als einen Kripo-Beamten mit Tomaten auf den Augen.

Landwirt Kröger hatten sie vom Notarzt ins Krankenhaus fahren lassen. Der Mann stand unter Schock, und auch fünf Milliliter Diazepam hatten ihn nicht so weit beruhigt, dass er zu einer koordinierten Aussage fähig gewesen wäre. Angesichts des Mähdreschers, der aussah, als sei er auf groteske Weise für den Einsatz in einem Horrorfilm präpariert worden, war Alex die Krisenintervention von vornherein absurd erschienen.

Die Faktenlage bislang war klar: Kröger war mit seinem Mähdrescher über eine Frauenleiche gefahren, die in dem Kornfeldkreis gelegen hatte. Dabei war sie teilweise zerstückelt worden. Ob die Frau eine Selbstmörderin war oder ein

Tötungsdelikt vorlag, würde die Obduktion ergeben. Vorher war an eine Identifizierung nicht zu denken, so schrecklich war die Leiche von den scharfen Häckselmessern des Mähdreschers zugerichtet worden. Der Notarzt hatte gemeint, die Frau müsse schon einige Stunden tot gewesen sein. Starre Gliedmaßen, Konsistenz des überall verteilten Blutes, Farbe der Haut und Flecken – Alex kannte die Parameter und hatte wissend genickt, um den Anschein zu erwecken, dass das nicht die erste Leiche war, die sie außerhalb der Pathologie in Augenschein nahm. Einige Kollegen warteten nur darauf, dass sie sich übergeben müsste, aber sie hatte nicht vor, ihnen die kotzende »Psychotante« oder die brechende »Durchlaucht« zu geben, um bei den dämlichen Spitznamen zu bleiben, die sie bei den Kollegen weghatte.

Die schwüle Luft hatte einen zarten Schweißfilm auf Alex' Haut gezaubert. Die helle Bluse klebte ihr am Körper. Sie riss eine weitere Ähre ab und pulte die Körner heraus. Der Leichenwagen war zum Stehen gekommen. In Kürze würden die Bestatter mit ihren schwarzen Kunststoffsäcken ausrücken. Vielleicht sollte sie noch einen Blick auf die Tote werfen. Außerdem interessierte sie, ob die Spurensicherung bereits etwas gefunden hatte. Sie stand auf und schritt durch den Kornkreis auf den Mähdrescher zu.

Irgendetwas, das hatte sie bereits kurz nach dem Eintreffen zu Marcus gesagt, stimmte an diesem Ort nicht. Marcus hatte ihr zugestimmt. Gewiss, es hatte immer wieder Berichte über merkwürdige Kreise in Kornfeldern gegeben. Eine Zeitlang war behauptet worden, es handele sich um Zeichen von Außerirdischen. Doch letztlich hatte sich jedes Mal herausgestellt, dass Spaßvögel nachts mit viel Phantasie und zum Teil außerordentlicher Kunstfertigkeit diese Kreise geschaffen hatten. Das Rund in diesem Kornfeld maß etwa fünfzehn Meter im Durchmesser. Es war ein schlichter Kreis ohne kunstvolle Ausläufer und Schnörkel. Die Ähren waren im Uhrzeigersinn auf den Boden gedrückt worden, und je näher es auf den Mittelpunkt zuging, desto enger schien die Rotation zu werden, um schließlich in einen wahren Wirbel zu münden. Dort im Zentrum stand der John Deere, und dort hatte die Leiche gelegen.

Alex zerkrümelte die Körner in der Hand und führte sie unter die Nase. Sie rochen leicht verbrannt. Das war es, was sie von Anfang an irritiert hatte. In dem gesamten Kreis musste Hitze auf die Ähren eingewirkt haben. Aber vielleicht war das auch nur eine zwangsläufige Begleiterscheinung. Sie wusste nicht, mit welchen Techniken die unbekannten Baumeister operierten, damit sich das Getreide nicht wieder aufrichtete, und sie hatte auch nie zuvor einen Kornfeldkreis aus der Nähe gesehen. Möglicherweise gehörte Hitze einfach zum Modus Operandi.

Was eindeutig nicht dazugehörte, war eine Leiche. Die Frau dürfte nicht wesentlich älter als sie selbst gewesen sein. Alex hatte Marken-Flipflops gesehen, zudem einen edlen, orangefarbenen Push-up-BH und eine ausgewaschene Designer-Jeans. In allem steckten noch Körperteile, aber Alex hatte versucht, das auszublenden und sich nur auf die Bekleidung zu konzentrieren, sonst hätte sie sich doch noch übergeben müssen.

Die Kleidung war die einer jungen Frau, die Wert auf ihr Äußeres legte und genug Geld hatte. Und weil die Jeans noch fest auf den Hüften des Torsos saß, war zumindest auf den ersten Blick ein Sexualdelikt auszuschließen. Genauso auszuschließen war allerdings, dass sich jemand mitten in einen Kornfeldkreis legte und einfach starb.

»Na, Frau Doktor, ziemliche Schweinerei, was?«, fragte

Schneider und steckte sich eine Pall Mall an. Der langjährige Ermittler im Lemfelder Kriminalkommissariat war ein ganz sympathischer Kerl, aber man musste ihn zu nehmen wissen. Er trug ebenfalls einen weißen Overall, in dem er wie ein Tier schwitzte und der sich straff über dem gewaltigen Bauch spannte.

»Allerdings«, bestätigte Alex und unterdrückte den Hinweis darauf, dass sie nicht promoviert hatte. Für Schneider war sie von Anfang an »Frau Doktor« gewesen, und er gehörte zu der Sorte Mensch, die selten ihre Meinung änderten, wenn sie erst mal eine gefunden hatten.

»Willst du mich jetzt fragen, wie es mir damit geht?«, fragte Schneider und grinste. Alex musste sich an das selbstverständliche Duzen erst wieder gewöhnen. Bei der Polizei wurden nur diejenigen gesiezt, die nicht dazugehörten.

»Nein. Aber schieß ruhig los, wenn es dir ein Bedürfnis ist«, antwortete sie tonlos, denn der erneute Anblick von all dem Blut und dem zerfleischten Körper in den scharfen Messern des Schneidewerks ließ ihr den Atem stocken.

»Wie geht's *dir* denn?« Schneider zog an seiner Zigarette, ohne den Blick von seinen Kollegen abzuwenden. »So was gibt's auf der Uni bestimmt nicht zu sehen.«

»Nein, so was gibt's auf der Uni nicht zu sehen. Aber wenn du darauf hinauswillst, ob ich das wegstecken kann: Ich kann. Und wenn du Lust hast, machen wir nachher 'ne Runde Armdrücken.«

Schneider lachte hustend auf. »Respekt.«

»Habt ihr etwas Ungewöhnliches gefunden?«, brachte Alex das Gespräch wieder auf den Tatort.

»Meinst du so was wie alte Mettwurst, eine Rolle Alufolie oder einen Brief mit der Adresse des Täters?«

Alex verdrehte die Augen.

»Nee, haben wir nicht. Wenigstens einen Kasten Bier hätte der aber hierlassen können. Diese Schwüle macht einen alle.«

Schneider musterte sie aus kleinen Schweinsäuglein und paffte ihr einen Schwall Rauch ins Gesicht. Manchmal war er widerlich. Andererseits war Zynismus eine Berufskrankheit. Bei vielen hatte der Virus schon in der Ausbildung um sich gegriffen. Alex hatte die harten Sprüche anfangs für gruppendynamische Nachahmung gehalten – kombiniert mit dem berauschenden Gefühl, das das kalte Metall einer Walther p99 auslösen konnte. Letztlich war es aber nur ein Weg, sich emotional von dem Entsetzen abzugrenzen, das einem auf Schritt und Tritt begegnen konnte.

»Wir müssen das alles noch analysieren und ins Labor geben«, fuhr Schneider fort, »aber einiges ist klar: Der Bauer hat unseren schönen Tatort zwar ziemlich versaut, doch ein Teil des Getreides scheint angekokelt oder geröstet worden zu sein. Ich weiß noch nicht, ob das irgendeine Rolle spielt oder beim Bauen von diesen idiotischen Kreisen passiert. Zumindest glaube ich auf keinen Fall, dass die Lady sich hier mit ihrem Süßen zu einem Schäferstündchen niedergelassen hat und dabei sanft entschlafen ist. Es sei denn, sie stand auf SM.«

Alex zwirbelte an einigen Haarsträhnen und beschloss dann, sich den Zopf neu zu binden. »Wieso SM?«, fragte sie, während sie nach hinten griff, das Haargummi löste und ihre Mähne neu ordnete. Schneider betrachtete sie einen Moment aus den Augenwinkeln und leckte sich über die wulstigen Lippen.

»Vermutlich war die Frau an vier Pfähle gebunden, die in der Mitte von dem Kreis in den Boden gerammt waren. So kurze Holzdinger aus dem Baumarkt, mit denen man Begrenzungen für Rabatten baut, kennst du die? Habe ich auch ...«

Alex schüttelte den Kopf. Mit einem Mal hatte Schneider ihre volle Aufmerksamkeit.

»Wir haben vier solcher zersplitterter Dinger gefunden und dazu passende Löcher im Boden«, fuhr er fort. »Außerdem die Reste von Nylonseilen. Gibt's ebenfalls in jedem Baumarkt. Ein paar heruntergebrannte Wachsfackeln lagen auch rum. Die große Blutlache in der Mitte des Kreises ist älter als die Spuren am Mähdrescher. Der Kerl hat die Frau aufgeschlitzt. Und jetzt gebe ich den Bericht an den Chef.«

Schneider klemmte sich die Zigarette zwischen die gelben Zähne, während er schnaufend den Reißverschluss an dem Overall öffnete, um sich Luft zu verschaffen. Bevor er sich umdrehte, hielt er kurz inne. »Wir haben auch eine tote Ratte gefunden ...«

Alex zuckte mit den Schultern. In einem Kornfeld gab es alles mögliche Getier. Schneider warf die Zigarettenkippe auf den Boden. Er trat sie aus, sammelte sie wieder auf und ließ sie in der Tasche des Overalls verschwinden.

»Es ist keine gewöhnliche Ratte, sondern eine weiße Laborratte. Jemand hat ihr einen Draht um den Oberkörper gewunden. An dem anderen Ende war die Schlinge weitaus größer. Ich könnte wetten, dass jemand unserer Lady dieses außergewöhnliche Halsband gezielt umgelegt hat – aber ich würde keinen Cent darauf setzen, dass die Ratte da schon tot war.«

Schneider drehte sich um und verließ den Kornkreis. Schlagartig schossen Alex Bilder durch den Kopf. Grässliche Tatortfotos von abartigen Ritualmorden, die sich ihr ins Gehirn gebrannt hatten. »Es ist die Sprache des Mörders«, hatte ihre Mentorin zu sagen gepflegt. »Du kannst sie lesen wie ein Buch.« Dass sie es jedoch sofort mit einem Horrorschmöker zu tun bekommen würde, kaum, dass sie ihren Job angetreten hatte ... Auf Anhieb eine solche Feuertaufe, ausgerechnet in der Provinz, wo die letzte Tankstelle vor mehr als zwei Jahren überfallen worden war. Andererseits: War sie nicht ausgezogen, das Böse zu suchen? Und hier war es. Genau hier. Es bot sich ihr an, grinsend, herausfordernd und mit entblößter Brust. *Packst du das, Schätzchen*, schien es zu fragen, *wirst du uns allen zeigen, aus welchem Holz du geschnitzt bist?* Ja. Das würde sie. Auch, wenn sie sich heute Abend sicherlich betrinken müsste.

Aus den Augenwinkeln warf Alex einen Blick auf die mit getrocknetem Blut überzogene Fläche zwischen den vier Pflöcken. Es sah aus, als hätte jemand aus großer Höhe einen Eimer Farbe zu Boden klatschen lassen. Es sah aus wie *damals, meine Hände, meine Hose, meine Arme – rot. Mein Gesicht, als ich seines an meines gedrückt hielt. Er war noch warm, atmete aber längst nicht mehr. Der Asphalt war nass, und es glitzerte, als sich das Blaulicht des Notarztwagens in der Pfütze widerspiegelte ... Benji, mein Benji.*

Die Bilder kamen, ohne dass sie etwas dagegen tun konnte. Manchmal unvermittelt im Alltag, manchmal mitten in der Nacht, mal gab es wochenlange Pausen, dann kamen sie wieder in kurzer Folge. Schnappschüsse. Szenen. Benji. Selbst Dad hatte ihn gemocht. In Alex' Armen war er gestorben. Auf einem Rave hatte er sich kurz nach draußen verabschiedet, um ein paar Ecstasy-Pillen zu besorgen. Zwischen Mülltonnen hatten sie ihn in einer riesigen Blutlache entdeckt. Erstochen.

Sein Mörder war nicht gefunden worden. Immer wieder hatte Alex sich ausgemalt, wer der Täter gewesen sein könnte, wie er wohl aussah und was er tat, während Benjamins Körper in der kalten Erde ruhte. Und über allem stand die Frage: Was bringt einen Menschen dazu, einen anderen zu töten?

Klar, Dad und Mum hatten sie bearbeitet. Sie werde Benji

niemals wieder lebendig machen können, indem sie Polizistin werde. Aber sie verstanden es nicht, begriffen es nie. Zudem war Alex nicht minder störrisch als ihr Vater, und für sie hatte immer schon festgestanden, dass aus ihr keine zweite Julia werden würde. Natürlich liebte sie ihre ältere Schwester über alles. Aber Ballettschulen, die Champagnerpartys mit ihren Ralph-Lauren-Freunden und Dressurreiten – das war nie Alex' Welt gewesen. Julia hatte noch im Jurastudium diesen Schnösel Sebastian geheiratet, dem Dad später einen Job in seiner Kanzlei angeboten hatte und der mit ihm die Leidenschaft für alte britische Sportwagen teilte. Zumindest tat er so. Julia und Sebastian bekamen ihre Tochter Larissa und zogen auch nach Oberkassel. Julia war auf dem besten Weg, eine Kopie ihrer Mutter zu werden, ohne es zu merken. Gerne einen zu viel getrunken hatte sie ja immer schon. Für Alex hingegen war das Ziel klar definiert: Sie wollte Kriminalpsychologin werden. Profilerin. So wie Clarice Starling in »Das Schweigen der Lämmer«, den sie vier Wochen nach Benjamins Tod gesehen und nach dem es kein Zurück mehr für sie gegeben hatte.

»Auch das noch«, hörte sie Schneider seufzen, der sich seinen Weg durch das raschelnde Kornfeld bahnte. Als Alex sich umdrehte, sah sie drei Männer an Schneider vorbei auf sie zugehen. Unter ihnen war Marcus, der das Jackett seines hellen Leinenanzugs über die Schulter geworfen trug und Schneider im Vorbeigehen auf den Rücken klopfte. Bei dem zweiten schien es sich um einen Fotografen mit einer riesigen Kameratasche zu handeln. Die langen schwarzen Haare trug er zu einem Zopf gebunden. Der dritte Mann schlich mit gesenktem Kopf, die Hände in den Hosentaschen, neben den beiden her.

»Marlon Kraft und Edgar Link von der *Neuen Westfalen-*

post. Alexandra Gräfin von Stietencron, unsere neue Psychologin«, stellte Marcus sie einander knapp vor. Kraft musterte Alex von oben bis unten, während der Fotograf nur Augen für den Mähdrescher hatte und seine Kamera aus der Tasche zog.

»Psychologin? Warum hast du mir nichts davon erzählt?«, bellte Kraft mit rauher Stimme.

Marcus zuckte mit den Achseln. »Komm runter. Nächste Woche wollten wir Frau von Stietencron sowieso in einer Pressekonferenz vorstellen, dann hat sie sich wenigstens ein wenig eingearbeitet.«

»PKs interessieren mich nicht«, antwortete Kraft, der offensichtlich beleidigt war, erst jetzt von der Neuigkeit zu erfahren. Der Reporter sah ein wenig schmierig aus mit den halblangen Haaren, die seitlich mit Gel zurückgekämmt waren und in denen eine Sonnenbrille steckte. Sein orangefarbenes Hemd, die ausgewaschene Jeans, die ganze Ausstrahlung – Alex war sich sicher, dass Kraft ein ziemliches Ekelpaket sein konnte und sich dafür noch nicht mal besonders anstrengen müsste. Zudem verfügte er sicher über den Geltungsdrang, der kleinen Menschen oft innewohnt – Kraft war gerade mal eine Handbreit größer als sie. Seine Blicke flitzten nervös hin und her, in ihm schien eine unterdrückte Energie zu pulsieren, und als er ihr die Hand zum Gruß reichte, wunderte sich Alex nicht darüber, dass sie feucht war.

»Marlon Kraft, *Neue Westfalenpost.*« Er fletschte die Zähne, seine Version eines Lächelns.

»Stietencron, hallo«, entgegnete Alex, die sich stets ohne ihr »von« und erst recht ohne das peinliche »Gräfin« vorstellte.

»Marcus hat mir die groben Facts schon genannt«, sagte Kraft und trat von einem Bein aufs andere. Er war in ständiger Bewegung. »Haben Sie irgendetwas darüber hinaus?

Machen Sie das Profiling? Gibt es einen Verdacht oder Hinweise auf die Identität des Täters?« Die Fragen schossen nur so aus ihm heraus. Alex sah Marcus hilfesuchend an, der ihr zuzwinkerte und für sie in die Bresche sprang. »Alex ... Frau von Stietencron, arbeitet sich gerade ein, Marlon. Mit Profiling hat sie nichts zu tun. Sie ist uns im Rahmen eines Pilotprojekts als Polizeipsychologin vom Land zugeordnet worden. Hast du als Pressemitteilung ...«

»Klar«, unterbrach ihn Kraft, »aber du hast mir kein Wort davon gesagt, dass sie schon da ist.«

»Und ich habe dir auch gesagt, dass wir sie in einer PK ...«

»Und ich habe dir eben schon gesagt, dass mich PKs nicht interessieren. Das haben sie nicht, als Schwartz noch im Amt war, das tun sie erst recht nicht, seitdem du auf seinem Sessel sitzt.«

Die beiden streiten wie ein altes Ehepaar, dachte Alex. Sie verspürte das leichte Unbehagen, das sie oft befiel, wenn andere in ihrer Gegenwart über sie sprachen. Außerdem versetzte es ihr einen Stich, dass Marcus ihren Job so klein machte.

Der Fotograf ließ die Kamera rattern. »Okay.« Kraft wandte sich an Alex. »Ich rufe Sie die Tage mal an für ein Porträt in unserer Zeitung.«

Alex nickte, während Marcus den Kopf schüttelte und sie dabei so ansah, als müsse er ein kleines Kind zurechtweisen. Er nahm sie scheinbar wirklich nicht ernst.

»Dann also noch mal«, sagte Kraft und fragte: »Gibt es etwas Neues von der Spurensicherung?«

Alex biss sich auf die Lippe. Sie wusste nicht, ob es richtig war, aber Marcus hatte eine Zurechtweisung verdient – selbst, wenn er ihr Vorgesetzter war.

»Ja, es gibt etwas«, sagte sie, worauf Kraft blitzschnell seinen Notizblock zückte und Marcus sie entgeistert ansah.

»Das Opfer ist eine junge Frau. Sie war in der Mitte des Kornfeldkreises an vier Pfählen auf den Boden gefesselt. Vermutlich wurde sie dort mit einem scharfen Gegenstand getötet. Genaueres wird die Obduktion ergeben. Ich würde es als einen Ritualmord interpretieren.«

»Natürlich ist es dafür noch viel zu früh ...«, fiel Marcus ihr ins Wort und bedeutete ihr mit einer Geste, dass sie wohl nicht mehr alle Tassen im Schrank habe, während Krafts Kugelschreiber über das karierte Papier flog.

Alex nahm den Ball auf und unterbrach ihrerseits Marcus. »... und natürlich können Sie zum gegenwärtigen Zeitpunkt nichts davon verwenden, Herr Kraft, es sei denn, Sie wollen sich vom weiteren Informationsfluss abschneiden und eine Gegendarstellung riskieren.«

So, das Leckerli habe ich dir gezeigt. Jetzt sehen wir doch mal, ob du Männchen machst.

Marlon sah Alex fassungslos an. Dann drehte er sich zu Marcus, der die Augenbrauen hob und die Lippen schürzte.

»Was soll das denn jetzt?« Vor Krafts innerem Auge schienen sich gerade Überschriften wie *Opfermord im Kornfeldkreis* in Wohlgefallen aufzulösen. »Ich wette, Sie wissen noch nicht mal, was eine Gegendarstellung ist.«

»Stimmt«, antwortete Alex. »Das wissen andere besser. Aber ich weiß, dass der Täter morgen die Zeitung lesen wird. Wenn er sich falsch verstanden fühlt, wird er dafür sorgen, dass es ein nächstes, unmissverständliches Mal geben wird. Dafür können weder Sie noch ich die Verantwortung übernehmen. Wir haben es hier nicht mit einer Durchschnittstat zu tun. Wir sollten kooperieren.«

Alex spürte, dass sie einen Nerv getroffen hatte. Krafts rechtes Augenlid zuckte, die Lippen bebten. Dann drehte er sich zu Marcus, der interessiert zugehört hatte.

»Muss ich mir das bieten lassen?«, fragte Kraft.

Hast du Rückgrat?

Marcus klopfte Kraft auf die Schulter. »Tja, sieht so aus, als wäre ein neuer Sheriff in der Stadt. Und du weißt, dass sie recht hat.« Er blinzelte Alex zu, als freue er sich insgeheim, dass sie seinem vorwitzigen Freund über den Mund gefahren worden war.

Danke.

Am Mähdrescher hatten die Leichenbestatter mit ihrer Arbeit begonnen. Sie zogen aus dem grauen Kunststoffsarg schwarze Plastiktaschen, die so groß waren wie Müllsäcke. Auf der anderen Seite des Kornkreises suchten die Männer in den weißen Overalls weiter nach Spuren. Einer von ihnen kam mit durchsichtigen Plastiktütchen in den Händen auf Marcus zu. Im Vorbeigehen hielt er die Beweisstücke hoch, damit Marcus einen Blick darauf werfen konnte. Ein blutverschmierter Flipflop, der mit kleinen Strass-Steinen besetzte zerrissene orangefarbene BH, eine unauffällige Damenuhr, eine auffällige Gürtelschnalle, die aus den großen silberfarbenen Buchstaben D&G bestand. Marcus nickte, und der Mann ging weiter.

Alex war nicht entgangen, dass Kraft zusammengezuckt war, als er die Gegenstände gesehen hatte.

»Kooperieren wir also?«, fragte sie ihn.

Er sah sie an, als habe er die Frage nicht richtig verstanden, nickte dann aber steif, klemmte sich die Hände unter die Achseln und ging grußlos weg.

»He«, rief der Fotograf. »Und was mache ich?«

»Deinen Job! Mach deinen Job, Eddie!«, schrie Kraft ihn an und stakste durch das Kornfeld zurück zu seinem Auto. Der Fotograf pfiff durch die Zähne, machte noch ein paar Bilder und ging – ebenfalls, ohne sich zu verabschieden.

»Tja.« Marcus verscheuchte eine Wespe. »Über deine offensive Stellungnahme gegenüber der Presse werden wir auf dem Rückweg noch mal Klartext sprechen.«

»Tut mir leid, wenn ich …«, sagte Alex, aber Marcus hob abwehrend die Hände.

»Später. Wir haben hier noch anderes zu tun. Und was Kraft angeht, mach dir keine Gedanken: Der wird höchstens einen geharnischten Kommentar über das Verschleudern von Steuergeldern mit unnötigen Psychologenstellen bei der Polizei schreiben.«

In der Ferne grummelte es am wolkenverhangenen Himmel. Eine Brise kam auf. Alex nickte. Ja, Krafts heftige Reaktion war nicht zu übersehen gewesen. Alex war sich allerdings nicht sicher, ob der Grund dafür nur ihr forsches Auftreten gewesen war. Sie hatte noch etwas anderes in seinen Augen erkannt. Etwas, was weit über Wut hinausging.

6.

Sandra. Konnte sie es sein? Es war möglich. Es war sogar wahrscheinlich. Marlon raste die Treppe hinauf. Die Flipflops – Sandra besaß dieselben. Er konnte sich gut daran erinnern. Sie waren mit Ed-Hardy-Motiven bedruckt. Mit einem chinesischen Drachen, der sich um eine Rose schlängelte. Die Uhr – eine Billiguhr. Ein Oma-Modell. Schmal. Silber. Genau wie Sandras. Sie hatte ihre bei Tchibo gekauft, weil sie auf Uhren keinen Wert legte und sie ständig vergaß, verlor oder achtlos in der Schublade verschwinden ließ, wenn die Batterie leer war und sie keine Lust hatte, eine neue zu besorgen. Vor allem aber der BH – da gab es nichts zu interpretieren. Marlon hatte ihn ihr geschenkt, als sie noch ein Paar gewesen waren. Wobei »Paar« es nicht ganz traf. »Paar« – das wäre zumindest aus seiner Sicht eine Stufe zu weit gewesen.

Marlon hatte beinahe den Schlüssel fallen lassen, als er die Wohnungstür aufschließen wollte. Seine Hände zitterten. Zudem war er klatschnass. Seitdem das Gewitter losgebrochen war, hatte es ohne Unterlass geregnet. Ein tropischer Wolkenbruch. Die wenigen Meter vom Wagen zur Haustür hatten gereicht, um ihn völlig zu durchnässen. Er knallte die Tür zu, ließ seine Slipper hastig von den Füßen gleiten und schaltete sofort den Computer ein. Während der PC hochfuhr, riss er sich das Poloshirt vom Leib und wäre im Schlafzimmer fast über die Hanteln gestürzt, als er ein trockenes aus dem Schrank zog.

Wie gewöhnlich herrschte in der Wohnung Chaos. Bücher- und Zeitungsstapel auf dem Parkett, Textilberge im Badezimmer, überall CD-Hüllen, leere Bier- und Mineralwasserflaschen sowie Bataillone überquellender Aschenbecher. Vor den Fenstern standen vertrocknete Stechpalmen, an den weißen Wänden hingen Drucke von Andy Warhol und Roy Lichtenstein, deren Farben matt aussahen. Das Glas der Rahmen war seit dem Tag nicht mehr geputzt worden, an dem Marlon die Bilder aufgehängt hatte. Im Schlafzimmer stapelte sich die frisch gewaschene Wäsche, an der noch die Wäschereizettel hefteten. Einige Socken hingen zum Trocknen über dem Metallrahmen des Ikea-Betts, in dem er vorgestern noch …

Sandra.

Er hatte sie seitdem nicht mehr gesehen und nichts mehr von ihr gehört. Keine SMS, kein Anruf. Nichts. *Kein Wunder,* hatte er heute Nachmittag noch in der Redaktion gedacht, als er ihren leeren Schreibtisch in der Politikredaktion betrachtet hatte.

Sandra hat Urlaub. Das weißt du. Und es ist klar, dass sie sich nicht meldet, weil du ein Schwein bist.

Ja, er hatte sie in der Nacht schlecht behandelt. Sehr schlecht sogar. Sie hatten sich zum Abendessen getroffen. Sandra war noch immer in ihn verliebt und hatte angenommen, Marlon wolle die bereits erloschene Beziehung wieder aufleben lassen. Darum war es ihm allerdings nicht gegangen. Okay, ein netter Abend. Aber Marlon war ausschließlich auf Sex aus und sich sicher gewesen, dass es mit Sandra diesbezüglich noch mal klappen könnte. Sie war betrunken gewesen, und er mochte das. Alkohol hatte auf Sandra stets entfesselnd gewirkt. Als er ihre Bluse aufknöpfte, hatte er sich für einen Moment darüber gefreut, dass sie den orangefarbenen BH mit den Svarovski-Kristallen trug, den er ihr vor einem Jahr zum Geburtstag geschenkt hatte. Damals, als ihre Beziehung auf dem Höhepunkt gewesen war.

Der Sex in der Nacht war wie gewohnt großartig gewesen. Danach hatte er sie mit den Worten nach Hause geschickt, nachts um zwei wäre in jedem Fall schnell ein Taxi zu bekommen. Erst hatte Sandra geweint. Dann hatte sie ihn beschimpft. Marlon hatte sie beschwichtigt, er wolle nur in Ruhe schlafen, und er möge sie nach wie vor sehr. »In dir ist keine Liebe«, hatte sie verbittert gesagt, bevor die Haustür zuschlug.

Kurz nachdem sie gegangen war, war Marlon wegen dieses Satzes ausgeflippt und hatte wieder eines der Blackouts gehabt, die er seit dem Kindergartendrama jedes Mal bekam, wenn er sich in die Ecke gedrängt und emotional unter Druck gesetzt fühlte. Sandra wusste, wir hart sie ihn damit traf. In einem Anflug von Intimität hatte er ihr verraten, dass das die letzten Worte seiner Mutter gewesen waren: »In dir ist keine Liebe.« Seine Mutter war an Krebs gestorben. Er hatte sich nie um sie gekümmert, immer den Job vorgeschoben und noch nicht mal an ihrem Geburtstag angerufen. Erst als es zu Ende ging, war er mit einem Blumenstrauß von der Tankstelle ins Krankenhaus gefahren. Sandra hatte ihn mit seiner tiefsitzenden Angst konfrontiert, dass es wahr sein könnte. Dass in ihm wirklich keine Liebe war – außer der für sich selbst.

Nach dem Blackout war Marlon im Badezimmer mit starken Kopfschmerzen wieder zu sich gekommen. Er hatte splitterfasernackt auf dem Boden in einer Pfütze gelegen und wie eine Parfümerie gerochen. Sämtliche Aftershave- und Eau-de-Toilette-Flaschen lagen zerschlagen auf dem Boden. Der Radiowecker baumelte über der Handtuchstange: 4.45 Uhr.

Jetzt zeigte der Wecker 20.13 Uhr, und Marlon warf das Handtuch in die Badewanne, mit dem er sich die Haare trockengerubbelt hatte, als der sanfte Gong des Windows-Startsignals aus den PC-Boxen erklang. Er musste herausfinden, wo Sandra war. Natürlich konnte er unmöglich einfach bei ihr anrufen. Wenn sie tatsächlich das Opfer war, würde die Polizei alle Spuren überprüfen. Der aufgeregte Anruf eines Ex-Freunds käme einer Steilvorlage gleich. Marlon dachte nach, während er auf das AOL-Logo klickte. Hatte er jemandem von seinem Treffen mit Sandra erzählt? Nein. Hatte sie es erwähnt? Vielleicht. Bräuchte er ein Alibi? Mit Sicherheit. Und was, zum Teufel, hatte er während seines Blackouts angestellt? Marlon schauderte bei dem Gedanken daran, dass er möglicherweise selbst ... Marcus! Als sein Freund wusste er, dass Marlon und Sandra ein Paar gewesen waren. Vielleicht sollte er mit ihm sprechen, dachte Marlon. Andererseits:

Wenn Sandra die Tote wäre, würde Marcus ohnehin auf ihn zukommen. Man würde in jedem Fall Spuren von Marlon an ihr finden. Haare. DNA. Würde Marcus ihn dann vernehmen? Und ob. Sein überzogener Gerechtigkeitssinn hatte schon in der Schule genervt, und die Katastrophe wäre vorprogrammiert – Kumpel hin oder her. Marlon fröstelte bei dem Gedanken daran, zum Hauptverdächtigen in einem Mordfall zu werden – zumal es da einen gewissen Filmriss in der Nacht gegeben hatte … Nein, zunächst musste er selbst klarer sehen, bevor er jemanden ins Vertrauen ziehen konnte.

Er öffnete das E-Mail-Fenster, um noch einmal die Botschaft des Absenders zu lesen, der sich als Purpurdrache bezeichnete. Im Mail-Eingang war eine neue Nachricht. Marlon wurde es eiskalt.

Von: reaper@gmx.de
An: marlonk@nwp.de
Betreff: Sandra

Marlon fuhr sich mit der Hand durchs Gesicht und atmete tief durch. Dann öffnete er die Mail.

> Du hast sie gefickt. O ja, ich weiß das. Du bist ein schlechter Mensch und hast sie einfach davongejagt. So etwas tut man nicht. Der Körper einer Frau ist ein Altar, aber Du hast ihn entweiht. So war sie nur noch als Futter zu gebrauchen. Rohes Fleisch. Sie hat noch geweint, als sie in mein Auto einstieg. Sie war so schön. Ich konnte ihr Gesicht nicht ertragen. Ich musste es ihr nehmen, bevor der Drache sie holen kam. So bleibt sie in unserer Erinnerung, wie sie einmal war. Und der Drache, Marlon, er hat lange geschlafen. Sehr lange. Jetzt ist er hungrig. Seeehr hungrig.

Ich wette, er hat schon wieder Appetit. Schlaf gut. Wir hören voneinander, nicht wahr?
Mit Hochverachtung
Dein Purpurdrache

Marlons Magen verkrampfte sich. Er erreichte gerade noch das Badezimmer, wo er sich in das Waschbecken übergab. Bittere Galle brannte auf den Schleimhäuten, kratzte im Rachen. Er putzte sich die Nase mit dem Handtuch und spülte den Mund mit kaltem Wasser aus. Als er sich im Spiegel betrachtete, blickte er in ein fremdes Gesicht, das erst langsam wieder die altbekannten Züge annahm.

Er müsste überprüfen, woher diese E-Mails kamen. Und er hatte noch einiges andere zu recherchieren. Er brauchte einen Plan, denn wie es aussah, war er in diesem Alptraum als Hauptdarsteller besetzt worden. Das Schlimmste daran aber war, begriff Marlon in diesem Moment, dass dieser Alptraum gerade erst begann. Und dass er nicht wusste, ob er daraus jemals wieder erwachen würde.

7.

Eine Frau, angepflockt an Händen und Füßen. Vielleicht bettelt sie um ihr Leben. Vielleicht lässt sie alles wie im Fiebertraum über sich ergehen. Der Feuerschein der Fackeln erhellt den Kreis im Kornfeld. Das Licht züngelnder

Flammen fällt auf schweißnasse Haut. Sie weiß nicht, was der Mann will, der über ihr steht und ihr eine Stahlschlinge um den Hals zieht. Etwas zerkratzt ihr Schlüsselbein. Etwas, das lebt und zuckt. Etwas, was sich panisch in ihrem Fleisch verbeißt. Und jetzt schreit die Frau. Ein Schreien, das in nassem Gurgeln untergeht, als die Klinge wie ein glühendes Brenneisen ihre Kehle durchtrennt, die Schlagader öffnet und sich dann in den Leib gräbt. Heiß fließt das Leben aus ihr heraus. Die Bilder vor den Augen verwischen. Dann verblassen sie. Die Schmerzen sind verschwunden. Alles wird leicht.

Alex stocherte in ihrem Rucola-Salat und starrte auf die vorbeifahrenden Autos, die das Regenwasser aus den Pfützen am Straßenrand aufspritzen ließen. Hatte es sich so zugetragen? Was mochte der letzte Gedanke der Frau gewesen sein? Und was wollte ihr Mörder erleben? Sich an ihrer Angst weiden? Seine Macht auskosten? Hätte er dann nicht einen privateren Ort gewählt als einen derart exponierten? Nein, er musste ein anderes Ziel verfolgen – doch welches? Alex seufzte. Der Regen trommelte auf die von der Sonne verblichene Markise der Pizzeria DiCaprio, unter der Alex vergeblich versuchte, sich ihr Abendessen hineinzuwürgen.

Knirschende Knochen im Häckselwerk eines Mähdreschers, Totenflecken auf kalter Haut, dunkel wie ...

... der leberwurstfarbene Teppich des DiCaprio, das mit seinen rustikalen Sitzecken und den dunklen Eichenmöbeln einer muffigen deutschen Dorfgastwirtschaft glich. Lediglich einige dekorativ plazierte venezianische Gondeln und Masken sowie die Dauerbeschallung mit Eros Ramazzotti gaben einen Hinweis darauf, dass auf der Speisekarte italienische Gerichte zu finden sein würden. Das Restaurant hatte aber eine ausnehmend nette Terrasse mit wild rankendem Wein und Tischen mit rotkarierten Decken, die an sonnigen Tagen immerhin den Ansatz einer mediterranen Atmosphäre herbeizaubern konnten. Heute allerdings wirkte die Fläche vor dem DiCaprio trostlos. Kein Wunder, Alex war der einzige Gast draußen, aber sie konnte es nun mal nicht ertragen, wenn ihre Kleidung nach dem Restaurantbesuch sofort in die Wäsche musste, weil sie nach Pizzeria stank.

... der bittere Geruch von Blut. War es ihm wichtig, ihr Blut? Spielte es eine Rolle? Bei dir hat es damals keine Rolle gespielt, Benji, es war einfach da. Es war überall. Und jetzt weg mit euch, Erinnerungen, haut ab, verkriecht euch dahin, wo ihr hingehört ...

Alex seufzte, wischte sich mit der Hand über das Gesicht und versuchte an etwas anderes zu denken. Angelo, der Kellner und Inhaber, hatte ihr neulich erzählt, dass er wegen des Namens einen Rechtsstreit gegen den Schauspieler Leonardo diCaprio hatte führen müssen, dessen deutsche Anwälte der Pizzeria die Verwendung des Namens untersagen wollten. Das wäre der richtige Fall für Dad gewesen, hatte Alex gedacht – prestigeträchtig. Er wäre zehn Zentimeter über dem Boden geschwebt, wenn er einen kleinen Pizzeriabesitzer gegen die Hyänen eines Hollywoodstars hätte verteidigen können. Nicht etwa, weil Dad über einen ausgeprägten Beschützerinstinkt verfügte, o nein. So etwas ging ihm völlig ab – außer, man hatte es in seinen Augen verdient, dass er einem seine Aufmerksamkeit widmete. »Vor Gericht und auf hoher See ist man in Gottes Hand, und hier sind wir alle stets auf uns allein gestellt«, war eine seiner Lieblingsweisheiten. In der Familie hatte er darin das Amt des Kapitäns übernommen, und er duldete es nicht, wenn ein Leichtmatrose vom Kurs abwich. Aber es hätte seinem Ego geschmeichelt, wie ein Robin Hood gegen den »Titanic«-Star zu prozessieren.

Im Falle eines Misserfolgs hätte er den Pizzabäcker fallen lassen wie eine heiße Kartoffel und rücksichtslos sein Honorar eingefordert, so wie er Alex fallen ließ, als sie nicht so funktionierte, wie er sich das vorstellte. »Du willst die Rebellin in der Familie sein? Dann lebe auch wie eine«, hatte er in einem Streit zu ihr gesagt und betont, sie könne jede Unterstützung vergessen. Ihr Problem mit Autoritäten und Hierarchien, der Druck, sich durch Leistung beweisen zu wollen – all das verdankte sie ihrem Vater. Nun, Angelo jedenfalls hatte die Schreibweise des Restaurants am Ende geringfügig ändern müssen. Jetzt stand er drinnen und bereitete für Alex einen doppelten Espresso.

Schwarz wie die verbrannten Ähren. Dunkel wie die getrockneten Blutlachen.

Alex schob noch eine Gabel Salat nach – eher, um sich abzulenken, als aus Appetit – und sortierte geistesabwesend die Brotscheiben in eine gerade Reihe und richtete den Brotkorb dann im rechten Winkel zur Tischkante aus, während sie die Tatort-Details aus dem Kornfeld durchging und sich zwang, die Bilder des Tages nicht mit jenen aus ihrer Vergangenheit zu vermischen. Das Sortieren und Ordnen war seit je ein Fimmel von ihr. Zu Hause bewahrte sie jede Einkaufsquittung auf und heftete sie nach Datum ab. Neben ihrem Computer befand sich ein Regal mit säuberlich beschrifteten Aktenordnern für die Ablage. Auch auf ihrem Schreibtisch im Büro lagen die Kugelschreiber exakt im gleichen Abstand nebeneinander. In dem Schubladen-Container darunter gab es ein Fach für Büroklammern, wobei die silbernen von den kupferfarbenen separiert waren, eines für Tesafilm und Scheren sowie ein weiteres für Post-it-Klebezettel in drei verschiedenen Farben. Während des Studiums hatte sie geradezu ein leidenschaftliches Verhältnis zu diesen Stickern entwickelt, auf denen sich

Notizen und Anmerkungen anbringen ließen, um die Fachliteratur ganz individuell in Kapitel einzuteilen.

Es war im Übrigen weitgehend die einzige erotische Beziehung der letzten Jahre gewesen, abgesehen von zwei, drei erfolglosen Versuchen, sich nach Benjis Tod wieder auf das männliche Geschlecht einzulassen. Neben dem Studium, den über Büchern durchmachten Nächten, den Praktika und den Nachtdiensten war kein Platz für einen Kerl gewesen, der früher oder später ohnehin mit einem Anspruchsdenken um die Ecke käme und der Auffassung wäre, über ihre Zeit verfügen zu können. Zudem hatte Alex so präzise Vorstellungen von einem potenziellen Partner, dass fünfundneunzig Prozent aller Männer ohnehin durchs Raster fielen. Natürlich ließ sich das auch als eine Form der Vermeidungsstrategie interpretieren, aber so war das nun mal.

Schließlich hatte Alex vor vier Jahren eine Katze aus dem Tierheim zu sich geholt, damit die Nächte nicht ganz so einsam waren – Hannibal, ein fauler getigerter Kater, benannt nach Hannibal Lecter, der wie sein Namenspatron eine gewisse Vorliebe für Leber hatte. Ein Kerl ganz nach ihrem Geschmack, der sich nichts von ihr sagen ließ und sich auch mal traute, den Macho raushängen zu lassen. Der aber immer zur Stelle war, wenn sie ihn brauchte, der ihr aufmerksam zuhörte und sie reden ließ. Den es nicht beeindruckte, wenn die ansonsten so beherrschte, toughe und zielstrebige Alex heulend aus der Rolle fiel, und der ungefragt auf sie einging, wenn sie einfach nur mal Frau sein und kuscheln wollte. Hannibals einziger Fehler war, dass er eindeutig zu viele Haare auf dem Rücken hatte. Aber damit konnte Alex leben.

»Einen Doppelten, bitte sehr«, hörte sie Angelo neben sich sagen, und der Duft von frisch gebrühtem Espresso riss Alex aus ihrer Starre. Der Kellner ließ ein Glas Wasser folgen und zauberte damit ein Lächeln auf Alex' Lippen. Die wenigsten servierten Espresso so, wie es sich gehörte. Sie war ein Espresso-Junkie, und ihren Kaffee trank sie schwarz und stark. Der Jura-Vollautomat in ihrer Dachgeschosswohnung war einer der wenigen Luxusartikel, die sie sich neben einzelnen Designer-Kleidungsstücken gönnte, während der Rest ihres Kleiderschranks zu großen Teilen von H&M gefüllt wurde. Okay, da gab es noch die Tasche von Gucci und einigen anderen Firlefanz. Na und? Schließlich war sie letztendlich ein Düsseldorfer Rechtsanwaltskind, und komplett konnte sie ihre Herkunft nicht verleugnen, auch wenn sie oft genug dagegen angekämpft hatte. Der starke schwarze Kaffee jedenfalls war in vielen Nächten ihr Begleiter gewesen – der einzige, der sie in kalten Wintern wärmte, der sie wach hielt und auf Touren brachte, ihre Sinne liebkoste und schärfte.

»Danke, Angelo.« Sie strich sich eine Strähne aus der Stirn und schlürfte die köstliche Crema ab.

»Ist immer noch unheimlich schwül und warm«, kommentierte Angelo mit seinem weichen italienischen Akzent das Klima und schaute misstrauisch in den wolkenverhangenen Abendhimmel, durch den vorhin noch die Blitze gezuckt waren.

»Ja, hat keine Abkühlung gebracht. Eher wie ein Monsun.«

»Und wenn Sie nicht aufessen, wird das Wetter morgen auch nicht besser.« Angelo nickte in Richtung des noch halbvollen Salattellers und machte ein besorgtes Gesicht. »Kein guter Tag heute für Sie und die Polizei, was?«

Alex lachte müde und trank einen weiteren Schluck. »Nein, da haben Sie wohl recht. Es gibt Dinge, auf die kann man verzichten. Einige davon habe ich heute erlebt.«

Angelo schürzte die Lippen und stützte eine Hand in die Hüfte. »Wissen Sie, es kommen öfter mal Kollegen von Ihnen rüber zum Essen. Manchmal höre ich unweigerlich, worüber sie sprechen. Keine schönen Dinge. Es ist sicher nicht leicht bei der Polizei. Ich habe vorhin im Radio gehört, dass eine Frau ermordet worden ist. Soll schlimm zugerichtet gewesen sein.«

Alex seufzte. »Lassen Sie uns nicht darüber reden, Angelo. Ich war näher dran, als mir lieb war.«

Lügnerin. Du warst genau da, wo du immer schon sein wolltest ...

»Na ja«, sagte Angelo, »es gibt solche Tage und solche. Auch bei mir hier in der Pizzeria. Wenn es mir einmal schlechtgeht, dann gehe ich nach der Arbeit in das Zimmer meiner kleinen Tochter, streiche ihr über die Stirn, lausche ihr ein wenig beim Atmen und gebe ihr einen Kuss auf die Nase. Dann weiß ich wieder, was wirklich wichtig ist.«

Alex schenkte dem Kellner ein warmes Lächeln. »Das ist sehr schön, Angelo.«

»Sehen Sie, und schon lächeln auch Sie wieder. Eine so schöne Frau wie Sie sollte immer lächeln.«

»Schmeichler«, winkte Alex ab.

Angelo lachte und sagte: »Einer muss es ja tun, oder?« Damit verschwand er wieder in die Kneipe.

Ja, immerhin. Wenigstens einer, dachte Alex, starrte wieder in den Regen und trank den Espresso aus. Dann legte sie einen Zwanzigeuroschein auf den Tisch, griff nach der Handtasche und lief durch den schwächer werdenden Guss zu ihrem Mini.

Auf halben Weg zu ihrer Wohnung klingelte das Handy. Alex zischte leise »Shit« und fummelte das Telefon mit der Rechten aus der auf dem Beifahrersitz liegenden Handtasche, während sie mit der Linken den Wagen in der Spur hielt.

»Dachte ich mir doch, dass du noch wach bist«, sagte Helen am anderen Ende der Leitung.

»Wieso, es ist gerade mal elf.«

»Ich weiß, ich weiß. Wie ich dich kenne, wärst du auch um drei noch wach.« Helen spielte auf Alex' Arbeitsmanie an, mit der sie schon früher gegen die bösen Träume, gegen das Alleinsein und für die Erfüllung ihrer Ziele gekämpft hatte. »Ich habe über den Flurfunk mitbekommen, was da heute bei euch passiert ist. Das fängt ja gleich gut an. Klang heftig und war heftig, oder?«

»Das kannst du laut sagen. Es war das erste Mal, dass ich an einem derartigen Tatort war, und ich brauche das so schnell nicht wieder.«

»Ach, komm«, spöttelte Helen.

»Was soll das heißen?«

»Es soll heißen: Erzähl mir nichts. Es ist doch genau das, was du wolltest. Und es gibt einem auch einen Kick, oder?«

»Du spinnst.« Alex würde es niemals eingestehen, dass Helen recht hatte. Natürlich putschte sie ein solcher Fall auf. So schrecklich alles anzusehen war, so entsetzlich das Schicksal der Frau war, die so Unaussprechliches erlebt haben musste, so war Alex' Adrenalinpegel doch gestiegen, die Sinne hatten sich geschärft. Es war ein wenig wie beim Startschuss zu einem Triathlon gewesen. Und genau wie bei einem solchen Wettbewerb würde sie sich durch diesen Fall beißen – sofern Marcus sie ließ.

»Na ja, vielleicht spinne ich ein wenig, okay, aber ich weiß auch, wovon ich rede. Ich mache den Job schon ein paar Jahre länger an der Front als du, Schneewittchen.«

»Jaja, schon klar, Frau Wallander.« Alex rollte mit den Augen und bog in ihre Straße ab.

»Aber sag mal«, bohrte Helen nach, »haben sie dich einfach so mitgenommen? Also – warst du mit am Tatort und alles? Das ist doch ein gutes Zeichen, oder?«

»Ja.« Alex' Stimme hellte sich wieder auf. »Du weißt ja, an sich bin ich nicht eingestellt, um hier die Profilerin zu geben. Es geht um Schulungen, Evaluationen, Krisenintervention, Konzeptionen, Personalentwicklung blabla und nur am Rande um Unterstützung der Kripoarbeit.«

»Trotzdem haben sie dich mitgenommen.«

»Jap. Haben sie«, sagte Alex stolz.

»Lass dir das nicht aus der Hand nehmen. Zeig denen, was du draufhast. Du hast lange genug in diesem Kriminalpsychologischen Institut bei deiner Mentorin mitgearbeitet, und deine Abschlussarbeit über Geiselsituationen war echt spitze.«

Das ging runter wie Öl. Ja, sie hatte viel Lob dafür bekommen. Nur war Theorie das eine und Praxis das andere. In einem allerdings hatte Helen unbedingt recht, dachte Alex, während sie parkte: Sie würde sich nicht die Butter vom Brot nehmen lassen. Irgendwo da draußen war ein Killer, und sie würde alles tun, um ihn zu finden.

»Ich bin mir nicht sicher«, sagte Alex, »wie weit Marcus mich weiter einbinden wird. Ich fürchte, ich bin ihm heute etwas auf den Schlips getreten und war ein wenig, na ja, forsch. Mein altes Problem.«

»Papperlapapp«, fuhr Helen dazwischen. »Zeig denen, dass sie nichts an die Operative Fallanalyse beim LKA abgeben müssen, wenn sie eine Spitzenfrau wie dich vor Ort haben.«

Stimmt. Sie könnten es abgeben. Darüber hast du überhaupt noch nicht nachgedacht, Detective.

»Hm, ich weiß nicht«, antwortete Alex verunsichert. »Du kennst mich gut genug, um zu wissen, wie leicht ich auch mal über das Ziel hinausschieße. Ich will nichts riskieren, Helen, ich bin noch in der Probezeit, und ich habe keine Lust darauf, dass es gleich eine Beschwerde bei Stemmle gibt. Der glaubt ohnehin, ich sei noch grün hinter den Ohren.«

»Na ja, mehr als dich zurechtweisen wird er schon nicht. Und wenn ich das richtig verstanden habe, hat sich dieser Marcus doch persönlich für deine Stelle eingesetzt und auch bei der Auswahl ein Wörtchen mitgeredet. Dem wird schon klar gewesen sein, auf wen er sich da einlässt.«

Alex lachte beim Aussteigen und machte einen großen Ausfallschritt über eine Pfütze. Der Regen hatte aufgehört.

»Sieht er eigentlich gut aus?«, fragte Helen.

»Marcus?«

»Ja klar.«

Alex schmunzelte. »Na jaa«, überlegte sie.

»Also sieht er gut aus.«

»Helen, hör auf damit.«

»Bin schon ruhig. So, und jetzt schlaf gut, ich wollte auch nur mal schnell hören, was bei dir so los ist.«

»Danke, Helen.« Alex klemmte sich das Handy mit der Schulter ans Ohr und fummelte den Wohnungstürschlüssel aus der Handtasche.

»Und wirklich schlafen.«

»Jaha, Mama. Werde ich, ich mache keinen Handschlag mehr, versprochen, ich bin echt todmüde.«

»Träum süß. Nacht.«

»Du auch, Nacht.«

Alex öffnete die Wohnungstür und stürzte sich in die Arbeit.

8.

»Präventionskonzept jugendliche Mehrfachstraftäter«, stand auf dem Dokument. Alex rieb sich die Augen, schlüpfte aus den Schuhen und ließ einen davon am großen Zeh baumeln. Es war noch nicht mal zehn Uhr, in ihrem Büro aber bereits brütend warm. Die Polizeibehörde war in einer ehemaligen Kaserne untergebracht, die aus dem neunzehnten Jahrhundert stammte. Der rotverklinkerte, mehrgeschossige Bau war an einen Hang gebaut und stand unter Denkmalschutz, weswegen an den Einbau von Klimaanlagen nicht zu denken war.

Alex hatte, bereits kurz nachdem sie das Gebäude betreten hatte, bedauert, sich für das helle Leinenkleid entschieden zu haben. Die Kollegen guckten ihr unverhohlen hinterher, und dieser Mario Kowarsch hatte auch noch mit der Zunge geschnalzt, als er mit zwei Kaffeebechern übertrieben dicht in seinem breitbeinigen Gorilla-Gang an ihr vorbeigewackelt war. Alex hatte »Danke, du mich auch« gemurmelt, worauf Kowarsch lachte. Er war etwas kleiner als Alex, dafür aber etwa so breit wie groß – typischer Fall von übertriebener Nutzung der Fitnesseinrichtungen. Zudem kam er gerade von einem Malediven-Urlaub zurück, war schokoladenbraun gebrannt und sah mit seinem gepflegten Kinnbärtchen aus wie die billige Kopie eines Latin Lovers. Alex war davon überzeugt, dass Kowarsch auch ein Tattoo hatte – wahrscheinlich einen Stacheldraht um den Arm oder etwas ähnlich Bescheuertes. Sie hatte schnell die Tür ihres Büros geschlossen und sich matt in ihren Stuhl plumpsen lassen. Die schwüle Hitze in ihrer kleinen Dachgeschosswohnung nahe dem Stadtzentrum und die Ereignisse auf dem Kornfeld hatten Alex in der letzten Nacht kaum ein Auge schließen lassen. Jedes Mal, wenn sie es versucht hatte, waren ihr die Bilder des zerfetzten Körpers durchs Gehirn geschossen, als hätten sie sich auf ihrer Netzhaut eingebrannt. Die eigentümliche Anordnung in dem Feld, der Kornkreis, all das Blut ...

Bis es dämmerte, hatte Alex im Internet auf Datenbanken recherchiert und sich Notizen gemacht, um ihre Einschätzung anderntags Marcus vorzutragen – falls der sie nicht sofort hochkant hinauswerfen würde, weil sie im Gespräch mit seinem Kumpel Marlon Kraft so nach vorne gepresscht war.

Und nun saß sie hier, Agent Clarice »Alex« Starling von Stietencron, neben sich die Mappe mit ihren nächtlichen Recherchen über einen brutalen Mordfall, vor sich immer noch das Papier, auf dem nach wie vor »Präventionskonzept jugendlicher Mehrfachstraftäter« geschrieben stand. Anspruch und Wirklichkeit – so nah beieinander. Natürlich gehörten das Erstellen solcher Konzepte und die Analyse von Kriminalitätsstatistiken zu ihrem Job. Aber da waren auch der Mord im Kornfeld und ein Täter, der frei herumlief, und schließlich war es das, genau das ...

... die große Chance für die Anfängerin, die Möglichkeit zum Profilieren für die Profilerin, lass die Welle nicht vorbeiziehen, sondern reite sie.

Alex raufte sich die Haare, seufzte und trank den letzten Rest des extrastarken Kaffees, der bislang keinerlei Wirkung gezeigt hatte – außer, dass sie bald schon wieder auf die Toilette musste. Schließlich schob sie den Stapel von Statistiken über jugendliches Kriminalitätsverhalten im Landkreis beiseite, legte ihn parallel zur Kante ihrer Schreibtischunterlage und den Kugelschreiber mittig auf das Deckblatt, schlug ihre Ledermappe auf, griff nach dem Telefon und wählte. Es ging ihr zwar gegen den Strich, aber dieses Gespräch musste sein, damit sie auf der sicheren Seite war.

»Ah, guten Morgen, Frau von Stietencron«, sagte Dr. Johannes Stemmle, der Projekt-Koordinator bei der Operativen Fallanalyse beim LKA, »ich hätte Sie ebenfalls angerufen.«

»Oh, hätten Sie?«

»Nun, es ging durch die Medien, diese Mordgeschichte bei Ihnen in Lemfeld. Ich hoffe, das überfordert Sie nicht?«

»Ähm«, entgegnete Alex verdutzt und richtete sich gerade im Schreibtischstuhl auf. »Nein, das überfordert mich nicht, keinesfalls. Ich bin dafür ausgebildet und bestens vorbereitet, wie Sie wissen.«

»Mhm«, brummte Stemmle. »Und weswegen rufen Sie mich dann an?«

»Es geht nur um eine Sachfrage bezüglich meiner Kompetenzen«, sagte Alex und schob die Papiere auf ihrem Schreibtisch in gleichem Abstand nebeneinander.

»Sind die denn strittig?«

»Nein.« Alex schüttelte den Kopf. »Aber bei dem vorliegenden Mordfall handelt es sich um eine recht bizarre Angelegenheit, und wenn eine Soko gebildet wird, wäre es sicher prädestiniert für die Einbindung der Fallanalyse.«

Alex hörte Stemmle am anderen Ende der Leitung tief durchatmen. »Also, Frau von Stietencron, wenn der Kommissionsleiter die OFA einbinden will, wird er das beantragen. Und wenn ich das auf den Tisch bekomme, werde ich ihn anrufen und ihn fragen: Wozu haben Sie solche Klimmzüge unternommen, damit Ihre Behörde in das Pilotprojekt aufgenommen wird? Wozu legt das Land solche Programme auf, damit dann doch auf alten Pfaden getrampelt wird? Und danach würde ich Sie anrufen und Sie fragen: Wieso machen Sie Ihre Arbeit nicht?«

Alex schluckte. »Es ging mir lediglich um die Frage, wie weit ich mich in einen solchen Fall einbringen kann, ohne jemandem auf die Füße zu treten.«

Stemmle lachte. »So, wie ich Sie kennengelernt habe, wird sich das sowieso nicht umgehen lassen. Aber noch mal ganz konkret: Ich lasse hier alles so lange laufen und höre und sehe nichts, bis ich einen Anruf oder ein Fax bekomme. Ziel des Projekts ist, die Zentralen zu entlasten. Was meinen Sie, wie sich hier die Fälle stapeln? Es dauert Wochen, wenn nicht Monate, bis wir Gutachten beibringen und Anfragen beantworten können. Ich freue mich jedenfalls, wenn Sie zum Erfolg des Projekts beitragen und die Kripo mit Ihrer Sachkenntnis unterstützen. Wenn das alles eine Nummer zu groß wird, sind wir ja immer noch da. Außerdem sind Sie noch recht jung, und falls es Fragen oder Probleme gibt, rufen Sie mich halt an, und wir sehen weiter und entscheiden neu.«

»Mhm.« Alex schluckte. Jeder Anruf bei Stemmle wäre gleichbedeutend mit der Aussage, dass sie es nicht draufhatte. Ganz gleich, ob sie sich selbst meldete oder Marcus oder sonst jemand. Es wäre ein Eingeständnis ihrer Unfähigkeit und würde Stemmle in seinen Vorurteilen ihr gegenüber bestätigen. So väterlich er am Telefon auch klang. Ihr war klar, dass es darauf hinauslief. Friss, Vogel, oder stirb. Das alte Spiel. Immerhin hatte er ihr signalisiert, dass sie so lange freie Hand hatte, bis Marcus ihr die Grenzen aufzeigen würde. Wie weit diese gefasst waren, würde sie eben selbst herausfinden müssen.

»Gut, dann weiß ich Bescheid, Herr Stemmle. Vielen Dank.«
»Und wie gesagt – wenn es Fragen gibt, melden Sie sich.«
»Ja, werde ich.«
... garantiert nicht!
Stemmle legte auf.

Als sich die Bürotür öffnete, drehte sich Alex um und sah in das grinsende Gesicht von Kowarsch.

»Kann man auch mal anklopfen?«, fragte sie genervt.

»Ich bin dafür bekannt, mit der Tür ins Haus zu fallen«, sagte Kowarsch säuselnd, und noch während sich Alex in Gedanken den Finger in den Hals steckte, deutete er auf seine Uhr: »Kurz nach zehn, Frau Doktor. Lagebesprechung mit Cheffe.«

9.

Alex zwang sich, nicht auf die Blicke zu achten, die sie beim Betreten des Konferenzraums trafen, marschierte schnurstracks auf einen der abgewetzten Stühle zu und setzte sich. Sie plazierte ihre Unterlagen im rechten Winkel zur Kante auf einen der beigen Tische, die ein großes Oval bildeten. Die meisten Kollegen hatten schon Platz genommen. Marcus und Reineking standen ins Gespräch vertieft mit Kaffeebechern am Kopfende des Ovals. Ihr Vorgesetzter trug eine helle Jeans, dazu ein blaues Hemd mit Krawatte und beachtete Alex nicht weiter, was man von Reineking nicht behaupten konnte. Er hatte ein Pflaster auf dem Nasenrücken – sicherlich eine Folge seines unglücklichen Unfalls mit dem Dienstwagen am Rande des Kornfelds. Seine Blicke spürte sie sogleich an ihrem Ausschnitt kleben, und der ihr gegenüber sitzende Kowarsch tuschelte mit seinem Sitznachbarn und zwinkerte Alex zu. *Arschlöcher*, dachte sie, zog sich das Haargummi vom Handgelenk, hob demonstrativ die Arme in die Höhe, griff sich in den Nacken und band sich die dunkle Mähne zu einem Zopf.

»'tschuldigung«, räusperte es sich neben ihr, im nächsten Moment plumpste auch schon ein keuchender Rolf Schneider neben ihr auf den Stuhl. Schweißperlen standen auf den Schläfen, und er knallte eine Mineralwasserflasche auf den Tisch. »Hält ja kein Mensch aus, diese Hitze, boah, ich dachte, das kühlt etwas ab nach dem Gewitter, aber von wegen.«

Schneider scannte sie mit seinen kleinen Schweinsäuglein. »Schickes Kleid«, schnaufte er, worauf sich seine Nasenspitze etwas hob und die Nasenflügel prüfend blähten. »Ist das Jil Sander, dein Parfüm?«

Alex stutzte. Sie konnte sich nicht daran erinnern, dass irgendwann einmal ein Mann ihren Duft erkannt hatte. Und jetzt ausgerechnet Rolf, dem sie diese Gabe am allerwenigsten zugetraut hatte.

»Tja«, murmelte Schneider grinsend, ohne Alex' Antwort abzuwarten, und rutschte in eine bequeme Sitzposition, »der alte Mann hat mehr drauf, als man so denkt, was?«

»So.« Marcus hob die Stimme und setzte sich. »Wir sind komplett, also fangen wir an.« An einer Pinnwand hing eine Reihe von fotokopierten Formblättern, auf denen Schlagwörter wie »Einsatzleitung« und »Versammlungsort« standen. An einer weiteren Tafel war eine große Aufnahme des Kornfeldkreises angebracht, in dem das Opfer gefunden worden war. Das Foto musste von einem Helikopter aus geschossen worden sein, und Alex erkannte einige darin einbelichtete Maßeinheiten. Auf dem Bild war gut zu erkennen, dass es sich tatsächlich nur um einen schlichten Kreis handelte – nicht um eine der komplexen geometrischen Formen, die sie aus

Zeitschriften kannte. Neben Marcus stand ein Laptop, das an einen Beamer angeschlossen war. Reineking starrte auf das Display des kleinen Computers und klickte mit der Maus, bis auf der etwa zwei mal zwei Meter großen Leinwand hinter ihm ein Foto des Tatorts erschien: Es zeigte die große getrocknete Blutlache auf den umgeknickten Ähren sowie die Pflöcke, an denen die Frau festgebunden worden war. Schlagartig war Alex' Müdigkeit wie weggeblasen.

»Okay.« Marcus seufzte und trank einen Schluck Kaffee. »Ich denke, es sind weitgehend alle im Bilde über das, was passiert ist. Gibt es etwas Neues?«

Mario Kowarsch knibbelte an seinen Fingernägeln und sagte: »Wir warten noch auf den vorläufigen Bericht von der Leichenbeschau. Ich war vorhin bei Dr. Schröter und habe mir das angeschaut, er will das nachher faxen.«

»Mhm«, nickte Marcus, »und gesagt hat er weiter nichts?«

»Ja gut, ja sicher, die Frau ist umgebracht worden, erstochen.« Kowarsch zuckte mit den Schultern. »Aber ich war nur kurz da. Mir hat der Hinweis gereicht, dass wir zeitnah eine Einschätzung erhalten, und die Rechtsmedizinerin aus Münster hat wohl bereits mit der Obduktion begonnen – oder soll ich schnell bei Schröter anrufen, dass er sich meldet, wenn die fertig sind?«

»Die halbe Stunde können wir sicher noch warten«, sagte Marcus.

»Die Identität der Toten ist auch noch nicht geklärt«, sagte Reineking in seiner hohen Kopfstimme. »Wir haben bei der Leiche keine Papiere gefunden, aber die Gegend wird weiter abgesucht. Ich wage die Behauptung, dass wir eine irre Beziehungstat ausschließen können. Hier sieht nichts nach Affekt aus. Der Täter hat das Szenario akkurat vorbereitet und wollte sein Opfer gezielt in dem Kornkreis umbringen. Das wiederum setzt voraus, dass er sich in der Gegend auskennt – zudem wissen wir, dass Täter meist nicht mehr als zwanzig Kilometer von ihrem Wohnort zuschlagen. Wer so genau weiß, was er tun will, der weiß auch, mit wem. Der hat sich nicht einfach eine von der Straße gegriffen, der wollte kein Zufallsopfer, eine Anhalterin oder so. Ich kann mir eher vorstellen, dass er das Opfer kannte, weil es auch von hier stammt.«

»Okay, danke, bleibt weiter am Ball.« Marcus hielt die aktuelle Ausgabe der *Neuen Westfalenpost* hoch. »Vielleicht meldet sich ja jemand aufgrund der Berichterstattung – haben alle unsere Kritiken von Marlon Kraft gelesen?«

Einige nickten, andere schüttelten den Kopf. Alex merkte auf. Das große Foto, das über die ganze Seitenbreite ging, zeigte den Kornkreis und einige Männer von der Spurensicherung. »Blutiger Mord im Kornfeld« lautete die riesige Headline. Marcus las einige Schlagworte vor. »Bestialisch ermordet, blablabla, Ritualtäter, Polizei tappt im Dunkeln und so weiter, bei dem Opfer soll es sich um eine bislang unbekannte blonde Frau handeln, modisch gekleidet, zwischen fünfundzwanzig und fünfunddreißig Jahre alt – und dann unsere Telefonnummer.« Marcus faltete die Zeitung zusammen und blickte über den Rand hinweg in die Runde. »Wer hat da gequatscht?« Schweigen war die Antwort, und als ob Marcus nichts anderes erwartet hatte, sah er, nach einem kurzen Blick zu Alex, wieder auf den Artikel und fügte hinzu: »Ach, und hier steht noch: Unterstützt wird die Polizei bei der Jagd nach dem Killer von ihrer neuen Profilerin, die seit einigen Wochen das Ermittlerteam verstärkt.«

Alex schluckte. Profilerin? Kraft hatte außerdem geschrieben, dass sie die Arbeit der Polizei »unterstütze« und sie »verstärke«, was danach klang, als seien die Kollegen alleine nicht in der Lage, die Sache in den Griff zu bekommen. Ihr schwante Böses, als Kowarsch sie ansah und fragend »Ach, Profilerin?« murmelte.

»Das ist nur Kraft, lass mal, Mario«, sagte Marcus besonnen und legte die Zeitung wieder zur Seite, »der trägt immer etwas dicker auf.«

Alex presste die Lippen zusammen und schob ihre Kladde einen Millimeter weiter nach rechts. Gut, es klang etwas überzogen, und ihre Erwähnung in dem Text war sicherlich unglücklich, aber nahm Marcus sie etwa nicht ernst? Profilerin war nun einmal das englische Wort dafür, auch wenn der Begriff mit einigen Klischees behaftet war.

»Also, jetzt wieder zur Sache hier.« Marcus fuhr sich mit den Händen durch die Haare. »Wir haben es mit einer bizarren Tat zu tun. Ihr könnt euch vorstellen, Kollegen, dass ich heute schon Telefonate mit einigen aufgeregten Vätern dieser Stadt deswegen hatte, und ich will, dass wir mit Hochdruck vorgehen. Der Staatsanwalt wollte schon eine Pressekonferenz ansetzen, aber ich habe ihn zunächst noch davon abbringen können. Die ganzen Tatumstände sind Futter für die Medien, und wir müssen davon ausgehen, dass sich das zu einer Nummer auswachsen kann wie damals bei der Geiselnahme im Kindergarten, an die ich heute noch mit Grausen zurückdenke.«

»Ja gut«, brachte sich Schneider in Marcus' Monolog ein und rieb sich die Augen, »ist ja nicht so, dass ich heute Nacht meinen Schönheitsschlaf gemacht hätte.« Er goss sich Mineralwasser ein, trank einen großen Schluck und faltete dann die Hände auf dem Tisch. »Ich fange mal mit diesem Kornkreis an. Solche Gebilde tauchen immer wieder mal auf, und viele Internet-Communitys befassen sich mit dem Phänomen. Einige halten Marsmännchen für die Schöpfer solcher Strukturen, aber es gibt mittlerweile eine ganze Reihe von Methoden zum Anfertigen von Kornkreisen, die in Foren oder Blogs nachgelesen werden können. Was unseren Kornkreis angeht, so erfüllt er die Voraussetzungen für einen sogenannten echten Kreis – das heißt: Die Spitzen der Ähren sind großer Hitze ausgesetzt gewesen. In Zirkeln der Aliengemeinde glaubt man, dass die Ähren von Triebwerken angesengt worden sind.«

Alex betrachtete Schneider mit wachsendem Respekt. Wo war seine sonst so schnodderige Art geblieben? Wenn er bei der Sache war, schien er wie ausgewechselt. Offensichtlich hatte sie ihn sträflich unterschätzt – oder besser: Trotz ihrer recht ausgeprägten Menschenkenntnis hatte sie ihn in eine falsche Schublade einsortiert.

»Unsere Getreidehalme«, fuhr Schneider fort, »sind nicht geknickt, sondern gebogen, und sie verlaufen in einem Wirbel. Gemacht werden solche Kreise normalerweise mit Brettern. Mit Beamern oder Overhead-Projektoren wird ein Muster auf das Feld geworfen und anschließend das Getreide mit Brettern niedergedrückt. Um das Feld zu betreten, werden die Traktorspuren als Weg genutzt, damit keine Fußspuren im Korn hinterlassen werden. In den neunziger Jahren hat es eine Versuchsreihe zu Kornkreisen von Studenten einer Technischen Universität in England gegeben. Sie setzten sogar Mikrowellen ein, damit in dem Feld erhöhte Strahlungswerte gemessen werden konnten. Bevor das Korn gebogen wurde, sengten die Studenten die Ähren an. Sie verwendeten dazu Brenner, wie sie zum Teeren von Dächern benützt werden. So viel also zunächst dazu.«

Schneider trank einen weiteren Schluck Mineralwasser. Dann wandte er sich zu Reineking, der während Schneiders Vortrag einige Detailfotos von dem Tatort gezeigt hatte.

»Fahr mal die andere MAZ ab, Kollege«, sagte er, und auf

der Leinwand erschienen Aufnahmen, die in der Kriminaltechnik gemacht worden waren. Sie zeigten Reifen- und Fußabdrücke, ein Bild der toten Ratte, eine Drahtschlinge, die blutige, zerfetzte Kleidung des Opfers und dann ein langes Seil.

»Zunächst«, fuhr Schneider fort, »zum Täter. Wie ihr wisst, war der Tatort ein einziges Chaos, und wir sind auch noch nicht ganz durch mit der Analyse. Dann kam auch noch das beschissene Gewitter und hätte uns fast die schönen Spuren versaut, aber dem Herrn sei Dank sind wir von der schnellen Truppe. Wir haben also einige ausgeprägte Fußabdrücke in den Ackerfurchen und einige weniger tiefe, die wieder zurückführen. Er hat die Lady vermutlich huckepack getragen. Und er trug so was wie Clownsschuhe.«

Die Polizisten sahen Schneider fragend an.

»Na ja, nicht direkt Clownsschuhe«, schränkte er ein, »aber es waren Turnschuhe Größe 46, und er hat mit Sicherheit kleinere Füße. Das sieht man an der Art des Abrollens. Der Schurke wollte uns reinlegen. Wir dürfen also voraussetzen, dass er nicht ganz doof ist.«

Marcus lachte kurz auf und hörte dann weiter zu.

»Eines der Seile war ein Abschleppseil. Möglicherweise hat es unser Mann aus dem Kofferraum genommen, weil ihm das mitgeführte Material nicht ausreichte. Er ist mit Sicherheit mit dem Auto angereist. Was für eins – da tappen wir im Dunkeln. Wir haben Hunderte von Reifenspuren auf dem Feldweg, da hat von den lieben motorisierten Kollegen beim Anrollen zum Tatort wieder keiner dran gedacht. Eindeutig zuordnen können wir nur die Spur eines Opels, die in den Graben führt, und das ist die Dienstkarre unseres verehrten Kollegen Reineking gewesen.«

Die Polizisten lachten, und auch Alex musste grinsen, während Reineking das Gesicht verzog: »Das konntest du dir nicht verkneifen, Rolf, was?«

»Nee«, sagte Schneider, »das war leider nicht drin, Kollege.«

»Also«, kam Marcus wieder zum Thema zurück, »wie es aussieht, wissen wir noch nicht allzu viel. Aber hört euch mal in der Stadt um, das Übliche, ihr wisst schon: einschlägige Lokale, Discos – und überprüft die Vermisstenfälle. Mario, du besorgst uns ein paar brauchbare Porträtaufnahmen von der Leiche. Alle bleiben mit Hochdruck am Ball, und ich will regelmäßig auf den neusten Stand gebracht werden. Sobald der Obduktionsbericht da ist und wir mehr über die Frau wissen, sprechen wir uns wieder. Rolf, teil die Leute bitte so ein, wie du sie brauchst.«

Damit war das Meeting beschlossen, und Alex griff gedankenverloren nach dem Mineralwasserglas von Schneider, um einen Schluck zu trinken. Sie fühlte sich leer. Wie bestellt und nicht abgeholt. Marcus hatte sie mit keiner Silbe um eine Einschätzung oder einen Kommentar gebeten. Entweder war er immer noch sauer, oder ihre Meinung interessierte ihn schlichtweg nicht. Beides war schlecht. Und auch sonst hatte niemand in der Sitzung irgendetwas anderes beachtet als ihre Brüste und dass die Frau Gräfin in der Zeitung hochtrabend als Profilerin bezeichnet worden war. Na klasse. Was hatte Helen gesagt? Zeig denen, was du draufhast. Und schließlich hatte Stemmle Alex unmissverständlich erklärt, wo ihre Kompetenzen und Befugnisse lagen. Nun, wenn der Berg nicht zum Propheten kam, dann musste der Prophet eben zum Berg gehen.

10.

Marcus stand am Fenster, als Alex das Büro betrat, und ließ den Blick über das Panorama seiner Stadt schweifen. Die Aussicht hier von der »Kaserne«, wie sie die Polizeibehörde der Einfachheit halber nannten, war atemberaubend. Hübsche Kirchtürme, einige wenige hässliche Hochhäuser aus den siebziger Jahren, das Schloss und die geduckten Hallen der weitläufigen Gewerbegebiete – eingebettet in satte grüne Hügel und umschlossen von einem kleinen Fluss, an dem die pittoreske historische Mühle lag und der weiter außerhalb zu einem großen See gestaut wurde, auf dem im Sommer an schönen Tagen bunte Boote tanzten. Ein Ort, in den ein brutaler Mord nicht passte. Ein Erdbeben, dessen Auswirkungen noch nicht abzusehen waren.

Alex hatte nicht angeklopft. Die Tür stand immer einen Spalt offen, so viel hatte sie in den letzten drei Wochen schon festgestellt. Marcus wollte als Vorgesetzter signalisieren, dass er für jeden stets zu sprechen war. Auf seinem Schreibtisch stapelten sich die Akten und verdeckten fast das Foto einer blonden Frau in einem Silberrahmen. An der Wand hinter dem Schreibtisch hing neben einer vom FBI ausgestellten Urkunde eine Reihe von gerahmten Bildern. Er war Hobbyfotograf, und seine Aufnahmen verrieten, dass er ein gutes Auge hatte: verwitterte bunte Türen in Griechenland, ein kanadischer See, Las Vegas bei Nacht, ein Vulkan auf den Kanarischen Inseln, ein Erinnerungsbild von Marcus in Skipper-Pose auf einem Segelboot und das sich ins Endlose schlängelnde Band der Chinesischen Mauer – die Fotos schienen Marcus

Rückhalt zu geben und mochten ihm sagen: Da draußen gibt es noch eine andere Welt.

»Hallo?«, fragte Alex.

Marcus drehte sich um. Er hatte die Ärmel seines hellblauen Hemds aufgekrempelt, die Krawatte gelockert und musterte Alex von oben bis unten. Gelassen trank er einen Schluck aus seiner Kaffeetasse und stellte sie dann auf einer Akte ab.

»Da schau her, Alex, unsere Pressesprecherin«, scherzte er und zog eine Augenbraue hoch. Er sah unverschämt gut aus, wenn er das tat.

»Na ja«, entgegnete Alex zögernd, »ich habe mich ja bereits entschuldigt, aber ich kann verstehen, wenn du noch sauer bist. Es fällt mir manchmal schwer, mich zu bremsen. Und ich wollte wirklich keine Schwierigkeiten mit der Presse hervorrufen.«

»Sauer?« Marcus hob abwehrend die Hand. »Quatsch. Marlon Kraft kann das ab, wenn man dem mal selbstbewusst gegenübertritt. Wir kennen uns seit der Schulzeit. Er ging zur Zeitung, ich zur Polizei, er nach Düsseldorf, ich blieb hier. Schließlich kam er wieder zurück, und wir sind immer noch Freunde. Wir spielen sogar regelmäßig Tennis.«

Dann schob er die Hände in die Hosentaschen und lehnte sich lässig an seinen Schreibtisch. Fast stieß er dabei das Bild der blonden Frau um, hielt den Rahmen aber mit einer blitzschnellen Bewegung fest und stellte ihn sorgfältig wieder an seinen Platz. Er registrierte Alex' fragenden Blick.

»Das ist Anna«, sagte er und machte eine kurze Pause. »Das war Anna.«

Marcus drehte den Bilderrahmen so, dass Alex das Bild betrachten konnte, auf dem die Frau an einem Felsen am Meer stand. Sie hatte sich sanft lächelnd über die Schulter umgedreht und strich sich eine Strähne aus der Stirn. Die Schuhe ließ sie an den Fingern baumeln. Ihr langer Schatten fiel über die Klippen. Eine Welle brach sich am Felsen, und die tiefstehende Sonne zauberte in der Gischt und in ihrem wehenden Haar eine zarte Aura aus Licht.

»Manchmal höre ich das Meer rauschen«, sagte Marcus leise und drehte das Bild von Alex weg. »Das Bild habe ich an der Algarve gemacht, in Portugal. Sie sieht so glücklich darauf aus. Wenn sie es sich hätte aussuchen dürfen, dann wäre das sicher der Platz gewesen, an dem sie …« Er zögerte und ließ die Hände wieder in den Hosentaschen verschwinden. »Wer hätte ahnen sollen, dass es nur ein halbes Jahr später so weit kommen sollte.«

Alex biss sich auf die Unterlippe. »Ist sie …«

Marcus nickte. »Ja. Ein Unfall. Er wurde nie geklärt.«

Benji, Anna, Benji …

»Das tut mir sehr leid, Marcus. Ich kann ein wenig nachempfinden, wie das ist, jemanden zu verlieren, den man geliebt hat. Es wird danach nie wieder richtig gut. Es ist, als ob die Farbe aus dem Leben gewichen ist, und manchmal kommt sie nicht wieder zurück.«

»Das stimmt.« Marcus blickte zu Boden. »Du hast auch jemanden verloren?«

»Es ist lange her. Mein Freund – er wurde erstochen. Wir waren in einer Disco. Er war nach draußen gegangen, um etwas Ecstasy zu besorgen, und …«

»Du hast Drogen genommen?« Marcus hob eine Augenbraue.

Alex schüttelte den Kopf, und ihr Zopf wippte. »Nein, nicht genommen. Mal ausprobiert. Rave-Zeit, Techno, Großstadt, du verstehst, und wir waren jung.«

»Entschuldige, ich wollte dich nicht unterbrechen.«

»Benji, Benjamin, er kam nicht wieder, und als ich nach ihm

sehen wollte, fand ich ihn blutüberströmt auf dem Parkplatz. Ich weiß bis heute nicht, was geschehen ist. Vermutlich geriet er in Streit mit einem Dealer, vielleicht wegen Geld.« Alex zuckte mit den Schultern und verschränkte die Arme vor der Brust. »Er hat Benji ein Messer in den Bauch gerammt und die Aorta getroffen. Benji starb in meinen Armen. Der Täter wurde nie gefunden. Und so, nun, so bin ich zur Polizei gekommen.«

Marcus betrachtete Alex und schob eine Unterlippe vor. »Weil du den Mörder deines Freundes fassen willst?«

»Nicht wirklich. Aber in gewisser Weise schon, ja.«

»Und was würdest du tun, wenn du ihn finden würdest? Wenn du ihm gegenüberstündest mit deiner Dienstwaffe in der Hand? Schon mal darüber nachgedacht?«

O ja, in tausend wachen Nächten ...

»Ich weiß es nicht. Ich hoffe, ich würde ihn nur verhaften.«

»Mhm.« Marcus sah Alex ruhig an. »Was kann ich für dich tun?«

Alex kaute noch einen Moment lang auf der Unterlippe und schluckte die Fragen hinunter, die ihr auf der Zunge lagen. Ein Unfall. Ungeklärt. Die Frau eines Polizisten. Aber dies war nicht der Zeitpunkt. Sie hatte das Gefühl, dass Marcus nicht weiter darüber reden wollte. Deswegen zog sie ihre schwarze Lederkladde unter dem Arm hervor.

»Also, ich weiß, wie mein Aufgabenfeld hier definiert ist, und ich will mich auch nicht falsch verstanden wissen, aber ich bin nun einmal entsprechend vorgebildet, und es gibt da einige Dinge ...«

»Schon klar. Was hast du da?«, unterbrach sie Marcus und deutete auf die Kladde.

»Meine Hausaufgaben«, sagte Alex und lächelte verlegen.

11.

Nachdem Alex und Marcus etwa eine halbe Stunde miteinander gesprochen hatten, ließ Marcus Schneider in sein Büro rufen. Während sie darauf warteten, dass er aus dem Labor nach oben kam, sah Marcus schweigend aus dem Fenster. Nur einmal drehte er sich um und ließ sich von Alex bestätigen, dass sie sich ihrer Sache absolut sicher sei.

»Ach, Frau Doktor«, hörte sie Schneider sagen, als er schwer atmend in das Büro trat.

»Hallo.« Alex meinte zu spüren, wie sein Blick über ihre Beine, Arme und Brüste wanderte.

»Rolf, setz dich bitte«, forderte ihn Marcus auf.

Schneider nahm ächzend neben Alex am Besprechungstisch Platz und steckte sich eine Pall Mall an. »Jetzt bin ich aber mal gespannt, Meister.«

»Der Meister bin in diesem Fall nicht ich, sondern Alex. Ich denke, sie kann uns weiterhelfen. Ich möchte sie in die Ermittlungen einbinden. Schließlich ist sie entsprechend ausgebildet, und auch wenn ich den Mord im Kornfeld nicht vorhersehen konnte: Ich habe sie genau für so einen Fall angefordert, damit wir nicht noch mal so dämlich dastehen wie damals bei der Kindergartensache, sondern einen Profi vor Ort haben.«

Profi. Alex' Herz machte einen Sprung. Sie hätte Marcus küssen mögen. Aber sicher nicht vor Schneider. Am besten überhaupt nicht. Was für ein dummer Gedanke. Wobei er nicht unattraktiv war.

»Ach so, ja sicher.« Schneider stieß den Rauch durch die Nase aus. Handtellergroße Schweißflecken hatten sich unter den Achseln seines weißen Kurzarmhemds gebildet, und er scheute sich nicht, sie zur Schau zu stellen, als er die Arme hinter dem Kopf verschränkte.

»Ich will niemandem zu nahe treten, Rolf«, sagte sie.

»Kein Problem. Mir ist jede Hilfe willkommen. Und dass in einem schlanken Körper ein wacher Geist wohnt, hat ja schon dieser Dingenskirchen gesagt.«

»Er hat es nicht ganz so gesagt, und es war Iuvenal. Ein römischer Satiriker.« Alex grinste und legte den Kopf schief.

»Siehste, Marcus«, sagte Schneider, »ein Spaßvogel war das sogar auch noch, der feine Herr Juventus. Mensch, Frau Gräfin, du solltest mal zum Jauch.«

»Okay.« Marcus setzte sich in seinen Ledersessel. »Dann schieß los, Alex. Danach sehen wir, ob Rolf etwas Neues hat.«

»Gut. Ich habe in der letzten Nacht ebenfalls ein wenig recherchiert, unter anderem über Kornkreise, und ich fand auch deine Ergebnisse sehr interessant, Rolf. Es handelt sich bei unserem zwar um eine einfache Struktur, aber ich glaube kaum, dass ein Einzelner sie alleine angelegt haben kann. Killer unseres Typs sind jedoch gewöhnlich Individualisten, einsame Wölfe. Worauf ich hinauswill: Jeder könnte diesen Kornkreis angelegt haben, vielleicht war es ein Ulk oder sogar ein Projekt von Studierenden der Fachhochschule hier vor Ort – du hattest erwähnt, dass es ähnliche Kreise in England gegeben hat, die sozusagen aus wissenschaftlichen Gründen angelegt worden sind. Vor diesem Hintergrund glaube ich, dass der Kreis schon vorher da war und der Täter ihn ganz gezielt ausgesucht hat – weil er als Tatort in sein Muster passte. Ein perfekter Platz für ein rituelles Opfer.«

Schneider warf einen überraschten Blick zu Marcus, der Alex aufmunternd zunickte.

»Das Wichtige ist: Was war zur reinen Tatausübung *nicht* erforderlich? Das führt uns zu der persönlichen Handschrift. Für den Täter muss dieser Ort eine besondere Bedeutung gehabt haben. Er hat das Opfer im Mittelpunkt des Kreises am Boden angepflockt und dort getötet. Zuvor hat er ihm mit einer Metallschlinge eine gefesselte Laborratte um den Hals gebunden. Ich nehme an, dass die Ratte, die in Panik war, das Gesicht der Frau verunstalten sollte. Das muss einen Grund haben. Der Mörder hat sich viel Mühe gegeben und die Gefahr auf sich genommen, entdeckt zu werden. Er hat sich wiederum nicht die Mühe gemacht, alles wieder verschwinden zu lassen, was er vorher gezielt besorgt hat: die Pflöcke, die Seile, Wachsfackeln. Er wollte entweder, dass alles gefunden wird, oder es hat ihn nicht interessiert.«

»Wenn ich mal kurz unterbrechen darf«, sagte Schneider und drückte seine Zigarette aus.

»Gleich«, fuhr Marcus dazwischen. »Eins nach dem anderen.«

»Ich vermute«, nahm Alex den Faden wieder auf, »die Frau war bewusstlos, während sie festgebunden wurde. Vielleicht hat er sie betäubt, gewürgt oder ihr einen Schlag verpasst. Jedenfalls war er nicht auf einen Kampf aus, der die Sache unnötig verkompliziert. Ich teile Reinekings Einschätzung: Er hat sie vor der Tat ausgewählt, wahrscheinlich hat er ihr aufgelauert, vielleicht kannte er sie auch persönlich. Der Täter muss kräftig genug sein, um eine erwachsene Frau zu tragen und zudem einen Rucksack oder eine Tasche für seine Utensilien mit sich zu führen. Ziemlich sicher war unser Täter also ein Mann, und er hat ganz offenkundig ein Problem mit Frauen. Die Ratte sollte der Frau das Gesicht nehmen, ihr möglicherweise die Schönheit rauben. Ratten sind erdgebundene Tiere, die in manchen Religionen sogar verehrt werden. Aber es war eine weiße Laborratte. Ein Tier, mit dem Versuche gemacht werden. Und ich denke, das könnte etwas bedeuten.«

Alex machte eine kurze Pause und sah in die Runde. Dann fuhr sie fort. »Wir haben es hier mit dem Anfang von etwas zu tun. Ich glaube, dass es nicht der letzte Mord war. In meinen Augen deutet alles auf eine Art ritueller Opferung hin. Und wer einmal beschließt, in die Kirche zu gehen, um eine Kerze anzuzünden, der wird das wieder tun. Warum der Mörder geopfert hat und wem, dazu habe ich noch keinen Anhaltspunkt gefunden. Ich nehme an, dass es mit etwas Göttlichem, in jedem Fall etwas Luftgebundenem zu tun haben muss, denn der Körper wurde in der Horizontalen dem Himmel, etwas von oben Kommendem, dargeboten. Um die nächtliche Szenerie zu erhellen, hat der Täter Wachsfackeln eingesetzt. Und der Kornkreis sollte außerdem als weiteres sichtbares Zeichen dienen, denn er würde aus der Luft wahrgenommen werden können – wie die rätselhaften Maya-Linien auf den Hochebenen in den Anden. Natürlich brauchen wir noch eine VICLAS-Recherche. Wer Schwellen überschreitet, der muss bereits einige Schritte darauf zugegangen sein.«

Alex deutete auf Marcus' Computer. Nur mit seinem PC war es möglich, sich in das Netzwerk VICLAS einzuloggen. Die vom BKA eingeführte Abkürzung stand für »Violent Crime Linkage Analysis System«, »Analysesystem zur Verknüpfung von Gewaltdelikten«. Eine riesige Datenbank von Verbrechen.

Schneider steckte sich eine weitere Zigarette an. »Das klingt schlüssig, Durchlaucht. Aber um dich mal aus der Kirche und der Welt der Luftgeister wieder auf den Boden zu holen, ich habe hier einen vorläufigen Bericht von Dr. Schröter.«

Marcus stand von seinem Sessel auf und setzte sich auf den

Stuhl am Besprechungstisch neben Schneider, der ein zusammengefaltetes Fax aus der Brusttasche seines Hemds zog.

»Was unser Opfer angeht: Die Rechtsmedizinerin Dr. Woyta sagt, die Frau sei wahrscheinlich sediert gewesen, wie du vermutet hast, Alex, und ihr sei im bewusstlosen Zustand die Halsschlagader durchtrennt worden. Danach hat er ihr den Leib aufgeschnitten, wahrscheinlich mit einem Skalpell. Er hat buchstäblich ihr Innerstes nach außen gekehrt. Die Frau hat vor ihrem Tod Geschlechtsverkehr gehabt. Wohl mit Kondom und nicht erzwungen. Es gab eindeutige Sekretreste. Es wurde auch eine Blutspur unter ihrem Fingernagel gefunden, die vielleicht vom Täter stammt. Das wird auf DNA-Spuren untersucht werden.«

»Das ist immerhin etwas. Wann wissen wir mehr?«, fragte Marcus, nahm sich den Bericht und knibbelte an seiner Unterlippe.

»Heute Nachmittag müssten wir mehr wissen. Spätestens morgen haben wir zudem weitere Ergebnisse aus dem kriminaltechnischen Labor.«

Es klopfte, und ohne eine Antwort abzuwarten, schob Reineking sein spitzes Gesicht durch den Spalt. In seinen Geheimratsecken glitzerten kleine Schweißperlen, das Pflaster auf seiner Nase hatte sich an einer Ecke gelöst.

»Wir haben sie«, sagte er mit seiner piepsigen, fast weiblichen Stimme. »Jemand hat eine weggeworfene Geldbörse gefunden. Die Papiere passen zu unserem Opfer. Ich denke, die Identität steht fest. Wir können loslegen.«

12.

Als Marlon auf dem Weg zur Redaktionskonferenz an einem leeren Schreibtisch vorbeiging, fragte er beiläufig: »Wisst ihr eigentlich, wie lange Sandra noch weg ist?«

Eddie zuckte mit den Achseln. »Warum?«

»Nur so.«

»Eine Woche noch«, sagte der Regionalreporter Micha Meier, der hinter ihnen ging. »Die liegt bestimmt längst mit ihrem Stecher in der Sonne.«

Marlon drehte sich um. »Ihrem Stecher?«

»Ja«, sagte Micha. »Sie hat doch diesen Typen von der Fachhochschule. Roman König. Wusstest du das nicht?«

Marlon schüttelte den Kopf. Er hatte keine Ahnung gehabt, dass Sandra einen neuen Freund hatte. Warum hatte sie dann ...

»Meines Wissens wollten die eine Woche nach Samos.«

»Ach.«

»Was ist los, Kraft?«, fragte Micha, grinste breit und boxte Marlon gegen die Schulter. »Wieder Interesse?«

»Leck mich«, grunzte Marlon und drehte sich wieder um. Tatsächlich war ihm ein Riesenstein vom Herzen gefallen. Sandra war auf Samos – und nicht von einem Mähdrescher zerfetzt worden.

In der Redaktionskonferenz saß Marlon in sich versunken, schlürfte gelegentlich einen Schluck Kaffee und gab sich alle Mühe, aufmerksam zu wirken. Chefredakteur Eugen Roloff thronte am Kopfende des langen schwarzen Tisches, an dem die übrigen Ressortleiter, Sonderthemen-Redakteure, Producer und Fotograf Eddie Platz genommen hatten. An den weißen Wänden hingen gerahmte und in Passepartouts eingefasste Titelseiten der *Neuen Westfalenpost* mit Schlagzeilen wie »Krieg am Golf«, »Putsch in Moskau«, »RAF ermordet Schleyer«, »Brandt tritt zurück«, »Erste Schritte auf dem Mond«, »US-Präsident Kennedy erschossen«, »Krieg in Vietnam«.

Nach der Blattkritik und Terminbesprechung stellten die Ressorts ihre Themen vor und benannten die jeweilige Rangfolge nach Aufmacher und Artikeln, die weiter unten auf der Seite plaziert werden konnten. Eddie machte sich Notizen zu den Geschichten, für die noch Bilder notwendig waren.

Dann sprach Roloff Marlon an, der gedankenverloren aus dem Fenster gestarrt hatte. »Haben wir was Neues von dem Mord?«

Marlon schüttelte den Kopf und stellte seinen in die Ferne gerichteten Blick wieder scharf. »Bisher noch nicht. Vielleicht im Laufe des Tages.«

»Wir müssen nachlegen«, sagte Roloff, und Jonas Hellmann, sein Stellvertreter und Chef der Lokalausgaben der *Neuen Westfalenpost*, nickte beflissen, wobei er sich wie gewöhnlich Mühe gab, mindestens so professionell auszusehen wie der Vize der *Washington Post*.

»Fürs Lokale müssen wir auch was machen«, ergänzte Hellmann und drehte den Kugelschreiber in seinen Fingern.

Marlon lupfte die Augenbrauen. Wichtigtuer wie Hellmann gingen ihm auf die Nerven. Das war beim *Express* in Düsseldorf nicht anders gewesen. Seit Marlon wieder bei der *Neuen Westfalenpost* war, hatte er diesen Hellmann regelrecht gefressen. Er litt an einer besonders schweren Form des Stellvertreter-Syndroms, und Typen wie er, in deren Adern nicht ein Tropfen Druckerschwärze floss, gehörten nach Marlons Meinung besser hinter Sparkassenschalter. Erschwerend kam hinzu, dass der Redaktionsbürokrat sich verschiedentlich an Sandra herangemacht hatte. Marlon machte sich nicht die Mühe, die Antipathie zu verstecken. Er war sich seiner exponierten Stellung bewusst. Sein Chef Roloff war durch und durch Profi und wusste, dass Marlons leichter Boulevard-Stil heute gefragt war – auch wenn er persönlich als Ex-Agenturmann nichts damit anfangen konnte.

»Fürs Lokale müssen wir auch noch was machen, ganz recht«, wiederholte Marlon Hellmanns Worte. »Vielleicht machen wir eine Straßenumfrage, in der ein paar Omas sagen, dass sie sich jetzt nicht mehr sicher fühlen, und ein paar Opas erzählen, dass sie niemals gedacht hätten, dass so etwas hier passiert und dass es das unter dem Führer nicht gegeben hätte.«

Eddie, Nachrichtenchef Heinz Flaskämper, Micha und die Jungs vom Sport lachten. Roloff setzte ein mitleidiges Lächeln auf.

»Ich dachte eher an ein Feature. Etwas vom Feeling her Passendes«, sagte Hellmann ernst.

Marlon setzte sich aufrecht hin und verschränkte die Arme vor der Brust. »Hm, mal sehen. Vielleicht finde ich ja was bei eBay. Welche Größe?«

Wieder lachten alle bis auf Hellmann.

»Mir schweben hundert Zeilen und ein vierspaltiges Bild vor«, antwortete der Lokalchef trocken.

»Mit Mayo?« Der Schlagabtausch begann Marlon Spaß zu machen. Vor allem lenkte er ihn ab. Deswegen bedauerte er es fast, als Roloff dazwischenfunkte.

»Wir werden sehen, was der Tag bringt. Das war's erst mal. Ich wünsche einen schönen Arbeitstag.«

In Marlons Büro sah es ebenso chaotisch aus wie in seiner Wohnung. Auf dem Schreibtisch stapelten sich Unterlagen, Pressetexte und vollgeschriebene Notizblöcke der letzten zwei Jahre. Leere Mineralwasserflaschen, Kaffeetassen und Aschenbecher standen herum. An den Wänden hingen verstaubte Fotografien aus seiner Düsseldorfer Zeit, die Marlon mit prominenten Interviewpartnern wie Henry Maske, Gina Wild, Dieter Bohlen oder Ulrich Wickert zeigten. Sein Mac war von oben bis unten mit bunten Stickern beklebt und die Tastatur hoffnungslos verschmutzt.

Marlon klickte sich durchs Internet und notierte sich einige Telefonnummern. Er rief bei seiner Psychologin Viviane an, um für den gleichen Tag einen Termin bei ihr zu machen, bekam aber natürlich einen Korb von der Sprechstundenhilfe. Erst als er es als Notfall bezeichnete, weil er neue Medikamente brauche und kurz mit ihr persönlich sprechen müsse, gab sie ihm fünfzehn Minuten für den späten Nachmittag. Der nächste Termin war noch weitaus schwieriger zu bekommen.

Das Luisenstift war eine psychiatrische und psychotherapeutische Privatklinik, in einem Barockpark draußen am Stausee gelegen. Sie war Ende des neunzehnten Jahrhunderts von einer Fürstentochter als Erholungsheim für sozial Schwache gegründet worden und glich äußerlich mehr einer Villa aus der Gründerzeit als einem Krankenhaus. Heute war sie ein Sanatorium für gut Betuchte mit ausgezeichnetem Ruf und beherbergte ein Forschungsinstitut der Universität. Wie Marlon herausgefunden hatte, wohnte seit einigen Monaten ein besonderer Gast im Luisenstift, in dem es sich sicherlich weitaus angenehmer leben ließ als in der Forensischen Psychiatrie in Lippstadt-Eickelborn. Zwei Jahre hatte Jürgen Roth nach seiner Geiselnahme in dem Kindergarten dort eingesessen. Mit der Auflage einer weiteren stationären Therapie war er entlassen worden. Roths Eltern, mit einem Saatgutunternehmen reich gewordene Landadelige, wollten ihren Sprössling in ihrer Nähe wissen und finanzierten deshalb den kostspieligen Aufenthalt im Luisenstift. Das alles hatte Marlon in seinen nächtlichen Recherchen herausgefunden.

Schon im zweiten Anlauf gelang es Marlon, den neuen Leiter der Klinik an den Apparat zu bekommen, dem er bei irgendeinem Anlass auch einmal persönlich vorgestellt worden war. Er hatte den Mann noch klar vor Augen. Dr. Reinulf Engberts war eine Koryphäe auf dem Gebiet der Psychologie und Neurologie und hatte vor einigen Jahren für seine Forschungen sogar den Leibniz-Preis erhalten – die am höchsten dotierte Auszeichnung für Wissenschaftler in Deutschland.

Erwartungsgemäß zierte sich Engberts. Der renommierte Psychiater berief sich natürlich zunächst auf mangelnde Zeit. Zudem betonte er mehrfach, dass er ein Aufeinandertreffen von Marlon mit Roth angesichts der gemeinsamen Erlebnisse für therapeutisch höchst fragwürdig halte. Aber Marlon hatte im Lauf der Jahre die Fertigkeit entwickelt, seine Gesprächspartner geschickt dazu zu bewegen, Dinge zu tun, die sie eigentlich gar nicht wollten. Nachdem er geschildert hatte, warum er heute Nachmittag ein Gespräch mit Roth oder zumindest über ihn führen wollte, warf er die Angel aus: »Sehen Sie, das Interesse ist nach wie vor groß, und bald jährt sich der Vorfall in dem Kindergarten wieder. Es ist bekannt, dass Roth niemandem etwas tun wollte – und keiner weiß das besser als ich. Jetzt, da es ihm dank Ihrer ausgezeichneten Behandlung bessergeht und sein Zustand sich stabilisiert hat, sollte er die Chance bekommen, das mit einigen Worten gegenüber den Eltern der Kinder zu erklären. Außerdem würde ich bei der Gelegenheit auch gerne mit Ihnen persönlich einen Interview-Termin vereinbaren.«

»Ein Interview?«

»Ja. Sie sind jetzt seit einem Jahr Leiter des Luisenstifts, und ich plane eine Serie über die großen Wissenschaftler der Stadt von damals bis heute. Sie wären überrascht, wen wir da alles vorzuweisen haben. Sie haben für Ihre Forschungen den Leibniz-Preis erhalten und gelten als einer der führenden Psychologen, der mit seiner modernen Sichtweise für einen Umbruch steht. Es geht um jeweils eine komplette Seite in der Wochenendbeilage, und zwar überregional«, sagte Marlon und achtete auf die Betonung, dass er die Serie *plane* – nicht, dass er sie auch schreiben werde. Solche Feinheiten gingen gewöhnlich unter. Die Menschen nahmen nur wahr, was sie wahrnehmen wollten: Über sie und ihre Heldentaten würde mit Foto berichtet werden. Eitelkeit war Marlons Lieblingssünde.

»Ach«, antwortete Engberts geschmeichelt, »wissen Sie, Herr Kraft, über mich ist schon so viel geschrieben worden, und ich publiziere regelmäßig in Fachzeitschriften. Ich weiß wirklich nicht, ob ich daran Interesse habe.«

Jetzt den Wurm an den Haken.

»Unsere Leser aber schon. Und es ist immer gut, auf Alleinstellungsmerkmale hinzuweisen, und das Luisenstift gilt ja als Leuchtturm in der medizinischen Landschaft. Ich bin mir sicher, dass Ihre Geschäftsleitung erfreut darüber wäre, wenn eine Sonderseite an die zuständigen Stellen im Ministerium gelangt, bei denen die Anträge auf Landeszuschüsse für Ihren großen Anbau liegen. Zwölf Millionen Euro sind ja ein Wort. Und nach meinen Informationen gibt es im Stadtrat ein Problem, weil der Luisenpark ein Baudenkmal ist, ein Landschaftsschutzgebiet angrenzt, es keinen Bebauungsplan gibt, der Flächennutzungsplan von 1956 datiert und der Klinik-Bedarfsplan fortgeschrieben werden müsste. Bestimmt ist es da sinnvoll, die Stadt und die Kommunalpolitiker noch einmal auf die Bedeutung der Klinik hinzuweisen.«

Am anderen Ende der Leitung herrschte Schweigen. Marlon hörte das Zwitschern von Vögeln und malte sich aus, wie Engberts in seinem weißen Arztkittel am offenen Fenster saß, weit hinten auf dem Stausee die weißen Punkte kleiner Segelboote in der Sonne tanzten, er die Barthaare am Hals kratzte und die Stirn in Denkfalten legte.

»Sie sind clever, Herr Kraft«, sagte Engberts und zog die Worte in die Länge.

»Das hat nichts mit Cleverness zu tun. Hier geht es nur um das Leserinteresse. Dass das etwas Positives für Sie mit sich bringt, liegt in der Natur der Sache.«

Quid pro quo. Ein simples ökonomisches Prinzip. Gibst du mir, gebe ich dir. So läuft das eben nun mal, Doc.

»Ich habe ein Gespräch in der anderen Leitung«, seufzte Engberts. »Kommen Sie heute Nachmittag doch kurz in mein Büro, dann besprechen wir das schnell persönlich. Ich werde versuchen, mich freizuschaufeln.«

In der Welt des Understatements galt das als ein klares »Ja«. Zufrieden legte Marlon auf. Jetzt galt es nur noch, eine andere Sache zu regeln. Marlon las eine Nummer aus seinem Handyspeicher und tippte sie ins Redaktionstelefon. Er ließ es etwa zehnmal klingeln, bevor am anderen Ende abgehoben wurde.

»Computerecke, Heiko hier.«

»Heiko. Hier ist Marlon. Ich will dich gar nicht lange aufhalten …«

»Die Antwort ist: Nein.«

»Heiko …«

»Keine Chance. Ich mache das nicht mehr.«

»Es ist nur eine Kleinigkeit.«

»Ich mache das nicht mehr. Außerdem bin ich noch auf Bewährung. Die haben ganz neue Geräte, wenn irgendwer meine Signaturen entdeckt und sieht, dass ich wieder dabei bin, dann ...«

»Heiko, es ist nur eine E-Mail-Adresse. Mehr nicht. Nur eine E-Mail-Adresse.«

»Die Antwort ist: Nein.«

»Ich brauche übrigens ein neues Laptop, vielleicht hast du was Schönes da? Und ich könnte mal mit Marcus sprechen, die haben in der Behörde bestimmt auch mal wieder Bedarf, und in Fachfragen könnten die dich doch als Spezialisten anrufen. Das wirkt sich bestimmt positiv aus, ehrlich.«

Heiko seufzte genervt. »Eine E-Mail-Adresse?«

»Ja.«

»Ist das was Heißes? Wenn es auch nur lauwarm ist, dann ...«

»Ist es nicht«, unterbrach Marlon. »Rein privat. Wirklich.«

Heiko seufzte erneut. »Okay, aber nur dieses eine Mal und nur, weil du es bist.«

»Natürlich.« Marlon nannte ihm die E-Mail-Adresse, deren Ursprung Heiko für ihn unter die Lupe nehmen sollte: reaper@gmx.de

Marlon verschränkte die Arme hinter dem Kopf, sah zum Fenster hinaus und massierte sich die Schläfen. Der Kopfschmerz zog vom Nacken mit dumpfem Druck herauf. Er hatte die ganze Nacht kein Auge zugetan. Marcus. Würde er ihn wegen der E-Mails anrufen müssen? Nein. Noch nicht. Er würde seinen Job machen. Marcus seinen. Zumindest diese Antwort hatte er in den frühen Morgenstunden gefunden. Denn trotz allem Schrecken verspürte Marlon das Kribbeln im Unterleib. Sein Jagdinstinkt war geweckt. Hinter allem würde eine Wahnsinnsstory stecken, so viel war klar. Die größte seines Lebens. Ein echter Überknüller. Mörder setzt sich mit Reporter in Verbindung. Er konnte sich die Geschichte einfach nicht kaputt machen lassen. Balance war gefragt, um sie sich nicht schon im Vorfeld mit unüberlegtem Handeln zu zerstören und schlafende Hunde zu wecken. Ja, er würde eine Weile auf des Messers Schneide agieren müssen. Aber das war es wert. Vielleicht könnte er noch das Porträt mit dieser schnippischen Kriminalpsychologin einschieben und sie bei der Gelegenheit ein wenig aushorchen.

Wie gut, dass Sandra mit ihrem neuen Freund auf Samos war. Aber seltsam war es doch. Sie hatte kein Wort über eine neue Beziehung verloren. Dass sie sich trotzdem mit Marlon getroffen und sogar Sex mit ihm gehabt hatte, konnte nur bedeuten, dass sie immer noch in ihn verliebt war. Allerdings hätte er sie niemals so eingeschätzt, dass sie ihren neuen Freund mit dem Ex betrügen würde.

Marlon schloss die Augen und versuchte, sich wieder auf das Wesentliche zu konzentrieren. Beim Gedanken an das, was ihm am Nachmittag bevorstand, fröstelte er. Seine Nervenenden wollten aus den Hautporen schießen, die Muskulatur verhärtete sich, Panik kroch durch seine Adern. Schnell begann er, gezielt zu atmen. Konzentriert auf den Körpermittelpunkt. So, wie Viviane es ihm beigebracht hatte. Das Gefühl ebbte ab. Nur ein Anflug, keine Attacke. Gut so. Es führte ohnehin kein Weg daran vorbei, einige Blicke hinter die Türen in seiner Erinnerung zu riskieren, die er eigentlich für immer verschlossen halten wollte. Marlon musste erfahren, was es mit Roths Geschichte vom Pupurdrachen auf sich hatte.

13.

Engberts öffnete die schwere Metallkassette. Aus den Unterlagen zog er eine Kladde, die mit »Jürgen Roth« beschriftet war, legte die Kassette zurück in den Tresor, verschloss diesen wieder und legte die Akte auf den großen Eichenschreibtisch. Neben allerlei Daten verschiedenster Testreihen enthielt sie das Gutachten, das Engberts für die Gerichtsverhandlung angefertigt hatte. Auf dieser Basis war Roth in die Forensik eingewiesen worden und nach der Entlassung ins Stift unter seine Obhut gekommen.

Er war ein interessanter Kandidat. Wie geschaffen für das Projekt. Genau wie alle anderen, die Engberts ausgewählt hatte.

Engberts schlug den Ordner auf und überflog einige Seiten, um sich auf das Gespräch mit diesem Reporter vorzubereiten. Tatsächlich passte sein Besuch so gar nicht in den Terminplan – aber das war nun nicht von Belang. Die Option auf das Interview und Krafts Argumente bezüglich der noch ausstehenden Baugenehmigung wogen schwer. Der Anbau war ein Millionenprojekt, da durfte nichts schiefgehen. Zudem hatte Engberts die einmalige Gelegenheit, alles nach seinen Wünschen ausgestalten zu können. Dieses Entgegenkommen war das mindeste, was er von der Geschäftsführung verlangen konnte. Gemessen an dem – nun – Etat, den er für Meridian Health Care aufgetan hatte, war es nicht mehr als ein Klacks.

Engberts klickte über seine Favoritenleiste den New Yorker Server an, auf dem alle Projektdaten gespeichert und permanent aktualisiert wurden. Nach dem Log-in gelangte er in das Stammverzeichnis von *Rosebud*. Die Metaphorik der Bezeichnung freute ihn immer wieder aufs Neue. »Rosebud« ist das letzte Wort des sterbenden Zeitungsmagnaten »Citizen Kane«, gespielt von Orson Welles in dem gleichnamigen Film, und Anlass für Joseph Cotton in der Rolle des Journalisten, nach der Bedeutung des Wortes zu recherchieren. Doch nur der Zuschauer erfährt am Ende, was es mit *Rosebud* auf sich hat: Es ist der Name des Schlittens von Kane, den dieser als Junge bei seinen Eltern zurücklassen musste. Das Projekt nach einem Symbol für unbeschwertes und unschuldiges Leben zu benennen war geradezu poetisch.

In dem Ordner blinkte ein Unterverzeichnis mit neuen Dateien. Engberts überflog die in Englisch verfassten PDF mit dem Logo des US-Militärgeheimdienstes NSA und lud schließlich den angehängten Film-Clip von der Operation auf den Bildschirm. In dem kleinen Quicktime-Player tauchten grün-schwarze Videobilder auf, die von einer am Helm eines Soldaten montierten Kamera mit Restlichtverstärker stammten und – so besagten es die Berichte – in Falludscha im Irak während des nächtlichen Einsatzes eines Delta-Teams gegen ein mutmaßliches Terroristennest aufgenommen worden waren. Engberts betrachtete die Bilder mit wachsendem Grauen und schaltete den Ton aus, als das Schießen und Schreien begann. Dann stoppte er den Clip mit einem Mausklick und rieb sich die Schläfen. Er hatte kein Interesse daran, die praktische Anwendung des Projekts weiterzuverfolgen. Er war Wissenschaftler und kein Soldat. Die angefügte Dokumentation und die medizinischen Untersuchungsergebnisse zogen ein äußerst zufriedenstellendes Ergebnis für *Rosebud*. Nur darauf kam es an.

14.

Alex blinzelte, als ihr die grellweiße Fassade der Fachhochschule in der prallen Sonne des frühen Mittags entgegenstrahlte. Scheinbar unbeeindruckt schritt Marcus neben ihr über den großen, menschenleeren Platz auf das bemerkenswerte Gebäude zu. Es waren Semesterferien und der Campus völlig verlassen. Nur das leise Surren von Generatoren drang durch die Hitze. In den frühen siebziger Jahren mochte die FH, an der hauptsächlich Bauingenieure und Innenarchitekten, Lebensmitteltechnologen sowie Maschinenbauer ausgebildet wurden, ein beachtliches Monument zeitgenössischer Architektur abgegeben haben mit ihrer kubischen Fassade und den Betonsäulen mit den geometrischen Mustern vor dem Haupteingang. Der Haupttrakt sah aus, als hätte ein Kind weiße Kartons verschiedener Größe zu einem Turm aufgeschichtet, und der Platz davor, als hätte ihn ein Op-Art-Künstler wie Victor Vasarely mit Geraden, endlosen Diagonalen und strengen Mustern pflastern lassen, um der Fläche Tiefe zu verleihen. Schon von außen wirkte alles technisch und kalt, und dieser Eindruck setzte sich im Inneren fort. Hier war es tatsächlich kühl, und Alex fühlte sich wie in einem Krankenhaus, auf dessen langen Fluren ihre Schritte hallten.

Marcus war noch ruhiger als sonst. Stumm wie ein Fisch ging er neben ihr her. Als Reineking die Identität der Frau mitgeteilt hatte, schien sich bei ihm irgendein Schalter umgelegt zu haben. Alex überlegte, ob sie ihn danach fragen sollte, entschied sich aber dagegen. Vielleicht später. Vielleicht auch gar nicht. Jedenfalls war es recht schnell gegangen, bis die

Gruppe um Reineking Sandra Lukoschiks Wohnung ermittelt hatte, tatsächlich lebte sie wie vermutet direkt in Lemfeld. Einige Polizisten hatten sich vor Ort umgehört und umgehend Marcus verständigt, nachdem sie herausgefunden hatten, mit wem sie zusammen war. Marcus hatte beschlossen, den Mann sofort aufzusuchen. Die Kollegen würden sich um Sandras Angehörige kümmern.

Roman König saß in einem großen, vollgestellten Raum. Orangefarbene Nivelliergeräte auf gelben Metallstativen standen neben rot-weiß gestreiften Messlatten und einem Bündel von ebenso gefärbten Spießen, deren Spitzen mit Erde verkrustet waren. An den Wänden hingen Landschaftspläne sowie der große Plotter-Ausdruck eines Luftbilds, das Wiesen und Felder zeigte und mit Linien, Kurven und Zirkelschlägen versehen war. König tippte auf einem Laptop, neben dem ein dicker Hefter mit langen Zahlenreihen lag. Er war so sehr in seine Arbeit vertieft, dass er Alex und Marcus noch nicht bemerkt hatte, obwohl die Tür zu dem Vorbereitungsraum laut in Schloss gefallen war.

»Herr König?«, fragte Marcus.

König zuckte zusammen und blickte wie ertappt über seine Schulter. Er mochte Mitte dreißig sein und trug Cargo-Shorts, ein kariertes Hemd mit aufgekrempelten Ärmeln sowie eine schwarze Hornbrille. Er war unrasiert, das lockige Haar fiel ihm in die Stirn und verlieh seinen markanten Zügen etwas Lausbübisches. Er klappte sofort sein Notebook zusammen und wandte sich ihnen zu. »Kann ich Ihnen weiterhelfen?«, fragte er mit sonorer Stimme, verschränkte die Arme vor der Brust und richtete sich in dem Drehstuhl auf. Genauso gut hätte er sagen können: »Ihr habt hier nichts zu suchen.«

Marcus zeigte mit routinierter Geste kurz seinen Polizeiausweis vor und ließ ihn dann wieder in der Tasche verschwinden. »Kriminalpolizei. Mein Name ist Marcus Scheffler, das ist Frau von Stietencron. Sie waren telefonisch nicht erreichbar, aber das Sekretariat hat uns mitgeteilt, dass Sie noch an einem Projekt arbeiten.«

König nickte und verschränkte die Arme noch fester vor der Brust. Jetzt wirkte er wie ein kleiner Junge, der am Kiosk einen Lolli gestohlen hat und dabei erwischt worden ist. Seine Blicke sprangen nervös zwischen Marcus und Alex hin und her.

»Wir haben einige Fragen an Sie«, eröffnete Marcus das Spiel.

König zuckte eine Spur zu heftig mit den Achseln und nickte steif, gab sich dann aber wieder alle Mühe, gelassen zu wirken. »Sicher.« Er räusperte sich. »Ich kann Ihnen leider keinen Platz anbieten. Das hier ist nur ein Vorbereitungsraum.«

»Das sehe ich«, antwortete Marcus unverbindlich. »Wann haben Sie Sandra Lukoschik das letzte Mal gesehen?«

Das Erschrecken war Marcus sicher nicht entgangen, dachte Alex. Deswegen kam er direkt zur Sache, baute Druck auf und leitete das Gespräch nicht gleich mit der traurigen Mitteilung ein, dass Königs Freundin tot war.

»Vorgestern …«, stammelte König verunsichert. »Warum? Ist ihr etwas passiert?«

Marcus zögerte einen Moment. »Ja«, sagte er dann, »Ihre Freundin ist tot. Sie wurde vorgestern Nacht mutmaßlich ermordet.«

Augenblicklich wich jegliche Farbe aus Königs Gesicht. Sein Blick wurde leer und wanderte über den Boden, die Wände und die Decke hin zu Marcus und Alex, wo er Halt suchte, aber keinen fand.

»Sie ist … tot?«

Marcus nickte. Alex' Magen zog sich zusammen, und sie umklammerte den Tragegurt ihrer Handtasche. Sie war noch nie dabei gewesen, wenn ein Angehöriger über den Tod eines geliebten Menschen informiert wurde. Es war fürchterlich, und sie begriff, warum sich niemand um diese Aufgabe riss. Jedes Mal musste trotz aller Routine ein Stück der eigenen Seele dabei verlorengehen. Alex zwang sich, daran zu denken, dass hier die Situation etwas anders lag und jemand vor ihr kauerte, der sich mit seiner nervösen Reaktion von einem Moment zum nächsten zum Tatverdächtigen gemacht hatte. Natürlich waren alle Menschen zunächst verunsichert, wenn die Polizei vor der Tür stand. Aber König war schon zusammengezuckt, bevor sie sich vorgestellt hatten.

Der Ingenieur nahm langsam seine Brille ab und wischte sich wie in Zeitlupe über das Gesicht. Marcus sah Alex an, in seinen Augen meinte sie zu lesen, dass er das Gleiche dachte wie sie. Dann nickte er ihr kaum wahrnehmbar zu.

Ihr Zeuge, Frau Staatsanwältin.

»Herr König«, begann sie mit sanfter Stimme, »es ist sicherlich sehr schmerzhaft für Sie, und es tut uns leid, dass wir Sie mit dieser schrecklichen Nachricht überfallen. Aber wir sind dringend auf Ihre Hilfe angewiesen.«

»Was«, stammelte König mit wässrigen Augen, »was ist passiert?« Sein Kinn fiel auf die Brust, und er sank in sich zusammen.

Alex kniete sich hin und legte ihre Hand auf Königs. »Wir müssen davon ausgehen, dass Ihre Freundin einem Mord zum Opfer gefallen ist. Mehr darf ich Ihnen nicht sagen. So fürchterlich das alles ist, aber wir sind hier, weil wir dringend wissen müssen, was Frau Lukoschik zuletzt getan hat. Nur so können wir den Täter ermitteln.«

»Wir wollten nach Samos. Für eine Woche«, sagte König mit erstickter Stimme. »Heute Abend schon, die Maschine geht gegen acht, ich wollte gleich nachher die Koffer packen. Was soll ich denn jetzt mit dem Flug machen?«

Alex ignorierte die Äußerung. Irrationale Gedanken unter Schock waren völlig normal, weil sich die Betroffenen an Muster aus dem Alltag klammern wollten, um wieder Boden unter die Füße zu bekommen.

»Sie haben gesagt«, wiederholte Alex seine Worte, »dass Sie sie vorgestern zum letzten Mal gesehen haben. Hatten Sie dazwischen noch Kontakt?«

König schüttelte den Kopf und nestelte an einem Hemdknopf. »Nein. Sandra hatte Urlaub, schon die ganze Woche. Vorgestern waren wir noch zusammen schwimmen. Abends hatte sie eine Verabredung, und ich war die ganze Nacht hier mit meinem Studentenprojekt befasst, das ich vor dem Urlaub noch fertigbekommen musste. Heute wollte sie noch einen Bikini kaufen … Es ist so schrecklich.«

»Ich verstehe Ihren Schmerz«, sagte Alex leise. »Wissen Sie, mit wem Ihre Freundin verabredet war?«

König schüttelte den Kopf. »Nein. Ich habe sie nicht danach gefragt. Vielleicht hat sie es auch erwähnt, aber ich kann mich nicht erinnern. Ich war so beschäftigt. Wahrscheinlich mit einer ihrer Freundinnen.« Dann sah er Alex in die Augen. »Wer tut so was? Wer bringt denn Menschen um? Warum?«

»Das weiß ich nicht. Aber wir wollen es herausfinden, und dazu brauchen wir Ihre Hilfe.«

»Sie sind den ganzen Abend hier gewesen?«, hörte Alex Marcus fragen. »Die ganze Nacht?«

»Sehr lange, ja«, sagte König und sah auf. Alex stellte sich wieder hin.

»Hat Sie jemand gesehen?«, fragte Marcus trocken und machte sich Notizen. Als Alex einen Schritt zurücktrat, sah sie, dass Marcus nur Kringel in den Block malte.

»Warum?«, fragte König besorgt.

»Also nicht«, stellte Marcus fest.

»Warum fragen Sie mich das? Was ... was wollen Sie damit sagen?«

»Reine Routine.« Marcus klappte den Notizblock zusammen und ließ ihn in der Gesäßtasche verschwinden.

»Verdächtigen Sie etwa *mich*?«, rief König und sprang auf. »Stehe ich jetzt unter Mordverdacht? Ich habe sie geliebt!«

»Beruhigen Sie sich«, bat Alex. »Niemand sagt, dass Sie unter Verdacht stehen. Wir müssen nur alles genau wissen, wir ...«

»Ich habe sie doch nicht umgebracht!«

Marcus hob beschwörend die Hände. »Ich wollte nur wissen, wo Sie waren. Mehr nicht. Es gehört zu unserer Arbeit. Ich verstehe Ihre Situation, Herr König, und es ist mir wirklich unangenehm, Ihnen diese Fragen zu stellen. Ich will Sie keinesfalls damit verletzen, bitte verstehen Sie das. Sie haben die ganze Nacht an Ihrem Projekt gearbeitet. In Ordnung. Mehr wollte ich nicht wissen.« Marcus zog aus seiner Hemdtasche eine Visitenkarte und legte sie in das Metallregal. »Übrigens: Was ist das eigentlich für ein Projekt, an dem Sie arbeiten? Landvermessung? Ich wollte früher auch mal Architekt werden, aber das hier sieht mir ja eher nach Tiefbau aus.«

König beruhigte sich. »Ja«, sagte er abwesend. »Eine Art Vermessungsprojekt für meine Studenten, das ich in den Semesterferien angeboten habe.«

»Dazu braucht man diese Stangen in der Ecke, richtig? Zum Nivellieren?«

König nickte und setzte sich seine Brille wieder auf.

»Und diese Seile hier?« Marcus tippte auf zwei Rollen fingerdicke Nylonstricke. Sie waren Alex zwischen all den Gerätschaften gar nicht aufgefallen.

»Zum Abstecken«, seufzte König. »Hören Sie«, fügte er hinzu, »ich bin etwas ... ich bin jetzt ziemlich ...«

»Natürlich, wir gehen jetzt. Wenn Ihnen etwas einfällt, rufen Sie mich bitte an. Hier liegt meine Karte.«

»Auf Wiedersehen, Herr König.« Alex nickte ihm zu, und Marcus tat es ihr gleich.

Müde hob König die Hand.

Beim Hinausgehen drehte sich Marcus noch einmal um. »Ach ja, ich hatte noch etwas vergessen. Ihre Samos-Reise: Die werden Sie sicherlich sowieso stornieren. Wenn nicht, möchte ich Sie zumindest sehr darum bitten, okay?« Und damit schloss er die Tür.

»Puh.« Alex atmete tief durch, als sie die FH durch das Hauptportal wieder verließen. Die Anspannung fiel von ihr ab. Dafür schlug ihr die Nachmittagshitze wie eine Wand entgegen. »Das war hart.«

»Wie ist dein Eindruck?«, fragte Marcus ungerührt und setzte im Gehen seine Sonnenbrille auf.

»Schwierig. Er verbirgt etwas. Das ist sicher. Und dass er die ganze Nacht hier gewesen sein will ... Na ja. Das Schließsystem und die Videoüberwachung lassen sich zwar überprüfen, aber ...«

»Und wie ist dein Gefühl?«

»Ich bin mir nicht sicher. Wir wissen noch zu wenig. Er hätte zumindest die Gelegenheit gehabt. Und diese Seile in dem Regal ...«

»... sahen zwar aus wie unsere Nylonseile – aber dennoch gibt es sie in jedem Baumarkt«, komplettierte Marcus den Satz. »Seine Schuhgröße würde ich übrigens auf 42 schätzen. Da hätte er in 46er-Turnschuhen reichlich Platz, richtig?«

Alex sah Marcus erstaunt an. Darauf hatte sie nicht geachtet. Sie war viel zu sehr in ihrer empathischen Rolle aufgegangen, zu der Marcus intuitiv sofort den Gegenpol gebildet hatte.

»Und die Sache, an der er da arbeitet …« Marcus entriegelte mit der Fernbedienung den Wagen und öffnete die Tür. »Das Luftbild an der Wand hat Felder gezeigt.«

Alex nickte zögernd und öffnete ebenfalls die Tür.

»Du hast mir heute Morgen von einem Uni-Projekt erzählt, in dem Studenten so einen Kornkreis nachgemacht haben.«

Alex ahnte, was kommen würde.

»Ich glaube«, stellte Marcus fest »dass wir den Architekten soeben kennengelernt haben.«

In Alex' Gedanken fügten sich einige Mosaiksteinchen zusammen. Hatte sie denn keine Augen im Kopf? Sie hatte *nichts*, gar nichts von dem mitbekommen, worüber Marcus gerade gesprochen hatte.

Dumme Kuh. Du bist eine blutige A-n-f-ä-n-g-e-r-i-n. So wird das nie was, Misses dummes kleines Mädchen Sonderermittlerin Clarice Starling.

Alex hätte sich vor den Kopf schlagen mögen oder, besser noch, im Erdboden verschwinden. Sie konnte sich das nicht verzeihen. Selbst wenn einer wie Marcus bei jedem ihrer Sprünge ins kalte Wasser wie ein Bademeister am Beckenrand stehen würde, um ihr im Notfall einen Rettungsring zuzuwerfen. Sie wollte das nicht. Er sollte keinesfalls das kleine dumme Mädchen in ihr sehen.

Als Marcus den Rückwärtsgang einlegte und den Wagen auf die Straße steuerte, beschloss Alex, das Gleichgewicht zwischen ihnen wiederherzustellen. »Darf ich dich etwas fragen?«

Marcus nickte, und Alex zögerte einen Moment. Dann fasste sie sich ein Herz. »Diese Sandra Lukoschik, hast du sie gekannt?«

Marcus presste die Lippen aufeinander.

»Ja«, sagte er tonlos. »Habe ich.«

15.

Das Luisenstift sah aus wie ein exklusives Hotel aus der Belle Epoque am Comer See. Die Flügeltore aus Gusseisen hatten sich automatisch geöffnet. Mit leisem Knirschen rollte Marlons Cabrio über den weißen Kies. Sprinkler verrichteten links und rechts des Weges ihren Dienst auf den weitläufigen Rasenflächen. Hinter dem Hauptgebäude ging das Grün des Parks mit seinen vielen Rosenbeeten und kunstvoll geschwungenen Buchsbaumhecken in das tiefe Blau des Stausees über.

Marlon stellte seinen Wagen zwischen zwei Jaguars ab. Daneben parkten Mercedes-Limousinen und ein nobler schwarzer Geländewagen. Eine attraktive rothaarige Mittvierzigerin ging mit kleinen Schritten und starrem Blick an ihm vorbei. Trotz der Hitze trug sie einen Jogginganzug. Als sie Marlon lächelnd ansah, musste sie den ganzen Kopf zu ihm drehen, weil die weit aufgerissenen Augen offenbar nicht ihren Befehlen gehorchen wollten.

»Guten Tag, ist das nicht ein herrliches Wetter?«

»In der Tat«, antwortete Marlon und ging die Treppenstufen hoch. Erst jetzt sah er, dass die rechte Hand der Frau in einem Tremor rotierte, als rührte sie in Gedanken das Badewasser um. Er atmete noch einmal tief durch.

Bist du wirklich sicher? Nein. Aber wer ist das schon ...

Er ging hinein.

Unter dem Arm trug Marlon außer seinem Notizblock eine Mappe mit Fotokopien, in seiner Hosentasche steckte ein kleines MP3-Diktiergerät. Er hatte sich sämtliche Texte aus dem Archiv heraussuchen lassen, »Finale für den Pupurdrachen« hatte es besonders in sich. Die typische Marlon-Kraft-Überschrift stand in großen Lettern über seiner Autorenzeile und dem Porträt von Jürgen Roth. Die *Neue Westfalenpost* hatte den Text damals noch vor der Gerichtsverhandlung gebracht. Es war Marlons erster gewesen, nachdem er von dem Streifschuss am Kopf wieder genesen war, und zugleich einer der letzten vor seinem großen Zusammenbruch. Über den Prozess selbst hatte er nicht mehr berichten können.

Roths Eltern hatten ihn zuvor zu sich auf das Anwesen eingeladen. Sein Vater war bereit gewesen, von seinem Sohn zu erzählen, und hatte sich öffentlich entschuldigen wollen. Er saß im Empfangsraum des alten Gutshofes in einem Tweedanzug und grünem Pullunder und rauchte eine Pfeife, als er seine Erklärung abgab. Das Gesicht war aschfahl und von tiefen Falten zerfurcht. Der Saal war mit antiken Möbeln zugestellt und diese wiederum mit chinesischem und japanischem Porzellan gepflastert. Die edelsten Stücke waren in wuchtigen Vitrinen ausgestellt.

In dem Text hatte Marlon versucht, ein detailliertes Bild von Roth zu zeichnen, und auch Auszüge aus seinem Pamphlet über die Manipulation beim Lotto abgedruckt. Er hatte geschrieben, dass Roth eine völlig normale Kindheit erlebt habe, dass bei seinem Abitur eine Eins vor dem Komma gestanden wäre, wenn er nicht die Schule seiner Krankheit wegen habe abbrechen müssen, dass er niemals einer Fliege etwas zuleide getan hätte und sein Vater ihn als völlig harmlos einstufte. Etwas wunderlich sei der Junge schon immer gewesen, aber in gewisser Weise auch ein Genie. Zahlen hätten ihn stets fasziniert, wodurch er letztlich in die Spielsucht getrieben worden sei, was die Familie am Ende um die zweihunderttausend Euro gekostet habe. Nur im Backgammon-Club habe er einige persönliche Kontakte gefunden, weil die anderen Mitglieder ihn wegen seiner überragenden Fähigkeiten schätzten und dafür sein merkwürdiges Verhalten in Kauf nahmen. Dort erhielt er den Namen »Pupurdrache«, weil sein chinesisches Seidenhemd mit der Drachenstickerei für ihn stets eine Art Trikot gewesen sei. Es habe ihm halt viel bedeutet. Was genau es damit auf sich habe, wisse nur Jürgen selbst, der sich im Lauf der Jahre mehr und mehr in seine Phantasiewelten zurückgezogen habe.

»Dass Jürgen den Kindern irgendetwas zuleide tun wollte, halte ich für ausgeschlossen. Er wollte auf sich aufmerksam machen und hat dafür den falschen Weg gewählt. Er hat nicht im Entferntesten daran gedacht, was er damit anrichten könnte. Es tut mir alles unendlich leid«, hatte Marlon Roths Vater wörtlich zitiert.

Marlon blätterte in den Kopien, während er auf der mit feinem Kies bestreuten Terrasse zwischen in Bottichen gepflanzten Palmen auf Roth wartete, eine Zigarette rauchte, Kaffee trank und den Blick auf den See genoss. Die Boote des örtlichen Yachtclubs waren wie weiße Tupfer auf das tiefe Blaugrau des Wassers gemalt. *Yachtclub. Was für ein gewaltiger Ausdruck für ein paar Jollenfahrer,* dachte Marlon und wunderte sich über seine Gelassenheit. Heute Mittag hatte er beim Gedanken an seinen Besuch im Stift noch eine Panikattacke bekommen. Jetzt war nichts davon zu verspüren.

Ruhe vor dem Sturm, mein Freund. Der Wahnsinn ist eine flexible Kugel.

Als Marlon nach rechts sah, stand Roth auf den Stufen und winkte ihm freundlich zu. Zwischen den Flügeln der hohen Jugendstil-Glastüren wirkte er wie ein Tourist auf einem gerahmten Erinnerungsfoto. Mit kleinen, knirschenden Trippelschritten kam er auf Marlon zu. Seine Bewegungen wirkten mechanisch und wie eingefroren, was an den Neuroleptika liegen mochte, mit denen er sicher bis obenhin vollgepumpt war. Er trug ein einfaches Poloshirt, eine Army-Bermudahose und Trekking-Sandalen.

Roth war sehr schlank und sah nicht schlecht aus. Von Professor Dr. Reinulf Engberts, der mit großen Schritten und wehenden Kittelschößen auf die Terrasse nachfolgte, konnte man das allerdings nicht behaupten. Er glich kaum noch dem strahlenden Leibniz-Preisträger, den Marlon in Erinnerung hatte. Engberts' Gesicht hatte die Farbe von Teig. Die auffälligen Tränensäcke nebst der Wangenmuskulatur schienen den Kampf gegen die Schwerkraft aufgegeben zu haben und zerflossen in einen ungepflegten, von grauen Strähnen durchzogenen Bart.

»Buenos días, Herr Kraft«, sagte Jürgen Roth tonlos, und in der bewegungslosen Maske seines Gesichtes schien sich ein Lächeln abzuzeichnen. Die unsinnige Begrüßung auf Spanisch passte zu der unwirklichen Situation. Seit dem Erscheinen Roths fühlte sich Marlon wie in einem Traum.

»Grüße Sie, Herr Roth«, antwortete Marlon.

Bin ich das? Spreche ich? Und ist er das? Dieses kleine Männchen? Der Star meiner Alpträume?

»Ich lerne Spanisch«, sagte Roth, setzte sich und faltete die Hände auf der Marmorplatte des Gusseisentisches. »Ich habe viele neue Freunde, die diese Sprache sprechen. Weit weg von hier.«

»Herr Kraft!« Bevor Marlon über Roths Satz nachdenken konnte, grüßte Engberts ihn atemlos, gab ihm kurz die Hand, klopfte mit der anderen jovial auf Roths Schulter und nahm keuchend ebenfalls Platz, wobei er eine ockerfarbene Patientenakte auf Marlons Kopienkladde legte. »Tut mir leid. Viel Hektik. Ich habe nur zwanzig Minuten freischaufeln können«, entschuldigte er sich.

»Mehr als genug. Kein Problem«, sagte Marlon.

»Ich habe Ihren Artikel über diesen fürchterlichen Mord gelesen. Entsetzlich. Ich hoffe, Sie sind nicht deswegen zu Recherche-Zwecken gekommen?« Engberts lachte meckernd und fuhr sich durch die schütteren Haare.

Marlon schüttelte den Kopf und lächelte. »Nein, dazu kommt gleich die Polizei. Ich bin denen immer eine Nasenlänge voraus.«

An Engberts' Blick sah er, dass ihm der Witz nicht gefiel.

»Na gut. Wir werden sehen. Ich hoffe, dass es kein Problem ist, wenn ich bei Ihrem Gespräch dabei bin. Vielleicht ist das für Sie beide nicht ganz einfach, und möglicherweise kann ich das eine oder andere beitragen, das für Sie wichtig ist …«

Und du willst nicht, dass dir etwas entgeht …

Marlon machte eine resignierte Geste und sagte: »Kein Problem.« Natürlich hätte er lieber mit Roth alleine gesprochen und hoffte, dass Engberts bei den kritischen Fragen nicht intervenieren würde. Dennoch musste er sich eingestehen, dass er sich mit Engberts, dem Profi, an seiner Seite sicherer fühlte. Er schaltete das Diktiergerät ein.

»Okay«, nahm Engberts die Moderation an sich und öffnete schwungvoll die Krankenakte. Ein dünnes Fax fiel heraus. Engberts griff sofort mit beiden Händen danach, bekam es zu fassen und ließ es wieder in der Kladde verschwinden, wo der Faxkopf von den weiteren Papieren nur zur Hälfte bedeckt wurde. Marlon hatte ein Wappen darauf erkannt.

»Also vorab kurz zu Ihrer Information«, begann Engberts. »Herr Roth hat große Fortschritte gemacht. Das hat zum einen mit einer neuen Therapie und der entsprechenden Medikation zu tun, die bei ihm gut anschlägt. Zudem arbeitet er vorbildlich mit. Seine Diagnose ist nach wie vor eine paranoide Form der Schizophrenie, aber wir bekommen das in den Griff, und er fühlt sich hier sehr wohl.«

Weil ihr ihn zombifiziert habt.

Engberts sprach in einem Tonfall, in dem er genauso gut hätte erklären können, dass Roths Bremsbeläge in Ordnung seien, aber noch ein Ölwechsel gemacht werden müsse. Mit einer einfühlsamen Psychologin wie Viviane hatte Engberts nicht viel gemeinsam.

»Wollen Sie Herrn Kraft sagen, wie es Ihnen geht, Herr Roth?«

Roth nickte. »Mir geht es sehr gut. Ich fühle mich sehr wohl hier. Ich freue mich, dass Sie mich besuchen.« Er sprach schnell und ohne Betonungen. Roth blickte Marlon an. In seinem Gesicht war keinerlei Regung zu erkennen.

»Schön.« Engberts versuchte ein Lächeln. »Das Luisenstift ist eine offene Reha-Einrichtung. Unsere Patienten können sich frei bewegen, und wenn sie wollen, auch mal in die Stadt gehen. Natürlich in Begleitung.«

Marlon verschluckte sich an seinem Kaffee und musste husten, wobei der gerade inhalierte Zigarettenqualm wie Schmirgelpapier über seine Atemwege kratzte.

»Sie …« Er röchelte heiser und räusperte sich. »Sie meinen, Ihre Patienten können auch hier raus?«

»Natürlich«, sagte Engberts, als sei es das Normalste von der Welt. »Wie gesagt, natürlich unter Aufsicht. Außerdem ist es unumgänglich. Der Bewegungsdrang … Es ist die unangenehmste Nebenwirkung, die unsere Medikamente heute noch mit sich bringen. Aber fragen Sie Herrn Roth ruhig selbst, dazu sind Sie doch hier?«

Marlon spülte mit einem weiteren Schluck Kaffee nach. Wenn Roth die Möglichkeit hatte, sich frei zu bewegen, dann hätte er auch die Möglichkeit, irgendwo an einen Internetzugang zu gelangen – oder noch viel mehr ... Aber einen Mord – nein, das war dieser traurigen Figur nicht zuzutrauen. Dazu wirkte er viel zu harmlos – heute wie damals in dem Kindergarten, als er ...

»Sorgen Sie für Ruhe ... Machen Sie das wieder runter!« Konnte er ausrasten? Konnte er. Und wie ... Rot. Roth. Alles purpurroth ...

Marlon biss sich auf die Lippe. »Ja«, sagte er, »deswegen bin ich hier. Und zunächst möchte ich mich kurz persönlich entschuldigen, Herr Roth – auch wenn es etwas komisch klingt. Aber ich fühle mich in gewisser Weise mitverantwortlich für das, was geschehen ist. Nun ...« Marlon strich über die Narbe an seiner Schläfe. »Ich habe meine Quittung bekommen. Und nicht nur diese eine ...«

»Wie meinen Sie das?«, warf Engberts interessiert ein.

»Seit dem Vorfall, na ja, ich habe so etwas wie ein Trauma erlitten. Posttraumatische Belastungsstörung ...«

»Sie sind in Behandlung?«

»Nur noch gelegentlich. Ich habe eine sehr gute Ärztin gefunden, die mir mit einem neuen Medikament weitergeholfen hat – im Rahmen einer Studie. C-12. Vielleicht kennen ...«

»Ich habe es mit entwickelt.« Engberts verschränkte die Arme vor der Brust. Seine Augen schienen mit einem Mal über jeden Millimeter in Marlons Gesicht zu wandern und nach etwas zu suchen.

»Oh.« Marlon wandte den Blick ab.

»Entschuldigung angenommen, Herr Kraft. *Null Problemo.*« Roth knirschte mit den Füßen im Kies. »Aber es war ein Unfall. Und es war dumm von mir, das überhaupt zu tun. Ich möchte mich auch entschuldigen, *mia culpa.*«

»Ihr Spanisch ist nicht schlecht.« Marlon lächelte. Das Eis

schien gebrochen. Bei Engberts allerdings schien es frisch gefroren zu sein. Er scannte Marlon nach wie vor.

»Ich bin froh, dass Sie das sagen, Herr Roth«, fuhr Marlon fort. »Und ich finde es beachtlich, dass Sie frei darüber sprechen können ...« Beides war noch nicht mal gelogen.

»C-12, jaja ...«, meldete sich Engberts zu Wort und blätterte in seinen Akten, wobei das Fax wieder etwas herausrutschte. Marlon war geübt darin, auf dem Kopf zu lesen, und hatte es oft genug trainiert, wenn auf den Schreibtischen in Rathäusern, Polizeibüros und Staatsanwaltschaften vor ihm vertrauliche Dokumente aufgeschlagen worden waren. Da war ein Wappen auf dem Faxkopf. Darunter stand etwas, was Spanisch sein mochte. Schließlich hatte Engberts das Behandlungsprotokoll gefunden. »Ja, das C-12 hat Herr Roth auch bekommen. Sie wissen ja, wie es wirkt. Sich zu fürchten«, begann Engberts gestikulierend zu dozieren, »gehört zu den menschlichen Grundgefühlen. Eine Gefahr zu spüren ermöglicht die Gegenwehr oder Flucht. Im Moment der Angst geht unser Körper in Alarmbereitschaft. Die Muskeln werden angespannt, das Herz rast, die Atmung beschleunigt sich, Schweiß bricht aus, die Verdauung setzt aus, alle Sinne sind alarmiert. Aber wenn die Angst sich verselbstständigt, wird sie zu einer allgegenwärtigen Bedrohung und zur Panik. Immer mehr Menschen leiden weltweit an solchen Störungen. Katastrophen, Vergewaltigungen, Folter, Kriege, Terroranschläge – das nimmt leider zu. Die Opfer leiden an schlimmen Symptomen wie Flashbacks und Erinnerungslücken ...«

In der Tat tun sie das. Und wie sie das tun.

»Aber endlich verfügen wir über ein Medikament gegen die unerwünschten Erinnerungen. C-12 ist ein Mix aus Betablockern und dem Stresshormon Cortisol, der, vereinfacht gesagt, den negativ belegten Emotionsspeicher im Gedächtnis hemmt, in den sich schreckliche Ereignisse einbrennen. Gerade bei Traumata machen Angst und das permanente Wiedererleben der belastenden Situation eine Therapie in manchen Fällen unmöglich. C-12 unterbricht diese Routine. Damit gelangen wir hinter Türen, die vorher verschlossen waren. An die Auslöser.« Engberts legte das Krankenblatt beiseite und schlug die Beine übereinander. »Herr Roth ist in seiner Kindheit sexuell missbraucht worden, das ist aktenkundig und, wie Sie ja sicherlich wissen, vor Gericht offiziell bestätigt worden. Dieser Missbrauch hat die zuvor latent vorhandene Krankheit zum Ausbruch gebracht. Roth ist in eine selbst erschaffene Welt geflohen, um vor dem Bösen an einen sicheren Ort zu entkommen. Ohne das C-12 wären wir in dieser kurzen Zeit niemals so weit vorgestoßen, um das Erlebte aufarbeiten zu können. Sie kennen ja die Wirkung in Ansätzen selbst. C-12 besiegt die Furcht und nimmt den Schrecken. Es lässt die Angst vergessen.«

»Missbraucht?«, fragte Marlon erstaunt den teilnahmslos zuhörenden Roth.

»Ja. Mein Onkel Günther.« Roth nickte. »Er lebt nicht mehr. Er hatte einen Unfall. Ich musste nett zu ihm sein, und dafür habe ich Süßigkeiten und Geschenke bekommen. Es war unser Geheimnis. Ich durfte niemandem etwas verraten. Mein Onkel war krank. Das weiß ich jetzt. Ich habe ihm vergeben.«

Marlon steckte sich noch eine Zigarette an. Es war erstaunlich, wie klar Roth sprach. Natürlich stand er unter Medikamenten. Dennoch …

»Aber«, warf Engberts ein, »wir sind noch nicht zu dem Anlass Ihres Besuchs gekommen, Herr Kraft. Sie hatten einige Fragen. Bitte stellen Sie sie jetzt. Ich habe nicht mehr viel Zeit.«

Marlon zog an der Zigarette und sah Engberts in die Augen. Mit dem Mann war etwas nicht in Ordnung. Vielleicht brachte das der Beruf aber auch einfach mit sich.

»Einige haben Sie bereits beantwortet. Da bleibt nur noch eine einzige übrig«, sagte Marlon, und Engberts bedeutete ihm, dass er sie stellen möge.

Jetzt. Tu es.

»Was hat es mit dem Purpurdrachen auf sich?«

Roth sah kurz zum See hinaus, senkte dann den Blick und faltete die Hände. Die Füße waren nach wie vor in ständiger Bewegung und knirschten in dem Kies. Engberts lächelte ein Lächeln, das in seiner breiigen Visage wie eingestanzt aussah. Die Augen blieben kalt.

»Ich hatte gedacht«, sagte Roth leise, »Sie wüssten das. Ich habe Sie damals gefragt, und Sie haben gesagt, Sie wüssten es. Sie haben gelogen. Lügen ist nicht gut. Vor allem nicht, weil Sie bei der Zeitung sind. Lügen ist nicht gut.«

Falsche Frage, nächste Frage.

Schweiß lief Marlons Rücken herab. Eine Wespe tanzte vor seinem Gesicht. Er verscheuchte sie mit etwas Zigarettenrauch.

»Ich habe nicht gelogen«, antwortete er mit fester Stimme. »Aber ich weiß natürlich nicht alles über den Drachen. Ich habe ihn auf Ihrem Hemd gesehen damals im Kindergarten. Ich weiß, dass Ihre Freunde im Backgammon-Club Sie nach dem Drachen benannt haben. Ich weiß, dass er für Sie sehr wichtig sein muss, und ich glaube, dass er so etwas wie ein Talisman ist. Im Kindergarten hatte ich Angst. Wenn ich nicht die Wahrheit gesagt habe, dann war es höchstens eine Notlüge. Wahrscheinlich hätte ich auch geschworen, dass ich der Kaiser von China bin, wenn Sie mich gefragt hätten.«

»Sind Sie denn der Kaiser von China?«, fragte Roth und sah Marlon aufmerksam an.

Marlon schüttelte den Kopf. »Natürlich nicht.«

»Gut. Dann hätten wir das auch geklärt. Jetzt haben Sie keine Angst mehr vor mir, *amigo*.«

Marlon lachte und rieb sich die Schläfen. »Der Drache hatte tatsächlich eine große Bedeutung für Herrn Roth«, sagte Engberts und legte ein Blatt aus der Kladde auf das nächste. Marlon verdrehte den Kopf. Das Wappen auf dem Fax war immer noch halb verdeckt. Ein Lorbeerkranz, der einen Stern umschlossen hielt. Eindeutig waren spanische Worte zu lesen. Etwas, was aussah wie »*Ministerio*«. Und »*Par*«. Mit einem Mal klappte Engberts die Kladde zu und sah Marlon feindselig an. »Bitte, das sind vertrauliche Patientendokumente, Herr Kraft.«

Marlon zuckte mit den Achseln. »Sicher, was auch sonst?«

»Okay«, sagte Engberts, »der Drache. Vielleicht wollen Sie es Herrn Kraft selbst erzählen, Herr Roth?«

Roth hob den Kopf. Dann begann er zu sprechen, und in seine matte Stimme kam mit einem Mal Farbe.

»Die Drachen des Ostens, des Westens, des Nordens und des Südens gebieten über die Welt und die Elemente. Aber es gibt einen, der noch mächtiger ist als Long, der gewaltigste unter den Drachen. Seine Augen gleichen Saphiren, aus denen das Licht von tausend Vulkanen strahlt. Die Schuppen seiner Haut sind aus leuchtendem, reinstem Purpur, der Kamm auf seinem Rücken und die Mähne glänzen wie pures Gold. Er hat zwei Söhne, den Feuerdrachen, der nichts mehr fürchtet als das Wasser, und den Wasserdrachen, der vor nichts mehr Entsetzen empfindet als vor dem Feuer. Sie sind ihrem Vater ergeben, denn er fürchtet nichts. Er ist der Purpurdrache, und er speit Perlen in die Welt, die auch Menschen in Drachen verwandeln können. Und nur er selbst kann sie wieder zurückverwandeln.«

Roth seufzte.

»Ich glaubte, einen Weg gefunden zu haben, wie ich selbst zu dem Pupurdrachen werden kann. Aber es ist mir nur in meiner Phantasie gelungen. Niemals habe ich eine seiner Perlen gefunden, ich habe mir alles nur eingeredet. Ich habe ihn nur noch ein letztes Mal getroffen und auch den Bruder des Drachen kennengelernt. Ich habe viel geweint, er auch. Es gab große Schmerzen. Aber da, wo er jetzt wohnt, ist er ein echter Glücksdrache.« Roth lächelte sanft. »Ich weiß nun vieles besser, Herr Kraft.«

Bist du sicher? Oder plapperst du dieses ganze wirre Zeug nur, weil du jetzt die Perlen vom Doktor nimmst?

Engberts räusperte sich und unterbrach Roth unwirsch. »Nun, ich habe das seinerzeit alles in meinem gerichtlichen Gutachten angemerkt und in der Verhandlung gegen Herrn Roth in Auszügen auch öffentlich vorgetragen. Gerne fasse ich es noch einmal für Sie zusammen: Drachen können aus tiefenpsychologischer Sicht für Kräfte des Unterbewusstseins stehen. Für etwas Übermächtiges und Schädliches. Vor allem in der europäischen Mystik sind sie ein Zeichen für feindliche Mächte und Angst. In China und Japan zählt der Drache zu den Ikonen des Tierkreiszeichens und ist ein vielschichtiges, positives Symbol. Es steht für Macht, Stärke, Weisheit, Glück und Fruchtbarkeit und war das Symbol des Kaisers, sein Sitz war der Drachenthron.

Roths Eltern besitzen eine außergewöhnliche Sammlung von chinesischem Porzellan. Wenn sein Onkel ihn missbrauchte, musste Roth sich über die Schreibfläche eines Sekretärs beugen und blickte dabei auf eine Vitrine, in der sich ein vergoldetes Fabergé-Porzellanei befand, das einen sich schlängelnden Drachen in Purpurfarbe zeigte. Roth hat jedes Mal auf dieses Motiv geblickt, wenn er vergewaltigt wurde. Das Ei, die Farbe Purpur und den feuerspuckenden Drachen hat er mit dem Penis seines Onkels verknüpft. Jedes Mal wurde der Wunsch in ihm größer, der Drache würde ihn retten und den Onkel töten. Dem real nicht zu überwindenden bösen Drachen des Onkels musste er einen guten, weitaus mächtigeren Drachen entgegensetzen. Nach und nach wurde der purpurne Drache zu einem allmächtigen Wesen, in das sich Roth verwandelte, wenn er missbraucht wurde. Als Drache war er stark, nicht verletzbar, göttlich und überlegen. Als Junge war er nur ein geschundenes Wesen. Von nun an schlüpfte er immer, wenn er Angst hatte, in die Rolle des unbesiegbaren Fabelwesens. Diese gedankliche Metamorphose wurde zu einem integralen Bestandteil seiner Psychose. Doch nun braucht er den Drachen nicht mehr. Jürgen Roth ist noch nicht stabil, aber er ist frei.«

Engberts sah auf seine Uhr. »Haben Sie noch Fragen?«

Marlon verneinte. Er war von den Informationen wie erschlagen. Wenn das das Geheimnis des Purpurdrachen war, das Hirngespinst eines armen, sexuell missbrauchten Irren, was hieß es dann, wenn der Drache erwacht war? Womit war zu rechnen? Wer, wenn nicht Roth, war der Drache? Und warum, zum Teufel, schickte der Marlon E-Mails? Was wollte er von ihm?

»Okay, ich muss los.« Engberts schnappte sich die Krankenakte. »Zudem ist es jetzt auch genug für unseren Patienten.«

Roth saß stumm da und blickte auf den See. Schließlich seufzte er: »*Si. Soy cansado.*«

»Sehen Sie, er ist müde. Und wegen unseres Interviewtermins, Sie wissen schon, wegen Ihrer Serie«, sagte Engberts im

Aufstehen. »Rufen Sie mein Sekretariat an. Ich denke, da lässt sich kurzfristig ein Termin finden.«

»Nur eine Frage noch«, sagte Marlon, Engberts zog die Augenbrauen hoch.

Nimmst du den Ball auf, Doc?

»Gehören Sprachkurse eigentlich zur Therapie?«

Während Roth aufstand und um den Tisch schlurfte, reichte Engberts Marlon die Hand zum Abschied. »Eigentlich nicht«, sagte er frostig. »Aber schaden kann Spanisch sicher nicht.«

Marlon stand auf und schüttelte ihm die Hand. Roth schlich grußlos an ihm vorbei und steuerte mit kleinen Trippelschritten neben dem Arzt auf den Eingang zu. Kurz vor der Treppe drehte er sich noch einmal um. »Wenn Sie den Drachen suchen: Er lebt bei meinen Freunden in Glück…«

»Auf Wiedersehen, Herr Kraft!«, rief Engberts, griff Roth hastig unter den Arm und zerrte ihn wie ein Spielzeug hinter sich her. Marlon zog ein letztes Mal an seiner Zigarette.

Onkel. Spanisch. E-Mails. Faxe. Sandra. Engberts. Purpur. China-Porzellan.

Marlons Gedanken fuhren Achterbahn und ließen ihn fast taumeln. Er schnippte die Kippe im hohen Bogen über die Brüstung der Terrasse und trank den kalt gewordenen Kaffee aus. Das Gespräch hatte ihn mehr verwirrt als erhellt. Nur eines war glasklar: Die Gewissheit, dass der Drache, dem er nachjagte, alles andere als ein Glücksdrache war.

16.

Alex rieb sich die Augen und ließ das Nass in einen Pappbecher fließen, um ihn im nächsten Moment in einem Zug zu leeren.

»Na, Frau Chefermittlerin«, murmelte Schneider, als er mit einigen Akten unter dem Arm um die Ecke kam, um sie in seinem Büro auf den Tisch zu werfen.

»Wie viele Spitznamen bekomme ich eigentlich noch?«, fragte Alex, knüllte den Pappbecher zusammen und warf ihn in den überquellenden Mülleimer.

Schneider grinste und zog sich den Bund der auf den Hüften hängende Hose über den Wanst. »Mir fallen bestimmt noch ein paar ein, keine Bange. Ich will der Wohnung von Sandra Lukoschik mal einen Besuch abstatten. Die Kollegen sind schon vor Ort. Kommst du mit?«

Alex stutzte kurz überrascht. Dann nickte sie. »Natürlich, gerne.«

In Schneiders Wagen quoll der Aschenbecher über. Eine dicke Staubschicht hatte sich auf das Armaturenbrett gelegt, aus dem Autoradio säuselte volkstümliche Musik.

»So lässt sich das aushalten«, sagte Schneider, der hinter dem Steuer auf einem Massageüberzug aus Holzkugeln saß und die Klimaanlage noch eine Stufe höher stellte. Auch Alex genoss den kühlen Luftstrom und streckte den Düsen im Fußraum ihre Zehen entgegen.

»Tja«, fügte er hinzu und bog auf die vierspurige Fürstenallee ab, die zum Zentrum führte, »ist alles etwas anders als auf der Uni, was?«

Alex zwirbelte in ihrem Haar und sah aus dem Fenster,

während der Vectra die Fachmarktzentren am Südring passierte. »Ein für alle Mal, Rolf: Es war keine Uni, es war eine FH, und zwar die vom BKA. Und ja: Da war ich auch in Ermittlungen tätig, und ich bin nach meinem Abschluss dort Kriminalbeamtin. Und nein, auf der ganz normalen Uni, auf der ich einige Semester Medizin und dann Psychologie studiert habe, gibt es so was nicht.«

Schneider lachte heiser und klopfte Alex dann aufs Knie, bevor er in den vierten Gang schaltete. »Na komm schon, ich mach doch nur Blödsinn.«

»Nein, Rolf, für mich ist es inzwischen kein Blödsinn mehr, weil ich mir das den ganzen Tag anhören muss und mich einfach nicht ernst genommen fühle. Ich habe ständig das Gefühl, irgendetwas beweisen zu müssen, damit Marcus und du und die anderen ...«

»Jetzt will ich dir aber auch mal was sagen«, unterbrach Rolf ihren Redefluss. »Und zwar ganz ehrlich: Ich halte dich für eine ziemliche Rakete, und das geht Marcus nicht anders. Er hat alle Hebel in Bewegung gesetzt, damit er dich mit deinen ganzen Qualifikationen hier in unsere Dienststelle bekommt, andere Kandidaten sind gar nicht erst in Frage gekommen. Und das hat nichts mit deinem hübschen Passfoto zu tun, Kollegin. Und anfangen muss schließlich jeder mal. Außerdem bist du ja wohl jetzt mit seiner hochoffiziellen Billigung und auf seinen ausdrücklichen Wunsch mittendrin in den Ermittlungen. Was willst du mehr?«

Alex starrte Schneider an. Stemmle hatte so was gesagt, dass Marcus sich so sehr für sie eingesetzt habe. Ein Kollege, der unbedingt neue Wege gehen wolle, so hatte Stemmle sich ausgedrückt. Dabei erschien ihr Marcus gar nicht so innovationsfreudig. Okay, er kannte sich gut mit PCs und solchen Dingen aus, und wenn irgendwer mit seinem Rechner mal Probleme hatte, behob Marcus sie ganz undiplomatisch höchstpersönlich. Er hatte auch einen Antrag auf Generalüberholung der hoffnungslos überalterten Hardware-Ausstattung gestellt.

»Und jetzt erzähl mal, wie war das denn nun bei König?«, fragte Schneider.

Alex dachte daran, wie peinlich berührt sie danach gewesen war – angesichts dessen, was sie alles übersehen hatte, während sie empathisch auf König eingegangen war. »Er kommt als Tatverdächtiger in Frage. Ist allerdings nur ein Gefühl, kann ich noch nicht festmachen. Zudem meint Marcus, König könnte etwas mit dem Kornkreis zu tun haben. In dem Raum hing die große Ansicht eines Feldes und lagerten schmutzige Vermessungsstangen, Schaufeln – und einige Seile, die ein ähnliches Muster aufwiesen wie die am Opfer sichergestellten.«

Schneider tippte im Rhythmus der Musik mit dem Zeigefinger auf das Lenkrad. Sie fuhren auf dem Innenstadtring an einigen Geschäftszeilen und Hotels vorbei und hielten an der Ampelkreuzung, die von dem gewaltigen Glastempel der Sparkasse Lemfelder Land dominiert wurde.

»Ja, wir haben das überprüft, es sind handelsübliche Nylonseile gewesen, nichts Besonderes. Die Kollegen recherchieren gerade, welche Baumärkte das Produkt führen und wann zuletzt etwas davon gekauft wurde. Bei dem König sollten wir zum Abgleich etwas sicherstellen lassen von den Stricken und dem Erdreich an diesen Schaufeln und Stangen. Das schicken wir dann mit den ganzen anderen Sachen zur Analyse. Na ja, und Dr. Woyta ist eigentlich auch sehr schnell.«

»Dr. Woyta?«, fragte Alex.

Schneider nickte und lächelte. »So eine kleine, süße Lustige ist das, kommt aus der Tschechei, ganz mein Kaliber.«

Alex rollte mit den Augen. »So genau wollte ich es gar nicht wissen.«

Schneider lachte heiser und fuhr wieder an, als die Ampel auf Grün schaltete. »Dr. Irina Woyta ist Rechtsmedizinerin und hat bei der Lukoschik die Obduktion gemacht.«

»Ach, ich dachte, das macht dieser andere, wie hieß er noch?«

»Dr. Schröter meinst du. Nee, der ist Oberarzt an der Pathologie hier am Krankenhaus und hat in der Rechtsmedizin promoviert. Den rufen wir an, wenn absehbar ist, dass der Notarzt nicht mehr kommen muss, damit er bei der Leichenbeschau und beim Ausfüllen des Totenscheins schon mal eine erste Einschätzung vornehmen kann, eine Art Erstgutachten, wenn du so willst. Die amtlichen Obduktionen macht natürlich das Rechtsmedizinische Institut des Uni-Klinikums Münster. Die kommen meist rüber in die Pathologie des Krankenhauses Lemfeld. Da ist ja alles, was sie brauchen, da muss man mit den Toten nicht durch die Gegend schüsseln. Und was sie analysieren müssen, nehmen sie mit nach Münster.«

»Ah, okay.« Alex kannte noch längst nicht alle Namen der Kollegen aus der »Kaserne« und war Schneider dankbar dafür, dass er sie über einige weitere Partner informierte, mit denen Alex es im Lauf der kommenden Monate und Jahre zu tun bekommen würde.

»Ich habe kurz mit Dr. Woyta telefoniert«, fuhr Schneider fort. »Sie hat sich das alles noch mal genau angeschaut und lässt nun im Institut in Münster DNA-Untersuchungen und eine toxikologische Überprüfung vornehmen, das volle Programm. Den Kowarsch kannste zu solchen Fachleuten ja eigentlich nicht hinschicken, mit seinen Muskelbergen und seinem Araberbart verschreckt er bloß alle.«

Alex lachte hellauf. Sie erinnerte sich daran, wie Kowarsch

bei der Dienstbesprechung gesagt hatte, er habe nur mal kurz im Krankenhaus vorbeigeschaut. »Wahrscheinlich hasst Mario Obduktionen, manche können das nicht ertragen.«

»Na ja, man kann sich ja auch was Schöneres vor dem Frühstück vorstellen als eine zerfetzte Leiche.«

Alex zuckte mit den Schultern. »Mir hat das während des Studiums kaum etwas ausgemacht. Ich fand Sektionen immer sehr interessant. Sobald man eine wissenschaftliche Betrachtung vornimmt, hat es viel von seinem Schrecken verloren. Das ist ganz anders als direkt am Tatort. Man hat eine andere emotionale Distanz.«

»Wie jetzt? Du hast Menschen aufgeschnitten?«

»Im Grundstudium Medizin in Düsseldorf, ja. Und ich habe während der Polizeiausbildung ein Praktikum in der Rechtsmedizin gemacht. Zuerst wollte ich mich darauf spezialisieren, aber, na ja, Psychologie fand ich letztlich doch interessanter.«

»Mhm. Hat das auch einen Grund?«

Alex atmete tief ein. »Erzähle ich dir ein andermal, Rolf.«

Schneider summte die Melodie eines Marsches mit und bog nach rechts ab in ein Wohnviertel. »Hat Marcus dich eigentlich schon gebrieft im Hinblick auf unsere Lady?«

»Etwas. Es war noch nicht so viel Zeit.«

»Mhm.« Schneider kratzte sich am Kinn. »Sie war Redakteurin bei der *Neuen Westfalenpost*.«

Alex klappte der Unterkiefer herunter. Marcus hatte erwähnt, dass er Sandra Lukoschik kannte, aber sich nicht weiter dazu geäußert, und Alex hatte nicht nachgebohrt.

»Du kannste dir vorstellen, dass die Hölle über uns hereinbricht, wenn das die Redaktion erfährt«, sagte Schneider und blickte Alex mit hochgezogenen Augenbrauen an.

»Ja gut, aber früher oder später …«

»Besser später als früher. Diesen Kraft hast du ja kennengelernt. Er ist ein alter Freund von Marcus, die sind immer ganz dicke gewesen. Und irgendwie kennt Marcus die Lukoschik auch über diese Schiene. Wobei er eben nicht mehr da war. Keine Ahnung, wo er steckt. Vielleicht ist er zur Autopsie gefahren. Dieser Fall geht unserem Oberboss jedenfalls unter die Haut, fürchte ich.«

Alex nickte. Den Eindruck hatte sie auch gehabt.

Der Wagen hielt vor einem weiß getünchten, modern wirkenden Mehrfamilienhaus. Sandra Lukoschiks Wohnung war bereits von der Spurensicherung in Beschlag genommen worden, und einer der Männer in den weißen Overalls brachte Schneider auf den aktuellen Stand, während Alex sich umsah. An den cremefarbenen Wänden hingen großformatige Bilder. Das Wohnzimmer war modern und hell eingerichtet. Im weiß gefliesten Bad suchte ein Mitarbeiter der Spusi auf den Kacheln mit einer Tatortleuchte nach Substanzen und Fasern, andere nahmen an den Türrahmen Fingerabdrücke ab. In Sandras Arbeitszimmer stand ein iMac, über dem Bürostuhl hingen eine Cargo-Hose und ein kurzärmeliges kariertes Hemd. Beides gehörte vermutlich Roman König, mit dem Sandra zwar nicht zusammenlebte, der hier aber sicherlich ein und aus ging.

Ein Farbausdruck neben dem Computer erregte Alex' Aufmerksamkeit. Als sie näher herantrat, erkannte sie darauf die Ansicht von einem Feld und Straßen. Der Ausdruck sah aus wie ein Schnappschuss aus Google Earth, von Hand waren einige Maßeinheiten in einer Skala auf der rechten Blatthälfte eingetragen. In der Mitte befand sich ein grob skizzierter Kreis. Unter dem Ausdruck lag ein Samos-Reiseführer.

»Na, fündig geworden?«, hörte sie eine Stimme hinter sich und drehte sich um. Sie blickte auf das weit aufgeknöpfte

Hemd von Mario Kowarsch, der seine Brust zu rasieren schien, und dann in sein ernstes Gesicht. Alex schürzte die Lippen und nickte. »Ja, ich denke, ich habe da etwas gesehen.«

»Na dann.« Kowarsch fletschte die Zähne und nahm den Spiralblock zur Hand, den er unter die Achsel geklemmt hatte, und überflog seine Notizen. »Sie soll am Mordabend noch aus gewesen sein, hieß es. Ihr Kerl ist nicht aufgekreuzt.«

»Nein, ich war mit Marcus bei ihm. Angeblich hat er die ganze Nacht durchgearbeitet in der FH«, antwortete Alex.

»Oder aber in 'nem Kornfeldkreis.« Kowarsch deutete mit einem Nicken auf den Ausdruck neben dem Mac, auf dem ein Nokia-Handy lag. »Marcus hat angeordnet, hier alles sicherzustellen. Netterweise hat das Opfer ihr Mobiltelefon zu Hause gelassen. Wir schauen uns mal den Rufnummernspeicher an, Reineking lässt derweil diesen König durchleuchten.« Kowarsch klappte den Spiralblock wieder zusammen. »Profilerin«, schmunzelte er.

»Es ist nun mal der englische Ausdruck dafür, und diese Medienfritzen springen halt auf so was an, Mario«, sagte Alex etwas genervt und erntete ein abschätziges Lächeln.

Kowarsch zog die Augenbrauen hoch: »Du könntest dich übrigens mal anderweitig nützlich mache, dich unter deine Kollegen mischen und im Luisenstift nachfragen, unserer örtlichen Nervenklinik, ob da auch keiner der Insassen auf nächtlicher Wanderschaft war.«

»Meine Kollegen sind hier«, antwortete Alex knapp und verschränkte die Arme vor der Brust. *Was für ein Idiot,* dachte sie. *Kollegen im Luisenstift, du Schwachkopf, Psychologen meinst du, die in deiner Rübe sicher nicht mehr als ein Vakuum oder eine Porno-DVD finden würden. Und es heißt auch nicht Nervenklinik, und schon gar nicht Insassen, und es ist ein dummes Klischee, dass ...*

»Wie auch immer«, antwortete Kowarsch mit einem gekünstelten Lächeln. »Kannst dich natürlich auch umhören, woher die Ratte stammt.«

Sicherlich mache ich das. Eine Ratte jedenfalls ist offensichtlich bei der Polizei gelandet, weil sie dachte, dass sie mit einer Knarre ihren Schwanz verlängern kann.

»Ich kann mich auch gerne um beides kümmern, was sagst du dazu?«

Kowarsch zuckte die Achseln. »Was soll ich schon dazu sagen?« Damit drehte er sich um und verließ das Zimmer.

Das Luisenstift, dachte Alex. Es war eine psychiatrische Privatklinik, und natürlich war grundsätzlich nicht auszuschließen, dass einer der Patienten in Verdacht käme. Zwar wurden dort nach Alex' Wissen keine Sexualstraftäter behandelt. Aber sie hatte zumindest von einem gehört, der in der Vergangenheit polizeilich in Erscheinung getreten war. Man hatte ihn den Purpurdrachen genannt.

17.

Er war leichtsinnig gewesen. O ja, viel zu leichtsinnig. Dr. Reinulf Engberts ließ sich in den Ledersessel fallen, atmete einmal tief durch und ließ Roths Akte in der Schreibtischschublade verschwinden. Er fingerte den Schlüsselbund aus der Tasche des Kittels, schloss sie ab und schob die Schlüssel dann wieder zurück.

Kraft war stutzig geworden, und Roth hätte um ein Haar zu viel erzählt, wenn er ihn nicht unterbrochen und das Gespräch beendet hätte. Allmählich schwante Engberts, dass Kraft nicht gekommen war, weil er für ein Feature recherchieren wollte. Es gab einen anderen Grund. Am Telefon hatte er von dem Anbau gesprochen. Von den Millionen, die Meridian Health Care in die Hand nehmen würde. Vielleicht waren ihm Informationen gesteckt worden. Und er hatte C-12 erwähnt und vorgegeben, es selbst in einer Versuchsreihe genommen zu haben. Natürlich war das möglich, aber es war schon ein merkwürdiger Zufall, dass Kraft ausgerechnet ihm gegenüber das Medikament erwähnt hatte. Der Reporter hatte sich außerdem fast den Hals ausgerenkt, um einen Blick auf die Dokumente in Roths Akte zu werfen. Und seine Fragerei nach dem Purpurdrachen. Nicht auszudenken, wenn er ...

Engberts trommelte mit den Fingern auf der Schreibtischunterlage. Nein, Kraft war auf einer Fährte. Und er war ihm auf den Leim gegangen. Je länger er über das Gespräch nachdachte, desto nervöser machte es ihn. Zudem war da noch dieser außergewöhnliche Mord, über den Kraft geschrieben hatte ...

Engberts stand auf, hastete durch das Büro und wühlte in dem Stapel Zeitungen, der auf dem gläsernen Besprechungstisch ausgebreitet war. Da war der Artikel. Ein Foto von einem Kornfeldkreis mit Polizeiabsperrungen. »Blutiger Mord im Kornfeld« lautete die Überschrift. Darunter stand die Autorenzeile von Marlon Kraft. Der Schauplatz. Die offensichtliche Geheimniskrämerei der Polizei. Die »sehr außergewöhnlichen Tatumstände«, von denen der Ermittlungsleiter sprach, und alles, was zwischen den Zeilen mitschwang – ein Blinder konnte wahrnehmen, dass es um die Tat eines Kranken ging.

Engberts kratzte sich den Bart. Hier war etwas im Gange, und er hatte das ungute Gefühl, dass es ihn und die Firma direkt betreffen könnte. Vielleicht sogar *Rosebud.* Schließlich war das C-12 in seiner hochpotenten Form bereits im Einsatz, und irgendetwas konnte nach außen gedrungen sein. In Glücksberg liefen auf der Basis der bisherigen Erkenntnisse aus dem Irak und Afghanistan neue Testreihen. Kolonie Glücksberg. Als Engberts zum ersten Mal dorthin geflogen war, hatte er über dem Atlantik beim Durchblättern des Memorandums genug Zeit gehabt, sich mit dem Exodus der Mennoniten in das Gelobte Land zu befassen. Früher waren sie vor Stalin und Hitler geflohen. Heute wollten sie der offenen Gesellschaft entkommen, die für ihre Begriffe viel zu liberal war. Engberts hielt Paraguay zwar nicht für ein erstrebenswertes Ziel, aber das Auswandern der Mennoniten hatte Tradition, und Paraguay empfing sie mit offenen Armen. Tausende hatten Deutschland den Rücken gekehrt und sich in der Pampa ein karges Fleckchen Land gekauft, um nach ihren eigenen Regeln leben zu können. Glücksberg war mit siebenhundert Wohneinheiten die größte und neueste Ansiedlung und verfügte sogar über eine eigene Landebahn. In dem Prospekt hatte Engberts Traktoren gesehen, die Felder pflügten, und lachende Frauen mit weizenblonden Haaren bei der Ernte.

In der Dokumentation stand, dass die Regierung Glücksberg wie allen anderen Kolonien vollkommene Autonomie gewährt hatte und es dort nicht nur eine eigene Polizei, sondern auch eigene Gesetze gab. Seine Entwickler waren sicherlich nur allzu gerne bereit, diese gegen Devisen wunschgemäß zu beugen. Und da es sich bei Glücksberg um ein vorfinanziertes Multimillionen-Projekt handeln musste, hatte Engberts sich seinen Teil dabei gedacht, woher das Geld stammen mochte. Glücksberg. Eventuell gab es dort ein Leck.

Vielleicht war die undichte Stelle aber auch viel näher, als ihm lieb war.

Engberts fröstelte. Es war sicherlich noch zu früh, um alle verrückt zu machen. Aber es führte auch kein Weg daran vorbei, dass er telefonieren musste.

Es klopfte. Engberts fuhr herum und sah seine Sekretärin in dem wuchtigen Eichenrahmen der Tür stehen.

»Da ist ein Gespräch für Sie, Professor ...«

»Ich habe jetzt keine Zeit«, blaffte er sie an, ging zu seinem Schreibtisch zurück und ließ sich in den Sessel plumpsen.

Die Sekretärin trat von einem Fuß auf den anderen. »Ich würde es trotzdem gerne durchstellen, es ...«

»Rede ich chinesisch? Nein!«

»... ist eine Frau von Stietencron von der Kriminalpolizei.«

Die Worte trafen Engberts wie ein Geschoss. »Nun ...«, murmelte er nach einer kurzen Pause und faltete die Hände. »Notieren Sie bitte die Nummer. Ich rufe umgehend zurück.«

Die Sekretärin nickte stumm und verschwand.

Jetzt auch noch die Polizei. Natürlich würde er auf keinen Fall zurückrufen. Zeit gewinnen. Aber weswegen eigentlich? Engberts wischte sich über die Augen und zog die Computertastatur heran. Er tippte eine Internetadresse in den Browser. Nachdem das Startbild der Seite mit dem blinkenden Logo in der oberen Ecke erschienen war, klickte er sich durch die belanglosen Seiten auf das Log-in und tippte seine Zugangsdaten in das Fenster. Er wartete, bis die Seite vollständig geladen war, scrollte nach unten und fand die New Yorker Nummer, von der aus er automatisch weitergeleitet werden würde. Nachdem die Freizeichen ein paarmal ihren Klang gewechselt hatten, tutete es in der Leitung. Es wurde abgenommen.

»Ja, Kloppek.« Die Verbindung über den amerikanischen

Satelliten war phantastisch. Kloppek war der Leiter der medizinischen Versuchsanlagen in Glücksberg. Ein kleiner Mann mit eng zusammenliegenden Augen.

»Engberts hier. Ich grüße Sie.«

»Professor, wie geht es Ihnen?« Kloppek klang erstaunt, und Engberts meinte vor sich zu sehen, wie der ukrainische Wissenschaftler sein Buddha-Lächeln aufsetzte. »Was verschafft mir die Ehre?«

Engberts biss sich auf die Unterlippe. »Es gibt da einiges, was ich wissen muss, und etwas, worüber Sie und die Projektleitung informiert sein sollten.«

»Sie machen mich neugierig.«

Dann stellte Engberts seine Fragen. Es tat gut, jetzt zu reden, und das riesige abstrakte Gemälde, auf das er während des Gesprächs schaute, tat ein Übriges. In dem Wechsel von Flächen, Strukturen und Farben konnte er sich verlieren. Dazu kamen die strenge Symbolik und die archaische Geschichte, die es erzählte, und das beruhigende, tiefe Rot. Es hatte ihm fast die Sprache verschlagen, als es die Mitarbeiter der Galerie vor seinen Augen von der Holzverschalung befreit hatten. Es war überwältigend, metaphorisch wie gestalterisch. Es war die »kleine Aufmerksamkeit« einer Firma gewesen, die ihm in einer Mail angekündigt worden war. »Die Geburt des Siegfried« war der Titel des drei mal vier Meter großen Gemäldes, dessen Wert beachtlich sein musste. Es entstammte einer abstrakten Reihe monumentaler Wagner-Motive des jungen Züricher Malers Reto Rüetli, der als Shooting-Star gehandelt wurde. Als Engberts genauer hingesehen hatte, hatte er leise lachen müssen. Deswegen also. Rechts hinter den Strukturen, die Siegfrieds rechten Fuß darstellen mochten, lugte er um die Ecke. Ein Drache. Gemalt in tiefstem Purpur.

18.

Irgendwie, dachte Viviane, als die Praxistür hinter ihr zufiel, hätte sie es sich denken können. Marlon hatte sie förmlich bekniet: ein leichter Rückfall, kleinere Attacken, Flashbacks, und seine Medikamente seien nahezu aufgebraucht. Seinetwegen hatte sie einen Termin verschoben, den Schrank auf den Kopf gestellt und sogar noch drei Packungen C-12 aufgetrieben. Die letzten aus der Testreihe, danach war sowieso erst mal Schluss. Noch wartete man auf die Zulassung – vor dem nächsten Jahr war nicht damit zu rechnen. Und nach alledem hatte Marlon schließlich wie so oft kurzfristig angerufen und gesagt, ihm sei etwas dazwischengekommen. Typisch.

Wütend lief sie die Treppe hinunter, wuschelte sich durch die kurzen blonden Haare und zischte »Blödmann«. Sie war nun mal impulsiv, na und? Sie konnte nicht den ganzen Tag wie die empathische Heilige durch die Gegend laufen. Wer sich privat mit ihr abgab, hatte damit klarzukommen, und wer als Klient zu ihr kam, dem musste bewusst sein, dass er auch schon mal deutlich seine Grenzen aufgezeigt bekam. Punkt. Ihr Terminkalender war eng genug gestrickt. Marlons wegen hatte sie dennoch eine Ausnahme gemacht, deshalb ärgerte sie seine Absage doppelt. Und ganz abgesehen davon – sooo dringend konnte es dann doch nicht gewesen sein. Schlimm genug, dass er sie behelligt hatte, obwohl er genau wusste, wie viel sie zu tun hatte.

Wahrscheinlich glaubte er, wegen seiner längst beendeten Sache mit ihrer Busenfreundin Sandra immer noch einen Bonus zu genießen. Dabei wäre nach allem, was er sich ihr gegenüber geleistet hatte, eher das Gegenteil der Fall. Es war nie klug, persönliche Bekannte als Klienten anzunehmen. Das wusste jedes Kind. Aber sie konnte nun einmal schlecht nein sagen, und Sandra hatte sie damals inständig gebeten, Marlon zu behandeln. Sie hatten viele Sitzungen benötigt. Und ohne das C-12, das sie für einen wahren Segen hielt, wäre es ihr in dieser Zeit nicht gelungen. Er war ja auch kein übler Mensch, nur so fürchterlich von sich eingenommen und so derartig unzuverlässig, dass ... Ach, was soll's.

Viviane ging mit so großen Schritten, wie es der Jeansrock zuließ, auf ihr grünes Mazda-MX-5-Cabrio zu und fummelte den Autoschlüssel aus der Handtasche, wobei ihr Handy auf den Boden fiel. »Fuck«, fluchte sie, hob es auf und registrierte einen dicklichen Vater mit Zwillingen an den Händen und Pampers-Beutel unter dem Arm im Eingang des Babyausstattungsladens neben dem alten Lagerhaus, der wie hypnotisiert auf ihren Hintern starrte. Entnervt schloss sie den Wagen auf, sprang hinein und warf ihre Handtasche auf den Beifahrersitz zu der Tasche, in der sie ihre Schwimmsachen hatte, ließ den Motor an und fuhr mit quietschenden Reifen vom Parkplatz. Die Isley Brothers übertönten aus der Anlage mit ihrem »Who's that Lady?« den im ersten Gang aufjaulenden Motor. Sie hatte eine Abkühlung bitter nötig, und wenn Marlons Spontanabsage ein Gutes hatte, dann, dass sie noch zum See fahren konnte.

Der Stausee lag eingebettet zwischen den bewaldeten Hügeln und schimmerte tiefgrün im warmen Licht der Sonne des späten Nachmittags. Einzelne Kumuluswolken klebten wie Zuckerwatte auf dem tiefen Blau des Himmels, und die kleine Wetterstation an der Außenfassade des halb auf Stelzen im Wasser liegenden Segler-Restaurants dokumentierte jetzt gegen halb fünf immer noch eine Temperatur von achtundzwanzig Grad. Der laue Sommerwind ließ die vielen Fahnen und Eiscreme-Werbebanner am Ufer bei den Anlegern träge zappeln, die länger werdenden Schatten fielen auf das Pflaster der Promenade. Eine Handvoll kleiner Jollen tanzte auf den Wellen des riesigen Sees, und die meisten der bunten Tretboote waren an dem Holzsteg vertäut.

Viviane hatte den Mazda auf der mit Schotter bestreuten Parkfläche abgestellt. Blitzschnell war sie im Wagen in ihren rosafarbenen Bikini geschlüpft und hatte es sich am künstlich aufgeschütteten Strand des Westufers auf einem großen Badetuch bequem gemacht. Eine Zigarette verglomm zwischen ihren Fingern, und eine Gruppe jugendlicher Russlanddeutscher mit geschulterten Sporttaschen und türkisfarbenen Alcopop-Flaschen in der Hand stieß sich gegenseitig an, um einander auf Viviane aufmerksam zu machen. Sie nahm die johlenden Teenager auf der Promenade ebenso wenig wahr wie das Kreischen der Kinder und die Stimmen der mit Kühltaschen bepackten Mütter, die von dem nicht weit entfernten Plansch- und Spieleparadies mit den großen Abenteuerrutschen, Matschbahnen und Elektroskootern herüberdrangen.

Viviane starrte durch die dunklen Gläser ihrer Gucci-Sonnenbrille über das Wasser, wo sich einige hundert Meter weiter am anderen Ufer die Villen hinter den alten Bäumen versteckten und sich die Ausläufer des Luisenparks erstreckten, dessen von Hecken gesäumte, weitläufige Rasenfläche direkt an den See angrenzte. Ganz bis zum anderen Ufer würde sie es heute wahrscheinlich nicht schaffen. Oder doch? Schließlich wollte sie sich fit halten. Im Sommer fuhr sie regelmäßig an den See, um ihn vom Strand aus einmal zu durchkreuzen. Abends war dafür die beste Zeit – und zwar nach einem ausgiebigen Sonnenbad. Bevor sie sich ausstreckte, steckte Viviane die Zigarette tief in den Sand, hockte sich auf das Badetuch und fingerte noch schnell das Handy aus ihrer Tasche. Zwei SMS waren angekommen. Eine von Conny.

Heute Abend? Da Carlo? Bruschetta?

Viviane antwortete kurz und knapp.

21 Uhr

Die zweite SMS war von Marlon. Marlon?

Tut mir leid wegen des Termins. Ich muss dich dringend sprechen. Etwas ist geschehen. Bist du am See?

Viviane konnte sich nicht erinnern, von Marlon schon mal eine SMS bekommen zu haben, und ärgerte sich für einen Moment über ihre Unart, Klienten die Handy-Nummer zu geben. Eine SMS, das war eine Spur zu privat. Seit Sandra nicht mehr mit Marlon zusammen war, hatten sie außer gelegentlichen Terminen, die im letzten Jahr immer weniger geworden waren, nichts mehr miteinander zu tun. Hoffentlich wollte er ihr nicht privat noch etwas über seine Probleme erzählen. Schließlich hatte sie eine Verabredung zu einer köstlichen Bruschetta und gedachte nicht, sie sich vermiesen zu lassen. Andererseits klang es dringend. Deswegen fasste sie sich ein Herz und schrieb zurück:

Bin bis etwa 20 Uhr am See. Ruf gegen 20.30 Uhr an.

Hier am See war der Empfang ohnehin sehr schlecht. Ein Wunder, dass die SMS durchgegangen waren. Sie legte das Handy zurück, ließ die Sonnenbrille folgen und streckte sich auf dem Badetuch aus, um die Sonne zu genießen. Die glückliche Sandra hatte wenigstens jemanden bei sich, der ihr einen Ouzo besorgen und ihr den Rücken eincremen würde. Oder flog sie erst morgen? Wie auch immer. In jedem Fall hatte sie es besser – sowohl in den Armen ihres Diplom-Ingenieurs als auch an einem griechischen Strand statt am künstlichen eines Stausees. Viviane schloss die Augen, spürte das Brennen der Sonne in ihrem Gesicht und träumte von Samos.

19.

Der Schweiß klebte auf seinem Körper. Marlon ließ den Schläger zwischen den Händen rotieren, als wollte er damit Feuer machen. Geduckt wie ein Tiger vor dem Sprung stand er an dem Linienwinkel.

Reiß dich zusammen. Sandra ist tot. Konzentrier dich. Schön flach zurückspielen.

Plopp. Plopp. Ein Fluchen von den Nebenplätzen. Dann kam der Ball. Schnell und angeschnitten. Marlon machte einen Ausfallschritt und nahm den Aufschlag mit einer harten Rückhand. Als er aufsah, stand Marcus schon am Netz. Er erwischte die gelbe Kugel nicht ganz mit dem Sweet Spot, aber dennoch präzise genug. Marlon rannte diagonal über den Platz, streckte sich ächzend und glitt knirschend über die rote Asche in den Ball hinein. Er flog hoch zurück, ein Lob, aber nicht weit genug. Marcus visierte die Kugel im Abendhimmel an wie ein orientalischer Sterndeuter einen Fixstern, trabte locker ein paar Schritte zurück und schlug den Ball gegen Marlons Laufrichtung zurück. Keine Chance. Klassisch ausgespielt.

»Vierzig null und sechs zu drei!«, rief Marcus. Marlon antwortete mit einem gezischten »Fuck« und schlug, eine flüssige Rückhand simulierend, mit dem Schläger durch die Luft. Dann wischte er sich mit dem Saum des von roter Asche befleckten Polo-Shirts den Schweiß aus dem Gesicht und trottete zu der Sitzbank, die den einen Court vom anderen trennte. Marcus klemmte sich den Schläger unter den Arm und tat es Marlon gleich.

»Tut mir leid«, sagte Marlon zwischen zwei tiefen Zügen

aus der Gatorade-Flasche und blickte auf die Uhr. Halb sechs. »Ich bin nicht so ganz bei der Sache.«

Marcus nickte und schraubte sein Selters auf. »Natürlich. Vielleicht ist das mit dem Tennis auch keine gute Idee gewesen.«

»Doch«, antwortete Marlon, »doch, doch.«

Und zwar aus mehreren Gründen, dachte er. Zum einen hatte Marcus ihn heute kurz nach seinem Treffen mit Roth über Handy erreicht und ihm mitgeteilt, dass es sich bei dem Mordopfer um Sandra handelte. Der Worst Case war eingetreten, der Super-GAU, und Marlon musste wissen, ob Marcus auch ihn ins Visier nehmen würde. Vielleicht könnte er auch ein paar Hintergrund-Infos über den Fall in Erfahrung bringen. Er stutzte einen Moment. War Sandra für ihn tatsächlich zum Fall geworden?

Zum Dritten wirkte Tennis stets reinigend auf Marlon, klärte die Gedanken und entschlackte außer dem Körper auch das Gehirn. Zudem konnte er eine Ablenkung gut gebrauchen und hatte deshalb kurzfristig den Termin bei Viviane verschoben, worüber sie stocksauer gewesen war und schnippisch gemeint hatte: »Tja. Hat auch sein Gutes. Dann habe ich noch Zeit, zum See rauszufahren.« Vorhin hatte er ihr eine SMS geschickt und, bevor er seine Wertsachen weggepackt hatte, ihre Antwort gelesen. Sie sei bis abends am See, der nur ein paar Minuten von den Tennisplätzen entfernt war, und er solle später zurückrufen. Vielleicht würde er das noch tun. Vielleicht sollte er sogar rausfahren und versuchen, Viviane am Strand zu treffen. Er hatte das Gefühl, es wäre besser, wenn sie die Sache mit Sandra von ihm erfahren würde. Andererseits – würde er den Mut dazu aufbringen können? Und war das Überbringen solcher Nachrichten wirklich sein Job?

»Wann hast du Sandra das letzte Mal gesehen?« Die beiläufige Art, in der Marcus ihn das fragte, gefiel Marlon nicht.

»In der Redaktion letzte Woche«, antwortete Marlon ebenso beiläufig, und er ahnte bereits, dass Marcus die Einschränkung *in der Redaktion* sehr wohl wahrnehmen würde.

»Danach nicht mehr?« Marcus trank einen Schluck Mineralwasser und legte die Flasche wieder in seine Tasche.

»Siehst du hier irgendwo meinen Anwalt?«, wich Marlon aus. Marcus schüttelte den Kopf und klopfte sich die Asche aus dem Profil seiner Sohlen.

»Wenn du hier meinen Anwalt nicht siehst, warum fragst du mich dann so einen Scheiß? Gehöre ich zum Kreis der verdächtigen Ritualmörder, nur weil ich mal mit ihr zusammen war?«

Marcus schürzte die Lippen. »Ja. Ehrlich gesagt, tust du das. Wie jeder andere auch, der sie näher gekannt hat.«

Marlon trank das Gatorade aus und warf die Flasche mit Wucht in einen Papierkorb. »Du spinnst, Marcus.«

»Und ich habe dir lediglich eine Frage gestellt.«

»Du kannst mich mal.«

»Mann«, zischte Marcus und zeigte mit dem Finger auf Marlon, »du weißt doch, wie das hier läuft. Ich habe es mir nicht ausgesucht, dass in meiner Stadt ein Irrer rumrennt, und ganz bestimmt habe ich es mir nicht ausgesucht, dass er deine Ex-Freundin massakriert …«

»Ja! Ja! Ja!«

»Und ich gehe jeder Spur nach, das garantiere ich dir, jeder Spur, bis ich dieses Schwein habe. Zur Not vernehme ich jeden Bewohner dieser Stadt einzeln. Du kennst Sandra nun mal sehr gut und siehst sie fast jeden Tag in der Redaktion … Ach, weißt du was? Es ist mir wirklich zu blöd, dir hier so einen Vortrag zu halten.«

»Mir auch.« Marlon warf seinen Tennisschläger in die Tasche, zog sein nassgeschwitztes Hemd aus und ließ es folgen. »Mir ist das auch zu blöd, mich von meinem Freund vernehmen zu lassen. Und noch viel blöder ist, die Vorstellung nicht aus dem Kopf zu kriegen, dass all das Blut, das ich gesehen habe, aus einem Körper stammt, den ich mal sehr gemocht habe.«

»Tennis heute war doch keine gute Idee.« Marcus feuerte seinen Schläger ebenfalls in die Tasche.

Marlon wischte sich über das Gesicht und atmete tief durch. Die Ereignisse der letzten paar Tage hatten ihn in eine Tretmine mit extrem niedrig eingestelltem Zünder verwandelt. Und Marcus tackerte wie mit einem Hämmerchen kurze, gezielte Schläge auf den Auslöser.

»Habt ihr schon etwas rausgefunden?«, fragte Marlon nach einer kurzen Pause.

Marcus zog die Augenbrauen nach oben, dachte einen Moment nach und sagte zögernd: »Etwas. Nicht viel. Die grundlegende Frage ist im Moment: Warum hat er sich Sandra ausgesucht?«

»Und ihr neuer Freund?«

»Du kennst ihn?«

»Nein. Aber ich weiß von ihm. Kunststück. In der Redaktion sprechen sich solche Dinge sehr schnell herum.«

Marcus nahm den Tennisschläger wieder aus der Tasche, schob ihn zurück in die Schutzhülle und zog den Reißverschluss zu. »Wir gehen der Sache nach. Mehr kann ich dir im Moment nicht sagen.«

»Tja«, antwortete Marlon und verschloss ebenfalls seine Sporttasche. »Kannst ja deine neue Profilerin drauf ansetzen.«

»Tue ich auch.«

Marlon hielt einen Moment inne und schluckte. »Im Ernst? Ich dachte …«

»Alex ist auf Zack. Sie hat eine Polizeiausbildung und sich im Studium auf Kriminalpsychologie spezialisiert. Sie bringt alles mit. Und sie ist ehrgeizig. Ich halte sie für einen Glücksgriff.«

»Attraktiv ist sie auch …«

»Das kommt dazu.«

»… und eine Zicke.«

»In der Tat.«

Marlon grinste und bückte sich, um einige Bälle aufzuheben. Als er wieder hochkam, um sie in der Seitentasche verschwinden zu lassen, sah Marcus ihn fragend an.

»Einen ziemlichen Kratzer hast du da auf dem Rücken.«

Sandra …

»Oh, habe ich?« Marlon versuchte, sich selbst auf die Schulter zu sehen, und fasste mit einer Hand an den Rand der Kruste. »Ach ja. Seit zwei, drei Tagen. Ich bin vom Klo aufgestanden, und das Fenster hinter mir stand auf. Tat fies weh …«

Marcus nickte stumm und schulterte seine Tasche. Marlon tat es ihm gleich und verließ ohne ein weiteres Wort den Court.

Marcus folgte ihm. »Wir werden Ärger bekommen, weil wir den Platz nicht abgezogen haben.«

»Kannst mich ja verhaften.«

»Quatsch.«

»Und, hast du gute Sicht auf meinen Kratzer?«

»So schön ist er auch wieder nicht.«

»Eben hat er dich noch so interessiert.«

»Ganz ehrlich, deine Kratzer sind mir vollkommen egal.«

»Ah, stimmt«, nickte Marlon im Gehen, »du hast dich ja immer nur für deine eigenen Verletzungen interessiert.«

»Was soll das jetzt?«

Marlon zuckte mit den Achseln. »Nur eine Feststellung, mehr nicht.«

Marcus blieb abrupt stehen. Marlon wandte den Kopf und sah, wie sich seine Brust hob und seine Miene verfinsterte. Ja, da war er, der Marcus, so sah er aus, wenn er seine andere Seite zeigte, und genau so würde er sein, wenn er Marlon zu einer Vernehmung antanzen ließe.

»Willst du meine ehrliche Meinung hören, Marlon?«, fragte er.

»Sicher, wenn du eine hast.«

»Ich kenne niemanden, der sich derart in seinen eigenen Verletzungen suhlt wie du. Immer fein raushalten, wenn es um Verantwortung geht. Du bist egozentrisch bis zur Selbstaufgabe, und du hast Sandra wie ein Stück Dreck behandelt, und zwar von Anfang an. Und soll ich dir sagen, warum? Weil du Angst vor ihr hattest.«

»Ha«, blaffte Marlon.

»Angst wie ein kleiner Junge vor deinen eigenen Gefühlen. In dir ist nur Platz für die Liebe zu dir selbst. Du hast noch nie Liebe für andere empfunden. Du hast Sandra benutzt und sie dann weggeworfen wie eine alte Puppe.«

Marlon verschränkte die Arme vor der Brust. »Tja, wahrscheinlich stand sie drauf. Männer sind entweder Arschlöcher oder Waschlappen, wie es so schön heißt, nicht?«

»Wie kannst du jetzt so über Sandra reden?«, zischte Marcus kopfschüttelnd.

»Und wie spielst du dich hier auf? Wie ein lächerlicher Moralapostel. Ja, Sandra ist tot, sicher. Scheiße. Große Scheiße. Und? Was habe ich damit zu tun?«

»Ja!« Marcus ballte die Fäuste. »Genau das ist es. Du hast nie mit irgendetwas zu tun. Du hast es ja damals nicht einmal geschafft, zur Beerdigung meiner Frau zu kommen. Nicht einmal das, Marlon. Nicht einmal das.«

Marlon verdrehte die Augen und rieb sich über das Gesicht. Schwindel erfasste ihn. Er schwitzte immer noch, und jetzt schoss ihm die kalte Wut durch die Adern. »Wie oft«, fragte er kalt, »willst du mir das noch unter die Nase reiben? Nein, ich war nicht da, sicher, jeder weiß das …«

Aber keiner weiß, von wem jedes Jahr die weißen Blumen kommen, von denen du mir mal gesagt hast, es seien ihre Lieblingsblumen, Marcus …

»Und es wird sich nichts daran ändern, dass ich solche Dinge nicht kann. Die Toten sind tot, und die Lebenden leben – was im Übrigen eine Sache ist, mit der du dich mal abfinden solltest, mein Freund.«

»Was willst du damit sagen?«, fragte Marcus.

»Dass du dich an etwas festhältst, das es nicht mehr gibt. Anna ist tot. Es war ein Unfall. Solche Dinge geschehen. Du machst sie nicht wieder lebendig«, sagte Marcus kalt und drehte sich weg, als Marcus nach seiner Schulter langte und sie mit festem Griff fasste.

»Jetzt hör mir mal zu, du Scheißkerl!«

»Nein«, rief Marlon und drehte sich unwirsch um, »jetzt hör du mir mal zu!« Marcus' Gesicht war nur eine Handbreit von seinem entfernt. Er roch den Schweiß, einen leichten Rest von *Obsession* und Zigaretten. Und da war wieder dieser Schwindel. Marcus hatte mit seinem Hämmerchen eindeutig zu oft auf den Zünder geschlagen. »Wenn du mich wegen Sandra vernehmen willst«, fauchte Marlon, »ist das okay! Das ist dein Job! Aber dann lade mich in deine Kaserne ein und mach mich hier nicht auf die Freundschaftstour an, indem du versuchst, mich mit dummen alten Geschichten weichzukochen und mich in Verlegenheit zu bringen …«

»Marlon ...«

»Nein! Nix *Marlon!* Hier steht außer deinem alten Kumpel und dem Ex-Freund einer zerstückelten Redakteurin der *Neuen Westfalenpost* auch der Bluthund ebendieser Zeitung vor dir, und ich verspreche dir, das verspreche ich dir hoch und heilig, dass wir dir auf die Finger gucken, dass wir jeden Schritt verfolgen und dass die Redaktion bis ins Letzte informiert sein will, und wenn du nur einen Fehler machst oder nicht in die Gänge kommst, Bruder, dann zieh dich warm an!«

Marcus sah Marlon scheinbar völlig unbeteiligt an, und in diesem Moment spürte Marlon, dass etwas zwischen ihnen zersprungen war, in dem es schon lange einen Riss gegeben hatte.

»Du bist ein dummes Arschloch. Und du warst schon immer ein schlechter Verlierer«, sagte Marcus tonlos.

»Dann hättest du mich eben gewinnen lassen sollen.«

»Hatte Sandra Streit mit ihrem Freund?«

»Keine Ahnung«, zischte Marlon und wischte sich einige Haarsträhnen aus dem Gesicht.

»Mit irgendwem anders?«

»Weiß ich nicht ...«

»Wo warst du Dienstagnacht?«

»Im Bett.«

»Liebst du sie noch – falls du weißt, was das ist?«

»Falsche Frage!«, spie Marlon mit sich überschlagender Stimme aus. Speicheltropfen flogen aus seinem Mund. »Total falsche Frage, Mann!«

»Ey«, hörte Marlon eine Stimme vom Nebenplatz. »Hört auf, hier so rumzuschreien! Macht euren Ehekrach zu Hause aus!«

Marlon wirbelte herum. Die Stimme gehörte einem dicken

Mittfünfziger mit Schnauzbart, der versuchte, seinen Aufschlag gegen einen etwa gleichaltrigen, hageren Mann vorzubereiten, dessen Haut dunkelbraun wie Teakholz war.

»Dich«, rief Marlon, »fege ich noch lange vom Platz, Fettsack!« Dann drehte er sich um, ignorierte die wütende Entgegnung des Dicken und steuerte mit schnellen Schritten auf das Clubhaus zu. Hastig nahm er die Treppen, ging in die Umkleidekabine und fingerte den Schlüssel zu seinem Spind aus dem Seitenfach seiner Sporttasche. Mit einem Klirren fiel er zu Boden.

»Fuck«, knurrte Marlon, bückte sich, und als er wieder hochkam, sah er, dass das Fach einen Spaltbreit offen stand. Mit zitternden Händen griff er nach dem Portemonnaie, dem Autoschlüssel, dem Pieper und …

»Ganz schön leichtsinnig, nicht abzuschließen.«

Marcus stand in der Tür und blickte Marlon aus müden, traurigen Augen an.

»Du siehst aus wie ein Bernhardiner«, spöttelte Marlon und suchte weiter in seinem Fach. Er stellte sich auf die Zehenspitzen, um hineinzusehen, trat einen Schritt zurück und musterte den Spind aus dem Abstand heraus, fand nicht, wonach er suchte, und seufzte.

»Alles klar?«, fragte Marcus.

»Nein«, brummte Marlon. »Wie es aussieht, habe ich einen neuen Job für dich, Superermittler.« Er drehte sich zu Marcus um. »Mein Scheißhandy ist gestohlen worden, und …«

Der Rest des Satzes ging in Röcheln unter. Marlons Kehle fühlte sich an, als wäre sie mit einem heißen Stein verplombt worden. Und dieses Mal kam der Schwindel mit voller Wucht. Alles schien zu implodieren, um mit doppelter Gewalt wieder nach außen geschleudert zu werden. Es war genau wie früher … Es …

Er musste raus. Sofort. Luft. Sauerstoff. Platz. Weg hier, bevor ...

Marlon warf sich sein Shirt über, drängte sich an Marcus vorbei, hastete über den Parkplatz, warf die Sporttasche auf den Rücksitz des TT und raste mit quietschenden Reifen davon.

20.

Viviane tauchte mit einem Kopfsprung in den See ein. Das Wasser war eiskalt, und es durchfuhr sie wie ein Schlag, als es auf die aufgeheizte Haut traf. Prustend tauchte sie nach einigen Schwimmzügen wieder auf und wischte sich die Haare aus dem Gesicht. Es war herrlich. Erfrischend. Reinigend. Sie begann erst mit verhaltenen, dann mit immer kräftigeren Schwimmzügen durch das Wasser zu gleiten und hielt in gerader Linie auf das gegenüberliegende Ufer zu, das sie in einer knappen Viertelstunde erreichen sollte.

Viviane genoss die abendliche Ruhe. Mit jedem Schwimmzug gingen die wenigen Geräusche des inzwischen fast verlassenen Strandes mehr und mehr in dem sanften Plätschern der Wellen und ihrem gleichmäßigen Atem unter. Auf dem See war sie allein mit sich und dem Element und nahm die kleine Jolle kaum wahr, deren Segel sich in einer plötzlichen Bö aufblähte. Ein frischer Wind wehte ihr kühl ins Gesicht, und auf den glitzernden Wellen bildeten sich einzelne Schaumkronen.

Uff, dachte sie, *so haben wir nicht gewettet,* während sie gegen den Wind anschwamm. Als sie zurück zum Strand sah, erkannte sie ihn nur noch als helles, schmales Band, das ab und zu zwischen dem Blaugrau der Wogen hervorblitzte. Wenn das so weiterginge, würde das wohl nichts werden mit dem anderen Ufer, obwohl sie nahezu die Hälfte geschafft hatte. Das Ziehen in ihren Schultern wurde heißer, und das Wasser schien sich mehr und mehr in eine klebrige Substanz zu verwandeln. Okay. Also heute nur bis hierher.

Als Viviane wendete, war eine weiße Wand vor ihr. Dann klatschte ihr etwas hart ins Gesicht. Schwärze. Ihr Kopf schien zu platzen. Um sie herum Summen und das Rauschen von etwas, was über sie hinwegglitt. Als sie die Augen wieder öffnete, war alles grün und unscharf, und sie begriff, dass sie unter Wasser war. Sie wirbelte herum und versuchte, sich zu orientieren. Da. Licht. Als sie gurgelnd und nach Luft schnappend wieder an die Oberfläche gelangte, fiel ihr Blick auf das Boot. Sein Segel flatterte im Wind. Es kam direkt auf sie zu. Etwas brummte wie ein Rasenmäher. Die Jolle schien über einen Außenborder zu verfügen.

»Mann!«, schrie sie keuchend und ruderte mit Armen und Beinen, um sich über Wasser zu halten. Der Idiot hatte sie tatsächlich umgefahren. »Bist du bescheuert, du Spinner …« Eine Welle platschte ihr ins Gesicht, und der Rest ging in Husten über. Viviane wischte sich das Wasser aus den Augen. Da war etwas Klebriges auf ihrer brennenden rechten Gesichtshälfte. Blut sickerte aus einer Platzwunde über ihrer Augenbraue. Als Viviane wieder aufsah, war es fast zu spät. Sie hatte Zeit für einen letzten Atemzug und tauchte instinktiv unter. Ein scharfer Schmerz fuhr ihr diagonal über den

Rücken, als der Kiel ihr die Haut zerschnitt, und ihr lautloser Schrei verhallte in Hunderten Luftblasen, die im Wirbel der Schraube des Außenborders tanzten, der sich nur wenige Zentimeter über ihrem Kopf durch das Wasser pflügte.

Will der mich umbringen? Er will mich umbringen. Hier und jetzt.

Adrenalin und kalte Furcht schossen so heftig durch Vivianes Adern, dass ihr ganzer Körper unkontrolliert zuckte und zitterte. Ihre Atemwege brannten wie Feuer. Sie musste raus hier. Weg. Schreien. Was auch immer.

Nur die Ruhe. Ruhig.

Mit drei kräftigen Schwimmbewegungen schoss Viviane aus dem Wasser und pumpte Sauerstoff in ihre schmerzenden Lungen.

»Hilfe!«, kreischte sie mit sich überschlagender Stimme gegen den pfeifenden Wind an. »Hilfe!« Das Schreien kostete Luft. Zu viel Luft. Weit und breit war kein anderes Boot zu sehen. Vor ihr nur das schmale Band des Strandes.

Vielleicht dreihundert Meter. Vielleicht weniger. Schaffst du das?

Viviane blickte nach hinten und sah, wie das Boot etwa zwanzig Meter hinter ihr wendete. Es war eine von den Jollen, die im Yachtclub gemietet werden konnten. Sie konnte nicht erkennen, wer es steuerte – das Segel versteckte ihn. Schließlich ging er wieder auf Kurs, und Viviane blieb keine Zeit mehr für weitere Beobachtungen. Der Typ hatte es wirklich auf sie abgesehen. Sie musste zum Strand zurück. Wie auch immer. Sie schwamm los und legte alle Kraft in die Bewegungen. Das Herz tobte wie ein wildes Tier in ihrem Brustkorb. Bei jedem Atemzug wollten ihre Lungen platzen. Vor ihren Augen tanzten weiße Sterne.

Du hyperventilierst.

Angst. Panik, es nicht schaffen zu können. Kalte Furcht und Entsetzen, dass sie von einem Moment auf den nächsten um ihr Leben kämpfen musste. Dass jemand sie umbringen wollte. Einfach so. Das Grauen, entkräftet dem kalten Grund entgegenzusinken. Sie. Hier, in dem harmlosen Stausee ihrer Heimatstadt, in dem sie als kleines Mädchen das Schwimmen gelernt hatte, in dem sie als Teenie nach nächtlichen Gelagen am Lagerfeuer betrunken, bekifft und nackt …

Ruhig. Immer auf die Atmung achten, durchziehen und kein Wasser schlucken.

Viviane riss sich zusammen und schwamm so schnell sie konnte. Sie hatte zum Freistil gewechselt, wenngleich ihr klar war, dass sie das nicht lange durchhalten würde. Aber sie musste vorwärtskommen. Die Arme bohrten sich durch das Wasser. Zwischen den Wellen sah sie beim Luftholen abwechselnd nach vorne und hinten, um zu überprüfen, ob sich der Strand näherte und ob sie sich von dem Boot entfernte. Noch immer war der Strand nicht mehr als ein schmales Band. Dafür wurde das Röhren des Außenborders hinter ihr lauter. Hektisch blickte sie sich um. Die Bugwelle klatschte ihr ins Gesicht. Viviane schluckte Wasser und hätte es um ein Haar eingeatmet. Zu spät, um …

Das war's.

Weiße Gischt brach über ihr zusammen. Mit letzter Kraft schrie sie gurgelnd um Hilfe und ruderte mit den Armen. Dann drückte sie der Bootsrumpf unter die Oberfläche. In der nächsten Sekunde schoss sie wieder nach oben und wäre fast mit dem Kopf an das scharfkantige und rostige Blechruder des Bootes gestoßen, das jetzt offenbar gestoppt hatte. Viviane versuchte zu schreien, brachte aber nicht mehr als ein Würgen zustande. Sie bibberte am ganzen Körper. Ihre Muskeln fühlten sich an, als wären sie mit Beton ausgegossen worden.

Schließlich drehte sie sich um die eigene Achse und blickte nach oben. Auf dem Boot stand jemand. Sie konnte ihn gegen die Sonne nicht erkennen. Er hielt etwas in den Händen, das er wie einen Baseballschläger schwang.

Ein dumpfer Gong. Gurgeln und Blubbern. Sie würde ertrinken. Jetzt. Das Wasser war sanft. Weich und zärtlich. Dann bohrte sich etwas durch ihre Fesseln und zerrte sie daran aus dem Wasser.

Nicht. Noch nicht. Bitte. Nur einen Moment noch.

Es rumpelte dumpf, als ihr Körper auf dem Fiberglasboden des Bootes aufschlug. Sie versuchte, die Augen zu öffnen. Aber da waren nur rote Vorhänge. Schlieren. Das Licht der Sonne brach sich tausendfach in den Wassertropfen auf ihren Wimpern. Etwas stach in ihre rechte Armbeuge. Eine Nadel. Alles wurde leicht.

The ocean doesn't want me today, the ocean doesn't want me today, guter alter Tom Waits, guter alter ...

Viviane verlor das Bewusstsein.

21.

Alex stellte die Nikes in das für Laufschuhe vorgesehene Fach ihres Schuhregals, schlüpfte aus den Shorts, streifte das durchgeschwitzte T-Shirt ab und drehte die Dusche auf. Kochend heiß. Prächtig. Sie senkte den Kopf und ließ den scharfen Strahl ihre Nackenmuskulatur massieren.

Es tat gut. Sie war immer noch etwas außer Atem. Nichts mehr gewohnt. Okay, der letzte Triathlon lag auch schon einige Zeit zurück, aber sie hatte in den vergangenen Jahren regelmäßig von ihrem alten Polizeiausweis Gebrauch gemacht, der ihr freien Eintritt in Schwimmbäder oder Fitness-Einrichtungen verschaffte. So ein Ausgleich war wichtig, Körper und Geist mussten auf einem Niveau trainiert werden. Für den Kraftraum wäre es heute zu heiß gewesen. Allein beim Gedanken an die stickige Luft, den Gestank nach altem Schweiß und die von Testosteron verschleierten Blicke von Typen wie Mario Kowarsch, denen sie auf der Beinmaschine oder beim Bankdrücken ausgeliefert wäre, war ihr ganz anders geworden. Sie hatte sich ihren Kick heute lieber draußen in der Natur geholt. Die Luft im Wald war herrlich gewesen.

Nachdem sie sich von oben bis unten gründlich eingeseift und den Schaum akribisch wieder abgespült hatte, glitt sie aus der Dusche, schlang sich ein weißes Handtuch um und ging auf den Balkon. Dort wartete bereits ein Merlot auf sie, der im letzten Licht des Tages glühte. Gut. Es war nicht Brad Pitt, der ihn eingeschenkt hatte – das hatte sie vor dem Duschen noch selbst erledigt –, und es war nicht George Clooney, der neben ihr sitzen und fragen würde: »Wie war dein Tag, Schatz?«, sondern nur ein fauler Kater namens Hannibal. Aber immerhin ein Kerl. Und ein kleiner Franzose war schließlich auch nicht zu verachten.

Alex ließ sich in den Plastikstuhl fallen, schlug die Füße auf der Balkonbrüstung übereinander und nippte an dem Wein. Sie lauschte den fernen Geräuschen der Stadt. Einige Mopeds knatterten vorbei. Der leise Klang eines Songs von Chris Isaak, der irgendwo aus einem offenen Fenster *Back on your side* sang. Der Duft nach frisch Gegrilltem. Die Nacht zog auf. Ja, so ließ sich der Tag gut beschließen.

Alex genoss einen weiteren Schluck und löste den Knoten von ihrem Handtuch. Blicke von Spannern musste sie hier oben nicht fürchten. Und schließlich war es immer noch brütend warm draußen – umso mehr in ihrer Dachgeschosswohnung. Vielleicht würde sie heute auf dem Balkon schlafen und sich von den Sternen noch eine Gutenachtgeschichte erzählen lassen. Während Hannibal gähnte, sich streckte und dabei die Krallen ausfuhr, löste Alex eine Ecke des Handtuchs und rubbelte sich über die feuchten Haare. Dann legte sie das Handtuch auf ihrem Schoß zu einem Quadrat zusammen und hängte es über die Brüstung, wobei sie darauf achtete, dass das Geländer den Frotteestoff genau in der Mitte teilte und die Enden nicht schief nach unten hingen.

Alex hatte vergeblich versucht, Professor Engberts im Luisenstift zu erreichen. Es lag auf der Hand, dass überprüft werden musste, ob einer seiner Patienten als potenzieller Täter in Frage kam, zumal einer von ihnen erst vor wenigen Monaten aus der Forensik entlassen worden war: Jürgen Roth, der vor einigen Jahren in einem Kindergarten bei Lemfeld Geiseln genommen hatte. Na ja – würde sie eben morgen mit dem Klinikleiter sprechen.

Heißester Kandidat aus Marcus' Sicht war natürlich Sandra Lukoschiks Freund Roman König. Seine erste Reaktion sowie die Tatsache, dass er mutmaßlich in einer Nacht-und-Nebel-Aktion mit seinen Studenten den Kornkreis erbaut hatte, in dem die Leiche zerstückelt aufgefunden worden war, sprachen gegen ihn. Dazu kam, dass nach dem jetzigen Stand der Ermittlungen Sandra Lukoschik an dem Abend ihrer Ermordung eine Verabredung gehabt hatte. Eifersucht als Motiv war nicht auszuschließen, und gegenwärtig ging es in erster Linie darum, festzustellen, mit wem die Frau sich getroffen hatte, worum sich Reineking kümmerte. Alex war sich sicher, dass Marcus sich den Ingenieur noch einmal vornehmen würde.

Nachdem Marcus wiederaufgetaucht war, hatte sich herausgestellt, dass er nicht in der Pathologie, sondern in mehreren Besprechungen gewesen war. Später hatte er das Handy des Opfers auslesen und sich die gespeicherten Nummern sowie sämtliche Anrufe und SMS-Protokolle vorlegen lassen. Bevor er die »Kaserne« wieder verließ, hatte er zudem VICLAS gefüttert, aber außer einem Haufen ungewöhnlicher, auf den ersten Blick unzusammenhängender Mordfälle nichts zutage gefördert, das ins Bild passte. Wahrscheinlich stellte er schlicht und ergreifend die falschen Fragen. Aber darauf würde Alex ihn noch früh genug hinweisen. Marcus schien außer dem beruflichen auch ein sehr privates Interesse an dem Fall zu haben. Kein Wunder, hatte er doch Sandra Lukoschik persönlich gekannt, weil sie die Ex seines Freundes war.

Alex trank noch einen Schluck Wein und verrieb einen Tropfen gedankenverloren auf der Unterlippe. Während Schneider mit der Spurensicherung die Wohnung von Sandra Lukoschik auf den Kopf gestellt hatte, hatte sie herauszufinden versucht, woher die Laborratte stammen könnte. Schließlich war sie auf ein Institut gestoßen, das für die lebensmitteltechnologische und pharmakologische Abteilung der Fachhochschule gelegentlich welche lieferte. Ein weiterer Baustein, der zu Roman König führte.

Marcus hatte sie gelobt, und sie hatte sich an seinem herzlichen Lächeln gefreut. Da war etwas in seinem Gesicht, das sie an Benjamin erinnerte. Irgendein Zug um seinen Mund. Etwas in der Art, zu sprechen und die Sätze zu betonen. Und da war etwas, was sie miteinander verband: Sie hatte ihre erste große Liebe durch einen Mord verloren, den Tod von Marcus' Frau hatte ebenfalls jemand anderes verschuldet, wie sie mittlerweile erfahren hatte. Ein Verkehrsunfall mit Fahrerflucht. Marcus hatte die komplette Stadt auf den Kopf gestellt – aber der Schuldige war bis heute nicht gefunden worden. Alex wusste, welche Bürde er mit sich herumtrug. Auf ihren Schultern lastete die gleiche – die Qual der Ungewissheit.

Ein elektronischer Klingelton riss sie aus den Gedanken. Auch Hannibal schreckte hoch, aber nur, um sich sofort wieder hinzulegen. Alex stand auf und lief nackt ins Wohnzimmer. Das Telefon lag auf dem Schreibtisch neben dem PC zwischen säuberlich gestapelten Computerausdrucken auf dem mit gelben Post-it-Zetteln gepflasterten Lehrbuch »Täterprofile bei Gewaltverbrechen«. Wahrscheinlich Julia. Sie sah auf die Uhr. Eigentlich zu spät für einen Anruf ihrer Schwester, die heute Nachmittag schon eine Mail geschickt hatte. Musste sie so dringend wissen, ob Alex am Wochenende nach Düsseldorf kommen würde? Es war völlig klar, wie ein solcher »gemütlicher Grillabend« verlaufen würde: Dad und Jules bekloppter Mann würden mit über die Schultern geworfenen Ralph-Lauren-Pullovern dasitzen und über Autos und das Geschäft reden. Mama wäre bereits blau, was alle so lange geflissentlich ignorieren würden, bis sie über die eigenen Füße stolpern und hinfallen würde wie im vergangenen Jahr, als sie sich bei einer solchen Aktion das Fußgelenk gebrochen hatte und drei Tage im Krankenhaus bleiben musste. Alex hatte es damals schon längst aufgegeben, ihre Trinkerei zu kommentieren und ihr zu sagen, wie peinlich sie dann war, wie schrecklich sich das Fremdschämen für die eigene Mutter anfühlte, wenn sie sich mit verschmierter Schminke zeigte, weil sie betrunken die Konturen des Lippenstifts nicht mehr richtig ziehen konnte, und dass genau das der Grund dafür war, weshalb Alex sich vor Jahren geschworen hatte, niemals vor anderen aus der Rolle zu fallen.

Doch als sie ihre Mutter mit einem Strauß Blumen besuchte und in dem kleinen Schränkchen neben dem Krankenhausbett drei leere Piccolos entdeckte, platzte Alex der Kragen. Sie schrie ihre Mutter an, dass sie jederzeit bereit sei, sie in eine Alkoholklinik zwangseinweisen zu lassen, wenn sie nicht endlich aus eigenen Stücken eine Therapie angehen würde, und dass Dad dann eben gegen seine eigene Tochter klagen müsse, wenn er das verhindern wolle. Aber Mama behauptete wie immer, dass sie den Sekt nur für den Kreislauf brauche und in Italien sich kein Mensch aufregen würde, wenn mittags schon Wein getrunken werde.

»Wie lange willst du noch wegschauen?«, stellte Alex am selben Abend ihren Vater zur Rede. Doch er baute sich nur vor ihr auf und zischte, sie solle sich nicht in die Angelegenheiten ihrer Eltern mischen und vor allem nicht in diesem Ton mit ihm reden. »Irgendwann kehren sich die Rollen aber um, Dad – irgendwann kommt der Punkt, an dem die Kinder den Eltern sagen, was klug ist und was nicht. Dieser Tag ist jetzt da.« Ihr Vater hatte sich stumm umgedreht und sie wie einen begossenen Pudel auf dem Flur stehen lassen.

Sie würde Julia sagen, dass sie am Wochenende nicht kommen konnte und sich eine Ausrede einfallen lassen. Aber am Telefon war nicht Julia.

»Marcus hier, hallo Alex.«

»Marcus? Was verschafft mir die Ehre?«

Zumal ich gerade splitterfasernackt bin ...

»Tut mir leid, wenn ich dich so spät störe, aber ... Kennst du das *Buffalo*?«

Natürlich kannte sie den Laden. Ein House-Club mit großer Außengastronomie in der City. Ziemlich angesagt und ziemlich schick. »Ist das eine Einladung zu einem nächtlichen Date, Chef?«, fragte Alex.

»Tja«, entgegnete Marcus. »Nicht wirklich.«

22.

Alex wusste nicht, wovor Waldo van Zandt und Enzo Zefirelli mehr Angst hatten: vor der Polizei, vor dem, was in ihrem Keller schlummerte, oder davor, dass die Gäste merkten, was am Personaleingang vor sich ging, und das *Buffalo* verschreckt in Scharen verließen. Beide standen vor der schweren Feuerschutztür, scharrten nervös mit den hellen Slippern im Kies, rauchten und waren im aufgeregten Gespräch mit Marcus und Reineking um Schadensbegrenzung bemüht. Marcus stellte Alex die beiden Betreiber des *Buffalo* kurz vor – den ganz in Weiß gekleideten Italo-Deutschen Zefirelli und den braungebrannten Niederländer mit auffälligen Jacketkronen van Zandt – und übergab das aufgeregte Duo dann an Reineking, um Alex am Arm in das Innere zu führen.

»Die beiden Idioten«, zischte Marcus im Gehen, »haben einen Mordsaufstand gemacht, weil die Spusi ihnen den Laden dichtmachen wollte.«

»Und, wie hast du reagiert?«

»Ich habe die Wogen geglättet und einen Kompromiss gefunden. Wenn ich einen solchen Betrieb zu dieser Zeit schließe, kann ich den fünfhundert Gästen auch auf die Stirn tätowieren, was wir hier gefunden haben. Ich bin eher froh, wenn niemand etwas mitbekommt. Und wo eine solche Masse seit zwei Stunden rumtrampelt, wird die Spusi ohnehin nichts mehr finden. Zumal uns an und für sich nur der Versorgungsbau interessiert ...«

»Aber sind nicht potenzielle Zeugen unter den Gästen, die ...«

Marcus blieb stehen und warf Alex einen Blick zu, als wollte er sagen: Höre ich noch ein Wort darüber, wie ich meinen Job machen soll, und du warst die längste Zeit Polizistin.

Alex biss sich auf die Lippen.

Das *Buffalo* war spektakulär, zumindest für eine Mittelstadt, und hatte Alex bei ihrem ersten Besuch eher an das neue Düsseldorfer Medienviertel erinnert, in dessen Kneipen sie während des Studiums gekellnert hatte, als an westfälischen Mief. Auch heute war die weitläufige, mit Tropenholzdielen ausgelegte und im Kolonialstil gehaltene Außenterrasse bis auf den letzten Platz gefüllt. Kellnerinnen mit langen weißen Schürzen und eng sitzenden Tops tanzten zu gedämpfter Lounge-Musik ihr Ballett mit Tabletts voller Mojitos, Caipirinhas und langen Weißbiergläsern zwischen den Tischen, an denen sich die gesamte sonnenverbrannte Jugend der Stadt versammelt zu haben schien. Innen war das *Buffalo* mit einer langen Theke in moderner Eiche ausgestattet. An den dunklen Esstischen vorbei führte ein purpurroter Theatervorhang in den Kern des Clubs. Die Tanzfläche bestand aus auf Hochglanz poliertem Chromblech. Über den mit Spiegeln verkleideten Schnapsregalen schwebten die Namensgeber des *Buffalo* wie die Fetische des Gottes der Lebensfreude, dem hier mehrmals in der Woche in ekstatischen Ritualen zu Deep House und Black Music gehuldigt wurde: bleiche Longhorn-Büffelschädel.

Die Eingeweide des *Buffalo* waren wie in allen Großgastronomien weitaus weniger sehenswert – nämlich ausschließlich auf Funktionalität ausgerichtet. Marcus führte Alex eine Metalltreppe hinunter, die in einen schier endlosen, von Neonleuchten erhellten Gang mündete. Es war angenehm frisch dort unten. Das Geräusch ihrer Schritte mischte sich mit dem dumpfen Dröhnen der House-Bässe von oben. Links und rechts standen Getränkekisten. Alex sah einen Raum voller Bierfässer, die mit in der Decke verschwindenden Schläuchen verbunden waren. An einer Biegung stand ein junger Polizeibeamter. Er war fast so weiß wie die gekalkten Wände und hatte sich unübersehbar gerade übergeben. Im Vorbeigehen tätschelte ihm Marcus väterlich die Schulter.

Den Heizungsraum, in dem sich auch die Lüftungsanlage einschließlich der Klimaaggregate befand, hatte die Spurensicherung bereits in Beschlag genommen. Schneider grüßte kurz und gesellte sich dann wieder zu den anderen Beamten, die zwischen den technischen Installationen in ihren weißen Papieroveralls Astronauten an Bord eines Raumschiffs glichen. Das Blitzlicht des Fotografen leuchtete auf und tünchte die mit von Polizeistrahlern erhellte Szenerie in ein noch gleißenderes Licht.

»Du hattest leider recht, Alex«, brach Marcus das Schweigen und klemmte sich die Hände unter die Achseln. »Er hat gerade erst begonnen. Das hier ist also unsere Nummer zwei.«

Die Frau hing mit langgestreckten Armen an einem Lüftungsrohr. Rote Stricke waren um die Hände und das verzinkte Metall gebunden. Die steifen Zehenspitzen berührten noch den Boden und hatten durch das Baumeln des Körpers Kreise in die klebrige Blutlache gezeichnet. Der Kopf war zur Seite geknickt. Darüber war eine durchsichtige Plastiktüte gezogen, die am Hals mit breitem Klebeband umwickelt war. Das entsetzte Gesicht war wie zu einem stummen Schrei eingefroren. Durch das Überstrecken des Körpers war das bauchfreie Oberteil über die Brüste gerutscht und legte die klaffende Wunde frei: Vom Brustbein bis zum Schambein war der Bauchraum mit einem einzigen Schnitt geöffnet worden. Die Gedärme hingen heraus.

Alex zwang sich, nicht durch die Nase zu atmen. Der Gestank nach Blut war bestialisch. Ihre Blicke tasteten den Raum ab und suchten nach Anhaltspunkten. Wieder Blitzlicht vom Fotografen. Ein Beamter, der eine am Boden liegende Geldbörse umdreht. Schneider, der sich durch das Gesicht wischt und einen großen Ausfallschritt über die Blutlache macht. Ein rot bespritzter Heizkessel.

»Darf ich?« Alex deutete auf die Absperrung.

Marcus nickte stumm, und sie tauchte unter dem Absperrband hindurch. Eine Zeitlang stand sie mit verschränkten Armen am Rande des Geschehens und studierte die Szenerie mit wachem Blick. Die Augen wanderten durch den Raum und kehrten immer wieder zu der Leiche zurück. Schließlich trat Alex näher und betrachtete den Körper im Detail, als suche sie in einem Museum vor einem Rubens-Gemälde nach dem Duktus im Pinselstrich des Meisters. Ein Mann mit kahl rasiertem Schädel sah von seinen Notizen auf und sah empört zu Marcus, der als Zeichen, Alex gewähren zu lassen, nickte.

Sie kniete sich hin, legte den Kopf schief und nahm die Spuren in der Blutpfütze in Augenschein, die die Zehen der Frau wie ein Mandala gezeichnet hatten. Schließlich stand sie wieder auf und musterte die Beweismittel, die teils die Spurensicherung bereits in Tüten verpackt hatte und teils noch auf dem Boden lagen und mit weißen Kreisen umrandet worden waren. Dann machte sie einen großen Schritt über die rote Lache. Doch nicht weit genug. Mit dem Absatz trat sie in den Rand der Pfütze. »Shit«, zischte Alex, und ihr Gesicht lief rot an. Ihr rechter Schuh stempelte ein in Blut gezeichnetes Profil auf den graubraunen Estrich, als sie zu den anderen ging. Schneider, der neben Marcus stand, zog die Augenbrauen hoch.

»Das«, sagte Alex und räusperte sich, »ist mir sehr peinlich. Entschuldigung.«

»Ist ja bloß ein Mordtatort«, seufzte Schneider. »Na ja, jetzt haben die Kollegen wenigstens eine zweite Spur.«

»Es war ein Versehen und dumm von mir. Wirklich dumm.«

Marcus steckte sich eine Zigarette an. Er hielt Alex die Packung hin, sie schüttelte den Kopf und strich sich die Haare hinter das Ohr zurück. Schneider nahm das Angebot an.

»Inwiefern zweite Spur, Rolf?«, fragte Marcus, während er Schneider Feuer gab.

»Da vorne.« Schneider deutete auf einen Kollegen von der Spurensicherung, der mit einer UV-Lampe und einer Silberfolie auf dem Boden kniete, um einen Abdruck abzunehmen. »Es sieht wieder nach den Clownsschuhen aus – Turnschuhe Größe 46.«

»Wie die auf dem Feld«, fügte Alex hinzu. Schneider nickte und zog an seiner Zigarette.

»Darf ich fragen, wer Sie sind?«, hörte Alex die Stimme des Mannes mit dem kahl rasierten Schädel, der unbemerkt neben sie getreten war.

»Dr. Schröter, unser Medizinmann. Alexandra von Stietencron, unsere Kriminalpsychologin«, stellte Marcus sie einander vor.

Kriminalpsychologin. Er hat es wirklich gesagt.

Alex streckte Schröter die Hand zum Gruß hin, aber er griff

nicht danach, sondern zog die Latex-Handschuhe von den Fingern und linste Alex fragend an.

»LKA?«

»Nein. Pilotprojekt.«

Der Mediziner faltete die Handschuhe zusammen, ließ sie in der Hosentasche verschwinden und wandte sich an Marcus. »Tja, meine liebe Kollegin Dr. Woyta aus dem Rechtsmedizinischen Institut kann sich bei uns ja bald schon ein Zimmer nehmen.« Schröter kratzte sich im Nacken. »Vorbehaltlich ihrer Einschätzung würde ich den Todeszeitpunkt auf heute Nachmittag ansetzen. Das Gesicht des Opfers weist nur geringfügige Stauungen auf. Ich vermute, sie ist gleichzeitig erstickt und verblutet. Der Täter wollte entweder ganz sichergehen, etwas inszenieren oder sich an den doppelten Qualen weiden. Alles Weitere klärt dann die Rechtsmedizinerin, und für Interpretationen bin ich nicht zuständig.«

Schröter hob eine Augenbraue und blickte zu Alex, die auf der Unterlippe kaute und nachdachte. »Nach dem Bericht der Rechtsmedizin«, sagte sie schließlich, »hat der Täter Sandra Lukoschik wohl zunächst mehrfach mit dem Hinterkopf auf den Boden geschlagen, wo ein Stein gelegen haben muss. Danach wurde die Halsschlagader geöffnet, schließlich das Abdomen, und zwar mit einem Skalpell.«

Schröter nickte und betrachtete die Leiche. »Ich will nicht vorgreifen, aber ich habe Sandra Lukoschik ja gesehen, und bei diesem zweiten Opfer gibt es ähnliche Schnittverletzungen, die wieder von einem Skalpell stammen könnten. An der Armbeuge befindet sich außerdem erneut eine Einstichstelle.«

Marcus wischte sich mit dem Daumen über das Kinn. »Ihre Kollegin aus Münster meint nach den toxikologischen Analysen, Sandra Lukoschik sei Ketamin gespritzt worden.«

»Ein hochwirksames Narkosemittel«, ergänzte Schröter, »das nach dreißig Sekunden anschlägt. Wird in der Notfall- und Veterinärmedizin eingesetzt und befindet sich in jedem ärztlichen Notfallset als Grundausstattung. Würde mich nicht überraschen, wenn wir es auch bei dem zweiten Opfer vorfinden.«

Marcus, Alex und Schneider blickten sich abwechselnd an.

»Sandra Lukoschik«, fügte Marcus hinzu, »hatte auch Blutreste unter einem Fingernagel. Die Rechtsmedizin hat das abschließende Gutachten über die DNA noch nicht fertiggestellt, aber eines habe ich bereits aus dem Labor erfahren: Wenn es sich um Blut des Täters handelt, muss er an Herzinsuffizienz leiden.«

»Aha?«, fragte Alex, die das Ergebnis noch nicht kannte.

»Er nimmt Betablocker. In einer ungewöhnlichen Zusammensetzung und in nicht allzu hoher Dosierung.«

Schröter verzog den Mund. »Ein Mörder mit schwachem Herzen? Ungewöhnlich. Und jetzt entschuldigen Sie mich bitte. Wir haben zu Hause Gäste zum Grillen.«

Er verabschiedete sich mit einem jovialen Lächeln.

»Tja«, sagte Schneider. »Dann setzen wir mal den großen Speicheltest an, was? Das ist sie übrigens.« Mit spitzen Fingern hielt er einen Personalausweis hoch. »Juliane Franck. Sechsundzwanzig Jahre alt. Hübsches Mädchen. Wir haben die Personalien sofort überprüfen lassen. Sie ist Studentin an der FH und ist als Aushilfskraft im *Löschdepot* gemeldet. Das ist dieser Getränkemarkt draußen an der Lemfelder Straße …«

»… nicht weit vom Baumarkt und sehr nahe an der FH«, ergänzte Alex.

»Schafft mir diesen Roman König ran«, zischte Marcus. »Holt ihn aus dem Bett und bringt ihn mir in die Kaserne.«

»Das dürfte schwierig werden.« Reineking hatte sich zu der Gruppe gesellt und trank einen Schluck aus einer Flasche Mineralwasser.

»Warum?«

»Er ist weg. Hat heute Abend das Land verlassen. Wollte ich dir vorhin schon sagen. Es kam als Meldung vom Grenzschutz rein. Das System hat sich bei denen erst gemeldet, als er schon in der Maschine saß. Vielleicht haben die auch gepennt.«

Klatschend schlug Marcus mit der Hand gegen das Metall eines Klimaaggregats und schüttelte den Kopf. »Mann, hat der Nerven!«

»Vielleicht«, meldete sich Alex zu Wort, »hat er sie aber auch verloren.«

»Wo ist er hin?«, fragte Marcus.

»Samos. Hatte er ja auch gebucht, ne«, zuckte Schneider mit den Achseln.

Marcus wendete sich zu Alex und wischte sich mit den Handflächen über das Gesicht. »Wie ist dein Eindruck?«

»Wovon?«

»Von der neuen Leiche, von der alten Leiche, von König, von Griechenland …«, zählte Marcus genervt auf.

»Ich kann das nicht aus dem Stegreif …«

Marcus, Reineking und Schneider sahen sie erwartungsvoll an.

»Nein, sorry, ich kann nicht einfach eine Analyse über das Knie brechen, dazu habe ich viel zu wenig gesicherte Daten, und …«

»Alex, das ist der zweite Mord innerhalb kürzester Zeit.« Marcus biss sich auf die Lippen. »Ich habe dich mit deinem Wissen und deinen Qualifikationen nicht angefordert, damit du sie für dich behältst.«

»Nur eine Einschätzung, Durchlaucht, mehr isses ja nicht, sozusagen eine zweite Meinung aus einer anderen Sichtweise«, murmelte Schneider, deutete über die Schulter nach hinten zu der Leiche und vergrub die Hände in den Hosentaschen.

»Na gut, ich kann es versuchen.« Alex presste den Daumen auf die Unterlippe, dachte einen Moment nach und begann: »Okay, wir können annehmen, dass er die Frauen kennt – und sie ihn. Wir haben bis auf die Blutreste unter Sandra Lukoschiks Fingernagel keine Abwehrspuren gefunden, und auf den ersten Blick habe ich an der Leiche hier auch nichts erkannt. Die Injektionen müssen überraschend gekommen sein – das heißt, der Täter ist den Opfern nahe gekommen, ohne dass sie Verdacht schöpften, damit er die Spritze ansetzen konnte. Er hat Zugang zu Betäubungsmitteln. Das Verwenden eines Skalpells hat eine medizinische Komponente. Der Modus ist identisch, seine Handschrift, auch hier wirkt wieder alles wie eine rituelle Tat, und die Seile sehen wie die Nylonstricke aus, mit denen Sandra Lukoschik gefesselt war. Er hat sich keine Mühe gemacht, den Personalausweis des Opfers zu verstecken, weil wir ihm egal sind. Es hat ihn auch nicht interessiert, dass er an diesem öffentlichen Ort bei der Tat hätte entdeckt werden können – oder dabei, wie er die Frau hierhergeschleppt hat. Bei Sandra Lukoschik wurde als Symbol eine Ratte gefunden ...«

»Hier haben wir noch kein Tier ausgemacht«, schränkte Schneider ein.

»Nein«, sagte Reineking und rieb sich das Kinn. »Aber heißt *buffalo* nicht Büffel? Kann das etwas zu bedeuten haben?«

Alex nickte. Es lief ihr eiskalt den Rücken hinunter. »Das kann es, ja, vielleicht ist dieses Mal der Ort selbst ein Hinweis.« Sie ballte die Faust und entspannte sie wieder. »Wenn ich nur eine Ahnung hätte, was es mit diesen Symbolen auf sich hat.«

»Nicht zu vergessen«, fügte Reineking murmelnd an, »kann es einen Zusammenhang zwischen den Opfern geben: Sandra Lukoschik war Roman Königs Freundin. Sie hatte abends eine Verabredung. Vielleicht mit einem anderen Mann, vielleicht betrügt sie König schon lange. Vielleicht hatte König inzwischen ein Auge auf die Verkäuferin aus dem Getränkemarkt von gegenüber geworfen, Juliane Franck, um sich zu rächen. Die Franck weist ihn jedoch ab. Schließlich brennen ihm alle Sicherungen durch, und er bringt sie beide um.«

»Ich bin mir nicht sicher«, antwortete Alex. »Das klingt zu einfach. Und ich weiß zu wenig über ihn.«

Reineking räusperte sich. »König ist so gut wie einschlägig vorbestraft. Es gab vor drei Jahren eine Ermittlung wegen versuchten sexuellen Missbrauchs gegen ihn. Eine Studentin hatte ihn angezeigt. Er hat Pornofotos mit ihr gemacht und ins Internet gestellt. Die Sache wurde mit einem Vergleich und Schmerzensgeld eingestellt. Man wollte das nicht hochkochen lassen, wegen der Reputation der FH. König war auch mal als Jugendlicher in der Psychiatrie, war manisch-depressiv und auf Lithium eingestellt, womit er wohl ganz gut klarkam. Na ja«, Reineking rieb sich die Nase, »vielleicht auch nicht.«

»Würde er in ein Profil passen?«, fragte Marcus.

Alex verschränkte die Arme und starrte auf ihre dunkelrot verfärbten Schuhe. Eine manisch-depressive Episode und Lithium. Natürlich handelte es sich bei der Krankheit um so etwas wie eine Stoffwechselstörung, die meist gut zu behandeln war. Aber es war denkbar, dass König seine Medikamente nicht mehr nahm, weil er sich sicher fühlte und seit Jahren in keine bipolare Episode abgeglitten war. Und es mochte sein, dass er in einer Psychose unkontrollierbar wurde. Die meisten Betroffenen – unter ihnen bekannte Persönlichkeiten und Künstler – waren harmlos und reagierten nur mit Größen- und Verfolgungswahn oder Halluzinationen, manche konnten aber gewalttätig werden. König hatte auf Alex keinen psychotischen Eindruck gemacht – wenngleich die Nachricht von Sandras Tod durchaus genug Potenzial hatte, ihn binnen kürzester Zeit in eine Ausnahmesituation zu katapultieren. Sicher, Königs nächtliche Umtriebigkeit in der FH und die Tatsache, dass er nun Hals über Kopf nach Samos geflohen war, mochten auf etwas hindeuten. Andererseits wiesen Serientäter in der Statistik eher dissoziale, emotional instabile schizoide oder kombinierte Persönlichkeitsstörungen auf.

»Ich weiß nicht«, sagte Alex schließlich, »ob das mit seiner Krankheit wirklich etwas zu sagen hat. Es ist natürlich möglich. Und die andere Geschichte – sicher, Studentinnen verlieben sich manchmal in ihre Dozenten, und König ist durchaus attraktiv. Vielleicht hat das der Beziehung einen besonderen Kick gegeben, Sexfotos öffentlich zu machen, und ...«

»Alex«, herrschte Marcus Alex an und packte sie mit beiden Händen an den Oberarmen. »Passt er in ein Profil?«

Du berührst mich. Deine Haut auf meiner ...

»Ich habe kein Profil«, sagte sie kalt und sah Marcus direkt an. »Aber bitte, wenn du willst: Der Eindruck, den ich von ihm gewonnen habe ... Das Alter, sein Typ, der Kornkreis und alles. Die Laborratte. Und an der FH gibt es neben der Lebensmitteltechnologie auch eine pharmakologische Fakultät, in der man an Narkosesubstanzen kommen könnte, was wir noch überprüfen müssten. Ich weiß viel zu wenig über ihn, aber ja, kann sein. Es passt einiges zusammen.«

»Okay. Das reicht mir.« Marcus drehte sich zu Schneider und tippte ihm mit dem Finger auf die Brust.

»Du, Rolf, besorgst dir umgehend einen Haftbefehl und treibst mir diesen König auf – egal, wo er ist.«

Schneider wollte zunächst protestieren, schloss dann aber den Mund.

»Und du«, wandte sich Marcus an Reineking, »rollst mir die Stadt auf. Besorg mir Königs medizinische Unterlagen. Ich will wissen, ob er Herzprobleme hat, und wenn nötig, bilden wir eine Soko und stocken das Ermittlungsteam auf dreißig Mann auf, und ich will wissen, wo Sandra Lukoschik essen war und mit wem. Kowarsch soll ihre Freundinnen abklappern, und ich will alles über Juliane Franck erfahren.«

Lärm und Rufen hinten im Kellergang ließen Marcus stocken. Marlon und Eddie bahnten sich ihren Weg zum Heizungsraum und drängelten sich aufgeregt an einigen Polizisten vorbei.

»Shit«, zischte Marcus. »Mit dem hatte ich gar nicht mehr gerechnet.« Er überlegte einen Moment. »Rolf. Kümmer du dich um ihn. Schick ihn raus.«

»Aber, das ist doch dein Kumpel …«

Kumpel. Freund. Jetzt ist es ausgesprochen.

»Reini, dann mach du das.«

»Aber …«, stammelte Reineking.

»Ist das so schwer zu begreifen, Mann! Ich will ihn hier nicht haben«, brach es aus Marcus hervor. Alex und die anderen zuckten zusammen.

»Was«, hörte sie Marlon Kraft hinter sich, »was willst du hier nicht haben? Die lästige Presse oder mich?«

»Beides.«

Alex kannte Marcus weder besonders lange noch besonders gut. Aber so hatte sie ihn noch nie gesehen, und die Tatsache, dass Schneider und Reineking sich geduckt wegdrehten, bekräftigte sie darin, dass Kraft und Marcus gehörig aneinandergeraten sein mussten.

»Ich habe ein Recht ...«, schnauzte Marlon.

»Du hast einen Scheiß«, blaffte Marcus zurück. »Du kannst hier nicht einfach auftauchen und die Polizeiarbeit behindern, für wen hältst du dich eigentlich? Raus hier!«

Kraft hatte seinen Notizblock gezückt und schrieb mit. »Womit darf ich Sie noch zitieren, Herr Abteilungsleiter?«

»Rolf!«

Schneider, der so tat, als inspiziere er intensiv den Personalausweis des Opfers, drehte sich um und setzte eine unbeteiligte Miene auf.

»Bitte sorg dafür, dass Herr Kraft nach draußen begleitet wird.«

Kraft machte einen energischen Schritt auf Marcus zu und blieb wenige Zentimeter vor ihm stehen. »Du schmeißt mich raus?«

»Ich schmeiße dich raus, genau.«

»Dazu hast du nicht das Recht.«

»Und ob.«

»›Selbstherrlicher Ermittlungsleiter blockiert Recherche‹ – Willst du das morgen lesen?«

»Ihr druckt schon.«

»Ich halte die Rotation an.«

»›Kommissar Ahnungslos verbockt Ermittlungen: Zweite Leiche‹ – Wäre dir das lieber?«

Schneider legte Marlon die Hand auf die Schulter, in der er noch den Personalausweis zwischen den Fingern hielt. »Herr Kraft, ich glaube, es ist besser, wenn Sie jetzt ...«

»Fassen Sie mich nicht an!«

»Ich bitte Sie, Herr Kraft …«

Marlons Blick fiel auf den grünen Plastikstreifen zwischen Schneiders Fingern. Blitzschnell griff er danach und hielt ihn gegen das Licht.

»Juliane Franck!«, rief er triumphierend. Dann kniff er die Augen zusammen, betrachtete den Ausweis genauer und schluckte.

Schneider schnappte sich das Dokument. »Sind Sie bescheuert, Mann? Das ist ein Beweismittel!«

»Das Bild von dem Ausweis«, stammelte Marlon. »Kann ich das haben?«

Marcus schoss auf Kraft zu, griff ihn bei den Schultern und schob ihn in den Heizungsraum.

»Darf ich vorstellen, Marlon: Das *ist* Juliane Franck. Das auf dem Bild *war* mal Juliane Franck.«

Der *Neue-Westfalenpost*-Fotograf hob seine Kamera, aber Reineking legte seine Hand auf das Objektiv und drückte es hinunter. Als der Mann zu protestieren begann, schüttelte Reineking den Kopf und legte einen Finger an die Lippen. »Pst, wir wollen doch keinen Stress machen, oder?«

Alex betrachtete Kraft, der zu keiner Regung mehr fähig schien.

»Da machst du Augen, was? Findest du sie immer noch hübsch? Bring doch so ein Bild in deiner Zeitung«, flüsterte Marcus ihm zu. Kraft drehte sich wortlos um.

»Und? Kennst du sie? Wenn ja, woher? Na, komm schon, Marlon, wie sieht's aus?«, rief Marcus ihm hinterher. Kraft murmelte etwas Unverständliches und schüttelte mit dem Kopf. Dann verschwand er im Flur. Marcus setzte noch dazu an, ihm zu folgen, hielt dann aber inne, seufzte und nestelte an seinem Hemdkragen.

Schneider wedelte mit den Händen und machte »Uiuiui« zu Alex, die sich erst jetzt wieder traute, durchzuatmen.

»Tut mir leid!«, rief Marcus und hob entschuldigend die Hand. Dann wandte er sich an Alex. »Ich …, ich bin etwas angespannt, sorry. Ich habe mich vergessen. Der Staatsanwalt und der Landrat sitzen mir im Nacken, und die Presse … Na ja, hast du ja gesehen. Sie wollen Ergebnisse, aber was sie bekommen, ist eine weitere Leiche.«

»Kein Problem.«

»Hm. Für mich schon.«

Schneider räusperte sich. »Und was ist jetzt mit König?«

»Rolf, bitte …«

»Ich frage ja nur.«

»Dann also noch mal zum Mitschreiben: Setz dich in ein Flugzeug und bring ihn mir in mein Büro. Von mir aus leg dich an den Strand und lass die Kollegen in Griechenland die Arbeit machen, aber schaff ihn mir in den Vernehmungsraum. Schnell. War das klar genug?«

»Roger, Chef.«

Alex versuchte, die verschmierten Schuhe an einem Vorleger abzuwischen, aber die Masse war bereits getrocknet.

»Ich würde gerne noch etwas den Fundort in Augenschein nehmen, wenn das in Ordnung ist«, sagte sie.

Marcus nickte und wischte sich über die Augen. »Klar. Die Spurensicherung schlägt sich sowieso die Nacht um die Ohren.«

Alex streifte sich ein Paar Latex-Handschuhe über. Als sie noch einmal zu Marcus sah, knibbelte er gedankenverloren an seiner Unterlippe. Ja, er hatte mit mehr zu kämpfen als mit der Suche nach einem Mörder. Da war noch ein weiterer Gegner im Spiel, das erkannte sie jetzt. Der härteste von allen: Marcus selbst.

Alex machte einige Schritte auf die Leiche zu und sah sich in dem Raum um. Noch einmal versuchte sie, sich vor Augen zu führen, was sie sah. Nicht das Augenscheinliche. Sondern das dazwischen. Den Subkontext. Die verborgene Handschrift des Mörders.

Wie im Fall von Sandra Lukoschik, dachte Alex und schloss die Augen, lag auch hier eine Mischung aus Overkill, Depersonalisierung und Staging vor. Der Overkill, die Übertötung, lag auf der Hand. Der Killer hatte weitaus mehr angerichtet, als nötig gewesen wäre, um den Opfern das Leben zu nehmen. Er hatte sie sozusagen gleich mehrfach umgebracht – aber nicht, um sicherzugehen, dass sie auch wirklich tot waren. Wie bei manchen Affekttaten, wenn Täter in Panik zigmal auf eine Person einstechen. Die Übertötung kann aber auch eine emotionale Reaktion sein – etwa, wenn jemand aus Eifersucht seine Frau umbringt und seinem Hass freien Lauf lässt. Manche Serientäter projizieren die Wut auf eine dominante Person ihrer Biographie, zum Beispiel eine übermächtige Mutter, auf ihre Opfer. Mit jeder Tat bringen sie ihre Mutter symbolisch immer wieder aufs Neue um – und zerstören durch das Übertöten ihrer Opfer im übertragenen Sinne jegliche Individualität der Person, um die es ihnen eigentlich geht. Möglicherweise sprach der Overkill hier dafür, dass es eine Täter-Opfer-Beziehung gegeben hatte. Aber Alex wurde das Gefühl nicht los, dass die Opfer in erster Linie Mittel zum Zweck waren. Der Mörder mochte sie persönlich gekannt haben, in seinem Ritus waren sie aber vor allem Bausteine, Objekte, und die Art und Weise, in der er die Frauen getötet hatte, musste etwas bedeuten. Sie war einfach zu prägnant.

Alex öffnete die Augen wieder, schluckte und zwang sich, die Leiche erneut zu betrachten, deren Zehenspitzen nach wie vor gespenstisch kleine Kreise in das dickflüssige Blut auf dem Boden zeichneten. Die riesige Bauchwunde und die Art und Weise, in der der Täter Juliane Franck plaziert hatte – auch hier erschien es Alex so, als solle das Opfer einer anderen Macht dargeboten werden. Geöffnet, damit ein höheres Wesen ...

... sie fressen kann?

Alex schluckte, und ihr Hals fühlte sich an, als seien die Schleimhäute mit Schmirgelpapier bearbeitet worden. Sie wünschte, irgendwo lägen Büroklammern herum, um sie zu sortieren, oder ein paar Zahnstocher, die sie in einer Reihe im gleichen Abstand nebeneinander anordnen konnte. Irgendetwas, was ihr half, sich zu sammeln. Die Inszenierung, das Staging, auf der Bühne des Killers in diesem Raum tief in den Eingeweiden des *Buffalo*, hatte wie bei Sandra Lukoschik mit einem Ritual zu tun, mit etwas, was einen Zweck erfüllen soll. Natürlich, und diese Einschränkung musste sie machen, konnte es sein, dass gerade das außergewöhnlich dramatische Überzeichnen der Morde von den ursprünglichen profanen Motiven des Täters wie Eifersucht oder Rache ablenken und die Ermittler auf eine falsche Spur führen sollte. Aber Alex glaubte das nicht. Auch die Tatsache, dass dieser Killer blitzschnell hintereinander mordete, sprach dagegen – wofür hingegen die Geschwindigkeit sprach, war ihr nicht klar. Vielleicht hatte er nur wenig Zeit, um ein Ziel zu erreichen. In jedem Fall, resümierte Alex, ging der Täter mit Plan vor. Er war organisiert und arbeitete systematisch. Seine Morde schienen einem Muster zu folgen, einen Zweck zu haben, der über das einfache Abreagieren oder das Erlangen eines sexuellen Kicks deutlich hinausging. Und zwar gerade deswegen, weil sie auf unterschiedliche Art und Weise an unterschiedlichen Orten begangen worden waren und nicht einer bestimmten Vorliebe des Mörders zu folgen schienen. Die Art und Weise seines Vorgehens und die Tatorte mussten eng mit seiner Intention in Verbindung stehen.

Galt das auch für die Opfer? Wie waren sie miteinander verbunden? Alex rieb sich die Schläfen und starrte zu Boden.

Komm schon, denk nach, du kannst es.

Sandra hatte er auf der Erde mitten in einem Feld umgebracht. Sinngemäß hatte der Boden sie getötet, indem ihr Kopf immer wieder auf einen Stein geschlagen wurde. Das Blut, das aus ihrem Hals geströmt war, hatte der Boden aufgesogen. Ein erdgebundener Mord. Die Ratte als Symbol. Das zweite Opfer, Juliane Franck, kam durch ein anderes Element ums Leben. Sie hing in der Luft, und ihr war die Luft zum Atmen genommen worden. Zudem, dachte Alex und betrachtete die dicken Metallrohre unter der Decke, befinden wir uns in einem Raum, der die Zuluft steuert. Das mögliche Symbol des Ortes: der Büffel. Aber wofür sollte das stehen? Welchen Zweck hatten diese Zeichen – so es denn welche waren?

All das Blut hier auf dem Boden und an deinen Schuhen, genau wie damals, weißt du noch?

Alex presste die Lippen aufeinander. Sie würde alles tun, um dieses Mosaik des Todes zusammenzusetzen.

23.

Ummmbh. Ummmbh. Ummmbh. Sogar hier drinnen wackelten die Türen, die Wände und erst recht der Spiegel. Ummmbh. Ummmbh. Ummmbh. Okay, vielleicht vibrierte der Spiegel auch aus anderen Gründen. Marlon hielt sich an dem Trockengerät fest und versuchte mit der anderen Hand, den Druckknopf des Wasserhahns zu treffen, wobei er ein halbvolles Bierglas, in dem einige Zigarettenkippen schwammen, herunterwarf. Es zerschellte auf den Kacheln.

Reaper. Er hatte nicht gelogen. Und jetzt Juliane Franck. Die Kleine aus dem Getränkemarkt. Sie hatte Marlon ihre Handy-Nummer gegeben, aber hätte sich vermutlich ohnehin niemals mit ihm getroffen, nachdem er sich, na ja, anschließend etwas danebenbenommen hatte. Trotzdem. Sandra. Juliane. Die Einschläge kamen näher.

Lasst euch nicht mit mir ein, Leute, der Sensenmann sitzt mir im Nacken, und er hat Hunger wie ein ausgewachsener Scheißdrache ... Was für eine Story, Mann, die Story deines Lebens, haha ...

Die Haare fielen Marlon ins Gesicht, und der Schweiß hatte unter den Achseln dunkle Halbmonde in den roten Stoff seines T-Shirts gezaubert. Das Bier aus dem heruntergefallenen Glas war auf die Turnschuhe gespritzt, eine Kippe hatte sich in dem Aufschlag der beigefarbenen Cargo-Hose verfangen, die ihm schlabberig auf den Hüften hing. Egal. Scheiß drauf.

Marlon versuchte weiter, den Wasserhahn in Gang zu bringen und gleichzeitig sein Spiegelbild zu fixieren, denn er wollte unbedingt wissen, *wie* dieser Mann aussah. Der Superstar-Reporter mit der heißesten Geschichte aller Zeiten, mit exklusiven Bildern und Eindrücken, nach denen alle sich die Finger lecken würden. Strahlend. Gigantisch. Master of the Universe.

Harry Angel. Genau der bist du. Harry Angel alias Johnny Favorite aus »Angel Heart«, und jetzt ist Zahltag, Baby, jetzt fordert der Teufel deine Seele ...

Bullshit. Alles Bullshit. Zum Kotzen würde er aussehen. Alle Dämonen der Vergangenheit, Gegenwart und Zukunft würden sich im Gesicht dieses Mannes spiegeln – zumindest, wenn es ihm gelänge, seinen Blick scharfzustellen und den milchigen Schleier vor seinen Augen zu durchdringen. Außerdem wankte dieser Mann wie ein Katamaran bei Windstärke zehn, und statt des Wasserhahns brachte er versehentlich den Trockner zum Laufen, wobei er sich fast die Hand verbrannte, als die heiße Luft hervorschoss.

Ummmbh. Ummmbh. Ummmbh.

Als die Tür zur Toilette aufging, wurde das Dröhnen für einen kurzen Moment zum lauten Basedrum-Wummern des Dance-Remix einer Snoop-Dogg-Nummer, zu der Curtis-Mayfield-Samples in hohem Falsett kieksten. Die Bass-Invasion brach mit zwei johlenden Betrunkenen herein, die sich selbst im Arm und Becks-Flaschen in den Händen hielten, um wieder zum verwaschenen Dröhnen zu mutieren, als die Tür zufiel. Die Besoffenen hatten Marlon angerempelt, ohne sich weiter um ihn zu kümmern. Wie konnte das sein? Wie konnten sie ihn nicht registriert haben? Wie konnten sie es sich herausnehmen, ungefragt und nicht angemeldet auch nur in seine Nähe ...

»... hmbharghtzu hjmm ... Alles klar, oder ... Mhmjmms-siehs nicht gut aus ...«

Marlon nahm all seine Kraft zusammen, schob die Brust nach vorne, die zig Kubikmeter Luft zu fassen schien und einen Umfang von mindestens einem Kilometer haben musste, und drehte sich zu der Stimme, die es gewagt hatte, ihn in einem Moment der Meditation und Selbsterkenntnis zu stören. Sein Blick fiel auf eine runde Brille, zu der ein rundes Bubigesicht und ein Pferdeschwanz gehörten. Es war nicht auszuschließen, dass es sich um substanzielle Bestandteile einer Person handelte, deren Gesicht ihm bekannt war, aber aus dieser Nähe völlig verschwommen erschien und daher nicht zuzuordnen war.

»Haaalloooo? Jemand zu Hause? Ich hab gesagt, dass du ziemlich scheiße aussiehst, Marlon.«

Das Gesicht war nach wie vor verwischt, aber die Stimme verlieh ihm Kontur. Das war Eddie. Fast Eddie, Eddyboy himself, und es war hervorragend, dass er hier war, geradezu magisch, wenngleich er wahrscheinlich bloß vom Pinkeln zurückkam oder endlich seine Fotos vom Abtransport der Leiche in der großen schwarzen Kiste gemacht hatte. Marlon wollte ihm von seiner Erkenntnis berichten, von seinem Moment der Klarheit auf dem Klo, in dem er zwar nicht alles, aber doch sehr viel begriffen hatte. Dass der Teufel kommen würde, um ihn zu holen, und dass sie beide ein Dreamteam waren, dass sie beide *es* hatten, *es,* das in der Einheit von Wort und Bild inmitten eines Raum-Zeit-Bewusstseins-Kontinuum lag, das jenseits des Herkömmlichen und weit weg in metaphysischen Ebenen bar jeder Beschreibung zu finden war. Aber es gelang Marlon nicht, die tieferen Strukturen der globalen Dimension seiner erschütternden Entdeckung, ihr *wirkliches* und *schlussendliches* Ausmaß in Worte zu fassen. Stattdessen sagte er: »Mr. Ed, d-du ... weissu was?«

Eddie schüttelte den Kopf und klopfte ihm auf die Schulter.

»Alter, du bist vollkommen blau. Wie kann man sich in so kurzer Zeit nur so besaufen?«

Noch bevor Marlon widersprechen konnte – *vier Bier, Ed, oder vierzehn Tequila, keine Ahnung, und zwar h-ö-c-h-s-t-e-n-s* –, zog Eddie den wehrlosen und hoffnungslos betrunkenen Reporter am Oberarm mit sich. Als sich die Toilettentür öffnete, schlug Marlon die Luft wie ein nasses Handtuch ins Gesicht. Sie war von den Hunderten schwitzenden und zuckenden Leibern aufgeheizt, die zu ohrenbetäubenden Bässen und schnellen Beats auf und nieder sprangen und im gleißenden Licht der Scanner, deren Strahlen wie Messer in warmer Butter durch den Club schnitten, nur als Silhouetten zu erkennen waren. Es roch nach Ausdünstungen, schalem Bier, Zigaretten und schwerem Parfüm. Es war kaum noch Sauerstoff in dem flachen Club vorhanden, an dessen Decke dicke Kondenswassertropfen an den überforderten Belüftungsrohren hingen, weil im Keller die Spurensicherung alle Systeme auf null gefahren hatte. Die gewaltige Lautstärke und der nicht minder gewaltige Eindruck aus sich drehenden Lichtern, im Bruchteil von Sekunden wechselnden Farben, schleimiger Wärme und intensiven Gerüchen taten ein Übriges, um Marlon die Sinne endgültig zu vernebeln. Alles kreiste, verschwamm und zirkulierte in langen Schlieren.

Eddie zog ihn durch die dichtgedrängten Menschentrauben. Marlon versuchte, sich auf Eddies baumelnden Pferdeschwanz zu konzentrieren und die markante Speckfalte im Nacken zu fixieren. In der Mitte war sie gerade und verlief an ihren Enden jeweils in zwei kleinere, nach oben abgewinkelte Verzweigungen, die wie kleine Hörner aussahen.

Drachenhörner. Die verdammten Scheißdinger. Was habe ich nur getan, dass ...

Eddie riss den stolpernden Marlon durch den schweren

purpurnen Vorhang, zerrte ihn an der langen Theke vorbei hinaus auf die Außenterrasse, vorbei an den vollbesetzten Tischen und schließlich die Treppenstufen hinunter. Die frische Luft war wie ein Befreiungsschlag, wie ein eiskaltes Bier an einem heißen Tag, wie ein frisch gewaschenes weißes Bettlaken auf der geduschten Haut, wie ein …

»E-e-ddie!«

»Ja?«

»Ich g-glaube, ich m-m-muss …«

Marlon drehte sich zur Seite und kehrte sein Innerstes nach außen. Er entleerte seinen übersäuerten Magen in drei heftigen Krämpfen in eine Hecke. Ein Mix aus Bier und Tequila schoss ihm schäumend aus der Nase. Als er fertig war, spuckte Marlon aus, wischte sich mit der Handfläche über den Mund, setzte sich auf die kleine Mauer neben der Treppe und atmete dreimal tief durch.

»Geht's wieder?«, fragte Eddie mit einem mitleidigen Lächeln und zeigte einigen Zwanzigjährigen auf der Terrasse den Mittelfinger, die »Zugabe« riefen.

»M-hm«, nickte Marlon. Eddie zog eine Packung Mentos aus seiner Kameratasche. Marlon steckte sich dankbar eines in den Mund. Dann nahm er sich eine Schachtel Marlboro aus der Seitentasche der Cargo-Hose, zog mit zitternden Fingern eine Zigarette heraus und zündete sie an.

»Bah! Mentos und Kippen – gleich wird dir wieder schlecht«, schimpfte Eddie.

»Wow«, seufzte Marlon, kaute auf dem Pfefferminzbonbon und sah dem Rauch nach, den er in die sternenklare Sommernacht hustete. »Schau dir das an, Eddie, was für ein Abend …«

»Du bist wirklich völlig stramm.«

»Klar. Na und?«

»Und du hast dich zum Kotzen benommen da unten. Du solltest dir Urlaub nehmen, Alter.«

Marlon zuckte mit den Achseln. »Was soll ich mit Urlaub? Ich nehme mir doch keinen Urlaub. Hier ist ein Serienkiller unterwegs ...«

... und er nimmt mich mit auf die große Reise ins Abenteuerland ...

»Hast du gute Bilder?«

»Glaube schon, aber hör mal, Marlon, ich meine das wirklich ernst. Du bist ... na ja ...« Eddie rang nach Worten. »Ich meine, ein Blinder mit Krückstock sieht doch, dass du seit Sandras Tod völlig fertig bist. Echt. Hinterher klappst du wieder in der Redaktion zusammen und traust dich nicht mehr raus wie damals nach dem Kindergarten-Ding. Okay, mir geht's auch nicht super damit, dass irgendein Irrer Sandra ermordet hat, aber du lässt das alles viel zu sehr an dich ran, Marlon. Du hast keinen Vertrag mehr mit ihr, Mann, keinen. Denk an dich, das tust du doch sonst auch immer.«

Marlon sog den Rauch tief ein und blies ihn im Sprechen durch die Nase aus. »Das Ganze ist an mir dran. Viel zu nah ...«

Eddie schüttelte den Kopf. »Mann, ich mein's doch nur gut mit dir.«

»Und jetzt verrate ich *dir* mal was, Mister Neunmalklug.« Marlon sprang auf und schnippte die Zigarette auf die Straße. »Du hast keine Ahnung. Du hast nicht die Spur einer Ahnung. Das hier, das ist Himmel und Hölle gleichzeitig! Ein Serienkiller in meiner Stadt! Er ermordet vor meiner Nase Frauen, die ich kenne! Glaubst du, ich lasse ihn damit durchkommen? Ich, Marlon Kraft, der mittendrin steht, mitten im Auge des Hurrikans? Die eine Antwort ist: Nein, Eddie. Und es gibt noch einen zweiten Grund, weswegen ich diese Welle weiter surfen werde, Mann: Diese Sache ist *bigger than life,* sie ist der Big Bang, die Hammerstory, und sie ist persönlich, Mann! Total persönlich! Und wenn du die Dimensionen nicht überreißt, Junge, dann tust du mir leid, dann bist du nur ein Scheiß-Lokalamateur!«

Eddie schulterte die Tasche und strich sich stumm eine Haarsträhne aus dem Gesicht. »Weißt du was, Marlon?«

»Nein, was denn, Mister Helmut Newton? Wenn ich es wüsste, hätte ich es längst geschrieben.«

»Fick dich.«

Eddie drehte sich um und trottete auf den Parkplatz zu.

»Ja«, rief Marlon ihm hinterher, »aye aye, Sir! Sonst macht es ja sowieso keiner!«

Ja, sollte er doch abhauen, auch egal. Marlon wischte sich über die Lippen und setzte sich auf den Absatz neben der Treppe. Wenigstens fühlte er sich jetzt wieder klarer. Er zog eine weitere Marlboro mit den Lippen aus der Schachtel.

»Beeindruckende Show.«

Eine weibliche Stimme. Sie kam von der Seite. Die Silhouette der Frau schälte sich langsam aus dem Dunkel, glitt in das Gegenlicht der Straßenlaterne und trat schließlich in den hellen Kegel eines der Strahler, die vom Dach des *Buffalo* auf die Treppe leuchteten. Es war diese adelige Psychologin. Marcus' Neuzugang. Alex Gräfin von Stietencron.

»Wenn es Ihnen gefallen hat, warum applaudieren Sie dann nicht?«, brummte Marlon.

Alex hob gelassen die Hände und klatschte gelangweilt. »Besser so?«

»Ja, viel besser, Danke.« Marlon stand auf und verbeugte sich affektiert. Als er wieder hochkam, umspielte ein abschätziges Lächeln ihren Mund. Das Überhebliche stand ihr mindestens so gut wie die körperbetonte Dreivierteljeans und die weit aufgeknöpfte Bluse, unter der sie, wie Marlon mit geschultem Blick feststellte, keinen BH trug. Sie schüttelte ihr rabenschwarzes Haar und band es mit einem Haargummi zusammen.

»Darf ich Sie auf eine Cola einladen?«, fragte sie unvermittelt. Das Licht der Scheinwerfer explodierte in Hunderten Reflexen auf ihren knallrot geschminkten Lippen

»Cola? Sie trinken im Dienst?«

Alex lachte. Weiße, regelmäßige Zähne blitzten auf. Kleine Fältchen um die Augen. Sexy. »Manchmal tue ich das, ja.«

Marlon zog an der Zigarette. »Ehrlich gesagt wollte ich gerade gehen. Ich hatte etwas viel ...«

»Ehrlich gesagt«, unterbrach ihn Alex, »wollen Sie lieber noch ein bisschen reden.«

»Hm.« Marlon blies den Rauch langsam durch die Nase aus. »Sieht man das?«

»Ja.«

Die Cola tat gut. Die zweite auch. Marlon hockte an der Theke, nippte an der dritten und verschmierte mit dem Finger den feuchten Halbkreis, den das Glas auf dem dunklen Holz hinterlassen hatte.

»Sie sind Freunde, Marcus und Sie?« Alex trank einen Schluck Mineralwasser, zog die Zitronenscheibe vom Rand des Glases ab und lutschte sie aus.

»Ich weiß nicht, ob wir das noch sind.« Marlon schenkte Alex ein gequältes Lächeln und starrte in ihren Ausschnitt. Ein kleiner, von ihrem Glas herabgefallener Tropfen glitzerte auf dem Ansatz ihrer Brüste, und ...

»Soll ich sie ganz öffnen?«

»Was?«

»Meine Bluse. Damit Sie meinen Busen besser sehen können. Dann müssen Sie sich nicht so verrenken.«
»Oh.« Marlons Gesicht wurde heiß. »Nein, Entschuldigung ...«
»Sie müssen es nur sagen.«
»Nein, wirklich, sorry, ist so eine dumme Macho-Attitüde ...«
»Ihre einzige?«
Marlon trank noch einen Schluck Cola. Diese Frau war tough. Er durfte sie auf keinen Fall unterschätzen. Ihre elegante Ausstrahlung täuschte. Womöglich würde sie ihn sogar unter den Tisch saufen.
»Nein«, offenbarte er. »Nur eine von vielen.«
Alex schlug die Beine übereinander, nahm eine Zigarette aus Marlons Schachtel und zündete sie sich an.
»Sieh da – Sie haben ja auch schlechte Angewohnheiten ...«
»Nur gelegentlich«, lächelte sie. »Und ich inhaliere auch nicht.«
Marlon lachte, stierte auf das Cola-Glas und zählte einige der Kohlensäureblasen, die vom Boden aufstiegen und an der Oberfläche zerplatzten. »Marcus und ich«, begann er dann, »waren schon in der Schule Freunde. Als ich dann wegging, brach der Kontakt ab. Sie kennen das: Wir müssen uns unbedingt mal wieder treffen. Klar, müssen wir. Aber jeder geht seinen eigenen Weg. Und dann werden die Kontakte immer weniger. Ich war zuletzt beim *Express* in Düsseldorf ...«
»Düsseldorf?«, fragte Alex interessiert nach. »Ich stamme aus Düsseldorf.« Sie griff sich einige Bierdeckel und legte sie wie ein Mosaik auf der Theke aus. Es sah aus, als bereite sie gerade ein Memory-Spiel mit ihm vor. Sie würde es gewinnen, in Marlons Erinnerungszentrum gab es einfach zu viele schlecht bis gar nicht funktionierende Schnittstellen.

»Man hört es noch ganz leicht an Ihrem Akzent«, grinste Marlon. »Ich war Polizeireporter. Da war immer schwer was los. Ganz anders als hier. Aber wem sage ich das. Die härteste Geschichte damals, vielleicht haben Sie es sogar gelesen oder davon gehört, war die Sache mit dem Killer von der Kö ...«

»Ich erinnere mich daran«, antwortete Alex, zog an der Zigarette und sah ihn wieder auf diese überhebliche Art und Weise an, als wollte sie sagen: »Gibst gerne etwas an mit deinen großen Taten, nicht?« Ja, scheiße, na und? Sicher tat er das gerne. Erst recht gegenüber einer gutaussehenden Frau, die einen Knopf zu viel an der Bluse geöffnet hatte, und noch viel mehr, wenn er blau und vertrauensselig war.

»Der Killer von der Kö – meine Überschrift. Ich habe ihm diesen Namen verpasst. Es war ein Polizist. Eines Tages knallte er durch, setzte sich eine Strumpfmaske auf und erschoss auf der Königsallee am helllichten Tag wahllos zwei junge Männer und tauchte unter. Seine Identität stand sehr schnell fest. Der Mann führte ein Doppelleben, ging in den Schwulenclubs ein und aus und war auch eine Nummer in der Stricherszene. Ich habe im Zusammenhang mit den Hinrichtungen auf der Kö darüber berichtet. An dem Tag, als der Text erschien, schlich sich der Polizist in sein Einfamilienhaus in Kaiserswerth. Es wurde zwar bewacht, aber nicht gut genug. Er erschoss seine Frau sowie seine beiden Kinder und ließ sich dann bereitwillig festnehmen. Die ganze Zeit über schrie er: Ich bin nicht schwul, ich bin nicht schwul!« Marlon machte eine Pause und trank einen weiteren Schluck.

»Sie fühlen sich dafür verantwortlich, weil Sie meinen, der Polizist hätte seine Familie nicht erschossen, wenn Sie nicht über seine Homosexualität geschrieben hätten.«

»Wird das hier eine Therapiestunde?«

Alex antwortete nicht und fuhr stattdessen mit der Spitze der Zigarette in dem Aschenbecher herum. »Was geschah weiter?«

Für einen kurzen Moment überlegte Marlon, es ihr zu sagen. Alkohol. Drogen. Dann Schulden. Der ganze Mist. Der Zwang, die Schuldgefühle zu betäuben. Aber sie war immerhin Polizistin, und er, nun, er spielte gerade mit dem Feuer wie ein zündelnder Junge. Aber bislang hatte er ihr noch nichts erzählt, das sie von Marcus nicht auch würde erfahren können. Offene Geheimnisse. Warme Luft, die sie dennoch begierig aufzusaugen schien.

Quid pro quo. Abwarten. Gleich bist du an der Reihe, Süße.

»Na ja, manchmal rücken die Dinge zu nahe«, antwortete er. »Man reitet auf der Spirale, die geradewegs nach unten führt, wenn Sie verstehen. So kam ich irgendwann zu der *Neuen Westfalenpost* und damit zurück in meine Heimatstadt ...«

»In ruhigeres Fahrwasser.«

»Bedingt. Einige Jahre lief alles ganz gut. Bis ich vor drei Jahren in eine Geiselnahme in einem Kindergarten geriet.«

»Ich habe davon gehört, ja.« Alex nahm die Bierdeckel wieder zu einem Haufen zusammen, um sie in zwei gleich große Stapel zu schichten und vorsichtig aneinanderzuschieben.

»Umso besser.« Marlon schloss für einen Moment die Augen. Die Bilder liefen wie ein Film vor seinem inneren Auge ab. Zerplatzende Teddys. Kreischende Kinder. Scherben. Blut. »Na ja, seither leide ich an dieser posttraumatischen Störung, Sie werden sich mit so was auskennen ...«

»Ein wenig«, sagte Alex. »Sie sind in Behandlung?«

»Nur noch sporadisch. Meine Psychologin hat mich mit

neuen Medikamenten behandelt, im Rahmen einer Studie – vielleicht kennen Sie das Zeug, C-12.«

Alex sah Marlon durchdringend an. Ein langes Stück Asche fiel von ihrer Zigarette ab. Das Gespräch entwickelte sich immer mehr zu einer Vernehmung. Aber solange er noch die Zügel in der Hand behielt und sicher im Sattel saß, machte Marlon sich keine Gedanken.

»Ich habe über die neuen Präparate gelesen, ja.« Alex' Augen funkelten. Er würde darin versinken können, wenn er zu lange hinschaute. Da war etwas, was Marlon nicht zuordnen konnte, etwas Magnetisches, etwas, was ihn aufsaugen wollte, ohne dass er sich dagegen würde wehren können. Er hoffte, dass es nur am Alkohol lag, der nach wie vor seine Sinne benebelte und ihm die Zunge löste. Schnell trank er einen Schluck Cola und steckte sich eine Zigarette an.

»Sie haben Sandra Lukoschik gut gekannt?«, fragte Alex völlig aus dem Zusammenhang und legte die Bierdeckel wieder neu aus.

Marlon hustete und warf fast das Cola-Glas um. »Auf rhetorische Fragen antworte ich grundsätzlich nicht«, entgegnete er heiser.

»Nun, ich zähle eins plus eins zusammen. Marcus hat sehr betroffen auf ihren Tod reagiert, weil er sie kannte. Sandra Lukoschik war eine Politikredakteurin bei der *Neuen Westfalenpost*. Sie sind Reporter dieser Zeitung, und Sie mögen Frauen. Sandra war sehr attraktiv. Woher sollte Ihr Freund Marcus eine Politikredakteurin privat kennen, wenn nicht über Sie?«

Marlon räusperte sich. »Dann wird er Ihnen auch erzählt haben, dass Sandra und ich mal ein Paar waren.«

»Nein«, Alex sah Marlon fest an, »hat er nicht.«

Marlon lachte heiser. »So, er hat Geheimnisse vor Ihnen,

aha. Na ja, jedenfalls ist das kein Geheimnis, und wegen dieser Liaison hat Marcus mich nun in den Kreis der Verdächtigen eingeschlossen.«

»Haben Sie deswegen mit ihm gestritten?«

Marlon schmunzelte müde. »Geht Sie das irgendetwas an?«

»Nicht, dass ich wüsste.«

»Wenn Sie mich als Verdächtigen durch die Hintertür hier an der Theke vernehmen wollen, dann ...«

Dein Zug, Baby. Jetzt bin ich ganz Ohr. Sag mir, wo ich stehe.

»Wir unterhalten uns lediglich, nicht? Und jeder in dieser Stadt ist zunächst verdächtig.«

»Ich als ihr Ex-Freund aber besonders.«

»Gibt es Ihnen einen Kick, des Mordes verdächtigt zu werden?«

»Bullenscheiße«, zischte Marlon.

»Wie Sie meinen«, entgegnete Alex.

»Ich mache den Job lange genug, um zu wissen, wie so etwas funktioniert. Selbstverständlich muss die Polizei auch mich ins Auge fassen – genau wie alle anderen aus Sandras Umfeld. Und weil Marcus nicht genug Mumm hat, schickt er Sie vor, um mich auszuhorchen.«

Alex' Lippen kräuselten sich. »Was würden Sie mir denn erzählen wollen?«

Marlon dachte nach. So würde er nicht weiterkommen. Die Frau war abgebrühter, als er gedacht hatte. Außerdem hatte er tatsächlich nicht das Gefühl, dass sie ihn hier an der Theke vernehmen wollte. Sie wollte ihn abchecken, sehen, was er für einer ist und wie er tickt – nicht mehr, aber auch nicht weniger.

»Ich habe Ihnen nichts zu erzählen«, antwortete Marlon dann. »Es gibt nichts, was Sie nicht schon wüssten. Abgesehen davon dürften sich die Ermittlungen sowieso auf Roman

König konzentrieren, und ich bin im Moment nur eine Randfigur.«

»Sie kennen Roman König?«

»Kennen wäre zu viel gesagt. Er ist der neue Freund meiner Ex, und ich weiß über ihn, was man über neue Freunde von der Ex eben so weiß. Ich denke aber nicht, dass er etwas damit zu tun hat. Ich glaube, dass Marcus sich an einen Strohhalm klammert, weil er mich nicht aufs Korn nehmen will. Weil wir gute Freunde sind – oder waren, je nachdem – und ich zudem bei der Presse bin. Sehen Sie, seit seine Frau bei einem tragischen Verkehrsunfall ums Leben gekommen ist, hat Marcus nicht mehr viel, wenn Sie wissen, was ich meine. Eigentlich hat er nur noch seinen Job – und mich.«

»Darf ich erfahren, warum Sie so sicher sind, dass Roman König nichts damit zu tun hat?«

Marlon zog an der Zigarette und behielt den Rauch lange in den Lungen. Ja, Marcus würde sich früher oder später auf ihn einschießen. Sobald König aus dem Rennen war, wäre die Schonfrist vorbei. Es würde schon ausreichen, wenn sich herausstellen würde, dass er sich an dem Abend mit Sandra getroffen hatte. Ganz zu schweigen von dem verdammten Kratzer auf seinem Rücken, seinem Blut unter Sandras Fingernägeln, das natürlich bei der Obduktion festgestellt und analysiert werden würde. Marlon zuckte unmerklich zusammen und stierte in sein Glas. Er hatte sich die Antwort, wie es um ihn stand, nun selbst gegeben – ohne dass Alex ihm auch nur den Hauch eines konkreten Hinweises gegeben hatte. Und es lag auf der Hand, dass Marlon einen Schild gegen Marcus brauchen würde. Einen Filter. Eine Vertraute. Er kam nicht mehr umhin, Alex ein riskantes Angebot zu machen.

»Ich kann mir einfach nicht denken, dass König etwas von

mir will«, sagte Marlon, stieß den Rauch aus und sah ihm hinterher.

»Wieso von Ihnen?«

»Wissen Sie, ich bekomme da eigenartige Post …«

Alex rückte näher an Marlon heran.

»Was genau«, fragte sie, und Marlon sah, wie sie schluckte, »meinen Sie damit, Herr Kraft?«

24.

Von: reaper@gmx.de
An: marlonk@nwp.de
Betreff: Juliane Franck

Lieber Marlon,
Du wirst sicherlich nicht überrascht sein. Ich halte mich an meine Versprechen. Die Kleine war hübsch. Genau Dein Typ. In gewisser Weise bin ich Dir nun zuvorgekommen ;-). Aber ich habe auch Schlimmeres verhindert: Dich. O ja, Du wirst Dich bestimmt schuldig fühlen an dem, was ihr und Sandra passiert ist. Du wirst denken, es wäre nicht geschehen, wenn Du beide nicht gekannt hättest. Leider kann ich Dich nicht beruhigen, denn genau so ist es. Es scheint Methode zu haben, oder? *Mea culpa.* Apropos: Du wirst weiter die einmalige Gelegenheit haben, Dich mit dem Thema der *culpa,* der Schuld, zu befassen. Du hast

Deine Lektion noch nicht gelernt, und mein Werk ist noch nicht vollendet, wenngleich sich der Kreis zu schließen beginnt. Und wer steht wie immer im Mittelpunkt? Rate! Aber natürlich weißt Du es schon und merkst, dass die Einschläge näher kommen.
Spürst Du meinen Atem, Marlon? Er wird immer heißer, nicht wahr?
Dein Purpurdrache
PS: Ich bin übrigens nicht allein.

25.

Pressekonferenz um zwölf Uhr. *Leck mich, Marcus,* dachte Marlon und schrieb weiter an seinem Text.
»Eine Leiche im Keller!«
Zugegeben, die Überschrift hatte was. Ein Lächeln huschte über Marlons Gesicht. Dennoch löschte er die Zeile sofort wieder, denn natürlich war so ein Titel ganz und gar unmöglich. Als er den Texteditor verließ und einen Blick auf die erste Seite warf, verflog sein Lächeln. Eddie hatte das Foto von gestern Abend bereits eingezogen. Den bescheuerten Betreibern des *Buffalo,* die drauf bestanden hatten, dass ihr Laden während der Spurensicherung nicht geschlossen wird, hatte Eddie einen schwarzen Balken über die Augen montiert. Vor ihnen gingen die beiden Leichenbestatter her, die einen dunkelgrauen Plastiksarg trugen. Darin lag Juliane Franck.

Jung, schön, groß, dunkle Haare mit blonden Strähnen, braun gebrannt, türkisfarbene Huskie-Augen, strahlendes Lächeln, fabelhafte Figur, fröhliche Stimme. Darf ich Ihnen ein Schlückchen anbieten? Von mir aus auch noch mehr ...

Natürlich hatte er sich bei Eddie gleich heute Morgen entschuldigt. Der Fotograf hatte nur geknurrt und gemurmelt: »Du siehst heute noch beschissener aus als gestern.« Damit war die Sache erledigt gewesen.

Marlon war mit mörderischem Kopfdröhnen am Computerbildschirm aufgewacht, auf dem noch die verdammte Botschaft von Reaper glühte. Er musste vollkommen weg vom Fenster gewesen sein. Vielleicht wieder ein Blackout. Eine eiskalte Dusche und ein, zwei Spalt hatten seinen Kater wenigstens für ein paar Stunden verscheucht. In der Redaktion hatte Marlon mit ein paar Kaffee nachgespült, um sicherzugehen, dass das Mistvieh nicht so schnell wiederkommen würde.

Marlon schaltete wieder auf das Textfenster zurück, las den Vorspann zum x-ten Mal und machte dann weiter mit dem Fließtext. »Die Ermittler werden bei der Suche nach dem Mörder, bei dem es sich nach ersten Vermutungen um denselben Täter wie im Fall der *Neue-Westfalenpost*-Redakteurin Sandra Lukoschik handeln könnte, von Kriminalpsychologin Alexandra von Stietencron unterstützt. Was das Täterprofil angeht, ist nach ihren Worten ...« Ja, was war es denn nach ihren Worten? Und vor allem: Was war mit seinen eigenen Worten? Marlon erinnerte sich nur noch schemenhaft an das, was er ihr gestern erzählt hatte. Hoffentlich hatte er nicht zu viel von sich preisgegeben. Er würde sie heute noch anrufen. Vielleicht wäre sie ja auch bei der PK, um die er wohl nicht herumkommen würde. Viel Neues war davon ohnehin nicht zu erwarten. Vielleicht die offizielle

Bekanntgabe, dass eine Spur verfolgt werde. Die von Roman König.

Hatte er der Psychologin gestern mit seinem besoffenen Schädel nicht gesagt, der Kerl habe nichts damit zu tun? Heute war sich Marlon nicht mehr so sicher.

Roman König. R-o-m-a-n K-ö-n-i-g. Romankönig.

Was konnte der Kerl mit ihm zu tun haben?

Sandra.

Warum würde er ihm E-Mails schicken, wenn er der Mörder wäre?

Sandra.

Konnte er es wissen?

Vielleicht.

Wie konnte er von dem Purpurdrachen wissen?

Keine Ahnung. Eventuell kennt er Roth.

Und Juliane Franck?

Das Löschdepot liegt gegenüber der FH.

Roloff kam herein. Wie üblich sah er aus wie eine Mischung aus Stefan Aust und Berti Vogts. Die Krawatte war schwarz. Sein Zeichen der Trauer um Sandra. Roloff schloss bedächtig die Tür, das konnte nichts Gutes bedeuten. Er stellte seinen Kaffeebecher, auf dem *New York Times* stand, auf Marlons Schreibtisch und setzte sich auf eine Kante. »Ist das der Text für morgen?«

Marlon nickte. Mit einem dumpfen Brummen im Nacken meldete sich der Kopfschmerz zurück.

»Weißt du, warum ich Johnny Cash so mag?«

Marlon schüttelte den Kopf. Nein, das alles verhieß wirklich nichts Gutes.

»Hör dir seine Version von U2s *One* an. Dann weißt du eigentlich alles. *I can't be holding on to what you got, when all you've got is hurt.* Wenn du Bono hörst, dann weißt du: Er hat gerade erst verstanden, worüber er da so verzweifelt singt. Nimmst du die Version mit Mary J. Blidge, dann weißt du: Sie hat keinen Schimmer, worum es geht. Hörst du Johnny, dann weißt du: Er singt das nicht nur so. Er meint das auch. Ich kann nicht weiter an dir festhalten, wenn alles, was du hast, nur noch Schmerz ist. Johnny weiß, worüber er redet. Er hat es erlebt, und ich kaufe ihm das sofort ab.«

»Ich verstehe«, antwortete Marlon, war sich dessen aber nicht ganz sicher. Er hatte eine böse Ahnung.

Roloff schüttelte den Kopf und trank einen Schluck Kaffee. »Ich habe dir auch immer alles abgekauft, Marlon. Weil du wusstest, worüber du schreibst. Weil du mitten drin warst und es erlebt hast.«

»Wieso sprichst du in der Vergangenheitsform?«

»Weil du jetzt eine Pause brauchst. Dieses Mal bist du zu nah dran. Die Sache macht dich fertig. Fahr weg. Leg dich an den Strand …«

»Ich glaube nicht, was ich da höre.«

»Spann aus, gewinne Abstand.«

»Das meinst du nicht ernst.«

»Doch. Total ernst.«

»Hat …«

»Nein, mein Stellvertreter hat nichts damit zu tun. Keine Bange. Es ist allein meine Entscheidung.«

»Du ziehst mich ab?« Marlon sprang auf. Sein Stuhl knallte an die Heizung hinter ihm. »Mich? Warum?« Das konnte – *durfte* – nicht wahr sein.

Roloff trank in aller Ruhe einen weiteren Schluck Kaffee. »Weil deine Texte scheiße sind. Das ist Volontärslevel und nicht der von dem Marlon Kraft, den ich kenne. Ich weiß nicht, wo du gedanklich bist, aber ich erahne es. Vor allem bist du nicht bei der Sache. Jeder weiß, dass du lange mit Sandra zusammen warst. Jetzt ist sie tot. Das betrifft dich. Ich muss dir nur ins Gesicht sehen und kann dir die schlaflosen Nächte an den Augen abzählen, Marlon. Mach 'ne Pause.«

Da war etwas in Roloffs Blick, das Marlon nicht gefiel. Er kannte diesen Ausdruck. So sah er aus, wenn er wegen einer Gegendarstellung oder einer Verleumdungsklage zu einem kam. Diesen »Es tut mir mehr weh als dir«-Dackelblick hatte er stets aufgesetzt, wenn der frühere Polizeichef Schwartz ihm auf die Pelle gerückt war.

Marlon schluckte, zählte innerlich bis drei und fragte dann: »*Was* ist los?«

»Das habe ich dir gerade gesagt.«

»Ich kaufe es dir aber nicht ab, Johnny Cash.«

Roloff stellte seinen Kaffeepott bedächtig auf den Schreibtisch, linste Marlon an, leckte sich über die Lippen und schob die Hände in die Hosentaschen. »Marcus hat angerufen.«

»Marcus?« Marlon klappte die Kinnlade nach unten, und sein Magen drehte sich um. »Was hat er gewollt?«

»Deinen Terminplan der letzten Tage. Auskünfte darüber, wann du gekommen und wann du gegangen bist. Wie ich sagte: Du bist viel zu nah dran.«

Drecksbulle, Scheißkerl, ich zerreiß dich in der Luft ...

»Jetzt, Marlon, wirst du ihn sicher in Stücke reißen wollen. Und genau das kann und werde ich nicht zulassen – dass sich dein Privatkrieg mit dem Job vermischt.«

Marlon biss sich auf die Unterlippe. »Hast du ihm meinen Terminplan gegeben?«

Roloff lächelte mitleidig. »Das glaubst du doch wohl nicht im Ernst.«

Ein Stein fiel von Marlons Brust und ließ ihn wieder zu Atem kommen.

»Ich habe ihm gesagt, er soll dich gefälligst nach Dienstschluss zu Hause anrufen. Wir sind hier immer noch eine Zeitung, und da kann nicht irgendein Polizist daherkommen und meinen, die Redaktion gibt einfach mal inoffiziell Daten weiter. Wenn er aber den offiziellen Weg geht, sind mir die Hände gebunden«, fuhr Roloff fort. »Alles Weitere ist deine Privatangelegenheit, Marlon, die mich nicht im Geringsten interessiert. Und eines muss dir klar sein: Ich kann keinen Polizeireporter über etwas schreiben lassen, weswegen er selbst unter Verdacht geraten ist. Die Zeitung muss sauber bleiben. Schlimm genug, dass eine unserer Redakteurinnen ein Mordopfer ist und wir darüber berichten müssen. Wir verstehen uns?«

Marlon fühlte sich, als würde ihm der Boden unter den Füßen weggezogen. Marcus hatte ganz genau gewusst, was er mit seinem Anruf anrichtet.

Touché, Bulle.

Jetzt war das Tuch endgültig zerschnitten, und Marlon meinte körperlich zu spüren, wie ihm die Story des Jahrhunderts aus den Fingern glitt. Roloff stand auf, nahm seine Kaffeetasse und ging zur Tür. »Ab Montag hast du Urlaub. Ich empfehle dir Costa Calma auf Fuerteventura. Riesige Strände. Und bis dahin: Ball flach halten. Kann ich mich auf dich verlassen?« Roloff legte die Stirn in Kummerfalten und sah den schweigenden Marlon fragend an. »Ich kann auch jeden Abend auf der Druckerpresse hocken und zur Not Tipp-Ex drüber laufen lassen ...«

»Nein.« Marlon verschränkte die Arme. »Musst du nicht. Ich bin Profi.« *Und genau deswegen setze ich mich trotzdem in diese Scheiß-PK,* fügte er in Gedanken hinzu.

»Das hoffe ich«, sagte Roloff und deutete im Gehen mit dem Zeigefinger auf Marlon. »Das erwarte ich.«

Als die Tür zufiel, schlug Marlon mit der Faust so fest gegen die Wand, dass er im ersten Moment dachte, er hätte sich die Hand gebrochen. Er wollte ihn fertigmachen. Marcus wollte ihn wegputzen. Sein Freund. Schöner Freund, was für ein Arschloch. Der Schmerz zog aus der Hand den Arm hinauf und setzte sich in Marlons Genick fest, wo bereits das dumpfe Wummern wartete. Nein. Natürlich war es nicht wirklich Marcus. Es war der Drache. Der Reaper. Wer auch immer das war. *Er* wollte Marlon fertigmachen. *Er* spielte ein Spiel mit ihm und zog an einer Schlinge, die sich immer fester um Marlons Hals schloss. Was hatte in der Mail gestanden? Er sei noch nicht fertig. Und er solle raten, wer im Mittelpunkt stehe. Marlon natürlich. Darum ging es, ausschließlich darum. Er wollte ihn, und nichts anderes. Und das PS bedeutete nichts anderes, als dass er bereits ein weiteres Opfer in seiner Gewalt hatte. Vermutlich eines, dass Marlon kannte.

Marlon ließ sich in den Stuhl fallen und griff nach einer Zigarette.

Ruhig. Sammle dich. Denk nach. Wer will dich fertigmachen und warum? Wer bringt Frauen aus deinem Umfeld um, damit der Verdacht auf dich fällt? Wer ist die nächste? Und vor allem: Wer ist ...

Marlon klemmte sich die Zigarette zwischen die Zähne, klickte den Texteditor vom Desktop und rief den Internetbrowser auf. Als der Cursor im Google-Fenster aufblinkte, tippte er: »Drache.« Zigtausend Einträge. Mythologie. Drachenbau. Drachensage. Nibelungen. Fantasy. Unbrauchbar. Was hatte Engberts über Roths schlimme Kindheit erzählt? Marlon gab »Drache+ China+ Porzellan« ein. Keramik. E-Bay. Kitsch. Nichts. Dann schrieb Marlon »Purpurdrache«. Eine Weile klickte er sich durch die Seiten, fand aber nichts weiter als Fantasy-Rollenspielclubs, und auch »Purpurner Drache« brachte ihn nicht weiter. Marlon zog noch einmal tief an der Zigarette, drückte sie aus und steckte sich die nächste an.

Spanisch. Roth hatte Spanisch geredet und von seinen neuen Freunden gesprochen. Aber was hieß Purpurdrache auf Spanisch? Marlon sog wie ein Ertrinkender an der Marlboro und rauchte sie dabei so heiß, dass seine Lippen brannten. Dann tippte er »purple dragon« in das Suchfenster. Google spie eine Reihe von Einträgen aus. Marlon rollte mit dem Stuhl näher an den Bildschirm heran. Karate-Schulen. Fantasy-Freaks. Ein Tattoo-Shop und etwas über die Möhrensorte namens Purple Dragon. Er scrollte nach unten und klickte auf die nächste Seite. Nichts weiter. Vor allem nichts Spanisches. Eine Reiseagentur für Schwule, spezialisiert auf Vietnam. Erst auf einer der hinteren Seiten erregte ein Eintrag seine Aufmerksamkeit, weil er spanisch klang und so gar nicht zu den anderen passte.

Purpuradragon.com

Marlon klickte auf den Link, der ihn auf die Homepage einer New Yorker Firma führte. In der Mitte war das Logo eines purpurfarbenen Drachen, daneben ein Menü. Auf der Startseite las Marlon lediglich den Hinweis: *»Wir verkaufen weltweit zertifizierte Produkte aus verlässlichen Quellen und sind ständig bemüht, unseren Service zu erweitern. Fordern Sie Informationen an.«* Marlon stutzte. Mit keinem Wort wurde erwähnt, um welche Produkte es hier ging. Und eine Möglichkeit, die versprochenen Informationen anzufordern, gab es auch nicht. Er klickte auf den »Members-Button« und gelangte zu einem Log-in-Fenster mit Passwort. Endstation. Immerhin war im Kopf der Seite über dem Drachen-Symbol eine Adresse angegeben.

Marlon kopierte sie, öffnete Google Earth und sah dem Programm dabei zu, wie es mit seiner virtuellen Kamera auf

New York zuflog, Manhattan groß ins Bild geriet, die Gebäude sich zu dreidimensionalen Objekten auf den Satelliten- und Luftbildern zusammenbauten.

Die 125. Straße war eine Parallelstraße zur Park Avenue im feinen East End und hieß Dr. Martin Luther King Boulevard. Marlon suchte das Gebäude und googelte die Adresse. Es passte. Sie lag direkt gegenüber des New York Psychiatric Center, eines gigantischen staatlichen psychiatrischen Krankenhauses, und gehörte zu einem Block, in dem sich Anwaltsbüros und die einer staatlichen Gesundheitsbehörde befanden, über die er weder über Google noch über andere Suchmaschinen etwas finden konnte. Eine der Anwaltskanzleien war auf südamerikanisches Handelsrecht spezialisiert. Eine andere namens Glücksberg & Sons gab schlicht und ergreifend »Import/Export« als Fachgebiet an. In dem Komplex fand sich eines allerdings nicht: eine Firma mit dem Namen Purpuradragon.

Marlon drückte die Zigarette aus und klickte auf die Homepage der psychiatrischen Klinik in New Yorks feinster Gegend, scrollte durch die Liste der privaten Träger und Sponsoren, unter denen sich zahlreiche Pharmafirmen befanden, und stieß schließlich auch auf die netten Nachbarn von gegenüber: Glücksberg & Sons. Dann googelte er nach dem Träger der Klinik. Das Unternehmen hieß Mental Sana und betrieb zahlreiche Kliniken in den USA. Ein Multi, der auf seiner Homepage mit internationalen Kooperationen warb, und es sollte Marlon nicht wundern, wenn Konzerne wie Dow Chemical oder andere Pharmariesen Anteile an der Holding hielten. Das würde er später nachprüfen, zunächst interessierten ihn die globalen Partnerschaften. In der Liste tauchte neben einem kleinen schwarzrotgoldenen Banner ein Name auf. Meridian Health Care.

Das Telefon klingelte. Heiko, der Hacker. Von einer Sekunde auf die nächste genoss er Marlons volle Aufmerksamkeit. »Hast du was für mich?«

»Ja«, antwortete Heiko, »ein paar schlechte Nachrichten. Ich habe die Mail-Adresse abgeklopft, diese reaper@. Die Mail ist über ein paar Ecken weitergeleitet worden. Und über den Provider kommst du auch nicht sehr weit: Ein GMX-Account kann sich jeder anlegen und darüber so viele Mails routen, wie er will. Auch solche, die bereits vorher schon ein paarmal geroutet worden sind. Das ist wie bei einer dieser russischen Puppen …«

»Okay. Fachchinesisch. Verstehe ich nicht. Weiter, Heiko.«

»Ich habe die IP im Header getract und den Sender herausgefunden. Es wird dir nicht gefallen – aber: Die Kette endet an dem Gerät, das vor dir steht. Die Mail wurde von deinem Redaktionsrechner verschickt.«

Marlon schluckte. Er starrte fassungslos auf den Bildschirm, die Tastatur, die Maus. Und auf seine Hand. Sie zitterte.

»Entweder hat sich jemand bei dir eingeloggt oder du hast vergessen, dich auszuloggen. Das wäre der einfache Weg. Kann aber auch sein, dass du gehackt worden bist. Das allerdings kann nur jemand gemacht haben, der sich gut auskennt. Wenn er von außen kam, dann hat er deine IP gefakt. Ich habe eure Firewall gescannt und dabei jede Menge Spoof-Angriffe und alles Mögliche gefunden – Hunderte hageln da Tag für Tag auf euch ein. Mittels Spoofing lassen sich Authentifizierungs- und Identifikationsverfahren untergraben, die auf der Verwendung vertrauenswürdiger Adressen oder Hostnamen beruhen – hast vielleicht mal was von Phishing-Mails gehört, das hat was damit zu tun. Könnte auch ein Trojaner gewesen sein, der über deine IP was verschickt hat. Oder jemand hat deinen Rechner über ein Remote-Programm angezapft und ferngesteuert. Da gibt's 'ne Menge Möglichkeiten. Aber noch weiter reinzugehen war mir zu heiß. Da müssten mir eure Administratoren freie Hand geben. Tja, das sind die Varianten. Die dritte Möglichkeit ist die, dass du dir das im besoffenen Kopf selber geschickt hast.«

Marlon klemmte sich die zitternde Hand unter die Achsel und zischte: »Blödsinn! Ich bin nicht bei GMX. Und warum sollte ich das tun?«

»Das weiß ich doch nicht und ist mir ehrlich gesagt auch scheißegal. Aber es dürfte dich interessieren, dass du neben deiner Firmenadresse und der privaten bei AOL auch über ein GMX-Konto verfügst. Kundennummer 258 904 566, dein Passwort ist Swordfish24. Wenn du es dir nicht selbst eingerichtet hast, haben die das vielleicht für dich gemacht und dir über ihre Pressestelle kostenlos eines angeboten. Deren Benachrichtigung darüber hast du aber nicht wahrgenommen, oder sie blieb in deinem Spamfilter hängen. Keine Ahnung. Jedenfalls hast du eines: marlonkraft@gmx.de. Eine Verbindung zu der reaper@ habe ich allerdings nicht gefunden. Im Übrigen halte ich das für eine sehr melodramatische Adresse: Schnitter. Vielleicht ist es aber auch 'ne Spam von einem Mähdrescher-Hersteller ...« Heiko lachte kurz.

Marlon kniff die Augen zusammen. »Was hast du gesagt? Mähdrescher?«

»Ja, die Amis nennen die sowohl *harvester* als auch *reaper*.«

Marlon schwieg.

Mähdrescher. Sandra. König. Schneiden.

Ihm wurde schwindelig.

»Heiko.« Er riss sich zusammen. »Ich danke dir. Nur noch eine letzte Bitte ...«

»Was denn noch? Weißt du, was das für eine Arbeit macht?«

»Ich kann es mir denken, und du bist ein echter Crack. Nur deswegen frage ich dich nach so was – weil du es draufhast.«

»Schleimer.«

»Nur ein Letztes noch …«

»Und was?«

»Es geht um eine Dotcom-Adresse. Kannst du feststellen, wem sie gehört?«

Nachdem Marlon aufgelegt hatte, zitterte er am ganzen Körper. Das Büro schien sich um ihn zu drehen.

Die Mail kam von deinem Rechner.

Hier, im Haus, in der Redaktion, war unter Umständen jemand an seinem Mac gewesen und hatte die Mails an ihn abgeschickt. Er konnte es nicht fassen. Und wenn jemand von außen zugegriffen hatte – warum würde er die Mails dann über seinen Rechner schicken? Nur um zu demonstrieren, dass er es konnte? Das ergab keinen Sinn. Eines war glasklar: Es war an der Zeit, sich um die Dinge zu kümmern, bevor sie vollends aus dem Ruder liefen. Fakt war, dass der Mörder es am Ende auf Marlon abgesehen hatte. So weit würde er es auf keinen Fall kommen lassen. Er musste vorbereitet sein. Und er musste herausfinden, was es mit dem verdammten Purpurdrachen auf sich hatte, und dazu musste er nochmals mit Roth sprechen – oder, besser noch, sich seine Akte besorgen. Im Hintergrund schienen sich große Räder zu drehen, und er musste herausfinden, wie das alles zusammenpasste und was es mit ihm zu tun hatte. Außerdem würde er ansonsten nichts in der Hand haben, wenn Marcus ihn aufs Korn nehmen würde.

Und es gab einen weiteren Grund. Der Gedanke daran breitete sich in ihm aus wie zäher schwarzer Schleim, und mit jeder Synapse, die von der dunklen Substanz umschlossen wurde, wuchs sein Entsetzen. Denn sosehr sich Marlon auch anstrengte und sich zu erinnern versuchte – er konnte einfach nicht verlässlich ausschließen, dass er sich die E-Mails tatsächlich selbst geschickt hatte.

26.

Der Medienandrang zur Pressekonferenz war enorm. Ein Serienmörder in der Provinz, zwei Tote innerhalb kürzester Zeit – das stieß auf bundesweites Interesse, wie die Schmeißfliegen fielen die Reporter über sie her. Die meisten Fragen wehrte Marcus routiniert mit »Ja« oder »Nein« sowie »Dazu kann ich gegenwärtig nichts sagen« ab wie in einem Tennismatch. Zwischen den vielen Journalisten saß Marlon Kraft und schrieb keine Zeile der Allgemeinplätze und Eckdaten zu den Mordfällen mit, die der Staatsanwalt als Neuigkeiten verkaufte. Er rutschte unruhig auf dem Stuhl hin und her und meldete sich nicht zu Wort.

Kraft hatte Alex am Abend zuvor offenbart, dass er anonyme E-Mails erhalten hatte, die von dem »Purpurdrachen« unterzeichnet waren und sich auf die Morde an Sandra Lukoschik und Juliane Franck bezogen.

»Sie müssen mir die E-Mails zeigen«, sagte Alex in dem Stimmengewirr nach der Konferenz zu ihm.

»Das geht nicht. Noch nicht. Ich kann Ihnen den Grund nicht nennen, aber es würde unweigerlich dazu führen, das ich mich unter Feuer begebe, und unter Feuer kann ich nicht arbeiten.«

»Sie werden überhaupt nichts auf eigene Faust unternehmen, Kraft, und ich werde eine Hausdurchsuchung veranlassen, wenn Sie nicht kooperieren. Es kommt oft vor, dass Serientäter sich mit den Medien oder der Polizei in Verbindung setzen, um auf sich aufmerksam zu machen, Spielchen spielen, oder weil sie sichergehen wollten, dass ihre Intentionen verstanden werden. Manche folgen auch dem unbewussten Wunsch, der Polizei Hinweise zu geben, um endlich gefasst zu werden. Damit es aufhört. Bitte, Marlon, ich versuche es im Guten: Geben Sie mir die Mails, und Sie werden schlagartig von jedem Verdacht entlastet. Die Schreiben werden ja von einem Unbekannten an Sie adressiert, der sich als der Purpurdrache ausgibt.«

»Glauben Sie mir, Alex, das Gegenteil wird geschehen. Ich kann es Ihnen nicht erklären und Ihnen die Mails jetzt noch nicht zur Verfügung stellen. Es würde Sie im Moment nicht weiterbringen. Sie werden die Mails bekommen, versprochen – und ich wette, Sie werden nicht schlecht dastehen, wenn Sie damit etwas Greifbares präsentieren können. Aber im Moment ist es einfach noch nicht möglich.«

Sicher, dachte Alex, sie würde damit gewaltig punkten können. Aber die Schreiben waren einfach zu wichtig, als dass sie sie ignorieren konnte. Kraft hatte ihr tags zuvor erzählt, dass schon einmal ein Täter mit ihm Kontakt gesucht habe: Jürgen Roth, der sich damals ebenfalls als Purpurdrache bezeichnet hatte und derzeit im Luisenstift lebte. Sie hatte Kraft daraufhin gefragt, ob er Feinde habe. Menschen, die sich an ihm rächen wollten. »Jemand wie ich hat da draußen nur Feinde, von denen er nichts weiß«, hatte Kraft als Antwort gelallt. Noch in der Nacht hatte Alex einige Recherchen und

Analysen zusammengetragen. Heute Morgen war sie als Erste im Büro gewesen und hatte eine umfangreiche Datenbanksuche durchlaufen lassen. Dabei glaubte sie inzwischen trotz aller auf der Hand liegenden Indizien immer weniger, dass die Fahndung nach Roman König zum Täter führen würde – nicht zuletzt, weil ihr Kraft von den Mails erzählt hatte. Etwas anderes war im Gange, und sie fürchtete, Kraft hatte mit seiner Einschätzung recht, dass Marcus sich auf Sandra Lukoschiks Lebenspartner konzentrierte, um sich nicht seinen Freund Marlon Kraft vorknöpfen zu müssen, der als Ex-Freund eines Mordopfers in das Fahndungsraster gehörte.

»Bitte«, insistierte Marlon. »Geben Sie mir noch einen Tag. Marcus hat bereits in der Redaktion angerufen und sich hinter meinem Rücken nach einem Alibi erkundigt.«

»Er hat – was?«

»Alex, wir müssen miteinander reden. Ich bin einigen Dingen auf der Spur, aber ich brauche noch etwas Zeit.«

»Zeit ist das, was ich nicht habe. Außerdem bin ich heute Nacht auf jemanden gestoßen …«

»Später! Vertrauen Sie mir«, fiel Kraft ihr ins Wort, schob ihr seine Karte zu und verschwand im Strom der anderen Reporter. Ihm vertrauen? War sie wahnsinnig? Andererseits war da etwas, was sie noch nicht in Worte fassen konnte. Und beschlagnahmen, beruhigte sie sich, konnte sie Marlons Computer schließlich immer noch.

Natürlich hatte Marcus gesehen, dass sie nach der PK mit Marlon gesprochen hatte. Als er jetzt neben ihr mit großen Schritten die Treppe erklomm, fragte er scharf: »Was hast du mit Kraft zu schaffen?«

»Er will sich mit mir unterhalten.«

»Worüber?«

»Hat er nicht gesagt.«

Marcus blieb abrupt stehen. »Alex. Sei vorsichtig mit Marlon. Er wird versuchen, dich zu vereinnahmen. Er sucht nach einer neuen Quelle. Einer Vertrauten, weil das Tuch zwischen ihm und mir zerschnitten ist. Es geht ihm nur um Informationen, die er für sich nutzen kann. Wenn er auf der Fährte ist, ist ihm nichts mehr heilig.«

»Vielleicht bin ja ich es, die auf einer Fährte ist. Vielleicht kannst du mich auch wie ein Mitglied deines Teams wahrnehmen, wenn du mich schon zu einem solchen ernannt hast. Vielleicht …«

»Ist da etwas, was ich wissen muss?«

Alex presste die Lippen zusammen und antwortete mit einer Gegenfrage. »Und ist da etwas, was *ich* wissen muss? Du und Kraft, ihr seid Freunde. Er war der Ex-Freund von Sandra Lukoschik. Er hat für den Tatabend kein Alibi. Du grenzt ihn aus der Fahndung aus. Das alles erfahre ich durch Zufall.«

»Alex …«

»Du lobst meine Analysen über den grünen Klee und tätschelst mich. Was für ein kluges kleines Mädchen …« Sie verdrehte die Augen. »Aber sobald ich mich einigermaßen ernst genommen fühle, begreife ich im nächsten Moment, dass du mir nicht vertraust. Dass ich ein Teammitglied zweiter Klasse bin. Frau Doktor. Frau Gräfin. Nein. Das bin ich nicht. Ich bin Frau Polizistin. Und genau wie du und alle anderen suche ich einen Mörder – und ich lege genauso viel Engagement an den Tag wie alle anderen. Schneider ist auf dem Weg nach Samos, Reineking stellt die Stadt auf den Kopf und rührt in allen Töpfen. Die Spurensicherung, die Gerichtsmedizin – alle kommen erst zu dir, wenn sie eines haben: Ergebnisse«, sagte Alex und betonte das letzte Wort. »Aber sobald ich mal ein paar Worte wechsle, verlangst du von mir bereits Rechenschaft und willst Einschätzungen von mir über Täterprofile aus dem Stegreif, die ich einfach so nicht leisten kann. Mein Gott, ein durchschnittlicher Serientäter ist dreieinhalb Jahre aktiv, bis er gefasst wird, und du willst von mir innerhalb von zwei Tagen Profile haben ...«

»Weil unser Mann innerhalb kürzester Zeit die Leute abschlachtet und weil mir die halbe Stadt im Nacken sitzt und Ergebnisse will. Die Leute haben keine Ahnung, Alex, das ist der CSI-Effekt: Die gucken diese Fernsehserien und denken, DNA-Profile lassen sich innerhalb von zehn Minuten erstellen und Gutachten kommen an einem Vormittag zustande. Die wollen Ergebnisse, scheißegal, welche. Ich werde jetzt das Ermittlerteam aufstocken und die Streifen vervierfachen lassen, bloß damit alle Welt das Gefühl hat, es passiert etwas. Diese Stadt hat Angst, Alex!«

Alex verschränkte die Arme vor der Brust und schob die Unterlippe vor. »Aber es ändert nichts daran, dass wir stehen, wo wir stehen.«

»Na gut«, seufzte Marcus und massierte sich den Nasenrücken. »Du hast recht. Du bist neu dabei und sehr motiviert. Vielleicht überbewerte ich das eine und unterschätze das andere. Sieh es mir nach. Alles, was ich sagen wollte, ist: Ich stehe unter sehr großem Erfolgsdruck ...«

»Das tue ich auch.«

»Es prasselt von allen Seiten auf mich ein. Und dazu stecke ich in der äußerst unangenehmen Situation, dass ich unter Umständen Marlon Kraft vernehmen muss. Ich meine, er ist manchmal ein echtes Arschloch, und wir haben wegen der ganzen Sache derzeit ziemliche Spannungen, aber trotzdem läuft es darauf hinaus, dass ich meinen besten Freund zur Vernehmung bitten muss, wenn die Sache mit König sich als Irrläufer herausstellen sollte.«

»Du hast Marlon doch bereits im Visier. Du wolltest über die *Neue Westfalenpost* sein Alibi überprüfen. Du rufst ihn nicht einmal mehr selbst an.«

Marcus lächelte mitleidig. »Das hat er dir also schon erzählt, soso. Und was meinst du, warum er dir das erzählt hat? Weil er dich vereinnahmen will. Noch einmal: Sei vorsichtig mit Marlon. Der ist mit allen Wassern gewaschen.«

»Keine Bange, Marcus, das bin ich auch.«

»Okay. Dann beweis es mir und gib mir bei der nächsten Besprechung etwas Greifbares. So wie alle anderen, Alex, so wie du es willst: Bring mir etwas Handfestes. Und fang am besten gleich mit den Obduktionsergebnissen an und fahr rüber ins Krankenhaus. Du hast doch Medizin studiert, Frau Doktor, oder?«

Alex verzog die Mundwinkel. Dann drehte sie sich ruckartig um und ließ Marcus auf dem Treppenabsatz stehen.

27.

Juliane Franck. Single. Sechsundzwanzig Jahre alt. Kinderlos. Attraktiv. Studentin, Aushilfe bei Promotionsständen in Einkaufszentren und Getränkemärkten, außerdem Aerobic-Trainerin im Fitnesscenter. Reineking würde sich als Erstes das *Löschdepot* vornehmen, denn es lag schließlich direkt gegenüber der Fachhochschule, in der Roman König tätig war. Er fuhr auf den Parkplatz des Getränkemarkts und parkte ein. Nachdem er den Motor abgestellt hatte, nahm er die Ray Ban ab – ein klassisches Fünfziger-Jahre-Modell –, zog sich das Pflaster vom Nasenrücken und betrachtete die Wunde im Rückspiegel, auf der sich inzwischen eine Kruste gebildet hatte.

»Hast Glück gehabt, dass du dir die Wurzel nicht gebrochen hast«, murmelte Kowarsch, der neben ihm saß.

Reineking nickte und strich sich die nach hinten gegelten Haare glatt. Es machte ihm nichts aus, dass diese Frisur seine Geheimratsecken besonders zur Geltung brachte. Nicolas Cage schämte sich auch nicht dafür, und es war besser, zu seinen Makeln zu stehen, als sie verstecken zu wollen – wodurch sie meist erst richtig auffielen.

»Na denn.« Kowarsch legte die rote Kladde mit den Fotokopien über Juliane Franck in den Fußraum und schnallte sich ab.

Reineking knibbelte an der Kruste, verspürte einen kurzen Schmerz und ließ es bleiben. Er setzte die Sonnenbrille wieder auf und bog den Rückspiegel in seine vorherige Position. »Mir ist es ein Rätsel, wie der Kerl sie in den Keller geschafft hat, ohne dass jemand etwas davon mitgekriegt hat.«

»Gibt's denn schon was Näheres?«

Reineking zuckte mit den Achseln. »Er muss sie zum *Buffalo* gekarrt und ungefähr zweihundert Meter geschleppt haben. Wir tippen im Moment darauf, dass er sich womöglich als Lieferant getarnt hat und das Opfer in einer Kiste oder etwas Ähnlichem steckte. Gesehen hat niemand was, und die Tür zum Keller war wohl nicht abgeschlossen, was er entweder wusste oder sich zunutze gemacht hat. Aber wie gesagt: kein Zeuge. Weißt ja, wie die Leute sind – Augen für alles, nur nicht für das, worauf es ankommt. Marcus hat die Kollegen angespitzt, die Ermittlungen auf Lieferwagen und Zulieferfirmen zu konzentrieren. Ich frage mich nur, wer das alles machen soll. Mann, wir sind 'ne kleine Behörde, und der letzte Mord, an den ich mich erinnern kann, liegt locker vier Jahre zurück.«

»Ich hab noch nichts über gestern Abend gelesen bis auf die Persos hier von der Franck«, stellte Kowarsch fest, der aufmerksam zugehört hatte.

»Pff.« Reineking schnallte sich ebenfalls ab. »Wann soll man auch den Bericht schreiben? Dazu kommt ja kein Mensch. Bevor man etwas über das eine Opfer ermitteln kann, ist schon das nächste aufgeschlitzt.«

»Wär ich mal besser noch im Urlaub geblieben.« Kowarsch legte den Kopf schief. »Wobei, na ja, ganz ehrlich: Flieg nie mit deiner schwangeren Freundin in den Urlaub. Die Hälfte deiner Entspannung geht für Stress drauf, den du zu Hause nie gehabt hättest. Und diese Inseln sind groß wie ein Bierdeckel – da kannste dich nicht mal kurz abseilen.«

Reineking lachte meckernd auf, verstummte aber schnell wieder. Er hatte weder eine Freundin noch Geld für eine Malediven-Reise. Was er von seinem Einkommen monatlich für einen Urlaub hätte auf die Seite legen können, ging per Dauerauftrag an seine Ex-Frau, die ihn zum Dank mit den Besuchszeiten für seine Tochter gängelte und unter Druck setzte. Wie eine Marionette. Insofern war Marios Jammern ein Klagen auf hohem Niveau. Er konnte nicht wissen, was ihm noch bevorstünde, wenn seine Liebste ihm in vielleicht vier oder fünf Jahren den Laufpass gab und ihn anschließend zur Kasse bitten würde. Dann würde er jeden Tag an den heißen Sand unter seinen Füßen denken, mit dem es ein für alle Mal vorbei war.

Die Sonne brannte auf den fast leeren Parkplatz des Getränkemarkts. Über dem Mülleimer vor dem Eingang schwebten zahllose Wespen. Als die beiden Polizisten durch die Glastür eintraten, sah das junge Mädchen in rotem Polohemd an der Kasse von seiner Illustrierten auf. Sie war käseweiß, hatte Piercings durch Lippen, Ohren und eine Augenbraue gezogen und japanisch anmutende Tätowierungen auf beiden Oberarmen. Ihre schwarzen Haare trug sie zu Schnecken hochgesteckt. Reineking starrte ihr in den Ausschnitt und erkannte, dass sie auch auf den Brustansätzen tätowiert sein musste. Dann zeigte er wie Kowarsch seine Marke vor und murmelte: »Kripo Lemfeld. Wo ist hier der Marktleiter, wir haben ein paar Fragen.«

»Nicht da«, sagte die Kassiererin lässig und schob sich ein Kaugummi zwischen die Zähne. »Was wollen Sie denn von dem, hat er was ausgefressen? Würde mich nicht wundern.«

»Und warum nicht?« Reineking steckte seinen Ausweis wieder in die Gesäßtasche.

»Na ja.« Die junge Frau schmatzte mit dem Kaugummi, rollte die Augen nach oben und schien einen Moment lang nachzudenken. Dann zuckte sie mit den Achseln. »Würde mich halt nicht wundern. Er ist eben so ein Typ.«

»Seit wann arbeiten Sie hier?«, schaltete sich Kowarsch ein.

»Keine Ahnung. So drei Monate vielleicht?«

»Kennen Sie diese Frau?« Kowarsch schob eine vergrößerte Kopie von Juliane Francks Passbild über den Tresen.

Die Kassiererin legte den Kopf schief, besah sich das Foto und machte eine Blase mit dem Kaugummi, bis sie laut zerplatzte. Reineking ballte die Fäuste und stellte sich vor, wie er den rechten Zeigefinger durch die Piercingringe der jungen Frau ziehen und ihren Kopf mit einem Ruck auf den Verkaufstresen knallen lassen würde. Immer wieder diese dämlichen Rotznasen, die sich toll dabei vorkamen, vor der Polizei einen auf cool zu machen – und dann ausgerechnet solche, die ihr Einkommen statt für Metall im Gesicht und Tinte unter der Haut lieber in einen wirklich coolen Benimm-Kursus bei der Volkshochschule hätten investieren sollen. Solche tätowierten Schlampen wie diese kotzten ihn ganz besonders an. Okay, nicht, wenn sie in Pornofilmen auftraten, aber wenn sie ihm dumm kommen wollten, dann schon – und besonders, wenn sie dazu auch noch dumm waren. Es würde ihn nicht wundern, wenn diese Schnecke schon mehrfach vorbestraft war – meist hatten solche wie sie eine einschlägige Karriere vorzuweisen, die mit Diebstahl und Jugendstrafen begann und bei Drogenbesitz, Sachbeschädigung oder Prostitution noch nicht aufhörte. Kowarsch bemerkte Reinekings Aggression und deutete ein Nicken an.

»Nee, kenne ich nicht. Würde mir aber gefallen, sieht nett aus«, antwortete die Kassiererin und stellte mit einem breiten, zweideutigen Grinsen ein weiteres Piercing zur Schau, das im Lippenbändchen zwischen den Schneidezähnen glitzerte.

Reineking räusperte sich, rieb sich mit dem Finger unter der Nase und lehnte sich dann auf den Verkaufstresen. »Ihre sexuelle Orientierung ist mir egal. Leute wie Sie sind mir ohnehin völlig gleichgültig, es sei denn, sie machen vor der Polizei einen auf dicke Hose und neunmalklug, weil sie ansonsten im Leben nichts gebacken bekommen. Für so einen Scheiß habe ich weder Zeit noch Nerven.« Er tippte mit dem Finger auf das kopierte Foto. »Diese junge Frau war mehrfach hier mit einem Promotionsstand. Denken Sie noch mal nach – haben Sie sie hier gesehen oder nicht?«

»Soll ich die Antwort noch mal tanzen? Nein.«

Reineking schlug mit der flachen Hand auf den Tisch, wischte sich mit dem Handrücken über den Mund und wandte sich ab. »Mann, ich krieg gleich die Krise!« Dann spürte er, wie Kowarsch ihm die Hand auf die Schulter legte und sich neben ihn drängelte.

»Okay«, hörte er Kowarsch sagen, »wenn Sie die Frau nicht kennen, dann würden wir gerne wissen, wer hier sonst noch arbeitet und sie vielleicht gesehen haben könnte. Dazu müssen wir aber auch mit dem Marktleiter sprechen. Wann ist er in etwa wieder da?«

»Pf, zehn Minuten oder so? Der isst gerade bestimmt was bei McDrive.«

Reineking zog sich die Hose hoch und sah sich um. Wie Mauern aus bunten Legosteinen bildeten die aus Getränkekisten gestapelten Wände ein Labyrinth in der großen Halle. Dann warf Reineking einen Blick nach oben. Er nahm die Sonnenbrille ab und sah noch mal genauer hin. Kameras.

»Die Überwachungsanlage – läuft die, oder ist das nur zur Abschreckung?«

»Na sicher läuft die – haben Sie eine Ahnung. Hier kommen manchmal die Alkis rein, kaufen eine Wasserflasche und saufen vier Bier aus den Kisten aus. Die Anlage ist gerade mal zwei Monate alt oder so – macht echt super Bilder, viel besser als meine Webcam und mein Handy«

»Mhm«, machte Reineking, »Webcam, verstehe«, stemmte die Hände in die Hüften und blickte zu Mario, der ihn wortlos verstand. Wo Kameras waren, musste es auch Aufzeichnungen geben.

28.

Und wie lange haben Sie studiert?«
»Mein Physikum habe ich an der Uni in Düsseldorf abgelegt und noch zwei Semester Klinik gemacht, wobei: das letzte Semester nicht mehr so richtig. Da hatte ich im Grunde schon das Fach gewechselt und mich mental abgemeldet.«

»Mhm.« Alex hatte das Gefühl, dass Dr. Schröter ihr überhaupt nicht zuhörte, sie wie einen Fremdkörper in »seinem« Krankenhaus empfand und lediglich lästigen Smalltalk mit ihr auf dem Weg in die Pathologie betrieb. Vielleicht war es auch einfach diese Haltung mancher Ärzte, die Nichtmediziner für Menschen zweiter Klasse hielten. Möglicherweise war sie in Schröters Ansehen noch tiefer gesunken, weil sie ihr Medizinstudium abgebrochen hatte – der Oberarzt am Krankenhaus Lemfeld war schließlich auch Professor der Medizinischen Fakultät in Münster. Vielleicht ging es ihm auch nur auf die Nerven, in den letzten Tagen ständig die Polizei im Haus zu haben, und letztlich machte sich Alex einmal mehr zu viele überflüssige Gedanken über die Empfindungen anderer.

Schröter marschierte ein Stück vor Alex durch den schier endlosen Flur zu den Fahrstühlen. Bei jedem Schritt quietschten die Gummisohlen seiner Turnschuhe auf dem Boden. Die feingliedrigen Hände hatte der Arzt in den Taschen seines weißen Kittels vergraben. Stumm kam er an den Aufzügen zu stehen, als sich sein Pieper meldete.

»Gibt es schon irgendeinen Verdacht«, fragte er und legte den Kopf schief, um das Display des Piepers abzulesen, und forderte dann mit einem Knopfdruck den Aufzug an.

»Es gibt einige Verdachtsmomente, ja. Aber ich nehme an, dass wir sehr viel tiefer schürfen müssen, um den Mörder zu erkennen. Seine Taten sind komplex, und jedes Detail hat in meinen Augen etwas sehr Spezielles zu bedeuten.«

»Ah, ach so, natürlich«, machte Schröter abwesend. Dann öffnete sich mit einem leisen Zischen die Fahrstuhltür. Schröter schob den Pieper zurück in die Brusttasche. »Ich muss dringend weg. Kellergeschoss, wenn Sie aus dem Fahrstuhl kommen, zweimal rechts rum, dann sehen Sie es schon.« Damit ließ er Alex stehen und marschierte ohne sich zu verabschieden mit ausladenden Schritten wieder den Flur zurück.

»Vielen Dank, sehr freundlich von Ihnen«, sagte Alex, ohne dass Schröter es noch hören konnte, und fügte murmelnd ein »Idiot« hinzu, bevor sie den Fahrstuhl betrat und abwärtsfuhr.

Das unangenehme Geräusch der Säge hallte durch den gekachelten Raum, in dem Juliane Francks Leiche auf dem abwaschbaren Stahltisch lag. Am Kopfende stand Dr. Irina Woyta vornübergebeugt neben dem Präparator, der gerade schwungvoll den Schädel zur Öffnung bearbeitete, als Alex den Raum betrat. Mit ihrer Schutzbrille wirkte die Frau wie eine Präzisionsschweißerin bei der Arbeit, und in der Tat hatte Alex immer gefunden, dass Autopsien je nach Fortschritt des Sektionsstadiums zwischen grobem Handwerk und medizinischer Finesse pendelten.

»Oha«, sagte die Ärztin, stellte ihr Diktiergerät zur Seite und schob sich die Schutzbrille auf die Stirn. »Spontanbesuch.« Während der Präparator seine Tätigkeit fortsetzte, betrachteten ein weiterer Arzt und ein junger Mann mit Spiegelreflexkamera Aufnahmen auf einem Laptop. Der Computer stand auf einem mit Instrumenten und Geräten bestückten

Metallwagen neben einem zweiten Sektionstisch, auf dem die Bekleidung von Juliane Franck ausgebreitet war.

»Alexandra Stietencron, Kripo«, stellte sich Alex knapp vor.

»Irina Woyta, Rechtsmedizin.« Mit einem knappen Lächeln reichte die Medizinerin Alex den Ellbogen zur Begrüßung, weil ihre Hände in Latex-Handschuhen steckten. Die Ärztin war etwas kleiner als Alex, aber nur unwesentlich älter und schlank. Sie blickte Alex aus dunklen Augen interessiert an, die unter dem Rand des Ponys ihrer Pagenkopffrisur aufmerksam blitzten. »Ich hatte schon befürchtet, wieder eine Begegnung mit diesem Mario Kowarsch zu haben«, sagte Dr. Woyta in akzentfreiem Deutsch und rümpfte die Nase.

»Schlimmer als eine Wasserleiche vor dem Frühstück?«, fragte Alex, die diesen Satz im Praktikum in der Rechtsmedizin während ihrer Ausbildung beim BKA gehört hatte.

Die Ärztin lachte laut, wobei sie einen kleinen Brillanten entblößte, den sie als Schmuck auf einen Zahn geklebt trug. »So in der Art, ja, nicht mein Fall, dieser Kowarsch. Nun, ich werde Ihnen noch nicht viel sagen können, ich habe ja gerade erst begonnen.« Die Medizinerin ließ den Blick über die Leiche gleiten.

So wie Juliane Franck jetzt dalag, von den Blutspuren gereinigt und nackt, konnte sich Alex gut vorstellen, wie die Frau auf Männer gewirkt haben musste. Am Fußgelenk erkannte Alex ein Schmetterlingstattoo, in der rechten Brustwarze ihres nahezu perfekt geformten Busens trug sie ein Piercing. Ihr Körper war bis auf die klaffende Wunde, die der Mörder ihr am Abdomen zwischen Becken und Brustkorb zugefügt hatte, noch unversehrt. Dr. Woyta und der Präparator waren gerade erst im Begriff gewesen, am Kopf mit der Öffnung der Körperhohlräume zu beginnen, bevor sie sich dann weiter nach unten arbeiten würden.

Alex seufzte, und die Ärztin sah sie fragend an. »Ihr erstes Mal in der Leichenhalle?«

Alex schüttelte den Kopf. »Es war eher ein Seufzer wegen der Sache an sich. Ich habe einige Semester Medizin studiert und eine Reihe von Praktika in der Rechtsmedizin gemacht, keine Sorge, ich komme damit klar.«

»Oh, Medizin?« Dr. Woyta lupfte eine Augenbraue. Sie trug den Splitter- und Spritzschutz aus transparentem Acryl immer noch wie eine Taucherbrille auf der Stirn hochgeschoben. »Wie kommt denn jemand wie Sie zur Kripo?«

»Berufung«, entgegnete Alex knapp und verschränkte die Arme, weil sie in dem kühlen Sektionsraum der Pathologie nun fröstelte. »Außerdem bin ich zwar im Ermittlerteam, aber ich habe einen anderen Schwerpunkt. Ich bin Kriminalpsychologin.«

»Ah, verstehe«, sagte die Ärztin und schien erfreut.

»Soweit Sie das jetzt schon sagen können«, fragte Alex, »wie beurteilen Sie die Übereinstimmungen in der Tatausführung bei den beiden Opfern?«

»Damit nehmen Sie vorweg, dass es welche gibt.« Dr. Woyta lächelte. »Nun, wir haben die offenkundigen Schnitte. Sie wurden jeweils auf die gleiche Art und Weise ausgeführt, und zwar mit einer sehr scharfen Klinge. Ich gehe davon aus, dass es ein Skalpell war.«

Mit den Fingern spreizte die Ärztin den etwa zwanzig Zentimeter langen Schnitt auseinander. Es sah ein wenig so aus, als zerteile sie ein Stück Kirschstrudel mit der Gabel. »Er hat die Spitze unten angesetzt und sie dann mit einem Ruck nach oben gezogen, so dass die Gedärme aus dem Bauchraum gesackt sind. Meine Annahme wird durch diese Aufnahmen dort unterstützt.« Dr. Woyta deutete auf einige Tatortfotografien, die neben Röntgenbildern an der Wand hingen. »Die langen Spuren an dem Heizkessel weisen zunächst eine feine, zerstäubte Tröpfchenbildung auf und sehen im weiteren Verlauf aus, als habe jemand mit einer Wasserpistole rumgespritzt. Die feine Zeichnung kommt vom ersten wuchtigen Schnitt, die weiteren sind arterielle Spritzer von verletzten Gefäßen. Es gab wie bei Sandra Lukoschik keine Kampf- oder Widerstandshandlungen, hier, sehen Sie.« Dr. Woyta wies auf Juliane Francks Handgelenke, die bis auf bläulich verfärbte Schürf- und Druckspuren von den Fesseln unversehrt waren. »Keine Abwehrwunden. In Bezug auf die Blutverteilung an Wänden und Decke, vor allem wegen der arteriellen Spritzer, ist klar, dass das Opfer noch gelebt haben muss und der Fundort daher mit dem Tatort identisch ist. Ähnlich war das bei Sandra Lukoschik, nur dass die Blutverteilung eine andere war: Sie muss bei dem Schnitt in den Bauch am Boden gelegen haben, und ihr war zusätzlich die Halsschlagader geöffnet worden.«

Alex presste die Lippen aufeinander. »Warum, glauben Sie, schneidet er sie auf?«

Dr. Irina Woyta zuckte mit den Achseln. »Diese Schnitte müssen einen anderen Sinn haben als nur den, die Opfer zu töten. Spermaspuren habe ich in den Wunden jedenfalls nicht entdeckt, er nutzt die Wunden also nicht für diese Zwecke. Auch ansonsten weisen die Opfer keine sexuelle Missbrauchsspuren auf – okay, bis auf die Tatsache, dass Sandra Lukoschik vor ihrem Ableben geschützten Verkehr gehabt haben muss, das kann aber auch Stunden vorher gewesen sein.«

Nun wurde Alex doch etwas anders, und wieder fröstelte sie in der kalten Halle. Die Vorstellung von Spermaspuren in den geöffneten Wunden, dass ein Täter seine Opfer auf diese Art und Weise missbrauchte, war einfach abscheulich.

»Hier jedenfalls«, sagte die Ärztin und deutete auf eine Einstichstelle am Arm der Toten, »hat er wie bei dem ersten Opfer eine Injektion gesetzt, und ich vermute, dass es sich dabei wieder um das Narkosemittel Ketamin handelt. Er trifft sie also irgendwo und verabreicht ihnen eine Injektion, ohne dass sie sich wehren. Dann schleppt er sie zu seinem Tatort und tötet sie dort nach einem Muster, nach einem …«

»Ritual?«

Dr. Woyta schürzte die Lippen. »Ja, warum nicht? Nach einem Ritual, mag sein. Sandra Lukoschik hat er gefesselt, ihr den Kopf am Boden zertrümmert und ihr dann den Leib aufgeschnitten, wobei der Blutverlust tödlich war. Juliane Franck hat er in dem Keller an den Händen aufgehängt, ihr eine Plastiktüte über den Kopf gezogen und sie mit Klebeband am Hals verschnürt. Dann hat er ihr den Leib geöffnet. Woran sie letztlich gestorben ist, am Blutverlust oder durch das Ersticken, muss ich noch feststellen. In jedem Fall«, die Ärztin deutete auf den Hals und das Gesicht der Leiche, »hat sie in den Augen einige geplatzte Gefäße, was typisch für Erwürgen oder Strangulieren ist, aber bei weitem nicht ausreichend weitere Verfärbungen und Stauungen, was für den zeitgleichen massiven Blutverlust spricht und dafür, dass sie während des Erstickens auch verblutet ist.«

Alex beugte sich etwas vor, um Juliane Francks Nacken genauer betrachten zu können. »Es übertötet seine Opfer, er bringt sie auf mehrere Weisen gleichzeitig um – aber nicht, weil er sichergehen will, dass sie wirklich sterben, es geht mehr um ein …«

»Ritual?«, fragte dieses Mal Dr. Woyta und lächelte. »Wissen Sie, woran ich spontan denken musste bei den Körperschnitten? Passives Harakiri.« Alex sah die Ärztin fragend an. »Also, beim Seppuku, der rituellen japanischen Selbsttötung, ist Harakiri ein Teil des Rituals. *Hara* heißt Bauch und *kiri* heißt Schnitt, und dieser wird L-förmig ausgeführt.« Sie zeichnete mit der Fingerspitze eine imaginäre Linie auf Juliane Francks Körper. »Knapp unter dem Nabel wird angesetzt, dann von links nach rechts und schließlich mit einem Ruck nach oben, wodurch die Aorta verletzt oder durchtrennt wird.«

»Ich bin mir nicht sicher, ob das etwas zu bedeuten hat«, sagte Alex und legte einen Finger an die Unterlippe. Dennoch schlug der Begriff von der asiatischen Tötungsmethode tief in ihr eine helle Glocke an, deren Klang sie nicht zuordnen konnte. »Ich nehme eher an, er will mit den Schnitten die Körper öffnen, um sie einem höheren Wesen als Opfer darzubieten.«

Dr. Woyta zuckte mit den Achseln. »Kann auch sein. Ich dachte nur, dass das vielleicht etwas zu bedeuten hat.«

»Ich frage mich allerdings, warum er ein Skalpell verwendet. Vielleicht hat er irgendeine medizinische Vorbildung, er gibt ja auch Injektionen, oder ...«

»Sorry, aber das glaube ich nicht. Die Injektionen hat er dilettantisch gesetzt und eher Glück gehabt, dass er die Gefäße überhaupt getroffen hat. Die Schnitte hat er auch nicht professionell ausgeführt, er hat nur ein Profi-Werkzeug benutzt.«

»Aber warum?«

»Tja.« Dr. Woyta legte den Kopf schief. »Wissen Sie, ich glaube fast, das mit dem Skalpell ist eher Zufall. Vielleicht ist er an das Narkosemittel Ketamin gelangt, indem er einen Notarztkoffer aus einem Rettungswagen gestohlen hat. Ketamin gehört zur Basisausrüstung. Eventuell hat er da auch das Skalpell her, mit dem man wunderbar schnipseln kann.«

»Aber ein gestohlener Notarztkoffer ...« Alex legte die Stirn in Falten. »Das wäre angezeigt worden, ganz klar.«

»Reicht ja, wenn er Zugang zu so einem Set hat, oder? Da hat er sich dann gemopst, was er brauchte. Nur so eine Vermutung.«

»Dieses Seppuku«, fragte Alex und lehnte sich an den Obduktionstisch, »was genau hat es damit auf sich?«

»Es war – soweit ich weiß – ein ehrenvoller Selbstmord. Samurai haben sich damit der Entehrung zum Beispiel durch Gefangenschaft entzogen. Sie haben ihre Schuld mit dem eigenen Blut von sich gewaschen. Es galt aber auch als Zeichen der Loyalität, wenn sie ihrem Herrn in den Tod folgten.«

Dem Herrn in den Tod folgen. Loyalität. Samurai. Sagt dir das etwas, Starling? Oder ist es eine Einbahnstraße?

»Wie auch immer. Ich muss jetzt weitermachen, und Sie sollten das auch tun, damit Sie Ihren Samurai auf dem Kriegspfad schnell zu fassen bekommen.«

Alex nickte knapp.

»So schnell, wie der arbeitet«, sagte die Ärztin und schob sich die Schutzbrille wieder über die Augen, »stehe ich ansonsten übermorgen schon wieder hier und komme nicht einmal dazu, die Berichte vom ersten Mord schreiben zu lassen. Na ja, vielleicht nehme ich mir gleich ein Hotelzimmer oder frage den Staatsanwalt, ob er ein Zimmer für mich hat, was?«

Alex antwortete nicht, denn sie hätte sagen müssen: »Ja, tun Sie das. Er wird sich gewiss sehr bald schon wieder melden.«

29.

Alex trank den Rest Cola, ließ einen Eiswürfel in den Mund flutschen, umspielte ihn mit der Zunge und spuckte ihn zurück in das leere Glas. Außer einem Teller, auf dem ein einsames Blatt Rucola und ein letzter Schnitzer Gran Padano in einer braunen Pfütze aus Balsamico-Essig und Olivenöl schwammen, hatte sie eine Reihe Zahnstocher in Reih und Glied vor sich auf der rotkarierten Tischdecke liegen. Gegen die Sonne war die verblichene Markise herabgelassen, und Alex zupfte einen weiteren Zahnstocher aus dem kleinen Glas, um ihn neben den anderen auszurichten.

»Die Kantinenleitung sollte mal darüber nachdenken, dass Sie nie dort essen gehen«, säuselte Angelo, der mit einem kleinen Tablett an den Tisch getreten war, um Alex einen doppelten Espresso und einen Ramazzotti zu servieren. »Und Alkohol im Dienst und schon mittags – ich sage lieber nichts dazu.«

Alex schüttelte den schwarzen Zopf. »Den brauche ich jetzt«, antwortete sie, dachte an die Autopsie und stürzte das halbe Glas Kräuterschnaps in einem Zug hinunter. »Aber mit der Kantine hast du recht. Das kann kein Mensch essen, der ein wenig auf seine Ernährung achtet. Heute gab es chinesisch. Bei dieser Hitze heißes Wok-Gemüse und schwere Glutamatsoßen? Ohne mich.«

Angelo lachte. »Nein, das chinesische Essen – ich weiß nicht. Für mich schmeckt es überall gleich, wissen Sie? Da schon lieber eine ordentliche Pasta.«

Alex musste schmunzeln. Angelo sah in der Tat aus, als könne er ein paar Portionen davon vertragen, so schmal wie er war.

»Das Ordnungsamt hat übrigens im letzten Sommer ein Chinarestaurant in der Stadt geschlossen. Wegen Salmonellen. *Der Goldene Drache,* kennen Sie vielleicht, und es würde mich nicht wundern, wenn sie dort auch Ratten gebraten haben, aber ich will nicht auf die Kollegen schimpfen, obwohl nach meiner Meinung ja viel mehr Mafiosi unter ihnen sind als ...«

»Wie hieß das Restaurant?« Alex hatte gerade zu einem Schluck Espresso angesetzt, hielt aber in der Bewegung inne.

»*Goldener Drache,* aber ich gerate ins Schwafeln, ich muss in die Küche, wo ich hingehöre«, sagte Angelo, räumte den leeren Teller ab und verschwand wieder.

Goldener Drache. Ratten grillen.

Alex verharrte immer noch mit dem Espresso vor den Lippen.

Seppuku. Samurai. Drache. Ratte. Büffel. Luft. Erde.

Vor ihrem geistigen Auge formten die Begriffe ein Mosaik aus Puzzlesteinen, die sich langsam aufeinander zubewegten und einzurasten schienen.

Goldener Drache. Purpurner Drache. Das Jahr des Drachen.

Nun trank sie langsam einen Schluck Espresso. Die Crema verteilte sich auf der Zunge, der bittere Saft rann ihre Kehle hinab, schien sich unmittelbar in ihrem Blutkreislauf zu verteilen und in die Nervenbahnen zu fließen, um sich im Gehirn in einem einzigen Punkt zu verdichten, in den Synapsen zu explodieren.

Drache. Ratte. Büffel. Tiere. China.

Laut klappernd stellte sie die Espressotasse auf den Tisch, griff hektisch in ihre Handtasche und suchte ihr Handy. Nachdem sie es gefunden hatte, wählte sie Helens Nummer.

»Sekunde, ich fahre gerade rechts ran.«

»Helen, ich muss dringend ...«

»Seeeekuuunde!«, ächzte Helen. »So. Ich telefoniere nicht

beim Fahren, wie du weißt, ganz im Gegensatz zu manchen Kriminalpsychologinnen.«

Alex wippte nervös auf dem Stuhl und trank den Rest Espresso aus, bis Helen sich gesammelt hatte.

»Schieß los, Alex, soll ich vorbeikommen, deinen Killer jagen? Ist ja unfassbar, was da bei euch abgeht. Und …«

»Helen, ich …«, hob Alex beschwichtigend die Hand, obwohl ihre Freundin sie natürlich nicht sehen konnte.

»Und alles in so kurzer Zeit, das muss ja drunter und drüber gehen …«

»Helen, bitte!«

»Okay, bin schon ruhig.«

»Helen, du kennst dich doch ein wenig mit Astrologie aus.«

»Yep.«

Ein wenig war untertrieben. Helen las alles Mögliche über Astrologie und jedes Horoskop, das ihr in die Finger kam. Außerdem sah sie sich ständig diese unsäglichen Fernsehsendungen an, in denen die Anrufer sich die Karten legen lassen konnten. Sie war auch verschiedene Male zu einer Handleserin gegangen und hatte begeistert davon berichtet. Zuletzt war sie vor drei Monaten da gewesen, weil es in ihrer Ehe nicht mehr richtig lief und Helen eine Antwort darauf wollte, ob ihre Beziehung, aus der eine reizende Tochter hervorgegangen war, noch eine Zukunft hatte. Davon, dass Alex es für Humbug und Autosuggestion hielt, ließ Helen sich nicht beirren. Und Alex hatte für sich beschlossen: Wenn das Placebo wirkte, dann wirkte es eben.

»Drache, Ratte und Büffel – sind das Tiere, die im chinesischen Horoskop eine Rolle spielen?«

»Ja, sicher«, sagte Helen wie aus der Pistole geschossen, »aber nicht im Horoskop im westlichen Sinne, sondern im Tierkreis. Der ist etwas anders aufgebaut als unserer. Es gibt

Affen, Hasen, Drachen, Schweine und so weiter als Tiersymbole. Ich hab mir mal ausgerechnet, in welchem Jahr ich geboren wurde, hab's aber wieder vergessen.«

»Mhm.«

»Willst du jetzt doch in die Sterne schauen, Kleines, ist es so schlimm?«

»Nein. Aber vielleicht hat es etwas … Ich weiß noch nicht. Danke, Helen.«

»Wie, war's das schon?«

»Ja.«

»Und sonst, alles klar?«

»Nein, gar nichts, alles scheiße.«

»Ah.«

»Du, ich muss los, danke.«

Damit drückte Alex Helen weg, warf das Handy in die Tasche und lief zu ihrem Mini. Auf halbem Weg blieb sie stehen, zischte »Shit«, fummelte ihre Geldbörse raus, lief zum Tisch zurück und warf einen Zwanzigeuroschein auf die Zahnstocher, bevor sie mit quietschen Reifen auf die Hauptstraße bog.

30.

Das Gebäude lag in einer Nebenstraße unweit von Alex' Wohnung, die Werbeschilder waren ihr beim Joggen aufgefallen. Reiki, Kinesiologie, Yoga, Fengshui, Qigong – die Begriffe waren haften geblieben. Über die Auskunft hatte sich Alex die Nummer geben lassen und von unterwegs aus angerufen. Nun hastete sie Stufen aus Eichenholz im Treppenhaus der Stadtvilla aus der Gründerzeit hinauf ins zweite Geschoss. Sie hatte keinen Blick für die verzierten Bleiglasfenster übrig, die Wappen von Freimaurerlogen und historische Stadtansichten von Lemfeld zeigten. Sie hatte keine Zeit, den Orangenduft wahrzunehmen, der ihr im ersten Stock durch die Türritzen des Yogastudios *Spirit* entgegenschlug, und sie hörte nicht das sanfte Klingklang des Windspiels aus Bambusrohr vor der Eingangstür des Zentrums für Fengshui, Energiearbeit und Astrologie namens *Balance,* dessen Klingel sie nun drückte.

»Stietencron, Kripo. Danke, dass Sie Zeit für mich haben.« Sie zeigte ihren Ausweis vor, als sich die Tür öffnete und sich eine verunsichert wirkende Frau um die fünfzig als Xenia Chen vorstellte und Alex hereinbat. Ihre blondierten Haare wallten bis zur Hüfte über das weitgeschnittene braune Kleid, das an den Spaghettiträgern mit Holzperlen verziert war, die Xenia Chen auch als Kette um den Hals trug. Trotz des Namens machte die Frau nicht den Eindruck, als sei sie asiatischer Herkunft. Sie musste einen Asiaten geheiratet haben, vermutlich einen Koreaner, von denen viele zum Studieren an die Musikakademie Lemfeld kamen und gelegentlich als Dozenten, Lehrer oder Orchestermusiker blieben.

»Darf ich Ihnen etwas zu trinken anbieten?«, fragte Xenia Chen, nachdem sie Alex in einen großen Raum des Altbaus geführt hatte, der augenscheinlich für Sitzungen oder Besprechungen genutzt wurde. In den Ecken standen große Bambusstauden, an den Wänden hingen Drucke von antiken Buddha-Bildern sowie einige Mandalas. Auf einer Kommode thronte die aus Metall gefertigte Figur einer indischen Gottheit. Es roch nach Duftöl, und durch die Nesselvorhänge warf die Sonne ein zartes Licht auf den Holzfußboden. Alex ließ sich in ein weiches Sofa sinken und pustete sich eine Haarsträhne aus der Stirn.

»Gerne, ein Wasser wäre nicht schlecht«, sagte sie und schaute sich in dem Raum um, während Xenia Chen aus einer mit Quarzen gefüllten Karaffe, die vermutlich zur energetischen oder mineralischen Anreicherung diente, Wasser in ein Glas goss. Dann hockte sich Xenia Chen auf einen Sitzsack.

»Ich muss schon sagen, dass ich etwas irritiert bin, Frau ... Entschuldigung, ich habe mir Ihren Namen nicht gemerkt.«

»Stietencron«, ergänzte Alex. »Und es tut mir leid, dass ich Sie einfach so überfalle. Ich ermittle in einem Fall, zu dem ich einige Informationen benötige. Ich habe gehofft, Sie könnten mir mit einigen Auskünften behilflich sein.«

»Aha. Ich hatte schon befürchtet, meinem Mann sei etwas geschehen.«

»Entschuldigung, falls ich Ihnen einen Schreck eingejagt habe. Das wollte ich nicht.«

»Und mit welchen Informationen kann ich Ihnen behilflich sein? Ich habe wirklich keine Idee ...«

Alex stellte das Glas auf den Tisch, während Xenia Chen sich durch die Löwenmähne fuhr, wobei die Holzperlen an ihrem Armband leise klapperten.

»Drache, Ratte, Büffel – das sind Symbole aus dem chinesischen Tierkreis, richtig?«, fragte Alex und lehnte sich wieder zurück. In diesem Sofa konnte man versinken.

Xenia Chen nickte. »Ja, das sind sie.« Ihr Blick wurde besorgt, und sie beugte sich vor. »Hat Ihre, nun, Recherche, irgendetwas mit diesen entsetzlichen Morden zu tun?«

»Tut mir leid, darüber kann ich nicht sprechen«, antwortete Alex und verschränkte die Arme. »Es geht mir lediglich um einige Informationen über Astrologie, und ich bin da sicher keine Fachfrau, vielmehr, nun ... Als Psychologin habe ich, ohne Sie verletzen zu wollen, eine gewisse Sichtweise darauf. Ich halte nicht viel davon.«

»Psychologin?«

»Ja, Kriminalpsychologin.«

»Ah«, nickte Xenia Chen. »Sie glauben nicht an die Sterne?« Sie strich sich eine Strähne hinter das Ohr, stand auf und ging zu einem Buchregal, wo sie mit dem Zeigefinger suchend über die dort aufgereihten Bücher und Bildbände fuhr.

»Es spielt keine Rolle, woran ich glaube.« Alex streckte den Rücken durch. Mit einem Seitenblick hatte Xenia Chen Alex' Regung wahrgenommen und sagte: »Reiki oder Qigong könnte Ihnen helfen.«

»Was?« Alex griff sich mit einer Hand in den Nacken. Langsam, aber stetig breitete sich von dort ein Druck über den Hinterkopf aus, der sich in Kürze zu einem beachtlichen Kopfschmerz ausweiten würde. Musste an diesem drückenden Wetter liegen. Oder daran, dass sie gestern wieder nicht joggen war.

»Gegen Ihre Verspannungen. Sie sind sehr gestresst, Frau Stietencron.« Xenia Chen zog einen großen Bildband aus dem Regal und kam zurück zum Tisch. Gestresst – ja sicher war sie gestresst. Und ob sie gestresst war. Sogar rekordgestresst. Aber das tat nichts zur Sache.

»Mhm«, bestätigte Alex. »Vielleicht mache ich später mal einen Termin bei Ihnen.«

»Gerne«, antwortete Xenia Chen, an deren Blick Alex erkannte, dass sie nicht daran glaubte. Dann ließ sie sich wieder auf dem Sitzkissen nieder, schlug den großen Bildband auf und murmelte. »Der chinesische Tierkreis – also mal sehen, das ist natürlich alles sehr komplex. Was interessiert Sie daran genau?«

»Alles.« Alex rutschte auf die Sofakante. »Einfach alles, was mir behilflich sein kann.«

»Nun, was auch immer das sein mag«, lächelte die Astrologin sanft, »es sind am Ende die Maulwurfshügel, über die wir stolpern, und nicht die Berge, richtig?«

Als Alex nicht antwortete, sondern über den Satz nachdachte, begann Xenia Chen zu sprechen. »Der chinesische Tierkreis unterscheidet sich ganz grundsätzlich von dem westlichen. Es gibt lediglich zwei Gemeinsamkeiten: Er besteht ebenfalls aus zwölf verschiedenen Zeichen, denen bestimmte Eigenschaften zugeordnet sind. Die Tiere des chinesischen Zodiak beschreiben außerdem Charaktereigenschaften, besondere Vorlieben oder Tätigkeiten. Allerdings handelt es sich bei den Sternzeichen wie Wassermann oder Schütze, die Sie vielleicht aus Illustrierten- oder Zeitungshoroskopen kennen, um Sternkonstellationen zum Zeitpunkt der Geburt. In der chinesischen Astrologie gibt es diese Berechnungen nicht. Zum Beispiel dauerte das letzte Jahr des Büffels vom 26. Januar 2009 bis zum 13. Februar 2010. Diese Tierkreiszeichen werden auch mit Jahreszeiten oder Himmelsrichtungen in Verbindung gebracht. Jedes Tier dominiert ein komplettes Jahr und gibt die Regentschaft dann an das nächste weiter. Ihm wird ein großer Einfluss auf die Persönlichkeit der Menschen zugeschrieben, die unter seinem Zeichen geboren sind. Jedes Jahr, jeder Monat, jeder Tag und jede Stunde stehen im Zusammenhang mit einem Tier, und so hat jeder Mensch entsprechend vier Tiere in seinem Horoskop, die sich wechselseitig beeinflussen, und es kann sein, dass manche dieser Tiere in seinen Eigenschaften dominieren, zum Beispiel das Jahrestier.

Zu den Tieren gesellen sich in der chinesischen Astrologie fünf Elemente, ebenfalls für das Jahr, den Monat, den Tag und die Stunde, und jedes dieser Elemente bildet zwei Polaritäten: Yin und Yang. Außerdem verfügt jedes Tier über das ihm eigene Element. Die fünf Elemente bilden unsere gesamte Umwelt ab, und sie sind Energiezuständen oder auch Farben und Himmelsrichtungen zugeordnet. Die jeweilige Konstellation lässt Rückschlüsse auf den Charakter eines Menschen, seine Schwächen und Stärken zu. Die Kombination aus Tier und Element kommt übrigens nur ein Mal alle sechzig Jahre vor.«

»Es ist wirklich anders als das westliche Prinzip«, sagte Alex und zwirbelte in Ermangelung von Zahnstochern oder Servietten, die sie ordnen konnte, in einer Haarsträhne.

»Der Ansatz ist ein anderer«, bestätigte Xenia Chen.

»Die Tiere und die Elemente – um welche handelt es sich dabei genau?«

»Hier, sehen Sie.« Die Astrologin öffnete den Folianten und zeigte Alex eine auf den ersten Blick kaum zu erfassende doppelseitige Zeichnung, die sich aus Kreisen, Geraden und Symbolen zusammensetzte, und fuhr mit den feingliedrigen Fingern über die Zeichnungen. »Bei den Tieren handelt es sich um Ratte, Büffel, Tiger, Hase, Drache, Schlange, Pferd, Schaf, Affe, Hahn, Hund und Schwein.«

Ratte. Büffel. Drache. Da waren sie und starrten Alex glupschäugig an. Aber da war noch etwas, was ihr einen Schauer über den Rücken jagte. »Die Reihenfolge der Tiere, Frau Chen: War die beliebig?«

»Nein, es ist die Reihenfolge des Tierkreises. Er beginnt mit der Ratte, dem Büffel, dem Tiger, Hasen und dem Drachen. Was verunsichert Sie daran?«

Jede Menge verunsichert dich daran, Special Agent. Vor allem aber, dass zwischen Büffel und Drachen noch zwei Tiere liegen. Und ob es mit dem Drachen vorbei sein wird?

»Es ist nichts«, winkte Alex ab. »Nur so ein Gedanke, nicht wichtig. Und die fünf Elemente, die Sie erwähnt haben?«

»Es handelt sich dabei – anders als bei den vier klassischen westlichen Elementen Feuer, Wasser, Luft und Erde, die ebenfalls unseren Tierkreiszeichen und den vier Himmelsrichtungen zugeordnet werden können – um die Elemente Holz, Feuer, Erde, Metall und Wasser. Jedes hat seine spezielle Bedeutung, und die Fünf-Elemente-Lehre prägt die chinesische Philosophie. In ihrer grafischen Darstellung zeigen die Elemente dieses Zeichen hier.« Xenia Chen deutete auf ein Pentagramm.

Alex schluckte trocken und goss sich ungefragt noch etwas Wasser ein. Luft. Erde. Das waren zwei der Elemente, die in Ergänzung zu der Ratte und dem Büffel eine Rolle bei den Morden gespielt hatten. Sie musste das alles in eine Reihenfolge, in eine Methodik bringen und den Kollegen vorstellen. Sie war sich jetzt sicher, dass sie auf die Spur des Killers gelangt war – und es gab allen Grund, zu befürchten, dass er noch weitere Morde nach dem Tierkreis begehen würde, an deren Ende etwas stehen musste. Nur was?

»Der Drache hier«, fragte Alex, deutete auf den sich schlängelnden gehörnten Lindwurm in dem Tierkreis und trank einen Schluck Wasser, »welche Bedeutung hat er?«

»Nun.« Xenia Chen fuhr sich durch das Haar. »Für China eine ganz essenzielle. Man nannte den Thron des Kaisers den Drachenthron, und China kennt man auch als Land des Drachen. Man ist sich nicht sicher, woher das Wesen in der Mythologie Chinas stammt. Manche behaupten, es könne mit Dinosauriern zu tun haben, deren Knochen Bauern bei der Feldarbeit gefunden haben. Tatsächlich wurden sogenannte Drachenknochen beziehungsweise Fossilien in der Medizin als Wundermittel verabreicht, und ich meine, gelesen zu haben, dass unlängst gefiederte Dinosaurier in China entdeckt worden sind. Da mag man über die Flügel der Drachen seine Rückschlüsse ziehen.« Die Astrologin wedelte lächelnd mit den Händen, um das Schlagen der Flügel zu imitieren. Alex schmunzelte gequält und trank einen weiteren Schluck.

»Wie auch immer – der Drache ist eher mit einer Gottheit als mit einem Dämon gleichzusetzen. Er beherrscht Flüsse, Seen und Meere, er ist für Fluten, Überschwemmungen oder Stürme genauso verantwortlich wie für Glück. Die wichtigsten Drachen sind die Drachen der Meere des Ostens, des Westens, des Nordens und des Südens, und es gibt auch einen Drachenkönig.«

Vier Elemente. Vier Drachen. Und die Nummer fünf: der Drachenkönig, das fünfte Symbol im Tierkreis. Klingelt da was, Starling?

»Nun, und als Psychologin können Sie auch bei Carl Gustav Jung nachschlagen«, erklärte die Astrologin und schloss das Buch. Alex merkte auf. »Drachen kommen in nahezu allen Mythologien vor, sie gelten unter anderem in der Traumdeutung als eine Umkehrung des Mutterarchetyps: von der gebärenden und Schutz gewährenden Frau zur zerstörenden und verschlingenden. Vielleicht nennt man deswegen die bösen Schwiegermütter manchmal Drachen«, schmunzelte Xenia Chen. »Der Drache kann auch für gesellschaftlich nicht erwünschte und unterdrückte Züge stehen.«

»Eine Komponente«, murmelte Alex und zwirbelte immer schneller an ihrer Haarsträhne, »im Unterbewusstsein, die sich im Kampf des Helden mit dem Drachen wiederfindet – dem Kampf zwischen den zwei Teilen seiner Persönlichkeit, dem Kampf Gut gegen Böse, der in ihm tobt und droht, ihn zu zerreißen, weswegen er die Sehnsucht hat zu verschmelzen.«

»Sie sind die Psychologin, nicht ich«, sagte Xenia Chen. »Nun, ich hoffe, ich konnte Ihnen etwas helfen, und wie gesagt, das alles ist sehr komplex und nicht leicht in ein paar Worte zu fassen.«

Alex trank den Rest des Wassers aus. »Vielen Dank, Frau Chen, ich denke, Sie haben mir in der Tat weitergeholfen. Eine Frage habe ich noch beziehungsweise eine Bitte.«

Xenia Chen hob eine Augenbraue. »Doch etwas Reiki?«

»Danke«, lachte Alex, »vielleicht ein anderes Mal. Aber dieses Buch – ich will nicht unverschämt sein, aber würden Sie es mir vielleicht für einen Tag oder zwei ausleihen?«

Die Frau zögerte einen Moment und strich über den fein verzierten Einband. »Nun, es ist recht kostbar, und ich denke nicht, dass ich es irgendwo wiederbekommen könnte, falls damit irgendetwas …«

»Also, da müssen Sie sich keine Sorgen machen. Ich meine, hey, Sie leihen es der Polizei, und außerdem wohne ich sozusagen gegenüber.«

»Oh, tatsächlich?«

»Zwei Querstraßen weiter.«

Xenia seufzte. »Also gut. Sie bringen es mir übermorgen zurück?«

»Polizistinnenehrenwort. Und dann komme ich vielleicht auch auf das Reiki zurück.«

»Jederzeit gerne«, lächelte die Astrologin und reichte Alex mit beiden Händen den schweren Folianten. »Ich muss mich nun auch entschuldigen, es ist gleich vier, dann kommt eine Klientin zu mir.«

»Ich bin schon so gut wie weg. Und vielen Dank für Ihre Zeit, Frau Chen, Sie haben mir wirklich sehr geholfen.«

»Nun, dann war es sinnvoll investierte Zeit.«

Sechzehn Uhr, dachte Alex. Sie hatte noch den Nachmittag,

den Abend und die ganze Nacht Zeit bis zur morgendlichen Teambesprechung. Bis dahin müsste sie das Wesentliche aufbereiten, sich die Tatortfotos noch einmal genau ansehen und die Akte oder die alten Zeitungsausschnitte im Zusammenhang mit der Geiselnahme im Kindergarten durchschauen. Viel Arbeit, aber sie würde es schaffen können.

Ergebnisse, dachte sie. *Du wirst Ergebnisse bekommen, Chef, bis dir schwindelig wird.*

31.

Alex baute sich vor der Pinnwand auf, die mit Tatortfotos aus dem *Buffalo* und vom Kornfeldkreis gespickt war. Sie schaltete den Beamer ein, den sie an ihr Laptop angeschlossen hatte, und warf ein Bild auf die Leinwand. Marcus lehnte sich in dem abgedunkelten Besprechungsraum in seinem Stuhl zurück. Reineking und die anderen Beamten des mittlerweile auf zehn Personen angewachsenen Kernteams kniffen die Augen zusammen, um die Grafik besser erkennen zu können.

»Das«, sagte Alex mit fester Stimme, »ist der chinesische Tierkreis mit seinen Symbolen. Sie entsprechen im Prinzip den in der westlichen Welt üblichen Sternzeichen. Ihnen sind Elemente zugeordnet. Wir haben zunächst die Ratte, den Büffel, den Tiger und den Hasen – schließlich den Drachen. Bei der Leiche von Sandra Lukoschik wurde eine Ratte gefunden. Juliane Franck ist in einem Club namens *Buffalo*, Büffel, ermordet worden. Sandra Lukoschik wurde am Boden getötet und festgebunden. Das Element Erde. Juliane Franck wurde im Belüftungsraum erstickt und über dem Boden schwebend aufgefunden. Das Element Luft. In der chinesischen Mythologie symbolisieren vier Drachen die vier Himmelsrichtungen. Es sind die Drachen des Ostens, des Westens, des Nordens und des Südens. Juliane Francks Füße waren nach Süden ausgerichtet – der Büffel. Die von Sandra Lukoschik nach Norden – die Ratte.«

Alex zeigte zwei Tatortbilder, in die ein Kompass einbelichtet war, der die jeweilige Himmelsrichtung anzeigte.

»Das können Zufälle sein, aber ich glaube nicht daran. Ich glaube vielmehr, dass wir hier den Modus Operandi finden, und zwar einen sehr komplexen. Der Täter geht nach einer besonderen Methode vor. Seine Schablone ist der Tierkreis, in dem der Drache eine bedeutende Rolle spielt. Es fehlen noch zwei Elemente – Wasser und Feuer – sowie zwei Himmelsrichtungen – Westen und Osten – und zwei Symbole: Der Tiger und der Hase. Dann kommt der Drache.«

Reineking und Marcus sahen sich fragend an.

»Ich glaube, dass unser Täter eine Metamorphose anstrebt. Und ich glaube, dass er die beiden Frauen rituell geopfert hat, und zwar dem Drachen, den er für eine Gottheit hält. Am Ende seiner Kette will er selbst zum Drachen werden, einem mächtigen Geschöpf, über alles andere erhaben, verschmolzen mit dem Guten und dem Bösen, das in ihm kämpft. Und bis dahin, meine Herren, dürften wir noch mit zwei weiteren Morden rechnen. Es stellen sich also die Fragen: Warum will er das? Was hat er mit der chinesischen Mythologie zu tun? Und vor allem: Wie können wir weitere Morde verhindern?«

Alex blickte in die Runde und öffnete dann mit einem Knopfdruck die Jalousien. Die Polizisten blinzelten, als das grelle Sonnenlicht wieder in den Raum fiel.

»Vor drei Jahren machte der psychisch kranke Jürgen Roth mit einer Geiselnahme in einem Kindergarten auf sich aufmerksam. Er nannte sich Purpurdrache. Als die Jalousien geöffnet wurden, griff die Polizei zu. Viele von euch werden sich daran erinnern, waren womöglich selbst dabei. Der Mann, der die Jalousien geöffnet hat, war der *Neue-Westfalenpost*-Reporter Marlon Kraft, den Roth ins Vertrauen gezogen hatte. Kraft ist der frühere Freund des ersten Mordopfers Sandra Lukoschik.« Alex holte tief Luft. Sollte sie es wirklich zum jetzigen Zeitpunkt sagen? Kraft hatte versprochen, ihr die E-Mails zu geben, und er vertraute ihr. Andererseits war es einfach zu wichtig, dass er über Informationen verfügte, die direkt vom Täter stammen konnten, der Kontakt mit ihm aufgenommen hatte. Es ging nicht anders, und es würde Kraft in Marcus' Augen entlasten, denn schließlich würde sich Kraft kaum selbst E-Mails senden, was jeder Computerspezialist sofort erkennen könnte. Damit fiel er als Tatverdächtiger faktisch aus.

Entschlossen fuhr sie fort. »Marlon Kraft hatte damals etwas mit einem Purpurdrachen zu tun, und in den vergangenen Tagen hat er nach seinen Worten anonyme E-Mails erhalten, die mit *Der Purpurdrache* unterzeichnet waren und in denen der Verfasser sich eindeutig auf die Morde bezieht sowie weitere ankündigt und Kraft droht. Kraft hat sich bereit erklärt, mir die Mails zur Analyse zur Verfügung zu stellen.«

Das war nicht gelogen. Aber auch nicht ganz korrekt. Alex machte eine Pause, um zu sehen, wie Marcus die Nachricht aufnahm. Er saß wie versteinert da. Reineking neben ihm blickte auf die Uhr und streckte sich.

»Jürgen Roth«, fuhr sie fort, »lebt nach seinem Aufenthalt in der Forensischen Psychiatrie derzeit im Luisenstift, ist unter Obhut und medikamentös eingestellt. Zudem gilt er nach den psychiatrischen Gutachten als nicht aggressiv beziehungsweise gefährlich. Außerdem ist Roth diesbezüglich in der Vergangenheit nie aufgefallen und hat also keinerlei kriminelle oder gewalttätige Karriere. Nur weil er psychisch krank ist, ist er noch lange nicht unser Mann. Zumal die damalige Aktion, als er in den Kindergarten marschierte, kaum vergleichbar ist: Er wollte die Menschheit warnen und niemandem schaden. Schließlich führte er ja auch nur eine Spielzeugwaffe mit sich – obwohl wir wissen, dass er über seinen Vater problemlos an schussfähige Waffen hätte gelangen können. Gleichwohl habe ich den Klinikleiter noch nicht erreichen können und werde ihn wohl persönlich aufsuchen müssen. Dennoch sollten wir Roth und seine Vergangenheit für einen Moment ausklammern und einen anderen Blickwinkel einnehmen. Ich halte es für möglich, wenn nicht sogar für sehr wahrscheinlich, dass wir es mit einem Täter zu tun haben, der bewusst den Spitznamen Roths verwendet. Nach meiner Einschätzung will er sich durch seine Taten in den Drachen verwandeln, um so viel Macht und Stärke zu erlangen, dass er sich seinem endgültigen Ziel widmen kann. Und ich glaube, dass es sich dabei um Marlon Kraft handelt.

Im Moment besteht die Möglichkeit, dass Roman König der Täter ist. Er war der Freund von Sandra Lukoschik, er hat mit seinen Studenten den Kornkreis angelegt, der Getränkemarkt, in dem Juliane Franck arbeitete, liegt gegenüber der FH. Eifersucht und Wahnsinn könnten ein Motiv sein, wobei wir nicht wissen, welche Rolle dabei Marlon Kraft spielen sollte, der schließlich seit langem nicht mehr mit Sandra Lukoschik liiert ist.«

Alex nahm den Ausdruck aus ihrer Kladde, den sie aus dem VICLAS gemacht hatte. Sie heftete ihn nebst der Kopie eines Zeitungsausdrucks und eines Fotos an die Pinnwand.

»Das ist Ludger Siemer«, begann sie und nahm einen Waschzettel zu Hilfe, den sie am Vormittag bei der Recherche über Siemer zusammengeschrieben hatte. »Er war bei der Düsseldorfer Kripo in der Drogenfahndung. 1996 hat er auf offener Straße drei junge Männer erschossen. Ursache war seine teils unterschwellige, teils ausgelebte Homosexualität. Siemer war Stammgast in der Stricherszene und bekannt dafür, gegen sexuelle Gefälligkeiten Drogenbesitz oder -handel durchgehen zu lassen. Siemer war verheiratet, hatte zwei Töchter und ein fast abbezahltes Einfamilienhaus. Das klassische Doppelleben. Marlon Kraft veröffentlichte einen Zeitungsartikel, in dem er den flüchtigen Siemer als Homosexuellen outete. Daraufhin erschoss Siemer seine Frau und die beiden Kinder. Er wurde gefasst, verurteilt und gelangte aus der Sicherungsverwahrung in die Psychiatrie. Heute ist er auf freiem Fuß und in tagesambulanter Behandlung. Siemer dürfte noch eine Rechnung mit Kraft offen haben frei nach dem Motto: Mach kaputt, was dich kaputt gemacht hat. Als ehemaliger Polizist verfügt er über das Knowhow unserer Ermittlungsmethoden. Er weiß, wie er sich Zugang zu Datenmaterial über Marlon Kraft und Jürgen Roth verschaffen kann.

Bleibt am Ende die Frage, welche Affinität Siemer oder Roman König zu dem chinesischen Tierkreis haben könnten und was der Purpurdrache für Roth genau bedeutet. Mein Ziel ist, das heute im Luisenstift zu klären. Das dürfte uns weiterbringen.

Was die möglichen Blutspuren des Täters unter den Fingernägeln von Sandra Lukoschik angeht, so wissen wir …«

»… dass Betablocker in einer seltenen Kombination vorgefunden wurden«, fiel ihr Marcus ins Wort. Er zog aus einer Mappe den Untersuchungsbericht und schob ihn ihr zu. »Ich hatte die Analysen aus der Rechtsmedizin erwähnt. Wir haben jetzt ein detaillierteres Gutachten aus der Kriminaltechnik – dafür hab ich dem LKA die Hölle heißgemacht.«

Alex überflog die Zeilen und schluckte.

»Die Betablocker-Kombination«, erklärte Marcus, »besteht aus Komponenten, die auch in einem Medikament mit der Bezeichnung C-12 enthalten sind. Im Wesentlichen besteht es laut Bericht aus einer Mischung von Betablockern und Cortisol, die bestimmte Prozesse im Gehirn blockieren. C-12 soll in der Psychiatrie eingesetzt werden und gilt als Angstkiller und Erinnerungshemmer in der Behandlung von Patienten mit posttraumatischen Belastungsstörungen. Seine Zulassung steht wohl kurz bevor.«

C-12. Hatte Kraft nicht davon gesprochen? Und vor allem: Warum hörte sie von dieser Analyse erst jetzt? Okay, Marcus hatte die Betablocker-Sache kürzlich beiläufig erwähnt – trotzdem hatte sie gerade das Gefühl als sei sie vor eine Wand gelaufen. »Ich … bin mir nicht ganz sicher«, sagte Alex und schluckte, »aber ich meine, Kraft hatte erwähnt, dass er C-12 auch bekommen hat.«

Marcus schürzte die Lippen, sagte aber nichts.

»Nun«, schränkte Alex ein, »bis ein Medikament zugelassen wird, durchläuft es verschiedene Phasen, in denen es an zahlreichen Menschen getestet werden muss – natürlich vorzugsweise an solchen, die ein entsprechendes Krankheitsbild aufweisen.« Alex versuchte ein Lächeln und blickte in die Runde. Niemand erwiderte ihr Lächeln. »Wir könnten über den Hersteller herausfinden, wer in diese C-12-Studien eingebunden war.«

»Oder Kraft etwas Blut abzapfen«, warf Reineking ein.

Marcus kratzte sich am Kinn. »Das lässt der nicht mit sich machen. Ohne amtliche Anordnung streckt der nicht freiwillig den Arm aus.«

»Aber«, sagte Alex, »ich will nicht ausschließen, dass auch Ludger Siemer gegen seine schwere traumatische Störung mit diesem Präparat behandelt worden ist. In jedem Fall sollten wir ihn uns genauer ansehen.«

Alex ging zu ihrem Platz zurück. Murmeln im Saal und vereinzeltes Klopfen mit den Fingern auf Stuhllehnen. Statt sich über den dezenten Applaus zu freuen, versetzte es Alex einen Stich, dass keiner ihrer Kollegen es für nötig hielt, ihren Schlüssen die Beachtung schenkten, die sie ihrer Meinung nach verdient hatte. Marcus stierte vor sich hin und rieb die Unterlippe mit dem Daumen. Reineking gähnte, streckte sich und ließ die Finger in den Gelenken knacken.

»Wieso erfahren wir erst jetzt von den E-Mails?«, fragte Marcus mit einem bedrohlichen Unterton.

»Weil ich ebenfalls erst kurzfristig davon erfahren habe.« Genauso wie von den Ergebnissen über das C-12, die du eben aus dem Ärmel gezogen hast, fügte sie in Gedanken hinzu.

»Okay. Das wäre dann also das einzige Konkrete, und das hältst du auch noch nicht in Händen. Alles andere ist eine sehr interessante, möglicherweise richtige oder aber falsche Interpretation, oder?«

»Äh ja, wenn du so willst«, stammelte Alex.

Marcus machte eine abwehrende Geste. »Schon gut. Der Vortrag war klasse und sehr aufschlussreich. Und dein Einsatz in allen Ehren. Aber im Moment bin ich mehr an Fakten interessiert. Interpretieren und zwischen den Zeilen lesen können wir später noch so viel, bis uns schlecht wird. Was haben wir noch?«

Das war alles? Alles, was er dazu zu sagen hatte? Dabei

hatte er sie explizit darum gebeten, ihm etwas zu liefern. Ebenso gut hätte er ihr eine Ohrfeige verpassen können. »*Bis uns schlecht wird.*« Wichser. Alex' Stimmung sank auf den Tiefpunkt. Es war doch zu früh gewesen. Viel zu früh. Sie hätte noch einen Tag warten sollen, um von Kraft weitere Aussagen zu erhalten – zumindest so lange, bis sie die Mails schwarz auf weiß präsentieren konnte. So war es nicht mehr als heiße Luft. Jeder konnte behaupten, Post von einem Mörder zu erhalten. Aber sie hatte zumindest erwartet, dass ihre Darlegung über den Tierkreis ...

Ein junger Beamter meldete sich zu Wort. Er sprach mit einem leichten Ruhrgebietsakzent und stammte aus dem Ermittlerpool, das Marcus zur Verstärkung angefordert hatte. »Eine Frage nur, bevor wir weitermachen: Wenn König oder Siemer es auf Kraft abgesehen haben – warum dann der ganze Zirkus? Warum legen die ihn nicht einfach um – und fertig?«

»Gute Frage«, lobte Alex mit bebender Stimme. »Allerdings müssen wir die Sachlage andersherum betrachten. Wir haben es nun mal mit dem zu tun, was du als Zirkus bezeichnest. Deswegen müssen wir erst begreifen, was das Vorgehen zu bedeuten hat, welchen Sinn es erfüllt, um an den Täter zu gelangen. Es ist völlig richtig: Er könnte Kraft sofort töten. Tut er aber nicht. Wahrscheinlich, weil er es nicht kann. Weil er Angst hat. Weil erst sein Ritual vollendet werden muss. Wir dürfen nicht vergessen, dass wir es in jedem Fall mit einer sehr gestörten und äußerst komplexen Persönlichkeit zu tun haben.«

Der Polizist kratzte sich am Kopf, nickte und verstummte.

»Also«, wiederholte Marcus, »Was habt ihr sonst noch?«

Mario Kowarsch streckte sich in seinem Stuhl und setzte sich aufrecht. »Sandra Lukoschik«, begann er, »ist am Mordabend gesehen worden. Sie war in männlicher Begleitung. Essen bei einem Edelgriechen. Sie haben getrennt bezahlt, leider in bar, sonst hätten wir seinen Namen. Aber wir haben eine Beschreibung. Sie sind mit einem silbernen Audi TT Cabrio weggefahren. Er saß am Steuer. Wir haben vierzehn solcher Fahrzeuge in der Stadt zugelassen. Eines auf den Namen Marlon Kraft. Das muss mit der Personenbeschreibung noch abgeglichen werden. Aber es klingt schwer nach einem Rendezvous mit der Ex, von dem König nichts wusste, aber es vielleicht ahnte. Er hat gegenüber Marcus angegeben, die ganze Nacht mit einem Projekt in der FH zugebracht zu haben, um rechtzeitig vor dem Urlaub fertig zu sein. Das Schließsystem der Hochschule hat einen Eingang um 16.28 Uhr registriert und das Verlassen um 3.45 Uhr. Nach dem medizinischen Gutachten wurde Sandra Lukoschik zwischen drei und vier Uhr nachts getötet. Aber König kennt die FH wie seine Westentasche. Er hätte sicher hinausgelangen können.«

Marcus rieb sich die Schläfen. Alex knetete nervös die Hände. Jetzt war es auf dem Tisch. Kraft war mit Sandra ausgegangen. In der Mordnacht. Nun konnte Marcus nicht mehr anders. Er würde seinen besten Freund als Tatverdächtigen vernehmen müssen.

»Okay. Danke«, sagte Marcus. »Was haben wir über Juliane Franck?«

Der Polizist, der Alex die Frage gestellt hatte, meldete sich zu Wort. »Die Rechtsmedizin hat gefaxt, dass sie mit dem gleichen Mittel sediert worden ist wie die Lukoschik. Ketamin. Standardanästhetikum für Notfalloperationen und Veterinärmedizin, dessen Wirkung überall im Internet steht, das sich im Krankenhaus oder beim Tierarzt klauen lässt und das auch die FH in den Labors vorrätig hat. Die Franck war Lebensmitteltechnologin, hat an der FH studiert und nebenbei in Getränkemärkten wie dem *Löschdepot* gejobbt. Sie war

Single, und sie wird als offen, fröhlich und kontaktfreudig beschrieben. Außerdem war sie sehr hübsch. König könnte ein Auge auf sie geworfen haben. Er trifft sie durch Zufall im Getränkemarkt. Man kommt sich näher, wer weiß ...«

»Gut. Danke. Kollege Reineking?«

Reineking griff in die Aktentasche, die unter seinem Stuhl stand, nahm eine Videokassette heraus und schlich zum Rekorder. Auf dem großen Bildschirm kamen pixelige und ruckelnde Bilder zum Vorschein, die Alex an die Qualität von Handy-Videos erinnerten. Der Ton war verhallt, rauschte und eierte wie auf einem Kassettenrekorder, dessen Batterien zur Neige gingen. »Das sind Digitalaufzeichnungen der Überwachungskamera aus dem *Löschdepot*. Gemessen an dem, was es noch vor fünf Jahren gab, sind sie ziemlich gut. Die Anlage ist neu. Das gleiche Zeug, was sie jetzt in den Sparkassen haben. Mario und ich haben dem Laden einen Besuch abgestattet.« Das Bild zeigte den Verkaufsraum vor der Kasse. Grelles Sonnenlicht fiel herein. Türme aus Getränkekisten, dazwischen schmale Gänge – aus der Vogelperspektive und durch das extreme Weitwinkelobjektiv erinnerte das Bild an eine Luftaufnahme der Straßenschluchten von New York. In einem der Gänge stand eine Frau an einem Tisch, der von Pappaufstellern umgeben war. Auf dem Tisch waren mehrere Getränkeflaschen und Gläser.

»Juliane Franck bei der Arbeit«, erläuterte Reineking. »Gleich kommt ein Kunde, der uns interessiert.« Von unten gelangte ein Mann ins Bild, der einen Mineralwasserkasten trug. Die Haare. Die Brille. Roman König. Alex sah, wie die junge Frau ihn ansprach und ihm etwas anbot. König stellte die Getränkekiste ab, trank etwas aus einem Glas und begann dann auf die Frau einzureden. Sie warf den Kopf zurück, lachte, schien ihn zu erkennen. Mit der Fernbedienung stoppte Reineking das Bild und vergrößerte es in mehreren Schritten etwa um das Zehnfache. Die Gesichter bestanden zwar aus einzelnen Farbklötzchen, trotzdem waren Juliane Franck und der Mann eindeutig zu erkennen.

»Das ist Roman König. Der Ton ist sehr schlecht, aber wir haben ihn im Studio bearbeiten lassen. Die Abschrift bekommen wir heute noch. Ich habe es mir bereits vorspielen lassen. König macht sie an. Er erkennt sie als Studentin wieder, sie tut so, als würde sie ihn auch erkennen, scheint sich aber nicht sicher zu sein. Wir wissen allerdings, dass es eine ihrer Kommilitoninnen war, die König wegen sexueller Belästigung anzeigen wollte. Möglicherweise kennt sie die Geschichte und ist deswegen reserviert. Man redet über alte Zeiten. Er will sie einladen, zum Beispiel zu einem Eis. Sie lehnt ab. Er versucht es weiter, aber beißt auf Granit, wobei sie stets freundlich bleibt. Schließlich zieht er Leine, lässt aber seine Karte da. Sie bedankt sich und wirft die Karte später weg.«

»Bingo«, sagte Marcus. »Ist Rolf schon auf Samos?«

»Ja, er hat tatsächlich gestern noch eine Maschine bekommen«, bestätigte Reineking. »Er wird wohl noch heute spätabends zurückkommen. Er hat den Papierkram mit den Griechen relativ rasch regeln können. In so was ist er ja groß.«

»Okay.« Marcus klatschte sich mit den Händen auf die Oberschenkel. »Dann wollen wir mal ...« Wie gespielt tatkräftig und pseudoburschikos, dachte Alex und verzog das Gesicht.

»Moment«, unterbrach ihn Reineking. »Es gibt noch einen Clip.«

Reineking drückte auf Play, und der nächste Film lief an. Dieses Mal stand Juliane Franck auf der anderen Seite des Ganges. »Der erste Film ist zwei Wochen alt. Dazwischen war die Frau mit ihrem Stand in ein paar anderen Märkten. Dieser Clip ist eine Woche alt.« Marcus verschränkte die Arme und schlug ein Bein über das andere. Es sah aus, als müsse er seinen impulsiv zur Schau getragenen Tatendrang festhalten, und erwartete, mit einem weiteren Roman-König-Clip gelangweilt zu werden. Aber es war nicht Roman König, der mit einem Kasten Sprudel in der Hand und mit einem rosafarbenen Poloshirt zu beigen Bermudas lässig auf den Probierstand zuschritt.

»Das«, informierte Reineking, »ist Marlon Kraft. Unser Superreporter.« Alex sah, wie Marcus die Hände ineinander verknotete und auf dem Stuhl herumrutschte, als müsse er auf Toilette. Auf der Aufzeichnung verfolgte sie, wie sich Kraft locker an die improvisierte Theke stellte und mit Juliane Franck ins Gespräch kam. Er trank ein Glas, noch ein Glas und noch ein drittes. »Auch von dieser Begegnung bekommen wir das Protokoll heute Nachmittag. Was ich gehört habe, reicht mir aber. Die beiden flirten. Das ist nicht zu übersehen. Aus dem lockeren Gespräch entwickelt sich was. Die beiden lachen. Sie machen Faxen über dies und das. Inhaltlich ohne Belang. Interessant wird es hier.« Reineking stoppte das Bild. »Sie gibt ihm ihre Handy-Nummer. Er speichert sie ein. Sie vereinbaren, sich mal zu treffen. Er will sich melden oder mailen. Dann geht er.«

»Fuck«, flüsterte Marcus. Alle Kraft schien aus ihm gewichen. Er saß da wie ein kleiner Junge, dem man das Spielzeug weggenommen hatte und der nicht wusste, ob er weinen oder schreien sollte.

»Und hier wird es noch mal spannend. An der Kasse.« Alex setzte sich aufrecht hin und lehnte sich nach vorne. Die Raumkamera schaltete auf die Kassenkamera um. Marlon debattierte mit der Kassiererin. Er gestikulierte, schlug sich vor den

Kopf, deutete auf den Sprudelkasten zu seinen Füßen und zeigte der Verkäuferin einen Vogel. »Es geht darum, dass die aus der ehemaligen Sowjetunion stammende Kassiererin ihn auffordert, jede Flasche aus dem gemischt sortierten Sprudelkasten herauszuholen und ihr zu reichen, damit sie sie scannen kann. Kraft sieht das nicht ein. Sie solle sich gefälligst selbst bücken oder die Preise aus ihrer Liste abtippen. Die Frau tritt ihm gegenüber energisch auf. Nein, er müsse sie auf den Tisch stellen. Je mehr es hin und her geht, desto aggressiver wird Kraft. Er beginnt, sie wild zu beschimpfen und zu beleidigen. Schließlich klinkt er total aus, und bevor sie ihn rauswerfen lässt, geht er mit einer gelungenen Schlussdarbietung.«

Alex sah, wie Marlon der Kassiererin fast an den Hals sprang, mit der Faust auf den Tresen schlug und gegen den Sprudelkasten trat. Die Frau wich zurück und griff nach einem Telefonhörer. Dann bückte sich Kraft, nahm drei Flaschen aus der Kiste, zerschlug sie auf der Kante des Verkaufstisches und schob die Flaschenhälse zum Scanner. Eine weitere Flasche warf er gegen die Wand und trat dann gestikulierend ins Freie.

Reineking stoppte den Clip und drehte sich zu Alex. »Der kann ausrasten, was? Oder was meinst du so als Fachfrau? Ist *das* nicht auch ein lohnenswerter Kandidat, den wir unter die Lupe nehmen sollten?«

Alex zuckte mit den Achseln. Ihr Blick suchte bei Marcus Halt. Doch der saß tief in sich versunken, knibbelte an seiner Unterlippe und starrte immer noch auf das Standbild, auf dem Marlon energisch raus ins Freie trat. Dann wischte er sich über die Augen und setzte sich aufrecht hin. »Gut.« Er wandte sich an Reineking. »Wir überprüfen beide. Klär du die Sache mit Siemer in Düsseldorf. Und was unseren Starreporter angeht ...« Marcus drehte sich zu Alex und lächelte sie gekünstelt an. »Du weißt doch sicher, wo er gerade steckt, oder, Alex?«

32.

Marlon rauschte mit Vollgas auf der linken Spur über die A 46, drängelte die Autos vor sich mit der Lichthupe weg, blinkte notorisch und fuhr dichtauf. Aus den Boxen hämmerte ZZ Top, und eine Zeitlang fühlte er sich wie damals, als er auf dieser Strecke mehrmals in der Woche gependelt war. Meistens zugedröhnt bis über beide Ohren, manchmal aber auch klar im Kopf und mit ein wenig Fracht im Kofferraum, die er für Serge mitgenommen hatte. Kleine Gefälligkeiten dann und wann. Serge. Marlon würde auch ihm noch einen Besuch abstatten müssen, so wie sich die Dinge entwickelten.

In Düsseldorf-Wersten fuhr er ab und steuerte den TT am Uni-Klinikum vorbei in Richtung Innenstadt, wo er vor einem gläsernen Verwaltungsbau zum Stehen kam, an dessen Haupteingang ein Schild auf die »Meridian Health Care« verwies. Marlon griff sich den Spiralblock vom Beifahrersitz, stieg aus und ging auf den Palast des Klinik-Multis zu. Nachdem er bei der Internet-Recherche auf den Namen des Unternehmens gestoßen war, hatte Marlon auf einen Kaffee bei Norbert in der Wirtschaftsredaktion vorbeigeschaut, der sich in der Gesundheitsbranche gut auskannte. »Klar, sicher hab ich das schon gehört«, hatte er gesagt, sich im Bürostuhl zurückgelehnt und die Arme hinter dem Kopf verschränkt. »Und dir müsste der Name auch schon mal begegnet sein. Meridian ist ein Riesenunternehmen, das sich Stück für Stück in städtische Kliniken eingekauft hat und die Läden entweder gnadenlos rationalisiert, wirtschaftlich macht und wieder veräußert oder aber bestimmte Prestigeobjekte aufpäppelt, Fördergelder abgrast und erst dann veräußert. Vor einigen Jahren haben sie sich doch in unserem Luisenstift eingekauft und schrauben da jetzt an dem Ausbau rum.« Natürlich. Marlon hatte sich vor die Stirn geschlagen.

»Hallo, Herr Kraft, willkommen bei Meridian Health Care, hatten Sie eine gute Fahrt?« Die Pressesprecherin schwebte durch die weitläufige Eingangshalle auf Marlon zu, in der er in einem zwar schick aussehenden, aber recht unbequemen Ledersessel gewartet und gedankenverloren die Koi-Karpfen beobachtet hatte, die in einem im Boden eingelassenen Becken ihre Runden drehten. Alles stank hier nach Geld, und die Pressesprecherin, die sich als Anouk Tressel von der Unternehmenskommunikation vorstellte, passte in ihrem schwarzen Prada-Kostümchen und den straff nach hinten gekämmten blonden Haaren in das Interieur aus grauem Granit und poliertem Schiefer wie die Mona Lisa in den Louvre.

»In erster Linie eine schnelle Fahrt. Ich habe früher in Düsseldorf gearbeitet und kenne die Strecke ganz gut«, antwortete Marlon, stand auf und schüttelte die Hand der Blondine zur Begrüßung. Sie hatte einen festen Griff.

»Oh«, machte sie und schenkte ihm ein professionelles Lächeln. »Ich habe Ihnen hier einiges Info-Material über unser Unternehmen mitgebracht, aber setzen wir uns doch. Darf ich Ihnen einen Kaffee, Latte macchiato, einen Cappuccino oder Espresso bringen lassen?«

»Danke, alles bestens«, antwortete Marlon, ließ sich wieder in dem Sessel nieder und nahm die Prospekte nebst der Info-Mappe entgegen, in der auch eine CD lag. »Wie ich bereits am Telefon erwähnt habe«, kam er zum Thema, »geht es uns an sich um die Erweiterungspläne für das Luisenstift in Lemfeld und die derzeit ausstehende Baugenehmigung. Wir sind aus diesem Anlass auf die Idee gekommen, im Rahmen einer größer angelegten Serie über Mediziner und Medizin in der Region auch eine Reihe von Unternehmen zu porträtieren, und da darf Meridian Health Care natürlich nicht fehlen, das ja bekanntlich zu großen Teilen auch am Luisenstift beteiligt ist und nach unserer Kenntnis zu den führenden und zukunftsorientierten Unternehmen in der Medizin-Branche gehört.«

Anouk Tressel lächelte wieder, schlug die Beine übereinander und drapierte sich dekorativ auf dem Leder. »Es freut Meridian Health Care sehr, dass Ihre Redaktion so denkt, Herr Kraft. Gerne möchten wir uns mit unserem Portfolio für die Leser Ihrer Zeitung entsprechend abbilden.«

Kann ich mir denken, du Ziege. Und wenn du nicht gleich aufhörst mit diesem Marketing-Gefasel im Ami-Style, dann stopfe ich dir die Prospekte über dein Scheißunternehmen zwischen die gebleachten Zähne. So, und jetzt friss das ...

»Ja, das kann ich mir sehr gut vorstellen, Frau Tressel. Es ist das Ziel unserer Zeitung, Themen mit hoher Relevanz und einem Mehrwert für unsere Leser zu generieren, die ihre Alltagsbedürfnisse auf einem hohen Niveau ansprechen. Dazu gehören selbstverständlich Gesundheitsthemen, aber auch die Fakten über die zunehmende Verankerung von multinational operierenden Unternehmen, die eine gewisse Leuchtturm-Funktion für die Wirtschaft in der Region erfüllen.«

»Oh«, machte sie wieder, hob eine Augenbraue und schenkte Marlon dieses Mal ein echtes Lächeln. Bestens. Es hatte funktioniert. Die Pforte war geöffnet, nachdem sie begriffen hatte, dass sie hier nicht mit irgendeinem Lokalheini redete. Jetzt konnte er damit beginnen, zu den relevanten Themen vorzudringen, ohne dass sie es bemerken würde. Die Pressesprecherin rutschte in eine etwas bequemere Position.

»Und wie«, fragte sie und spitzte die Lippen eine Spur zu betont, »darf ich mir Ihr Konzept für ein Unternehmensporträt vorstellen, Herr Kraft?«

Vielleicht mit einem netten Aufmacherbild, das dich auf dem Herrenklo vor deinem Boss kniend zeigt? Würde dir das gefallen?

»Also, außer Informationen über das Unternehmen an sich wäre ein Interview mit Ihrem leitenden Geschäftsführer interessant für uns, und vielleicht wäre es möglich, uns auch Daten über Geschäftsberichte, Bilanzen und Beteiligungen zukommen zu lassen, soweit sie öffentlich sind.«

Anouk Tressel nickte bei jedem Punkt der Aufzählung und faltete die Hände in ihrem Schoß. »Ich denke, das sollte kein Problem sein. Ich kann Ihnen das gerne mailen lassen. Einige Informationen finden Sie natürlich bereits in dem Material, das ich Ihnen eben gegeben habe.«

»Prima. Ich habe über Ihr Unternehmen bereits lernen dürfen, dass Sie in den vergangenen Jahren in der Gesundheitswirtschaft sehr expandiert haben, und wenn ich mir kurz die Frage erlauben darf – Sie sind europaweit tätig?«

Anouk Tressel nickte und spulte ihren Text ab wie ein Roboter. »Meridian Health Care gilt mit seinen Beteiligungen an Kliniken bundes- und europaweit als eines der führenden Unternehmen und setzte mit seinen knapp dreißigtausend Vollzeitstellen im letzten Geschäftsjahr dank seiner jahrzehntelangen Erfahrung, seiner richtungweisenden Technologien und Behandlungskonzepte auf höchstem medizinischem Standard rund 10,5 Milliarden Euro um, was im operativen Ergebnis einem Zuwachs von sechs Prozent entspricht. Es ist erklärtes Ziel im Rahmen unserer Wachstumsstrategie, auch grenzüberschreitend Verantwortung zu übernehmen. Innovationen sind für uns der Schlüssel zur Zukunft, in der wir die Vision von mehr Lebensqualität für unsere Patienten durch ständige Fortschritte umsetzen. Das spiegelt sich wohl am besten in den zahlreichen Patenten und Patentanmeldungen wider, die die Forschungs- und Entwicklungsabteilungen weltweit generieren und von dem Unternehmen jährlich mit rund 75 Millionen Euro unterstützt werden.«

»Das sind respektable Zahlen.« Marlon hob die Augenbrauen. »Weltweite Forschung – da sind Sie doch auch ganz gewiss im US-Markt verankert.«

»Selbstverständlich.« Anouk Tressel lächelte wieder breit. »Der amerikanische Gesundheitsmarkt ist einer der dynamischsten überhaupt, und wir freuen uns, dort mit namhaften Partnern zu kooperieren.«

»Ja, im Rahmen meiner Recherchen ist mir aufgefallen, dass in den USA vor allem das Segment der psychiatrischen Gesundheitswirtschaft ein boomender Markt ist.«

»Da haben Sie richtig gelesen, Herr Kraft«, freute sich die Unternehmenssprecherin. »Meridian Health Care sieht in diesem Segment ebenfalls Wachstumsbedarf und pflegt zum Beispiel eine enge Partnerschaft mit der teilstaatlichen amerikanischen Mental Sana Corporation.«

»Teilstaatlich?«

»Ja, die Mental Sana ist verknüpft mit der US-Gesundheitsbehörde und hat in den vergangenen Jahren mit ihren Beteiligungen in der Pharmabranche große Erfolge in der Forschung erzielen können, an denen wir über unsere Entwicklungsabteilungen zum Wohl unserer Patienten partizipieren dürfen.«

»Hm, äußerst interessant, ich merke das schon«, lächelte Marlon und sah demonstrativ auf seine Uhr.

»Darf ich Ihnen mit weiteren Informationen behilflich sein, Herr Kraft?«

»Ich bin mir sicher, das mir da noch etwas einfallen wird, Frau Tressel. Aber die Zeit drängt. Ich würde Ihnen dann in Kürze einige Fragen zukommen lassen, die ich Ihrem Geschäftsführer ...«

»Unserem Vorstandsvorsitzenden«, korrigierte sie.

»Gerne auch dem, ja«, lachte Marlon entschuldigend. »Nun, ich habe noch einiges zu erledigen, aber ich bedanke mich sehr für das Gespräch, Frau Tressel.« Marlon stand auf und reichte ihr die Hand.

»Sehr gerne, Herr Kraft. Lassen Sie es mich wissen, wenn ich Ihnen erneut dienen kann.«

Sicher. Da fällt mir schon was ein, Baby, wie du mir dienen kannst.

»Natürlich«, sagte Marlon, verabschiedete sich und strebte mit weit ausladenden Schritten zum Ausgang. Draußen schlug ihm die Hitze entgegen, und Marlon keuchte kurz auf. Ihm war schwindelig, und er war sich nicht sicher, ob das nur an dem massiven Temperaturunterschied lag. *Mental Sana. Meridian Health.* Luisenstift. Purpurdrache. Was hatte das alles miteinander zu tun? Als er am Wagen angekommen war, musste Marlon sich einen Augenblick festhalten.

Einatmen. Ausatmen. Einatmen. Ausatmen. Auf die Mitte konzentrieren. So wie Viviane es dir gezeigt hat.

Als der Anflug vorbei war, sprang Marlon in den TT und fuhr mit Vollgas davon.

33.

Sergej Wagener, genannt Serge, war zwar ein zwielichtiger Typ, aber sympathisch und absolut zuverlässig. Der stämmige Deutschrusse war ein Tier von einem Mann. Stiernackig, kahlgeschoren, jeder einzelne Muskel im Fitnessstudio perfekt trainiert. Ein Mann, der auf sein Äußeres großen Wert legte und regelmäßig zur Kosmetikerin ging. In der Regel verdiente er sein Geld damit, Unfallwagen aufzukaufen, auf seinem Schrottplatz wieder herrichten zu lassen und an einen Großhändler zu verscherbeln, der die notdürftig zusammengeflickten Kisten nach Afrika verkaufte, wo kein Wert auf TÜV und Sicherheit im Straßenverkehr gelegt wurde. Bei den explodierenden Kupferpreisen machte er in letzter Zeit Reibach mit armdicken Stromkabeln, die wahre Rudel von Polen und Tschechen auf Baustellen klauten und in der Nacht mit Kombis und Kleinlastern zu Serge schafften. Ansonsten galt in der Halb- und Unterwelt: Wenn du etwas brauchst oder etwas schnell verschwinden muss, du es im Sommer schneien lassen willst oder dich mit anderen Substanzen wegknipsen möchtest, ist Serge dein Freund.

Auf dieser Grundlage hatte Marlon ihn seinerzeit kennengelernt. Es war die heiße Zeit, als Marlon gerade zurück nach Lemfeld gekommen war und mehrmals pro Woche über die Straßen donnerte, um sich in das Nachtleben am Rhein zu stürzen. Zudem hatte er kleinere Jobs für Serge und gelegentlich etwas mit rüber nach Düsseldorf genommen oder von Düsseldorf aus mit nach Lemfeld gebracht. Serge hatte ihm im Gegenzug bei Bedarf hilfreiche Insider-Informationen zu Recherchen gegeben, Marlons TT reparieren lassen und ab und zu ein Tütchen Koks spendiert. Sie waren lose Kumpel geblieben, auch nachdem Marlon clean gewesen war. Jetzt war es an der Zeit, die alten Verbindungen zu reaktivieren, denn es gab außer Dope noch zwei andere Dinge, die man von niemandem unkomplizierter und schneller bekommen konnte als von Serge. Und er würde keine Fragen stellen.

Marlon hatte den Wagen auf dem großen Hof geparkt und schlich zwischen Gassen aus verrostetem Metall, Bergen von Altreifen und Autowracks auf den Baupavillon zu, in dem Serge sein Büro hatte. Es stank nach Altöl, Sprit und Gummi. Die Luft war staubig. Serges vollklimatisiertes Büro war erlesen eingerichtet und hätte dem Showroom eines Designer-Möbelhauses alle Ehre gemacht. Aus der Surround-Anlage sangen die Temptations »I can't help myself«.

»Marlon!« Serge stand vom Schreibtisch auf, griff mit beiden Händen nach Marlons und schüttelte sie mit festem Druck. Über einer schlichten schwarzen Hose mit eleganten Hosenträgern trug er ein erlesenes weißes Hemd, das bis zur Mitte der Brust aufgeknöpft war. In dem dunklen Pelz glitzerten zwei Goldketten, an denen mit Brillanten besetzte Kreuz-Anhänger baumelten.

»Setz dich, mein Junge. Was führt dich zu mir, alter Freund?«, säuselte Serge in seinem dezenten russischen Akzent.

»Ach, so dies und das«, sagte Marlon und ließ sich auf das Ledersofa plumpsen.

»Du siehst nicht gut aus, Junge. Bist du krank? Gehst du denn nicht einmal ins Freibad oder an den See bei diesem wunderbaren Wetter?«, fragte Serge. »Brauchst du was zum Wachwerden?«

»Nein, ja, ich meine ...«, sagte Marlon matt lächelnd und hob abwehrend die Hände, »... ich brauche schon etwas, aber nicht das, was du meinst. Damit bin ich längst durch.«

»Bist du sicher?« Serge kniff die Brauen zusammen, die wie zwei schwarze Klebestreifen über seinen schräggeschnittenen unbeweglichen Augen saßen.

»Ja.«

»Dabei habe ich wirklich atemberaubende Erfrischungen im Kühlschrank. Direkt und unverzollt aus Kolumbien. Du weißt nicht, was dir entgeht.«

»Danke, Serge, ich weiß das zu würdigen. Die Zeiten sind aber Gott sei Dank vorbei. Ich will dich nicht lange aufhalten, du bist ein beschäftigter Mann …«

»Wie kann ich dir helfen, Marlon?«, fragte Serge und knackte mit den Fingern. »Deine Probleme sind auch meine Probleme.«

Marlon sah auf und schüttelte den Kopf. »Besser nicht, Serge. Besser nicht.« Dann beugte er sich etwas vor und flüsterte heiser: »Ich brauche einen Wagen. Und eine Waffe.«

»Klingt so«, sagte Serge und seufzte, »als hätte ich deine Probleme lieber doch nicht.«

Serge stand auf und verschwand. Nach einigen Minuten kam er zurück, legte zwei große Alukoffer auf den kniehohen Glastisch vor dem Sofa und ließ die Verschlüsse mit routinierten Griffen aufschnappen. Marlon wischte sich mit der Hand über den Mund und flüsterte leise: »Wow!«

»Okay«, sagte Serge, »es kommt darauf an, wofür du sie brauchst, was du vorhast und was dir persönlich liegt. Das hier ist eine Desert Eagle.« Er nahm die riesige Waffe aus dem Schaumstoffpolster, ließ den Schlitten zurückschnellen und drückte ihn mit dem Daumen wieder nach vorne. »357er-Kaliber. Damit kannst du durch einen Motorblock schießen. Aber du wirst sie kaum in der Jackentasche mitnehmen können.« Er legte die Waffe zurück und griff nach einer weiteren. »Die hier ist etwas anderes. Ein Revolver.« Serge drückte die

Trommel aus der Waffe, ließ sie rotieren und mit einer kurzen Bewegung aus dem Handgelenk wieder einschnappen. »Smith & Wesson. Eine kurze .38er. Der Nachteil bei Revolvern ist, dass sie nur sechs Schuss haben, und du musst ständig mehrere Ladestreifen mit dir rumschleppen. Lass mich sehen …«

Sein Zeigefinger schwebte über weiteren Waffen, wedelte ablehnend über zwei Maschinenpistolen und fand schließlich sein Ziel. Serge nahm eine matte Pistole aus dem Koffer, unter deren Mündung eine Mini-Taschenlampe angebracht war und deren untere Hälfte aus Kunststoff zu bestehen schien. Mit einem Knopfdruck ließ er das Magazin herausgleiten. Die Patronen darin mussten den Durchmesser eines kleinen Fingers haben. »Eine Glock 20, Kaliber 10 Millimeter, 15 Schuss, und die Munition gilt als eines der besten und effektivsten Selbstverteidigungskaliber. Trotz des gewaltigen Durchschlags sehr dezent im Rückstoß und absolut anfängerfreundlich in der Bedienung. Mit der Zehner ist es egal, wo du den Mann erwischst. Es haut ihn um.«

Serge reichte Marlon die Waffe. Sie wog etwa so viel wie eine Flasche Sprudel und schmiegte sich in seine Hand. Sie saß wie angegossen. Sie war wie für ihn gemacht, kompakt, und ihr Gewicht war wie in Stahl gegossenes Vertrauen.

Marlon betrachtete die Glock. »Ist sie sicher, oder ist das eine heiße Waffe?«

»Mein Lieber«, sagte Serge väterlich lächelnd und hob beschwichtigend die Hände. »Du bist hier bei Freunden.«

Marlon stand auf, steckte sich die Pistole in den Gürtel und ließ sie unter seinem Polohemd verschwinden.

»Gut, Serge, was bekommst du …«

»Marlon.« Serge stand auf und ging zu ihm hin. Er legte die Hand um Marlons Schultern und drückte ihn an sich. »*Darjonomu konju w zuby ne smotrjat*, sagt man in meiner Heimat.

Einem geschenkten Gaul schaut man nicht ins Maul. Und wenn ich dich brauche, weiß ich, wo ich dich finde, okay?«

Marlon nickte.

»Ist alles in Ordnung?«

»Nein. Aber ich kriege das wieder hin.«

»Hm.« Serge sah Marlon durchdringend an. Dann schüttelte er den Kopf und winkte ab. »Ach, was hilft es, du bist wie mein kleiner Bruder – störrisch und unbelehrbar. Jurij ist ein Hammel, er treibt mich zur Verzweiflung. Der Idiot will auswandern. Mit seiner ganzen Familie. Nach Südamerika.« Serge schnaubte. »Er ist hier nicht glücklich, sagt er, obwohl er mit seinen Kindern und seiner dünnen Frau von morgens bis abends nichts anderes tut als beten. Ich sage ihm: Jurij, wie kannst du nicht glücklich sein? Weißt du nicht mehr, wie es war in Nowosibirsk, als wir noch Jungen waren? Aber er schüttelt den Kopf und will sich hunderttausend Euro von mir borgen.« Serge schlug sich mit der Hand vor den Kopf. »Und ich Hornochse gebe sie ihm. Aber er ist mein Bruder. Wenn er sagt, er ist in Paraguay glücklich, dann bekommt er, was er zum Glücklichsein braucht – und Schluss.«

»Paraguay?«, fragte Marlon und legte den Kopf schief.

»Er ist ja bei den Mennoniten, weißt du. Sie haben in Paraguay einen eigenen Staat bauen dürfen. Eine ganze Stadt mit eigenen Gesetzen. Da will er hin, damit meine Nichten keine Cola-Werbung mehr ansehen müssen. Er will ja nicht mal, dass ich ihnen eine Barbie zum Geburtstag schenke, und besuchen darf ich sie auch nicht. Wegen meines unchristlichen Lebenswandels, sagt er. Pah. Aber mein Geld ist ihm nicht zu schade.«

»Paraguay?«, fragte Marlon erneut. Es fühlte sich an, als sei bei der Erwähnung des Wortes ein ganzes Relais an Schaltern umgelegt worden.

»Frag mich nicht. Die werden da alle über den Tisch gezogen. Mit hunderttausend Euro Startkapital kann er sich angeblich da ansiedeln in der neuen Stadt und bekommt dafür eine Baracke zugeteilt. Er hat mir die Broschüren gezeigt, und Marlon – ich weiß, wenn etwas stinkt, noch bevor ich es rieche. Aber was soll ich sagen: Da drüben gibt es viele solcher Siedlungen. Und in die neue ziehen Tausende ein. Stell dir das vor: Tausende.«

»Weißt du noch, wie die Stadt heißt?«

»Glattfeld oder so. Glücksburg vielleicht?«

Marlon rieb sich nachdenklich über das Gesicht.

Er lebt bei meinen Freunden, hatte Roth gesagt. In Glück... Und wie hieß diese Import/Export-Kanzlei in Manhattan?

»Na ja, wie auch immer«, sagte Serge, kratzte sich den Nacken und reichte Marlon beide Hände. »Marlon – ich habe noch etwas zu tun …«

»Kein Thema, Serge. Und danke.«

»Ruf mich an, wenn du mich brauchst. Oder auch, wenn du mich nicht brauchst. Und vergiss nicht, mein Junge: Nur zum Jäger kommt das Wild gelaufen.« Serge schob ihm einen Autoschlüssel in die Hemdtasche. »Hier, das andere, worum du mich gebeten hast. Es ist kein schöner Wagen, aber du wirst damit nicht auffallen.« Er tätschelte Marlons Wange, gab ihm einen Kuss auf die Stirn und murmelte: »Tu nichts, was ich nicht auch tun würde.«

Als Marlon zum Wagen ging, spürte er den sanften Druck der Glock an seinem Steißbein. Glücksburg? Glattfeld? Glücksberg & Sons? Mental Sana? Meridian Health? Purpuradragon.com? Und was hatte Roth noch genau gesagt? Die Begriffe wirbelten in seinem Kopf. Wir werden sehen, dachte er. Wir werden sehen.

34.

Schneider seufzte zufrieden, hörte hinter sich Geschirr klappern und streckte sich im Schatten der Sonnenschirme in dem Korbsessel des Kafenions aus. In seinem Gott sei Dank klimatisierten Hotelzimmer hatte er gut geschlafen. Lediglich das griechische Frühstück war etwas übersichtlich gewesen. Und hier saß er nun in einem prächtigen Hafen vor einem frisch gezapften Bier, zählte die am Glas herabrinnenden Kondenswasserperlen und wartete darauf, bis endlich der Papierkram erledigt war, womit die griechischen Kollegen sich bereits den ganzen Vormittag Zeit ließen.

Nur mit Ach und Krach war es ihm gelungen, gestern noch einen Flug nach Samos zu organisieren. Der ruppige und tiefe Landeanflug mit einer weitgezogenen Steilkurve durch einen Talkessel hatte seinen Puls bereits zum Rasen gebracht, und als er aus dem Fenster beim ersten Überflug die kurze Landebahn gesehen hatte, die ihm nicht wesentlich länger als das Deck eines Flugzeugträgers erschien, war ihm ein leises »um Gottes willen« über seine Lippen gekommen. Nach der Landung war er in der Abendsonne auf wackeligen Füßen die Gangway herabgestiegen. Die Hitze hatte ihn zunächst fast umgehauen, und er war froh gewesen, endlich im klimatisierten Terminal zu stehen.

Am Rande des Förderbands hatte er mit einer Pall Mall im Mundwinkel so lange gewartet, bis die Touristen die Schlacht um ihre Gepäckstücke geschlagen hatten, sich dann seine Tasche geschultert und das kleine Terminal durch die Zollschleuse verlassen. In dem Gewühl von Rucksackreisenden, sich in den Armen liegenden griechischen Familien und Pulks von Pauschaltouristen, die sich mit ihren Gepäckwagen um Reiseleiter scharten, entdeckte er schließlich vor einem Schalter einen freundlich lächelnden Mann, der ein Pappschild hochhielt, auf dem »Herr Schneider« stand. Die halblangen, tiefschwarzen Haare wurden von einer nach oben geschobenen Sonnenbrille zusammengehalten, die braunen Beine steckten in löchrigen blauen Jeans, dazu trug er helle Leinenturnschuhe und ein weit aufgeknöpftes hellblaues Hemd, unter dem üppige Brustbehaarung hervorschoss.

»Tach«, ächzte Schneider und streckte dem Mann die Hand hin. »Schneider, Kripo Deutschland.«

»Willkommen.« Der Mann entblößte eine Reihe makelloser Zähne. »Dimitrios Tsoukas. Kriminalpolizei Vathy.«

»Vatti?«

»Unsere wunderschöne Hauptstadt. Willkommen auf Samos, Herr Kollege«, ergänzte Tsoukas in akzentfreiem Deutsch.

Vathy war tatsächlich eine reizvolle Stadt, wenn auch nicht ganz so schön wie die Orte, die sie auf dem Weg dorthin passiert hatten. Vor allem Kokkari hatte Schneider ins Schwärmen gebracht. Weißer Kieselsand, der in türkisfarbenes Wasser überging, das sich in tiefem Tintenblau verlor, weiße Häuser mit ebenso blauen und türkisfarbenen Holzfensterläden, vor denen kleine Tische und Korbstühle standen und an deren verwitternden Fassaden purpurfarbene Bougainvilleen rankten.

»Mensch, ist das schön bei euch!«, hatte Schneider auf dem Beifahrersitz gerufen und sich mit einem Taschentuch den Schweiß von der Stirn gewischt. »Und ich habe nicht mal eine Badehose dabei. Das sieht ja aus wie auf Postkarten.«

»Kein Wunder«, hatte Tsoukas lachend geantwortet, »die meisten werden ja auch hier in Kokkari und auf Santorin gemacht.«

Vathy schmiegte sich wie ein Schwalbennest an die Steilhänge einer großen Bucht. Von oben waren die großen Hafenanlagen kaum zu erkennen, dafür aber die sanften Hügel der türkischen Küste im fernen Dunst, die an einer Meerenge nur drei Kilometer entfernt lagen und Grund für die militärischen Sicherheitszonen der Insel waren. Enge Straßen und Gassen führten in steilen Serpentinen hinunter zum riesigen Halbrund des Hafenbeckens, an dessen Scheitelpunkt das Polizeipräsidium lag.

In dem kleinen Kafenion unweit des historischen Gebäudes trank Schneider jetzt unter dunkelgrünen Sonnenschirmen ein frisch gezapftes Heineken und betrachtete im Lärm der Mopeds, Kleinlastwagen und Busse ein riesiges Kreuzfahrtschiff, das wie ein weißer Wal durch die Hafeneinfahrt glitt.

Sein Handy riss ihn aus den Träumereien. Reineking gab ihm weitere Infos über diesen König. Klang nicht gut, war nicht nur ein mutmaßlicher Mörder, sondern auch noch ein potenzieller Irrer. Schneider beschloss wie gewohnt, lieber die Situation abzuwarten, als sich vorher den Kopf zu zerbrechen. »Erstens kommt eh immer alles anders, und zweitens, als man denkt«, pflegte er zu sagen.

»So«, sagte Schneider und stellte das leere Bierglas auf den Alu-Tisch. »Jetzt bin ich wieder aufnahmefähig.«

»Prima«, lächelte Tsoukas, der vor etwa einer halben Stunde der Präfektur einen Besuch abgestattet hatte, um sich nach dem Stand der Dinge zu erkundigen, und eben mit dem Autoschlüssel in der Hand wieder herausgekommen war. »Die ganzen Unterlagen«, erklärte er, »habe ich im Wagen, die können Sie mir unterwegs unterschreiben – oder wenn Ihr Mann verhaftet ist. Wir treffen uns mit zwei Polizisten in Ireon, wo Roman König sich eingemietet hat. Zum Abendessen ist er gewiss zurück. Im Moment ist er mit einem Mietwagen unterwegs – wahrscheinlich irgendwo in den Bergen, die Klöster besichtigen.«

»Um zweiundzwanzig Uhr muss ich wieder in meiner Maschine sitzen«, sagte Schneider und folgte mit den Augen einem Teller voller Souflaki und Suzuki, den der Kellner am Nebentisch servierte. »Leider.«

»Das sollte kein Problem sein. Der Mann ist verdächtig, seine Freundin umgebracht zu haben, wenn ich recht verstehe? Muss ein ziemlicher Dummkopf sein, dann in Urlaub zu fahren.«

»Tja.« Schneider fächelte sich mit der Speisekarte Luft zu. »Der hat wohl Panik bekommen und wollte noch mal das Meer sehen, bevor es hinter schwedische Gardinen geht. Oder er war bloß zu geizig, seine Buchung zu stornieren. Wie ich soeben erfahren habe, ist der Flüchtige unter Umständen auch psychisch krank und derzeit nicht zurechnungsfähig – was einen nicht wundert, wenn man sich anschaut, was der für ein Massaker angerichtet haben soll.«

»Immerhin hat er Ihnen einen Kurzurlaub beschert, Herr Schneider«, lachte Tsoukas.

Schneider lupfte die Augenbrauen. »An dieser Stelle jedenfalls ein ausdrückliches Dankeschön für Ihre Kooperationsbereitschaft, dass wir das auf kurzem Weg alles so schnell und unkompliziert regeln können, Herr Tsoukas. Und ein Kompliment: Sie sprechen ja besser Deutsch als ich.«

»Kunststück«, sagte Tsoukas und zuckte mit den Achseln. »Ich habe eine doppelte Staatsbürgerschaft. Mein Vater hat ein Restaurant in Bielefeld.«

35.

Während Kriminalhauptkommissar Rolf Schneider in der griechischen Sonne sein kühles Bier genoss und Kriminaloberkommissar Stephan Reineking auf dem Weg nach Düsseldorf zur Feststellung eines Tatverdächtigen darüber nachdachte, dass er lieber an Schneiders Stelle wäre, statt sich durch den Verkehr auf der A 2 bei Wuppertal zu schlängeln, stiegen Polizeipsychologin Alexandra von Stietencron und Kriminalkommissar Mario Kowarsch aus dem silbergrauen Vectra und betraten die Lobby der vollklimatisierten *Neuen Westfalenpost*. Am Empfang wies ihnen eine walkürenhafte Mittfünfzigerin den Weg zum Fahrstuhl, der sie in das Heiligste der Zeitung beförderte. Das aus den sechziger Jahren stammende Gebäude war innen mit Millionenaufwand auf einen Medientempel des neuen Jahrtausends getrimmt worden.

Die Nachrichtenredaktion thronte seit jeher im obersten Geschoss – über den Lokalen, über den Anzeigenabteilungen und der Geschäftsstelle, über dem Sport und auf einer Ebene mit der Wirtschaftsredaktion. Aus in der Decke eingelassenen Boxen säuselte dezent das Mittagsprogramm von Radio 107,7, an dem die *Neue Westfalenpost* zu vierzig Prozent beteiligt war, und als die Fahrstuhltür sich öffnete, gelangten Alex und Kowarsch auf einen langen Flur, dessen Wände mit historischen Zeitungsseiten in Bilderrahmen behängt waren. Unterbrochen wurde die Galerie von vereinzelten Yucca-Palmen, die nicht im allerbesten Zustand waren.

Alex zog die Griffe der über die Schulter gehängten Handtasche zurecht. Sie war deutlich schwerer als üblich, weil sich heute außer dem üblichen – wohlsortierten – Mix aus Deoroller, Geldbörse, Lippenstift, Handy, Autoschlüssel, einer Packung Tempos, drei Not-Tampons, einer Rolle Mentos, der Kripo-Marke, der Klarsichthülle mit Einkaufsquittungen zum späteren Abheften, zwei Parfümproben, der Sonnenbrille und einer Dose Pfefferspray auch eine Walther P99 darin befand, und sie würde nicht zögern, wenigstens das Pfefferspray gegen Mario Kowarsch einzusetzen, sollte dieser sich auch nur einen dummen Spruch erlauben.

Marcus hatte angewiesen, dass die beiden als Team losfahren sollten. Weder Kowarsch noch Alex waren darüber sonderlich erfreut gewesen, und so hatten sie sich den größten Teil der Fahrt zu dem Medienhaus über angeschwiegen. Immerhin ließ sich der Kerl auf diese Art und Weise einigermaßen aushalten, was Alex von seinem nach Ingwer riechenden Parfüm nicht sagen konnte. Auf halbem Weg hatte Kowarsch geseufzt, dass er mal besser mit seiner Freundin auf den Malediven geblieben wäre, anstatt gleich in einen solchen Fall katapultiert zu werden, aber bald würde er ja eh Papa werden und sich ein Jahr Elternzeit gönnen. Abgesehen davon, dass Kowarschs Freundin genauso bekloppt sein musste wie er, sich offenbar hochschwanger noch eine Malediven-Reise anzutun, konnte Alex sich in keiner Weise vorstellen, dass einer wie Kowarsch mit dem Kinderwagen durch die Straßen schuckelte und Windeln wechselte. Aber war es nicht schon immer so gewesen, dass sich die Doofen vermehrten, während intelligente Menschen dazu verdammt waren, sich allenfalls mit einem faulen Kater abzugeben?

Zur späten Mittagszeit war die Redaktion wie leergefegt. Aber einer würde in jedem Fall da sein: Kraft. Er hatte Alex auf dem Handy angerufen – natürlich nicht ahnend, dass sie Kowarsch im Schlepptau haben und eine Verabredung zum Rendezvous im Vernehmungsraum überbringen würde.

Die Tür zu Krafts Büro stand einen Spaltbreit offen, und die beiden Ermittler traten ohne anzuklopfen ein. Der Reporter sah noch schlechter aus als bei der Pressekonferenz. Die Haare wirkten speckig, dunkle Schweißflecken hatten sich in sein Hemd gesogen, das Gesicht war aschfahl. So gesehen passte er ganz gut in das Chaos aus Zeitungen, Unterlagen, Faxen, Büchern, Kartons, leeren Kaffeetassen, Aktenordnern, Wasserflaschen, Seitenausdrucken und dem überquellenden Aschenbecher, der für einen beißenden Nikotingestank sorgte. Kraft hing nach vorne gebeugt an der Tastatur und fixierte den Computermonitor mit zusammengekniffenen Augen. Als er Alex und Kowarsch bemerkte, huschte ein abschätziges Lächeln über seine spröden Lippen, und er deutete wortlos auf den Stuhl vor seinem Schreibtisch. Alex nahm Platz und stellte die Handtasche auf ihrem Schoß ab, während Kowarsch »Tach« nuschelte und sich hinter Alex aufbaute.

»Hätte ich mir ja denken können, dass Sie Geleitschutz mitbringen. Na ja …«, murmelte Kraft, griff nach einer Kaffeetasse und trank einen Schluck.

»Herr Kraft …«, begann Alex.

»Marlon.«

Waren sie schon so privat? Aber gut. »Okay, also Marlon. Kommen wir direkt zur Sache.«

»Nun.« Mit zitternden Händen rieb er sich über das Gesicht. »Es gibt da einige Dinge, die ich wissen muss.«

Kowarsch schmunzelte gelangweilt, und Alex funkelte Marlon an. »Sie verkennen die Situation.«

Kraft hob die Augenbrauen. »Inwiefern?«

»Es gibt in erster Linie einige Dinge, die wir von Ihnen wissen müssen.«

»Aha …«

Kowarsch räusperte sich. »Bringen wir es auf den Punkt,

Kraft«, sagte er. »Sie haben nicht nur Sandra Lukoschik gekannt, Sie kannten auch Juliane Franck, das zweite Mordopfer. Die Überwachungskameras in dem Getränkemarkt haben ein Gespräch zwischen Ihnen aufgenommen, in dessen Verlauf Sie Telefonnummern austauschen. Außerdem wurde Ihr Ausraster gefilmt. Ich muss Ihnen nicht sagen, dass das aus unserer Sichtweise ein eigentümliches Bild ergibt. Zudem sind Sie am Mordabend mit Sandra Lukoschik essen gewesen. Weder das eine noch das andere haben Sie der Polizei mitgeteilt, obwohl es mehrere Chancen dazu gab. Nun, da fragen wir uns: Warum?«

Marlon knibbelte an seiner Unterlippe und schien durch Alex hindurchzusehen. »Wird das hier eine Vernehmung?«

»Lenken Sie nicht ab, Kraft«, antwortete Kowarsch ungehalten. »Wir können das auch gerne in der Kaserne fortsetzen, und je länger ich darüber nachdenke, desto besser gefällt mir die Idee.«

Kraft lachte auf. »Sie kommen hier in die Redaktion einer Tageszeitung, um mich zu vernehmen, Herr …«

»Kowarsch.«

»Ist Ihnen klar, dass solche Methoden nach 1945 in Deutschland abgeschafft worden sind? Schnallen Sie so in etwa, wo Sie sich befinden?«

»Okay.« Kowarsch atmete tief durch. »Nehmen wir ihn mit, Alex.«

»Warte noch.« Alex hob eine Hand in der Hoffnung, Kowarsch wieder etwas zu beruhigen, der entweder gerade damit begonnen hatte, das »Guter Bulle, böser Bulle«-Spiel einzuleiten, oder aber tatsächlich von Marlons überheblicher Art angepisst war.

»Das hat keinen Zweck, wir nehmen ihn mit«, wiederholte Kowarsch.

Marlon schoss in seinem Stuhl nach vorne und warf dabei fast die Kaffeetasse um. »Vorwitziger Polizist tritt Pressefreiheit mit Füßen!«, spie er aus. »Soll das Ihr Chef morgen lesen, ja, soll er das, Kommissar Kowaldt?«

»Kowarsch«, verbesserte Kowarsch.

»Mir egal.«

»Marlon«, schaltete sich Alex ein, »ich kann verstehen, wenn Sie verärgert sind. Aber das hilft uns im Augenblick nicht weiter. Wir haben es hier mit zwei Mordfällen zu tun, und die Fakten sind nun einmal so, wie sie sind. Also können wir es einfach oder kompliziert machen. Ich wäre für den einfachen Weg.«

Kraft fuhr sich durch die Haare und seufzte. »Ja, sicher habe ich die beiden gekannt, was Sie ja nicht überraschen wird. Mit der einen hatte ich was. Mit der anderen hätte ich möglicherweise was gehabt. Aber das kann hier nicht die Frage sein. Die Frage muss sein, wer die Nächste ist und was ich mit ihr zu tun haben könnte und wie viele noch an die Reihe kommen, darum sollte sich die Polizei kümmern – und nicht darum, Fakten zu bestätigen, die sie eh schon kennt.«

»Die Nächste?«, fragte Alex.

Marlon schob ihr wortlos die Ausdrucke von den E-Mails über den Schreibtisch, die in der zeitlichen Reihenfolge von der neusten bis zur ersten E-Mail geordnet waren. Sie alle stammten von der Adresse reaper@gmx.de

Scheinbar hatte Kraft seine Meinung geändert und sah keine Veranlassung mehr, die Schreiben zurückzuhalten. Alex überflog die Papiere und schluckte. Die Inhalte, der Stil – sie musste sich das in aller Ruhe ansehen und reichte die Ausdrucke an Kowarsch weiter, der zu lesen begann.

»Okay.« Kowarsch faltete die Mails zusammen und reichte sie an Alex, die die Papiere in ihrer Handtasche verschwinden ließ. »Wir werden den Absender überprüfen und ...«

»Haben Sie mal geantwortet?«, fragte Alex.

Kraft nickte. »Ich wollte von dem Arschloch wissen, was er sich bei seinen Mails denkt, wer er ist und was er von mir will. Er gab aber keine Reaktion. Kunststück – Selbstgespräche per E-Mail sind irgendwie sinnlos.« Er neigte sich nach vorne und klopfte mit den Knöcheln an den Monitor seines iMac. »Das hier ist der Absender, Kommissar Kowarsch, mein eigener Rechner. Und meine Antwort-Mail habe ich somit an mich selbst geschickt.«

Alex legte den Kopf schief und sah Kraft fragend an.

»Ich habe die Mails bereits zurückverfolgen lassen«, erklärte der Reporter. »Sie laufen über ein paar Umwege und enden an der IP-Adresse meines Rechners. Was bedeutet, dass mich entweder jemand gehackt hat oder jemand aus dem Haus die Mails an meinem Mac verfasst hat oder …?«

»Oder was?«, blaffte Kowarsch.

»Na, kommen Sie schon …«

»Ich verstehe nicht, worauf Sie hinauswollen?«, fragte Alex irritiert.

»Ach«, machte Kraft verächtlich, »trauen Sie sich ruhig.«

Alex verschränkte die Arme vor der Brust. »Ich halte das für ein bescheuertes Spiel, aber bitte: Oder Sie selbst haben sich die Mails geschrieben.«

»Bingo.« Kraft klatschte in die Hände. »Nehmen Sie mich jetzt fest?«

»Na, wenn er schon drum bettelt«, brummte Kowarsch, dessen Handy sich plötzlich mit einem Techno-Klingelton meldete. Er zuckte kurz zusammen, zog das Gerät aus der Hosentasche und ging mit einem »Ja?« vor die Tür.

Alex musterte Kraft mit festem Blick und ließ ihn über die Frage, ob sie ihn nun verhaften werde, einige Momente im Ungewissen. Er zeigte keine Reaktion. »Einen Haftbefehl habe ich nicht dabei, nein. Aber sehr wohl möchte ich Sie auffordern, mit mir in die Kaserne zu kommen. Es gibt da eine ganze Menge ...«

»Hat Marcus das gesagt, oder folgen Sie nur dem Wunsch Ihres Gorillas da draußen?«

»Es gibt eine Reihe von Fragen, die wir zu klären haben.«

»Spinnt der, oder was?«

»Herr Kraft!«, herrschte Alex ihn an. »Können Sie das bitte ernst nehmen? Es geht hier nicht um unbezahlte Strafzettel!«

»Alex.« Kraft lehnte sich in seinem Stuhl zurück. »Sie und ich und Marcus und Ihr telefonierender Freund Kowaldt oder Kowarsch wissen alle vier sehr genau, dass ich einer Einladung zu einer polizeilichen Vernehmung nicht Folge leisten muss und es auch nicht tun werde. Schicken Sie mir eine offizielle Vorladung vom Staatsanwalt, dann komme ich – und werde mich auf mein Recht der Auskunftsverweigerung berufen. Und wissen Sie auch, warum? Weil es mir einfach zu dämlich ist und weil es Grenzen gibt.«

»Und Ihnen müsste klar sein, wie schlecht sich das macht, wenn Sie Informationen unterschlagen, die Polizei in ihrer Arbeit behindern und nicht kooperationsbereit sind, obwohl Sie zunehmend unter Verdacht geraten. Das ist Dummheit, Marlon, pure Dummheit, und so was regt mich auf.«

Kraft steckte sich eine Zigarette an. »Halten Sie mich für den Mörder?«

»Darum geht es nicht.«

»Doch«, sagte Marlon und linste zur Tür in Richtung Kowarsch, der nach wie vor gestikulierend telefonierte. »Für mich geht es genau darum, Alex. Ich muss wissen, ob ich Ihnen vertrauen kann.«

»Und wenn ich Sie pauschal für gänzlich unschuldig halte, vertrauen Sie mir?«

Kraft antwortete nicht, sondern zog an der Marlboro und stieß den Rauch langsam aus.

»Tja, aber den Gefallen kann ich Ihnen nicht tun. Ich habe keine Ahnung, ob Sie der Mörder sind oder Roman König oder Jürgen Roth oder Ludger Siemer oder sonst wer ...«

Kraft merkte auf. »Siemer?«

»Ja. Sie haben mir im *Buffalo* von ihm erzählt, schon vergessen? Er ist raus aus dem Maßregelvollzug. Vielleicht hat er noch eine Rechnung mit Ihnen offen.«

»Siemer ...«, sagte Kraft nachdenklich und runzelte die Stirn. »Ludger Siemer?«

»Alex?« Kowarsch lehnte sich durch die halb offen stehende Tür und sah sie an. »Kann ich dich kurz sprechen?«

Alex presste die Lippen zusammen, funkelte Kraft an, stand auf und ging auf den Flur. Kowarsch zog die Tür etwas zu und wischte sich mit der Hand über den Nacken. »Ich muss weg.«

»Wie, du musst weg, was soll das heißen, was ist denn los?«

»Tja.« Kowarsch trat von einem Bein auf das andere. »Ist etwas blöd gelaufen«, sagte er leise. »Ich habe einen Termin beim Frauenarzt verpeilt. Meine Freundin – ich habe dir doch erzählt, dass sie schwanger ist, und jetzt steht sie beim Frauenarzt und wartet drauf, dass ich sie abhole, nachdem ich schon beim Ultraschall nicht dabei war, die ist auf hundertachtzig.«

Alex verschränkte die Arme vor der Brust. »Das kann doch jetzt wohl nicht wahr sein, Mario.«

»Ich hole sie kurz ab, bringe sie nach Hause und komme dann wieder.«

»Mario, im Ernst, mitten in einer Vernehmung willst du zum Frauenarzt fahren und mich hier alleine sitzenlassen, verstehe ich das richtig?«, zischte Alex.

»Ich weiß, es ist scheiße, aber du kennst meine Freundin nicht, und ich habe bisher jeden Termin wegen des Jobs verpasst, Alex, ich kann froh sein, dass sie mir noch nicht den Laufpass gegeben hat, du verstehst das nicht, du …«

Schönen Dank auch. Natürlich verstehe ich das nicht, ich habe ja noch nicht mal einen Kerl und damit jedes Recht verwirkt, ein Wort wie Ultraschall in den Mund zu nehmen …

»… kennst die nicht, wenn die sauer ist, dann …«

»Mario?«

»Ja?«, flüsterte er.

»Mario, dann fahr in Gottes Namen.«

»Ich beeile mich, versprochen, bin in fünfzehn oder zwanzig Minuten wieder da.«

»Ja.«

»Schaffst du das, ich meine, hältst du den noch so lange …«

»Jaha.«

»Also, wenn du nicht klarkommst, dann …«

»Mario, los jetzt und nerv mich nicht weiter, bitte.«

»Okay. Hast was gut bei mir. Tut mir echt leid, denn …«

Alex rollte mit den Augen.

»Okay, bin dann weg, ich beeile mich.« Damit schob Kowarsch das Handy wieder in die Tasche und joggte zum Fahrstuhl. Alex atmete tief ein und wieder aus. Dann ging sie zurück in Krafts Büro.

»Der Kollege«, erklärte sie, als sie sich wieder auf den Stuhl fallen ließ, »muss dringend kurz weg. Er kommt gleich wieder.«

»Ah, na ja. Dann haben wir ja noch etwas Zeit, uns gemütlich zu unterhalten, was?«

»Ich weiß nicht, ob das gemütlich werden wird, Marlon.«

Kraft schürzte die Lippen und beugte sich nach vorne. »Sie haben eben von Ludger Siemer gesprochen, Alex.«

»Ja«, antwortete sie knapp und suchte ein Mentos aus ihrer Handtasche, um es sich in den Mund zu schieben. Krafts Raucherei machte sie nervös. Wahrscheinlich würde sie den ganzen Tag lang den Gestank in ihren Kleidern riechen müssen. »Ludger Siemer. Sie dürften ihn ja noch kennen. Und was Ihre Frage von eben angeht, ob ich Sie für den Täter halte – nun, es gibt ein ganzes Füllhorn von Tatsachen, die dafür sprächen, oder? Angefangen damit, dass Sie mit Sandra Lukoschik in der Mordnacht abends essen waren und danach mit ihr geschlafen haben.«

»Ha!« Marlon spie einen Schwall Rauch aus. »Sie erwarten doch wohl nicht, dass ich darauf jetzt eingehe.«

Alex schüttelte den Kopf und lutschte an ihrem Kaubonbon. »Nein. Nicht nötig. Es liegen uns Zeugenaussagen aus dem Restaurant vor. Ihr Wagen wurde gesehen, das reicht.« Alex schlug die Beine übereinander, strich sich eine Haarsträhne hinter das Ohr und betrachtete Kraft, um zu sehen, wie er auf die Information reagierte. Aber sein Gesicht blieb unbeweglich. Es konnte daher nicht schaden, noch etwas nachzureichen. »Nehmen Sie noch das C-12, Marlon?«, fragte Alex.

»Was soll die Frage?«, antwortete Kraft, trank einen Schluck Kaffee und spülte damit durch die Zähne. »C-12, na ja, zuletzt habe ich es wieder öfter genommen, aber meine Packung ist leer. Leider ist meine Psychologin im Moment …« Er unterbrach sich für einen Moment. »Weiß der Geier, wo sie steckt. Ehrlich gesagt drücke ich mich auch ein wenig vor dem Gespräch. Sie dürfte sauer sein, weil ich einen Termin verpasst habe. Na ja, und die Sache mit Sandra …«

»Was hat denn Ihre Psychologin damit zu tun?«

Krafts Mundwinkel zuckten. »Sie waren befreundet, Sandra und Viviane.«

»Aha?« Alex zwirbelte an einer Haarsträhne. Warum wusste sie davon nichts? Und wusste Marcus davon? Aber zunächst waren andere Dinge wichtig.

»Was ist an dem Abend geschehen, als …« Alex wurde unterbrochen, als die Bürotür sich öffnete. Eine ältere Frau kam herein, flötete »Päckchen für dich« und stellte Marlon ein gelbes DHL-Päckchen auf den Schreibtisch. Sie warf Alex einen prüfenden Blick zu.

»Danke«, sagte Marlon zu der Frau, die Alex kurz zunickte und im Hinausgehen die Tür energisch hinter sich zuzog.

»Unsere Sekretärin«, erklärte Kraft, kniff die Augen zusammen und begutachtete das Päckchen. »Aber Sie wollten wissen«, fuhr er fort und griff nach einer Schere, »was an dem Abend passiert ist?«

Alex nickte, doch Kraft sah sie nicht an. Er war damit beschäftigt, den Karton zu öffnen. »Genau genommen«, antwortete er und ritzte die Klebefolie an den Kanten ein, »nicht viel. Wir waren essen. Danach bei mir. Wir hatten Sex. Der alten Zeiten wegen. Ich glaube, Sandra war immer noch ein wenig in mich verliebt. Danach habe ich sie aus der Wohnung komplimentiert, worüber sie sehr sauer war. Wir haben uns gestritten.« Kraft hatte die Folie zerschnitten. Legte die Schere beiseite und öffnete den Deckel. Alex war baff über seine Offenheit. Mit jedem Wort brachte er sich mehr in Schwierigkeiten, denn die Tatsache, dass es Streit gegeben hatte, war ein mögliches Motiv. Entweder war er sich dessen nicht bewusst, oder es war ihm gleichgültig. Vielleicht ging er davon aus, dass Angriff die beste Verteidigung war.

»Was danach passiert ist, weiß ich nicht«, fuhr er fort. »Ich verfluche den Moment, in dem ich Sandra gesagt habe, sie solle gehen. Wäre sie geblieben, wäre das alles vielleicht nicht passiert.«

»Worüber haben Sie gestritten?«

Kraft zog zusammengeknülltes Zeitungspapier aus dem Päckchen. »Sie wollte Liebe. Ich wollte Sex. Darum ging es. Als sie weg war, hatte ich wieder eines dieser Blackouts ...«

»Blackouts?«

Kraft nickte und durchwühlte die Schachtel. »In psychischen Stress-Situationen knicke ich seit dem Vorfall in dem Kindergarten gelegentlich mal weg. Liegt an dem Trauma, sagt meine Psychologin, und hat wohl auch etwas mit dem C-12 und meiner Kopfverletzung zu tun. Ich habe Sandra also nicht aus dem Fenster hinterhergesehen und bin ihr nicht die Treppe hinterhergelaufen – zumindest nicht, dass ich mich daran erinnern könnte. Und ich weiß deshalb nicht, ob sie auf der Straße ...«

Endlich hatte Kraft den Inhalt des Päckchens gefunden. Er hielt ein silberfarbenes Nokia-Handy in den Fingern und betrachtete es erstaunt von allen Seiten.

»Was ist das jetzt?«, flüsterte er.

»Ja. Erstaunlich, nicht?«, sagte Alex schnippisch. »Man kann damit telefonieren. Es nennt sich Handy.«

»Das muss mein Handy sein. Es wurde mir neulich gestohlen«, sprach Kraft wie zu sich selbst und bediente mit dem Daumen einige Tasten. »Es ist mein Handy. Kein Zweifel. Aber hier liegt eine Datei drauf, es ...«

Blechern rauschte es aus dem Lautsprecher des Telefons, als Kraft mit einem Daumendruck ein Audio- oder Video-Format abspielte. Alex streckte den Kopf, konnte aber nichts erkennen. Dafür nahm sie umso deutlicher wahr, welcher Film sich auf der Miene des Reporters abzeichnete. Seine Kiefer mahlten, die rotgeränderten Augen waren weit aufgerissen. Die Nasenflügel bebten. Die Farbe wich aus dem Gesicht, als hätte jemand einen Stöpsel gezogen. Ein Seufzer entfuhr seinen Lippen. Zu dem Rauschen, das aus dem Gerät klang, gesellte sich nun Knacken wie von brechenden Ästen. Und dann Schreien. Ohrenbetäubend drang es verzerrt aus dem Lautsprecher. Alex zuckte zusammen. Kraft sprang auf, schaltete den Clip aus und ging mit großen Schritten zu seiner Bürotür.

»Was war das? Und wo wollen Sie hin«, fragte Alex.

»Ich …«, antwortete Kraft fahrig und mit zitternder Stimme, »… ich muss da sofort hin. Ich weiß, wo das ist …«

»Nein! Sie bleiben hier, verdammt, und sagen mir …«, aber Kraft schüttelte nur dem Kopf und wiederholte: »Ich muss dahin. Sofort.« Er rannte aus der Tür und lief über den Flur auf den Fahrstuhl zu.

»Kraft!«, rief Alex ihm hinterher, aber er reagierte nicht. Jetzt sprang sie ebenfalls auf. Sie durfte nicht zulassen, dass er verschwand. Nicht nach dem, was er ihr erzählt hatte. Und selbstverständlich musste sie klären, was da gerade geschehen war. Wo blieb dieser Penner Mario? Instinktiv griff sie nach ihrer Handtasche, in der sich ihr Handy befand. Mario anrufen. Aber auf dem Flur näherte Kraft sich schon der Fahrstuhltür. Alex sah auf den Schreibtisch. Das Paket. Sie musste es sichern. Aber es würde nicht weglaufen können. Im Gegensatz zu Kraft. Alex klemmte sich die Handtasche unter den Arm und rannte ebenfalls aus der Tür. Sie erwischte Kraft, kurz bevor die Fahrstuhltür sich schloss, und stellte das Bein zwischen die zugleitenden Türen, die einmal mit einem kurzen Schmerz an ihr Kniegelenk prallten, um sich dann wieder zu öffnen.

»Wo immer Sie hinwollen«, keuchte sie beim Eintreten,

»werden Sie mich mitnehmen, und Sie werden mir noch ein paar Fragen beantworten, weil ich Sie sonst auf der Stelle verhafte!«

Kraft nickte. Seine Haut war weiß wie Kerzenwachs. Am liebsten hätte Alex ihn vor das Schienbein getreten. »Entschuldigung, wenn ich das als Psychologin so platt sage, aber: Ihr Freund Marcus hat recht. Sie ticken echt nicht mehr richtig.«

Wieder nickte Kraft. »Ja«, sagte er leise. »Und genau das ist es, was mir langsam große Angst macht.«

36.

Der Lemfelder See schmiegte sich anmutig zwischen sanften, bewaldeten Hügeln, bewehrt von einer groben Staumauer, die in den späten vierziger Jahren das Ziel eines vergeblichen Angriffs britischer Bomber gewesen war. Zudem eines ziemlich unsinnigen, wie in der Stadtchronik Lemfelds nachzulesen war, die Helen Alex zum Dienstantritt geschenkt hatte: Die Anlage speiste keinerlei Kraftwerke oder Fabriken. In den frühen dreißiger Jahren war der See im Rahmen der »Kraft durch Freude«-Bewegung ausschließlich zur Freizeitgestaltung angelegt worden, was dem britischen *Bomber Command* entgangen sein musste. Die aus niedriger Höhe abgeworfenen *Dam Busters* verfehlten jedoch ihr Ziel und töteten jenseits der Staumauer lediglich eine Herde Kühe.

Auch heute wurden die nahe Lemfeld stationierten britischen Soldaten der Rheinarmee wegen des Vorfalls spaßhaft als Cowkiller bezeichnet.

Zu dem Naherholungsgebiet rund um den See gehörten etliche Radwege, vom Landessportbund ausgezeichnete Nordic-Walking-Strecken und Wanderwege, die an Hünengräbern entlangführten. Einmal im Jahr verwandelte sich der See in ein Meer aus bunten Lichtern, wurde zum »Stausee in Flammen« – einem der größten Feste der Region. Die Plakate in den Restaurants rund um den See und in der Tourist-Information kündigten das Event bereits an, das immer exakt einundzwanzig Tage nach der großen Sommerkirmes stattfand, für die unten in der Stadt auf dem Nicolaitor-Platz der Aufbau bereits in vollem Gange war.

Alex kannte die Pisten rund um den See recht gut. Sie war sie bereits einige Male gelaufen und hatte die Atmosphäre genossen sowie die zahllosen Villen nahe des Ostufers bewundert. Im Augenblick hatte sie allerdings keinen Sinn für die Schönheit des sommerlichen Waldes oder das Spiel des Sonnenlichts auf den Wellen. Vielmehr konzentrierte sie sich darauf, im Laufschritt nicht an einer Wurzel hängenzubleiben und gleichzeitig Marlon Kraft nicht aus den Augen zu verlieren, der einige Meter vor ihr wie ein Querfeldeinläufer durch das knisternde Laub joggte und zielstrebig auf eine alte Wehranlage zusteuerte. Alex fluchte und schimpfte innerlich auf Mario Kowarsch, den sie mehrmals vergeblich zu erreichen versucht hatte. Wahrscheinlich hatte der Idiot das Telefon im Auto liegengelassen und stritt sich im Wartezimmer oder sonst wo mit seiner schwangeren Freundin. Nun ja, früher oder später würde er sehen, dass sie ihn zu erreichen versucht hatte, und sich melden. Ewig konnte sein Besuch beim Arzt ja nicht dauern. Alex blieb stehen und zog die Schuhe aus.

Mit den verdammten Absätzen hatte das in dem Gelände keinen Sinn.

»Kraft! Warten Sie!«, rief Alex, wohl wissend, dass er keine Rücksicht auf sie nehmen würde. Sie nahm die Schuhe in die Hand und rannte weiter, kam aber auch nicht wesentlich schneller vorankam, weil ihr kleine Äste und Bucheckern in die Fußsohlen stachen. Während sie über einen umgestürzten Baum sprang, sah sie, wie Kraft das Tempo reduzierte. Er ging auf das Wehr zu, schien etwas zu suchen, schritt dann auf den Steg und starrte in ein Boot, das daran festgemacht war. Seine Brust hob und senkte sich vom schweren Atmen, und auch Alex keuchte, als sie den Steg betrat, sich auf einen Pfosten setzte und die Holzkrümel und Blattreste von den Fußsohlen strich.

»Darf ich jetzt endlich erfahren«, fragte sie und schlüpfte wieder in die Schuhe, »was wir hier machen?«

Kraft starrte wieder in das Boot, zurück zum Wehr, auf den See und schließlich auf das Handy, das er die ganze Zeit über wie einen Geigerzähler vor sich hergetragen hatte.

»Das alte Wehr – ich habe es sofort wiedererkannt. Jeder Junge hier kennt es. Es wird sicher heute noch so genannt wie früher: die sieben Löcher. Es hat sieben Öffnungen. Keiner weiß, wozu es mal gedient hat, aber das hat auch nie jemanden interessiert. Wahrscheinlich ist es ein Überlaufsystem oder ein Rückhaltebecken. Die Öffnungen da in dem Bruchmauerwerk führen tief in den Hang hinein. Hier konnte man wunderbar spielen, es war eine Mutprobe, da hineinzukriechen. Da drin ist alles voll mit Spinnen und Moder.«

Er zog seine Zigarettenschachtel aus der Hosentasche und zündete sich eine an. »Wir haben uns vorgestellt, da läge eine Leiche drin, die einen packt und hinabzieht. Irgendetwas Unaussprechliches, Uraltes und unsagbar Böses konnte dort hausen – das Gegenteil war jedenfalls nie bewiesen worden. Deswegen bin ich auch nie allzu weit reingekrochen. Noch nicht mal für Ahoi-Brause, Esspapier oder einen Stapel Spiderman wäre ich bis zum Ende gegangen. Marcus war mal ganz tief drin – nur weil er sich und allen anderen beweisen wollte, dass er es kann. Hinterher hat er berichtet, dass dicke, rostige Gitterstäbe den weiteren Weg versperren. Und natürlich hat er erzählt, er habe Stimmen gehört, die meinen Namen geflüstert hätten. Der Wahnsinnige. Niemand ist je tiefer rein als er. Angst war immer schon ein Fremdwort für ihn. Später hat man sich dann hier getroffen zum Lagerfeuer, Nacktschwimmen und Knutschen. Wie gesagt – jeder kennt den Ort. Da vorne ist eine frische Feuerstelle. Er wird also immer noch genutzt.«

Marlon zog tief an seiner Zigarette, legte den Kopf in den Nacken und blies den Rauch in den Himmel.

»Hier«, sagte er dann und reichte Alex sein Handy. »Jetzt wissen Sie ja, was die sieben Löcher sind und wie sie aussehen.«

Alex nahm das Nokia, auf dessen Display ein pixeliges Standbild zu sehen war. Es zeigte die wuchtige Bruchsteinwand, die wie der Eingang zu einer unterirdischen Mine aus einem Fantasy-Film wirkte. Das Standbild gehörte zu einem Videoclip, und als sie mit dem Daumen auf den Menü-Knopf zwischen der Zahlentastatur drückte, setzte sich das Bild in Bewegung.

Das Rauschen, das sie vorhin in Marlons Büro gehört hatte, schien vom Wind zu kommen, der über das Mikro strich. Alex sah, wie das Bild von dem Wehr zurückschwenkte auf den See und den Steg, an dem ein Boot festgemacht war. Das Licht war apricot. Die Aufnahme schien abends gemacht worden zu sein. Dann schwenkte der Blick zurück auf das

Wehr, und die Kamera setzte sich in Bewegung. Alex' Nackenhaare stellten sich auf, als sie erkannte, dass in einer der Öffnungen etwas zusammengekauert lag. Es war eine Frau in einem Bikini. Die Knöchel füllten jetzt das Display aus, sie lagen in einer Blutlache. Eine Fessel war an der Achillesferse durchstochen worden. Die Kamera glitt über die blasse Haut, die von feinen Wasserperlen benetzt war, und zeigte dann das Gesicht. An der rechten Gesichtshälfte war eine große Prellung zu erkennen. Die Augenbraue war aufgeplatzt. Die Frau mochte Mitte, Ende dreißig sein. Sie trug kurzes blondes Haar. Die Kamera glitt weiter über den sportlichen Körper, und Alex sah, dass die Hände der Frau auf dem Rücken zusammengebunden waren. Das Muster des Stricks. Es glich dem, das bei den anderen Opfern verwendet worden war. Dann ein Stöhnen. Die Frau schien zu sich zu kommen. Die Kamera glitt zurück und filmte das Gesicht in Nahaufnahme. Die Augen flackerten. Sie öffneten sich. Zunächst war nur das Weiße zu sehen. Dann glitt die Iris unter den Lidern hervor, und die Pupille schien sich auf etwas zu fokussieren. Schließlich kam die Frau zu Bewusstsein. Sie erkannte etwas. Sie begriff. Sie begann zu schreien. Unwillkürlich zuckte Alex zusammen und streckte das Handy weit von sich. Die Stimme verzerrte. Das Bild wackelte heftig. Dann ein dumpfer Schlag. Und noch einer. Das Bild wurde ruhig. Die Augen der Frau waren nun wieder geschlossen. Ein feiner Blutfaden rann aus einem Nasenloch. Der Film brach ab.

»Mein Gott«, flüsterte sie. »Haben Sie eine Zigarette?« Marlon steckte eine an und reichte sie Alex, die begierig daran zog und das Wehr beobachtete. Es sah zwar immer noch aus wie vorher, und doch wirkte es schlagartig verändert. Jetzt war auch Alex davon überzeugt, dass irgendwo in der Tiefe etwas Unaussprechliches wartete.

»Das Handy ist mir neulich im Tennisclub gestohlen worden. Wie es aussieht nur zu dem Zweck, diesen Film aufzunehmen. Sie waren ja dabei, als ich es vorhin wiederbekam. Ich sollte das sehen. Ich sollte hierherkommen.« Marlon schnippte die Marlboro in den See und sah zu, wie die Kippe auf den Wellen tanzte.

»Die Frau ...«, begann Alex.

Marlon nickte und kniff die Lippen zusammen. »Viviane. Sandras Freundin. Und meine Psychologin. Ich hatte eigentlich einen Termin mit ihr, ihn aber abgesagt und ihr eine SMS geschickt. Sie hat mir als Antwort geschrieben, dass sie am See zum Schwimmen sei.«

»Was wollten Sie von ihr?«

»Medikamente. C-12. Mich wegschießen. Seitdem das hier über mich hereingebrochen ist, bin ich ein Wrack. Ich habe wieder diese Aussetzer und bin kurz vorm Durchdrehen. Ich kann nicht mehr klar denken. Alles dreht sich nur noch um eines ...«

»Und das ist?«

»Haben Sie das Boot erkannt?« Marlon zeigte auf die Jolle, die an dem Steg festgemacht war.

Alex nickte, stand auf und gab Marlon das Handy zurück. Dann ging sie zu dem Boot. Das weiße Fiberglas war an einigen Stellen rostrot verschmiert, ein Bootshaken ebenfalls. Das erklärte das Blut an den Fesseln der Frau: Der Mörder musste sie mit dem Haken aus dem Wasser gefischt haben. Alex schauderte. Auf dem Boden des Bootes befanden sich blutige Abdrücke – verwischte kleine, die von bloßen Füßen zu stammen schienen. Und welche, die ein geriffeltes Muster aufwiesen.

Große Turnschuhe, wenigstens Größe 46. Clownsschuhe.

Auf dem Steg und vor dem steinernen Eingang, der in den

Überlauf führte, waren weitere Blutspuren. Schlieren auf den Brettern, nahe des Eingangs Pfützen auf welken Blättern. Alex kniete sich hin und betrachtete die bereits angetrocknete Masse. Der Täter musste Viviane vom Boot aus hierhergeschleift haben. Darauf wiesen auch Furchen auf dem Waldboden hin. Ein Kampf hatte hier nicht mehr stattgefunden – das Opfer musste bereits bewusstlos oder betäubt gewesen sein. Alex sah in die gähnende Schwärze des Tunnels hinein.

»Meinen Sie«, fragte Marlon, »sie ist vielleicht da drin?«

»Ich weiß nicht. Aber wir werden nachsehen müssen.«

Marlon schüttelte den Kopf. »Ich geh da nicht rein. Auf gar keinen Fall. Das mache ich nicht. Damit habe ich ein Problem ...«

Alex presste die Lippen aufeinander und griff zu ihrer Handtasche, aus der sie das Handy hervorholte und die Kurzwahltaste für Marcus' Nummer drückte. Wenn Kowarsch schon nicht dranging, dann hoffentlich er.

»Was wird das jetzt?«, fragte Marlon und legte den Kopf schief.

»Wonach sieht es denn wohl aus?«, zischte Alex und wartete auf ein Signal. Aber die Leitung blieb tot.

»Wird jetzt die Kavallerie verständigt? Ich sage Ihnen was«, blaffte Kraft und ging aufgeregt im Kreis, »die werden uns hier auch nicht weiterhelfen – entweder Viviane steckt dort drin oder nicht. Vielleicht lebt sie auch noch, und bis hier jemand eintrifft, ist sie verblutet.«

Benji. Benji, auch du bist verblutet, weil ich dir nicht helfen konnte ...

Eine eiskalte Faust schien sich um Alex' Herz zu klammern. Ja, es war nicht auszuschließen, dass Viviane noch lebte, falls sie sich in dem Tunnel befand.

»Davon abgesehen, werden Sie hier oben keinen Empfang haben«, redete Kraft weiter auf Alex ein.

Alex nahm das Handy vom Ohr und starrte auf das Display. Neben dem kleinen Antennensymbol, wo sonst eine Balkenanzeige die Empfangsqualität darstellte, war nur eine leere Fläche zu sehen. Trotzdem probierte sie es noch einmal und wählte nun die Mobilnummer von Reineking. Nichts geschah. Sie hörte nur leises Rauschen.

»Sehen Sie? Hier oben geht nichts«, dozierte Kraft und wedelte mit seinem eigenen Telefon herum. »Schnittstelle. Sich überlagernde Sendegebiete, dazwischen weiße Flecken. Wenn Sie mal die Zeitung lesen würden, hätten Sie neulich einen Kommentar von mir darüber lesen können. Hier oben stand mal eine Radarstation der britischen Rheinarmee, daran liegt das. Die haben es nicht zugelassen, dass hier andere Frequenzen rumfunken, und seither hat sich niemand drum gekümmert. Wir müssten aus dem Waldgebiet wieder raus, aber die Zeit haben wir nicht.«

Also kein Kowarsch, kein Marcus, kein Reineking. Sie war auf sich allein gestellt. Großartig. Alex steckte das nutzlose Handy zurück in die Tasche. Falls es nur den Hauch einer Chance gab, dass in dem Gang ein Opfer versteckt war und womöglich noch lebte – würde sie damit leben können, dass es womöglich ihrer Untätigkeit wegen starb? So wie Benji? Es gab nur eine Antwort darauf. Niemand würde jemals wieder sterben müssen, bloß weil sie nicht helfen konnte.

»Also gut«, sagte Alex leise, »sehen wir nach.«

Kraft wischte sich über die Lippen und schüttelte den Kopf, während er weiter im Kreis marschierte. »Ich kann da nicht rein«, sagte er mit bebender Stimme und zeigte auf den Eingang. »Keine Chance, ich komme keine zwei Meter weit, dann verfalle ich in eine Starre oder drehe auf der Stelle durch oder ...«

»Sch«, winkte Alex ab, »davon hat auch niemand gesprochen. Ich mache das.«

Mache ich das? Mache ich das wirklich? Bin ich irre?

Marlon trat von einem Bein auf das andere. »Vielleicht ist sie aber auch gar nicht da drin.«

Alex drehte sich zu ihm um. »Warum?«

Er zuckte mit den Schultern. »So ein Gefühl. Vielleicht aber auch doch. Vielleicht ...« Kraft raufte sich die Haare und fluchte.

»Marlon, jetzt reißen Sie sich zusammen«, sagte Alex, um Fassung bemüht. »Wir werden es feststellen. Ich bin mir ziemlich sicher, dass sich irgendetwas da drin befindet.« Denn es passte zusammen. Erst das Element Erde, dann Luft, jetzt Wasser. Als nächstes Tierzeichen musste der Tiger folgen, wenn ihre Theorie richtig war.

Mutig. Abenteuerlustig. Kraftvoll. Vielleicht ist dieses Mal das Zeichen die Aufgabe selbst, die Eigenschaften, die gefordert sind ...

»Geben Sie mir Ihr Feuerzeug.«

Marlon sah sie fragend an.

»Ein wenig Licht wäre hilfreich«, erklärte sie ihm, und er gab ihr sein Zippo mit zitternden Fingern.

»Und, Marlon«, sagte sie, bevor sie in den Tunnel kroch, »rühren Sie sich nicht von der Stelle.«

»Ganz bestimmt nicht«, versprach er. »Ganz bestimmt nicht.«

Die ersten Meter waren noch erträglich. Unter Alex' Füßen raschelte vertrocknetes Laub, das in den Abfluss hereingeweht war. Die Wände aus Bruchstein waren mit Moos bewachsen, und das Deckengewölbe mit Spinnenweben wie mit

Zuckerwatte überzogen. Sie musste sich geduckt vorarbeiten, denn der Ablauf war nicht viel höher als etwas über einen Meter. Je tiefer sie in den Stollen ging, desto weicher wurde der Boden. Sie zwang sich, nicht mehr durch die Nase zu atmen. Der feuchte Gestank nach Moder war unerträglich, und es sollte sie nicht wundern, wenn irgendein Tier hier drinnen verendet war.

Oder noch etwas Größeres ...

Alex schnippte das Zippo an, dessen Flamme die Dunkelheit nicht wesentlich zu verdrängen mochte. Sie blickte sich über die Schulter um und sah Marlons Silhouette im gleißenden Gegenlicht. Zehn Meter war sie vielleicht vorwärtsgekommen. Es war nicht abzuschätzen, wie viele noch vor ihr lagen. Als sie wieder nach vorne sah, zuckte sie zusammen. Eine handtellergroße Spinne seilte sich vor ihren Augen ab, um in dem nassen Boden zu verschwinden.

O Gott ...

Für einen Augenblick befürchtete sie, das Gleichgewicht zu verlieren. Widerwillig suchte sie mit der Hand nach Halt an der Wand. Sie fühlte sich kalt, feucht und weich an. Wie etwas, was einmal gelebt hatte. Aber besser das, als in den undefinierbaren Morast zu kippen, wo alles Mögliche über sie hinweghuschen konnte. Eine Sekunde lang dachte sie an ihre Haare und was sich darin bereits verfangen haben mochte, verdrängte den Gedanken aber genauso schnell wieder, wie er aufgekommen war. Als sie sich wieder gefangen hatte, setzte sie ihren Weg fort.

Der Gang war tiefer, als sie erwartet hatte. Sie schätzte, dass sie bereits zwanzig Meter weit in den Hügel gegangen war, als sie ein leises Tropfen hörte. Es klang wie Wasser, das mit Nachhall in ein Reservoir irgendwo vor ihr fiel. Nach weiteren fünf Metern schälte sich etwas aus der Dunkelheit. Das

Gitter. Es verschloss den weiteren Weg. Die Stäbe waren dick wie Handgelenke und völlig verrostet. Hier drin gab es nichts weiter zu entdecken. Endstation. Alex legte die Hände um die Eisenstäbe und rüttelte daran. Sie gaben nicht nach. Das Tropfen war jetzt deutlicher und genau vor ihr. Dort musste sich das Überlaufbecken befinden, von dem Marlon erzählt hatte.

Aber da war noch etwas hinter dem Gitter. Alex konnte es nicht genau erkennen. Es lag auf dem Boden und sah gelb aus.

Oder blond, kurzgeschnitten und gefärbt ...

Sie streckte die Hand mit dem Feuerzeug so weit es ging durch das Gitter, um den Raum auszuleuchten. Und schließlich erkannte sie es. Sie ließ den anderen Arm folgen und bekam das weiche Etwas zu fassen.

»Hallo, mein Freund«, flüsterte sie schließlich, als sie es im Schein des Feuerzeugs betrachtete. Es war ein Stofftier. Ein Tiger.

Im nächsten Moment ließ Alex das Zippo zuschnappen, das mittlerweile glühend heiß geworden war, und verharrte in der Dunkelheit. Die Kühle ließ sie frösteln. Viel mehr aber noch der Gedanke an einige Dinge, die sie nicht berücksichtigt hatte. Wo war sie hier? In einer Rattenfalle. Und wer wartete draußen? Ein möglicher Serienmörder. Wer wusste, dass sie hier war? Niemand.

Du bist wirklich völlig irre, komplett bescheuert ...

Alex schüttelte sich und drehte sich langsam auf den Hacken um. Weit vor ihr war der Ausgang als ein weißes Loch zu erkennen. Davor war kein Schatten mehr zu sehen, kein Umriss, der auf Marlon Kraft hindeutete.

Denk nach ...

Die Sache mit dem Handy. Vielleicht hatte er das nur erfunden. Vielleicht hatte er den Film selbst aufgenommen, um sie hierherzulocken. Immerhin hatte er sofort gewusst, wohin er musste, und die Geschichte, die er ihr von den sieben Löchern erzählt hatte – na ja, nicht mehr als eine Geschichte eben. Dagegen sprach, dass das Paket zufällig angeliefert worden war, als sie in der Redaktion gesessen hatte. Doch auch das konnte arrangiert gewesen sein. Und Kraft hatte ihr erzählt, dass die E-Mails von seinem eigenen Rechner gekommen waren. Bei der mutmaßlichen Toten handelte es sich außerdem um seine Psychologin. Nicht auszuschließen, dass er mit ihr wie mit den anderen beiden Frauen eine Rechnung offen hatte. Einige psychisch Kranke entwickeln bekanntlich eine Hassliebe zu ihren Therapeuten.

Das Trauma, von dem er ihr erzählt hatte, seine Beschäftigung mit dem Purpurdrachen, mit Roth. Möglicherweise hatte er sich sein eigenes Szenario geschaffen, das ihn in der psychischen Krise, in der er sich unverkennbar befand, zu den Morden getrieben hatte. Vielleicht war der offensive Umgang mit allem nur Tarnung. Nebelkerzen. Und was hatte es mit den Blackouts auf sich, von denen er erzählt hatte? Klassische Situationen, in denen jemand nicht weiß, was er tut. Sicher, es lag auf der Hand. Er hatte ein Problem mit Frauen, war männlich, mit einer Kopfverletzung sowie an einem Trauma leidend, das die Geiselnahme im Kindergarten zum Ausbruch gebracht hatte. Ein ganzer Stapel an Parametern, die typisch für Serienmörder sein konnten. Alles, was Kraft in Nebensätzen erwähnt hatte, ergab jetzt einen Sinn. Ein Bild.

Alex schüttelte den Kopf. Sie war dumm gewesen. Sträflich dumm. Kalte Angst kroch in ihr hoch. Sie konnte das nächste Opfer sein. Den Tiger hielt sie ja bereits in Händen. Und wenn sie aus dem Loch wieder herauskommen würde, stünde

Kraft neben dem Eingang und würde ihr eins über den Kopf ziehen – oder ihr die Kehle durchschneiden.

Alex tastete nach ihrer Handtasche. Mit zitternden Fingern öffnete sie den Reißverschluss. Zunächst ließ sie das Zippo hineinfallen. Nicht auszuschließen, dass sich darauf noch verwertbare Fingerabdrücke befanden. Dann tastete sie nach dem Handy und wurde etwas ruhiger, als das Licht des Displays die Dunkelheit erhellte. Immer noch kein Empfang. Natürlich nicht. Sie befand sich mitten in einem Berg, und wenn sie sich draußen schon in einem Funkloch befunden hatte, dann erst recht hier. Also nach wie vor kein Marcus und kein Reineking, die sie verständigen konnte. Sie war auf sich allein gestellt. Noch beruhigender als das spärliche Licht des Handy-Displays war die harte Kunststoffschale der Pistole, die sie aus dem Täschchen zog.

Alex schluckte. Es gab keinen anderen Weg als den zurück.

37.

Das gepanzerte Einsatzteam hatte links und rechts der Tür Position bezogen. Reineking zischte durch die Zähne und spuckte auf den Boden. Üble Mietskaserne hier im Düsseldorfer Westen. Der Flur stank nach Reinigungsmittel und Erbrochenem. Die Kollegen hatten die Bude von Ludger Siemer ruck, zuck aufgespürt, und wie es aussah, waren sie es gewohnt, nicht lange zu fackeln und lieber gleich mit der Artillerie anzurücken, wenn es um Mordverdächtige mit einschlägiger Karriere wie der von Ludger Siemer ging.

Reineking zog seine Pistole aus dem Holster, klopfte an die Tür und achtete darauf, vom Türspion aus nicht gesehen werden zu können. Drinnen regte sich nichts. Er drückte auf die Klingel, die einen gedämpften Mehr-Ton-Gong erklingen ließ, und klopfte wieder.

»Hallo, Herr Siemer!«

Nichts.

»Hat er aufs Telefon reagiert?«, fragte Reineking einen der beiden Kriminalbeamten, die hinter dem schwerbewaffneten SEK-Team Position bezogen hatten. Der Dickere von beiden schüttelte den Kopf und nuschelte: »Er soll aber definitiv da sein. Hätte die Wohnung seit ein paar Tagen nicht verlassen.«

»Hm.« Reineking klingelte erneut. Als wieder nichts geschah, zuckte er mit den Achseln und ging einen Schritt zurück, um Platz für die Spezialisten zu machen.

Die Tür flog mit einem Krachen auf, als das Schloss aus der Verankerung brach. Drei SEK-Männer glitten mit vorgehaltenen MPs in den Flur. Reineking folgte mit den beiden Kollegen.

In der Wohnung war es drückend heiß, und es stank. Zum einen mochte das an den Bergen von Abfall liegen, die den Flur in eine wahre Müllhalde verwandelt hatten und die auch aus dem Raum quollen, der vermutlich die Küche war. Zum anderen ...

»Scheiße«, flüsterte Reineking.

»Das ist in jedem Fall kein Armani-Deo«, sagte der dicke Beamte.

Wem dieser Geruch einmal in die Nase gestiegen war, der vergaß ihn nie wieder. Das Schlimmste daran war das Süße. Es sorgte bei Anfängern regelmäßig dafür, dass ihnen die Pizza vom Vorabend wieder hochkam.

»Bah«, murmelte einer der SEK-Männer, dem Schweißperlen auf der Stirn standen. Er zog seinen Helm ab und sah darunter wie frisch geduscht und nicht abgetrocknet aus.

Möglicherweise war Siemer ebenfalls gerade aus der Dusche gekrochen, bevor er sich auf seinem Bett niedergelassen hatte. Vielleicht wollte er aber auch gerade ein Nümmerchen mit einem minderjährigen Freier vom Bahnhof schieben. Zumindest lag er splitternackt auf der Decke, umgeben von Bergen stinkender Wäsche. In seiner Stirn steckte ein Fleischermesser, das bis zum Heft durch den Knochen gerammt worden war. Schwarzes und dick verkrustetes Blut bedeckte das Gesicht wie ein Film aus Teer. Auf dem wackligen Nachttisch lag eine Geldbörse, die offensichtlich durchwühlt worden war.

»Ach, du Scheiße«, nuschelte der dicke Polizist und schüttelte den Kopf. »Mann, und der Typ war mal ein Kollege von uns. Wie tief kann man sinken.«

»Tiefer, als du dir vorstellen kannst.« Reineking kämpfte gegen den Würgereiz, indem er sich vorstellte, wie ein Parfümeur inmitten einer blühenden Kamillewiese Kübel voll flüssiger Minze in mit purem Menthol gefüllte Bottiche zu gießen und dabei an frischen Piniennadeln zu schnuppern.

Reineking zeigte auf zwei ausgeleierte Fächer des Portemonnaies und auf einige wenige Karten, die noch darinsteckten, darunter ein Mitgliedsausweis von Ikea Family. »Keine Kreditkarte, keine EC-Karte, kein Bargeld. Die Krankenversicherungskarte ist aber noch da. Mit der würde jeder Junkie sofort zum Arzt laufen und sich was besorgen. Hm.«

»Die Medikamente hat er ebenfalls dagelassen, und durchgewühlte Schubladen habe ich in dem Saustall bislang nicht gesehen. Also, für einen reinen Kreditkartenraub ist mir das eine Spur zu heftig«, sagte der schlankere Beamte, der auf der anderen Seite des Bettes stand. Er hatte sich einen Latex-Handschuh übergezogen und hielt eine weiße Verpackung hoch. Eine Art pinkfarbene Schlange war als kleines Logo darauf abgebildet.

»C-12«, murmelte der Mann. »Noch nie gehört. Und 'nem Typen ein Messer in den Kopf zu rammen, finde ich auch etwas ... Na ja, der hätte es auch einfacher haben können. Es sieht so aus, als habe der Mörder ihm das Messer mit einem Hieb in den Kopf gerammt. Das braucht gewaltige Kraft. Der musste schon hart drauf sein, Junge, Junge. Na ja, dann rufen wir mal den Onkel Doktor und die Spusi an.«

Reineking rieb sich das Kinn. C-12 hatte der Kollege gesagt? War das nicht diese Anti-Angst-Droge, von der die Kriminalpsychologin beim letzten Meeting gesprochen hatte? Irgendetwas klingelte da in seinem Kopf. Er zog eine kleine Canon Ixus aus der Jackett-Tasche, dachte kurz an die Schnappschüsse, die er früher damit gemacht hatte, als es noch eine Familie Reineking gegeben hatte, schaltete sie ein und machte eine Aufnahme von der Verpackung, um sie später Alex zu zeigen. »Ich habe das Gefühl, dass das hier nur aussehen soll wie ein Raubmord«, erklärte er nachdenklich und ließ den Blick über die Leiche wandern. »Der ist regelrecht hingerichtet worden. Der hat sich ja noch nicht mal gewehrt. Keinerlei Kampfspuren zu sehen, und hier«, Reineking deutete auf die blanken Arme und Handgelenke der Leiche, »keine Abwehrspuren, nichts.«

Die Frage war, warum Siemer aus dem Verkehr gezogen worden war und ob Roman König den Job erledigt hatte. Reineking schürzte die Lippen und betrachtete den Toten. Klar war nun in jedem Fall, dass Siemer eine Rolle in dem ganzen

Szenario gespielt haben musste und Alex mit dieser Einschätzung richtiggelegen hatte. Und zum anderen bedeutete der offensichtliche Mord, dass ein gewisser Reporter, der mit Siemer in der Vergangenheit auf sehr persönliche Art und Weise etwas zu tun gehabt und im Getränkemarkt eine beeindruckende Wutshow hingelegt hatte, als Tatverdächtiger immer interessanter wurde.

Reineking griff nach dem Handy. Marcus würde nicht erfreut sein.

38.

»Marlon?«

Alex hockte etwa drei Meter vor dem Ausgang, die Pistole nach vorne ausgestreckt, und lauschte. Mit dem Steiff-Tier unter dem Arm musste sie ein denkbar blödes Bild abgeben. Aber unter den gegebenen Umständen kam es darauf nicht an.

»Ja?« Seine Antwort kam irgendwo von der Seite. Natürlich. Er würde neben dem Ausgang mit einem Baseballschläger oder einem Messer auf sie warten.

»Wo sind Sie?« Alex versuchte, mit ruhiger Stimme zu sprechen. Tatsächlich brannte ihre Kehle von der hochsprudelnden Magensäure.

»Hier.«

Kraft trat von links vor den Ausgang. Er hielt einen dunklen

Gegenstand in den Händen. Alex klammerte die Finger um den Pistolengriff und hielt die Luft an.

»Haben Sie etwas gefunden?«, fragte die Silhouette.

»Ja. Bitte treten Sie einige Schritte zurück.«

»Warum?«

»Tun Sie es einfach.«

Kraft ging einige Schritte nach hinten. Schließlich schälte sich Alex aus der Dunkelheit. Das Tageslicht fiel auf ihren ausgestreckten Arm. Als sie blinzelnd aus der Öffnung kroch, starrte sie in Krafts erstauntes Gesicht. Seine Blicke wechselten zwischen dem Tiger und der auf ihn gerichteten Pistole in ihren Händen hin und her.

»Was soll das denn?«, stammelte er.

»Ich will nicht Ihr nächstes Opfer werden«, antwortete Alex. »Was immer Sie da in der Hand halten: Her damit. Werfen Sie es rüber«, herrschte sie ihn an.

»Das ist nur …«

Statt einer Erwiderung streckte Alex den Arm durch und richtete die Waffe auf Krafts Kopf.

»… mein Diktiergerät«, vollendete Marlon den Satz. Und damit warf er es ihr zu. Es sah aus wie eine Miniaturkamera, und auf der silbernen Verkleidung stand deutlich lesbar »MP3«. Damit hätte er ihr tatsächlich nur schwerlich eins überziehen können. Dennoch …

»Herr Kraft«, sagte Alex und stand auf. »Ich verhafte Sie jetzt, weil Sie unter dem dringendem Tatverdacht stehen …«

»Was haben Sie da unter dem Arm?«

»Wonach sieht es denn aus?«

»Nach einem Stofftier. Einem Tiger.«

»Tun sie nicht so überrascht, Mann, Sie haben den da drinnen plaziert, weil …«

»Bullenscheiße!« Kraft kickte in einen Haufen Laub. Blätter stoben durch die Luft. »Und hören Sie auf, mit dem Ding da auf mich zu zielen!«

Alex schüttelte langsam den Kopf. »Nein, werde ich ...«

Mit einer blitzschnellen Bewegung griff Kraft hinter sich und hatte eine Pistole in der Hand, die er auf Alex richtete. Sie schluckte. Wie auf Knopfdruck schoss ihr das Adrenalin durch die Adern und hinterließ einen metallischen Geschmack auf der Zunge.

Shit. Damit hast du nicht gerechnet, Clarice Starling ...

»Wenn Sie auf mich zielen«, sagte Marlon kalt, »ziele ich auch auf Sie, so einfach ist das.«

»Nehmen Sie die Waffe runter!«, herrschte Alex ihn an.

»Ich glaube, viel schlimmer kann es ohnehin nicht mehr werden, oder?«

»Weg damit! Sie können damit sowieso nichts anfangen, Sie haben die Pistole ja noch nicht mal entsichert.«

»Danke für den Tipp. Aber die Glock hat diese Auto-Sicherung am Abzughebel nicht?«

»Geben Sie mir die Waffe!«

Kraft schüttelte den Kopf. »Das geht nicht. Ich habe noch eine Reihe von Dingen zu klären. Dann eben ohne Sie.«

Alex musste sich eine neue Strategie überlegen. So würde sie nicht weiterkommen. »Okay. Gut. Dann also ganz sachlich. Wir zielen beide aufeinander, und keiner wird einen Schritt nachgeben. Verlassen Sie sich darauf, dass ich zuerst schießen werde. Ich bin darin geübter als Sie. Ich habe weniger Hemmungen. Ich muss Sie so treffen, dass Sie keine Möglichkeit haben, das Feuer zu erwidern. Ich werde Ihnen also direkt ins Herz schießen. Die Wucht des Aufschlags und der Schock hauen Sie aus den Schuhen. Falls Sie noch Zeit haben sollten, den Abzug zu drücken, sind Sie bereits tot. Sie werden in jedem Fall sterben. Ich nur mit einer geringen Wahrscheinlichkeit. Das ist mein Risiko. Ich werde es eingehen. Darauf bin ich trainiert und vorbereitet. Sie nicht. Sollen wir weiterspielen?«

Kraft leckte sich über die Lippen und dachte einen Moment nach. »Ich war es nicht ...«, flüsterte er.

»Wie bitte?«

»Ich war es nicht! Geht das nicht in Ihren Schädel? Ich war es nicht! Ich muss das beweisen! Ihnen! Marcus!« Leise setzte er hinzu: »Und mir selbst ...«

»Das Beweisen überlassen wir ab jetzt den Profis.«

»Alex, zählen Sie doch mal zwei und zwei zusammen! Alles deutet darauf hin, dass ich der Täter gewesen sein könnte. Zwischendurch glaubte ich ja fast selbst dran. Aber ich weiß, dass ich es nicht war! Es spielen Dinge im Hintergrund eine Rolle, von denen Sie nicht die geringste Ahnung haben! Wenn Sie mich verhaften, wird es weitergehen, glauben Sie mir. Nur ich kann es stoppen!«

Alex fasste die Pistole noch ein wenig fester und griff nach ihrem Handy. »Nicht nur Sie. Ich kann es auch stoppen. Und genau das werde ich jetzt tun.«

»Alex.« Kraft klang verzweifelt, machte aber keine Anstalten, seine Waffe beiseitezulegen. »Der Purpurdrache – es geht dabei um mehr als um das Hirngespinst eines Kranken. Das alles hat irgendetwas mit mir zu tun, aber ich weiß noch nicht, was. Es gibt eine New Yorker Adresse im Internet, pupuradragon.com, eine Firma mit diesem Namen, die gegenüber einer psychiatrischen Klinik liegt und die in Verbindung mit der Gruppe steht, die das Luisenstift führt, in dem Roth einsitzt. Meridian Health Care. Es gibt eine Aussiedler-Kolonie in Südamerika namens Glücksberg und unter der New Yorker Adresse eine Anwaltskanzlei mit einem ähnlichen Namen. Sie können das alles nachprüfen. Ich wollte Ihnen eben meine Aufzeichnungen von meinem Interview mit Roth und Dr. Engberts geben. Roth spricht darin Spanisch und erzählt von einem Bruder des Drachen. Das alles ist ein gigantisches Mosaik, und ich muss es zusammensetzen ...«

Was ist, wenn es stimmt?

Alex verwarf den Gedanken. »Falsch«, antwortete sie kalt. »Sie werden es nie zusammensetzen. Sie werden es immer wieder aufs Neue versuchen, aber es wird kein Ende geben. Es ist eine Spirale, die nach unten führt. Sie haben sich eine Phantasie ersponnen, um die Taten im Bewussten zu rechtfertigen, die sie im Unbewussten begehen. Es ist eine Form der Schizophrenie und kein Trauma, das aus einem Kindergarten stammt. Da haben Sie doch schon Schlimmeres erlebt in Ihrer Vergangenheit, oder?«

Kraft schwieg.

»Was auch immer es ist«, fuhr Alex fort, »Sie werden es nicht mit Ihrem C-12 in den Griff bekommen. Vielmehr hat es Ihre Krankheit vielleicht ausgelöst und Türen geöffnet, die ansonsten verschlossen geblieben wären. Angst hilft uns, in der Balance zu bleiben. Sie hält das wilde Tier gefesselt. Bei Ihnen, Marlon, ist es ausgebrochen, weil Sie Ihre natürliche Angst unterdrückt haben. Sie sind der Täter. Nicht Roman König. Nicht Ludger Siemer. Hören Sie in sich hinein, Marlon. Sie sind es.«

»Nein«, hauchte Kraft, ging einige Schritte zur Seite und schüttelte langsam den Kopf. »Sie werden nicht schießen. Was ist, wenn Sie falschliegen? Dann haben Sie einen Unschuldigen getötet, der zudem der Starreporter der Zeitung ist. Wie wird es dann mit Ihnen weitergehen? Aus der Traum. *Finito.* Vielleicht schieben Sie in drei Jahren die Einkaufswagen im Supermarkt zusammen. Vielleicht noch nicht mal das. Und was viel schlimmer ist: Sie werden es nie mit Ihrem Gewissen vereinbaren können, alle anderen und vor allem sich selbst enttäuscht zu haben. Sie sind viel zu eitel und ehrgeizig, um das alles für eine vage Möglichkeit aufs Spiel zu setzen, nicht?«

Alex schluckte. Er wollte sie verunsichern. Und sie gab sich alle Mühe, nicht zu zeigen, dass er damit Erfolg hatte. Und wenn er tatsächlich unschuldig war?

Benjamin. Benny. Benji. Du hast ihn nach draußen gehen lassen. Du hast ihn nicht zurückgehalten. Du hast nicht gesagt: Scheiß auf das Speed, küss mich lieber. Du hast gesagt: Holst du uns was?

Was Kraft da von einer New Yorker Firma und einer Kolonie erzählt hatte, mochte natürlich die Ausgeburt einer kranken Phantasie sein. Aber Sie hatte es noch nicht überprüft. In der Tat war ihre Theorie ins Wanken geraten. Sie war nicht akkurat, nicht exakt und nicht präzise. Dennoch konnte es ebenso gut sein, dass Kraft sie in die Irre führte.

Kraft sah sie ernst an. »Jetzt denken Sie nach, Alex, und das ist gut so. Sie könnten es nicht ertragen, die Verantwortung für etwas zu übernehmen, von dem Sie nicht hundertprozentig überzeugt sind. Sie mögen eine Meinung haben, aber Sie haben keine Beweise. Und Sie wollen keine Schuld auf sich laden. Glauben Sie mir, ich weiß, wie das ist. Ich werde jetzt zu meinem Wagen gehen, und ich nehme die Waffe runter. Sie müssten mir schon in den Rücken schießen.«

»Tun Sie das nicht«, sagte Alex mit fester Stimme. Ihre Haut fühlte sich an, als würde sie gerade schockgefroren. Kraft zwang sie zu einer Entscheidung, die sie nicht treffen wollte.

»Ihr Zug, Frau Doktor.«

Damit steckte er die Pistole zurück in seinen Gürtel und ging davon.

»Kraft!«, rief Alex zitternd. Ihr wurde schwindelig.

Kannst du es? Ist es richtig?

Der Reporter ging durch das raschelnde Laub und drehte sich nicht mehr um. Alex nahm die Pistole in beide Hände und zielte zwischen die Schulterblätter. »Kraft! Zum letzten Mal: Bleiben Sie stehen, oder ich schieße!«

Vielleicht in die Beine? Und wenn du die Schlagader triffst? All das Blut. Benjis Blut. Überall auf Händen, Beinen und Wangen. Es ging nicht ab, so sehr du auch geschrubbt und geschrien hast, es ging nicht ab ...

Der Schuss zerriss die Stille mit einem lauten Krachen. Ein großes Stück Borke sprang von dem Baum neben Kraft ab. Er zuckte einmal zusammen und ging dann unbeirrt weiter.

Nein, verdammt, der Mistkerl hatte recht gehabt. Sie konnte es nicht. Vielleicht würde sie es nie können. Und was würde es ändern? Kraft könnte jederzeit per Handy-Ortung gefunden werden, und bei allem hatte er nicht den Eindruck gemacht, als würde er fliehen wollen. Er hatte etwas anderes vor, und sie, ja, sie hatte sich etwas vorgemacht. Vielleicht hatte sie für einen Moment gedacht, mit einem Mal könne sich all ihr Hass zu einer Kugel formen und auf Kraft konzentrieren. Was hatte ihr Vater immer wieder gesagt? »Du wirst Benji nicht wieder lebendig machen, Kleines, nur weil du andere Mörder jagst.« Ja. So war es. Und sie durfte keinen Mann für seinen Tod bestrafen, der noch nicht einmal von Benji wusste. Sie wollte Gerechtigkeit, Gerechtigkeit für seinen Tod, und wäre dabei um ein Haar von ihrem Pfad abgewichen. Sie hatte Kraft zum Mörder erhoben, obwohl sie von Anfang an nicht von seiner Schuld überzeugt gewesen war – selbst, als alles auf ihn hinzudeuten schien. Und da gab es schließlich noch Roman König und Ludger Siemer. Alles war möglich. Und auf der anderen Seite hatte ihr Ehrgeiz gestanden, Marcus einen Erfolg zu präsentieren – und dazu hatte sie sich eben in dem dunklen Abfluss ausgerechnet den als Trophäe ausgesucht, den Marcus am meisten zu schützen suchte.

Alex warf die Pistole auf den Boden und ließ sich in das Laub fallen. Sie konnte das Schluchzen nicht aufhalten, und die Tränen liefen ihr über die Wangen. Vielleicht war sie all dem nicht gewachsen. Vielleicht überschätzte sie sich maßlos.

Und jetzt reicht es mit dem Selbstmitleid, Clarice, so wirst du Buffalo Bill niemals fangen …

Alex setzte sich auf, rieb sich mit den Handballen die Augenwinkel trocken und zupfte ein paar welke Blätter von den Beinen ab. Sie atmete tief durch. Eine Frau war verschwunden. Der Purpurdrache hatte sie sich geholt. Vielleicht lebte sie noch. Sie musste gefunden werden. Nur darum ging es jetzt. Geräuschvoll zog Alex die Nase hoch. Weit entfernt hörte sie einen Motor aufheulen. Dann wurde es wieder still.

39.

»Weißt du, was das Schlimmste ist?«

Alex schüttelte den Kopf, während sie neben Reineking die Treppen in dem weißgetünchten Flur des Geschäftsgebäudes nach oben hastete, in dem neben Ärzten auch Rechtsanwälte und eine Privat-Lotto-Firma residierten.

»Du hättest es besser wissen müssen. Immer nur zu zweit. Haben sie dir auf der Uni nicht beigebracht, was?«

Solche Belehrungen hatten ihr gerade noch gefehlt. Hier und jetzt und sowieso. Dass es ein grober Schnitzer gewesen war, Kraft alleine zu verfolgen, wusste sie selbst. Die Grundregel, aus Sicherheitsgründen und um stets einen Zeugen dabeizuhaben immer nur im Team aufzutreten, gehörte zu den Basics der Polizeiarbeit. Aber was hätte sie denn machen sollen? Und wer hätte wissen können, dass sich die Stippvisite in der Redaktion so entwickeln würde, wie sie es getan hatte? Vor allem: der bescheuerte Kowarsch. Sie hatte Mario inzwischen sicherlich fünfmal auf dem Handy weggedrückt, weil sie keine Lust auf seine Entschuldigungen und Beteuerungen hatte. Andererseits würde sie ihn auch nicht verpfeifen können. Marcus würde ihm sonst den Kopf abreißen.

Alex sparte sich eine Antwort. Sich mit Reineking auf eine Argumentation einzulassen war, wie einen Föhn vor einen Staubsauger zu halten: Im Ergebnis würde nur Energie verschwendet. Außerdem war er auf hundertachtzig, seit er aus Düsseldorf zurück war. Drei Stunden Fahrerei hin und zurück für eine stinkende Leiche statt für eine schicke Festnahme, zumal er von Beginn an Alex' Theorie bezweifelt hatte, Siemer könnte als Tatverdächtiger in Frage kommen. Schönen Dank auch, Frau Gräfin.

Dass Siemer tot war, hatte Alex' Theorie wie ein Kartenhaus zusammenfallen lassen – er schied als Täter definitiv aus. Dass er selbst ermordet worden war, entzog dem Kartenhaus jegliches Fundament. Nur in einem hatte sie recht behalten: Auch Siemer musste eine Rolle spielen. Andernfalls wäre er noch am Leben.

»Wenn ich an den ganzen Papierkram denke«, keuchte Reineking und verlangsamte seinen Gang, »könnte ich jetzt schon kotzen. Dieser ganze Scheiß passiert viel zu schnell. Ich habe noch nicht eine Zeile geschrieben. Und wer soll das alles ermitteln? Dieser Killer muss uns für 'ne hippe Internetfirma halten oder so was. Der schert sich einen Dreck darum, dass man als ordentliche Behörde Zeit, Formulare und Berichte braucht. Ein Beamter kann das nicht sein, schreib das in dein Täterprofil.«

Zeit, dachte Alex, als sie auf den Gang einschwenkten, der zur Praxis der Psychotherapeutin Viviane Rückert führte. *Zeit.* Diesen Faktor hatte sie bislang völlig außer Acht gelassen. Die Morde waren in äußerst kurzer Folge begangen worden. Gänzlich untypisch für klassische Serientäter, die oftmals Monate oder Jahre vergehen ließen, bevor der Drang sie erneut zum Zuschlagen trieb. Aber um einen schnell agierenden *spree killer,* wie in der amerikanischen Kriminalistik ein »Mörder im Rausch« bezeichnet wird, dem es auf ein Maximum an Opfern in kürzester Zeit ankommt, konnte es sich auch nicht handeln, dazu waren seine Taten zu wenig chaotisch und zu gering von Amok geprägt.

Doch die Zeit spielte definitiv eine zentrale Rolle. Die Morde steuerten auf ein Ziel zu, und es musste einen Tag X geben. Zudem hatte Reineking recht mit seiner Bemerkung, dass die schnelle Abfolge der Taten die Ermittlungen ins Schlingern brachte. Die Polizei war zwar manchmal sehr schnell, wenn sie es sein musste. Aber sie war auch wie ein schwerfälliger Tanker, der eine Weile brauchte, um seinen Kurs um hundertachtzig Grad zu ändern. Und am Steuer saßen derzeit nicht die, die es in der Hand halten sollten: Der Täter selbst gab das hohe Tempo und die Richtung vor. Alles um ihn herum konnte nur reagieren, aber kaum handeln. Ein nicht zu unterschätzender Vorteil für ihn. Und in dem Durcheinander gingen die zentralen Fragen zunehmend unter: Wohin führte die Reise? Was war das Ziel?

Die Praxis war hochmodern eingerichtet. Ein Mix aus weißem Lack und Chrom, helle Wände mit Kandinsky-Drucken und ein monolithisch anmutender Luftbefeuchter im Wartezimmer, in dem auf einem Glastisch aufgefächert Lesezirkel-Zeitschriften lagen. Marcus saß auf einem Lederstuhl und las in dem großen Terminkalender, während hinter dem Tresen einige Beamte Akten durchblätterten und zwei Frauen befragten, die offenbar zum Praxisteam gehörten. Als Alex und Reineking eintraten, merkte Marcus auf und klappte das Terminbuch zu.

»Ich muss nichts sagen, oder?«, fragte er Alex erschöpft. Sie war erleichtert, dass eine Standpauke ausblieb. Sie schüttelte den Kopf und antwortete leise: »Nein, musst du nicht.«

»Okay, dann wäre das geklärt«, seufzte Marcus, stand auf und rieb sich über die Augen. »Also kommen wir zur Sache: Viviane Rückert ist seit gestern als vermisst gemeldet. Sie erschien nicht in der Praxis, war nirgends erreichbar, hat weder Termine noch private Verabredungen eingehalten. Draußen am See hat das Reinigungspersonal einige ihrer Privatsachen am Strand gefunden. Darunter auch ihr Handy. Wir haben es ausgelesen, und außer einigen Anrufen aus der Praxis und privaten auch Kurzmitteilungen gefunden.« Marcus machte eine Pause. »Sie stammen von Marlon.«

»Ich dachte, sein Handy sei gestohlen worden?«

Marcus nickte. »Hat er zumindest erzählt. Wir hatten uns zu einem Tennis-Match getroffen, das etwas aus dem Ruder gelaufen ist. Tatsächlich ist er sogar regelrecht durchgedreht. Marlon hat behauptet, das Gerät sei aus seinem Spind verschwunden, und ist dann abgehauen. Kurz zuvor muss er mit Viviane noch SMS ausgetauscht haben. Er wollte wissen, wo sie sich aufhält, weil er sie unbedingt treffen müsse. Sie hat geantwortet, dass sie am See sei.«

Alex schluckte. »Wäre es logisch, dass er so tut, als sei das Handy gestohlen worden, um damit einen Film aufzunehmen, Viviane Rückert zu töten und sich das Handy dann selbst wieder zuzuschicken, um mich an einen mutmaßlichen Tatort zu führen?«

Marcus zuckte mit den Schultern. »Sag du mir das, Alex. Irre sind dein Ressort.«

Nein. Das ergibt überhaupt keinen Sinn. Es sei denn, ein anderes Ich hat die Kontrolle von Marlon übernommen.

Marcus warf das Terminbuch auf den Glastisch. »Bislang haben wir als konkreten Bezug zu einer Tat lediglich den Handy-Film, den du gesehen haben willst, sowie einige Blutspuren, aber keine Leiche. Weder hier in der Praxis noch in ihrer Privatwohnung gibt es bislang eine Spur, die auf den Verbleib von Frau Rückert hinweisen könnte. Die Befragung des Praxispersonals hat uns ebenfalls nicht klüger gemacht. Naheliegend ist, dass sich im Umfeld des Wehrs am See etwas findet. Ich habe eine Hundertschaft angefordert, um das Areal dort noch heute Abend zu durchkämmen. Wir werden auch Hubschrauber bekommen. Nachher sollte vom Staatsanwalt ein Durchsuchungsbefehl für Marlons Wohnung eintrudeln. Wir haben versucht, ihn zu orten. Aber wir bekommen kein Signal von seinem Handy. Den Pieper und auch den Polizeifunkscanner in seinem Wagen muss er ausgestellt haben. Alles andere hätte mich auch gewundert. Tja, und einen Haftbefehl habe ich auch beantragt. Das war eines meiner schwersten Telefonate, seit … Na ja, was soll's. König werden wir heute Abend ebenfalls vernehmen können, wenn Rolf ihn uns von Samos anliefert. Ich denke, dann kommen wir weiter.«

»Ein Haftbefehl?«

»Es führt kein Weg dran vorbei.«

»Wo ist ...«, wollte sich Alex nach dem Gesprächsraum der Praxis erkundigen, aber Marcus zeigte bereits mit dem Finger auf eine schwarze Tür, die weit offen stand.

»Und wenn dich das noch interessiert ...« Er nahm eine rote Akte von einem der Lederstühle. »Marlons Behandlungsunterlagen. Dir wird das mehr sagen als mir.«

In Vivianes Büro standen neben ihrem Schreibtisch ein Le-Corbusier-Sessel und eine Liege. Eine Kokospalme breitete ihre gewaltigen Blätter wie einen Schirm aus. An den Wänden hingen drei gerahmte goldene Bilder, die indische Gottheiten zeigten. Alex strich mit den Fingern über das Antlitz eines der Götzen und öffnete dann den Wandschrank. Bücher, Medikamentenpackungen und Fläschchen. Zyprexa, Risperdal, Abilify und Seroquel, Antidepressiva wie Cipramil, Ciraplex, Trevilor und Remergil, das meiste davon Muster von Pharmavertretern, sowie Haldol und einige Benzos zur akuten Beruhigung von erregten Personen. Dazu Muster und Testprodukte, die Alex nicht kannte. Einige Zeitschriften und Broschüren von Pharmafirmen. Sie ließ sich seufzend in Vivianes Sessel fallen und schlug die Akte auf.

Marlon Kraft.

Beim Durchblättern stutzte sie. Einige Blätter zeigten den Briefkopf von Meridian Health Care. Alex überflog die Seiten. Es handelte sich um Anmeldebögen und Bestätigungsschreiben. Der Name sagte ihr etwas. Marlon hatte ihn erwähnt. Sie legte die Stirn in Falten, als sie las, dass das Unternehmen eine Testreihe veranlasst hatte, an der Marlon teilnahm. An die Papiere waren Kopien von Multiple-Choice-Bögen geheftet. Und jetzt las Alex den Begriff. C-12. Sie legte die Akte auf ihren Schoß und dachte kurz nach. Viviane hatte Marlon vor gut zwei Jahren zur Behandlung seiner posttraumatischen Störungen in einer Versuchsreihe untergebracht, die mit dem neuen Produkt arbeitete. Federführend war offensichtlich ein Institut der Uni gewesen. Der medizinische Leiter war Professor Dr. Reinulf Engberts.

Im Luisenstift lässt du dich verleugnen, und plötzlich finde ich dich hier ...

Vivianes ebenfalls angehefteten Kommentaren entnahm sie, dass die Behandlung Marlons mit C-12 teilweise Stunden andauernde Blackouts nicht beeinflusst habe, er ansonsten sehr gut damit zurechtgekommen sei, in der fortschreitenden Behandlung jedoch zunehmende Aggressionsanfälle aufgetaucht seien, die Viviane in direkte Beziehung zu der angstlösenden und damit enthemmenden Wirkung des C-12 gesetzt hatte.

Blackouts. Aggressionsattacken. In der Therapie lassen sich mit dem Mix aus Unterdrückung und Aufarbeitung multiple Persönlichkeitsstörungen gelegentlich ganz hervorragend züchten ...

Viviane war davon ausgegangen, dass das Ereignis im Kindergarten bei Marlon etwas ins Rollen gebracht hatte, das schon vorher da gewesen sein musste. Ein Trigger, nicht mehr, aber auch nicht weniger. Das deckte sich mit Alex' Einschätzung. Jemand wie Marlon hatte in seinem Job schon viele Tote gesehen. Er war bedroht worden. Er musste über einen berufsbedingten Panzer verfügen. Wenn dieser aufbrach, dann nur deswegen, weil ihn eine spitze Lanze an der dünnen Nahtstelle erwischt hatte, wo der eine Rüstungsteil in den nächsten überging. Jede Geschichte hatte ihre Vorgeschichte. Es musste da also noch irgendetwas anderes geben in seiner Geschichte, das ...

»Mein lieber Mann.«

Alex zuckte zusammen. Reineking stand plötzlich hinter

ihr und starrte auf das Arsenal an Medikamenten in dem Wandschrank. »Metelfendidat?«

»Methylphenidat«, korrigierte Alex und klappte die Akte zusammen. »Gebräuchlicher ist der Name Ritalin. Gibt man für gewöhnlich bei ADS.«

Reineking sah sie fragend an.

»Aufmerksamkeitsdefizitsyndrom«, erklärte sie. »Hyperaktivitätsstörung. Auch bei therapieresistenter Depression oder Narkolepsie, besser bekannt als Schlafkrankheit.«

»Hm.« Reineking nahm eine Packung aus dem Regal. »Vielleicht sollte ich davon mal was nehmen.«

»Und wenn du es nicht mehr brauchst, verkauf es am Bahnhof. Du glaubst nicht, wie viele Junkies an Narkolepsie oder ADS leiden, seit Ritalin auf dem Markt ist. Die schnupfen oder spritzen das Zeug. Es führt zu Euphorie und Halluzinationen.«

Reineking legte die Schachtel zurück. »Statt in der Mordkommission hättest du dich mal bei der Betäubungsmittel-Abteilung melden sollen.«

»Die haben aber keine Psychologin gesucht.«

»Hm, und sagt dir das hier etwas?« Reineking zog eine flache Digitalkamera aus seiner Jackett-Tasche, schaltete sie ein und gab sie Alex. Das große Display zeigte eine Medikamentenpackung, eine zweite Aufnahme einen Beipackzettel. Es schien sich um eine Art Muster zu handeln. Alex hatte das Präparat noch nie gesehen, was nicht weiter verwunderlich war, denn Psychopharmaka kamen Jahr für Jahr dutzendweise neu auf den Markt. Alex schaltete zwischen den Aufnahmen hin und her, bediente mit dem Daumen eine Taste und vergrößerte die jeweiligen Bildausschnitte. Die Schrift war zwar etwas unscharf, aber dennoch lesbar und die Mixtur somit eindeutig zu identifizieren.

»Das hier«, erklärte sie, »ist ein spezieller Cocktail aus Endorphinen und Betablockern. Es hat noch keine Zulassung als Medikament, aber es verspricht, sehr erfolgreich zu werden. Es ist ein Angsthemmer und wird zum Beispiel zur Behandlung von traumatischen Erlebnissen eingesetzt. Der Name ist C-12, einen anderen gibt es dafür noch nicht.«

»Mitbringsel aus Düsseldorf«, sagte Reineking. »Die Schachtel lag auf Siemers Nachttisch. Du hast recht gehabt mit der Vermutung, dass er das Zeug schluckt.«

Siemer? Marlon? Beide C-12? Wie …

Die Erkenntnis, dass sie tatsächlich richtig gelegen hatte, traf sie wie ein Schlag. Alex lud noch einmal das Bild von der Verpackung und vergrößerte es auf dem Display. Auf der Lasche war ein Logo, ein farbiger Punkt, etwa so groß wie ein Stück Konfetti. Verwischt und etwas pixelig war in dem purpurfarbenen Tupfer eine dunkle Zeichnung zu erkennen. Alex kniff die Augen zusammen. Und dann war es offensichtlich: Das Logo zeigte einen stilisierten Drachen.

40.

»Ich habe Ihnen nichts zu sagen. Nicht das Geringste.« Wilhelm Roth stand in der wuchtigen Eingangstür des Gutshofes. Sein Gesicht war zerfurcht wie die Äcker, die das jahrhundertealte Anwesen umgaben. Feine, geplatzte Äderchen durchzogen die Wangen. Seine Stimme klang wie tiefes

Donnergrummeln, das über den leeren Hof hallte, der von Stallungen gesäumt war und in dessen Mitte eine mächtige Linde stand.

»Aber ich habe Ihnen etwas zu sagen«, antwortete Marlon, der immer noch den gusseisernen Griff des Löwenmaul-Türklopfers umschlossen hielt. Ein muffiger Geruch nach Staub und altem Mittagsbraten strömte durch den Türspalt vorbei an Roths Charakterkopf, auf dem er wie so viele Bauern eine dunkelgrüne Schiebermütze aus abgewetztem Tweed trug.

»Und was könnte das sein?«, brummte Roth.

Sein hellblaues Hemd war akkurat gebügelt und messerscharf aufgekrempelt, eine goldene Krawattennadel hielt den gestreiften Schlips fest, dessen Spitze im Bund der dunklen Hose aus derbem Stoff verschwand, die bis weit über den Bauchnabel hochgezogen sein musste.

»Es geht um Ihren Sohn. Jürgen.«

Roths wässrige Augen betrachteten Marlon von oben bis unten. Dann sagte er zögernd: »Na, dann komm mal rein, Junge.«

Seit Marlon das letzte Mal hier gewesen war, schien sich drinnen nichts verändert zu haben. Vermutlich hatte im Haus der Roths vor zwanzig Jahren schon alles so ausgesehen, und vermutlich würde in weiteren zwanzig Jahren immer noch alles so aussehen. Der Empfangsraum, in dem Marlon Platz nahm, sah aus wie ein chinesisches Porzellangeschäft. Wohin das Auge blickte weiß-blaues Porzellan mit chinesischen Schriftzeichen und Symbolen. Roth, der Patriarch, thronte in seinem Sessel vor der großen Bücherwand. Die Einbände sahen gänzlich unbenutzt aus. Es stank nach kaltem Rauch, und Roth entzündete eine verloschene Zigarre neu, die in einem großen Aschenbecher gelegen hatte. Ebenfalls chinesisches Porzellan, natürlich.

»Was wollen Sie mir über meinen Sohn erzählen, das ich nicht schon weiß?«, fragte Roth, paffte einige Male an dem Stummel und ließ ihn dann im Mundwinkel hängen.

Natürlich hatte Marlon nichts über Jürgen Roth zu berichten. Er hatte Fragen.

»Wussten Sie, dass er jetzt fließend Spanisch spricht?«, übertrieb Marlon.

Roth lachte rasselnd und hustete. »Sind Sie gekommen, um mir das zu erzählen? Der spricht kein Spanisch.«

»Doch«, insistierte Marlon. »Ich halte das für merkwürdig. Und für genauso komisch halte ich die Geschichte, die sein Arzt damals dem Gericht aufgetischt hat und die er mir gegenüber gestern wiederholt hat. Ich habe Jürgen besucht. Er sieht nicht gut aus.«

Roth nebelte sich in weißem Zigarrenqualm ein. »Nein?«

Marlon schüttelte den Kopf. »Ich glaube, es geschehen Dinge mit ihm, die Ihnen nicht gefallen würden. Und ich bin überzeugt davon, dass Ihnen noch viel weniger gefallen würde, was mit ihm in der Vergangenheit geschehen ist.«

Roth kniff die Augen zusammen. Dann legte er die Zigarre in den Aschenbecher und faltete die Hände im Schoß. »Professor Engberts ist ein guter Arzt. Der beste. Wir bezahlen sehr viel Geld, damit es Jürgen gutgeht. Was wollen Sie, Herr Kraft?«

Marlon rutschte auf dem unbequemen Ledersessel in eine andere Position. Das Möbel quittierte die Bewegung mit einem Knarren.

»Wie geht es Ihrem Bruder?«

Roth zog die buschigen Augenbrauen hoch. »Mein Bruder ist seit langem tot.«

»Hat er Ihren Sohn missbraucht?«

Roth klemmte sich die Zigarre wieder zwischen die Lippen, paffte einige Male und legte den Stummel zurück.

»Das hat der Professor in dem Gutachten über Jürgen gesagt«, antwortete er harsch.

»Und stimmt das auch?«

Roths Augen tasteten Marlon von oben bis unten ab. Schließlich faltete er die Hände über dem Bauch zusammen und lachte heiser. »Mein Bruder war ein Halunke. Aber er war ein guter Mann. Was stört es die Toten, was man über sie spricht.«

»Darf ich Jürgens Zimmer sehen?«

Jürgen Roths Zimmer war penibel aufgeräumt. Kein Staub auf den Regalen, dem Schreibtisch, dem PC-Monitor oder der Fensterbank. Der Flor des grünbraunen Teppichs zeigte noch die Spuren eines Staubsaugers. Die karierte Bettdecke war straff gespannt, darauf lag ein gehakeltes Kissen. Einige Bücher über Programmiersprachen standen in Reih und Glied in einem Eichenregal. An den Wänden hingen Rollenspielposter aus Fantasy-Welten sowie ein großer, gerahmter Druck, der einen sich schlängelnden chinesischen Drachen zeigte. Über dem Schreibtischstuhl hingen eine Jeans und ein Sweatshirt, frisch gebügelt, als werde Jürgens Rückkehr jeden Moment erwartet oder als sei er nie weg gewesen. Der Geruch nach Muff in dem Zimmer vermischte sich mit den scharfen Ausdünstungen eines Duftbaums, der an einer orangefarbenen Standleuchte aufgehängt war.

»Meine Frau macht hier regelmäßig sauber«, murmelte Roth. »Und sie hängt ihm alle drei Tage neue Sachen über den Stuhl. Solange sie damit glücklich ist, denke ich mir: Lass sie ruhig.«

Marlon nickte stumm und leckte sich über die Lippen. Es lag auf der Hand, dass mit dem Gutachten über Jürgen Roth etwas nicht stimmte. Und wenn damit etwas nicht stimmte, dann stimmte auch etwas mit dem Gutachter nicht.

»Sagen Sie«, fragte Marlon und drehte sich zu Roth um, der nach wie vor in der Zimmertür lehnte und es tunlichst zu vermeiden schien, den Raum seines Sohnes zu betreten, »hat Jürgen mal darüber gesprochen, was es mit dem Purpurdrachen auf sich hat?«

Roth lachte gurgelnd auf. »Ein Mal? Ich wünschte, es wäre nur ein Mal gewesen.«

»Was hat er Ihnen erzählt?«

Roth zuckte mit den Schultern. »Das habe ich mir nicht gemerkt. Wirres Zeug. Jürgen war krank. Dieser Drache hat ihn fasziniert. Ich bin kein Fachmann, und ich weiß nicht, was das zu bedeuten hat. Dr. Engberts hat das alles …«

»Seit wann kennen Sie Engberts?«, unterbrach Marlon.

Roth schürzte die Lippen und dachte kurz nach. »Vielleicht seit zehn Jahren? Er ist ein guter Arzt. Ich glaube, er kennt Jürgen mittlerweile besser als ich.«

»Seit zehn Jahren?« Das warf ein völlig neues Licht auf die Sache. Dann hatte Engberts sein Gutachten über Jürgen Roth also als behandelnder Arzt vor Gericht abgegeben, und kein Mensch hatte einen unabhängigen Gutachter bestellt, weil Engberts alle eingelullt hatte. Großartig.

Roth nickte. »Wir hatten verschiedene Ärzte ausprobiert, aber keiner konnte Jürgen wirklich helfen. Dann habe ich nach dem besten gesucht. Und man hat mir den Doktor empfohlen. Zuerst hatte er auch seine Probleme mit Jürgen, daran erinnere ich mich noch gut. Einmal die Woche bin ich mit dem Jungen zu dem Professor gefahren. Und nach einiger Zeit ging das Gefasel von diesem Drachen los. Ich dachte: Jetzt wird es ja noch schlimmer. Aber der Doktor sagte: Es wird erst immer alles schlimmer, bevor es besser werden kann. Und genau so isses.« Roth schniefte. »Er bekam diese neuen Pillen, aber war wohl noch nicht richtig darauf eingestellt worden.«

»Neue Pillen?« Marlon schoss herum.

Roth nickte. »Leider geschah dann diese wirklich dumme Sache mit dem Kindergarten. Aber inzwischen scheint es Jürgen ja besserzugehen, nachdem er wieder beim Doktor in Behandlung ist. Und die Pillen verträgt er mittlerweile auch gut. Sie liegen da auf seinem Nachttisch. Meine Frau stellt sie für Jürgen immer noch hin, damit er sie nicht vergisst.«

Marlon schritt zum Bett. Auf dem Nachttisch stand ein mit asiatischen Mustern bedruckter Unterteller, auf dem sich zwei Tabletten befanden. Daneben lag eine weiße Packung, ohne Schriftzug und Bezeichnung.

Marlon schluckte. »Wann hat die Behandlung damit begonnen?«

»Vielleicht vor fünf Jahren«, schätzte Roth. »Engberts sagte, das sei etwas ganz Neues. So neu, dass es noch nicht mal auf dem Markt sei. Er hat sogar selbst daran mitgearbeitet.«

Marlon drehte die Verpackung in der Hand. Und dann sah er den kleinen Punkt auf der Lasche – nicht größer als ein Stück Konfetti. Er hatte den Farbtupfer auch auf seinen eigenen Medikamentenschachteln gesehen, ihm aber nie Bedeutung zugemessen oder ihn näher betrachtet.

»Und wann genau«, fragte er heiser, »hat Jürgen begonnen, von dem Drachen zu erzählen?«

»Seit er die Pillen nahm. Aber wie gesagt: Der Professor hatte ja erwähnt, dass es erst schlimmer werden wird, deswegen habe ich mir keine Gedanken gemacht. Jürgen hatte sich da eine Geschichte zurechtgesponnen. Hat wohl etwas mit dem Aufdruck da zu tun.«

»Mit diesem?« Marlon hielt die Verpackung hoch und zwang sich, ruhig zu sprechen.

Roth nickte. »Ja. Ist nur ein Firmenaufdruck, denke ich. Aber es sieht so aus wie ein Drache, oder?«

In der Tat, das tut es, dachte Marlon. *Und zwar wie ein purpurfarbener.* Er musste so schnell wie möglich einen Blick in Roths Klinikakten werfen. Und vor allem würde er ein ernstes Gespräch mit Engberts führen müssen. Unter vier Augen.

41.

Schneider lehnte mit einer Pall Mall an Tsoukas' Vectra. Die beiden Polizisten in den lindgrünen Uniformen waren in ihrem Streifenwagen geblieben. An dem kleinen Strand des Ortes lagen einige bunte Fischerboote, und Schneider verzog den Mund, als der Wirt mit drei Tintenfischen in der Hand aus der kleinen Taverne kam und die Biester an einer Wäscheleine zum Trocknen aufhängte.

Endlich kehrte Tsoukas aus der Hotellobby zurück. »König ist wohl eben noch hier gewesen. Er sei sehr aufgedreht gewesen und habe in einer Tour wirres Zeug geredet. Schließlich hat er sich nach dem Weg zum Heraion erkundigt.« Als er Schneiders fragenden Blick sah, ergänzte er: »Das ist ein alter Tempel. Eine Ruine. Früher mal der größte von ganz Griechenland und der Hera gewidmet, der Mutter aller Götter. Deswegen heißt dieser Ort auch nach ihr: Ireon.« Er öffnete die Wagentür. »Sie haben gefragt, ob er sich was antun wolle und wir deswegen nach ihm fragen.«

»Glaube ich nicht«, antwortete Schneider und stieg ein. Dann korrigierte er sich. »Hoffe ich zumindest.«

»Können wir das ausschließen?«

Schneider schüttelte den Kopf. »Ist der Tempel weit weg?«

»Zehn Minuten. Wir sind in fünf da«, sagte Tsoukas, startete und gab Gas. Der Streifenwagen folgte ihnen mehr schlecht als recht.

Die hohen Säulen hinter den Olivenbäumen waren schon von weitem zu sehen, und als der Vectra knirschend auf dem feinen Kies des Parkplatzes zum Stehen kam, stellte sich Schneider vor, wie imposant der damals noch direkt am Meer gelegene Tempel vor zweitausendfünfhundert Jahren gewirkt haben musste. Er war wenigstens achtzig Meter lang und bestimmt um die fünfzehn Meter hoch gewesen, wenn man auf die Säulen noch das Kapitell darauf rechnete. Von der früher gewiss gleißend weißen Marmorverkleidung war nur noch das pure graue Gestein übrig, und so erinnerte der Tempel Schneider eher an Stonehenge. Das Areal war von einem simplen Bauzaun umschlossen, und der etwas verwilderte Eindruck erschien ihm typisch für den lockeren südländischen Umgang mit Zeugnissen vergangener Epochen. Stünde diese Anlage in Deutschland, sähe sie aus wie aus dem Ei gepellt.

Nur drei Mietwagen standen auf dem Parkplatz direkt neben dem kleinen Besuchereingang. Eine dicke Frau saß vor dem kleinen Bretterhäuschen und las eine Zeitschrift. Sie sah kurz auf, als die Polizisten aus ihrem Auto stiegen und auch Tsoukas und Schneider den Wagen verließen. Die Abendsonne warf lange Schatten auf den Boden. Endlich war das Klima etwas erträglicher geworden. Die Luft war erfüllt vom Zirpen der Grillen und dem Rauschen der Wellen des nahen Meeres. Es roch nach Kiefern und Gewürzen, nach Salz und Rosmarin.

»Hier.« Tsoukas drückte Schneider eine Pistole in die Hand, die in einem ledernen Holster steckte. Schneider überprüfte das Magazin, während er Tsoukas und den zwei Polizisten folgte, die einige Worte auf Griechisch mit der Frau am Eingang wechselten und dann das Tempelgelände betraten. Schneider nickte der etwas eingeschüchtert wirkenden Frau einmal kurz zu und klippte sich das Holster an den Hosenbund.

Der Boden war übersät von Säulenelementen und Steinquadern in allen erdenklichen Größen. Zudem war das ganze Gelände viel größer, als Schneider erwartet hatte. Zu der Tempelanlage mussten jede Menge weiterer Gebäude gehört haben. Schneider stellte sich ächzend auf den Sockel einer Säule und versuchte, sich einen Überblick zu verschaffen. Etwa fünfzig Meter entfernt sah er ein Pärchen. Die Frau stand genau wie Schneider auf einer Säule und ließ sich dort in der Pose einer griechischen Göttin von ihrem Begleiter fotografieren. Ansonsten schien der Tempelbereich verlassen zu sein.

»Du gibst einen guten Zeus ab, Kollege. Fehlen nur noch Blitze in der Hand«, rief Tsoukas Schneider zu. Die beiden Polizisten lachten. Sofort sprang Schneider von der Säule. Einige Eidechsen flitzten erschreckt über die Kiesel und verschwanden im Gebüsch.

»Hauptsache keinen flötenden Pan«, antwortete Schneider und sah auf die Uhr. Halb sieben. »Wollen wir uns aufteilen, Dimi?«

Tsoukas nickte, wechselte einige Worte mit den Polizisten und zeigte ihnen, wo sie hingehen sollten. Die Männer nickten und verschwanden kurz darauf in einem kleinen Wäldchen aus knorrigen Olivenbäumen. Dimi nickte Schneider zu und erklomm dann die Stufen, die zu dem Tempel führten. Er schlug den Weg nach rechts ein, stieg über einige Steinblöcke und ließ den heiligen Bezirk hinter sich. Die festgetretene Erde ging in eine uralte gepflasterte Straße über, in die Wagenräder tiefe Rillen gepresst hatten. Links und rechts war sie gesäumt von schmalen, etwa drei Meter hohen Säulen.

Am Ende der Straße saß in einiger Entfernung ein Mann zusammengesunken auf einer umgestürzten Säule und brabbelte etwas vor sich hin. Ein weißes Hemd. Shorts. Schneider ging einige Schritte auf den Mann zu. Konnte das König sein? Hatte der Mann als Bauingenieur Zuflucht im Vertrauten, bei den Urvätern seiner Kunst gesucht, oder hielt er sich inzwischen selbst für Apollo? Wenigstens hatte es nicht den Anschein, als wolle er sich am nächsten Olivenbaum aufhängen.

Als er Schneider bemerkte, kam Bewegung in den Mann. Er hob den Kopf, setzte sich gerade auf und stemmte sich mit den Händen auf die Säule. Sein Gesicht war nun gut zu erkennen, und Schneider musste nicht den Computerausdruck des vergrößerten Passbilds zum Abgleich hervorholen, der zusammengefaltet in der Gesäßtasche steckte. Der Kerl auf der Säule war so sicher Roman König wie Rolf Schneider Rolf Schneider war.

»Guten Abend«, rief Schneider. »Eine richtig lyrische Stimmung hier, was?«

»Was wollen Sie?« König sprang alarmiert von seiner Säule auf.

»Am liebsten ein frisches Bier. Sagen Sie, ist das hier eine Prachtallee?«, rief Schneider und breitete die Arme aus, wobei er als vertrauensbildende Maßnahme die leeren Handflächen zeigte.

»Hauen Sie ab, Mann!«, rief König und machte einige Schritte zur Seite.

»Ob hier wohl die Priester mit den Opferkarren entlangmarschiert sind?« Schneider hob seine Stimme in der Hoffnung, Tsoukas würde sie vielleicht hören.

»Verpiss dich!« König ging weiter nach rechts. Gleich würde

er aus dem Sichtfeld verschwinden. Was hatte Reineking vorhin noch gesagt? Der Kerl war zum einen wegen sexueller Nötigung schon mal in Erscheinung getreten und litt unter Umständen an einer Krankheit, die auch Verfolgungswahn mit sich brachte? Kein Wunder, dass er Anstalten machte, stiften zu gehen. Na, klasse.

»Warten Sie doch mal einen Moment, ich kann nicht so schnell ... Augenblick!« Aber König hielt weiter auf den Weg zu, der vermutlich zum Ausgang führte. Zeit, den Tonfall zu ändern. Dem Typen war augenscheinlich längst klar, dass Schneider kein normaler Tourist und nicht auf einen abendlichen Schnack aus war.

»Herr König!«, rief Schneider. »Jetzt bleiben Sie stehen! Das hat keinen Zweck mehr, der Urlaub ist zu Ende!«

Für einen Moment erstarrte König. Dann rannte er los.

»Scheiße!«, schrie Schneider, zog die Pistole aus dem Holster und lief hinter König her – wohl wissend, dass er ihn niemals würde einholen können. »König, stehen bleiben! Kripo! Machen Sie sich nicht unglücklich!«

Schon nach wenigen Metern japste Schneider. Das Blut klopfte in seinen Halsadern. Seine Bronchien wollten platzen. Scheiße! Warum hatte er sich überhaupt darauf eingelassen? Warum nicht Reineking? Warum nicht irgendwer anders? Spurensicherung war sein Ding. Nicht das Verfolgen von Tatverdächtigen, die sich der Verhaftung widersetzen. Dafür war er nicht fit genug. Er hatte hier nichts verloren, aber wenn das so weiterging, würde er hier mit einem kräftigen Herzschlag sein Leben lassen.

Dann bog er um ein altes Gebäude herum und stand auf einmal vor dem Haupteingang. Die alte Frau hatte sich mittlerweile in ihr Häuschen verzogen und rief irgendetwas auf Griechisch, aber Schneider nahm ohnehin nur das Rauschen in seinen Ohren wahr. Als er zum Eingang trabte, sah er einen silberfarbenen Fiat Punto, der mit aufheulendem Motor zurücksetzte und dann mit durchdrehenden Reifen davonfuhr. Kiessplitter flogen Schneider entgegen. Er nahm die Pistole in beide Hände und legte auf den Wagen an. Aber der Punto tanzte wild in der Zieleinrichtung. Bei jedem Atemzug hob und senkte sich der Lauf um fast einen halben Meter. Er musste aussehen wie Kapitän Ahab, der bei Windstärke sechs auf wankenden Planken versuchte, einen Guppy zu harpunieren. Es war zwecklos.

»Verdammte Scheiße!«, schrie Schneider.

Im nächsten Augenblick bogen Tsoukas und die beiden Polizisten um die Ecke und begriffen, dass König geflohen war.

»Los, komm!« Tsoukas zerrte den keuchenden Schneider in den Vectra.

Mit Blaulicht jagten die beiden Polizeiwagen Königs Punto hinterher, der auf der Hauptstraße einige hundert Meter vor ihnen immer wieder ausscherte, um zu überholen. Blinkend und hupend kamen ihnen Lkws und Busse auf der Gegenfahrbahn entgegen, weil auch Tsoukas immer wieder waghalsige Überholmanöver starten musste, um an dem Punto dranzubleiben

»Geht's wieder?«, fragte er.

Schneider, der immer noch schwer atmete, nickte. »Für so einen Scheiß bin ich zu alt. Und für so einen Scheiß hier auch.« Er riskierte einen Blick auf den Tacho. Die Nadel stand auf hundertfünfzig Stundenkilometer.

»Er fährt in Richtung Vathy und Psili Ammos. Die Kollegen aus Pythagorion werden nicht schnell genug sein, um ihn abzufangen. Aber in den Bergen bekommen wir ihn sicher.«

»Dein Wort in Gottes Ohr.«

Schneider hielt die Luft an, als Tsoukas bis auf einen halben

Meter auf einen mit Melonen beladenen Lkw heranfuhr, schlagartig nach links zog und kurz vor dem Frontalzusammenprall mit einem Shuttlebus vom Flughafen wieder auf die rechte Spur zog. Der um den Rückspiegel gebundene Rosenkranz mit dem schweren Silberkreuz baumelte wild hin und her.

»In jedem Fall«, rief Tsoukas den dröhnenden Motor übertönend, »kannst du dir jetzt sicher sein, dass du den richtigen Mann hast! Ist der bescheuert, oder was?«

»Wenn er der Richtige ist, dann wird es jetzt erst richtig lustig. Der sieht rot! Manisch-depressiv ist der, haben die Kollegen aus Deutschland gesagt, und gerade unverkennbar voll auf dem Trip!«

»Ah, aber hat das was zu sagen? Meine Tante ist das auch. Sie lebt schon viele Jahre recht gut damit, kein Problem, alles roger. Okay, manchmal wird es etwas anstrengend, wenn sie ihre Medikamente nicht nimmt … Sie malt dann nächtelang und hört laut Musik, bis sich das wieder beruhigt, sagt mein Onkel.«

»Ja, was weiß ich. Der Irre hier jedenfalls, der bringt Frauen um!«

»Na, dann wollen wir uns ranhalten, ihn zu stoppen!« Tsoukas scherte wieder aus und drückte das Gaspedal bis zum Anschlag durch. Die Gegenfahrbahn war frei, und er nutzte sie, um reihenweise andere Wagen zu überholen. Die Tachonadel näherte sich der Zweihundert. Der Punto kam näher. Vielleicht noch hundert Meter. Plötzlich verschwand der silberne Wagen auf der rechten Fahrbahn und bog ab.

»*Malakas! Ai gamisou!*«, schrie Tsoukas. Er trat in die Eisen und zog abrupt nach rechts. Schneider prallte an die Tür. Lautes Hupen von hinten. Ein dumpfer Schlag und ein Ruck. Scheppern. Der Sicherheitsgurt presste die Luft aus seinem

Brustkorb. Dann wieder ein Ruck nach rechts. Die Reifen quietschten. Für einen Augenblick schien der Vectra mit zwei Rädern abzuheben, setzte dann hart auf und fand wieder zurück in die Spur. Tsoukas hatte die Straße gerade noch erwischt, auf die König abgebogen war.

Er schlug mit der Handfläche auf das Lenkrad, um sofort wieder Vollgas zu geben. »Jetzt ist er geliefert. Das ist der Weg nach Psili Ammos. Militärisches Grenzgebiet. Vielleicht noch drei Kilometer, dann kommt er nicht mehr weiter. Den knöpfe ich mir noch persönlich vor!«

Schneider rieb sich die Stirn. »Herzlich gerne«, röchelte er.

Links und rechts der schmalen Straße tauchten Maschendrahtzäune auf, die mit Stacheldraht bewehrt waren. Nun waren einzelne, mit Tarnnetzen überzogene Bunker zu erkennen. Vorne rückte das Gebirge der türkischen Küste immer näher, und die weißen Häuser eines Dorfes traten hervor, zwischen denen das von der Abendsonne beschienene Meer blitzte. Endstation. Tsoukas gab noch einmal kräftig Gas und kam bis auf wenige Meter an den Punto heran. Er schaltete zu dem Blaulicht das Martinshorn ein, aber König schien das nicht zu beeindrucken. Dann machte der Vectra einen Sprung nach vorne und rammte den Punto. Der Fiat geriet ins Schlingern. König riss das Steuer rum, bremste ab und fuhr geradewegs durch den Maschendrahtzaun. Einige Masten und Stacheldraht krachten auf die Kühlerhaube des Vectra, als Tsoukas ebenfalls nach rechts querfeldein einschlug. Schneider hob sich schützend die Hände vor das Gesicht. Der Wagen sprang auf und ab. Harte Schläge von unten, von links und von rechts.

»Der ist total irre, der ist völlig irre!«, schrie Tsoukas. »Das ist Militärgebiet! Die Türkei liegt direkt gegenüber, und der hetzt mitten auf einen Stützpunkt!«

Der Schweiß lief Schneider längst in Bächen am ganzen Körper herab. Aber jetzt wurde ihm schlagartig kalt. Der Vectra machte noch ein Sprung, dann fuhren sie auf einer Betonpiste. Links und rechts standen Kampfhubschrauber in Hangars. Verschanzte Schützenpanzer säumten das Flugfeld. Wie aufgescheuchte Ameisen liefen einige bewaffnete Soldaten herum und wedelten mit den Armen.

Der Punto raste auf einen Kasernenbau zu. Dann beschrieb er eine große Kurve. Jetzt hielt König genau auf Tsoukas und Schneider zu. Im selben Moment kamen aus einem Unterstand Soldaten angelaufen. Sie legten auf den Punto an.

»Halt an, du Idiot!«, schrie Tsoukas. »Bleib stehen, Mann!«

Der Fiat schien in einer Wolke aus Glassplittern, Plastikteilen und Chromverzierungen zu zerbersten. Die Türen beulten sich ein, als die Geschosse aus den Schnellfeuergewehren auf den Wagen einprasselten. Als die Reifen zerplatzten, hob der Punto einmal kurz ab und überschlug sich.

Schneider hielt sich am Armaturenbrett fest. Tsoukas stieg mit beiden Füßen auf die Bremse. Der Punto kam wie ein Geschoss auf den Vectra zugerollt. Dann blieb er liegen. Etwa einen Meter vor dem Wrack kamen auch Tsoukas und Schneider mit quietschenden Reifen zum Stehen. Tsoukas sprang sofort aus dem Wagen und hielt seine Polizeimarke hoch. Die Soldaten näherten sich ihm mit gezogenen Waffen. Zwei zielten auf ihn. Aufgeregtes Gerede. Dann erst nahmen sie ihre Gewehre wieder runter. Schneider pfiff durch die Zähne und stieg aus. Kurz knickten ihm die Beine unter dem Körper weg.

Es stank nach verbranntem Gummi. Zischend und dampfend lag der zu einem Klumpen geschossene Punto auf dem Dach. Schneider ging einmal um den Wagen herum und hockte sich hin. Durch das Seitenfenster sah er König. Er hing mit dem Kopf nach unten in dem Sicherheitsgurt fest. Sein Gesicht war im Airbag verborgen. Das faustgroße Loch im Hinterkopf sprach eine unmissverständliche Sprache.

»Das war's dann wohl, was für eine Scheiße«, sagte Schneider heiser, stand wieder auf und fühlte, wie ihm schwindelig wurde. Für einen Moment schloss er die Augen

»Ist er tot?«, fragte Tsoukas, und Schneider nickte stumm.

»Die Soldaten müssen einen Terroranschlag vermutet haben. Einen Sprengstoffwagen«, versuchte Tsoukas zu entschuldigen.

»Schon klar.« Schneider öffnete die Augen, pfriemelte aus der Hemdtasche die halb zerdrückte Schachtel Pall Mall und steckte sich eine Zigarette an. Er inhalierte tief und spürte erst jetzt, dass er am ganzen Körper zitterte. Mit Blaulicht rollten Streifenwagen heran. Zwei Militärjeeps kamen aus der anderen Richtung mit heulenden Motoren angefahren. Langsam blies er den Rauch aus. Das hier war jetzt Tsoukas' Job. Gott sei Dank. Schneider zog das Handy aus seiner Hosentasche und ging einige Schritte zur Seite. Dann tippte er abwesend eine Nummer in das Gerät. Erst beim dritten Versuch gelang ihm die richtige Kombination.

»Hallo, was gibt's?«, meldete sich Marcus außer Atem am anderen Ende. Er war schlecht zu verstehen in all dem Krach, und wie es sich anhörte, schien er ebenfalls mitten in einem Chaos aus Lärm zu stehen.

»Marcus, wir haben ein Problem«, sagte Schneider ohne Begrüßung und schnaubte.

»Das haben wir in der Tat. Ich fürchte, dass König nicht unser Mann sein kann.«

Schneider stutzte. »Also mein Problem«, sagte er dann, »lässt sich ganz kurz fassen: König ist tot.«

Marcus schwieg. Deutlich hörte Schneider ein Martinshorn durch den Hörer.

»Was ist passiert?«, fragte Marcus tonlos.

»Das wiederum ist eine etwas längere Geschichte. Und was ist bei dir da im Hintergrund los?«

Wieder Schweigen. Dann antwortete Marcus: »Das willst du nicht wissen.«

42.

Das war Rolf aus Samos.« Marcus leckte sich über die Lippen, klappte das Handy zusammen und ließ es in seiner Hosentasche verschwinden. Wetterleuchten tauchte die Straße für einen Augenblick in gleißende Helligkeit, die das Licht der Straßenlaternen und die rotierenden Blaulichter der vor Marlons Haus geparkten Polizeiwagen und des Notarztes überstrahlte, der eben mit lautem Martinshorn vorgefahren war. »König ist tot. Ein Unfall. Aber das hier könnte ohnehin nicht auf seine Karte gehen können. Es ist viel zu frisch.«

Alex verschränkte die Arme vor der Brust. Blieb ein Hauptverdächtiger übrig, und niemand wusste, wo dieser sich gerade aufhalten mochte. Zu Hause war er jedenfalls nicht. Die Luft war drückend. Alex hatte das Gefühl, als könne man sie von der Haut abstreifen. Die Bluse klebte unter ihren Achseln fest. Ein warmer Wind raschelte in den Kronen der alten Ulmen und spielte in Alex' Haar, aber er brachte keinerlei Erfrischung. Genauso gut hätte man einen Föhn einschalten können.

»Wie ist das mit König passiert?«, fragte Alex.

Marlon lehnte an der Kühlerhaube seines Wagens und zuckte mit den Schultern. »Rolf wird es uns sicher noch erzählen«, sagte er ernst. »Im Moment reicht mir die Info von seinem Tod völlig aus.«

Marcus sah übernächtigt aus. Tiefe Falten hatten sich in sein Gesicht eingegraben.

»Machst du dir Vorwürfe deswegen? Ich meine ...«

»... weil es der fünfte Tote in dem Fall ist? Weil König nicht unser Mann ist und jetzt nicht mehr lebt? Natürlich mache ich mir deswegen Vorwürfe. Andererseits war es die Verfolgung eines bis dahin Tatverdächtigen. Dass er einen Unfall hatte, hat nichts mit mir zu tun. Unfälle geschehen. Zack, einfach so.« Marcus klatschte in die Hände und pustete imaginäre Trümmer von seiner Handfläche. Dann senkte er den Blick. »Hätte ich Rolf vor einer halben Stunde informiert, dass König nicht unser Mann sein kann, wäre es vielleicht nicht dazu gekommen. Wer weiß. Hätte, wäre, könnte. Was geschehen soll, geschieht. Das Schicksal hast du nicht unter Kontrolle.«

Er schenkte Alex ein gequältes Lächeln. Sie beschloss, das Thema zu wechseln, und dachte an die unbeantworteten Anrufe von Kowarsch auf ihrem Telefon. Er war mit einem Ermittlerteam draußen am Stausee und inspizierte dort das alte Wehr und den Bootsanleger.

»Gibt es was Neues von Mario?«, fragte sie.

»Noch nicht. Ich habe vorhin versucht, ihn anzurufen, aber da oben hat man kaum Empfang. Hast du ja am eigenen Leib erfahren, richtig?«

Alex nickte betreten.

»Hoffentlich verhagelt es ihm dort nicht die Spuren«, sagte Marcus mit einem Blick zum Himmel. »Es soll wieder Gewitter geben.« Dann sah er Alex an. »Ach sag mal, wo ist Mario überhaupt vorhin gewesen? Wenn ich mich richtig erinnere, hatte ich euch zu zweit in die Redaktion geschickt.«

»Ja, wir waren ja auch zu zweit bei Kraft«, antwortete Alex, während ihr das Blut in den Kopf schoss.

»Und dann?«

»Hab ich doch schon erklärt – dann rannte Kraft auf einmal los und ich ihm hinterher.«

»Und Mario?«

»War halt gerade nicht da.«

»Pinkeln, oder was?«

Alex antwortete nicht, sondern drehte sich weg. Keine Antwort war auch eine Antwort, und für Kowarsch lügen würde sie nicht. Sollte Marcus eben denken, Mario wäre auf der Toilette gewesen. In jedem Fall gab es nun einen Grund, aus dem sie mit Mario sprechen musste.

»Ich weiß nicht, ob wir da jetzt noch drauf rumreiten müssen, Marcus. Es war Mist, dumm gelaufen, tut mir leid.«

»So etwas darf nicht wieder passieren, Alex«, sagte Marcus und hob eine Augenbraue.

»Mhm.«

»Ist das klar?«

»Jahaaaaaa«, fauchte Alex und hätte sich im gleichen Augenblick für ihre unkontrollierte Reaktion ohrfeigen mögen, denn immerhin war Marcus ihr Chef. Sie war ihm dankbar, dass er mit einem souveränen »Okay« darüber hinwegging.

»Darf ich mir das drinnen mal genauer ansehen?«, fragte sie und deutete auf das Haus, in dem Kraft wohnte.

»Ich lege sogar Wert darauf, Alex.«

Alex drehte sich um und ging einige Schritte auf das Haus auf der gegenüberliegenden Straßenseite zu, als sie mit einem heftigen Ruck zurückgerissen wurde. Im nächsten Moment hupte es in ohrenbetäubender Lautstärke. Blendendes Licht. Weniger Zentimeter vor ihr huschte ein schwarzer Schatten vorbei. Dann sah sie die roten Rücklichter des eleganten Geländewagens, vor dessen Kühler sie um ein Haar geraten wäre. Sie spürte Marcus' schweren Atem an ihrem Ohr. Seine Brust an ihrem Rücken, die Hände, die ihre Oberarme fest umschlossen hielten.

»Bist du irre?«

Alex löste sich verwirrt aus dem Griff. Sie hatte das Auto nicht kommen sehen. Marcus hatte schnell gehandelt. Er war außer sich. Seine Brust hob und senkte sich, und er rang nach Fassung.

»Wie kannst du …? Du kannst doch nicht …«

»Tut mir leid, ich habe den nicht gesehen, ich …«

Marcus sah sie aus weit aufgerissenen Augen an. Dann wurde sein Blick wieder weicher. Er atmete schwer aus und schüttelte verständnislos den Kopf. »Das war knapp, Alex. Echt knapp.«

Sie nickte. »Tut mir leid. Danke.«

»Es ist nur …«, rang Marcus nach Worten. »Meine Frau, es war auch ein Unfall damals, verstehst du?«

Alex nickte beschämt. Sie verstand.

Die Wohngegend nahe dem Zentrum galt als eine der elegantesten der Stadt. Mehrstöckige Gründerzeitvillen, verzierte Fassaden, neogotische Gemäuer, andere waren mit klassizistischen Säulen und Kapitellen versehen. Die Treppe vor dem Hauseingang, auf den Marcus und Alex zusteuerten, war links von gusseisernen Geländern gesäumt, die mit floralen Ornamenten überwuchert waren. Über der zur Hälfte aus bunten Bleiglasfenstern gefertigten Pforte thronten drei mannshohe griechische Musen aus Gips. Das Haus, ein Jugendstil-Traum – wenngleich er einen Alptraum in seinem Inneren barg. Der Donner grummelte, als die Haustür schwer ins Schloss fiel. Nicht mehr lange, dann würde sich die aufgeheizte Luft in einem gewaltigen Gewitter entladen.

Marlons Wohnung glich der eines Messies. Wobei Messies ja eher von dem Zwang geplagt sind, sich von nichts trennen und kein System in ihr Chaos bringen zu können. Hier sah es eher so aus, als seien Ordnung und Sauberkeit für Marlon grundsätzlich so etwas wie Jehovas Zeugen, denen bei jedem Besuch regelmäßig die Tür vor der Nase zugeknallt wurde. Keine Freude für die Männer von der Spurensicherung, die in den Wäschebergen im Schlafzimmer wühlten, die Töpfe, Teller und Pizzakartons mit den schimmeligen Speiseresten neu stapelten und über den versehentlich umgekippten Aschenbecher fluchten, der die Tastatur des gerade abgebauten Computers und ein paar CDs mit einem dicken grauen Staubfilm überzogen hatte. Aus dem Badezimmer strahlte der Blitz des Polizeifotografen. Mit zusammengekniffenen Augen stolperte der Assistent des Notarztes in seiner orangeroten Weste aus dem Raum, riss ein Fenster auf und beugte sich hinaus. Alex konnte nicht erkennen, ob er sich übergeben musste.

»Haben wir schon irgendwas?«, fragte Marcus einen jungen Polizeibeamten.

»Nein. Im Haus hat keiner was gesehen. Und die Tür ist sauber. Das sind zentrale Sicherheitsschlösser. Die gehen nur mit dem richtigen Schlüssel auf.«

»Hm, Danke.« Marcus sah Alex bedeutungsvoll an und zeigte in Richtung Badezimmer.

»Sollen wir?«

Alex räusperte sich und versuchte, den Kloß in ihrem Hals mit Schlucken zu vertreiben, aber ihre Kehle blieb wie mit einem Strick zugeschnürt. Sie ballte die Fäuste, bis die Fingernägel sich tief in das Fleisch der Handballen drückten. Dann ging sie rein.

Die Frau war in der mit Wasser halbvoll gelaufenen Wanne, und Alex hatte keinen Zweifel daran, dass es sich bei der Toten um Viviane Rückert handelte. Sie trug einen Bikini – den Bikini, den Alex auf Marlons Handy-Video gesehen hatte. Ihre Leiche war mit den Füßen am oberen Ende einer Duschstange festgeknotet worden. Der Oberkörper hing herab. Er verschwand am Brustansatz im Wasser, das sich vom Blut des Opfers tiefrot eingefärbt hatte. Die Bauchhöhle war wie bei den anderen Frauen mit einem scharfen Schnitt geöffnet worden, und aus der klaffenden Wunde hingen die Gedärme heraus. Alex massierte sich die verkrampften Hände, während ihre Blicke weiter über den Körper glitten und nach Hinweisen suchten. Wie ein eiskalter Blitz zuckte es durch ihre Nervenbahnen, als sie erkannte, wie Viviane Rückert mit den Füßen an der Duschstange festgebunden worden war. Die Stricke an den Fesseln waren durch Öffnungen in dem durchstochenen Fleisch zwischen Achillessehne und Knöchel gezogen worden. Alex erinnerte sich an die Großaufnahmen in dem Video auf Marlons Handy. Dort waren die Wunden zu erkennen gewesen. Und jetzt ergab auch die Sache mit dem blutigen Bootshaken auf der Jolle einen Sinn – der Mörder hatte ihr damit die Fersen durchstochen, sie wie einen Thunfisch aus dem Wasser oder vom Boot aus zu dem Eingang des alten Wehres gezogen. Die Erkenntnis ließ Alex schwindeln. Bei den Stricken schien es sich um die gleichen zu handeln, die auch an den übrigen Tatorten gefunden worden waren.

Anders als im Keller des *Buffalo* fehlten Blutspritzer an den Wänden oder an der Decke: Die weißen Kacheln des Badezimmers wiesen zwar den einen oder anderen Stockflecken auf, aber auf den ersten Blick keine weiteren Spuren. Wahrscheinlich hatte das Herz des Opfers bereits aufgehört zu schlagen, bevor der lange Schnitt gesetzt worden war. Und was außerdem zu fehlen schien, war das obligatorische Tiersymbol. Wenn der Täter es bei dem Stofftiger belassen wollte, den sie fernab dieses Ortes gefunden hatte, musste das etwas bedeuten. Ein Abweichen von dem Schema, das bislang einem strengen Ritual gefolgt war. Es hatte stets ein Zeichen in direktem räumlichem Zusammenhang mit dem Opfer gegeben. Der Tiger – er erschien Alex nun eher wie eine Ankündigung, wonach sie hatte suchen müssen. Was war an der Reihe? Begann der Killer, mit der Polizei zu spielen?

»Was sagst du?«, riss Marcus Alex aus den Gedanken.

»Er hat sie hier getötet«, antwortete Alex knapp. »Er hat sie kopfüber aufgehängt und dann ertrinken lassen.«

Marcus rieb sich mit Daumen und Zeigefinger die Augen. Die Adern an den Schläfen pochten und krochen wie Schlangen unter der straff gespannten Haut in Richtung Stirn.

»Mein Gott«, flüsterte er. »Es ist wie in einem Alptraum. Ich kann es nicht fassen, dass Marlon, mein alter Freund Marlon ...« Marcus schüttelte ungläubig den Kopf.

Alex starrte auf die Leiche und wandte sich dann zu Marcus. »Ich glaube nach wie vor nicht, dass er es ist.«

»Und ich«, seufzte Marcus, »ich *hoffe*, dass er es nicht ist und dass ich mich irre. Aber wir müssen uns an die Indizien halten, und wir müssen es stoppen. Alles, aber auch alles spricht gegen Marlon.«

»Aber ...«

»Nein, kein Aber, Alex. Wir müssen uns an das halten, was ist, verstehst du? An das hier.« Marcus deutete mit dem Finger auf die Leiche. »Das ist der Job. Tatsachen. Greifbares. Im

Augenblick werden wir erschlagen davon, die Anhaltspunkte werden uns geradezu auf einem Silbertablett serviert. Und doch läuft mir die Zeit davon, Alex. Das alles geschieht so schnell, dass wir kaum hinterherkommen, und du glaubst nicht, wer mir alles im Nacken sitzt und Ergebnisse fordert ...«

Zeit. Welche Rolle spielt die Zeit? Warum spielt sie eine Rolle?

»Wenn du dich ausschließlich an das hältst, was du siehst und was wir an Indizien vorliegen haben«, fuhr Marcus fort, »wen siehst du dann?«

Alex trat von einem Fuß auf den anderen. Auf diese Frage gab es nur eine Antwort. »Marlon Kraft«, sagte sie trotzig.

Marcus nickte. »Den sehe ich auch. Alles deutet darauf hin.« Marcus seufzte. »Alex, ich brauche ein vorläufiges Gutachten darüber bis morgen auf meinem Schreibtisch.« Er versenkte die Hände in den Hosentaschen. »Ein vorläufiges Profil. Der Staatsanwalt muss es haben, ich brauche das für die Chefabteilung, den Landrat und alle. Sie wollen Resultate. Etwas, woran sie sich der Öffentlichkeit gegenüber festhalten können.«

»Das kann ich nicht.« Alex schüttelte den Kopf. »Ich ... ich bin davon nicht überzeugt, Marcus, und ich kann ein Gutachten nicht übers Knie brechen! Das ist deine Sichtweise auf die Dinge, okay, aber da ist womöglich viel mehr ...«

»Alex«, unterbrach sie Marcus und legte ihr die Hand auf die Schulter. »Alex, mach es einfach. Es ist vorläufig. Du kannst es immer noch verfeinern. Eine Zusammenfassung vom Stand der Dinge, mehr nicht. Und ich glaube nicht, dass wir im Moment mehr haben, das wirklich fassbar ist. Alles andere sind nur Seifenblasen, die schnell zerplatzen können.«

Alex biss sich auf die Unterlippe und zwang sich, eine Erwiderung herunterzuschlucken. Natürlich hatte Marcus recht, und sie konnte verstehen, dass der Druck auf ihn gewaltig sein musste. Alle übrigen Bruchteile, die eine Rolle spielen mochten, schwirrten wie die sich ständig ändernden Muster in einem Kaleidoskop in ihrem Kopf, die sich nicht zu einem Bild fügen wollten. Sie brauchte Zeit. Zeit, die sie nicht hatte. Zeit, die niemand hatte.

Zeit, alles geht so schnell. Warum geht es so schnell, welche Rolle spielt die Zeit?

»Okay.« Sie nickte.

Wieder verloren, wieder nicht durchgesetzt, Agent Starling.

»Guten Abend, und bei Gott, was für ein Debakel.«

Als Alex sich zu der Stimme drehte, blickte sie in das unpassenderweise überaus freundlich lächelnde Gesicht von Dr. Schröter. Er besah sich die Szenerie und pfiff durch die Zähne. »Das wird ja immer bizarrer mit Ihrem Killer. Wenn das so weitergeht, habe ich ein wirklich exorbitantes Thema für meinen nächsten Fachvortrag.«

Alex und Marcus sahen sich schweigend an.

»Ach, bevor ich es vergesse«, sagte Schröter an Marcus gewandt. »Wir haben jetzt die Ergebnisse der Blutprobe von den Fingernägeln dieser Frau Lukoschik und die Resultate aus dem DNA-Schnelltest vorliegen. Wenn ich Sie wäre, würde ich das hier auf keinen Fall liegenlassen.« Schröter griff über das Waschbecken hinweg in Richtung der Ablage, nahm einen Nassrasierer mit spitzen Fingern in die Hand und hielt ihn Marcus vor das Gesicht. »Es würde mich nicht wundern, wenn wir hieraus ein Abbild zaubern können, das dem vorliegenden gewaltig gleichen wird.«

Marcus verzog das Gesicht. »Darf ich Sie bitten, das Beweismittel zurückzulegen und nicht mit Ihren Fingerabdrücken zu versehen? Vielen Dank. Und ein ›Wir‹ gibt es hier nicht, oder habe ich Sie in die Kommission berufen?«

Das arrogante Lächeln gefror auf dem Gesicht des Mediziners. »Sicher.« Er legte den Rasierer zurück und wandte sich ab. Im Badezimmerspiegel sah Alex, wie Schröter einem Polizisten von der Spurensicherung auf die Schulter klopfte und ihn bat, zur Seite zu treten. Der Mann hatte gerade eine Probe von dem Badewasser entnommen.

»Haben wir die Möglichkeit, das Wasser abzulassen?«, fragte Schröter.

»Ich war eben im Begriff, das zu tun«, murmelte der Polizist, stellte das Röhrchen mit dem Badewasser beiseite und holte aus seinem Koffer etwas hervor, das wie ein Filter aus fein gewobener Gaze aussah. Schließlich atmete er tief durch und zwängte sich an der Leiche vorbei und versenkte den Arm mit dem Filter in das blutige Wasser. Nachdem er ihn plaziert hatte, öffnete er den Wannenablauf und keuchte: »Was für eine Schweinerei.« Als das Wasser abgelaufen war, entnahm der Polizist den Filter und legte ihn neben den übrigen Proben ab.

»Tja.« Dr. Schröter rieb sich das Kinn. Alex stellte sich neben ihn und warf einen Blick in die Wanne, in der nun der Oberkörper und der Kopf von Viviane Rückert zu erkennen waren. Das blonde Haar war blutig verfärbt. Die Arme ruhten wie verknotet im Becken der Wanne. Aus gebrochenen Augen starrte sie Alex und Dr. Schröter an, der sich über den Rand beugte, um die Leiche in Augenschein zu nehmen.

»Spüren Sie das?«, murmelte er. »Das Material strömt noch Wärme aus. Das Wasser war heiß.« Er nickte in Richtung des Wasserhahns, dessen Hebel ganz nach links gedreht worden war.

»Ja, aber wozu hat er das getan? Er hat ihr weder die Pulsadern noch die Halsgefäße geöffnet ...«

Dr. Schröter drehte den Kopf der Toten behutsam zur Seite,

an dem eine Platzwunde zu erkennen war. Der Körper wies auch weitere Verletzungen auf. »In jedem Fall«, schlussfolgerte der Arzt, »hat sich das Opfer dieses Mal zur Wehr gesetzt, aber tödlich dürfte keine der Abwehrverletzungen gewesen sein.«

»Ich nehme an, dass er sie ertrinken lassen wollte, Dr. Schröter. Er hat das Opfer draußen am Stausee regelrecht gefangen.«

»Die Verletzungen an den Fesseln«, schaltete sich Marcus ein, »stammen mutmaßlich von einem Haken, mit dem er das Opfer aus dem Wasser gefischt und an Bord eines kleinen Bootes gezogen hat.«

»Aha?«

Marcus zuckte mit den Schultern und verschränkte die Arme vor der Brust. »Darauf weist zumindest die Spurenlage am Stausee hin.«

»Mhm.« Schröter besah sich die durchstochenen Fesseln und widmete sich dann wieder dem Oberkörper der Toten.

»Bei den ersten beiden Morden«, erklärte Alex, »spielten die Elemente Erde und Luft eine Rolle. Hier geht es offenbar um das Wasser.«

»Nun, ob sie wirklich ertrunken ist, muss die Obduktion klären«, murmelte der Arzt und besah sich das Gesicht der Toten. »In der Tat sehe ich bläuliche Verfärbungen, und hier haben wir einen leichten weißen Schaumpilz in den Mundwinkeln – er entsteht durch Wasser und Bronchialsekret, und das ist an sich ein vitales Zeichen, was für das Ertrinken spricht. Und das gleichzeitige Verbluten durch die klaffende Bauchwunde natürlich.« Schröter wendete sich an Alex. »Gibt es eine Vermutung, warum er den Opfern das Abdomen öffnet?«

»Es sind rituelle Öffnungen. Es wäre denkbar, dass der Täter die Körper für ein höheres Wesen öffnet, das nur in seiner Vorstellung existiert.«

»Und wozu?«, fragte Schröter.

»Vielleicht, damit er es fressen kann«, sagte sie heiser.

»Bizarr«, murmelte der Arzt.

Alex nickte stumm.

»Nun, wir haben Marlon Kraft als Hauptverdächtigen ins Auge gefasst«, erklärte Marcus. »Diese Viviane Rückert ist seine Psychologin gewesen. Er sucht seine Opfer in seinem Bekanntenkreis, sie alle waren Frauen, die er kannte und zu denen er Zugang hatte, ohne dass sie Anlass gehabt hätten, ihm zu misstrauen. Möglicherweise will er sich an ihnen rächen.«

»Tja.« Schröter stellte sich wieder hin. »Er muss ja wirklich völlig wahnsinnig sein, die Opfer so zuzurichten.«

»Vielleicht begeht er die Taten nicht bewusst«, schränkte Alex ein.

Marcus bestätigte ihre Äußerung. »Kraft hat ein Trauma, das er bei einer Geiselnahme in einem Kindergarten nebst einer Kopfverletzung erlitten hat. Möglicherweise begeht er die Taten während seiner Blackouts, die Teil des Traumas sind. Unsere Psychologin glaubt allerdings sowieso nicht daran, dass Kraft unser Killer ist.«

Schröter drehte sich zu Alex um.

»Ich halte es nach wie vor für möglich, dass ihm jemand die Taten in die Schuhe schieben will«, sagte sie. Aber war sie sich da wirklich so sicher? Immerhin stand sie mitten in Krafts Badezimmer vor einer blutig zugerichteten Leiche. Krafts Filmrisse, die Marcus gerade angesprochen hatte, konnten Teil einer schizoaffektiven Psychose sein. Und begünstigt durch die Hemmungen lösende Medikation mit C-12 mochte er zeitweise außer Kontrolle geraten. Die Geschichte von dem

Purpurdrachen – war das alles doch von Roth adaptiert? War es Marlons Ziel, selbst zum Drachen zu werden und Macht über alles zu erlangen? Und wäre ihm klar, dass er sich nach der Metamorphose dem größten aller Gegner stellen müsste: sich selbst? Aber es gab nach wie vor zu viele Ungereimtheiten. Und da war ihr Bauchgefühl, dass eine vollkommen andere Sprache sprach, als die augenscheinlichen Indizien offenbarten.

Dr. Schröter legte die Stirn in Falten. »Na ja, wer auch immer es gewesen ist – ich frage mich, warum er das Wasser so heiß wie möglich in die Wanne einlaufen ließ.«

»Und wenn deine Theorie stimmt, Alex«, fügte Marcus hinzu, »wo ist dann das nächste Tiersymbol?«

»Nun, wir haben den Tiger«, murmelte Alex, »den er allerdings nicht am Fundort der Leiche plaziert hat, sondern wie eine Vorankündigung an anderer Stelle. Aber ich bin mir sicher, dass hier irgendwo ein Hinweis zu finden ist.«

»Der dann logischerweise den Hinweis auf ein weiteres Opfer geben würde«, ergänzte Marcus mit zusammengepressten Lippen.

Alex nickte. »Er beginnt, mit uns zu spielen. Das Video auf Marlons Handy, der Tiger in dem alten Wehr – er will …«

»… prüfen, wie clever wir sind?« Marcus sah sich in dem Badezimmer um. »Allerdings kann ich hier nichts sehen, das irgendwie an ein Tier erinnert, und in der Wanne war auch nichts versteckt, richtig?«

»Moment, beim Einlaufen war das Wasser kochend heiß«, sagte Alex und legte nachdenklich einen Finger an die Lippen. Dann drehte sie sich zu dem Badezimmerspiegel. »Ich dusche morgens heiß und muss mich jedes Mal auf dem Flur kämmen und schminken, weil mein Badezimmerspiegel beschlägt.«

»Hm.« Marcus hob eine Augenbraue und betrachtete den

Spiegel. Alex ging an das Waschbecken heran, beugte sich vorsichtig nach vorne und hauchte auf die reflektierende Oberfläche. Ein Bogen erschien. Ein Teil von etwas.

»Ich fasse es nicht«, sagte Marcus tonlos. Er öffnete den Hahn des Waschbeckens, der ganz nach links gestellt war, und ließ das heiße Wasser hereinströmen. Weiße Dampfschwaden stiegen auf, die den Spiegel mit einer zarten Schicht Wasserdampf benetzten. Alex trat einen Schritt zurück, um das Bild in Gänze sehen zu können, das auf die Fläche gezeichnet worden war. Auch Marcus starrte jetzt auf den Spiegel.

»Was ist das?«

Alex verkrampfte sich. »Eine Ankündigung.«

Auf den Spiegel war ein Symbol gezeichnet, das nächste Zeichen im Tierkreis. Eines der Ohren war oben abgeknickt, das Auge bestand nur aus einem Punkt, und es trug eine Fliege um den Hals. Das *Playboy*-Logo. Das Bunny. Der Hase.

»Verdammt«, sagte Marcus. »Es ist wirklich noch nicht vorbei.«

»Nein«, sagte Alex tonlos und starrte auf die durch den Dampfnebel mit feinen Tröpfchen überzogene Oberfläche vor ihr. »Aber was mir wirklich Angst macht, ist noch etwas anderes.«

Marcus legte den Kopf schief.

»Der Spiegel, Marcus …«, flüsterte sie mit zittriger Stimme und betrachtete die Reflexion ihrer eigenen Züge, die mit den Strichen der Zeichnung zu verschmelzen schien. »Er zeigt mich.«

43.

Wie eine Ratte in der Ecke. Wie eine jämmerliche Kellerassel unter dem Stein. Genau so saß er jetzt da. Marlon starrte in den Abendhimmel und rauchte die x-te Zigarette. Sergej hatte ihm versichert, dass ihn hier niemand finden würde. Hoffentlich hatte er recht. Ach, sicherlich hatte er das. Hier war niemand. Keiner. Vielleicht war das im Moment das Gefährlichste von allem: dass Marlon mit sich selbst allein war.

Marcus war auf der Jagd. Sein Ziel war jetzt klar definiert, und Marlon war so dumm gewesen, es zu ignorieren. Wie blöd konnte man sein. Als sei nichts geschehen, war er vorhin nach Hause gefahren. Kurz vor dem Einbiegen in seine Straße hatte er die Polizeiautos gesehen, seinen Wagen ruckartig zurück auf die mittlere Fahrspur gerissen und Gas gegeben. Untertauchen. Weg. Verschwinden. Sie würden natürlich seine ganze Wohnung auseinandernehmen – und wer weiß, was sie alles fänden, das gegen ihn sprach. Gab es überhaupt noch etwas, was für ihn sprach? Er wusste es selbst nicht.

Aber konnte es sein, dass er selbst …? Marlon knetete sich den Nasenrücken und blies einen feinen Strahl Rauch aus. Ja. Natürlich war es möglich. Die verdammten Blackouts. Nachdem Sandra bei ihm gewesen war, hatte er eines gehabt. In ein weiteres schwarzes Loch passte die Kleine aus dem Getränkemarkt, und es tat sich noch eines auf, in das zeitlich der Mord an Viviane fallen könnte. Die E-Mails schienen von seinem Rechner zu stammen. Weiß der Teufel, was er in diesen Phasen anstellte. Sie dauerten manchmal Sekunden, bisweilen Minuten und gelegentlich Stunden. Möglicherweise war er in diesen Zeiten bewusstlos, vielleicht saß er katatonisch und sabbernd auf dem Boden und faselte wirres Zeug. Möglicherweise aber übernahm auch ein anderes Ich die Kontrolle. Ein Mr. Hyde, der vom Purpurdrachen träumte und seine Kraft aus Marlons Unterbewusstsein schöpfte. Ein schwarzes Etwas, das Menschen aus seinem Umfeld zerfleischte und zum Ziel hatte, die komplette Kontrolle über Marlon zu gewinnen.

Gedankenfetzen jagten wie Gewitterwolken in einem sturmumtosten Himmel durch Marlons Kopf. Tot. Alle tot. Ein Monster. Er presste sich die Handballen gegen die Schläfen und versuchte, ruhig durchzuatmen. Die Luft auf dem Schrottplatz roch nach Altöl und Staub. Er zog an der Zigarette.

Zumindest eines war klar: Er war kurz davor, eine Schwelle zu überschreiten. Vielleicht gab es da aber auch jemanden, der ihn stieß. Er sah drei Varianten: Er konnte selbst der Mörder sein, ohne es zu wissen. Oder ein anderer war der Täter und versuchte, Marlon die Morde in die Schuhe zu schieben. Oder alles drehte sich darum, dass er, Marlon, das schlussendliche Ziel eines Killers sein würde. Im einen wie im anderen Fall müsste im Hintergrund noch ein großes Ganzes existieren, zu dem C-12, Glücksberg, Roth und Engberts gehörten. Wie auch immer das zusammenpassen mochte. Das Geheimnis des Purpurdrachen, ja. Je mehr es von sich preisgab, desto verwirrender wurde alles. Es fehlten die eindeutigen Antworten. Das Puzzle lag nach wie vor ungeordnet auf dem Tisch.

Am griffigsten erschien das erschreckendste aller Szenarien: Dass er selbst die Bestie war. Aber das durfte nicht sein. Es konnte nicht sein. Es war u-n-m-ö-g-l-i-c-h. Und doch ...

Marlon kniff die Augen zusammen und verzog das Gesicht zu einer Grimasse. Grauenvolle Bilder prasselten auf ihn ein.

Bilder aus Horrorfilmen vermischten sich mit Szenen, die aus der Wirklichkeit stammen konnten. Das eine war nicht vom anderen zu trennen. Blut. Fleisch. Knochen. Schreie. Kreischen. Dumpfe Schläge. Dazwischen grelle Lichtkegel. Dumpf pochende Techno-Beats. Zerplatzende Teddybären. Scheinwerfer in weit aufgerissenen Augen. Ein Drache. Hautfetzen an Dornenbüschen. Dampfende Wunden. Eine einsame Landstraße. Roter Schleim auf Chrom. Ein verendendes Reh in seinen Armen, dessen Kopf sich in das blutige Gesicht einer Frau verwandelte, deren Züge sich mit denen von Sandra, Juliane und Viviane vermengten.

Marlon schrie. Das Echo hallte zwischen den Türmen aus Metall und zusammengepressten Autowracks. Er sprang auf und schlug mit der Stirn gegen die Aluminiumwand des Trailers. Einmal. Noch einmal. Es tat gut. Es hämmerte die Bilder aus seinem Kopf. Ein weiterer Schlag. Dann war alles fort. Er musste handeln, auch wenn er bereits am Ende seiner Kräfte war. Er musste sich selbst beweisen, wer er war. Täter, Opfer – oder beides. Und dazu blieb ihm nicht mehr viel Zeit.

44.

Julia klang erschöpft. Die Hitze mache sie fertig, und die Kleine habe gerade einen Wachstumsschub, sei den ganzen Tag quengelig und wache mehrmals pro Nacht auf. »Kommst du denn am Wochenende? Mama und Papa freuen sich schon. Wir wollen grillen, und du hast dich bestimmt drei Wochen nicht blicken lassen.«

»Ja, ich weiß«, sagte Alex und rubbelte sich die Haare trocken. Nach dem Duschen hatte sie nur schnell das T-Shirt übergeworfen, das jetzt an ihrem nassen Rücken klebte, und war Hals über Kopf in das Wohnzimmer gerannt, als das Handy geklingelt hatte.

»Tut mir leid, aber im Moment geht hier alles drunter und drüber«, nuschelte sie.

»Ich habe es im Fernsehen gesehen. Fürchterlich. Und meine kleine Schwester mittendrin.«

Schon wieder dieser bemutternde Tonfall. Wahrscheinlich konnte Julia nicht anders. Bemuttern war seit je ihre Stärke gewesen, und in den letzten drei Jahren war es zu ihrem Ganztagsjob geworden.

»Ja, eine entsetzliche Geschichte«, antwortete Alex. »Da habe ich mich auf eine Stelle in der ruhigen Provinz beworben, und dann das.« Sie ließ sich in das sandfarbene Sofa fallen und begann gedankenverloren damit, den Nagellack, die Feile und die Nagelschere, die sie auf dem Wohnzimmertisch bereits für eine Pediküre plaziert hatte, parallel auszurichten.

»Du hättest doch auch hierbleiben können.«

»In Düsseldorf war nirgends was ausgeschrieben, Jule. Es gab nur diese eine Stelle als Pilotprojekt, und die hat nun mal exakt auf das gepasst, was ich machen will.«

»Hm.« Alex konnte sich Julias Gesichtsausdruck vorstellen. Eine Mischung aus pikierter Gouvernante und beleidigter Leberwurst. »Ich halte jedenfalls überhaupt nichts davon, dass du dich mit so fürchterlichen Sachen befassen musst. Ich denke immer noch, du hättest dich hier mit einer schönen Praxis selbständig machen können. Das Geld hättest du von Papa gewiss bekommen.«

Genau, Jule, und deswegen habe ich es nicht gemacht.
»Ich weiß gar nicht, was ich meinen Freundinnen sagen soll. Die sehen das auch im Fernsehen und fragen mich, ob *du* da die Verbrecher jagst«, sagte Julia und klang dabei so, als würde sie gerade den Porsche zurückgeben, weil er in der Garage zu viel Platz für den X5 mit dem eingebauten Kindersitz wegnimmt. »Außerdem ist das doch total gefährlich. Hast du denn wenigstens immer die Weste an, die Papa …«

»Jule, bitte.« Wütend warf Alex das Handtuch auf das Sofa und ging in die Küche. »Die Weste ziehe ich an, wenn ich die Weste brauche. Wenn du so ein Kevlar-Ding anhast, ist das, als würdest du im Sommer mit einer Daunenjacke rumlaufen.«

»Aber die ist doch ganz dünn. Die war irre teuer, Papa hat das neueste …«

»Ich weiß, Jule. Trotzdem. Ich bin schon groß.« Alex öffnete den Kühlschrank, der weitgehend mit Gemüse, Milch und Joghurts gefüllt war, nahm eine eiskalte Flasche Bitter Lemon heraus und hielt sie sich an die Wange.

»Außerdem macht sich Mama Sorgen. Du könntest ruhig mal anrufen.«

Alex verdrehte die Augen und ging zurück ins Wohnzimmer. Sorgen. Wenn Mama auch nur den Hauch einer Ahnung von *ihren* Sorgen hätte, würde sie es sofort als Grund nehmen, sich mit einer Flasche Wodka ins Schlafzimmer zu legen. Besser also, sie wusste von nichts.

»Mache ich. Versprochen«, log Alex. »Aber was das Wochenende angeht, werde ich es leider nicht schaffen. Ich bin bis zum Hals voll mit Arbeit.«

»Dann sollen das eben andere machen. Du hast doch Wochenende!«

Das war typisch für Jule. Völlig weltfremd. In ihrem Mikrokosmos aus Oberkasseler Geschäftsführergattinnen, Barbecue-Partys bei Anwaltsfreunden ihres dämlichen Mannes, Baby-Shopping auf der Kö und Meetings mit ihrer Styling-Beraterin war das Wort »Arbeit« völlig fremd für sie. Ganz und gar unerklärlich war ihr stets gewesen, dass der Begriff auch mit Attributen wie Vergnügen, Engagement und Leidenschaft verknüpft sein konnte – selbst wenn es um Schwerverbrecher, psychisch Kranke und Leichen ging.

»Kein Wochenende, Julia«, seufzte Alex. »Hier geht es um einen furchtbaren Serienmord, und ich bin Teil der Maschine, um den nächsten zu verhindern und den Täter zu fassen. Es geht um meine ganz persönliche Verantwortung und nicht darum, bei Papa Würstchen zu grillen. Wenn ich hier gute Arbeit leiste, dann steht mir außerdem für die Zukunft eine Menge offen. Dieser Fall ist auch eine riesige Chance für mich – ein Glücksfall, auch wenn das makaber klingt.«

»Das klingt nicht nur makaber, das ist sogar vollkommen geschmacklos«, sagte Julia säuerlich. »Irgendwann wird dich dein krankhafter Ehrgeiz noch mal in große Schwierigkeiten bringen. Man muss nicht immer die Beste sein und es allen beweisen wollen. Man kann auch anders glücklich werden.«

Alex klemmte sich die Flasche unter den Arm und versuchte vergeblich, den Schraubverschluss mit einer Hand zu öffnen.

»Weißt du, Jule, ich glaube, wir reden mal wieder aneinander vorbei. Das ist ein Gespräch auf verschiedenen Kommunikationsebenen.«

»Gut, Dann sollten wir es beenden.«

»Bist du jetzt sauer?«

»Sauer nicht. Nur enttäuscht. Außerdem schreit die Kleine wieder.«

»Okay.«

»Bis dann – und pass auf dich auf.«
»Mache ich.«
»Mach das wirklich, Alex.«
»Jahaaaaa!«

Alex knallte das Handy auf den Schreibtisch, schaltete den Computer ein, schraubte endlich die Flasche auf und erfrischte sich mit einem kühlen Schluck. Was ärgerte sie sich auch über Julia ... Sie hatte nun wahrlich andere Probleme am Hals.

Mit einem Mal war das Spiegelbild wieder da. Die Bunny-Zeichnung, in deren Konturen sie sich selbst gesehen hatte. Konnte das wirklich bewusst erfolgt sein? War es geplant, dass sie sich in dem Bild sehen würde? Nein. Höchst unwahrscheinlich, so etwas zu inszenieren. Es waren ihre eigenen Ängste, die sie darauf projizierte. Gewiss, die Zeichnung war unmissverständlich eine weitere Ankündigung, die sie erschreckt hatte. Schließlich passte sie selbst in gewisser Weise in das Schema. Sie war eine Frau. Sie zählte jetzt zum Bekanntenkreis Marlon Krafts.

Geh es noch einmal durch, geh alles noch einmal durch, ganz sachlich, Schritt für Schritt. Denk an die Flussdiagramme aus dem Studium, an alles aus dem Praktikum.

Alex lehnte an der Balkontür und ließ ihren Blick über die Dächer der Stadt schweifen. Ein Teil des Nachthimmels war in buntes Licht getaucht. Die Sommerkirmes hatte begonnen, und weit hinten erkannte sie die obere Hälfte des sich drehenden Riesenrads – eines der größten Europas laut den Werbeplakaten, mit denen die Stadt gepflastert war. Hannibal strich schnurrend um Alex' Beine, maunzte, streckte sich und verzog sich wieder auf den Korbsessel, als er keine Beachtung fand.

Jede Tat ist eine Verkettung von Entscheidungen. Das Ziel

muss ungeschützt sein. Die Tat kommt unerwartet, und der Täter darf nicht als solcher erscheinen. Er muss für eine Rückzugsmöglichkeit sorgen, falls überraschend ein Dritter auftaucht. Der Ort des Verbrechens darf nicht mit ihm in Verbindung gebracht werden und muss geeignet sein, um unentdeckt zuschlagen zu können. Der Täter braucht Nervenstärke. Einen eisernen Willen und ein klares Ziel. Und vor allem benötigt er eines: Zeit. Zeit zur Vorbereitung. Zeit zur Ausführung. Zeit, um wieder zu verschwinden. Er darf nicht erwartet und nicht überwacht werden. Er muss in die Ausgangssituation zurückkehren können, ohne über seine Abwesenheit Rechenschaft ablegen zu müssen. Er braucht einen Plan. Eine Struktur.

Traf das alles auf Marlon zu? Bedingt. Er kannte die Opfer persönlich. Er hätte auch die Zeit gehabt. Doch die Morde waren konzipiert, regelrecht designt, und folgten einem Ritual. Sie bauten aufeinander auf. Es war ausgeschlossen, dass ein kalkulierender Täter in Phasen eines Blackouts, der mal fünfzehn Minuten, mal fünf Stunden andauern konnte, einen solchen logistischen Akt schultern konnte. Affekttaten, ja. Unstrukturierte, emotional motivierte Morde, durchaus. Aber nicht diese Serie.

Und wenn die Morde doch auf seine Karte gingen? Wenn die Blackouts nur vorgeschoben waren? Wo wäre sein Motiv, sein Ziel? Warum würde er zum Drachen werden wollen? Um mächtiger zu sein als wer oder was?

Alex schüttelte den Kopf. Nein, das alles war zu perfekt, lehrbuchmäßig und eindeutig. Sachlich und an den Indizien bemessen, musste Kraft mit hoher Wahrscheinlichkeit der Täter sein. Intuitiv gesehen: niemals. Doch falls er nicht der Täter war – was war die Alternative? Wer sollte es auf Marlon abgesehen haben? Und warum?

Zeit. Denk an die Zeit. Wer hätte die Zeit dazu? Wer würde sich die Zeit nehmen? Und wer würde die Zeit als ein Instrument gegen die Polizei einsetzen können?

Wer könnte Kraft unerkannt beobachten? Wer würde Sandra Lukoschik ansprechen können, ohne Misstrauen zu erwecken? Und wie sah das bei Juliane Franck aus? Warum war es bei Viviane Rückert anders gewesen? Der Täter hatte sie beim Schwimmen überwältigt. Spielte dieser feine Unterschied im Modus Operandi eine Rolle? Gewiss. Alles spielte eine Rolle.

Alex ging auf und ab. Sie würde keine Antwort finden. Der Ansatz war immer noch der falsche. Sie beschloss, dass die Fußnägel warten mussten, schaltete den Jura-Kaffeeautomaten ein, dessen Mahlwerk sich sirrend in Bewegung setzte, hockte sich vor den PC und öffnete Google. Was hatte Kraft gesagt: Glücksberg? Sie tippte den Namen ein und öffnete die erste Seite, die die Suchmaschine ihr anbot. Eine Weile surfte sie durch die Verzeichnisse, las dann auf anderen Seiten etwas nach und lehnte sich seufzend zurück.

Tja, das machte es nicht einfacher. Glücksberg war eine Mennoniten-Kolonie in Paraguay. Eine von vielen, die neuste und größte. Paraguay ermöglichte es Mitgliedern dieser Glaubensgemeinschaft seit Jahrzehnten, einzureisen und nach dem eigenen Willen frei zu leben. Mittlerweile war die weiße Oberschicht bis zum Wirtschaftsministerium von ihnen durchdrungen, und die Regierung ermöglichte es den Kolonien, autark zu leben. Folglich gab es Hunderte kleiner Staaten im Staat mit eigener Gesetzgebung, eigener Polizei, eigenem Schulwesen und eigenen Kliniken. In Deutschland wurden die Mennoniten angeworben, ihre Ersparnisse in ein Leben in den Kolonien zu investieren, wo das tägliche Leben wie in einem Kibbuz oder einer Kolchose organisiert war. Mit den

Einnahmen finanzierten die Gründer den Bau der Kolonien. Alex hatte Fotos mit Baumaschinen gesehen, Straßen und zig Gebäude. Wie sie gelesen hatte, handelte es sich bei dem Gründer der Kolonie Glücksberg lediglich um einen kleinen Immobilienmakler aus einem Kaff. Sie konnte sich nicht vorstellen, dass irgendeine Bank ihm eine Kreditlinie von vielleicht fünfzig Millionen Euro für ein Projekt wie den Bau einer kompletten Stadt in der südamerikanischen Pampa geben würde.

Alex legte die Füße auf den Schreibtisch, schlug die Beine übereinander, spreizte die Zehen und trank einen Schluck aus der eiskalten Schweppes-Flasche. Die Kohlensäure prickelte in ihrer Kehle. Staatliche Kredite. Spenden. Vielleicht auch noch andere Quellen. So ein Staat im Staat könnte eine hervorragende Geldwaschanlage sein – und wer wusste, was in einem solch hermetisch abgeschlossenen System noch alles möglich sein mochte. Aber was hatte das mit den Morden zu tun? Alex stellte die Flasche beiseite und tippte den anderen Begriff in die Suchmaschine: *Purpuradragon*.

Immerhin – Kraft hatte nicht gelogen. Eine merkwürdige Seite, das sagte die Kriminologin in ihr schon nach wenigen Augenblicken. Faktisch gesehen eine Tarnseite, die keinen anderen Zweck zu haben schien, als den Zutritt in einen abgeschlossenen Bereich zu ermöglichen. Jeder Interessierte konnte unkompliziert mit einem Passwort zugreifen und sich einloggen. Profitorientierte Organisationen nutzten oft solche Konzeptionen. Werde Mitglied, um an Informationen zu gelangen. Oder werde Mitglied, um etwas kaufen zu können. Dennoch gab es nirgends die Möglichkeit der Kontaktaufnahme per E-Mail, um einen Zugang zu beantragen.

Zudem der Name: Purpuradragon. Purpurdrache. Der Titel einer Organisation. Das Logo auf den C-12-Packungen. Das

Zeichen einer Pharmafirma. Das Hauptmotiv einer Wahnvorstellung. Das Symbol und Ziel einer Mordserie.

Außerdem hatte Kraft die Meridian Health Care erwähnt. Zu der Gruppe gehörte auch das Luisenstift, dessen ärztlicher Direktor Professor Dr. Reinulf Engberts war. Engberts wiederum war laut Krafts Akte der medizinische Leiter der C-12-Testreihe. Siemer hatte es genommen. Auch Marlon, und sicherlich stand es auch auf der Medikationsliste von Jürgen Roth. Kraft hatte erwähnt, dass Roth etwas über einen Bruder des Drachen erzählt habe, und wie war das mit dem Spanisch gewesen?

Das Diktiergerät.

Alex sprang auf, kramte in ihrer Handtasche und fand schließlich das silberne Gerät, das Kraft ihr gegeben hatte. Zurück am Schreibtisch hörte sie das Gespräch ab. Als der MP3-Stream stoppte, schien das Bild an Konturen gewonnen zu haben. Das Kaleidoskop hatte für einen Moment aufgehört, sich zu drehen. Ein Muster stand ihr vor Augen. Sie musste ein Gespräch führen. Noch heute. Alex blickte auf die kleine Windows-Zeitanzeige rechts unten auf dem Monitor. Zweiundzwanzig Uhr. In einer halben Stunde könnte sie dort sein. Eine unpassende Zeit für einen spontanen Besuch. Aber erstens waren es keine normalen Umstände, zweitens verfügte sie über eine Polizeimarke, und drittens sorgten späte Besuche der Polizei stets für ein nicht zu unterschätzendes Überraschungsmoment.

Alex griff nach dem Telefon und wählte eine Nummer.

»Ja?« Kowarsch klang verschlafen.

»Alex hier.«

»Na endlich, hör mal, das tut mir alles total leid, ich habe dich x-mal angerufen, und ...«

»Ja, habe ich gesehen. Ich hab dich nicht verpfiffen, keine

Angst. Ich habe Marcus gegenüber angedeutet, dass du auf der Toilette gewesen bist. Er hat nicht weiter nachgefragt.«

»Das hast du nicht im Ernst gesagt?«

»Mario, hör mal – ich hab was bei dir gut, richtig?«

»Mhm«, brummte Kowarsch fragend, und Alex meinte, seinen verunsicherten Gesichtsausdruck vor sich zu sehen.

Nach dem Gespräch legte Alex das Handy beiseite und trank noch einen Schluck von dem inzwischen warm gewordenen Bitter Lemon. Dann ließ sie die Finger über die Tastatur fliegen, um die Adresse von Professor Dr. Reinulf Engberts herauszufinden.

45.

Marlon stoppte den Golf in der Garteneinfahrt und öffnete den Kofferraum. Der Wagen hatte seine besten Tage längst hinter sich, erregte aber in jedem Fall weit weniger Aufsehen als ein silberner Audi TT, der von der Polizei gesucht wurde und deswegen nun unter einer großen Plane zwischen zur Verschrottung stehenden Wagen schlummerte.

Marlon öffnete die Sporttasche und nahm das Nachtsichtgerät heraus. Es war zwar noch nicht stockfinster, aber ohne den Restlichtaufheller würde er die Außenkameras an dem Gebäude nicht lokalisieren können. Mit einem leisen Piepen sprang das Gerät an. Marlon schnallte es über den Kopf und verkroch sich in einer Hecke, von der aus er sich einen guten Überblick über das Gelände des Luisenstifts erhoffte. Auf dem grün-weißen Display vor seinen Augen erschien das Gebäude samt Park. Marlon drehte den Knopf rechts an der Optik zwei Rasterstellungen weiter und zoomte die Fassade näher. Nach zwei Sekunden wurde das verwischte Bild stabil, und er konnte am Haupteingang sogar das »Willkommen«-Schild lesen.

Was für ein Gerät! US-Army-Material. Er hatte es vor ein paar Jahren einem Jäger abgekauft, als die Nachtsichtgeräte noch zugelassen waren. Einmal hatte er es bei einer Großfahndung der Polizei nach einem vermissten Mädchen eingesetzt, wenngleich er es ursprünglich aus anderen Gründen erworben hatte: Nie wieder sollte etwas passieren wie in dieser einen Nacht. Mitten auf der Straße war ihm ein Reh in den Wagen gelaufen, aber er hatte das Mistvieh nirgends finden können – was zum einen daran lag, dass es stockfinster gewesen war, zum anderen, dass er randvoll mit Koks und Wodka gewesen war. Er hatte keine Ahnung gehabt, wo er sich befand, als er auf der Straße umhertapste, und immer wieder diesen absurden Gedanken gehabt, dass ihm ein Nachtsichtgerät nun helfen würde. Schließlich hatte er seinen Wagen wiedergefunden, der nur drei Meter von ihm entfernt stand, war weitergefahren und hatte den Schaden anderntags bei Sergej flicken lassen.

Diese Nacht hatte eine reinigende Kraft besessen. Kurze Zeit nach dem Unfall hatte Marlon einen Strich unter die Drogen gezogen. Sein Leben war von der Überholspur auf den Randstreifen geschwenkt. Besser so. Viel besser.

Marlon drehte eine Rasterstellung zurück. Für einen Moment verschwamm das grelle grüne Bild, und er sah in das gebrochene Auge eines Rehs. Marlon atmete tief ein, kniff die

Lider zusammen, schüttelte sich und besann sich auf seine Körpermitte. Das Bild verschwand.

Zwei Kameras über dem Haupteingang, zwei an den Ecken des Gebäudes, auf der Rückseite vermutlich ebenfalls ein Paar. Sie würden mit Superweitwinkelobjektiven ausgestattet sein, im wechselseitigen Takt schwenken und jeden Zipfel des Areals erfassen. Keine Chance. Marlon zischte leise »Shit«, zog sich das Nachtsichtgerät vom Kopf und ließ es wieder im Kofferraum verschwinden. Wenn ein unbeobachtetes Eindringen nicht möglich war, dann müsste eben die gute alte Überrumpelungstechnik herhalten. Die Chancen, damit durchzukommen, standen nicht schlecht. Es war vor zweiundzwanzig Uhr. Die Hauptpforte würde noch offen stehen. Drinnen eine Nachtwache, vielleicht ein Arzt und ein, zwei Pfleger oder Schwestern.

Marlon nahm die Pistole und eine Jeansjacke aus der Sporttasche, zog die Jacke über und steckte die Waffe vorn in den Hosenbund. Er betrachtete sich im Außenspiegel. Der Knauf der Waffe war zu erkennen. Das sollte reichen. Dann zog er das Portemonnaie aus seiner Gesäßtasche, sortierte die Karten neu, schob den Presseausweis in das vordere Klarsichtfach und steckte die Börse zurück.

Tocktock, pochte die Halsschlagader, und Marlon fühlte die Nässe unter den Achseln, als er die schwere Klinikpforte öffnete. Geradewegs ging er über den mit geometrischen Ornamenten übersäten Kachelboden des Foyers auf den Empfang zwischen den beiden mächtigen Säulen zu, die sich in der mit Stuck reichverzierten Decke verloren. Der junge Mann am Portal mochte ein Student sein, schlaksiger Typ knapp über zwanzig, die Haare wie ein englischer Popmusiker aus den Neunzigern an den Kopf geklatscht und nach vorne gekämmt, dazu eine Kapuzenjacke, auf der vorne das Logo von Manchester United prangte. Als er Marlon bemerkte, zog er die Stöpsel seines iPods aus den Ohren und sah fragend von den Lehrbüchern auf, die hinter dem Tresen ausgebreitet waren. Leise klang Oasis aus den herabbaumelnden Hörern.

»Die Besuchszeit ist schon lange vorbei«, sagte der Junge ohne Gruß.

»'n Abend.« Marlon fletschte die Zähne zu einem Lächeln, zog das Portemonnaie aus der Tasche und klappte es auf, damit der Knabe einen Blick auf den Ausweis werfen konnte. Mit dem Daumen deckte Marlon den Schriftzug »Presse« auf der linken Seite der Karte ab.

»Kraft. Kriminalpolizei. Wo finde ich Herrn Engberts?«

»Äh.« Der Britpopper rollte mit den Augen. »Wahrscheinlich zu Hause? Es ist kurz vor zehn.«

Marlon klappte die Geldbörse blitzschnell wieder zu. Aus den Augenwinkeln bemerkte er, dass der Student mit offenem Mund auf den Pistolengriff schaute, der unter der Jacke hervorlugte.

»Das ist aber schlecht. Ich habe mit ihm vereinbart, dass er mir heute für ein paar Fragen zur Verfügung steht – wie auch sein Patient Jürgen Roth.«

»Ja, äh, da kann ich jetzt irgendwie auch nichts machen, da müssen Sie morgen wiederkommen.«

»Hm.« Marlon schürzte die Lippen und sah auf seine Uhr. »Geben Sie mir bitte die Telefonnummer von Herrn Engberts.«

»Äh ...«, stammelte der Student, »... die, äh, kann ich Ihnen nicht geben, die habe ich auch nicht. Ich könnte allenfalls Dr. Wehleit fragen, der hat Bereitschaft.«

»Der bringt uns auch nicht weiter, weil er keine Ahnung hat, wer ich bin und was ich will. Zu Ihrer Kenntnis: Es geht um Ermittlungen im Zusammenhang mit den Serienmorden. Sie haben sicher davon gehört.« Marlon zog das Prepaid-Handy hervor, das Sergej ihm gegeben hatte, und drückte wahllos auf vier Tasten. Der Student sah ihm mit offenem Mund dabei zu. Offenbar konnte er es nicht fassen, plötzlich eine Rolle in einem der erschütterndsten Kriminalfälle zu spielen, die diese Stadt jemals gesehen hatte, und schien abzuwägen, ob das eher extrem gefährlich oder zur Attraktion auf der nächsten Party werden konnte.

»Hallo, Susi«, sprach Marlon in das Telefon, aus dem nur ein leises Rauschen kam. »Suchst du mir gerade den Engberts raus und schaltest mich durch? Nee, ist nicht mehr hier, und die Nachtwache ist der Meinung, die Polizeiarbeit behindern zu müssen ... Okay, danke.« Marlon wartete einige Sekunden und lächelte dem Jungen zu, während er auf das Rauschen in der Hörmuschel lauschte. Der Kehlkopf des Kerls hüpfte beim Schlucken auf und ab wie ein Jo-Jo. Er sah aus, als wolle er eine Entscheidung fällen, wusste aber nicht, welche und ob er sich das überhaupt zutrauen sollte.

»Was studieren Sie?«, fragte Marlon scharf. »Lehramt?«

Der Britpopper schüttelte angespannt den Kopf. »Medizin.«

»Oh, gut. Die bezahlen sicher anständig hier, oder?«

»Es ist okay.« Dabei zog er das »okay« in die Länge und ließ es wie eine Frage klingen.

»Soll doch auch so bleiben, richtig?«

Statt zu antworten starrte der Student Marlon aus wässrigen Glupschaugen an.

»Ah«, simulierte Marlon am Telefon erfreutes Erstaunen. »Herr Engberts. Kraft, Kripo. Tut mir leid, Sie so spät zu stören. Ich bin erst jetzt dazu gekommen ... Ja doch, es ist sehr wichtig für die Ermittlungen, wir hatten das besprochen ...

Mmh. Gut. Okay. Dann machen wir das so, und wir beide telefonieren morgen, falls noch was offen ist. Gut. Entschuldigung nochmals, aber so ist das manchmal, immer im Dienst. Wiedersehen.« Marlon klappte das Handy zu und fragte: »Wo finde ich Herrn Roth?«

»Äh, hat der Prof denn gesagt, dass es okay ist?«

Noch einmal dieses okaaaaaay, und ich blase dir den Schädel weg.

Marlon hielt ihm das Handy hin. »Wollen Sie selbst noch mal anrufen, falls er überhaupt Ihren Namen kennt? Er wird sich bestimmt über ein weiteres Telefonat freuen.«

»Ja«, sagte der Student zögerlich, »äh, nee, besser nicht, glaube ich, oder?«

»Ganz wie Sie meinen«, antwortete Marlon und stopfte das Handy in die Tasche der Jeansjacke zu dem Feuerzeug und den Zigaretten. »Und jetzt geben Sie mir bitte die Zimmernummer. Ich habe nicht viel Zeit und bin in zehn Minuten zurück.«

»Okaaaaaay.«

Sag nicht, dass ich dich nicht gewarnt habe ...

Der Student tippte mit zwei Fingern etwas in einen kleinen PC. Marlon nutzte den Augenblick, um auf dem Wegweiser durch die Klinik Engberts Büro zu suchen. Als er es lokalisiert hatte, sagte der Student: »Zimmer 202 auf Station zwei. Hier rauf und dann links.« Er deutete auf eine beeindruckende Eichenholztreppe, die sich in einem Halbrund nach oben schnörkelte. Erstes Geschoss. Links Roth, und rechts von der Treppe musste sich Engberts Büro befinden.

Der Student nahm einen Telefonhörer in die Hand. »Ich rufe auf der Station an, dass Sie kommen.«

»Unnötig«, antwortete Marlon und winkte im Weggehen ab. »Die sehen mich sowieso in dreißig Sekunden.«

»Äh, okaaaaaay ...«, murmelte er und legte wieder auf.

... und wenn ich wieder runterkomme, lege ich dich um.

»Alles klar, danke«, rief Marlon und hastete die Treppe hinauf. Die Schritte hallten laut durch das Gewölbe, und Marlon gab sich alle Mühe, nicht zu stolpern. Zuerst also Roth.

Zimmer Nummer 202 auf Station zwei. Es muss ganz vorne sein. Orientier dich. Und pass auf.

Der Schwesternraum befand sich meist irgendwo in der Mitte einer Station. Weit genug entfernt. Hoffentlich würde ihn die Bereitschaft nicht bemerken. Marlon hielt den Atem an, öffnete leise die Glastür und schloss sie ebenso behutsam.

Vor ihm erstreckte sich ein mit PVC belegter Flur mit großen Eichentüren links und rechts. Etwa in der Mitte befand sich ein gläserner Kubus wie ein Wintergarten an der Wand, aus dem hellblaues Licht flackerte. Der Stationsraum. Fernsehen. Gut so. Marlon ließ seinen Blick über die Türen schweifen. Auf der zweiten von links war die Zahl 202 in Messing angebracht. Roths Zimmer. Marlon schlich vor die Tür. Als er die Hand um den Griff legte, atmete er tief durch, öffnete die Tür einen Spalt und schlüpfte hinein.

Roth lag ausgestreckt auf der Bettdecke. Er trug einen hellblauen Pyjama, dessen Oberteil bis oben hin zugeknöpft war, und starrte aus dem Fenster. Dann drehte er den Kopf zu Marlon und setzte sich steif wie eine Marionette und ohne jede Gesichtsregung aufrecht hin.

»Herr Kraft. Sie besuchen mich. Wie schön. Fast hätte ich schon geschlafen.«

Marlon huschte zu dem Bett und setzte sich auf die Kante. »Ich habe nicht viel Zeit. Und es muss unser Geheimnis bleiben, dass ich hier war«, flüsterte er mit rauher Stimme.

Roth nickte. »Geheimnisse kann ich gut bewahren.«

»Ich bin gekommen, weil ich Ihnen sagen will, dass ich jetzt das Geheimnis des Drachen kenne. Ich war heute bei Ihrem Vater. Er hat mir Ihr Zimmer gezeigt. Und er hat mir den Weg des Drachen verraten.«

»Wie schön. Papa besucht mich so selten.«

»Schon bald werden Sie wieder zu Hause sein, Jürgen. Ich weiß jetzt, dass die anderen gelogen haben. Dass Sie den Drachen fangen wollten, damit er die Wahrheit nicht verrät.«

»Si, amigo.«

Roth war nach wie vor vollkommen zugedröhnt. Er sprach wie ein Roboter.

»Aber damit ich Sie befreien und der Drache wieder fliegen kann, müssen Sie mir etwas verraten.«

»Si, amigo.«

»Auch wenn Sie versprochen und geschworen haben, es nicht zu tun. Diese Versprechen haben *die anderen* von Ihnen verlangt, verstehen Sie? Sie sind nichts wert.«

»Sie sind nichts wert.«

Mein Gott, was haben die dem bloß gegeben?

Marlon leckte sich über die Lippen. Er spürte, wie ihm das Herz von innen gegen die Brust hämmerte. »Wer ist der Bruder des Drachen?«

»Er ist da, wo es ihm gutgeht.«

»Aber *wer* ist es, Jürgen? Wie ist sein Name?«

»Er heißt Ludger. Ludger Siemer. Er ist mein Freund. Ich darf Lou zu ihm sagen.«

Heiß schoss die Erkenntnis durch Marlons Adern, ließ seine Nasenflügel beben und die Augenlider zucken. Ludger. Ludger Siemer. *Der* Ludger Siemer. Zufall oder Vorsehung. Was auch immer. Marlon versuchte zu schlucken, aber eine eiserne Faust hielt seine Kehle fest verschlossen.

»Kennt er auch das Geheimnis des Drachen?«

»Ja, ich habe es ihm erzählt. Da waren auch viele andere«, erzählte Roth tonlos, »aber Lou war wie mein Bruder. Es gab große Angst. Sehr große Angst in dem Zimmer mit den Kacheln. Es war ganz weiß und mit einem Spiegel. Wir haben viel geweint. Aber dann hat uns der Drache stark gemacht. Die Angst war weg. Und die schlimmen Träume.«

»Und niemand sonst kennt das wahre Geheimnis des Drachen?«

Roth schüttelte den Kopf. »Nur mein Freund Lou und ich – und Sie.«

Marlon presste die Lippen zusammen. »Wo war das Zimmer mit den Kacheln, Jürgen? Wie sind Sie dahin gekommen?«

Roth senkte den Kopf einen Moment lang und hob ihn dann ruckartig hoch.

»Sie haben recht. Es ist ein schlechtes Versprechen gewesen. Dr. Engberts wollte es. Ich kenne ihn schon so lange. Er war mit mir und Lou und den anderen im Flugzeug. Es war schön, die Welt von oben zu sehen. So wie der Drache im Flug.«

Marlon ballte die Hände zu Fäusten. »Und da«, flüsterte er, »wo das Zimmer war, haben Sie so gut Spanisch gelernt?«

»Si, amigo. Viele sprachen es in Glücksberg. So ein schöner Name. *Muy bien.*«

»Danke.« Marlon legte die Hand kurz auf Roths. »Danke. Ich muss jetzt gehen.«

»Si. Ich bin müde.«

Marlon stand auf. »Dann schlafen Sie jetzt, Jürgen. Und ich verspreche Ihnen, dass ich den Drachen befreien werde. Er wird wieder fliegen. Hoch zum Polarstern.«

»*Gracias*«, antwortete Roth, legte sich wieder flach auf das Bett und starrte zum Fenster hinaus.

Marlons Anspannung vermischte sich mit rasender Wut.

Was hatten sie dem armen Kerl angetan? Und was den anderen? Das Puzzle fügte sich zusammen: Sie hatten psychisch Kranke zu medizinischen Versuchen missbraucht und waren dazu nach Paraguay geflogen, wo andere Regeln und Gesetze galten. Aber es musste einen Zweck gehabt haben. Nur um ein neues Medikament am Markt zu etablieren, würde so etwas nicht geschehen.

Leise schlich Marlon sich aus der Tür. Der Flur war nach wie vor leer. Aus dem Stationsraum flackerte weiterhin das hellblaue Licht. Er huschte durch die Glastür und ging über die hölzerne Empore in Richtung Verwaltungstrakt. Mit einem Blick nach unten stellte er fest, dass der Student wieder den Kopfhörer aufgesetzt hatte und versunken über seinen Büchern brütete.

Das ist ziemlich okaaaaaay von dir, Bursche ...

Als Marlon den Türknauf zu Engberts Büro in der Hand hielt, traf ihn die Erkenntnis wie ein Schlag: Selbstverständlich würde sie verschlossen sein. Wie hatte er annehmen können, dass sie offen sei? Andererseits war die Glastür, die zu den wenigen Zimmern des Verwaltungstrakts führte, auch nicht verschlossen gewesen. Das Reinigungspersonal hatte vielleicht ...

Was soll's, du wirst nicht umhinkommen, es zu versuchen.

Marlon drehte den Griff, und die Tür sprang auf. Engberts Büro war gewaltig. Ein annähernd raumhohes Gemälde nahm fast die komplette Stirnseite in Beschlag. Sein Blick schweifte über die großen Eichenschränke, die mit Akten, Büchern und kleinen Bronzefiguren vollgestellt waren. Es würde sinnlos sein, hier etwas finden zu wollen. Zudem hatte er nicht viel Zeit. Also nur der Computer.

Marlon ging zum Schreibtisch und schaltete den PC ein. Während das System hochfuhr, fummelte er den Autoschlüssel aus der Hosentasche und zog den daran befestigten USB-Stick aus der Schutzhülle. Ein Gigabyte sollte ausreichen. Falls er überhaupt etwas finden würde. Marlon zuckte zusammen, als der Windows-Gong aus den Lautsprechern des Flachbildschirms erklang. Das System war bereit. Marlon schob den Stick in den Front-USB des Gehäuses und klickte sich durch die Verzeichnisse der Festplatte. An einem blieb er hängen. Allein weil die Bezeichnung ihm nichts sagte und der Titel ungewöhnlich klang: »Rosebud.« Der Ordner war passwortgeschützt und mit einem Kryptoprogramm komprimiert worden. Das würde sich lösen lassen. Marlon kopierte den kompletten Ordner auf den Stick.

Bevor er den PC wieder herunterfuhr, öffnete er das Cache-Verzeichnis im Internet-Explorer, in dem der Rechner alle in die Zwischenablage gespeicherten Dateien der letzten Online-Sitzungen aufbewahrte, um sie schnell wieder abrufbar zu haben. Engberts schien keine Ahnung von solchen Dingen zu haben, sonst hätte er den Cache-Wert auf null gesetzt. Während Marlon darauf wartete, dass die Dateien von der Festplatte auf den Stick flogen, öffnete er die Verlaufsanzeige in der Eingabezeile des Browsers. Ein Fenster mit Hunderten von besuchten Internetadressen sprang auf. Wie elektrisiert setzte sich Marlon aufrecht im Stuhl auf, als er an dritter oder vierter Stelle »purpuradragon.com« las. Er hatte also recht gehabt. Die Dinge hingen zusammen. Hier wurde großes Tennis gespielt, und er stand mitten auf dem Platz am Netz und sah dem Ball hinterher.

Marlon konnte der Versuchung nicht widerstehen, warf einen Blick in das Cache-Verzeichnis und sortierte die Dateien nach Datum. Er klickte auf einige Bild- und PDF-Dateien. Medizinische Dokumente über Testreihen, wie es schien. C-12. Marlons Augen weiteten sich. Patientenakten. Manches war in Spanisch geschrieben und stammte wohl aus Paraguay, wie Marlon beim Querlesen mutmaßte, als er mit den Blicken am Wappen der Regierung hängenblieb. Anderes war auf Deutsch verfasst. Meridian Health Care, las Marlon auf einem Dokument, und sein Herz blieb fast stehen, als er auf einem weiteren das Logo des NSA identifizierte – des amerikanischen Nachrichtendienstes. Stück für Stück begann Marlon das Ausmaß dessen zu erahnen, was Engberts hier mit einigen ausgewählten Patienten trieb. Rasch kopierte Marlon die Dateien auf den Stick und klickte dann auf eine mpg-Video-Datei. Als ein grün-weißes Bild im Media Player auftauchte, das US-Soldaten zeigte, die über eine Straße liefen, hielt er den Atem an. Das Bild wackelte. Häuserwände und Mauern zogen vorbei. Einmal wurde es weiß, als das Licht einer Straßenlaterne in die Kamera fiel. Einige schwerbepackte Soldaten mit kurzen Schnellfeuergewehren rannten geduckt über eine Straße. Marlon hörte das Schnaufen des Soldaten, der die Kamera trug, seine dumpfen Schritte, und regelte sicherheitshalber die Lautstärke herunter. Dann ein heller Blitz. Das Bild wackelte. Ein Rinnstein. Mauern. Holzsplitter und Staub in der Luft. Eine zerborstene Tür und die Rücken von zwei Soldaten, die wohl dicke kugelsichere Westen trugen. Dann immer wieder Blitze. Eine Treppe und das vorbeifliegende Geländer. Zwei verschleierte Frauen gerieten ins Bild. Sie gestikulierten. Eine trug eine Waffe. Das Video-Bild ruckelte. Es sah aus, als sei ein Stroboskop angeschaltet worden. Dann waren die Frauen verschwunden.

Marlon stoppte die Wiedergabe, sortierte die Dateien nach Typ und stieß auf weitere Videofiles. Der nächste schien von einer Deckenkamera aufgezeichnet worden zu sein. Das Startbild zeigte einen leeren, weiß gekachelten Raum. In einer Ecke saß zusammengekauert eine Frau mit knallroten Haaren, die nur Slip und Top trug. Die Hände waren an den Kopf gepresst. Marlon drückte auf Play und zuckte im nächsten Moment zusammen, als gellende Schreie aus dem Monitorlautsprecher drangen. Sofort regelte er die Lautstärke runter. Die Frau schrie wie am Spieß, riss sich Haare aus. Dann sprang sie auf und versuchte verzweifelt, in der Ecke an den Wänden hochzuklettern. Ihre Finger kratzten über den glatten Belag der Fliesen und fanden nirgends Halt. Erst dann sah Marlon, dass die Frau nicht alleine in dem Raum war. Ein schwarzer Punkt huschte über den Boden. Er rückte so nah an den Bildschirm, dass seine Nase fast die Oberfläche berührte. Der Punkt musste so etwas wie eine Spinne sein, wenngleich im Verhältnis zum Körper der Frau ein außerordentlich großes Exemplar. Der nächste Clip zeigte in demselben Raum einen verzweifelt weinenden Mann, der auf allen vieren splitternackt auf dem Boden hockte und mit einer Hand in die Luft hämmerte. Da war etwas über ihn gestülpt, und jetzt erkannte Marlon, dass der Mann in einer Art Aquarium steckte, das ihm kaum Platz für Bewegungen ließ. Die Glasscheibe, gegen die er ununterbrochen hämmerte, war rot verschmiert. Der Mann musste sich bereits die Knöchel aufgeschlagen haben.

Marlon stoppte die Wiedergabe, zog den Stick heraus und schaltete den Computer ab. Einen Augenblick starrte er wie paralysiert auf den erlöschenden Bildschirm. Dann stand er auf. Der Raum. Menschenversuche. Vielleicht war es der Raum, von dem Roth gesprochen hatte. Ein Panikraum, in dem Menschen ihren größten Ängsten ausgesetzt wurden – Platzangst, Angst vor Spinnen. Wer weiß, was es im Fall von Roth und Siemer gewesen war. Marlon hielt sich an der Tischkante fest. Ihm wurde schwindelig. Kleine weiße Flecken tanzten auf seiner Netzhaut. Alle Nervenbahnen schienen aus den Poren zu dringen und sich wie Tentakel um den Brustkorb zu schnüren. Das Gehirn begann langsam, sich um sich selbst zu drehen. Die zuckenden Beine eines Rehs. Blutschaum auf roten Lippen. Es waren die Zeichen.

O Gott, nein, nicht jetzt, nicht ...

Im nächsten Moment – es mochten auch Stunden vergangen sein – kam Marlon auf dem Flur wieder zu sich. Er hatte keine Ahnung, wie er hierhergekommen war. Er lag benommen auf dem Boden. Speichel tropfte ihm von den Lippen, die taub waren wie nach einer Spritze beim Zahnarzt. Vor ihm der Stick. Das Handy und das Feuerzeug waren aus der Tasche der Jeansjacke gefallen. Er sammelte sie auf und steckte sie zurück. Dann stand er auf. Der Kopfschmerz traf ihn wie ein Schlag. Marlon sah auf die Uhr. Fünf Minuten. Länger war er nicht weg gewesen. Sein Gehirn schien immer noch um sich selbst zu kreisen. Er musste raus. Schnell. Marlon hielt sich an dem Geländer der Holztreppe fest, um nicht hinunterzufallen. Als er unten angekommen war, blickte der Student von seinen Büchern auf. Marlon versuchte ein Grinsen, winkte und zeigte den erhobenen Daumen.

Okaaaaaay, alles super, okaaaaaay ...

Der Student nickte nur kurz und widmete sich wieder seinem Lehrmaterial.

Draußen durchdrang die Abendluft Marlons Hautporen, schmiegte sich um die Nervenstränge und kühlte sie wieder ab. Er atmete tief ein und aus, pumpte den Sauerstoff durch die Verästelungen der Bronchien bis in die hintersten Winkel seiner Lungen, erfüllte den ganzen Körper mit Frische. Aus seinem breitbeinigen Torkeln wurde ein ungelenker Gang, der sich zu festen Schritten wandelte, die schließlich in einen gleichförmigen Laufrhythmus verfielen.

... ohgottgottseidankohgottumhimmelswillen ...

Marlon schloss den Golf auf, kurbelte das Fenster herunter und steckte sich eine Marlboro an. Süchtig sog er an dem Filter und stieß den Rauch in einem langen Strahl aus dem Fenster. Dann presste er den Kopf an die Kopfstützen, schloss die Augen und lauschte der Stille. Als die Zigarette aufgeraucht war, schnippte er die Kippe aus dem Fenster, ließ den Wagen an und warf die Pistole auf den Beifahrersitz. Es gab etwas zu klären. Jetzt und sofort. Kein Aufschub möglich. Und wenn dieser Engberts auch nur den Hauch von Widerstand leistete, würde er mit ihm höchstpersönlich Ostereier ausblasen spielen und ihm hinten und vorne ein Loch in den Kopf ballern, bevor er tief Luft holen und Engberts brillantes Gehirn aus der Schädelschale pusten würde.

46.

Das Refugium der Geschäftsführer, Vorstände, Ärzte und neureichen Unternehmer roch förmlich nach teurem Rasierwasser und Nadelstreifen, und die Gebäude sprachen eine klare Sprache: Lasst uns in Ruhe. Nah an Wald und See schmiegten sich Villen der Jahrhundertwende neben modernen geduckt an die Hänge, versteckt hinter hohen Hecken und Mauern. Davor parkten Jaguars und BMWs. An einem heißen Samstagnachmittag, dachte Alex, während sie ihren Mini durch die menschenleere Straße steuerte, würde hier niemand mit eigener Hand seinen Wagen waschen, den Rasen mähen oder Kindern beim BMX-Fahren oder Fußballspielen auf der Straße zurufen, ob sie ein Eis haben wollten. Es würde hier genauso verlassen, leer und still sein wie jetzt.

Engberts Domizil lag in der feinsten Ecke des Stadtteils, wo die Grundstücke noch deutlich größer und die Häuser von der Straße aus nicht mehr zu erkennen waren. Alex parkte vor einer Pforte, an der die Nummer 87 angebracht war, nahm ihre Handtasche und stieg aus. Kowarsch folgte ihr umständlich vom Beifahrersitz – er mochte zwar ein Muskelpaket sein, besonders gelenkig war er jedenfalls nicht. Mario hatte ihr die ganze Fahrt über zugehört, dann und wann eine Zwischenfrage gestellt und sich nicht ein einziges Mal über die abendliche Störung seiner Ruhe beschwert. Vielleicht war er froh gewesen, seiner schwangeren Freundin für ein paar Stunden zu entkommen. Vielleicht war er aber auch so ruhig, weil diese ihm eine Szene gemacht hatte. Letztlich war auf ihn Verlass gewesen, und irgendwie gestand sich Alex mittlerweile auch ein, dass Männer, die ihre Frauen vom Arzt abholen, keine allzu schlechten Kerle sein können – selbst, wenn sie tatsächlich ein Stacheldraht-Tattoo am Oberarm trugen wie das, was Mario heute unter dem Ärmelansatz seines hellblauen Polohemds zur Schau trug.

Nur eine schlichte Türschelle war an dem Torpfeiler aus Bruchstein angebracht – kein Namensschild, dafür eine Überwachungskamera, obwohl die das Grundstück umgebende, in einen Zaun eingewachsene Hecke flach genug war, um drüberzuspringen. Die Kamera diente wohl mehr der Abschreckung oder der Bequemlichkeit von Engberts.

Nachdem der Türöffner mit einem tiefen Summen die Pforte aufspringen ließ, gingen Alex und Kowarsch mit schnellen Schritten die Auffahrt hinauf. Hinter gewaltigen Oleanderbüschen tauchte die Villa auf. Das weißgestrichene Gebäude war einem Südstaaten-Herrschaftshaus nachempfunden, wirkte aber dezent und schien kaum älter als zehn Jahre zu sein. Der Bau strahlte Ruhe aus, Souveränität und Erhabenheit. Ohne Zweifel hatte Engberts dafür tief in die Tasche gegriffen.

»Kriminalpolizei, guten Abend, Herr Engberts.« Alex und Mario zeigten ihre Ausweise. »Wir haben ein paar Fragen an Sie, dürfen wir reinkommen?«, fuhr Alex fort.

»Sie sehen mich sehr überrascht«, murmelte Engberts, während Alex ihre Handtasche schulterte und ihm die Hand zum Gruß hinstreckte, was er ignorierte. Alex zog die Hand zurück und ließ ihren Ausweis in der Handtasche verschwinden. Wortlos öffnete Engberts die Tür etwas weiter und ließ die Polizisten herein.

Drei Stufen führten den von schmucklosen Säulen gesäumten Eingangsbereich hinauf. Die wuchtige Eichentür mit ihrem sachlichen Kastenmuster war bereits ein Stück geöffnet. Drinnen ging das weitläufige Foyer direkt ins Wohnzimmer über, dem im offengehaltenen Stil eine Küche angeschlossen war und von dem aus es direkt auf die Terrasse und zum Pool ging. Zwei große abstrakte Gemälde hingen rechts und links des Eingangsportals, davor standen Sideboards aus Edelstahl, auf denen Vasen mit weißen Lilien plaziert waren. Engberts stand wie ein Bollwerk vor der Stufe, die hinab in den ganz in Weiß gehaltenen Wohnbereich führte. Er trug eine helle Jeans sowie ein weißes Poloshirt und blickte Alex mit verschränkten Armen fragend an. Hinter ihm hockte in einem hellgrünen Jogginganzug mit angewinkelten Beinen eine attraktive Rothaarige auf dem Ledersofa. Vermutlich Engberts Frau Sylvie, nach den Akten sechsundvierzig Jahre alt, kinderlos, Diplom-Pharmazeutikerin, seit fünfzehn Jahren mit Engberts verheiratet, viele Jahre bei einem großen Pharmakonzern in leitender Funktion in der Forschung tätig, später dann bei Meridian Health Care. Sie sah Alex und Mario aus großen, runden Augen an.

»Ich weiß nicht«, murmelte der Arzt in säuerlichem Tonfall, »was ich unverschämter finde: Dass die Polizei überhaupt in meinem Haus auftaucht oder dass sie mich um eine solche Uhrzeit belästigt, ohne mich in Kenntnis zu setzen, worum es geht – geschweige denn, sich vorher anzumelden. Helfen Sie mir, welches von beidem ist das Unverschämtere?«

»Nun«, Alex trat von einem Bein auf das andere, »wenn Sie mich fragen, halte ich es für nicht in Ordnung, mehrere Anrufe der Kriminalpolizei zu ignorieren.«

»Das beantwortet meine Frage nicht.«

»Ich weiß. Aber wir stellen hier die Fragen. Dürfen wir uns setzen?«

»Nein.«

Alex und Engberts standen sich wie zwei Boxer vor dem Gongschlag zur ersten Runde gegenüber, die den Gegner abschätzen. Nun, dachte Alex, dieser Engberts schien sie für eine stinknormale und zudem blutjunge Ermittlerin zu halten, bei der er mit seinen Methoden Eindruck schinden würde, und hielt den schweigsamen Mario wohl für einen tumben Gorilla und schmückendes Beiwerk. Da hatte Engberts sich getäuscht. Und deswegen kam Alex ohne Umschweife auf das Thema. Allen Provokationen, indirekten Fragen und zwischen den Zeilen formulierten Unterstellungen würde er ohnehin ausweichen.

»Mein Name ist Alexandra von Stietencron.«

»Sagt mir nichts.«

»Ich bin Kriminalpsychologin.«

Engberts verkniff sich eine Reaktion.

»Zusammen mit meinem Kollegen, Kommissar Kowarsch,

bin ich mit Ermittlungen im Fall der Serienmorde befasst. Sie haben sicherlich davon gehört.«

»Am Rande.« Engberts zuckte mit den Schultern.

»Der Täter bezeichnet sich selbst als Purpurdrache«, ergriff Mario das Wort, »und wie wir wissen, nannte sich so auch Jürgen Roth, einer Ihrer Patienten.«

Engberts blieb stumm wie ein Fisch und unbeweglich wie eine der Säulen vor seinem Haus. Seine Frau rutschte auf dem Sofa in eine entspannte Haltung, griff sich eine Zeitschrift und blätterte darin.

»Dazu haben wir verschiedene Fragen«, fuhr Alex fort. »Zudem scheint C-12 bei den Taten eine Rolle zu spielen. Sie haben es mitentwickelt, getestet und es auch eingesetzt.«

Engberts schob die Hände in die Hosentaschen und hob das Kinn. »Hören Sie, Frau …«

»Von Stietencron.«

»Wie auch immer. Ich bin nicht verpflichtet, Ihnen in meinem Haus zwischen Tür und Angel Rede und Antwort zu stehen. Ich schätze es ebenfalls nicht, von Ihnen damit mitten in der Nacht überfallen zu werden, und ich werde mich gleich morgen bei Ihrem Dienststellenleiter beschweren. Ich weiß nicht, was Sie sich von Ihrem Besuch versprochen haben, und wenn Sie bei der Polizei tatsächlich als Psychologin arbeiten, wundere ich mich noch mehr über Ihr Verhalten. Wenn Sie sich damit profilieren wollen: bitte. Aber nicht auf meine Kosten.«

Alex schluckte. Natürlich hatte sie mit einer solchen Reaktion gerechnet. Dennoch …

»Ich darf Sie jetzt zur Tür begleiten.« Engberts formulierte den Satz als Feststellung und nicht wie eine höfliche Floskel.

»Tut mir leid. Aber das dürfen Sie noch nicht.« Alex schüttelte den Kopf.

Engberts blickte überrascht auf.

»Herr Engberts, jetzt mal Schluss mit dem Herumgeeiere«, grätschte Mario in das Gespräch und ließ in der Anrede geflissentlich Engberts Doktortitel unter den Tisch fallen. »Wir unterhalten uns entweder vernünftig, oder wir führen das Gespräch auf der Wache fort. Ich bin gerne bereit, mir jetzt sofort eine Anordnung dazu ausstellen zu lassen.« Mario zog demonstrativ sein Handy hervor. »Abgesehen davon, dass Sie Ermittlungen in Mordfällen behindern, besteht gegen Sie ein Tatverdacht auf Beteiligung an einer kriminellen Vereinigung sowie einiges mehr, und das können Sie nur ausräumen, wenn Sie sich dazu äußern. Tun Sie das nicht, werde ich Sie mitnehmen müssen. Sie können selbstverständlich vorher Ihren Anwalt anrufen.«

Ein väterliches Lächeln huschte über Engberts Gesicht. »Wollen Sie mich beeindrucken?«

»Nein«, antwortete Alex kalt. »Nur informieren.«

»Haben Sie etwa auch Handschellen und eine Waffe in Ihrem Täschchen, Kind?«

»Möchten Sie mal reinschauen?«

Sylvie Engberts warf die Zeitung klatschend auf den Glastisch. »Bitte, Reinulf«, blaffte sie, »würdest du das Gespräch mit diesen Personen jetzt beenden?«

»Du hast ja recht, Liebes.« Engberts verschränkte die Arme wieder vor der Brust. »Auf Wiedersehen, Frau von Stietencron und Herr Kowarsch.«

»Haben Sie mich nicht verstanden?«, fragte Mario und wedelte mit seinem Telefon.

»Doch, habe ich«, antwortete Engberts und setzte wieder das überhebliche Lächeln auf, das Alex ihm am liebsten mit den Absätzen aus dem Gesicht geprügelt hätte. Dann ging er auf sie zu und fasste sie am Arm. »Wenn Sie der Auffassung sind, dass Sie mich zu einer lächerlichen Vernehmung zitieren müssen, werden Sie das so oder so tun. Ihre grüne Minna dürfen Sie gerne draußen anrufen, kein Problem. Dann sehen wir weiter. Aber verlassen Sie dazu jetzt bitte mein Grundstück.«

»Finger weg, Freundchen.« Mario wischte Engberts Hand wie eine lästige Mücke von Alex' Arm.

»Wie haben Sie mich genannt?« Engberts legte den Kopf schief und seine Rechte wie einen Trichter ans Ohr.

»Achten Sie genau auf meine Worte, Engberts, ich wiederhole mich nicht gerne«, zischte Mario.

»Sie sind längst nicht so gut, wie Sie denken«, sagte Alex. »Sie haben Fehler gemacht, Herr Engberts. Wir werden Ihr Luisenstift komplett auseinandernehmen, die gesamte Buchhaltung auf den Kopf stellen und die Dokumente Ihres Uni-Forschungsprojekts beschlagnahmen. Ich werde Ihre privaten Finanzen zerpflücken, und dabei wird herauskommen, wovon Sie Ihre bescheidene Villa bezahlt haben. Ich besorge mir Auszüge über Ihren Reiseverkehr. Unterschätzen Sie das nicht, wir können so was, und wir tun so was. Es wird eine Menge Arbeit, aber: Wir alle hinterlassen unsere Spuren, nicht wahr? Noch mehr, wenn wir sie verwischen wollen.«

Engberts presste die Lippen aufeinander. Seine Gesichtszüge waren erstarrt. Seine Pupillen bewegten sich keinen Deut. »Raus«, flüsterte er.

47.

Marlon presste sich an die Wand. Sein Atem ging schnell. Durch die Büsche hatte er einen guten Blick auf den Mini, aus dem eben Alex und ein weiterer Polizist ausgestiegen waren, bei dem es sich vermutlich um diesen Kowarsch handelte, mit dem sie in Marlons Büro aufgekreuzt war. Egal. Wichtig war, dass Alex die Fährte aufgenommen hatte und sich nun Engberts vorknöpfte. Noch besser wäre es gewesen, wenn Marlon ihr bereits den Stick mit den Daten vom Computer des Arztes hätte zukommen lassen können. Entscheidend war, dass sie die Zusammenhänge begriff. Dass sie zu seiner Vertrauten wurde. Einen Moment lang dachte Marlon darüber nach, ihr den Stick hinter den Scheibenwischer zu klemmen, aber schon im nächsten sah er einen Lichtschein von Engberts' Haustür und hörte aus der Ferne Schritte auf Kies knirschen. Dann tauchten Alex und Kowarsch auf und gingen über die Straße zum Auto. Sie unterhielten sich, aber Marlon konnte nur Sprachfetzen wahrnehmen. Sie schienen sehr aufgeregt.

Marlon presste sich noch fester an die Hauswand. Als es neben ihm raschelte, blieb ihm beinahe das Herz stehen. Aus großen Augen blickte ihn eine getigerte Katze an und machte fauchend einen Buckel. Mit einem Tritt versuchte er, das Biest zu verscheuchen, aber die Katze wich lediglich aus, legte die Ohren an und fauchte erneut. Zitternd sah Marlon durch die Büsche zur Straße und erkannte mit Schrecken, dass Kowarsch innehielt. Er ließ die Beifahrertür geöffnet und blickte sich um. *Dämliches Mistvieh*, dachte Marlon und hielt die Luft an, während die Katze ihn erneut anfauchte. Wieder holte Marlon zu einem Tritt aus. Diesmal erwischte er das Biest in der Flanke. Jaulend und fauchend sprang die Katze zur Seite, sprintete durchs Gebüsch und rannte über die Straße. Kowarsch schien das Tier bemerkt zu haben, schaute noch einen Augenblick lang in Marlons Richtung, machte dann eine abwinkende Geste und stieg in den Wagen, der kurz darauf ansprang, aus dem Licht der Straßenlampe auf die Fahrbahn bog und hinter der nächsten Kurve verschwand. Marlon atmete auf.

Er wartete noch einige Augenblicke, dann löste er sich von der Wand, hastete über die Straße und sprang über die Begrenzung von Engberts' Grundstück. Geduckt lief er über den Kiesweg auf die Villa zu.

Dreckskerl. Scheißkerl. Hast Millionen eingesackt, um dir diesen Palast zu errichten.

Vor der Haustür zog er seine Pistole und drückte mit zitternden Fingern die Klingel.

»Habe ich Ihnen nicht gesagt, dass ...«, knurrte Engberts, während er die Tür öffnete. Als er Marlon vor der Tür stehen sah und in den Lauf einer großkalibrigen Waffe schaute, wich er stumm zurück. Marlon verpasste ihm einen Stoß vor die Brust und schubste den Arzt in das Foyer, von wo aus Marlon eine rothaarige Frau im Wohnzimmer erkannte, die neben dem Sofa stand und ihn fassungslos anstarrte.

»Ah, Frau Engberts, angenehm, Kraft«, sagte Marlon heiser und zielte auf ihr Gesicht, das so weiß geworden war wie das Leder der Couch. »Unverhofft kommt oft – oder wie heißt es so schön?« Marlons Stimme klang wie eine rasselnde Kette. »Hinsetzen. Alle beide«, befahl er und deutete auf das Ledersofa. Als sie Platz genommen hatten, ergriff Engberts die Hände seiner völlig verängstigt wirkenden Frau und sagte: »Nur ruhig, Sylvie. Es wird sich alles klären.«

Marlon lächelte bitter und umfasste den Griff der Pistole fester. »*Rosebud*«, flüsterte er dann, »was für ein schönes Kennwort.«

»Ich weiß nicht, wovon Sie reden«, sagte der Psychologe trocken.

»Doch«, nickte Kraft. »Das wissen Sie. Sie sind sich nur unsicher, wie viel ich weiß.«

»Ich würde mich wohler fühlen, wenn Sie nicht länger mit der Waffe auf meine Frau zielen, Herr Kraft.«

Marlon zuckte mit den Achseln. »Kein Problem.« Er richtete die Pistole auf Engberts. »Besser so?« Der Arzt schwieg. »*Rosebud*, wenn ich Ihnen auf die Sprünge helfen darf, ist das Kennwort zu einigen Ihrer Projektdaten, die ich soeben von der Festplatte in Ihrem Büro im Luisenstift gezogen habe.«

Engberts schluckte. Sein Gesicht war aschfahl geworden.

»*Rosebud*, das ist das Schlüsselwort aus Citizen Kane, nicht?«, fragte Marlon. Engberts reagierte nicht.

»IST ES DAS?«, schrie Kraft ihn an. Kleine Speicheltropfen sprühten aus seinem Mund. Engberts zuckte zusammen und nickte stumm.

»Gut.« Marlon atmete durch. »Ich sehe, wir verstehen uns. Und jetzt kommen wir zu dem Grund meines Besuchs. Ich weiß Bescheid über C-12, das ich auch genommen habe, über Glücksberg, über Roth und Siemer, über Ihre schmutzigen Machenschaften mit dem Militär. Ich habe zwei Fragen an Sie: Was hat das mit den Morden zu tun? Was hat es mit mir zu tun? Mehr will ich nicht wissen.«

Engberts schien einen Moment nachzudenken. »Sie halten sich selbst für einen Mörder?«

»Ich kann es nicht ausschließen«, blaffte Marlon zurück.

»Oh«, antwortete Engberts und versuchte ein gequältes Lächeln. »Das ist in der Tat eine amüsante Komponente.«

»Schnauze!«

»Der menschliche Geist hält viele Türen versteckt, und es ist besser, wenn manche für immer verschlossen bleiben, ist es so, Herr Kraft?«

»Worauf wollen Sie hinaus?«

»Gut, Sie haben Projektdaten von meinem Computer gestohlen, und? Ich weiß nicht, was Sie damit anfangen wollen. Es sind Daten medizinischer Untersuchungen, mehr nicht, und sie haben nicht das Geringste mit einer Mordserie zu tun. Sie bringen Dinge in einen Zusammenhang, den es nicht gibt. Vielleicht wünschen Sie sich, der Mörder zu sein. Möglich. Vielleicht erhoffen Sie sich davon Bedeutung oder Erlösung. Vielleicht projizieren Sie eigene Wünsche auf seine Taten. Vielleicht sind das aber auch Erinnerungsfetzen, die von der Existenz eines anderen Marlon Kraft in Ihrem Bewusstsein hängengeblieben sind. Möglich ist alles. Nur Ihre fixe Idee von einem Zusammenhang zwischen C-12, Glücksberg und diesen schrecklichen Morden ist dann doch etwas bizarr, und nun legen Sie bitte Ihre Waffe nieder, dann können wir uns gerne in Ruhe weiter unterhalten.«

»Bullshit«, zischte Marlon. »Sie lenken mich nicht ab mit Ihren Psycho-Tricks. Hier, sehen Sie das?« Marlon zog den USB-Stick aus der Gesäßtasche und hielt ihn hoch. »Darauf befinden sich die kompletten *Rosebud*-Dateien, und ich werde sie so oder so der Polizei übergeben, Engberts. Sie klebt Ihnen bereits an den Hacken, nicht?«

Engberts' Miene verfinsterte sich. »Ich gebe Ihnen einen guten Rat, Kraft: Schlüpfen Sie nicht in ein Paar Schuhe, die viel zu groß für Sie sind. Sie werden darin stolpern und anschließend zertreten.«

Sylvie Engberts' Mund stand offen. »Was soll das heißen, Reinulf? Was soll das alles?« Der Psychologe ignorierte sie.

Marlon spannte den Abzugshahn und drückte Engberts den Lauf gegen die Stirn. »Sie sind mir noch eine Antwort schuldig. Jetzt.«

Engberts schmunzelte in völliger Ignoranz der Waffe. »C-12 setzt manchmal Dinge frei, Kraft. Dinge, die wir nicht unter Kontrolle haben. Man kann es gezielt dafür einsetzen, manchmal ist das aber auch ein unerwünschter Nebeneffekt. Es öffnet Türen, und ich bin mir sicher, dass es bei Ihnen einige gibt, die Sie doppelt und dreifach verschlossen halten, habe ich recht?«

»Schnauze!«

»Machen Sie sich nichts vor, Kraft. Sie werden hier keine Antwort finden. Die Verbindungen, nach denen Sie suchen, tragen Sie in sich. Und Sie werden auch mit Ihrer Waffe nichts erreichen. Sie werden der Polizei nichts beweisen können, Sie werden mir nichts beweisen können – und am allerwenigsten sich selbst. Sie stecken in einer Sackgasse.«

»Er hat recht«, murmelte Sylvie Engberts mit einem Seitenblick zu ihrem Mann.

»Sehen Sie es ein. Sie sind am Ende«, fügte Engberts kalt hinzu. »Gehen Sie mit Ihrem Stick ruhig zur Polizei, und wenn Sie sich für einen Mörder halten, stellen Sie sich. Man wird herausfinden, was stimmt und was nicht. Es ist alles einfacher, als Sie denken.« Sylvie Engberts nickte zu den Worten ihres Mannes.

Marlon runzelte die Stirn. Die beiden versuchten doch glatt, ihn zu bluffen. Hier würde er nicht weiterkommen. Er starrte aus dem Panoramafenster. In der Ferne war ein orangefarbener Lichtschein zu erkennen. Ein sanfter Windstoß wehte kühle Luft durch die offen stehende Terrassentür. Sie duftete nach frisch gemähtem Gras und Sommer, und dazwischen nahm Marlon einen beißenden Geruch wahr. Irgendwo schien jemand ein Feuer angezündet zu haben.

»Nun, ich werde den Stick in jedem Fall der Polizei übergeben. Und dann sehen wir in der Tat weiter.« Marlon seufzte gekünstelt und nahm die Waffe herunter. Sylvie Engberts zitterte vor Erleichterung. »Auf eines freue ich mich jetzt schon.« Er beschrieb mit dem Zeigefinger eine Linie in der Luft. »Die Menschenversuche des Horror-Professors. 47 Punkt. Titelseite.« Damit zwinkerte er Engberts zu und ging rückwärts zur Terrassentür, ohne das stumm dasitzende Ehepaar aus den Augen zu lassen, bis ihn die Dunkelheit verschlang.

48.

»Soll ich dir mal was sagen, Alex? Ich blicke nicht mehr durch.« Kowarsch sah aus dem nach unten gekurbelten Fenster des Mini und streckte den Arm nach draußen, um sich vom Fahrtwind kühlen zu lassen.

»Ich fürchte fast, keiner von uns blickt da durch, Mario. Das alles geht viel zu schnell, und es tauchen ständig neue Unbekannte auf. Es ist ein gigantisches Puzzle. Nur eines ist in meinen Augen völlig klar: Es steckt viel mehr dahinter, als wir annehmen. Und Marcus weigert sich, das zu sehen.«

»Mhm.« Kowarsch wischte sich über die Lippen, als Alex an der Ampel hielt und die Klimaanlage noch etwas aufdrehte.

»Aber vielleicht sind das auch zwei verschiedene Paar

Schuhe, Alex. Das eine ist die Mordserie, und hinter dem anderen steckt ein Wirtschaftsdelikt, keine Ahnung. Dieser Engberts hat mit Sicherheit etwas auf dem Kerbholz, das glaube ich auch. Aber zuallererst müssen wir herausfinden, wo dieser Marlon Kraft steckt, und ob er möglicherweise flüchtig ist.«

Alex schüttelte den Kopf. »Nein, das glaube ich nicht. Er wird sich irgendwo in der Stadt aufhalten. Er will auf eigene Faust Licht in die Sache bringen.«

»Ja, aber wenn wir mal auf das Wesentliche schauen, dann gehst du davon aus, dass in jedem Fall noch ein weiterer Mord passieren wird, und zwar sehr bald, richtig?«

Alex nickte und fuhr wieder an.

»Okay, und wenn wir Kraft also in U Haft stecken, wird dieser Mord entweder ausbleiben und die Serie unterbrochen – oder aber es setzt sich fort. Womit Kraft aus dem Spiel wäre.«

Alex zwirbelte mit dem Finger in einer Haarsträhne und bog auf den Innenstadtring ab. Natürlich. Das klang logisch. Weiteres Vorgehen nach Ausschlusskriterien. »Nur dazu müsste Kraft erst mal gefasst werden, und falls es sich bei ihm dann noch nicht um den Täter handelt und die Morde weitergehen, sehen wir alt aus.«

Kowarsch nickte. »Aber frei herumlaufen lassen können wir ihn auch nicht, so einfach ist das.«

Die Titelmelodie von *Beverly Hills Cop* erfüllte das Innere des Wagens, und auf Kowarschs überraschten Blick hin sagte Alex achselzuckend: »Ja, ich weiß, aber mir gefällt es.« Sie griff zum Handy, das in der Ablage der Mittelkonsole lag. Die Nummer war unbekannt, und nachdem Alex sich gemeldet hatte, stockte ihr der Atem, und sie hätte beinahe das Lenkrad verrissen.

»Oh, Marlon, hallo«, keuchte sie im nächsten Moment überrascht und sah zu Kowarsch, der sich wie vom Blitz getroffen im Beifahrersitz aufrichtete und wild mit der Hand gestikulierte, um Alex zu bedeuten, dass sie rechts ranfahren soll. Instinktiv erkannte Alex aus den Augenwinkeln eine Einfahrt, zog mit dem Mini auf die andere Fahrspur und erwischte gerade noch die Zufahrt zu dem Burger-King-Restaurant. Mit quietschenden Reifen bog sie auf den Parkplatz.

»Ich habe jetzt die Daten zusammen, Alex, und Sie werden Augen machen, das verspreche ich Ihnen.«

»Was für Daten?« Alex brachte den Wagen zum Stehen. Kowarsch sprang wie von der Tarantel gestochen mit seinem Telefon heraus und kurbelte mit dem Finger in der Luft herum, um Alex zu bedeuten, dass sie Marlon am Reden halten sollte.

»Ich war bei Engberts. Ich habe Kopien von seiner Festplatte gemacht, Alex, und es ergibt jetzt alles einen Sinn. Ich werde Ihnen den USB-Stick zukommen lassen.«

»Sie waren bei Engberts?« Alex stockte. War Marlon wirklich bei dem Arzt gewesen? Vor oder nachdem sie und Mario dort gewesen waren? Mit einem Seitenblick erkannte sie, dass Kowarsch nun ebenfalls telefonierte und dabei im Kreis herumlief.

Wie konnte Marlon so dumm sein, sie auf dem Handy anzurufen? Konnte er sich nicht denken, dass die Polizei ihn orten würde? Vertraute er ihr so sehr, oder war er gerade mit anderen Dingen so beschäftigt, dass er gar nicht an die Möglichkeit dachte?

Kraft klang mittlerweile vollkommen nüchtern. »Ich hatte nicht die Zeit, mir das ganze Material auf dem Stick anzusehen. Der Stammordner ist außerdem verschlüsselt, den müssen Sie knacken lassen, das ist Ihr Job, Sie sind die Polizistin.

Aber was ich gesehen habe, Alex, hat gereicht, um mir ein Urteil zu bilden – und nach allem, was ich bislang weiß, stellt sich für mich die Sachlage folgendermaßen dar: Eine Forschungsgruppe unter der Leitung von Dr. Engberts hat ein neues Medikament für militärische Zwecke entwickelt und es C-12 genannt. Sie wissen vielleicht, dass Jet-Piloten und Spezialeinheiten so etwas wie Speed oder Amphetamine einnehmen, um wach zu bleiben. Das C-12 geht weit darüber hinaus. Es verfolgt den Zweck, Soldaten ihre Angst im Einsatz zu nehmen, damit sie effektiver agieren können und Ausfälle wegen psychischer Reaktionen minimiert werden. Hochwirksame Pillen für das Vergessen, Emotionskiller. Das Präparat hat aber noch eine andere Wirkung: Es lässt sich in einer weniger potenten Dosierung als Medikament gegen traumatische Erfahrungen einsetzen und verspricht einen Durchbruch auf dem Gebiet – sozusagen als kollateraler Effekt.«

Da waren sie. Die fehlenden Puzzleteile. Kraft war es tatsächlich gelungen, das Mosaik zusammenzufügen. Aber was hatte das mit den Morden zu tun? Alex sah Mario weiter im Kreis laufen, das Handy fest ans Ohr gepresst.

»Die Medikamente für das Militär werden getestet«, erklärte Kraft weiter. »Dazu sind Experimente an Menschen erforderlich, die unter maximalem Druck stehen. Aber wo können solche Versuche durchgeführt werden? In einem autonomen Staat im Staat mit eigenen Gesetzen lässt sich gegen Geld alles machen, und diesen Staat finden die Auftraggeber in Paraguay in einer mennonitischen Kolonie namens Glücksberg. Und wer sind die perfekten Versuchskaninchen? Psychisch Kranke, die an den Symptomen leiden, die das C-12 gar nicht erst aufkommen lassen soll. Die Patienten werden bei den Tests massiv unter Stress gesetzt und parallel dazu mit C-12 behandelt, um zu sehen, was passiert. Wir reden über Menschenversuche, Alex, und Engberts stellte dafür Material zur Verfügung. Sicherlich gegen einen guten Preis.«

»Okay, alles klar«, hörte Alex Mario sagen, der sein Gespräch beendete und wieder zum Wagen herüberkam. »Alex, hast du ein Navi?«, fragte er leise. Alex schüttelte den Kopf. Aber sie hatte ihr Laptop dabei, und möglicherweise verfügte das Drive-in wie viele andere Fastfood-Restaurants über einen Hotspot – ein Knotenpunkt, über den man sich per Funk mit dem Internet verbinden lassen konnte. Der Wagen parkte zwar rund zwanzig Meter von dem Hauptgebäude entfernt, es kam auf einen Versuch an. Alex deutete mit dem Daumen hinter sich. Kowarsch sah sie zunächst fragend an, schien dann aber zu begreifen. Er langte auf den Rücksitz, zog aus der dort liegenden Tasche ein silbernes MacBook hervor, klappte es auf dem Beifahrersitz auf und fuhr das Betriebssystem hoch.

»Unter den menschlichen Versuchsobjekten«, sprach Marlon weiter, »befanden sich Jürgen Roth und Ludger Siemer – beide waren bei Engberts in Behandlung und perfekte Objekte für seine Forschungen in Paraguay. Während der Versuchsphase durchlitten sie fürchterliche Dinge, und Roth hat in Siemer während der Experimentphase so etwas wie einen Bruder gesehen. Immer wieder wurden an ihnen künstliche Schocks generiert. Immer wieder erhielten sie das C-12, auf dessen Verpackung sie den purpurnen Drachen als Firmenemblem sehen. Stück für Stück ist dieser Drache dabei für Roth zu einem Schutzschild geworden, zu einem Symbol für die Macht über die Angst. In Roths Phantasie sollte der Drache ihn und seinen Leidensgenossen Siemer vor den schrecklichen Ereignissen in Paraguay schützen. Und das C-12, Alex, macht uns stark und mutig. So wie die Kampftruppen im Irak und sonst wo auf der Welt, wo es bereits im Einsatz ist. Ich weiß es, ich habe es selbst genommen.«

Was Kraft gerade erzählte, war unfassbar. Und doch war Alex zunehmend davon überzeugt, dass es sich dabei nicht um ein Hirngespinst handelte. Alles hatte Hand und Fuß. Auch sie hatte den Drachen auf den Medikamenten-Verpackungen gesehen. Sie war ebenfalls auf der merkwürdigen Purpuradragon-Homepage gewesen. Und wer wusste, was sich alles an belegbaren Daten auf dem USB-Stick befinden würde, von dem Marlon gesprochen hatte? Aber eine Antwort blieb ungeklärt: Wo war die Verbindung zu den Morden?

Kowarsch hatte den Mac hochgefahren und sah Alex fragend an. Sie stellte am Handy den Lautsprecher ein und legte es sich in den Schoß, um Mario zu verdeutlichen, dass er versuchen sollte, mit dem Laptop eine Internet-Verbindung aufzubauen.

»Hotspot«, flüsterte sie und deutete abwechselnd auf das Burger-King-Restaurant und den Computer.

Kowarsch nickte.

»Marlon.« Alex sprach in Richtung des Telefons.

»Ihre Stimme ist leiser geworden.«

»Ja, wegen der Freisprechanlage. Ich sitze im Auto«, erklärte Alex und hoffte, dass Marlon es schluckte. »Hören Sie, Sie müssen sich stellen. Eine ganze Armee ist hinter Ihnen her. Wir haben heute in Ihrer Wohnung Vivianes Leiche gefunden, und ...«

»Sie haben was?« Kraft schluckte schwer. »Ich dachte ... Ich habe geglaubt, Marcus durchsucht die Wohnung, und ...«

»Die Leiche hing in Ihrer Dusche, Marlon.«

»Ich war das nicht.«

»Sie war übel zugerichtet, wie die anderen, und ...«

»Ich war es nicht!«

»Ich will nach wie vor nicht ausschließen, Marlon, dass Ihnen da jemand etwas anhängen will. Ein weiterer Mord ist angekündigt worden. Lassen Sie sich von mir in Schutzhaft nehmen. Jetzt. Sofort. Und wir werden sehen, ob der Mord geschieht oder nicht. Es ist der einzige Weg.«

Kowarsch nickte. Die Internet-Verbindung stand. Nun griff Alex nach vorne und startete Google Earth und dazu ein Plug-in-Programm, das sie wie viele Sportler nutzte, um GPS-Koordinaten in ein für Google verständliches Format umzuwandeln.

»Aber ich bin es nicht!«, hörte sie Marlon aus dem Handy-Lautsprecher schreien, während Kowarsch die von der Leitstelle ermittelten Koordinaten in die Tastatur hämmerte. »Ich war es nicht! Ich weiß es doch!«

Kraft klang zerrissen. Fast tat er Alex leid. Aber der eingeschlagene Weg zeigte Wirkung, und deswegen fuhr sie fort. »Ich glaube Ihnen, Marlon. Marcus tut das nicht. Er weiß nicht, was ich weiß. Aber Sie müssen mir jetzt vertrauen. Marlon. Ich weiß, was ich tue.«

»Und wenn doch wieder ein Mord geschieht? Dann haben Sie ihn nicht verhindert, sondern zugelassen.«

»Aber dann wissen wir auch, dass Sie es nicht waren. Und Sie sind in Sicherheit. Niemand wird an Sie herankommen. Denn das letzte Opfer in dem Kreis, Marlon, das sind Sie. Haben Sie das nicht begriffen?«

Marlon schniefte. »Ich weiß, dass es nur einen Weg gibt. Ich muss den Drachen finden und mich ihm stellen. Entweder er oder ich.«

»Nein, Marlon, das ist der falsche Weg«, sagte Alex sanft.

»Ich muss jetzt auflegen.«

»Marlon, wo sind Sie? Sagen Sie mir, wo Sie sind, und …«

»Hindern Sie mich nicht, Alex. Ich werde Sie wissen lassen, wenn es so weit ist, dem Drachen zu begegnen.«

»Marlon, bitte ...«

»Und halten Sie mich nicht für blöd, Alex. Ich weiß, wie leicht man Handys orten kann. Der Stick liegt in Ihrem Briefkasten. Ich muss jetzt weg.«

»Marlon!«

»Bingo«, sagte Kowarsch, und im nächsten Moment hatte Marlon aufgelegt. Alex blickte auf das Display des Mac. Es zeigte ein Satellitenbild von Lemfeld, in dessen Mitte sich ein roter Punkt befand. Dort war Marlons Handy verortet worden, und je näher Mario darauf zuscrollte und je deutlicher die Straßenzüge, Stadtviertel und die kleinen Parks zu erkennen waren, desto mehr fröstelte es Alex.

»Da haben wir ihn«, sagte Kowarsch und griff zum Telefon.

»Ich kann dir sagen, wo das ist«, antwortete Alex und schluckte.

»Und wo?« Kowarsch hatte bereits die Zentrale an der Leitung und fragte nach: »Ist das Signal stationär? Stationär? Echt? Na prima.«

Alex zog die Schultern hoch. »Das ist meine Wohnung, Mario. Meine Adresse. Da wohne ich.«

Mit Blaulicht und Martinshorn schossen zwei Feuerwehrwagen über den Innenstadtring, denen Kowarsch kurz mit den Augen folgte.

»Ich verstehe nicht ganz, Alex«, sagte Kowarsch.

»Kraft hat gesagt, dass er mir einen USB-Stick in den Briefkasten geworfen hat. Und ich gehe jede Wette ein, dass er sein Telefon hat folgen lassen, nachdem das Gespräch beendet war.«

»Du meinst, dass ...«, wollte Mario nachhaken, wurde aber

vom Martinshorn übertönt, als weitere Löschzüge und zwei Rettungswagen über den Ring jagten.

»Sag mal, was ist denn da bei euch los?«, rief Kowarsch ins Telefon. Alex sah, wie ihm die Gesichtszüge entglitten. Dann nahm er das Telefon vom Ohr und sah Alex fassungslos an.

»Du glaubst nicht«, sagte er tonlos, »was gerade passiert ist.«

49.

Es war ein Inferno. Als Alex mit Mario aus dem Wagen stieg, schlug ihr ein warmer Wind entgegen, der umso heißer wurde, je näher sie dem Gebäude kam. Sie sprang über armdicke Schläuche und drängte sich durch die Schaulustigen. Die Luft roch beißend, und sie atmete flacher. Die Kommandos der Einsatzkräfte, das Stöhnen der Geborgenen, das Rauschen aus den Schläuchen, das Surren der Generatoren, die die gigantischen, auf das Luisenstift gerichteten Flutlichtstrahler speisten, schwollen zu einer Kakophonie an, die nur von dem Brüllen des Feuers übertroffen wurde. In dem gelben Lichtschein, der regelmäßig vom tiefen Blau der Lichter auf den zahllosen Einsatzwagen durchtränkt wurde, erkannte sie Marcus, Reineking und Schneider neben einem Rettungswagen. Feuerwehrleute riefen durcheinander, hasteten an ihnen vorbei. Andere hüllten Menschen in

Aluminiumdecken und brachten sie in Sicherheit hinter die Absperrung.

Die Flammen schlugen aus allen Fenstern, vereinten sich im Dachstuhl zu einer einzigen und strebten als orangefarbene Masse dem Nachthimmel entgegen. Myriaden von Funken tanzten wie zu Derwischen gewordene Glühwürmchen um sie herum. Weiter oben ging das Feuer in schwarzen Qualm über, der wie eine ölige Substanz das Sternenfirmament verschmierte. Die Feuersbrunst grollte wie ein Tier und zischte wütend die Feuerwehrmänner an, die sich ihm auf Drehleitern entgegenstemmten und im hohen Bogen Hektoliter um Hektoliter in seine Eingeweide pumpten. Ein Kampf der Elemente, in der unweigerlich das obsiegen würde, was in den Augen der Menschen seit Anbeginn schon immer das mächtigere gewesen war: das alles vernichtende Feuer.

Der Odem des Drachen. Er streicht über das Land.

Alex war wie hypnotisiert von dem Schauspiel. Es erinnerte sie an Bilder, die sie in Dokumentationen über Vulkanausbrüche gesehen hatte. An die Explosionen im World Trade Center beim Einschlagen der Flugzeuge. An die brennenden Ölquellen im Irak. Die Gewalt des Feuers war unbeschreiblich. Trotz des Grauens, das es hier und jetzt erzeugte, war es in seiner Bedrohlichkeit faszinierend. Und es konnte nur einen einzigen vernünftigen Grund dafür geben, dass die Flammen gekommen waren, um das Luisenstift zu fressen: Jürgen Roth. Der Vierte in der Reihe. Der Hase im Tierkreis. Der Hüter des Geheimnisses um den Purpurdrachen. Jetzt gab es nur noch einen Eingeweihten. Und das war Marlon.

»Was für eine Scheiße«, murmelte Schneider und zog an seiner Pall Mall. »Direkt vom Flughafen in Teufels Küche.« Schweißperlen standen ihm auf der Stirn.

»Hallo, Alex«, sagte Marcus und nickte ihr zu.

»Wir haben die ganzen Feuerwehrwagen gesehen«, stammelte sie und wandte sich schließlich von dem Feuer ab. »Mario und ich waren gerade bei Professor Engberts, und …«

»Engberts? Um diese Uhrzeit? Warum?« Marcus nahm Alex zur Seite.

»Kraft hatte mir heute Nachmittag draußen am See sein Diktiergerät gegeben. Darauf war die Aufzeichnung eines Gesprächs zwischen ihm, Engberts und Roth. Ich hatte dazu noch einige Fragen.«

Marcus senkte den Kopf und schüttelte ihn kaum wahrnehmbar. »Warum erfahre ich das erst jetzt?«

Alex antwortete nicht und leckte sich über die Lippen. Sie knibbelte nervös an einem Hautfetzen am Nagelbett.

»Kraft hat uns außerdem gerade eben kontaktiert«, schaltete sich Kowarsch ein. Marcus blickte ihn fassungslos an. »Er war bei Alex an der Wohnung«, fuhr Kowarsch fort. »Ich hab ihn orten lassen, das Signal war an Alex' Adresse. Er hat sein Telefon wohl dagelassen.«

»Habt ihr das gecheckt?«

Kowarsch verneinte. »Das Handy wird ja nicht weglaufen, und ich habe einen Streifenwagen vorbeigeschickt. Ich hab von der Leitstelle gehört, wohin die ganzen Feuerwehrwagen unterwegs waren, da sind wir lieber erst mal hierhergekommen.«

Marcus wischte sich über die Augen. »Ich könnte kotzen. Ging das nicht schneller mit der Ortung?«

»Die haben so schnell gemacht wie möglich, und Zaubern können die auch nicht. Zumal wir das ja nicht jeden Tag machen.«

»Das ist trotzdem scheiße, Mario«, fauchte Marcus.

Alex sah, wie Kowarsch die Lippen zusammenpresste und die Fäuste ballte. »Ach, jetzt hör doch auf, Marcus«, blaffte er zurück. »Wer hat denn die schützende Hand über seinen alten Kumpel gehalten, hä? Und wenn hier einer weiß, wo der für gewöhnlich rumlungert, dann bin das sicher nicht ich, Marcus!«

Alex atmete die beißende Luft ein. Jetzt war es ausgesprochen. Marcus bleckte die Zähne und zischte: »Verpiss dich, Mario, aber ganz schnell – und darüber, wo du warst, als ich dich zur Vernehmung mit Alex in Krafts Büro geschickt habe, reden wir morgen.«

»Soll mir recht sein, Chef«, antwortete Mario und stapfte davon.

Marcus wandte sich zu Alex und betrachtete sie. Das tobende Feuer spiegelte sich in seinen Augen wider. »Was wollte Marlon bei deiner Wohnung?«, fragte er leise.

»Er hat …, er wollte mir einen USB-Stick in den Briefkasten werfen mit Dateien, die er angeblich von Engberts gestohlen hat. Es ging um einige Dinge, die er herausgefunden haben will. Menschenversuche mit Psychopharmaka in Südamerika, an denen Engberts beteiligt gewesen sein soll. Jürgen Roth soll eine der Versuchspersonen gewesen sein. Bei dem eingesetzten Medikament handelte es sich um das C-12, das Kraft ebenfalls genommen hat. Und viele andere auch, zum Beispiel Ludger Siemer, und …«

»Habe ich es dir nicht gesagt?«, unterbrach Marcus Alex. »Habe ich dir nicht gesagt, du sollst dich von ihm fernhalten?«

»Marcus, es geht hier noch um ganz andere Dinge, von denen wir bislang keine Ahnung hatten, es …«

»Unsinn!«

»Es ist aber so. Es gibt noch einen anderen Zusammenhang, und Marlon …« Sie zuckte zusammen, als Marcus mit der Faust gegen die Motorhaube des Rettungswagens schlug. Er griff sie bei den Schultern, riss sie herum und zwang sie, auf das Feuer zu sehen.

»Siehst du das, Alex? Weißt du, wer da drin gerade verkohlt?«

Dann wirbelte er sie wieder zurück. Seine Hand hielt ihren Oberarm wie ein Schraubstock umschlossen, als er sie hinter sich her zur Rückseite des Rettungswagens zog, wo er gegen die Tür hämmerte und sie dann einfach öffnete.

»Können wir mit ihm sprechen?«, rief Marcus. Es klang mehr nach einer Anordnung als nach einer Frage. Der Notarzt und ein Rettungssanitäter nickten. Sie nahmen dem jungen Mann, der auf der Trage saß, die Sauerstoffmaske ab. Er sah Marcus und Alex abwechselnd aus riesigen, rehbraunen Augen an.

»Darf ich vorstellen, Alex? Die Nachtwache!«, zischte Marcus. »Der junge Mann studiert und verdient sich nebenbei damit Geld. Heute Abend bekam er überraschenden Besuch von einem Polizisten, der mit Jürgen Roth sprechen wollte. Wie war noch gleich sein Name, junger Mann?«

Der Student starrte sie an. Alex sah, wie sein Adamsapfel auf und nieder hüpfte.

»Aber das habe ich Ihnen doch schon …«

»Den Namen!« Die Adern an Marcus Schläfen traten hervor.

»Okaaaaaay«, sagte der Student und hustete. »Er hieß Marlon Kraft.«

Ein unsichtbarer Baseball-Schläger schien Alex aus vollem Schwung in die Kniekehlen zu treffen. Die Dateien von Engberts – Kraft war in das Stift geschlichen. Er hatte hier die Dateien von dem Computer kopiert und mit Roth gesprochen, ja. Aber vielleicht hatte er ihn bei dieser Gelegenheit auch umgebracht und dann das Feuer gelegt.

Feuer: das vierte, noch fehlende Element.

Wer sonst kam dafür in Frage? Wer hätte die Zeit und die Möglichkeit dazu gehabt? Und war es wahrscheinlich, dass Marlon danach in aller Seelenruhe durch die Stadt kutschierte und sie vom Telefon aus mit seinen Erkenntnissen über Glücksberg konfrontierte? Marlon war nicht auf der Suche nach Rache gewesen, als er in das Luisenstift eingedrungen war. Er hatte die Wahrheit wissen wollen und Alex daran teilhaben lassen, weil er Hilfe suchte.

»Und jetzt«, herrschte Marcus sie an, »jetzt sag mir, was du siehst!«

Er zeigte auf das brennende Luisenstift. Kaum einen Moment später brach mit ohrenbetäubendem Lärm der Dachstuhl in sich zusammen. Funken und brennende Partikel schossen wie bei einer Lava-Eruption aus dem Gebäude. Die Feuerwehrleute suchten Deckung.

»Marcus, bitte, was soll das …«, sagte Alex und versuchte, sich aus seinem Griff zu winden.

»Was siehst du?« Seine Stimme überschlug sich. Die Augen wollten aus den Höhlen treten. Die Sehnen am Hals zeichneten sich wie Stricke unter der verschwitzten Haut ab. Das war nicht der Marcus, den sie kannte. Da war etwas in ihm, das sie mit kaltem Schrecken erfüllte.

»Roth«, erklärte er, »ist nicht mit rausgekommen. Marlon hat ihn da drinnen gegrillt. Vielleicht hat er ihm vorher die Eingeweide herausgerissen und an die Wand genagelt. Keine Ahnung, wir werden es nie erfahren, denn wenn alles ausgeglüht ist und wir ihn finden, wird er nur noch einen halben Meter groß sein und wie ein Brikett aussehen. Und jetzt frage ich dich noch einmal: Was siehst du?«

Alex schluckte und versuchte sich zu sammeln. Dann schrie sie Marcus an. »Es ist das vierte Element! Das Feuer! Das vierte Opfer! Ist es das, was du hören willst? Der Hase an dem Spiegel – ja, das war eine Ankündigung!«

Marcus ließ ihren Arm los, streckte und massierte sich den Nacken.

»Danke für die brillante Analyse«, sagte er ruhig. »Und den Rest des Gutachtens will ich morgen bis zehn Uhr auf meinem Tisch haben. Botschaft angekommen?«

Alex' Lippen waren zu schmalen Schlitzen zusammengepresst. »Ja.«

»Okay«, antwortete Marcus kalt. »Du kannst gehen.« Damit drehte er sich um, ging zu Reineking und Schneider und ließ sie einfach stehen.

»Arsch!«, zischte Alex ihm hinterher, und weil sie in ihrer Wut nichts anderes fand, trat sie mit Wucht gegen den Reifen des Rettungswagens. Dann hastete sie zurück zu ihrem Wagen. Ihre Kehle war wie zugeschnürt.

Bloß nicht, Agent Starling. Reiß dich zusammen ...

Alex' Nasenflügel bebten, und sie spürte, wie sich ihre Augen mit Tränen füllten. Sie sprang über die Schläuche und Pfützen und verfiel in Laufschritt.

Nur nicht hier, Heulsuse. Warte wenigstens, bis ...

Alex schloss mit zitternden Fingern den Wagen auf, setzte sich ans Steuer und knallte die Tür zu. Im nächsten Moment schossen ihr die Tränen aus den Augen, und das Armaturenbrett verschwand hinter einem Schleier. Sie schlug mit der Faust auf das Lenkrad. Schlug ein zweites Mal. Schließlich trommelte sie so lange auf den Kunststoff ein, bis ihr die Hände weh taten. Diese Scheiße. Dieser Dreck. Sie wollte nichts mehr damit zu tun haben. Vielleicht war es die falsche Entscheidung gewesen. Vielleicht war dieser Job doch nichts für sie. Jule hatte recht. Sie sollte zurückgehen nach Düsseldorf, einen bescheuerten Anwalt heiraten und eine Praxis aufmachen, die Daddy bezahlen würde. Dann wäre Ruhe. Kein Blut. Keine Morde. All diese schrecklichen Dinge, alles ....

Okay, hör sofort auf. Be cool, baby. Everybody beeeeee cooooooool ...

Es hatte keinen Sinn, sich so gehenzulassen. Es würde nichts ändern. Sie musste wieder einen klaren Kopf bekommen. Wenigstens hatte niemand diesen Ausbruch mitbekommen. Alex schniefte. Sie atmete einige Male tief durch die Nase ein und durch den Mund wieder aus. Dann hob und senkte sich ihre Brust langsam wieder in einem normalen Rhythmus. Alex ließ das Fenster herunter, um frische Luft hereinzulassen, schaltete die Innenbeleuchtung an und drehte den Rückspiegel in eine andere Position. Sie sah aus wie The Crow oder Robert Smith von The Cure in seinen besten Tagen: überall verschmierte Wimperntusche und Rußpartikel. Einige Haare klebten auf den nassen Wangen. Sie seufzte und suchte in der Ablage nach einem Taschentuch, als es an die Wagentür klopfte.

Es war Marcus. Er schien nach Worten zu suchen. Schließlich sagte er nur: »Es tut mir leid.« Es klang ehrlich.

»Schon gut«, nickte Alex, schniefte und wischte sich mit den brennenden Handballen über die Augenwinkel.

»Ich habe leider kein Taschentuch dabei ...« Marcus versuchte ein Lächeln und zuckte mit den Schultern.

»Macht nichts.«

»Hey. Bleiben wir trotz allem vernünftig. Ich ...«, Marcus zuckte mit den Schultern, »... bin ziemlich am Ende mit den Nerven, weißt du.«

»Klar. Brauchst du mir nicht zu erklären.«

»Aber wir müssen uns auf das Wesentliche konzentrieren. Wir dürfen uns nicht verzetteln. Was du eben über Engberts erzählt hast – es ist eine andere Baustelle. Ein Nebenschauplatz. Wir müssen diese Morde stoppen. Und dazu müssen wir Marlon fassen.«

Ja, das ist deine Sicht der Dinge, Cowboy. Schwarz und Weiß ...

Alex überlegte, ob sie ihm noch einmal sagen sollte, dass sie mehr denn je anderer Meinung war, ließ es aber bleiben. Er war der Boss. Sollte er sein Spiel spielen. Über kurz oder lang würde er erkennen, dass die Sache komplexer war. Dass sich große Räder hinter den Kulissen drehten, um die Figuren auf der Bühne in Bewegung zu halten. Die Belege würde sie in den Händen halten, wenn sie morgen oder noch heute Nacht den Stick auslas. Für den Augenblick sollte Marcus Marlon und das verdammte Gutachten bekommen.

»Es tut mir auch leid, dass ich eben ...«, seufzte Alex.

Marcus machte eine abwehrende Geste. »Wir stehen alle unter Druck. Hättest mal vorhin Schneider erleben sollen, als er direkt vom Flughafen in diesen Höllenschlund chauffiert wurde.«

Alex nickte.

»Okay«, sagte Marcus und klopfte dreimal mit der flachen Hand an die Tür, als tätschele er den Nacken eines Pferdes. »Wir sehen uns morgen, Alex. Schlaf dich aus. Und mach dir keine Sorgen: Ich schicke sofort eine Streife zu deiner Wohnung und bitte die Kollegen, sich etwas umzusehen sowie die Gegend zu überprüfen.«

50.

Schneider blinzelte in die Morgensonne und steckte sich eine Pall Mall an. Er stieß den Rauch aus, der sich am tiefblauen Himmel mit dem Qualm über den Trümmern des Luisenstifts vermischte. Teile der Fassade waren eingestürzt. Holzbalken ragten wie die Rippen eines verbrannten Körpers in die Luft, die immer noch vom Feuer und letzten Glutnestern aufgeheizt war. Die Feuerwehr war zur Brandwache vor Ort. Das wahre Ausmaß des Schadens, den die Flammen angerichtet hatten, würde sich erst in einigen Tagen ermessen lassen. Sicherlich ging es in die Millionen. Die Brandmelder hatten zuverlässig gearbeitet, das Personal von der Nachtschicht hatte fast alle Patienten evakuieren können. Vier Menschen allerdings wurden vermisst – allesamt aus dem Flügel, in dem auch Roth untergebracht war. Zeugen hatten berichtet, dass der Trakt bereits in Flammen stand, als sie mit der Räumung begonnen hatten. Dort musste das Feuer begonnen haben, und damit lag die Vermutung auf der Hand, dass jemand es in erster Linie auf Roth abgesehen und alles Weitere in Kauf genommen hatte.

»Sieht aus wie nach 'nem Bombenanschlag«, murmelte Schneider und zog an seiner Zigarette. Reineking nahm eine Ray-Ban-Sonnenbrille aus der Brusttasche seines blauen Kurzarmhemds und sah stumm den Brandsachverständigen hinterher, die mit ihren Koffern angerückt und auf dem Weg zum Drehleiterwagen der Feuerwehr waren, von dem sie sich in dreißig Meter Höhe heben lassen und mit der Brandbeschau beginnen würden.

»Marcus macht mir Sorgen«, murmelte Reineking, »der dreht langsam am Rad.«

»Ist ja auch kein Wunder.« Schneider schirmte mit der Hand die Augen ab, während er beobachtete, wie die Sachverständigen den Metallkorb des Leiterwagens betraten und ruckelnd in die Höhe gehoben wurden.

»Wir hätten diesen Kraft längst einkassieren müssen, und Marcus weiß das genau. Wenn du mich fragst, steht der auf ganz dünnem Eis. Gut, Kraft ist sein Freund, aber was hilft's? Wenn irgendwie nach draußen gerät, dass Marcus Ermittlungen verzögert hat, um seinen Freund zu schützen, möchte ich nicht in seiner Haut stecken.«

»Dafür stürzt er sich jetzt wie ein Irrer auf ihn«, sagte Schneider, nahm noch einen Zug und schüttelte sich bei dem Gedanken daran, in dem Korb der Drehleiter zu stehen, der sich jetzt aus schwindelerregender Höhe über der Brandruine absenkte. »Er will die Stadt filzen lassen, hat eine Hundertschaft und Hubschrauber mit Wärmebildkameras geordert.«

»Aktionismus«, murmelte Reineking. »Na ja, vielleicht hilft es ja was. Ich habe heute Morgen bei der *Neuen Westfalenpost* jedenfalls schon einen netten Tanz gehabt, als ich in der Redaktion mit dem Durchsuchungsbefehl aufgelaufen bin, um Krafts Büro auf den Kopf stellen zu lassen.«

»Kann ich mir vorstellen.«

»Die haben sich aufgeführt, als wollte man die Pressefreiheit in ihren Grundzügen aushebeln, und mir was von Faschismus erzählen wollen.« Reineking schüttelte den Kopf. »Ich habe dem Redaktionsleiter gesagt: Ein Wort noch, und ich zeige ihn wegen Beamtenbeleidigung an. Aber weißt du, worüber ich die ganze Zeit nachdenke?« Er sah Schneider aufmerksam an. »Hast du jemals gehört, dass ein Serientäter in so kurzer Abfolge zuschlägt? Das widerspricht doch jeder kriminologischen Erfahrung. Die ganzen aufwendig inszenierten Morde und dieser Brand hier in so kurzer Zeit, dass wir noch nicht mal dazu kommen, die Spuren ordentlich auszuwerten: Wir brauchen bestimmt drei Monate, bis alle Analysen, Resultate und Berichte vorliegen. Wir werden hier überrumpelt und operieren an zig verschiedenen Baustellen gleichzeitig, was unsere Kapazitäten sprengt. Noch bevor man überhaupt Befragungen einleiten kann, wie der Mörder Juliane Franck in den Keller vom *Buffalo* getragen hat und ob dieser Kraft am Mordabend mit der Lukoschik gevögelt hat, hängt schon die nächste Leiche im Badezimmer. Warum macht der das?«

Schneider kratzte sich im Nacken und schnippte die Zigarette in hohem Bogen weg. »Schon mal über das nachgedacht, was unsere Gräfin da so vom Stapel gelassen hat? Dass der Killer sich verwandeln will, eine Metamorphose anstrebt? Vielleicht hat das irgendwas mit Sternkonstellationen oder so zu tun, dass er bis zu einem bestimmten Zeitpunkt fertig sein muss.«

»Na ja, ich weiß nicht.« Reineking schob die Hände in die Hosentaschen seiner khakifarbenen Hose. »Ich halte mich da lieber an Fakten.«

»Mhm«, brummte Schneider. »Dann sag mir mal: Wenn du ein irrer Ritualkiller wärst und mit deinen Morden nach einem Schema etwas Bestimmtes innerhalb kürzester Zeit erreichen willst: Warum nimmst du dir dann einen halben Nachmittag und fährst nach Düsseldorf, um diesen Ludger Siemer zu erledigen, und zwar völlig untypisch? Schlägt doch total aus der Art, dieser Mord. Die Gräfin hat uns Siemer ja noch als möglichen Tatverdächtigen serviert – im nächsten Moment aber stellt sich heraus: Er ist bereits tot. Das passt nicht ins Schema, mein Freund, davon hat der Täter nichts, das zu seiner Verwandlung beiträgt.«

»Schon klar. Aber warum hat der Siemer aus dem Weg geräumt?«

Schneider zuckte mit den Achseln. »Hat er das denn? Wissen wir überhaupt, ob Kraft in Düsseldorf gewesen ist? Haben wir Fingerabdrücke, die passen, oder Zeugenaussagen?«

»Nichts haben wir, Rolf. Bis auf einige verwischte Fußabdrücke haben die Kollegen nichts gefunden, gar nichts, ich habe gestern Abend noch mal mit denen telefoniert. Die Kriminaltechnik nimmt an, dass der sich was über die Schuhe gezogen hatte – so Schutzhüllen mit Gummizug. Sie versuchen noch, ob sie trotzdem ein Abdruckprofil herstellen können. In jedem Fall, Rolf, tippen sie die Schuhgröße auf 45 bis 46.«

Schneider schnalzte mit der Zunge. »Klingt nach unserem Mann, oder?«

Reineking nickte. »Das ist aber auch schon alles. Eine mutmaßliche Schuhgröße, die zu den Spuren passen könnte, die wir auf dem Feld gefunden haben und die der Täter im *Buffalo* hinterlassen hat, die wir aber wiederum nicht in Krafts Wohnung vorgefunden haben – Kunststück: Warum sollte er sich zu Hause auch andere Schuhe anziehen?«

»Trotzdem«, murmelte Schneider. »Mir kommt das komisch vor. Da war also einer vor Ort in Düsseldorf unterwegs, der keine Spuren hinterlassen wollte und sich Stulpen über die Puschen gezogen hat. Bei den ganzen Ritualfällen hat sich der Mörder aber nicht darum gekümmert, Spuren zu verwischen. Ich habe heute mit meiner Freundin Dr. Woyta und der Kriminaltechnischen Untersuchung beim LKA telefoniert.«

»Und?«

»Sie haben Faserspuren aus Krafts Wohnung an Sandra Lukoschik gefunden, was ja nicht verwunderlich ist, wenn sie erst essen waren und dann auf seinem Sofa rumgelümmelt haben. Sie haben außerdem Schamhaare bei ihr gefunden, die zu Krafts DNA passen und die mit der Blutspur unter ihrem Fingernagel sowie der Probe aus seinem Rasierapparat übereinstimmen. Da es keine Spermaspuren gab, haben sie folglich mit Präser gepoppt, vielleicht hat sie ihm in Ekstase 'ne Kratzwunde am Rücken verpasst – also alles ganz normal soweit, und das passt auch zu unseren Erkenntnissen und Krafts Bekenntnis gegenüber unserer Gräfin, dass er sie noch mal getroffen hat. An der Leiche von Juliane Franck wiederum finden sich keinerlei Spuren, und an der von Viviane Rückert sind nur ein paar Haare von Kraft gefunden worden, die auch aus seiner Dusche stammen können. Worauf ich hinauswill: Bestätigten Kontakt hat Kraft zu der Lukoschik gehabt, und da finden sich auch Spuren. Bei allen anderen wissen wir im Gegenteil zu der Lukoschik-Sache noch nicht, ob er die Frauen vorher auch getroffen hat, und diese Opfer sind jeweils spurenfrei oder sind von Spuren bereinigt worden. Das Gleiche gilt für Ludger Siemer.«

»Ja, und?«

»Ich weiß noch nicht.« Schneider strich sich über den Bauch. »Auf der einen Seite lässt er alles mögliche Zeug am Tatort, auf der anderen Seite keinerlei Spuren. Hingegen finden wir welche bei der Lukoschik, bei der klar ist, dass Kraft die getroffen und gevögelt hat. Wenn er der Killer ist – warum hat er sich nicht ebenfalls alle Mühe gegeben, nichts zu hinterlassen? Und du weißt, dass wir immer irgendwas finden, mein Freund. Den Mord ohne Spuren gibt's nicht – es sei denn, du bist ein Vollprofi. Und auch das hier finde ich merkwürdig, diesen Brand. Nach unserer bisherigen Annahme, basierend auf der Einschätzung von der Frau Gräfin, geht es dem Killer darum, alles schön der Reihe nach im Zyklus und nach einem bestimmten System zu erledigen. Hier aber schlampt er rum, steckt die Hütte an und bringt außer Roth noch drei weitere Personen um. Akkurat nenne ich das ja nicht.«

»Ja, Rolf, und was soll das jetzt heißen? Dass Kraft die Lukoschik zwar umgelegt hat, alle anderen aber nicht?«

»Keine Ahnung, was das heißt, aber irgendwas heißt es.« Schneider seufzte, zog eine weitere Zigarette aus der Schachtel und steckte sie an.

»Und wenn ich mir das mal aus einem anderen Blickwinkel anschaue«, fuhr er fort und paffte an der Pall Mall, »dann stelle ich fest: Siemer war ein Tatverdächtiger – er ist tot. Roman König war ein Kandidat – auch er ist tot. Übrig bleibt Kraft, was für ein Zufall.« Schneider wischte sich den Schweiß von der Stirn. Die Hitze war unerträglich.

»Okay, ich ahne, worauf du hinauswillst, aber die Sache mit König war ein Unfall, richtig? Und wenn wir Alex' Thesen einbeziehen, dass Kraft an Blackouts leidet und seine Taten in dieser Umnachtung begeht, fällt dein Konzept in sich zusammen.« Reineking nahm die Ray Ban ab und putzte die Gläser am Hemdzipfel, bevor er die Brille wieder auf die Nase schob. »Denn dann hat er im normalen Bewusstsein erst die Lukoschik gefickt, hat dann abgeschaltet und sie umgelegt und auch die weiteren Morde während seiner Blackouts begangen.«

»Und Siemer?«

Reineking fuhr sich mit der Hand am Kinn entlang. »Okay, eins zu null für dich.«

»Und was macht einer in geistiger Umnachtung? Präzise wie ein Uhrwerk agieren?«

»Zwei zu null.«

»Na ja, mein Freund«, ächzte Schneider und klopfte Reineking auf die Schulter. »Ich denke, ich werde mich jetzt mal darum kümmern, woher Kraft seine Knarre hat, und sobald die Leiche von Roth geborgen ist, rausche ich rüber zur Pathologie. Vielleicht bekommen die noch etwas über dessen Todesumstände heraus. Mit der Frau Gräfin möchte ich auch noch mal reden. Ich habe da so eine Idee.«

Reineking nickte. »Ich bleibe so lange hier, bis sie die Leiche haben. Was hältst du eigentlich von ihr?«

»Von der Gräfin?«

Reineking nickte.

»Also, sie ist zwar nicht mein Typ, aber im Suff könnte ich sicher schwach werden«, lachte Schneider heiser.

»Und sonst?«

Schneider zog tief an der Zigarette, bevor er antwortete. »Ich denke, sie ist ein Ass auf ihrem Gebiet, und wir alle verschließen davor noch etwas die Augen, weil wir sie für einen Grünschnabel halten und weil sie 'ne Frau ist.«

»Mhm«, nickte Reineking.

»Und außerdem«, sagte Schneider im Weggehen, »hat sie weitaus größere Titten als du.«

Reineking beugte sich nach unten, nahm einen Stein vom Boden auf und warf ihn Schneider hinterher. »Was man von deinen ja wohl nicht sagen kann, Rolf!«

»Wer hat, der hat«, rief Schneider und duckte sich weg, bevor er in den Wagen stieg.

51.

Operative Fallanalyse. Profil-Erstellung. Interpretation. Das alles war schön und gut. Hier versagte es. Aber vielleicht war es nicht das System, das nicht funktionierte, dachte Alex. Vielleicht war sie es. Vielleicht war das alles ein paar Nummern zu groß für sie. Alex trank einen Schluck Kaffee, schlüpfte aus ihren Schuhen und ließ einen am großen Zeh baumeln. Sie saß bereits seit einer guten Stunde über dem vorläufigen Gutachten, das Marcus eingefordert hatte, kam aber keinen Schritt weiter. Kumuluswolken zogen an ihrem Fenster vorbei. Die Bäume bogen sich im Wind, der immer wieder in starken Böen auf die Glasfront traf und die Außenjalousien vibrieren ließ.

Alex sortierte die Kugelschreiber vor sich in eine Reihe, schob sie zu einem Viereck zusammen und richtete schließlich die Papierstapel auf ihrem Schreibtisch nebeneinander aus. Sie hatte versucht, jede Information über Glücksberg und andere Dinge auszublenden. Das alles durfte sie nicht in Verbindung mit dem Täterprofil bringen, das am Ende auf Marlon hindeuten würde. Doch schien alles miteinander verknüpft zu sein. Und sosehr sie sich auch Mühe gab, alles zu ordnen – das Täterbild blieb zu glatt, zu perfekt, zu typisch und klischeehaft. Die Wahrheit hatte für gewöhnlich Ecken und Kanten, tiefe Scharten, merkwürdige Übereinstimmungen und stets eine Überraschung parat – jedoch nicht solche Ausreißer, wie sie in diesem Fall aufgetaucht waren. Einerseits schien alles nach Lehrbuch zu laufen: traumatische Störungen nach Schockerlebnis und Kopfverletzung als auslösendes Moment für eine schizophrene Erkrankung, Adaption von Wahnvorstellungen, die im Kontext mit dem auslösenden Ereignis standen, und eine Abfolge von zielgerichteten Ritualmorden an Menschen aus dem persönlichen Umfeld, die wie auf Knopfdruck in einer irrsinnigen Geschwindigkeit abliefen, was das einzige Atypische daran zu sein schien. Dennoch passte es ins Raster, wenn sie die C-12-Medikation hinzuzog, die Ängste und Hemmschwellen bei Marlon herabgesetzt und sozusagen die Türen erst geöffnet hatte. Das Medikament mochte auch der Grund dafür sein, dass es keine klassische Vorgeschichte gab – was zu den Ausreißern zählte, die Alex vermerkt hatte.

Normalerweise durchlief jeder Straftäter eine Karriere – vor allem ein Serienmörder –, sofern er nicht im Affekt handelte. Foltern von Tieren, dann Übergriffe auf Schwächere, eine Vergewaltigung, schließlich irgendwann der erste Mord: Solche Täter folgten einem Trieb, einem Drang, einer Leidenschaft, die sie irgendwann nicht mehr beherrschen konnten, und sie verquickten ihre Taten mit Elementen der eigenen Vita und persönlichen Ritualen, über die sie im Fall von Marlon einfach zu wenig wusste – auch wenn die Aussagen der in Viviane Rückerts Praxis konfiszierten Unterlagen einen schwachen Menschen zeichneten, der aus der Bahn geworfen war und gelegentlich von den Geistern seiner Vergangenheit heimgesucht wurde. Hunderttausenden Menschen ging es da nicht anders, und die wurden deshalb nicht zu Mördern. Und so aseptisch das Vorgehen des Täters auf der einen Seite war, so sehr schlug der Mord an Ludger Siemer aus der Art. Selbst wenn Kraft sich zwischendurch in Düsseldorf aufgehalten haben mochte – diese Tat passte nicht ins System, und ein Serientäter änderte sein Schema allenfalls, wenn das Morden ihm langweilig wurde und das Töten auf die hergebrachte Art und Weise ihm keine Befriedigung mehr brachte. Außerdem gab es da noch etwas, was nicht in das Raster gehörte, aber Alex kam einfach nicht darauf, sosehr sie sich auch konzentrierte – etwas gefiel ihrem Bauch ganz und gar nicht. Etwas, was sie bislang übersehen hatte.

Dennoch musste sie sich an die Fakten halten. Die Sachlage und der Stand der Ermittlungen sprachen gegen Kraft. Es wurde von ihr erwartet, ihn vor eine Form zu halten und einzuschätzen, ob er hineinpasste. Das tat er. Ihn in die Form zu pressen war der Job von anderen. Nicht ihrer. So war das nun mal.

Und die ganze Engberts-Paraguay-Sache – nun, das würde sicherlich noch ein ganz anderes Straf- und Ermittlungsverfahren nach sich ziehen. Den Stick, den Marlon ihr in den Briefkasten geworfen hatte, hatte die Spurensicherung nebst seinem Handy in ihrem Briefkasten sichergestellt. Es würde sicher bis zum Nachmittag dauern, bis sie die Daten vorliegen hatte. Bei dem Telefon handelte es sich um ein Prepaid-Modell. Kowarsch war unterwegs, um zu ermitteln, woher es stammte. Damit ging er außerdem dem unangenehmen Gespräch aus dem Weg, das Marcus ihm angekündigt hatte.

Alex seufzte und beschloss, noch einmal das VICLAS-System nach Marlon zu durchforsten. Marcus hatte zwar bereits eine Eil-Online-Anfrage an die Zentralstelle gerichtet und – bis auf Ludger Siemers Daten – einige eher nutzlose Ergebnisse erhalten, aber auch wenn er in der Behörde als Crack galt, konnte er die Klaviatur der computergestützten Fahndung in Alex' Augen nicht sonderlich gut bedienen, und zudem hatte er das Erhebungsformular sehr allgemein ausgefüllt. Alex war mit ihren Zugangsdaten, die sie in der Ausbildung beim BKA erhalten hatte, nach wie vor freigeschaltet. Niemand hatte sich bislang die Mühe gemacht, ihren Account zu löschen.

Sie schlüpfte zurück in ihre Schuhe, nahm den Kaffeebecher und ging in Marcus' Büro. Im Moment war die Software zu Testzwecken nur auf seinem Rechner installiert. Auf den alten PCs in den übrigen Büros lief das Programm nicht, und vor Herbst war mit einem Hardware-Update nicht zu rechnen.

Marcus war noch nicht da. Möglicherweise schlief er sich von dem nächtlichen Einsatz gestern am Luisenstift noch aus oder ermittelte bereits auf eigene Faust. So genau wusste man das bei ihm nie. Er kam und ging, war gelegentlich für Stunden fort und kam dann stumm und schlecht gelaunt wieder zurück. In den letzten Tagen war er immer unausstehlicher geworden. Der Stress, die Sorgen und der Druck waren in seinen Zügen deutlich abzulesen. Sie musste es ihm nachsehen, wenn er gelegentlich ruppig mit ihr umging. Er meinte es sicher nicht so. Sie wollte und würde ihn nicht enttäuschen, zumal er in den kommenden Wochen im Rahmen des LKA-Qualitätsmanagements auch einen Quartalsbericht an ihren Supervisor Stemmle abzugeben hatte. Sie hatte Marcus nie gefragt, warum er in dem Bewerbungsverfahren ausgerechnet sie ausgewählt hatte. Vielleicht waren es schlicht und ergreifend spontane Sympathie und das unbewusste Gefühl gewesen, dass es da etwas gab, was sie miteinander verband: ein Stück vom Leben verloren zu haben.

Alex ließ sich in Marcus' Stuhl plumpsen und betrachtete das Porträtfoto seiner Frau, während der Rechner hochfuhr. Ein Unfall mit Fahrerflucht, hatte Schneider erzählt. Lange her, aber immer noch präsent. Alex wusste, wie es ist, einen geliebten Menschen zu verlieren. So als wäre man einem Raubtier ausgeliefert, das seine Fänge in den Körper schlägt, ein saftiges Stück herausreißt und verschlingt. Zurück ließ es eine Wunde, die immer wieder aufbrach. Man konnte sie behandeln, verbinden, ignorieren, verfluchen. Mit der Zeit verwuchs sie zu hässlichem, vernarbtem Gewebe. Und immer dann, wenn sie für eine kurze Zeit in Vergessenheit geraten war, begann sie plötzlich wieder zu bluten. Niemand, der nicht Ähnliches erlebt hatte, konnte das nachvollziehen. Akzeptieren, vielleicht. Zur Kenntnis nehmen. Mitgefühl zeigen. Aber begreifen?

Als der Startbildschirm geladen war, loggte sich Alex in die Datenbank ein und startete eine Suche. Sie fand kaum vergleichbare Fälle, die derart bizarr waren wie die Ritualmorde an den drei Frauen. Nichts, das irgendwie im Zusammenhang damit stehen mochte. Keine ungeklärten Morde, in denen der chinesische Tierkreis oder eine ähnliche asiatische Symbolik eine Rolle spielte, auch keine geklärten. Sie ließ einige Scans nach Ludger Siemer laufen, fand aber nur das Altbekannte aus den bisherigen Ermittlungen.

Die Marlon-Kraft-Akte allerdings hatte Marcus bislang wie seinen persönlichen Besitz behandelt und nur das Nötigste preisgegeben. In der Suche nach Marlon fand Alex einige Einträge, die sich mit der Geiselnahme in dem Kindergarten befassten. Wie es aussah, war er davor einmal wegen des Verdachts auf Drogenbesitz vernommen worden. Ein Verfahren wegen Körperverletzung vor vielen Jahren hatte mit einem Vergleich geendet, und Marlon hatte einmal seinen Führerschein verloren, weil er betrunken Auto gefahren war. Zwei weitere Karteikarten-Einträge waren gelöscht worden. Alex versuchte einen Anhaltspunkt zu finden, worum es sich dabei gehandelt haben mochte. Aber die Fenster blieben grau und leer.

Sie schloss das Programm, schlüpfte wieder aus ihren Schuhen und stellte die Zehenspitzen auf das kühle Metall des Drehstuhlfußes. Es war kurz vor zehn. Sie war schon früh hier gewesen. Marcus konnte natürlich jeden Moment kommen, aber ... Er würde sich sicherlich zuerst in der Kantine ein Brötchen und einen Kaffee holen, so wie er es jeden Morgen tat. Bestimmt würde er nicht allzu spät kommen, denn in jedem Fall wäre eine Dienstbesprechung nötig. Vielleicht noch zehn Minuten, und wenn er sie an seinem Rechner sitzen sehen würde, dann könnte sie immer noch sagen, sie habe nur schnell was im VICLAS nachgesehen.

Was sie in dem Festplatten-Ordner mit der Bezeichnung MK fand, erschreckte sie. Nicht nur, weil er zig Einträge beinhaltete, deren Datierungen darauf hinwiesen, dass Marcus bereits seit längerem Material gegen seinen Freund sammelte. Vor allem erschütterte es Alex, dass es Marcus gewesen sein musste, der die beiden fehlenden Kartei-Einträge gelöscht und als Bildkopien in seinen Ordner abgelegt hatte. Es handelte sich um mehrere Screenshots – Abbilder der Originale. Der eine befasste sich mit einem Verfahren aus Marlons Jugend, in dem es um den Vorwurf des sexuellen Missbrauchs einer Minderjährigen in Verbindung mit Vergewaltigung ging. Er war damals neunzehn gewesen, das Mädchen gerade vierzehn Jahre alt. Der zweite Fall lag länger zurück. Demnach sollte Marlon mehrere Katzen mit einer Armbrust angeschossen haben.

Beides warf ein neues Licht auf die Angelegenheit. Kraft war mehrfach einschlägig in Erscheinung getreten. Er hatte eine Karriere und bereits Schwellen überschritten. Es gab eine Entwicklung. Alex atmete tief ein. Sie musste sich die Akten besorgen. Irgendwo hier in der Behörde würde sie sie finden, wenn nicht ... Marcus. Warum hatte er dafür gesorgt, dass die Einträge verschwanden? Er hatte versucht, eine Tarnkappe über seinen Freund zu werfen. Ja, und das war hochgefährlich für Marcus selbst. Es handelte sich um die Unterschlagung von Beweismitteln – zumal in einem Fall solchen Ausmaßes. Wie konnte er nur dieses Risiko eingehen?

Gedankenverloren zwirbelte Alex in einer Haarsträhne und scrollte durch die weiteren Daten in dem Ordner. Ermittlungsergebnisse, Berichte aus den letzten Tagen, eine ganze Reihe alter Scans von Zeitungsberichten über diverse Kriminalfälle sowie Pressefotos, die Marlon offensichtlich der Polizei zur Verfügung gestellt hatte. Die Bilder zeigten Tatorte, Brände, Sparkassen-Foyers, ermittelnde Beamten, mit Polizeiabsperrungen versehene Wohngebäude und Unfälle. Einige der Unfallbilder hatten nicht den typischen mit IMG oder DSC beginnenden Dateinamen von Digitalkamera-Bildern, sondern waren Scans von analogen Aufnahmen. Sie zeigten zertrümmerte Wracks, zerfetzte Motorräder. Auf drei Detailansichten mit der Bezeichnung MK 1, 2, 3 war die mit Blut verschmierte, zerfetzte Front eines silbernen Wagens zu sehen, der …

»Sitzt es sich gut hier, Frau Hauptkommissarin?«, fragte Marcus. Alex zuckte zusammen. Hektisch klickte sie den Ordner weg und öffnete den VICLAS-Zugang.

»Oh, j-ja, ich wollte schon mal probesitzen?« Alex versuchte ein verkrampftes Lächeln.

»Okay.« Marcus stellte seinen Teller mit dem Brötchen auf den Besprechungstisch und trank einen Schluck dampfenden Kaffee. »Tut mir leid, ich wollte dich nicht erschrecken. Bin heute etwas später, weil es gestern noch lange gedauert hat. Tatsächlich ging schon die Sonne auf, als ich unter der Dusche stand. Aber der verdammte Brandgeruch hängt mir noch immer in den Haaren.«

»J-ja. Ich habe auch alle Klamotten zum Auslüften auf den Balkon gehängt.«

»Wir haben vier Tote. Allesamt Bewohner«, seufzte Marcus. »Eine Leiche lag in Roths Zimmer. Wir können wohl davon ausgehen, dass er der Tote ist. Und wenn du recht hast, ist er damit das vierte Opfer und entspricht dem vierten Symbol in dem Tierkreis. Die Frage ist, was als Nächstes kommt.«

»Der Drache«, flüsterte Alex.

»Ja, so ist es wohl. Und ich kann es kaum abwarten, ihn kennenzulernen.«

»Trotzdem passt es einfach nicht ins Bild. Alle Opfer waren Frauen aus Krafts Umfeld. Es waren Ritualmorde, und der Täter wollte seine Opfer zeigen, präsentieren. Der Mord an Roth – das ist etwas völlig anderes. Außerdem sind weitere Menschen umgekommen.«

»Kollateralschäden?«, fragte Marcus und schnalzte mit der Zunge. »Wo gehobelt wird, fallen Späne.«

»Denkbar, ja.« Alex wickelte die Haarsträhne um den Finger.

Marcus nickte und trank einen weiteren Schluck Kaffee. »Wir werden den Grund herausfinden. Sicherlich wird sich auch aus der Obduktion noch etwas in Erfahrung bringen lassen, wenngleich bei einem Brandopfer … Na ja. Darf ich erfahren, was du an meinem Rechner machst?«, fragte er, spülte den Mund mit Kaffee durch und bleckte die Zähne.

Alex schluckte. »Ich habe noch eine VICLAS-Recherche gestartet. Für das Gutachten, das du über Marlon Kraft willst. Ich habe auf meinem Rechner ja keinen Zugriff …«

»Hm.« Marcus sah zum Fenster hinaus und lehnte sich an den Besprechungstisch. »Hast du gefunden, wonach du gesucht hast?«

»Eigentlich nicht«, log Alex. »Ich weiß so gut wie nichts über Kraft, über seine Vita.«

Marcus lehnte sich an den Schreibtisch, schlug die Beine übereinander und ließ die Augen über die Bildergalerie an seiner Wand gleiten. Dann sah er Alex wieder an. »Ich kenne Marlon schon sehr lange, und wenn ich ihn beschreiben sollte, würde ich sagen: Er ist Egomane, rücksichtslos, cholerisch und steht gerne im Mittelpunkt. Marlon hat immer schon ein Problem mit Frauen und seinen Gefühlen gehabt. Er hatte immer viele Freundinnen, aber auf etwas Tiefergehendes wollte er sich nie einlassen. Er hat noch nicht mal mit mir über seine verstorbenen Eltern reden wollen, obwohl ich weiß, dass er sehr darunter gelitten hat. Sein Vater hat sich totgesoffen, seine Mutter starb vereinsamt an Krebs.

Marlon lässt solche Sachen nicht an sich heran. Er trägt so etwas wie einen Panzer, weißt du? Er ist die Sonne in seinem eigenen Solarsystem, in dem alles nur um ihn selbst kreist. Als meine Frau ums Leben gekommen war, ist er noch nicht einmal zur Beerdigung erschienen.« Marcus hielt einen Moment inne und schob mit der Fingerkuppe das Porträtfoto auf seinem Schreibtisch zurecht. »Er kommt mit so etwas wie Verantwortung nicht klar, ist stets auf der Flucht vor sich selbst gewesen. Eine Zeitlang hat er sich mit Drogen betäubt. Er hat das Zeug heimlich genommen, aber ich habe es immer gewusst. Er war auf Koks und hat das zurückgeführt auf sein Leben auf der Überholspur als Polizeireporter, der sich die Nächte um die Ohren schlägt, auf den Druck beim Boulevard. Blödsinn in meinen Augen. Er hat sich immer nur ausgeschaltet, um fern von sich selbst zu sein.«

»Und trotzdem seid ihr Freunde geblieben?«

Marcus seufzte und massierte sich den Nacken. »Ja, sind wir. Ich kann dir nicht sagen, warum. Auch Arschlöcher brauchen Freunde und jemanden, der Verantwortung für sie übernimmt, wenn sie es selbst nicht können. Vielleicht ist das der Grund. Deswegen ist es mir zuletzt auch so schwergefallen, mich von ihm zu distanzieren, und ich muss mich nun mal damit abfinden, dass er ist, was er ist, Alex, und dass ich mich immer in ihm getäuscht habe.«

»Und was ist er?«

»Der Böse, Alex. Und ich bin der, der ihn zur Rechenschaft ziehen muss.«

Alex schluckte. Es musste Marcus sehr schwergefallen sein, das zu akzeptieren. Sie konnte ihn gut verstehen. Zu begreifen, dass ein Mensch nicht das war, was man stets in ihm gesehen hatte, dauerte manchmal ein Leben lang. Aber irgendwann half es nicht mehr, die Augen zu verschließen und sich die Ohren zuzuhalten. Irgendwann kam der Punkt, an dem man handeln musste.

»Ich werde heute ein komplettes Marlon-Kraft-Paket schnüren«, sagte Marcus, ohne Alex anzusehen. »Ihr werdet es in

Kopie erhalten. Dazu brauche ich auch deine Einschätzung, also das Täterprofil. Es ist für den Papierkram, den Staatsanwalt und alles. Wir werden heute mit Hochdruck alles auseinandernehmen, was wir an Kartons aus seiner Wohnung getragen haben. Reineking ist unterwegs, um Marlons Dienstrechner zu beschlagnahmen. Das wird für einigen Wirbel bei der *Neuen Westfalenpost* sorgen. Aber es ist nun mal so, wie es ist.« Er stellte den Kaffeebecher ab und drehte sich zu Alex um. »Wenn ich nur eine Ahnung hätte, wo sich der Scheißkerl versteckt hält. Ich hatte eigentlich gedacht, ich kenne ihn wie meinen eigenen Bruder. Tja. Man schaut den Leuten immer nur vor den Kopf.« Marcus' Miene war wie versteinert, die Augen wie aus Glas. »Bis morgen will ich ihn haben, Alex. Ich werde diese Stadt abriegeln. Ich werde ihn mit Hubschraubern und Wärmebildkameras jagen. Ich habe eine Hundertschaft angefordert, die mir jeden Stein umdrehen wird. Ich will, dass die Bundeswehr auf ihren Übungsflächen hinter jeden Grashalm schaut und die Cow Killer von der Rheinarmee ihre Kampfdörfer auf links drehen. Bis morgen will ich ihn hier bei mir haben. In einer videoüberwachten Zelle. Und dann werden wir sehen, Alex, ob der Drache draußen trotzdem auftaucht oder ob er sich vor unseren Augen in einem der berühmten Marlon-Kraft-Blackouts zeigt.«

Alex schluckte und öffnete den Mund, um etwas zu entgegnen, schloss ihn aber wieder. Marcus' Worten war nichts hinzuzufügen.

52.

Der Abend senkte sich über Lemfeld. Die Kirchturmspitzen leuchteten im warmen Licht der untergehenden Sonne. Ein lauer Sommerwind blies den Staub der Stoppelfelder in die Stadt, wo er sich wie eine zarte Decke auf die am Straßenrand stehenden Autos legte. Alex blickte von ihrem Tisch auf der Terrasse des Di Caprio auf und beobachtete zwei Jungs in Inlineskatern, die mit den Zeigefingern »Wasch mich« auf die Motorhauben der auf dem Parkplatz abgestellten Wagen schrieben. Dann widmete sie sich wieder den Zahnstochern, die sie nachdenklich auf der Tischdecke hin und her schob, bis sie vor dem dampfenden Espresso, einem Glas Bitter Lemon und dem noch vollen Salatteller ein Spalier bildeten.

Eine Melodie erklang. *Beverly Hills Cop.*

»Hey.« Helen. Sie rief von ihrer Dienstnummer aus an. Alex war zu sehr in Gedanken gewesen, um die Düsseldorfer Vorwahl auf Anhieb in einen Zusammenhang mit ihrer Freundin zu bringen.

»Hey«, antwortete Alex matt.

»Alles klar bei dir?«

»Mhm. Ziemlich schwül hier. Es wird ein Gewitter geben.«

»Ich wollte nur mal hören, ob meine Hinweise dir weiterhelfen konnten.«

»Hinweise?« Alex runzelte die Stirn.

»Hallo? Horoskop, China, Tierkreis? Jemand zu Hause bei Stietencrons?«

Alex seufzte. »Da bin ich mir selbst nicht so sicher ... Aber ich konnte damit etwas anfangen, du hast mich auf die richtige Spur gesetzt. Danke, Helen.«

»Na, na, nicht gleich ausrasten vor Freude. Aber sag mal, Schneewittchen, wir hatten hier diesen Mordfall Siemer, und wie ich über den Flurfunk gehört habe, interessiert ihr euch dafür?«

Alex nickte. »Dem Anschein nach gehört er in unsere Serie, Helen. Und irgendwie auch wieder nicht, weil er aus der Art schlägt.« Sie strich sich eine Haarsträhne hinter das Ohr. »Es ist alles etwas … Na ja, es ist alles ziemlich verwirrend, weißt du?«

Helen schwieg einen Moment. »Kommst du klar?«

Alex formte aus den Zahnstochern ein Dreieck. »Ja, ich komme klar.« Sie sah auf. »Und jetzt sag mir, was du wirklich willst.«

Helen räusperte sich. »Ich habe … Okay. Eigentlich wollte ich nur wissen, wie es dir geht. Ich hatte da so ein komisches Gefühl.«

»Und?« Alex zerstörte das Dreieck und nippte an dem Espresso.

»Ja, ein wirrer Traum mit dir in der Hauptrolle. Ich bin morgens um vier Uhr schweißgebadet aufgewacht. Ich kann dir nicht mehr sagen, worum es genau ging, aber … Na ja, du weißt ja, wie das ist. Es hat mich einfach beunruhigt, und ich musste den ganzen Tag lang schon daran denken.«

»Sag schon, worum ging es?«

»Es … Es ist irgendwie blöd«, stammelte Helen. »Du wurdest von einem Monster verfolgt und angegriffen.«

Alex lachte leise. »Habe ich überlebt?«

Helen seufzte. »Da hörte der Traum auf. Und deswegen … Deswegen dachte ich, ich rufe mal an.«

Alex stellte den Espresso zurück. »Weißt du noch, vor ein paar Wochen auf der Schießbahn?«

»Ja klar.«

»Es waren alles Kopftreffer. Ein Schießtrainer hätte mich dafür gerügt, denn wir fangen ja immer erst mit den Beinen an, wenn es ernst wird, und arbeiten uns dann weiter hoch.«

»Mhm.«

Alex baute aus den Zahnstochern eine Figur mit Armen und Beinen und legte den runden Mandelkeks von der Untertasse des Espresso als Kopf über die spindeldürre Körpermitte. »Ich nicht, Helen«, sagte Alex, nahm dem Männchen den Kekskopf wieder weg und biss ein Stück davon ab. »Ich fange gleich oben an, wenn es drauf ankommt. Verlass dich drauf.«

»Versprich mir, dass du auf dich aufpasst.«

»Mache ich.« Alex zerkaute den Keks und spülte mit etwas Bitter Lemon nach.

»Okay«, sagte Helen leise. »Bye.«

»Bye.«

Alex ließ das Telefon in ihrer Handtasche verschwinden und starrte auf die Straße. Der Anruf war typisch für Helen. Sie hatte sich schon früher andauernd Sorgen um Alex gemacht. Manchmal nervte das, andererseits mochte Alex das Gefühl, dass sich jemand Gedanken um sie machte. Dass sich jemand kümmerte, dass sie nicht ganz so allein auf der Welt war, wie sie es sich gelegentlich einredete. Aber war sie sich tatsächlich so sicher, dass sie im Fall der Fälle auf sich aufpassen konnte? Alex steckte sich den Rest des Mandelkekses in den Mund und beobachtete die Jungs auf den Inlineskatern, die auf dem Bürgersteig an ihr vorbeirollten. Dann verscheuchte sie einige kleine Gewittertierchen, die vor ihren Augen in der schwülwarmen Luft tanzten.

»'n Abend«, keuchte es neben ihr.

Alex merkte träge auf. Mit einem müden »Hallo« begrüßte

sie Schneider, der schwerfällig neben ihr Platz nahm und sofort nach einer Papierserviette griff, um sich die Stirn abzuwischen. »Die Luft ist ja zum Schneiden. Das gibt noch 'nen Knall heute. Sie haben schon wieder Gewitter angekündigt. Scheißklimawandel.«

»Ja, da hast du wohl recht«, antwortete Alex und bugsierte die Zahnstocher mit der Fingerspitze in eine andere Richtung.

»Sag mal«, Schneider deutete mit einem Nicken auf die kleinen Holzstäbchen, »ist das so eine Art Origami? Ich habe das jetzt schon öfter beobachtet – ständig sortierst du irgendwas.«

»Ach, ist nur eine Angewohnheit. Hilft mir beim Denken. Gibt's was Neues, oder weswegen wolltest du mich treffen?«

»Ich komme gerade aus der Pathologie und habe dort mit Dr. Woyta gesprochen.« Schneider steckte sich eine Pall Mall an.

»Aha.« Alex schmunzelte.

»Nee, nicht, was du denkst.« Schneider lachte heiser und stieß den Rauch durch die Nase aus. »Dr. Woyta war dieses Mal mit einem größeren Team angereist. Sie hatten Roth und die drei anderen Todesopfer auf dem Tisch. Roth konnte anhand seines Gebisses zweifelsfrei identifiziert werden. Sie haben seine sterblichen Überreste dann noch mit nach Münster genommen und dort durchleuchtet, um Fremdkörper wie Projektile festzustellen. Haben aber keine gefunden.«

»Gab es Besonderheiten?« Alex griff nach dem Espresso. Schneider hatte ihre volle Aufmerksamkeit.

»Sie vermuten, dass Roth im Schlaf ums Leben gekommen ist. Der Leichnam war in keinem guten Zustand, aber sie sind dennoch davon überzeugt, dass nichts auf die übliche Herangehensweise des Mörders hindeutet. Der Körper war bis auf die schweren Verbrennungen intakt – also nichts aufgeschnitten, keine Schläge auf den Kopf. Anhand der Blutwerte sowie des Befunds der Schleimhäute und der Lunge gehen sie von einer Rauchgas-Intoxikation aus – er ist erstickt.«

Alex trank den Espresso in einem Zug leer. »Der Modus Operandi ist unterbrochen – Roths Tod schlägt völlig aus der Art, darüber habe ich auch schon nachgedacht, Rolf.«

Schneider nickte und griff, ohne zu fragen, nach Alex' Bitter Lemon. »Das toxikologische Gutachten wird hoffentlich zeigen können, ob er ebenfalls eine Ketamin-Injektion erhalten hat. Wenn es unser Mann war, dann ist er schnell rein in das Gebäude, hat die Hütte angesteckt und spazierte flott wieder raus. Kein aufwendiger Zinnober, wenn du verstehst, was ich sagen möchte.«

Alex nickte. »Aber das passt nicht ins System. Der Täter hat seine Rituale, alles muss nach einem Schema ablaufen. Es nutzt ihm nichts, die Menschen einfach so zu töten. Es entspricht nicht seinem Weg.«

»Tja«, murmelte Schneider und trank das Glas leer. »Genau darüber mache ich mir Gedanken. Alles deutet darauf hin, dass er dieses Mal keine Zeit hatte. Wenn er es war.«

»Keine Zeit gehabt, hm.« Alex zwirbelte in ihrem Zopf und legte die Stirn in Falten. »Aber es müsste irgendwo ein Zeichen geben, eine Ankündigung für den nächsten Mord. Etwas, was auf den Drachen hindeutet, das nächste Symbol in der Reihe.«

»Nee, nichts bislang. Reineking hat das ganze Areal rund um die Brandruine absuchen lassen und nichts gefunden. Und wenn im Inneren des Gebäudes etwas plaziert worden sein sollte, hat das Feuer es sicherlich zerstört.« Schneider zog sich den Teller mit dem Rucola-Salat heran. »Isst du den Salat noch?«

Alex verneinte. Sie hatte keinen Appetit. Dann blickte sie auf. »Der Hinweis, Rolf. Das Zeichen war in diesem Fall das Opfer selbst. Deswegen habt ihr nichts gefunden.«

»Wie bitte?«

»Natürlich, Roth war als der Purpurdrache bekannt, und das nächste Zeichen ist der Drache. Roth gleich Drache, verstehst du? Roth selbst ist das Symbol.«

Schneider stopfte sich eine Gabel voll Salat in den Mund und sprach mit vollem Mund weiter. »Möglich. Aber so richtig stimmig ist es dennoch nicht, Alex. Einerseits zelebriert der Täter seine Morde bis ins Detail am Vorbild dieses Tierkreises, und seine rituell getöteten Opfer sind Frauen. Auf der anderen Seite haben wir mit Siemer und Roth zwei männliche Tote. Beide werden ganz ordinär aus dem Verkehr gezogen, statt aufwendig geopfert, zumal Siemer in Düsseldorf und nicht hier ermordet wurde. Ich will sagen: Es gibt drei Morde, bei denen sich der Täter vollends entfalten konnte, und es gibt zwei, bei denen er die Leute einfach so getötet hat. In drei Fällen hatte er Zeit, in den anderen beiden scheinbar nicht.« Schneider schob noch eine Gabel Salat nach. »Geht so ein Ritualkiller vor?«

»Nein. Trotzdem hat er im Luisenstift das Element des Feuers und Roth als Symbol für den Drachen eingesetzt.«

»Falls es überhaupt unser Mann gewesen ist.«

Alex lupfte die Augenbrauen. »Bitte? Wer denn sonst?«

»Weiß ich nicht. Aber wir müssen das zumindest in Frage stellen. Wir haben noch kein abschließendes Gutachten über die Brandursache. Vielleicht war es auch nur ein Kurzschluss in den alten Stromleitungen.«

»Das glaubst du doch nicht im Ernst?«

»Aus der Brandbeschau hat sich zunächst nur ergeben, dass das Feuer sich aus dem Trakt ausgebreitet hat, in dem Roth untergebracht war. Bevor die Kollegen mit ihren Gasspürgeräten rein können, um nach Brandbeschleunigern zu suchen, müssen die Trümmer erst mal gesichert werden. Solange wir nicht sicher wissen, dass es sich um Brandstiftung handelte, wissen wir gar nichts.«

»Aber du hast doch gerade selbst gesagt, dass der Täter in diesem Fall wenig Zeit gehabt hat.«

Schneider nahm die Serviette und tupfte sich etwas Balsamico vom Mundwinkel. »Ich habe aber auch gesagt: *Wenn* es unser Mann war und *falls* es Brandstiftung war. Ich hab so das Gefühl, das du manchmal über das Ziel hinausschießt, Alex, und ein bisschen viel interpretierst. Roth und Siemer können als Opfer auch deswegen aus der Art schlagen, weil sie gar nicht in die Serie gehören. Roth ist vielleicht das Opfer eines Unfalls geworden, und Siemer wurde eventuell doch nur von einem Stricher umgelegt? Möglicherweise sind die beiden für den Täter auch aus irgendwelchen Gründen gefährlich geworden oder wussten zu viel – worüber auch immer.«

Alex schluckte. Nahm Rolf sie nicht mehr ernst? Warum stellte er mit einem Mal alles auf den Kopf – zumal er ihr damit unterstellte, sie würde nicht akkurat arbeiten? Zu viele Interpretationen? Was sollte das heißen, wenn nicht: Du schluderst und siehst Gespenster?

»Rolf!« Sie rang nach Worten. »Kannst du mir vielleicht mal erklären, was mit dir los ist?«

Schneider warf ihr einen kurzen Blick zu und schürzte die Lippen. »Ohne dir nahe treten zu wollen, Alex: Manchmal vertieft man sich so sehr in eine Sache, das man das Wesentliche aus dem Blick verliert. Dann muss man noch mal einen

Schritt zurückgehen und sich das große Ganze anschauen und gucken, was eigentlich was ist.«

»Om«, spöttelte Alex, »ist das eine chinesische Weisheit? Sich angucken, was eigentlich was ist?«

Schneider lachte heiser. »Nee, das war von dem großen Philosophen Rolf Schneider und ist x-fach erprobt. Aber wo wir gerade über China reden – du hattest über diesen Tierkreis gesprochen. Kannst du mir das mit den Symbolen noch mal erläutern?«

Alex nickte. Natürlich war nicht grundsätzlich auszuschließen, dass die Tode von Siemer und Roth deswegen aus der Art schlugen, weil sie nicht Teil der Serie waren. Aber es war eine Sache, sich diesen Umstand vor Augen zu führen und Schlüsse daraus zu ziehen, und es war eine andere, sich eine Schwäche einzugestehen. »Also«, begann sie, »wir haben in der Reihenfolge die Tierkreiszeichen Ratte, Büffel, Tiger, Hase und Drache. Die ersten vier entsprechen den Opfern Sandra Lukoschik, Juliane Franck, Viviane Rückert und Jürgen Roth. Fehlt noch das fünfte Element, und ...«

»Moment«, sagte Schneider und hob die Hand. »Da war noch was mit den Himmelsrichtungen, richtig? Mit den Drachen des Nordens, des Süden, des Ostens und des Westens?«

»Ja, diese Himmelsrichtungen haben bislang der körperlichen Ausrichtung der Opfer entsprochen. Sicher, es gibt nur vier Himmelsrichtungen, aber der fünfte Drache wird den Drachengott darstellen, nehme ich an, das Zentrum, das alles in sich vereint.«

»Ist das mythologisch belegt?«

Alex zuckte mit den Schultern. »Es ist eine Annahme, mehr nicht. Eine Interpretation. So wie ich es verstehe, schwebt über allem der Oberdrache.«

Schneider nickte. »Okay, aber eigentlich gibt es nur vier Himmelsrichtungen, auch wenn es möglicherweise fünf besondere Drachen gibt. Und jetzt kommen wir mal auf die vier Elemente, mit denen die Morde etwas zu tun haben.«

Wieder nickte Alex. »Wir hatten die Erde, die Luft, das Wasser und zuletzt das Feuer. Das fünfte Element wird der Mensch sein, der eine Metamorphose zum Göttlichen anstrebt und mit dem fünften Drachen, dem Drachengott, verschmelzen will.«

»Okay, aber das ist wieder Interpretation. An sich kennen wir keine fünf Elemente, richtig? Wir kennen nur vier Himmelsrichtungen und vier Elemente. In China mag das anders sein. Wir kennen aber immer nur vier.«

»Richtig, im chinesischen Tierkreis sind jedem Zeichen Elemente zugeordnet, und es handelt sich dabei um fünf, und …« Alex stockte. Jetzt ahnte sie, worauf Schneider hinauswollte. Er griff hinter sich und zog seine Geldbörse hervor. Aus dem Geldscheinfach nahm er einen karierten Zettel und faltete ihn auseinander.

»Ich habe mir bei der Besprechung, in der du deine Theorie vorgetragen hast, ein paar Notizen gemacht. Ich habe mir fünf chinesische Elemente aus dem Tierkreis aufgeschrieben, und zwar Holz, Metall, Wasser, Erde und Feuer«, erklärte Schneider.

»In der westlichen Welt reden wir aber von den Elementen Erde, Feuer, Wasser und Luft«, murmelte Alex atemlos. Genau das war es – wie hatte sie so blind sein können? »Rolf, ich habe mich die ganze Zeit gefragt, was ich übersehen habe. Die chinesischen Elemente Holz und Metall fehlen in der Mordserie! Dafür tritt als westliches Element die Luft auf. Aber eine Fünf-Elemente-Lehre kennt der westliche Kulturkreis nicht.«

Schneider nickte und faltete den Zettel wieder zusammen. »Wir haben einen Täter, der seine Hausaufgaben nicht ordentlich erledigt und die westlichen Elemente mit den östlichen durcheinandergebracht hat.«

»Möglich wäre«, dachte Alex laut nach, »dass er sich aus den unterschiedlichen Hemisphären eine Individualmystik geschaffen hat. Aber das kommt mir unwahrscheinlich vor, dazu spielt der Tierkreis mit seinen Symbolen eine viel zu ausgeprägte Rolle bei den Inszenierungen der Morde. Diese Abweichung erscheint mir einfach …«

»… ein Fehler zu sein«, ergänzte Schneider. »Eine Schlampigkeit. Genauso schlampig wie die Morde an Roth und an Siemer. Passt das zum Profil eines präzise arbeitenden Serienmörders, Alex?«

Nein. Ganz und gar nicht. »Aber Siemer und Roth«, fragte sie, »jetzt redest du ja doch wieder davon, dass sie in die Serie gehören, Rolf.«

»Sicher. Ich habe auch nie gesagt, dass sie das nicht tun. Dafür sind das zu viele Zufälle. Ich lege sogar meine Hand dafür ins Feuer, dass das alles zu einem großen Ganzen gehört, das ich noch nicht durchblicke. Weißt du«, Schneider kratzte den Rest des Salats vom Teller, »die Indizienlage spricht zwar relativ klar gegen Kraft. Und es kann nach meiner bescheidenen Meinung sein, dass er mal etwas durcheinanderbringt, wenn er die Morde in Zuständen geistiger Umnachtung begeht. Aber wenn ich auf mein Gefühl höre, dann passt da irgendetwas ganz und gar nicht zusammen. Mir kommt das so vor, als würden wir ein Playmobil-Männchen auf einen Legostein pressen wollen, weil wir nichts anderes in den Händen halten. Es ist ein wenig wie mit den Clownsschuhen, von denen ich in Bezug auf die Spuren an den Tatorten immer gesprochen habe – als ob uns jemand auf eine falsche Fährte locken will, aber letztlich nur in Schuhen geht, die sich als ein paar Nummern zu groß für ihn erweisen. Und wenn ich mich mal gänzlich von deiner Idee mit dem Täter löse, der zum Superdrachen werden will, sehe ich zwar eine Reihe von Morden an Menschen, die im Zusammenhang mit Marlon Kraft stehen, aber ich erkenne immer noch kein Motiv – außer ein paar sehr schräg inszenierte Tatorte. Falls ich aber zum Superdrachen werden wollte, dann wäre ich doch selten dämlich, mir meine Opfer im persönlichen Umkreis zu suchen, und ich würde mir mein schönes Ritual doch nicht mit Typen wie Siemer und drei Leuten versauen, die im Luisenstift so nebenbei mitverbrennen. Das wäre ja so, wie Gameboy beim Rosenkranzbeten zu spielen.«

»Aber wo müssen wir dann ansetzen, Rolf?«, fragte Alex. »Bei Engberts und dieser Glücksberg-Sache?«

»Keine Ahnung. Nur werde ich das Gefühl nicht los, dass wir in dem ganzen Ermittlungschaos etwas sträflich übersehen. Und ich fürchte, das wird sich bitter rächen.«

53.

Die alte Ziegelei war ein Dinosaurier aus der Epoche der Industrialisierung und hatte das Leben in dem kleinen Lemfelder Vorort über Generationen geprägt. Irgendwann war es preiswerter gewesen, Ziegel in China oder Indonesien einzukaufen und mit dem Containerschiff um die halbe Welt zu transportieren. Die Ziegelei hatte schon leer gestanden, als Marlon noch ein Junge gewesen und mit Erbsenpistole, einem Strick zum Klettern sowie einer frischen Packung Hubba-Bubba-Kaugummis auf dem Bonanza-Rad zum Spielen hergeradelt war. Das riesige Gelände mit seinen großen Lagerstätten, Produktionshallen, Ring-Brennöfen und Schornsteinen war im Lauf der Jahre von der Natur zurückerobert worden. Birken wuchsen aus den Dächern, überall spross das Unkraut, die Mauerspitzen waren mit Moos überwuchert. Das Areal lag abseits der Bundesstraße, war umgeben von Wald und Wiesen und hatte einen eigenen Zubringer. Die Straße, die auf das Pförtnerhaus mit den zerschlagenen Scheiben und der in den Himmel zeigenden, verrosteten rot-weißen Schranke zuführte, war mit Schlaglöchern übersät. Jetzt zauberte die tiefstehende Sonne lange Schatten in die Gebäudenischen und auf den großen Innenhof. Ihr warmes Licht ließ alles in sattem Rot erstrahlen.

Gelb blinkte das kleine Briefumschlag-Symbol links oben auf dem Display. Marlon bewegte den Mauszeiger und klickte die neue E-Mail an. Reaper@gmx.de. Einige Minuten saß er wie versteinert vor dem Laptop und starrte auf die Betreffzeile.

Herzliche Einladung zum abendlichen Get-together.

Der Dreckskerl machte sich einen Spaß mit ihm. Er weidete sich, delektierte sich, er stand über den Dingen, er genoss das Spiel, in dem er alle Fäden in der Hand hielt.

Die späte Nachmittagssonne brannte in Marlons Nacken. Er verscheuchte eine Wespe. Über dem von Entengrütze und Algen tiefgrün gefärbten Tümpel tanzten Myriaden von Mücken und glitzernde Libellen ihr stummes Ballett. Die ersten

Schwalben, die in wahren Kolonien im verfallenen Gebälk der verfallenen Klinkergebäude nisteten, machten sich auf, um das Abendessen einzufangen. Sie flogen tief. Es würde Regen geben.

Warum er ausgerechnet hier Unterschlupf gesucht hatte, hätte Marlon selbst nicht zu sagen gewusst. Irgendwo musste er schließlich hin. Sergejs Hütte war zu unsicher geworden. Marcus würde dort nach ihm suchen lassen. Aber hier fühlte Marlon sich sicher. Zumindest vorläufig, und wie es schien, näherte sich das Spiel ohnehin seinem Ende.

Der Reaper hatte ihm eine Einladung geschickt. Die Botschaft war klar: D-Day. Gestern Nacht noch hatte er sich Roth geholt. Er hatte ihn geröstet, kurz nachdem Marlon mit ihm im Luisenstift gesprochen hatte. Sicherlich hatte sich der Student von der Nachtwache an seinen nächtlichen Besuch erinnert. Und damit war klar, dass Marlon auf der Hitliste der am meisten gesuchten Serienmörder Lemfelds ganz oben stand. Seine Hoffnung war, dass Alex mittlerweile die Daten über das Projekt *Rosebud* von dem Stick ausgelesen hatte und einen Schritt weitergekommen war.

In gewisser Weise erschien ihm Alex als letzter Anker in der wirklichen Welt. Er selbst war längst abgedriftet. Es gab kein Oben und Unten mehr, kein Wahr und kein Falsch, keine Vergangenheit, Gegenwart oder Zukunft. Er war gefangen in einem Vakuum, das zumindest ein Gutes hatte: Das Karussell in seinem Kopf hatte aufgehört, sich zu drehen. Keine Versuche mehr, die Dinge in Zusammenhang zu bringen.

Sandra, die er geliebt hatte, ohne es sich eingestehen zu wollen. Juliane, in die er sich hätte verlieben können. Viviane, die ihm das Leben gerettet und für die er im Lauf der Zeit Empfindungen gehegt hatte. Schließlich Roth, eine gequälte Seele, in der Marlon ein Stück von sich selbst erkannt hatte. Aber all die verwischten Schemen waren jetzt ausgeblendet. Alles bewegte sich nur noch auf einen einzelnen Satz zu, der in Arial 11 Punkt geschrieben war.

Herzliche Einladung zum Get-together.

Blieb die Frage, wer genau hier mit wem – oder besser: wer hier mit *was* aufeinandertreffen würde. Marlon warf einen Blick auf die Pistole, die er neben sich abgelegt hatte. Sie würde in wenigen Stunden ihre Premiere erleben. Dann erst las er die Mail.

54.

Das Handy riss Alex aus dem Schlaf. Zunächst konnte sie den Ton nicht einordnen. Er schien zu dem Chaos in ihrem Traum zu gehören, der aus einem wirren Durcheinander von Feuer und Schreien, Blut und Fleisch, grün-weißen Videobildern von Soldaten im Einsatz, Schüssen und blankem Entsetzen in einem weiß gekachelten Raum bestand. Gegen zehn war sie auf dem Sofa eingeschlafen und in den Alptraum gedriftet, aus dem sie jetzt in Schweiß gebadet und benommen aufwachte. Der Fernseher lief noch. Jürgen Domian saß mit einem Kopfhörer im Studio und diskutierte mit Anrufern. Es musste bereits nach eins sein. Ihr Kopf dröhnte, als hätte sie gerade eine ganze Flasche Wein geleert. Ihr Körper war von Schweiß bedeckt. Alex sprang auf und torkelte zum Schreibtisch, auf dem das Handy wie ein Fisch auf dem Trockenen zappelte. Sie versuchte, auf dem Display die Nummer zu erkennen, aber ihre Augen waren noch zu verschleiert. Zunächst brachte sie nur ein Röcheln zustande, dann räusperte sie sich und sagte: »Ja, bitte?«

»Hier ist Marlon.«

Mit einem Schlag war Alex hellwach.

»Haben Sie die Daten ausgelesen?«

»J-ja«, stotterte Alex und strich sich die verklebten Haarsträhnen aus der Stirn. »Sie hatten recht, Marlon. Es ist unglaublich. Ich habe die Videos gesehen. Ich darf Ihnen leider keine Auskunft über das Material geben, das Sie noch nicht kennen, aber so viel kann ich sagen: Es ist alles recht zusammenhängend dokumentiert und wird bestimmt zeitnah an die entsprechenden Bundesbehörden gegeben – das BKA, das FBI, sicher auch an Interpol.«

Marlon lachte leise. »Das wird Ihnen mächtig viele Punkte einbringen, Alex. Aber vergessen Sie nicht, wer Ihnen das Material beschafft hat. Quid pro quo. Eine Hand wäscht die andere.«

»Ich werde es nicht vergessen. Und möglicherweise bringt es mir Punkte ein, ja. Aber darum geht es nicht. Es geht um die Aufklärung von Verbrechen.«

»Zu schade, dass ich nicht darüber schreiben kann. Was für eine Story. Es ist wirklich eine Schande. Aber die Umstände behindern mich im Moment, wie Sie wissen.«

»Wo sind Sie, Marlon?« Alex griff instinktiv nach einem Kugelschreiber und einem leeren Blatt Papier und fluchte innerlich, dass sie sein Handy im Moment nicht orten lassen konnte. Natürlich würde Kraft das wissen. Er war kein Dummkopf.

»Oh, ich rufe sicher nicht an, um Ihnen meinen Aufenthaltsort zu verraten«, erwiderte er.

»Warum dann?«

»Um Ihnen zu sagen, wo er in einer halben Stunde sein wird.«

Alex schluckte. Sie durfte jetzt nichts falsch machen. Ansonsten würde Marlon sofort abspringen und ihr wieder entwischen.

»Wo werden Sie in einer halben Stunde sein?«

Marlon schwieg. Alex versuchte, im Hintergrund Geräusche auszumachen. Aber alles, was sie wahrnahm, war das digitale Echo des Donners, das gerade durch ihre Balkontür drang.

»Ich habe eine Einladung erhalten«, sagte Marlon schließlich. »Zu einem nächtlichen Get-together. Zu so einem Anlass brauche ich selbstverständlich eine adäquate Begleitung. Haben Sie was Schickes, das Sie schnell überwerfen könnten? Nichts allzu Förmliches, zudem findet das Meeting unter freiem Himmel statt.« Kraft lachte hustend.

»Mit wem treffen Sie sich, und warum soll ich dabei sein?« Natürlich ahnte Alex, mit wem Marlon eine Verabredung hatte. Aber sie wollte ihn am Reden halten. So lange, bis ihr eingefallen war, wie sie eine Ortung in die Wege leiten könnte.

»Hm. Können Sie sich das nicht denken? Wie heißt es so schön: *Pleased to meet you, hope you guess my name ...*« Marlon wurde ernst. »Ich habe wieder eine Mail erhalten, Alex. Der Reaper will mich treffen. Ich denke, es geht jetzt darum, wer von uns beiden die Rechnung begleichen wird: er oder ich.«

Alex versuchte zu schlucken, aber ihre Kehle war wie ausgedörrt. Konnte sie ihm trauen? Sie wusste es nicht. Eine halbe Stunde, hatte Marlon gesagt. Die Zeit lief. Wie viele Kräfte würden innerhalb dieses Zeitraums mobilisiert werden können? Ausreichend. Sie beruhigte sich etwas. Wenngleich er immer noch nicht erklärt hatte, warum er sie dabeihaben wollte.

Ahnst du es nicht? Oder traust du dich bloß nicht, es dir einzugestehen? Der Drache hat Hunger auf Mädchenfleisch...

»Warum erzählen Sie mir das, Marlon?«

»Weil ich Ihnen vertraue. Sie wissen jetzt fast so viel wie ich, und wenn ich richtig tippe, dürfte Marcus kaum von meiner Unschuld...«

»Schuld und Unschuld sind Dinge, mit denen sich Richter befassen. Sie wollen mich auf Ihre Seite ziehen, Marlon«, fiel Alex ihm ins Wort. »Darum geht es, oder? Es geht um *Ihr* Quid pro quo und darum, Verantwortung auf meine Schultern abzuwälzen, richtig?«

»Nein. Es geht um eine Antwort – auch für Sie, Alex. Es gibt zwei Möglichkeiten: Entweder Sie treffen mich alleine als Dr. Jekyll oder Mr. Hyde an. Oder wir beide lernen den wahren Drachen kennen.«

Alex schluckte.

Kraft fuhr fort: »Ich kann für nichts garantieren, aber ich halte den letzteren Fall nach wie vor für wünschenswert und wahrscheinlicher. Deswegen hätte ich Sie gerne als eine Art Joker dabei. Es gibt nur eine Bedingung: Sie müssen alleine kommen. Kein Gepolter. Keine Hubschrauber und SEKs. Drachen sind im einen wie im anderen Fall sehr empfindsame Tiere, sie breiten schnell ihre Schwingen aus und: flieg flieg, flieg flieg. Schaffen Sie das, Alex?«

Oh, du hast die dritte Variante vergessen, Marlon: Was ist, wenn es gleichgültig ist, wen ich treffe? Wenn die beiden wirklich gute Kumpel mit dem gleichen Ziel sind? Wenn der üble Mr. Hyde nur darauf wartet, Böses zu tun, und Dr. Jekyll ohnehin ein Skalpell eingesteckt und eine Spritze aufgezogen hat? Ja, hielt er sie für so naiv? Oder gehörte es zum Spiel, sie damit zu verunsichern? Sie hatte keine Zeit mehr, darüber nachzudenken. Es war Zeit für eine Entscheidung.

»Wo findet das Treffen statt?«, fragte Alex mit bebender Stimme.

»Sie werden kommen?«

»Ich werde kommen. Allein.«

Lügnerin.

»Ich vertraue Ihnen.«

»Das können Sie.«

»Gut.«

Wenige Minuten später stürzte Alex im Laufschritt die Treppen hinunter. In wilder Hast hatte sie ihre Sachen zusammengerafft, dann mit einem Ruck Wäschestapel aus dem Kleiderschrank gefegt, weil sie einfach nicht fand, wonach sie suchte, und sich schließlich zitternd angezogen, was in Reichweite lag. Die letzten drei Stufen nahm sie in einem Sprung und schob im Laufen die Walther in das Clipholster an ihrer Jeans. Sie fluchte leise, während sie mehrfach versuchte, mit dem Schlüssel das Zündschloss zu treffen. Dann heulte der Motor im Leerlauf auf, und der Mini startete mit quietschenden Reifen durch.

Helle Blitze erleuchteten den Himmel, während sie durch die Nacht raste. Mit einer Hand drückte sie die Menütasten des Handys, fand Marcus' Mobilnummer und wählte sie an. Obwohl er bereits nach dreimaligem Klingeln abhob, schien ihr das Warten eine Ewigkeit gedauert zu haben. Marcus klang hellwach. Alex atmete einmal kräftig durch und erzählte ihm dann von Marlons Anruf.

»Wo bist du?«, fragte Marcus ruhig.

»Keine Ahnung. Unterwegs. Irgendwo.«

»Ich mache mich auf den Weg und leite alles ein.«

»Er hat gesagt, sobald Polizei aufläuft, werde alles platzen.«

»Das hast du bereits erwähnt. Vertrau mir, Alex. Wir kriegen das hin. Und halte dich so lange von allem fern, bis ich da bin, und tu nichts Unüberlegtes!«

Alex schwieg.

»Haben wir uns verstanden?«

Alex antwortete immer noch nicht.

»Ich bin schneller da als jeder andere«, sagte sie dann tonlos.

»Mann, Alex, wie stur bist du eigentlich, das ist eine Anordnung gewesen!«

»Tut mir leid, aber …« Alex spürte einen Kloß im Hals. »Ich muss ihn aufhalten, ich weiß, was ich tue. Er hat gesagt, ich soll alleine kommen. Er muss mich da sehen, sonst … Ich weiß auch nicht, was sonst.«

Alex hörte Marcus stöhnen. »Ich fahre sofort los«, sagte er und beendete das Gespräch.

»Okay, bye«, seufzte Alex. Gerne hätte sie ihn weiter in der Leitung gehabt. Seine Stimme zu hören hatte ihr Sicherheit und Orientierung gegeben. Es war, als ob …

Etwas tauchte von rechts im Scheinwerferlicht auf. Alex trat mit beiden Füßen auf die Bremse. Die Reifen quietschten. Der Mini brach aus der Spur aus. Alex schrie. Dann stand der Wagen quer auf der Straße. Aus glasigen, weit aufgerissenen Augen starrte sie ein Mann durch das Seitenfenster an. Nur eine Sekunde später, und …

»Bisssu irre oder wasss«, lallte der Mann und trat gegen die Fahrertür. Sein fleckiges Hemd war aus der Hose gerutscht.

»Bekloppt oder wasss? Keine Augen im Kopp oder wasss?« Ein dumpfer Donnerschlag hallte durch die Straße.

»T-tut mir leid, ich …«, stammelte Alex und hob entschuldigend die Hände. Die Unfallfotos, die sie auf Marcus' Rechner gesehen hatte, schossen ihr durch den Kopf. Der zertrümmerte, blutverschmierte Kotflügel. Um ein Haar …

»Bisssu besoffen, Mensch, Mädchen, ich ruf die Polizei, hömma!« Dann trat der Mann ein zweites Mal gegen die Tür und torkelte schimpfend davon.

Alex sank in sich zusammen. Ihre Brust hob und senkte sich. Dann wischte sie sich mit der Hand über das Gesicht, griff nach dem Lenkrad und legte den Gang ein. Keine Zeit für Selbstmitleid. Sie hatte ein Date mit dem Teufel und gedachte nicht, sich zu verspäten. Sie gab Vollgas. Die Dunkelheit verschluckte den kleinen Wagen.

55.

Die Lemfelder Sommerkirmes schlief. Alle Buden waren geschlossen, die Lichter erloschen. Kein Karussell drehte sich. Kein Kinderkreischen. Keine wummernden Bässe aus den Boxen des Autoskooters. Warmer, weicher Regen prasselte auf den Asphalt. Gelegentlich warf ein Wetterleuchten sein Schlaglicht auf das weitläufige Areal, auf dem sich noch vor wenigen Stunden Tausende getummelt hatten. Ihre Hinterlassenschaften, weggeworfene Popcorntüten, Pappbecher, zerknüllte Servietten, Bratwurstteller und Zigarettenpackungen, verschmolzen mit dem Nass zu einem Brei.

Alex entsicherte die Walther und schaltete die Maglite an. Der Lichtkegel tanzte nervös über den Boden, strich über die heruntergeklappten Läden von Imbissbuden, fuhr über die Tierköpfe am Kinderkarussell und verlieh den Fratzen an der Geisterbahn ein noch bizarreres Aussehen.

Das Gelände war riesig. Es mochten an die dreißig Fahrgeschäfte aufgebaut sein. Skooter, Musik-Express, Schiffschaukeln und spektakuläre Maschinen, die dazu gebaut waren, Fahrgäste an die Grenzen des physikalisch Machbaren zu katapultieren. Unter anderen Umständen wäre Alex schon vom Hinsehen schlecht geworden. Jetzt war es die pure Angst, die ihren Magen wie ein dunkler Tintenfisch mit schleimigen Tentakeln umfangen hielt. Alex strich sich eine klatschnasse Haarsträhne hinter das Ohr. Irgendwo würde Marlon sein. Er würde auf sie warten. Möglicherweise lauern.

»Marlon?«

Alex' Ruf hallte einsam durch die Budengänge. Sein Echo verlor sich im Prasseln des Regens.

»Marlon Kraft?«

Keine Antwort. Keine Umrisse, kein Gesicht, das im Kegel der Taschenlampe auftauchte, der suchend durch die Luft schnitt. Ihr Blick strich über die bunten Verkleidungen der Losbuden, der Bierstände und Hotdog-Häuschen. Schließlich blieb er an der Silhouette hängen, die majestätisch und ehrfurchtgebietend über allem thronte, ein schwarzer Heiligenschein, ein Spinnennetz, dessen wirre Verstrebungen auf ein Zentrum zuliefen. Und als Alex den Strahl der Maglite auf diese Mitte richtete, grinste er sie mit gebleckten Zähnen an – feuerspeiend, sich windend und aus wild glühenden Augen feindselig starrend. Die Schuppen schimmerten in tiefstem Purpurrot. Die Klauen würden mit einem Hieb alles Fleischliche zerfetzen, was sich ihnen in die Quere stellte.

Da war er. Der Drache.

Wie hypnotisiert starrte Alex auf das große Airbrush-Bild, das die Mechanik an der überdimensionalen Nabe des Riesenrads verdeckte. Das Fahrgeschäft musste an die vierzig Meter hoch sein. Die untere Balustrade, die Gondeln sowie das Kassenhäuschen waren im chinesischen Pagodenstil gehalten. Und jetzt fiel Alex ein, dass sie über das Rad gelesen hatte. Ein Novum auf dem Markt. Vom gleichen Hersteller, der in China das seinerzeit größte stationäre Riesenrad der Welt mit hundertsechzig Metern Höhe gebaut hatte: Den »Stern von Nanchang«. Hier und nirgendwo anders würde sich Marlon aufhalten. Das Riesenrad musste der Treffpunkt sein.

Die Schritte ließen sie zusammenzucken. Sie knallten auf den Riffelblechen, mit denen die Basis des Fahrgeschäfts bedeckt war. Alex zog die Pistole und richtete mit der anderen Hand die Maglite auf den Bereich des Kassenhauses, von wo die Geräusche kamen. Als Marlon langsam in den Strahl trat, senkte er den Kopf und starrte von unten in Alex' Richtung. Der Regen troff ihm von den Augenbrauen. Sein Hemd klebte nass am Körper. Seine Pistole ließ er achtlos am Finger baumeln.

»Guten Morgen, Alex«, rief er ihr zu. Mit seinem Ruf wehte der Wind aus der Ferne den Gongschlag einer Kirchenglocke herüber. Es war Punkt drei Uhr. »Pünktlich bist du, auf die Sekunde.«

Er duzte sie. Hatte das etwas zu bedeuten? War es Vertrautheit? Herabwürdigung?

»Marlon, du musst die Waffe beiseitelegen. Was auch passieren wird. Es ist Angelegenheit der Polizei. Leg die Waffe vor die Füße.« Alex spürte, wie sich ihre Worte überschlugen. Außerdem zeigten sie keinerlei Wirkung.

Marlon lachte. Er hob den Kopf, streckte das Gesicht in den Regen und schien ihn wie eine frische Dusche zu genießen. Er öffnete den Mund, um einige Tropfen einzufangen. Dann blickte er wieder zu Alex.

»Drei Uhr. Eigentlich müsste jetzt etwas geschehen, oder? Was meinst du – bin ich schon zum Werwolf geworden, oder kommt das noch?« Marlon imitierte das Jaulen eines Wolfes.

»Marlon, bitte!« Alex sah sich in alle Richtungen um. Nichts als Dunkelheit. Wo zur Hölle blieb Marcus?

Kraft lachte wieder. »Ach, Scheiße, Alex. Wer weiß schon wirklich, wer er ist. Irgendein Tier steckt doch in jedem von uns. Bei einigen ist die Bauchdecke dicker, bei anderen dünner. Was haben wir für eine Chance, als uns dem Monster in uns zu stellen? Keine. Nicht die geringste. Je länger wir die Türen verschlossen halten, desto stärker wird das Biest. Und schlimmer noch, wir füttern es mit allem, was wir in uns hineinfressen. Aber irgendwann kommt die große Abrechnung.« Dann breitete er unter den Schwingen des purpurnen Drachen die Arme aus und brüllte: »HIER BIN ICH!«

Mit einem Knallen gingen sämtliche Lichter des Riesenrads an. Alex kniff die Augen zusammen. Von rechts kam gelassener Applaus. Langsames Klatschen. Alex sah, wie Kraft zusammenzuckte und seine Pistole hochriss. Alex wirbelte mit der Waffe herum, blickte über die Schulter und versuchte, den Lampenstrahl weiter auf Marlon zu richten, was ihr leidlich gelang. Vor dem in allen Regenbogenfarben strahlenden Riesenrad war er nur noch als Umriss zu erkennen.

»Großartig«, hörte sie eine Stimme rufen. Es war unklar, woher sie kam. Von irgendwo aus der Dunkelheit. Aus einer

Nische zwischen zwei Fahrgeschäften. Alex konnte nichts erkennen. Sie hatte zu lange in das grelle Licht geblickt.

»Bravissimo!« Dann hörte das Klatschen auf. »Wie schön, dass du uns alle an deiner Weisheit teilhaben lässt, Marlon.«

Marcus. Endlich. Alex atmete auf. Der Druck auf ihrer Brust löste sich etwas.

»Bist du das, Superbulle?«, brüllte Marlon und wandte sich unmittelbar danach an Alex. »Was hat der Superbulle hier zu suchen? Was hatte ich gesagt, Alex? Was hatte ich gesagt? So etwas nennt man Vertrauensmissbrauch!«

»Nein«, antwortete Marcus aus dem Nichts. »So etwas nennt man Pflichterfüllung. Seinen Job tun. Verantwortung zeigen. Ist dir fremd, Marlon, was?«

Von rechts trat Marcus in den Schein der Taschenlampe und ging die Stufen zum Podest des Riesenrads hinauf. In der ausgestreckten Hand hielt er eine Pistole, mit der er auf Marlons Kopf zielte. Kraft hielt ebenfalls auf das Gesicht seines Gegenübers. Er atmete schwer. »Marcus ...«, stammelte Alex.

»Alles klar, Alex«, antwortete er. »Ich habe alles im Griff. Und zwar ich *allein*.«

Was auch immer das heißen mochte: Allein. Wahrscheinlich wollte er Kraft in Sicherheit wiegen. Dabei hatten Scharfschützen bereits Position bezogen, und hinten auf der Straße wimmelte es von Polizisten. Ja, natürlich. Marcus wollte ihn nicht nervös machen und versuchen, ihn zu beruhigen. Er, als sein Freund. Aber was wäre, wenn noch ein anderer den Schauplatz betreten würde? Jemand, mit dem Marcus nicht gerechnet hatte?

»Alles im Griff, ja, du musst immer alles im Griff haben nicht?«, keifte Kraft.

»Sicher. Das muss ich. Es ist mein Job, die in den Griff zu

bekommen, die sich nicht im Griff haben. Und jetzt leg die Waffe weg.«

»Du bist dir so sicher, Marcus. Du bist dir so scheißsicher, dass ich der verdammte Killer bin ...«

»Nein. Bin ich nicht. Ich will nur, dass du die Waffe weglegst.«

»Und wenn ich darauf scheiße, legst du mich dann um?«

Marcus legte den Kopf schief und zögerte einen Moment, bevor er antwortete: »Ja, dann werde ich dich wohl umlegen müssen.«

Kraft zuckte etwas zusammen. »Das tust du nicht, nicht du«, hörte Alex ihn zischen.

»Vielleicht nicht ich selbst. Mit Sicherheit aber die Scharfschützen, die dich im Visier haben, Marlon.« Er deutete mit der Pistole kurz auf das Riesenrad. »Ich habe für sie extra Licht eingeschaltet.«

Marlon sah irritiert nach links und rechts und wurde von Alex' Taschenlampe geblendet. Er kniff die Augen zusammen und wandte sich wieder an Marcus. Alex hielt den Atem an. In diesem Spiel war sie zur stummen Beobachterin verurteilt.

»Du bluffst«, sagte Marlon abschätzig. »Du hast immer schon gerne geblufft. Früher beim Pokern, und was war das für ein Bluff mit der kleinen rothaarigen Kroatin nach der Party damals. Dein größter Bluff. Hinterher hat sie allen erzählt, sie sei sturzbetrunken gewesen, und du hättest sie dir im Gartenhaus vorgeknöpft. Genau wie Ines, Babsi, Charlotte und Kaja. Keine hat sich dir an den Hals geworfen, wie du es behauptet hast, Marcus. Nicht eine. Du hast sie alle abgefüllt und genommen. Ich weiß es. Ich weiß, was du wirklich getan hast. Und was den Amtswechsel nach dem Rücktritt von Schwartz angeht, hast du auch mit gezinkten Karten gespielt. Ich habe da einiges gehört ...«

Marcus zuckte noch nicht einmal mit den Achseln. »Marlon, leg bitte die Waffe weg. Ich möchte nicht die Anweisung geben, dass auf dich geschossen wird.«

»Und wenn alles voller Scharfschützen ist«, bellte Kraft, »warum hältst du mir dann deine fucking Knarre ins Gesicht?«

Marcus nahm die Waffe herunter. »Fühlst du dich jetzt besser?«

»Ja! Wie ein junger Gott, Danke.«

»Wie geht's jetzt weiter, Marlon?«

»Ich bin nicht der Killer.«

»Leg die Waffe nieder.«

»Leg deine zuerst weg.«

Marcus verdrehte die Augen. »Vergiss es. Ich bin der Bulle. Ich behalte meine Waffe. Du legst deine jetzt weg.«

»Und dann?«

»Dann sehen wir weiter.«

»Und wenn nicht?«

Marcus trat mit voller Wucht auf dem Blech auf, das einen lauten Knall von sich gab. Alex zuckte zusammen. »Leg die Pistole weg, Marlon!«, brüllte er. »Das hier ist kein Spiel! Es ist kein verdammtes Spiel, Mann! Du hast drei Sekunden.«

»Komm runter, Superbulle …«

Marcus hielt drei Finger in die Luft. Wie zu einem Einsatzzeichen. »Eins.«

»Mann!«

»Zwei.«

»Marcus!«

»Drei.«

»Okayokayokay! Ganz ruhig.« Kraft legte die Pistole auf den Boden und hielt die Hände seitlich hoch.

»Schieb sie mir rüber.«

Kraft kickte mit dem Fuß gegen die Waffe, die über das Blech schlitterte. Marcus hob sie auf.

»Danke.« Marcus besah sich die Waffe und lächelte. »Wo hast du die Kanone denn her?«

»Geht dich nichts an.«

»Verstehe, von Sergej also«, nickte Marcus.

Alex atmete aus. Das Schlimmste schien überstanden.

Dann sah sie, dass Marcus Marlons Pistole hochnahm. Im nächsten Moment trafen drei Hammerschläge ihren Oberkörper. Lautes Krachen begleitete die Hiebe, die ihr die Luft aus den Lungen prügelten. Sie flog durch die Luft. Dann ein Aufprall. Und schließlich glitt sie in eine allumfassende Dunkelheit.

56.

Noch bevor Marlon begriff, was geschehen war, traf ihn eine Faust im Gesicht. Sofort schoss ihm der metallene Geschmack von Blut in den Mund. Noch ein Schlag. Er wirbelte herum, krachte gegen das Kassenhäuschen und riss die Plexiglasscheibe aus ihrer Verankerung. Rücklings fiel er auf das Steuerpult. Knöpfe und Hebel bohrten sich ihm in den Rücken. Alles um ihn herum drehte sich. Schlieren. Farben. Lichter. Sanftes Glockenklingeln und Paukenschlagen. Dann erkannte er, dass sich tatsächlich alles drehte. Mit dem

Fall auf das Pult waren das Riesenrad und die Musikanlage gestartet worden.

I was alright, for a while, I could smile, for a while, but I saw you last night, you held my hand so tight as you stopped, to say hello ...

»Na, mein Freund?«, murmelte Marcus. Er ließ die Latex-Handschuhe von den Fingern gleiten, verstaute sie in seiner Jeanstasche und warf Marlons Pistole auf die Treppenstufen. Marlon brachte nur ein Husten und Gurgeln zustande. Sein Mund war voller Blut. ... *oh you wished me well, you couldn't tell, that I've been cry-ay-ay-ay-ing, over you ...*

»Oh, hör mal«, murmelte Marcus und griff wieder nach seiner eigenen Pistole, »ein Song von Roy Orbison, wie schön.« Marlon sah wie in Zeitlupe, dass Marcus' Hand auf ihn zukam, ihn am Kragen griff und mit einem Ruck nach vorne zog. Marlon stolperte über eine Stufe, die zur Fahrgastempore des Riesenrads führte, und schlug der Länge nach auf den Boden. Dann stand Marcus vor ihm, legte den Kopf schief und blickte auf die Uhr.

»Was ist los, Cowboy«, hörte Marlon ihn sagen, »bist du in eine deiner komischen Starren verfallen? Ein Blackout? Das wäre zu schade, ich möchte nämlich, dass du alles ganz genau mitbekommst.«

Mit Wucht kickte Marcus in Marlons Nieren. Der Tritt raubte ihm die Luft. Ein stechender Schmerz breitete sich im ganzen Körper aus und kam wie ein gleißendes Licht im Gehirn an. Marlon rutschte über den Boden. Dann ein dumpfer Schlag am Hinterkopf. Der Boden einer der rotierenden Gondeln des Riesenrads hatte ihn gestreift.

»Tja, wir haben leider nicht mehr viel Zeit miteinander, Marlon«, seufzte Marcus und zuckte mit den Schultern. »Du hast gerade eine Polizistin erschossen, die eigentlich dein nächstes Opfer werden sollte, mit dem du dich endgültig in den Drachen verwandeln wolltest. Nachdem du auf sie geschossen hast, habe ich dich dann erledigt. So wird es im Bericht stehen.«

Marlon keuchte, kam mit dem Oberkörper hoch und stützte sich auf die Ellbogen. Er hustete und spuckte einen Schwall Blut. Marcus. Es war Marcus. Alles war Marcus. Aber Marlon begriff nicht.

»Was«, röchelte er, »was tust du, Marcus? W-was hast du getan? Warum?«

»Oh, warum? Eine große Frage.« Marcus zog die Augenbrauen hoch und schürzte die Lippen. »Du weißt es wirklich nicht oder?«

Marlon schüttelte langsam den Kopf.

»Hm. Das ist ja alles noch viel schlimmer mit dir, als ich dachte. Tja, dann will ich dir mal auf die Sprünge helfen, mein *Freund*.« Marcus schien das letzte Wort auszuspucken. »Es ist auf den Tag genau fünf Jahre her. Sogar die Uhrzeit könnte passen. Du kamst mit deinem Wagen gerade aus Düsseldorf. Sicherlich total zugedröhnt. Du fährst also auf dieser Landstraße ... Erinnerst du dich?«

Marlon hatte keine Ahnung, worauf Marcus hinauswollte. Aber er erinnerte sich, ja, natürlich tat er das. Es war der Abend mit dem Unfall. Darauf spielte er an. Es war dieses Reh. Aber, was ... Marlon entglitten die Gesichtszüge. Das Begreifen stand wie ein Monstrum vor der Tür, drückte sich mit aller Kraft und Masse dagegen, schob Marlon, der sich verzweifelt gegen die Tür stemmte, über den Boden, in den seine Schuhe tiefe Furchen kratzten.

I thought that I was over you, but it's true, so true ...

Marcus wischte sich mit der Hand den Regen aus dem Gesicht, presste die Faust zusammen und sah dem Wasser dabei zu, wie es zu Boden troff. Er hob seine Stimme und übertönte Roy Orbisons süßen Gesang. »Du fährst also auf dieser Landstraße, und bang. Kracht etwas vor deinen Wagen. Du steigst aus, findest nichts und fährst weiter. Ein Tier, denkst du. Du lässt den Schaden bei Sergej reparieren, der keine Fragen stellt. Und tatsächlich hast du in deinem von Drogen umnebelten Gehirn nur noch Bruchstücke des Geschehens parat. Den Rest regelt dein perfekt ausgebildeter Verdrängungsmechanismus, der es gewohnt ist, Verantwortlichkeiten unter eine dicke Schicht Beton zu packen, nicht wahr? Noch nicht einmal an ihrem Grab hast du es dir eingestehen können, Marlon. Zu der Beerdigung hast du dich nicht getraut, aber du hast ihr jedes Jahr Blumen gebracht. Hast du etwa gedacht, ich merke das nicht? Und ich habe dich jedes Mal dabei beobachtet. Jede deiner Regungen habe ich durch das Fernglas gesehen. Keine Sekunde lang habe ich dich aus den Augen gelassen. Dich. Ihren Mörder.«

... yes, now you're gone and from this moment on I will be crying, crying, crying over you ...

Es konnte nicht sein. Es war nicht möglich. Es war nicht passiert. Es war ...

»Nein«, sagte Marlon leise und presste die Lippen aufeinander. »Nein.« Die Tür. Der Druck. Er konnte es nicht mehr aufhalten. Das Monster quetschte sich durch den Spalt. Es stemmte die Schulter hindurch. Es war zu stark, er ...

»Nein!« Verzweifelt trommelte sich Marlon mit den Fäusten gegen die Schläfen.

»Oh, doch, Marlon«, zischte Marcus. »Oh, doch. Sie war bei einer Freundin. Sie hatten ein oder zwei Flaschen Wein zu viel geleert. Sie hat versucht, mich zu erreichen. Aber ich schlief und habe das Telefon nicht gehört. Deswegen hat sie sich zu Fuß aufgemacht. Ein Weg von einer halben Stunde. Sie mochte laue Sommernächte. Dein Wagen hat sie erfasst und etwa fünfzehn Meter durch die Luft geschleudert. Sie war sofort tot.«

Das Reh, das sich in das Gesicht der Frau verwandelte, das zum Kopf des Rehs wurde, um mit dem Gesicht der Frau zu verschmelzen ...

»O Gott, o Gott.« Marlon zitterte am ganzen Körper.

»Ja, Schocktherapie hilft am besten, stimmt's?«, fragte Marcus. »Und ich habe es herausgefunden. Ich habe alles herausgefunden. Alles. Aber ich behielt es für mich. Jahrelang. All die Jahre voller Schmerz ...« Marcus sah einen Moment zu Boden. »Willst du wissen, warum?«

»Warum?«, schrie Marlon und spie Speichel und Blutstropfen aus.

Marcus beugte sich vertraut zu Marlon hinunter und flüsterte ihm die Antwort ins Ohr. »Ich hätte dich jederzeit töten können. Aber ich habe es mir nicht leichtgemacht. O nein. Ich habe es mir wirklich nicht leichtgemacht, denn ich wollte dich ganz legal erschießen wie ein räudiges Stück Vieh: Mit dem Gesetz und der Gerechtigkeit im Rücken. Eine schöne, saubere Tötung von Amts wegen. Offiziell bist du nicht mehr als ein Stück Dreck in der Gosse, ein durchgeknallter Massenmörder. Und ich ...«, Marcus stellte sich wieder hin, »... ich bin der Regen, der dich wegspült.«

»Du hast sie alle getötet!«, brüllte Marlon. »Du hast sie alle getötet! Du bist der Wahnsinnige! Du!«

Marcus zuckte mit den Schultern. »Es hat mir keinen Spaß gemacht. Es war auch nicht besonders widerlich. Ehrlich gesagt habe ich gar nichts dabei empfunden. Alles, was ich jemals gefühlt habe, liegt unter einer drei Meter hohen Schicht Erde begraben. Sie waren Kollateralschäden. Mittel zum Zweck. Kosmetik. Nenn es, wie du willst. Aber letztlich bilden sie nur den Rahmen, der das wahre Monster zur Geltung bringt. Und das bist du.« Marcus sah auf die Uhr. »Okay. Irgendjemand wird die Schüsse auf Alex gehört haben. Wir haben keine Zeit mehr. Bringen wir es hinter uns.« Er richtete die Waffe auf Marlons Kopf.

»Nein!«

Eine Frauenstimme. Durch den Schleier vor seinen Augen blinzelte Marlon an Marcus vorbei, dessen Gesichtsfarbe innerhalb eines Wimpernschlags von bleich zu aschfahl gewechselt war. Da stand Alex und hielt ihre Pistole mit beiden Händen umschlossen. Die Bluse war zerfetzt. Darunter kam das schwarze Gewebe einer Schutzweste zum Vorschein.

57.

Die Weste war eine »COP Specialist FL« und gewiss ungeheuer teuer gewesen. Als Alex sie ausgepackt hatte, hatte ihr Vater tief durch die Nase eingeatmet und die Luft langsam wieder ausgeblasen. Ihm war ganz anders bei dem Gedanken, dass sein kleines Mädchen irgendwann einmal vielleicht ein solches Ding tragen musste und dass auf sie geschossen werden könnte. Er hätte ihr wahrlich lieber eine schicke Bluse von Strenesse geschenkt. Aber darüber hätte Alex sich niemals so gefreut wie über diese Weste. Sie war ein Zeichen dafür, dass Dad sich abgefunden hatte. Dass er ihren

Wunsch endlich anerkannte und respektierte. Wenn Dad etwas tat, hatte es Hand und Fuß. Er würde sich genauestens über die Qualität und Funktionsweise von Schutzwesten informiert, Stunden im Internet zugebracht und möglicherweise sogar Gespräche mit Spezialeinheiten geführt haben. Dad hatte sich mit *ihr* beschäftigt. Und er wollte sie beschützen.

Heiße Wogen waren durch Alex gerollt, als sie »danke« geflüstert und ihm einen Kuss auf die Wange gegeben hatte. Er roch wie immer nach einer Mischung aus Dior-Aftershave und Pfeifentabak. »Sie soll die beste sein – und auch ganz bequem, habe ich gehört«, hatte er gemurmelt und dann lächelnd hinzugefügt: »Wenigstens verdeckt sie deinen Ausschnitt sehr passabel.«

Alex hatte die Weste auf den Beifahrersitz geworfen, als sie losgefahren war, und vor dem Aussteigen angelegt. Ihre Brust schmerzte, und jeder Atemzug tat weh. Aber mehr als respektable Prellungen und vielleicht eine angeknackste Rippe hatten die Schüsse nicht verursacht. Die Wucht der Aufschläge hatte sie von den Füßen gerissen. Mit dem Hinterkopf war sie an die Verkleidung einer Bierbude geprallt, aber nicht länger als einige Minuten ohne Bewusstsein gewesen. Als sie wieder zu sich kam, sah sie die beiden Männer streiten, konnte aber nichts verstehen. Ein Schmalzsong tönte aus den Boxen, und erst als sie etwas näher heranschlich, konnte sie verfolgen, worüber die Männer sprachen.

Marcus. Was für ein Hass musste ihn all die Jahre getrieben haben. Er hatte die Zeit gehabt und die Kenntnisse, um alles echt und schlüssig wirken zu lassen, hatte die verschiedensten Fährten gelegt und alle getäuscht. Er war ein Polizist, keines der Opfer hätte ihm misstraut. Er wusste, wie man die Ermittler auf Trab hielt und ausspielen konnte, und musste auch von dem C-12, Engberts und Meridian Health Care wissen. Die Registereinträge, die Alex auf Marcus' Computer gefunden hatte, waren wahrscheinlich manipuliert, damit sie eine Grundlage für das Täterprofil bilden konnten. Vielleicht hatte Marcus Alex auch nur deswegen angefordert und sich so sehr für sie eingesetzt, damit er sie für seine Zwecke instrumentalisieren und zuletzt auch töten konnte. Ein Stich fuhr Alex durchs Herz, und sie wusste nicht, ob das von den geprellten Rippen kam oder von der Wut und Enttäuschung, von dem Entsetzen. Gleichgültig. Jetzt ging es nur darum, zu funktionieren. Alle Sinne auf ein Ziel zu bündeln. Und dieses Ziel namens Marcus stand jetzt vor ihr wie ein von Scheinwerfern geblendetes Reh und starrte Alex fassungslos an, nachdem sie ihn angebrüllt hatte.

»Nein?«, fragte Marcus. »Was soll das heißen, nein?«

»Es soll heißen, dass du das Recht hast, die Aussage zu verweigern und einen Anwalt zu konsultieren ...«, keuchte sie. Die Luft pfiff durch ihre Lungen.

Marcus lachte.

»Leg sofort die Waffe weg, Marcus! Du bist verhaftet!«

»O Mann, Alex, du trägst eine Weste, na und?« Marcus lachte heiser. »Dann schieße ich dir jetzt eben ins Gesicht.«

Alex presste die Lippen aufeinander und umklammerte den Griff der Pistole. Die Knöchel traten weiß hervor.

»Etwa mit deiner Dienstwaffe?«, rief Alex zitternd.

Marcus sah nach rechts zu der auf den Stufen liegenden Pistole von Marlon, die er eben wieder gegen seine eigene getauscht hatte.

»Touché«, sagte er tonlos.

Alex nickte.

»Tja.« Marcus tat so, als wolle er nach Marlons Waffe greifen. »Du hast recht. Dann will ich mal die andere Knarre holen.«

»Keine Bewegung, oder ich werde dich erschießen.«

»Oh, wirklich?«, fragte Marcus und verharrte in der Bewegung.

»Ja. Wirklich.«

Einen Moment lang schwiegen sie. Dann sagte Alex: »Wie konntest du das nur tun, Marcus.«

»Du weißt doch, wie es ist«, fauchte er zurück.

Benji. Das Messer, all das Blut, das viele Blut.

»Ja, ich weiß es.«

»Was hättest du getan, Alex, wenn du seinen Mörder in die Finger bekommen hättest?«

Sie hatte es sich tausendfach ausgemalt. In allen Variationen. Die Haut abgezogen. Die Augen ausgestochen. Bei lebendigem Leib verbrannt. Gepfählt. Die Eingeweide herausgerissen. Aber es hätte nichts geändert. Benji wäre danach immer noch tot gewesen.

»Es geht nicht darum, was ich getan hätte«, antwortete sie. »Es geht darum, was du getan *hast*.«

»Na dann«, seufzte Marcus und nahm seine Dienstwaffe wieder hoch. »Dann bleibt uns nichts anderes übrig, als zu sehen, wer schneller ist: du oder ich.«

Alex schluckte. Und dann sah sie eine Bewegung hinter Marcus.

58.

Marlon hatte eine Stahlstange aus der Sicherheitsabsperrung neben den Gondeln gezogen. Wie ein Baseballspieler holte er aus und schlug mit aller Kraft zu. Der Schwinger erwischte Marcus in den Kniekehlen und fällte ihn wie einen Baum. Als er zu Boden ging, löste sich ein Schuss aus der Waffe. In einer roten Wolke zerplatzte Alex' Oberschenkel. Sie wirbelte herum. Ihr Bein knickte weg, und sie stürzte die Treppenstufen hinunter. Marcus lag auf dem Rücken und keuchte. Er streckte den Kopf und hielt seine Pistole in Marlons Richtung.

»Bastard«, fluchte er und versuchte zu zielen.

Alles begann um Marlon zu kreisen. Sein Innerstes zog sich zusammen und dehnte sich heftig wieder aus. Die Nervenenden wollten aus den Poren hinausschießen. Er konnte nicht mehr atmen. Das Dröhnen und Rauschen in seinem Kopf wurde lauter.

Nicht jetzt. NICHT JETZT!

Ein lautes Krachen riss ihn zurück ins Hier und Jetzt. Die mit Bambuspflanzen bemalte Plastikverkleidung der Ständer direkt neben ihm zersplitterte. Marcus hatte ihn verfehlt. Das würde ihm nicht noch einmal passieren. Instinktiv griff Marlon nach der verchromten Reling einer der vorbeisausenden Gondeln und ließ sich mitziehen. Dann ein Ruck an seinen Beinen. Als er an sich herabsah, erkannte er Marcus, der nach seinen Füßen gegriffen hatte und den er rumpelnd über den unebenen Boden hinter sich herschleifte. Es gab einen weiteren Ruck, und Marlon fühlte sich, als werde er auseinandergerissen. Nur das Pfeifen des Windes. Das leise

Knacken der Beleuchtungskabel, die an die Metallstreben schlugen.

Alles unter ihm wurde schnell kleiner. Er versuchte, sich an der Reling hochzuziehen, um sich in die Gondel plumpsen zu lassen. Aber es war unmöglich. An ihm zogen und baumelten etwa achtzig Kilogramm. Marcus. Marlons Gelenke fühlten sich an, als wollten sie zerreißen. Langsam löste sich sein Griff. Die Finger rutschten von dem glatten Stahl. Die Knöchel wollten aus den Schalen springen, die Sehnen reißen. Er würde sich nicht mehr lange halten können.

»Und jetzt?«, schrie er zu Marcus hinab. »Komm schon, knall mich ab! Ich wünsche dir einen guten Flug!«

»Dieser Flug«, rief Marcus angestrengt zurück, »ist für uns beide gebucht!«

Marlon blickte hinunter. Die Tiefe hätte ihn um ein Haar hinabgesogen wie der Strudel in einem reißenden Gebirgsbach ein Herbstblatt. Die Stahlträger stürzten in einem schier unmöglichen Winkel nach unten. Die rot und gelb blinkenden Lampen verwandelten Marcus' Gesicht in eine Fratze. Mit beiden Armen hielt er Marlons Beine fest umschlossen und fletschte die Zähne. Er versuchte, den Arm, in dem er die Pistole hielt, aus der Umklammerung zu befreien.

Warum dich nicht einfach fallen lassen? Fallen lassen. Dann hat es ein Ende. Endlich ein Ende. Und du hast es verdient. Ein Ticket für zwei, ja, das ist es.

Das Riesenrad ruckte und hielt an. Marlon ächzte. Marcus baumelte an seinen Füßen wie ein Sack Zement. Der Schwung versetzte die Gondel in Rotation. Sie drehte sich um die eigene Achse. Ein weiterer Blick nach unten bestätigte Marlon darin, dass auch Marcus sich nicht mehr lange halten würde. Schließlich gelang es diesem, einen Arm zu befreien und die Pistole vor Anstrengung zitternd auf Marlon zu richten.

»Fahr zur Hölle, Marlon!«

Zwei Schüsse krachten. Marcus verzog das Gesicht und riss die Augen auf. Er öffnete den Mund, um etwas zu sagen. Heraus kam ein Schwall purpurrotes Blut. Dann löste sich sein Griff, und Marcus stürzte in die Tiefe. Auf der Hälfte des Weges krachte sein Körper in die Fiberglasverkleidung der gewaltigen Nabe des Rades. Der Aufschlag riss die Drachenfigur aus der Verankerung. Sie trudelte Marcus hinterher. Scheppernd krachte sie auf den Metallboden, nachdem Marcus' Körper mit einem dumpfen Knall aufgetroffen war. Dann setzte sich das Riesenrad wieder in Bewegung.

Verzweifelt klammerte sich Marlon mit beiden Händen an die Reling. Da Marcus' Gewicht nun nicht mehr an ihm lastete, fühlte er sich fast so leicht wie eine Feder. Er würde es schaffen. Er wollte es schaffen. Durchhalten.

Langsam und gemächlich dreht sich das gigantische Rad. Die Buden, die von oben wie auf den Boden gestreutes Konfetti ausgesehen hatten, wurden größer. Das zunächst nur bierdeckelgroße Podest wuchs beachtlich. Neben dem Kassenhaus sah Marlon jemanden gebückt stehen. Es war Alex. Vor ihr lag die zerschmetterte Leiche von Marcus. Marlon bereitete sich auf den Absprung vor. Er musste den Zeitpunkt exakt erwischen, um nicht zwischen Gondel und dem Boden zerquetscht zu werden. Nur noch wenige Meter. Schließlich ließ er los, traf auf den seitlichen Gang und fing den Schwung mit einigen Laufschritten ab. Er atmete auf.

Marcus lag in einer Blutlache. Die Beine waren zertrümmert, der Kopf auf den Rücken gedreht. Der Sturz hatte ihm das Genick gebrochen.

»Hast du was abbekommen?«, fragte Alex mit schmerzverzerrtem Gesicht. Sie hatte sich die Bluse ausgezogen und damit den Oberschenkel abgebunden. Drei münzgroße Metallstücke steckten wie aus Zinn gegossen in ihrer schwarzen Schutzweste.

Marlon schüttelte den Kopf. »Nein. Danke.«

»Da gibt es nichts zu danken, Marlon.«

Er wandte seine Augen von Marcus' zertrümmertem Körper zu Alex, die ihn mit festem Blick ansah. Am anderen Ende des Kirmesplatzes blitzten blaue Lichter auf. Jemand musste die Schüsse gehört und die Polizei alarmiert haben.

»Trotzdem«, murmelte er. »Ohne dich wäre das hier anders ausgegangen. Tut dein Bein sehr weh?«

Alex biss sich auf die Unterlippe. »Das kann man wohl sagen. Und du? Willst du jetzt wieder abhauen?«

Er schüttelte den Kopf. »Nein. Ich laufe nicht mehr weg. Es warten sicherlich einige unangenehme Dinge auf mich ...«

»Davon kannst du ausgehen, Marlon ...«

»Aber weglaufen? Nein. Ich bin zu lange vor mir selbst geflohen. Ich lauf nicht mehr weg.«

»Wer zur Quelle will, der muss gegen den Strom schwimmen«, ächzte Alex, ließ sich mit einem spitzen Schrei zu Boden plumpsen, lehnte sich mit dem Rücken an das Kassenhäuschen an und schloss die Augen. »Laotse.«

»Ja.« Marlon schob die Unterlippe vor. »Da ist was dran.« Er öffnete und schloss die Hände. Sie waren so taub wie der ganze Rest seines Körpers.

»Eines musst du mir jetzt noch verraten, Marlon: Hast du wirklich keine Ahnung gehabt?«

»Nicht die Spur«, antwortete er erschöpft. »Wir waren wie Brüder. Marcus hat sich in all den Jahren nichts anmerken lassen.« Marlon schüttelte verständnislos den Kopf. »Nicht das Geringste. Aber er muss mich auf Schritt und Tritt beobachtet haben. Er muss nach mir ins Luisenstift geschlichen sein und den Brand gelegt haben. Er muss alles über Roth gewusst haben, er muss …« Marlon versuchte seine Gedanken in Worte zu fassen, aber es gelang ihm nicht. »Nur wegen mir ist er zu diesem Monstrum geworden. Er wollte mich zur Rechenschaft ziehen.«

»Je mehr man liebt, desto tiefer kann man hassen. Hass kann zur Droge werden. Zur Sucht«, entgegnete Alex.

Stumm sah Marlon dabei zu, wie Polizei- und Krankenwagen über den Kirmesplatz auf das Riesenrad zurasten. Er seufzte. Bremsen quietschten. Türen klappten.

»Zeit zu gehen, Marlon. Bist du bereit?«, fragte Alex angestrengt.

»Das bin ich.« Marlon nickte und warf einen letzten Blick auf Marcus' Leiche.

Das bin ich.

Epilog

… asterbum … vermamt … ebmumm?«

»… schposcht … Kampferpmammmh, aber eis ich nimm …«

»… meite Halbmeit?«

»… mwei mpfpu null ap ört, aber usste mal ochen fragen.«

Die Stimmen drangen wie durch Watte an ihr Ohr, schwebten dumpf aus der Ferne heran und formten sich langsam zu Worten, deren Sinn sich ihr nicht erschloss.

»… sind eh alle sauer, weil sie Wochenenddienst schieben und Straßen sperren müssen wegen des Ministerbesuchs heute, aber die hören das nebenbei im Radio, Jochen hat so ein MP3-Ding, oder was das ist …«

»MP3 ist ganz was anderes, Rolf.«

»Pff, keine Ahnung – das ist so groß wie ein Daumennagel das Teil, kann man sich eh überhaupt nicht vorstellen, was die heute in China alles aus alten Joghurtbechern bauen können.«

Ein Lachen und zwei schemenhafte Gestalten. Die Farbfacetten flossen in Schlieren zusammen, als sich ihre Lider weiter hoben. Sie fühlten sich an, als hingen daran Bleigewichte.

»Was?«, murmelte Alex kraftlos und schmatzte. Die Lippen waren trocken und spröde, der Mund wie zugekleistert.

»Ach, Durchlaucht haben ausgeschlafen«, sagte Schneider und lächelte. Er hielt einen Blumenstrauß in der Hand.

»Hallo, Alex«, grinste Kowarsch, »siehst scheiße aus.«

»Schönen Dank auch«, stöhnte Alex und griff nach dem

Wasserglas, das auf dem Tischchen rechts neben dem Krankenhausbett stand. Sie bleckte die Zähne und kniff die Augen zusammen, als sich die geprellten Rippen meldeten.

»Geht's?«, fragte Schneider und machte einen Schritt auf Alex' Bett zu. Sie nickte. Dann griff sie nach dem Glas, bewässerte die Wüste in ihrem Mund und legte sich vorsichtig wieder zurück auf das Kopfkissen.

»Gott, welcher Tag ist heute?« Alex rieb sich den Schlaf aus den Augen.

»Die Frage ist nicht, welcher Tag, Alex«, sagte Mario und machte ein besorgtes Gesicht. »Du erinnerst dich noch daran, dass meine Freundin schwanger war?«

»Sicher«, ächzte Alex.

»Meine Tochter wird morgen eingeschult.«

Einen Moment lang sah Alex die Männer vor sich entgeistert an. Dann kniff sie die Augen zu schmalen Schlitzen zusammen und murmelte: »Du bist ein Arsch, Mario.«

»Ja, aber ein schöner«, entgegnete Kowarsch grinsend und deutete dann auf Alex' Beine, die in weißen Thrombosestrümpfen steckten. »Versuchst du mit der Reizwäsche eigentlich, dir 'nen Chefarzt zu angeln?«

Alex hob den Kopf etwas an und blickte an sich hinab. Weil es in der Nacht so heiß gewesen war, hatte sie die Bettdecke von sich weggeschoben und lag nur in ihrem Slip und einem hochgerutschten T-Shirt halbnackt auf dem Bett.

»Na, klasse«, sagte sie heiser, schob das Ende des Shirts, unter dem der Ansatz des Brustverbands zu erkennen war, bis über den Bauchnabel nach unten, zog die dünne Decke über die Hüften und verdeckte die Mullkompresse auf ihrem Oberschenkel. »Schicken die einem hier die Voyeure aufs Zimmer, kaum, dass man sich nicht wehren kann. Großartig.«

»Nee«, sagte Schneider und hob die Augenbrauen, »von wegen Voyeure, wir kommen im hochoffiziellen Auftrag.«

»So?«, fragte sie, biss die Zähne zusammen und knetete sich das Kopfkissen im Nacken zurecht, um in einer etwas aufrechteren Position liegen zu können.

»Ja, im Auftrag der ganzen Abteilung – alles Gute richten die Kollegen aus.« Schneider zog eine Grußkarte hervor, klappte sie aus und stellte sie auf das Tischchen neben das Glas. »Gute Besserung«, stand in bunten Buchstaben auf dem Deckblatt. Alex erkannte im Inneren zahllose Unterschriften und griff schnell nach dem Wasser, um den Kloß hinunterzuspülen, der sich vor Rührung schlagartig in ihrer Kehle gebildet hatte.

»Wir haben für dich gesammelt«, erklärte Schneider. »Das Geld liegt auf einem Konto – wir dachten, du brauchst das vielleicht für den Anwalt, falls die Schausteller dich wegen des demolierten Riesenrads verklagen wollen. Mit den Kameraden ist nicht zu spaßen.«

Alex verschluckte sich und hätte um ein Haar das Wasser quer durch das Zimmer gespuckt. »Seid ihr bald mal fertig mit dem Mist?«, fragte sie, musste aber trotzdem lachen. Sie hätte Mario und Rolf trotz ihres ruppigen Charmes küssen mögen. Sie hatten einen Samstagnachmittag geopfert, um im Krankenhaus nach ihr zu sehen und sie wissen zu lassen, dass auch alle anderen Kollegen sich um sie sorgten. Das tat einfach gut.

»Ja, wir sind jetzt fertig«, sagte Mario und kratzte sich das Kinnbärtchen.

»Sind die Blumen auch von den Kollegen?« Alex warf einen Blick auf den Strauß in Schneiders Händen. Es war kein billiger von der Tankstelle, so viel stand fest. Es war vielmehr der größte Rosenstrauß, den sie je in ihrem Leben gesehen hatte – und dazu weiße Rosen, ihre Lieblingsblumen.

Schneider schürzte die Lippen und sah zu Boden. »Ja, gewissermaßen.«

Kowarsch stupste ihn mit dem Ellbogen an. »Komm, rück raus, Rolf.«

»Ich habe keine Ahnung, wovon du sprichst, Kommissar«, brummelte Schneider.

Mario wandte sich zu Alex und sagte: »Wir mussten vorhin extra noch am Blumenladen anhalten, damit Rolf sein Monatsgehalt da loswerden konnte.«

»Wie?«, fragte Alex und setzte sich auf. Ihre Augen strahlten. »Sag nicht, die sind von dir, Rolf?«

»Ja, von Mario bestimmt nicht, der hat kein Gespür für so was!«

Kowarsch grinste und machte Anstalten, das Zimmer zu verlassen. »Ich hol mal eine Vase«, sagte er und verschwand durch die Tür.

»Rolf, die sind wunderschön. Woher hast du gewusst, dass weiße Rosen meine Lieblingsblumen sind?«

»Na ja«, entgegnete er und lächelte, »so ein alter Ermittlersack wie ich hat ja seine Quellen.«

Für einen Moment schwiegen beide. »Wie geht's dir?«, fragte Rolf dann ernst.

»Es ist okay, Dienstag soll ich entlassen werden. Mit dem Bein kann ich einigermaßen laufen – es war ein glatter Durchschuss. Am Anfang hat es höllisch weh getan, vor allem die geprellten Rippen. Ohne meine Pillen wäre ich durchgedreht.«

»Du hast verdammtes Schwein gehabt, dass du die Weste getragen hast, und Gott sei Dank war das eine gute und keine von der Stange.«

Alex nickte, und die Bilder von der Nacht schossen ihr wieder durch den Kopf. Marcus, der auf sie zielt. Die Hammerschläge, die sie fällen. Sein Körper, der aus der Höhe stürzt und am Boden zertrümmert. Kurz nachdem man sie ins Krankenhaus gebracht hatte, waren ihre Eltern gekommen. Wie im Traum hatte Alex ihren Vater mit besorgter Miene am Bett sitzen sehen, der ihr übers Haar strich so wie früher, wenn sie als kleines Mädchen mit Fieber und glasigen Augen krank auf dem Sofa unter Mamas Decke lag. »Wird alles wieder gut, Sternchen – ich bin stolz auf dich«, hatte er ihr zugeflüstert und dabei nach Pfeifentabak und Rasierwasser gerochen. Und diese Worte waren besser als jedes Medikament gewesen.

»Die Weste«, sagte Alex, »war ein Geschenk meines Vaters. Er hat schon immer Wert auf Qualität gelegt – ich habe mich zwar oft darüber aufgeregt, wie viel Geld er für manche Sachen ausgibt. Aber sein Sinn für Exquisites scheint mir in der Tat das Leben gerettet zu haben.« Mit einem Mal musste sie an Marlon denken. Nach den Ereignissen auf der Sommerkirmes hatte sie weder von ihm noch über ihn etwas gehört.

»Was ist mit Kraft?«, fragte sie unvermittelt und sah kurz zur Tür, als Mario mit einer riesigen Vase hereinkam und sie am Waschbecken mit Wasser zu füllen begann.

Schneider zuckte mit den Achseln. »Nachdem wir seine Täterschaft zweifelsfrei ausschließen konnten, hat der Staatsanwalt den Haftbefehl mit der Verfügung vorläufig wieder aufgehoben, dass Kraft sich für weitere Ermittlungen bereithalten soll. Zuletzt hörte ich, dass er seinen Job bei der Zeitung gekündigt hat und sich einer stationären Therapie unterziehen will. Als vorläufige Adresse hat er ein Ferienhaus an der Nordsee angegeben, auf Sylt. Der muss sich sicher erst mal den Kopf frei blasen lassen, kann ich mir gut vorstellen. Zumal steht natürlich ein weiteres Verfahren gegen ihn wegen des Todes von Marcus' Frau an – und das wird nicht gut für Kraft ausgehen.«

Alex nickte. In Gedanken sah sie Marlon in der endlosen Weite der Küste mit hochgekrempelten Hosen am Strand entlangspazieren, den Kragen seines Polohemds hochgeschlagen und die Augen hinter einer Sonnenbrille versteckt, eine Zigarette zwischen die Lippen geklemmt. Alle hatten ihn zu Unrecht verdächtigt – zuallererst Marlon selbst. Wie mochte es sich anfühlen, wenn man sich seiner selbst nicht sicher sein konnte? Wenn man in sich ein Monstrum erkannte, das die Bestie in jemandem anderen erschaffen hatte? Marlon stellte sich nun den Drachen seines Lebens. Es war ein Anfang, aber der Weg würde noch lang sein.

»Die Sache mit Engberts wird auch noch lustig werden«, hörte Alex Mario sagen, der mit der Blumenvase herüberkam und sie auf einem Besuchertisch plazierte. Schneider stellte den prächtigen Strauß in das Gefäß.

»Zum einen ist ein Millionenschaden am Luisenstift entstanden«, berichtete Mario weiter, »und wie wir herausgefunden haben, ist Engberts neben Meridian Health Care Miteigentümer der Klinik gewesen. Es wird sich gewiss ein langwieriger Rechtsstreit mit der Gebäudeversicherung anschließen, unter Umständen zahlt da keine Versicherung auch nur einen Cent – zumindest bestimmt nicht die volle Summe. Die werden sich darauf berufen, dass die Betreibergesellschaft im Hinblick auf das C-12 und die Menschenversuche ähnlich einer kriminellen Vereinigung operiert hat.«

»Es stimmte also alles? Alles, was Kraft herausgefunden hat?«, hakte Alex nach.

»Wissen wir noch nicht genau, scheint aber so«, fügte Schneider an. »Das ist auch ein paar Nummern zu groß für uns – da sind jetzt das LKA, BKA und Interpol mit im Geschäft. Engberts und seine Frau sitzen in U-Haft, und was an Dokumenten in seiner Villa beschlagnahmt worden ist, spricht nicht unbedingt für ihn – zumal er selbst schweigt und sich zu nichts äußert. Der Fall mit den C-12-Versuchen und die Sache mit den internationalen Verbindungen dieser Purpuradragon-Gesellschaft ist ans FBI weitergeleitet worden. Laut BKA haben die Amis inzwischen dafür gesorgt, dass in Paraguay diese Kolonie Glücksberg überprüft worden ist. Na ja«, Schneider kratzte sich im Nacken, »die Jungs da drüben in der Pampa sind nicht zimperlich und mit einer ganzen Armee angerückt – haben aber wohl nichts weiter gefunden.«

»Nichts? Was heißt das – nichts?«

Mario lehnte sich lässig an den Besuchertisch und verschränkte die muskulösen Arme vor der Brust. »Da müssen wir uns nichts vormachen, Alex, da werden die ganz großen Räder gedreht. Dieses C-12 ist für militärische Zwecke im Auftrag der US-Army entwickelt worden, und wer kümmert sich wohl darum, dass alles schön im Boden versickert, wenn irgendwelche Hinterwäldler aus Deutschland meinen, irgendwem im Pentagon ans Bein pinkeln zu wollen? Ganz ehrlich: Ich will es lieber nicht wissen. Ich mache meinen Job – um alles andere sollen sich die kümmern, die dafür zuständig sind.«

»Tja«, Schneider vergrub die Hände in den Hosentaschen, »das liegt jetzt alles in den Händen von Leuten, mit denen ich auch lieber nichts zu tun haben möchte, da hat Mario schon ganz recht.«

»Aber«, sagte Alex und schüttelte den Kopf, »das kann doch nicht angehen! Was da alles passiert ist. Es … Es muss doch schonungslos aufgeklärt werden, man kann doch nicht einfach mit Menschen solche Dinge …«

»Ich bin mir sicher«, sagte Kowarsch und seufzte, »dass wir gerade mal die Spitze eines Eisbergs zu sehen bekommen haben.«

»Und du kannst drauf wetten«, fügte Schneider hinzu, »dass die Karawane aus Glücksberg weitergezogen ist, nachdem ein Vögelchen das Kommando zum Aufbruch gesungen hat. Die treiben ihre Forschungen irgendwo anders weiter. So isses, und so war es schon immer.«

»Trotzdem.« Alex rang nach Worten. »Das muss dann doch – was weiß ich – an die Medien gehen, oder …«

»Alexandra Gräfin von Stietencron«, sagte Schneider, zog eine Hand aus der Hosentasche und hob belehrend den Zeigefinger, »weißt du, was meine Oma immer gesagt hat? Schuster, bleib bei deinem Leisten, hat sie gesagt – und mein Opa, der Lateiner war, pflegte zu erwähnen: Hic Rhodus, hic salta. Hier ist Rhodos, hier springe. Und beides heißt so viel wie: Schieß nicht übers Ziel hinaus und rede dummes Zeug, sondern kümmere dich um deine Angelegenheiten, denn dafür bist du da. Der Fall liegt in den Händen von Profis – und gut ist's.«

Alex wollte etwas entgegnen, schluckte die Worte jedoch hinunter. Sie spürte ein heißes Brennen im Bein. Die Wirkung der Schmerzmittel ließ nach. Irgendwann würde die Verletzung des Oberschenkels verheilen und eine Narbe hinterlassen, aber wie hatte Marcus gesagt? Einige Wunden klaffen für immer – und diese würde Alex stets daran erinnern, dass die Bestien manchmal dort lauerten, wo man sie am allerwenigsten vermutete.

»Was ist mit Marcus, ich meine …«

»Wir sind immer noch alle geschockt«, fiel ihr Mario ins Wort und blickte aus dem Fenster. »Man hat seine Leiche verbrannt und in aller Stille beigesetzt. Niemand von den Kollegen ist hingegangen. Wir haben auch keinen Kranz geschickt. Aber wir haben uns darum gekümmert, dass er neben seiner Frau beerdigt wurde. Wenigstens das …« Er rang nach Worten. »Na ja, du weißt schon. Das waren wir ihm trotz allem schuldig.«

»Er hat alles nur aus Liebe getan«, sagte Alex leise. »Könnt ihr euch das vorstellen? Was muss in diesem Mann vorgegangen sein?«

»Liebe?«, blaffte Schneider und hob die Augenbrauen. »Er hat acht Menschen zum Teil bestialisch getötet, und er wollte auch dich und Kraft umbringen – ich halte das nicht für besonders zärtlich.«

Alex nickte und seufzte. »Nein, das ist es wohl nicht.«

»Mit den Morden hatte das C-12 übrigens nur ganz am Rande zu tun«, fuhr Schneider fort. »Marcus hat natürlich gewusst, dass Marlon das Zeug schluckt. Es kam ihm zupass, das Sandra Lukoschik Kraft beim Sex den Rücken zerkratzt hat und in dem Blut unter ihren Fingernägeln C-12-Spuren entdeckt wurden. Das lenkte den Tatverdacht automatisch auf Kraft. Außerdem wurde damit suggeriert, dass Kraft unter Einfluss von dem Zeug womöglich völlig außer Rand und Band geraten ist. Konnte ja kein Mensch ahnen, was wirklich alles dahintersteckt.«

Alex versuchte, sich im Bett etwas zu strecken. »Ich frage mich nur«, sagte sie angestrengt, »warum Ludger Siemer getötet worden ist.«

Schneider und Mario tauschten einen kurzen Blick. »Wir nehmen an«, ergriff Mario das Wort, »dass Siemer Marcus' Plan im Wege stand. Der Knabe wäre ein heißer Kandidat für uns gewesen, Alex, wenn wir deine Theorie verfolgt hätten: Ein durchgedrehter Siemer, der Rache an Kraft nehmen will. Das hätte die Ermittlungen gegen Marlon ausgebremst und Marcus' Plan torpediert. Außerdem wäre eine andere Polizeibehörde und möglicherweise das LKA ins Spiel gebracht worden. Marcus hatte es aber von Anfang an darauf angelegt, die Schwächen unseres Systems für sich zu nutzen: die Zeitnot, die gelegentliche Schwerfälligkeit, wechselnde Zuständigkeiten, Bürokratismus. Und außerdem«, Mario schnalzte mit der Zunge, »ist Kraft zwischendurch in Düsseldorf gewesen, was ihn bezüglich des Mordes an Siemer weiter belastet hätte, sobald wir von dem Aufenthalt dort erfahren hätten.«

Alex klappte den Mund auf, sagte aber nichts.

»In Düsseldorf hat Kraft ein Gespräch bei Meridian Health Care geführt«, erklärte Schneider. »Wegen dieser C-12-Verstrickungen, denen er nachgegangen ist. Marcus wird davon gewusst haben. Er war überhaupt stets bestens über die Aktivitäten seines Kumpels informiert. Wir haben an Krafts TT und dem danach genutzten Golf GPS-Sender gefunden, und anhand des Kilometerstands von Marcus' Wagen sowie einiger Tankquittungen ...« Schneider räusperte sich. »Na ja, das brauche ich dir ja nicht weiter zu erklären.«

»Und Roth?«

»Ich glaube, du hattest recht mit deiner Einschätzung. Roth war einerseits das fünfte Zeichen: der Drache. Andererseits denken wir, Marcus wusste, dass Kraft ins Luisenstift marschiert ist. Zudem hat Kraft dir ebenfalls einen Beleg für seine Stippvisite zugespielt, Alex, den Stick mit den Daten von Engberts PC. Und damit ging auch noch ein Brand auf Marlon Krafts Konto. Natürlich nur theoretisch.«

Eine Zeitlang herrschte betretenes Schweigen. Dann klatschte Schneider in die Hände, blickte auf die Uhr und sagte: »So, ich glaube, Mario und ich müssen jetzt mal wieder los. Für die Vergangenheitsbewältigung haben wir noch den Rest unseres Lebens Zeit.«

»Jap.« Kowarsch schien erleichtert, nicht weiter über Marcus reden zu müssen.

»Danke für die Blumen, Rolf, darüber freue ich mich wirklich sehr«, sagte Alex sanft.

»Ach«, winkte er ab, »keine Ursache.«

»Mach's gut, Alex«, lächelte Kowarsch. Mario und Schneider wandten sich zur Tür.

»Ach, Moment.« Schneider stoppte in der Bewegung. »Wir hatten dir ja noch was mitgebracht. Beinahe hätte ich's vergessen.«

»So?«

»Stimmt ja«, sagte Kowarsch und griff nach einer prall gefüllten Aktenkladde auf dem Besuchertisch, die Alex noch nicht aufgefallen war. Salopp warf er ihr den schweren Hefter aufs Bett und verfehlte sie nur knapp.

»Ein wenig Lesestoff, der dir vielleicht noch ein paar Antworten gibt«, erklärte Mario, »bevor du vor Langeweile umkommst.«

Damit verließen beide das Zimmer.

Nachdem Kowarsch und Schneider gegangen waren, angelte sich Alex ächzend die Mappe und zog sie sich vorsichtig auf den Schoß. Die Farbe des Pappdeckels war eine Mischung aus einem leuchtenden Rot und Blau, sehr nahe am Violett.

Purpur.

Alex sah zum Fenster hinaus. Von hier aus waren zwischen den mächtigen Kronen der alten Eichen des Klinikparks die Kirchturmspitzen zu sehen. Der Himmel war tiefblau, und die Eisdielen in der Stadt sicherlich überfüllt. Am See würden Kinder im Wasser vor Vergnügen kreischen, und wenn sich der Abend senkte, säßen die Menschen in den Biergärten, um den milden Sommerabend zu genießen. Doch irgendwo in den engen Gassen zwischen den mittelalterlichen Fachwerkhäusern oder inmitten der stickigen Clubs war das Grauen unterwegs gewesen – ein Drache, der seine Klauen auch nach ihr ausgestreckt hatte.

Alex presste die Lippen zusammen, ignorierte das heiße Brennen im Oberschenkel und schob die Mappe zur Seite. Sie würde sie später öffnen. Vielleicht morgen. Vielleicht auch nie. Und sobald ihr nicht mehr jede Bewegung weh tat, würde sie Dad anrufen, um ihm zu sagen, dass es ihr wieder besserginge und dass sie ihn liebhatte. Eine derartige Geste tat jedenfalls dringend not, dachte Alex. Und eine neue Schutzweste ebenfalls.

Nachwort

Die Geschichte über den Purpurdrachen ist frei erfunden. Ähnlichkeiten zu existierenden Personen wären zufällig und sind nicht beabsichtigt. Lemfeld habe ich mir ausgedacht. Die Stadt ist eine Mischung aus realen und weniger realen Orten und steht in gewisser Weise stellvertretend für die Stadt, die wir alle kennen. Weiter existieren keine vom Land NRW geförderte Pilotstellen für Polizeipsychologen, wie sie im Roman auftauchen. Außerdem sind gewissenlose Sensationsreporter wie Marlon Kraft, das können Sie mir ruhig glauben, glücklicherweise Ausnahmen.

C-12 gibt es nicht, sehr wohl aber seit geraumer Zeit Entwicklungen in Bezug auf ähnlich funktionierende Medikamente, um sie in der Behandlung von posttraumatischen Belastungsstörungen einzusetzen. Die Zahl der darunter leidenden Menschen steigt, was mit der Vielzahl von Kriegsopfern und Soldaten zu tun hat, die in Krisengebieten fürchterliche Dinge erlebt haben. In der Tat sollen jedoch seit Jahrzehnten Medikamente zu militärischen Zwecken eingesetzt werden, um die Leistung von Soldaten zu verbessern oder Ausfälle zu reduzieren.

Kolonien von Mennoniten in Paraguay gibt es so einige. Die ersten wurden dort von Flüchtlingen gegründet, die Stalin oder Hitler entkommen sind. Auch heute entstehen dort neue Siedlungen, in denen viele Menschen glücklich leben. Die Kolonien genießen ein hohes Maß an Autarkie – dass dieser Umstand jedoch zu kriminellen Zwecken missbraucht werden könnte, ist wie die Kolonie Glücksberg reine Fiktion.

Für die Recherche habe ich Informationen aus zahlreichen Quellen verwendet. Es wäre zu umfangreich, alle hier aufzuführen. Ich kann allerdings nicht mehr ohne die Wikipedia leben. Sehr wertvoll waren mir die Bücher und Untersuchungen von Stephan Harbort über Serientäter sowie »Kriminalpsychologie« von Uwe Füllgrabe oder »Täterprofile bei Gewaltverbrechen« von Musolff/Hoffmann. Als schnelles Nachschlagewerk habe ich »Von Arsen bis Zielfahndung« von Manfred Büttner und Christine Lehmann zu schätzen gelernt. Nicht minder schätze ich den kollegialen Austausch in dem Autoren-Forum »Montségur«.

Besonders danken möchte ich meiner Agentin Natalja Schmidt von der Agentur Schmidt & Abrahams, die von Anfang an überzeugt gewesen ist, dass dieser Roman ein Buch werden sollte, sowie dem Droemer/Knaur-Team, dass es diese Idee sehr nachhaltig geteilt hat. Vor allem meine Lektorin Andrea Hartmann hat sich sehr für mich und den Purpurdrachen eingesetzt, mir viel Freiraum gelassen, und das weiß ich wirklich zu schätzen. Ebenfalls danke ich Regine Weisbrod für die tolle Zusammenarbeit im Bootcamp der Überarbeitung. Lisa-Marie Dickreiter, die eine wunderbare Autorin und ordentlich gelernte Drehbuchschreiberin ist, hatte für mich wertvolle Hinweise in Fragen der Dramaturgie. Die Kreispolizeibehörde Lippe in Detmold und Dr. Melanie Metzenthin, die ebenfalls Autorin sowie Fachärztin für Psychiatrie und Psychotherapie ist, haben mir beim Klären einiger Details geholfen. Ich danke auch dem Institut für Rechtsmedizin der Westfälischen Wilhelms-Universität in

Münster. Natürlich habe ich mir in dem Roman, der kein Sachbuch oder eine Dokumentation von Polizeiarbeit ist, eine Reihe von Freiheiten genommen. Falls es also in fachlichen Darstellungen zu Ungenauigkeiten gekommen ist, geht das allein auf meine Kappe.

Ich danke außerdem meiner Freundin Claudia für all ihre Unterstützung und das Ertragen meiner manchmal wilden Gedankensprünge sowie meiner umfangreichen Familie, Freunden und allen Weiteren, die seit vielen Jahren daran geglaubt haben, dass es irgendwann einmal so weit kommen wird. Ein besonderes Dankeschön schulde ich zum Schluss Polizeipsychologin Alexandra von Stietencron, ohne deren intensive Mitarbeit dieser Roman niemals entstanden wäre. Sie kann manchmal eine wahre Plage sein, und ich würde sicher irre werden, wenn ich sie jeden Tag um die Ohren haben müsste. Aber Sie werden nicht glauben, was sie kürzlich erlebt hat …

Sven Koch